KB124312

사기꾼

—그의 변장 놀이

The Confidence-Man: His Masquerade

Herman Melville

대산세계문학총서

176

사기꾼
—그의 변장 놀이

The Confidence-Man
: His Masquerade

허먼 멜빌   손나경 옮김

문학과지성사

대산세계문학총서 176

사기꾼—그의 변장 놀이

지은이   허먼 멜빌
옮긴이   손나경
펴낸이   이광호
주간   이근혜
편집   박솔뫼 김은주
펴낸곳   ㈜문학과지성사
등록번호   제1993-000098호
주소   04034 서울 마포구 잔다리로7길 18(서교동 377-20)
전화   02) 338-7224
팩스   02) 323-4180(편집) 02) 338-7221(영업)
전자우편   moonji@moonji.com
홈페이지   www.moonji.com

제1판 제1쇄 2022년 7월 8일

ISBN 978-89-320-4037-0 04840
ISBN 978-89-320-1246-9(세트)

이 책은 대산문화재단의 외국문학 번역지원사업을 통해 발간되었습니다.
대산문화재단은 大山 慎鏞虎 선생의 뜻에 따라 교보생명의 출연으로 창립되어
우리 문학의 창달과 세계화를 위해 다양한 공익문화사업을 펼치고 있습니다.

차례

일러두기

1. 이 책은 Herman Melville의 *The Confidence-Man: His Masquerade*(New York: Penguin Classics, 1990)를 우리말로 옮긴 것이다.
2. 본문의 주는 모두 옮긴이의 것이다.

1장

미시시피강에서 벙어리가 배에 오르다

4월 1일* 동이 틀 무렵, 티티카카 호수에 만코 카파**이 불쑥 모습을 드러냈듯, 크림색 옷을 입은 한 남자가 세인트루이스시 강가에 나타났다.

그는 창백한 뺨에 턱은 솜털이 보송보송하고 머리카락은 황갈색이었으며, 긴 양털 보풀이 일어난 흰색 털모자를 쓰고 있었다. 트렁크도, 여행용 가방도, 손가방도, 꾸러미도 없었다. 짐꾼이 따라오지도 않았다. 같이 온 친구도 없었다. 사람들이 알 수 없다는 듯 어깻짓을 하더니 낄낄거리고 숙덕대며 뭐라고 묻는 거로 보아, 그 사람은 말 그대로 생면부지의 낯선 인간임이 분명했다.

---

* 만우절은 악마가 기독교인을 테스트하는 날이다.
** 쿠스코에 신전을 세웠던 잉카 제국의 건국자이다. 전설에 따르면 그는 태양의 아들이다.

곧장 뉴올리언스로 막 출발하려던 인기 증기선, 피델*호에 승선한 그는 사람들을 빤히 쳐다보면서도 인사하지 않았다. 사근사근하게 굴지도, 그렇다고 시선을 피하지도 않으며 덤덤하게 저 갈 길을 갔다. 외떨어진 곳이든 도시든 그 어딘가로 가는 사람 같은 태도로 아래쪽 갑판 쪽으로 걸어갔고, 그러다가 선장실 근방에 있는 현수막에 다다랐다. 그 현수막에는 최근 동부에서 왔을 거라 짐작되는 미지의 사기꾼을 잡는 사람에게 포상한다는 내용이 쓰여 있었다. 그 사기꾼이 얼마나 기발하게 사기를 쳤는지 상세하게 적혀 있지는 않았지만 인상 묘사가 꽤 꼼꼼하게 이어지는 것으로 보아, 일 하나는 타의 추종을 불허할 정도로 천재적으로 한 모양이었다.

극장 프로그램이라도 되듯 사람들이 공고문 주변으로 몰려들었고, 그들 중에는 슈발리에** 같아 보이는 사람들도 있었다. 그들의 시선이 대문자로 쓰인 글자를 읽거나, 아니면 적어도 앞을 가리는 외투 사이를 비집으며 글자를 읽으려 애쓰고 있었던 건 분명했다. 하지만 그자들의 손가락에 대해 말하자면, 그 손가락으로 뭘 하는지는 아무도 모를 일이었다. 비록 이 슈발리에 중 한 사람이 행상꾼 행세를 하는 다른 슈발리에의 전대(그 사람은 이걸 보호 장치로 흡족해하고 있었다)를 사려고 할 때 그의 손이 슬쩍 보이기는 했지만 말이다. 한편에는 또 다른 행상인(이 사람도 솜씨 좋은 슈발리에다)이 빽빽이 모인 군중

* 'fidele'에는 '믿음, 신앙'이라는 뜻이 있다.
** chevalier d'industrie. 사기꾼이나 협잡꾼 혹은 소매치기를 뜻한다.

가운데서 오하이오주의 노상강도 메이슨*, 미시시피의 해적 뮤럴, 켄터키주 그린 리버 카운티의 깡패인 하프 형제들의 전기를 팔고 있었다. 그 인간들은 이놈이나 저놈이나 같은 자들로, 그 당시 너 나 할 것 없이 모두 소탕되었는데, 같은 지역에서 몇 세대 동안 사냥을 당해 후손도 거의 끊어진 늑대와 크게 다를 바가 없었다. 하지만 늑대를 소탕해버리면 여우가 늘어난다고 생각하는 사람들을 제외하면 신생국의 모든 사람에게 이는 더할 나위 없이 반가운 일이었을 것이다.

요리조리 피해가며 용케 길을 내던 그 낯선 사람은 이 지점에서 걸음을 멈추었고, 마침내 현수막 옆에 자리를 잡았다. 곧이어 그는 작은 판을 꺼내 그 위에 적힌 글자를 손으로 더듬다가 현수막을 읽는 사람들이 그 판도 읽을 수 있게 하려는 듯 현수막과 같은 높이로 판을 높이 들었다. 거기에는 이렇게 적혀 있었다.

사랑은 악한 것을 생각하지 아니하며.**

---

* 새뮤얼 메이슨은 제임스 홀(James Hall, 1793~1868)이 저서 『서부의 역사, 삶, 예의에 관한 소고 *Sketches of History, Life, and Manners in the West*』에서 언급한 노상강도이다. 존 뮤럴John Murrell은 당시 천 명의 노상강도를 이끈 강도 두목이었다. 하프 형제는 메이슨의 무리에 속한 잔인하기로 유명한 노상강도였는데, 이 형제 중에서 동생이 메이슨의 목을 베었다.
** 일명 '사랑 장章'이라고 불리는 「고린도 전서」 13장 5절에 나오는 구절이다. 벙어리가 들고 있는 포스터에 적힌 글들은 모두 「고린도 전서」 13장 5절부터 8절에 나오는 구절로, 한글 『성경』과 본문에서의 '사랑'이 영어 『성경』 원문에는 'charity(자비)'라고 되어 있다. 본 번역본에서 쓰인 자비, 자선, 사랑이란 단어는 원문에서는 모두 'charity'이다.

그 사람이 자리를 잡는 동안 계속 그랬던 건 아니지만 약간은 성가신 구석이 있어 사람들은 그가 뻔뻔하게 끼어든다고 생각했고, 기분이 마냥 좋을 수는 없었다. 게다가 좀더 찬찬히 살펴보니, 무슨 권한을 가진 배지를 달기는커녕, 오히려 그 반대라는 것도 알 수 있었다. (그 사람에게는 눈에 띄게 어수룩해 보이는 면이 있었다. 그 장소, 그 시간에는 다소 어울리지 않는 특징이었다. 또한 그의 글에도 같은 특성이 보이는 것 같았다. 한마디로 그는 다소 특이한 바보, 전혀 해가 되지는 않으나 자기 생각에만 집착하고, 그렇다고 전혀 불쾌하지 않다고 할 수는 없는 침입자로 여겨졌다.) 사람들은 일말의 망설임도 없이 그를 옆으로 밀어붙였다. 그 순간 다른 사람들보다 덜 착하고 장난기는 더 심해 보이는 어떤 사람이 보풀이 일어난 그의 모자에 슬그머니 손을 얹어 보기 좋게 머리를 납작 눌러버렸다. 그 낯선 사람은 모자를 바로잡지도 않은 채, 아무 말 없이 몸을 돌려 판 위에 뭔가를 고쳐 쓰더니 다시 들어 올렸다.

사랑은 오래 참고 사랑은 온유하며.

그 사람의 끈질긴 행동(사람들은 그렇게 받아들였다)에 기분이 상한 군중이 또다시 그를 옆으로 밀치며 욕설에 구타까지 더했지만 그는 그 모든 것에 화내지 않았다. 하지만 드디어 무저항주의자가 싸우는 사람들 사이에서 존재감을 드러내는 일이 너무 힘들어서 포기하듯 그 낯선 사람은 천천히 길을 양보해주었다. 다만 자신이 쓴 글을 이렇게 고치고 나서야 자리를 비켰다.

모든 것을 참으며.

마치 방패인 듯 몸 앞에 판을 두르고* 빤히 쳐다보는 눈길과 조롱하는 시선을 받으며 그는 천천히 왔다 갔다 하다가 또다시 몸을 돌려 이렇게 글을 고쳤다.

모든 것을 믿으며.

그러더니,

사랑은 언제까지나 떨어지지 아니하되.

사랑이라는 글자는 편의상 인쇄된 상태로 두거나 아니면 빈 칸으로 남겨두는 날짜의 왼편 숫자처럼 처음 적어놓은 대로 지 우지 않은 채 계속 남아 있었다.

몇몇 구경꾼들은 이 낯선 사람이 정신이 나가서라기보다 말 을 전혀 하지 않아서 유독 더 그에게 눈길이 가는 모양이었 다. 아마도 흡연실 아래쪽이자 술집 반대쪽, 그리고 선장실과 한 집 건너 이웃한 선상 이발소 이발사의 (물건들을 항상 똑같

---

* 방패인 듯 몸에 판을 둘렀다는 표현은 「에베소서」 6장 14절을 떠올리게 하는 표현이다.

이 정연하게 정리하는) 행동과 그 남자의 연이은 행동이 비슷하면서도 서로 대조되어 더욱 그런 생각이 들기도 했을 것이다. 주변에는 가게처럼 창문이 달린 곳이 양편에 있었는데, 지붕이 덮인 넓고 긴 그 갑판이 마치 여러 상점이 모여 있는 콘스탄티노플의 상가나 시장 거리라도 되는 것처럼 앞치마에 슬리퍼를 신은 이 선상 이발사가 (아마 방금 침대에서 나와서 짜증이 난 것처럼 보였다) 그날 장사를 위해 문을 열고 가게 밖을 제대로 정리하던 중, 급하게 할 일이라도 있는 듯 덜커덩거리며 셔터를 내려놓고 야자나무와 각도를 맞춰가며 작은 장식용 막대기를 철 구조물 안에 세웠다. 이발사는 사람들의 팔꿈치나 발톱이 닿든 말든 크게 신경 쓰지 않고, 옆으로 좀더 비켜달라고 하며 작업을 마무리했다. 이어 그는 의자에 폴짝 뛰어올라 문 위쪽 항상 걸던 못에 촌티가 줄줄 흐르고, 번지르르한 판자 포스터를 붙였다. 혼자서 솜씨를 부려가며 만든 포스터는 당장 면도를 하려고 옆에 놔둔 면도칼처럼 반짝였다. 또한 그 포스터에는 이발소뿐 아니라 강변의 잘 장식된 다른 가게들에서도 흔하게 볼 수 있고 공공의 이익에도 부합될 만한 단어 두 개가 적혀 있었다.

외상 사절*

어떻게 보면 거슬리기도 하고, 그 낯선 사람의 글과 대조되

---

* 원문의 'No Trust'라는 말은 '신용 없음'이라고 해석될 수도 있다.

기도 했지만, 성나게 하거나, 이에 상응하는 조소나 놀라움을 일으킬 것 같지는 않은 글이었다. 더군다나 아무리 봐도 그것을 적은 사람이 그 글 때문에 얼간이라는 평판을 듣게 되지도 않을 것이다.

한편, 판을 들고 있던 사람이 계속 천천히 왔다 갔다 하자 그 바람에 쳐다보고 있던 몇몇 사람들이 비웃고, 비웃던 몇몇 사람들이 밀치고, 밀치던 몇몇 사람들이 주먹질마저 하게 되었다. 한번은 그가 몸을 돌릴 때, 뒤에서 큰 트렁크를 나르던 짐꾼 둘이 갑자기 크게 소리를 질렀다. 하지만 크게 소리쳐도 반응이 없자 일부러 그랬는지 어쩌다 그랬는지, 일꾼들이 지고 있던 짐을 휘둘러 그가 쓰러질 뻔했다. 그때 그 사람이 짧은 외마디로 불분명하고 특이한 신음소리를 내며 손가락으로 애처롭게 수화를 했고, 그 바람에 그가 벙어리이자 귀까지 먹었다는 사실이 뜻하지 않게 드러났다.

곧, 지금까지 받은 대접에 조금이나마 마음이 상한 듯 그 사람은 앞으로 걸어가 위쪽 갑판으로 이어지는 사다리 발치 근처, 선원 선실 위의 한적한 곳에 자리를 잡고 앉았다. 몇몇 선원들이 작업하러 그 사다리를 때때로 오르락내리락했다.

이 누추한 구역으로 가는 것을 보면, 삼등석 선객인 이 낯선 사람이 멍청해 보여도 자신의 처지를 전혀 모르는 건 아닌 게 확실했다. 삼등석인 갑판 통로를 이용하는 게 얼마간 편리를 위한 것일 수도 있지만 말이다. 왜냐하면 아무런 짐이 없는 것으로 보아 그의 목적지가 몇 시간만 배를 타면 도착하는 강가의 작은 착륙지 중 하나일 수도 있었기 때문이다. 하지만 먼

거리를 가야 하는 건 아니더라도 그가 먼 곳에서 왔으리라는 것은 이미 짐작이 가고도 남는 일이었다.

평원 너머 멀리 떨어진 시골에서 밤낮 쉬지 않고 온 탓에 오랫동안 침대에서 편안한 잠을 자지 못한 것처럼 그의 크림색 양복은, 흙이 묻거나 엉망은 아니었지만, 구겨지고 보풀도 일어나 있었다. 그는 평온하면서도 지쳐 보였고, 자리를 잡고 앉은 순간부터 피곤에 절어 점점 더 멍하니 꿈에 잠겼다. 점차 졸음을 못 이기고 그의 황갈색 머리가 숙어지며 양처럼 순하게 온몸이 축 처지더니 사다리 발치에 반쯤 기대어 미동도 없이 누웠다. 그 모습은 마치 3월에 설탕 같은 눈이 밤사이에 조용히 소리도 없이 내려 여명에 문턱 너머로 살펴보던 구릿빛 안색의 농부가 깜짝 놀라게 되는 그런 광경이었다.

2장
사람마다 생각이 다르다는 것을 보여주기

"맛이 살짝 간 놈이구먼!"

"불쌍한 놈!"

"도대체 누굴까?"

"캐스퍼 하우저."*

"세상에나!"

"흔치 않은 상판이군."

"유타주에서 온 어설픈 예언가지."

"사기꾼!"

"유달리 순진한 사람이야."

"뭔가가 있어."

---

* 1826년 뉘른베르크에서 발견된 수수께끼의 소년이다. 그는 16년간 감금당해 물과 빵만으로 연명했다고 주장하며, 자신의 신상에 대해서는 아무것도 알지 못한다고 했다. 소년이 한 말이 거짓인지, 사실인지는 끝내 밝혀지지 않았다.

"영혼을 부르는 사람이야."*

"백치."

"불쌍해라."

"주의를 끌려고 저러는 거야."

"저 사람 조심해."

"여기서 얼른 잠들어버리는 건 배에서 소매치기 짓이나 하려고 그러는 게 틀림없어."

"대낮의 엔디미온**이라고나 할까."

"피해 다니느라고 녹초가 된 도망친 죄수야."

"루즈에서 꿈을 꾸고 있는 야곱***이구먼."

근처**** 위쪽 갑판 앞쪽 끝에 있는 전망 좋은 십자가형 발코니에 모여서 각자 다른 생각이나 말을 나누며, 비문에나 쓸 법한 논평을 쏟아내던 온갖 사람들은 앞서 벌어진 일들을 목격하지 못했었다.

---

* 영문학자 에드윈 푸셀Edwin Fussell의 말에 따르면 19세기 미국의 초월주의자 오레스테스 브라운슨Orestes Brownson이 쓴 『영혼을 부르는 사람 The Spirit-Rapper』(1854)에서 멜빌이 『사기꾼—그의 변장 놀이 The Confidence-Man: His Masquerade』의 소재를 얻었다고 한다.

** 그리스 신화에 나오는 미소년으로, 달의 여신 셀레네가 그의 용모에 반해 더는 늙지 않도록 영원히 잠재운다.

*** 「창세기」 28장 11~15절을 보면 형 에서를 피해 도망간 야곱이 루즈에서 잠을 자다가 천상과 지상을 연결하는 사다리에서 천사들이 왔다 갔다 하는 꿈을 꾼다.

**** 본 번역의 원본인 펭귄 클래식판 『사기꾼』은 멜빌의 초판본을 기본으로 한다. 이 초판본은 작가인 멜빌과 여러 편집자를 거치며 계속 수정되었다. '근처'라는 표현도 원본에서 'hard by'라고 쓰였으나 그 후 'nearby'로 수정되었다.

마술에 걸려 무덤에 누운 사람처럼, 거짓말이든 잡담이든 간에 온갖 숙덕거림에 대해서는 다행히 아무것도 모른 채 그 벙어리이자 귀머거리 여행객은 여전히 평안하게 잠들어 있었고, 그러는 동안 배는 항해를 시작했다.

플라워리 킹덤*에 있는 빙킹칭 대형 선박용 운하와 미시시피강은 여러 부분이 비슷했다. 미시시피강은 수로처럼 평평하고 곳곳에 넝쿨이 얽힌 낮은 강둑 사이로 넓게 물이 흘렀고, 대국의 정크선처럼 내부를 치장하고 래커 칠을 한 거대한 증기선이 휘청거리며 지나갔기 때문이다.

피델호를 멀리서 처음 보는 사람이라면 수면 위로 높게 떠 있는 흰색의 육중한 선체에 총안銃眼 같은 작은 창문이 2층으로 나 있어서 작은 섬 위의 하얀 석벽으로 된 요새로 착각할 수도 있었을 것이다.

배의 갑판 위를 부산하게 돌아다니는 승객들은 거래 중인 상인들 같았다. 한편 눈에 띄지 않는 구역에서 빗속에 벌들이 갇혀버린 듯 윙윙거리는 소리가 났다. 훌륭한 산책로, 돔 형태의 살롱, 긴 회랑, 햇살이 비치는 발코니, 은밀한 통로, 신혼 방, 비둘기 집처럼 수많은 접견실, 접이 책상의 비밀 서랍처럼 후미진 곳에 있는 조용한 방들은 공용이거나 개인용 시설 같아 보였다. 경매꾼들과 위조지폐범들이 여기 어딘가에서 수월하게 거래를 하고 있을 수도 있었다.

---

* 플라워리 킹덤Flowery Kingdom은 중국을 뜻한다. 빙킹칭은 실제 중국 지명은 아니고 멜빌이 자기 식으로 붙인 가상의 지명을 나타내는 명칭이다.

사과에서 오렌지로, 이 기후에서 저 기후로 바뀔 정도로 1200마일이나 되는 먼 거리를 항해하긴 하지만, 거대한 여객선 피델호는 다른 작은 연락선처럼 오른쪽과 왼쪽에 있는 모든 기항지에서 내리는 사람들의 수만큼 새로운 승객들을 계속해서 받았다. 그래서 피델호에는 항상 낯선 사람들로 가득 찼고, 일정 정도 꾸준히 낯선 사람을 보태거나 더 낯선 사람으로 바꾸었다. 코르코바도산맥에서 물을 공급받아 항상 낯선 물이 넘쳐흐르고 어디를 가든 똑같이 낯선 물 입자는 없는 리우데자네이루 분수처럼 말이다.

한편 여러분이 보셨다시피 지금까지는 크림색 옷을 입은 그 남자가 눈에 띄지 않게 지나간 것만은 아니었다. 그런데 그런 그가 한적한 곳에 살금살금 들어가 잠을 청하여 계속 잤다는 것은 아마 자신처럼 초라한 신청자가 부탁하면 결코 들어주지 않는 법 없는 은혜로운 망각의 신에게 알랑거렸기 때문이리라. 강가에서 쳐다보던 군중들이 지금은 처마에 앉은 제비처럼 멀리 떨어져 무리 지어 있는 것이 희미하게 보였다. 그동안 모든 승객의 관심은 급류가 쏟아지는 미주리 해변의 높은 절벽과 탄환 제조탑*으로, 아니면 갑판에 모인 사람들 사이에서 절벽처럼 허세를 부리는 미주리 주민들이나 탄환 제조탑처럼 키가 큰 켄터키 주민들에게로 곧 쏠렸다.

이윽고 배가 두세 번 선착장에서 멈추었고, 잠자는 그 사람에 대한 좀 전의 짧은 기억은 잊었다. (그리고 그 사람 본인은

---

* 납을 녹여서 물에 떨어뜨려 총탄을 만드는 탑이다.

잠에서 깨어 아마 지금쯤 배에서 내린 것 같다.) 평소처럼 크게 군집을 이루던 모든 사람이 작은 무리로, 모임으로 흩어지고, 때에 따라서 이 사람들은 다시 네 명씩, 세 명씩, 혹은 둘로 흩어지거나 심지어 혼자 남기도 했다. 적당한 때가 되면 모두를 흩어지게 하는 자연의 법칙을 원치 않아도 따르는 것이다.

캔터베리를 찾은 초서*의 순례자들이나 축제 기간에 메카**에 가려고 홍해를 건넌 저 동양인들처럼 온갖 사람들이 모여 있었다. 각양각색의 원주민과 외국인, 사업가와 한량, 사교계 인사와 시골 무지렁이, 농가를 터는 사냥꾼과 명성을 좇는 사냥꾼, 상속녀 사냥꾼, 금 사냥꾼, 물소 사냥꾼, 벌 사냥꾼, 행복 사냥꾼, 진실 사냥꾼 그리고 이 모든 사냥꾼을 쫓고 있는 훨씬 더 똑똑한 사냥꾼들. 슬리퍼를 신고 있는 멋진 숙녀들과 모카신을 신은 원주민 여자들. 북부에서 온 주식 투기꾼들과 동부의 철학자들. 영국인, 아일랜드인, 독일인, 스코틀랜드인, 덴마크인. 줄무늬 담요를 두른 산타페의 무역상. 금실로 짠 천 스카프를 두른 브로드웨이 총각, 잘생긴 켄터키 뱃사공, 일본인처럼 생긴 미시시피의 면화 농장주, 칙칙한 녹색 옷으로 온몸을 두른 퀘이커 교도, 미국군 연대의 군인들. 노예, 흑인, 물라토,

---

* 제프리 초서 Geoffrey Chaucer. 영국 시詩의 아버지라 불리는 시인으로,『캔터베리 이야기 Canterbury Tales』(1387~1400)를 썼다. 이 작품에는 캔터베리로 순례를 온 각양각색의 사람들이 등장한다. 이 순례객들도 4월에 순례를 시작했다.
** 사우디아라비아 남부에 있는 도시로 이슬람교의 창시자인 마호메트의 고향. 이슬람교 최고의 성지다.

콰드룬.* 젊은 멋쟁이 스페인 혼혈들. 구닥다리 프랑스계 유대인. 모르몬교 교도와 가톨릭, 부자와 나사로들,** 어릿광대들과 문상객들. 금주주의자와 파티광들. 교회 집사와 파업 방해자들. 원리주의 침례교도와 남부 시골뜨기들, 씩 웃고 있는 흑인과 고위 사제처럼 엄숙한 표정의 아메리카 원주민 수족 추장들. 한마디로 인간, 즉 순례하는 다양한 인종이란 인종은 다 모인 아나카르시스 클로츠***의 의회, 다름 아닌 잡종 의회였다.

소나무, 너도밤나무, 자작나무, 서양 물푸레나무, 미국 낙엽송, 독미나리나무, 가문비나무, 참피나무, 단풍나무들이 모여 자연적으로 생긴 숲속에서 그 나무들의 이파리가 섞이듯, 이 사람들의 다양한 얼굴 생김새와 의상이 뒤섞여 있었다. 타타르족**** 같은 운치. 일종의 이교도적인 방종과 자신감. 이곳엔 모든 것을 녹이는 기세 좋은 서부의 정신이 지배한다. 그리고 그 정신은 미시시피강 자체이다. 왜냐하면 미시시피강은 엄청나게 멀리 떨어진, 정반대 지역에서 내려온 물길들을 모아 코즈모폴리턴적이고 자신감 넘치는 하나의 조류 안에서 뱅뱅 돌아가도록 쏟아부으니 말이다.

---

* 물라토는 부모 중 한 명이 흑인인 혼혈이고, 콰드룬은 조부모 중 한 명이 흑인인 혼혈이다.

** 『성경』에 나오는 인물들이다. 나사로는 부자의 집 앞에 사는 거지지만 천국에 가고 부자는 지옥에 간다.

*** 아나카르시스 클로츠Anacharsis Cloots는 프러시아의 남작으로 프랑스혁명 당시 중요한 역할을 한 인물이다.

**** 중앙아시아에 사는 투르크족의 한 분파.

3장
그곳에 다양한 등장인물이 나타나다

    배 앞쪽에서 거친 삼베옷을 걸치고 손에는 탬버린처럼 생긴 낡은 석탄 체를 쥐고 있는 괴상하게 생긴 절름발이 흑인은 매력이라고는 없었으며, 다리에 문제라도 있는지 사실상 뉴펀들랜드 종種 개 정도의 키밖에 되지 않았다. 신통치 않은 노래로 심각하기 그지없는 얼굴도 미소 짓게 만들며 겨우 다리를 끌고 갈 때, 엉키고 텁수룩한 검은 머리카락에 성격 좋고 정직해 보이는 그의 검은 얼굴이 사람들의 넓적다리 윗부분을 스쳤다. 몸은 뒤틀리고, 궁핍하고, 집도 없는 그가 돈, 가정, 사랑, 그리고 멀쩡한 사지까지 모든 소유물로도 명랑해질 수 없는 일부 군중들을 유쾌하게 웃게 만들며, 밝은 얼굴로 잘도 참는 그 사람을 바라보는 것은 흥미로운 일이었다.

    "영감, 이름이 뭔가?" 자줏빛 안색의 소몰이꾼이 검은 수송아지 이마에 난 꼬불꼬불한 털을 만지듯 절름발이의 무성한 머리에 커다란 자주색 손을 얹고 이렇게 물었다.

"깜둥이 기니*라고 부르구만유, 나리."

"기니, 주인은 누군데?"

"나리, 지는 주인 없는 개구먼유."

"주인 없는 개라고? 그으래? 저런, 네 처지를 보니, 기니야, 참 안됐다. 주인 없는 개들은 뱃삯 내기도 힘든 법이지."

"그럼유. 나리. 그럼유. 하지만 다리가 이렇게 된 게 보이시지유. 워떤 신사분이 요런 다리를 부리려고 하것시유?"

"그건 그렇고, 넌 어디서 사냐?"

"나리, 강변이 다 지 집이구만유, 지금은유. 배가 서는 곳에 남동상 보려고 가는 길이어유. 그래도 대처에서 주로 살구만유."

"세인트루이스시 말이야? 밤엔 어디서 자는데?"

"맘씨 좋은 제빵사 오븐 바닥**에서유, 나리."

"오븐 안 말이냐? 도대체 어떤? 어떤 제빵사가 자기 오븐에서 고급스러운 하얀 롤 케이크 옆에 시커먼 빵을 굽는지 내가 좀 알아야겠다. 그 쓸데없이 너그러운 제빵사가 도대체 누구야?"

"저기 그 사람이 있지유." 그가 탬버린같이 생긴 체를 머리 위로 높게 들어 올릴 때 얼굴 전체에 웃음이 퍼져나갔다.

"해가 그 제빵사라고, 어?"

---

* 지금의 1파운드 정도의 가치가 있는 동전.

** 제임스 홀의 『서부 주들에 대한 노트*Notes on the Western States*』에 보면 '악마의 오븐(Devil's Bake-oven)'이라고 불렸던 허풍쟁이에 대한 언급이 나온다.

"그럼유, 나리. 대처에서는 밤에 이 늙은 깜둥이가 길거리에서 잘 자라고 저 맘씨 좋은 제빵사가 돌을 데워놓지유."

"하지만 여름철에만 그렇겠지. 여보시게, 차가운 코사크 병사*들이 칼 소리에 요란하게 징까지 치면서 밀려오는 겨울에는 어떻게 하나? 영감, 겨울엔 어떻게 지내?"

"그때야 이 불쌍하고 늙은 깜둥이가 엄청 달달 떨지유, 나리. 참, 나리, 참! 겨울은 말도 마시유." 회상이라도 하듯 몸을 부르르 떨더니 몸이 반쯤 얼어버린 검은 양**이 무리 지은 흰색 양들 한복판에 슬그머니 밀고 들어가 잠자리를 잡듯이 그는 빽빽하게 모여 있는 사람들 속으로 발을 질질 끌며 들어갔다.

그 검둥이는 지금까지 동전을 많이 벌지 못했다. 그리고 그 배에 있던 사람들 중 검둥이의 이상한 생김새가 결국 눈에 익어버린, 다소 예의 바르지 못한 승객들은 그를 볼 만큼 봐서인지 더는 신기해하지 않았다. 그러자 갑자기 검둥이가 사람들의 관심을 원래대로 끌고도 남을 방편을 부렸다. 즉 어쩌다 한 건지, 일부러 한 건지는 모르겠지만, 어쨌든 오락과 자선을 한 방에 끌어모을 수 있는 기발한 짓을 한 것이다. 비록 그 일이 다리를 저는 것보다 더 심하고 자신을 개의 처지로 낮추는 것이긴 했지만 말이다. 간단히 설명하자면, 개처럼 보이던 그 사람이 지금은 아예 개 노릇을 우스꽝스럽게 해서 개 취급을 받기 시작한 것이었다. 그는 군중들 사이로 발을 계속 끌며 지나가

---

* 러시아 쪽에서 불어오는 바람을 의인화한 것이다.
** 골칫덩어리나 환영 못 받는 사람을 이르는 표현이기도 하다.

다가, 마치 던져주는 사과를 받으려는 동물원의 코끼리처럼 간간이 가던 길을 멈추고 서서 고개를 뒤로 젖혀 입을 벌렸다. 그러면 사람들이 약간 떨어져 서서 절름발이의 입을 목표물이자 지갑 삼아 입속으로 동전을 던지는 희한한 놀이를 한바탕 한 것이다. 또한 솜씨 좋게 동전을 받을 때마다 검둥이는 탬버린을 미친 듯 흔들어대며 환호했다. 동냥을 받는 사람이 되는 것도 고달픈 일인데, 힘든 와중에도 기쁘고 감사하는 듯이 보여야 한다고 생각하면 아마 훨씬 더 고달플 게 틀림없다. 하지만 어떤 감정을 숨기고 있든, 그는 그 감정을 삼켜 억눌렀고, 식도 한쪽 편에 모든 동전을 보관해두었다. 그는 거의 항상 웃는 표정이었다. 비록 더욱 신이 난 의료 복지사들이 던진 동전 몇 개가 불쌍하게도 치아에 거의 부딪힐 뻔해서 한두 번 움찔하긴 했지만 말이다. 그리고 그 사고로 인한 불쾌함은 지금까지 던진 동전들이 단추였다는 사실을 알고 더 심해졌다.

이 자선 게임이 여전히 한창일 때, 다리를 절고 날카로운 눈에 우거지상을 한 사람이(아마 관세청에서 해고된 공무원인가 본데 갑자기 먹고살 길을 뺏기자, 모든 것과 모든 사람을 미워하거나 혹은 의심하고, 스스로의 삶을 불행하게 만듦으로써 정부와 사람들에게 복수해야겠다고 결심한 모양이었다) 그 검둥이를 여러 각도에서 딱한 듯 관찰했다. 그러더니 이 어리석고 불행한 사람은 검둥이의 장애가 가짜이며 돈을 벌 목적으로 저러는 것이라고 거친 목소리로 크게 외치기 시작했다. 결국 이 때문에 동전 던지기 선수들이 흥겹게 자선을 베푸는 일은 당장 제동이 걸리고 말았다.

하지만 이 의심이 똑같이 나무다리를 하고 절뚝거리는 사람에게서 나왔다는 것이 거기에 있던 사람들에게 충격을 준 것 같지는 않았다. 절름발이들 사이에는 누구보다 큰 동료애가 있을 거라든가, 아니면 적어도 동료 절름발이를 낱낱이 혹평하는 일은 삼가야 하고, 단적으로 서로의 불행에 대해 약간의 동정심은 가져야 한다는 불문율이 이 사람들에게는 떠오르지 않는 것 같았다.

한편, 아까는 참을성 있고 선량한 성격이 뚜렷이 나타났던 검둥이의 안색이 지금은 극심한 고통과 근심으로 풀이 죽었고, 표정도 점점 굳어갔다. 지금까지 일반적인 위치보다 훨씬 낮게, 비굴하게 숙이고 있던 그 뉴펀들랜드 종 개의 얼굴은 자신보다 똑똑한 사람들이 뭐든 제멋대로 하려고 드는 것이 옳고 그름의 문제와는 아무런 상관없다는 것을 본능적으로 알아차리기라도 한 듯, 힘없이 희망도 없이 애원하는 표정을 지었다.

그러나 본능은 아는 것이 많을지라도 이성보다는 아래에 있는 선생님이다. 그 희곡에서 퍽*이 주문을 걸어 리산데르를 현자로 만들고 난 후, 이성은 리산데르의 엄숙한 말을 빌려서 이렇게 말했다.

---

* 중세 영국 민화에 나오는 사악한 요정이다. 여기서는 윌리엄 셰익스피어(William Shakespeare, 1564~1616)의 희곡「한여름 밤의 꿈A Midsummer Night's Dream」에 나오는 실수투성이 장난꾸러기 요정을 말한다. 리산데르도 같은 희곡에 나오는 등장인물이다.

"인간의 의지란 그의 이성에 의해 좌우되는 것이다."*

그래서 성격이 변하더라도 그게 항상 제멋대로 되는 것은 아니며, 리산데르의 예에서나 현재의 예에서처럼 판단력이 향상되어 작용하기도 하는 것이다.

그렇다, 그들은 검둥이에게 호기심이 생겨 꼼꼼히 살펴보기 시작했다. 그 순간 자기 말이 효과가 있었다는 게 이렇게 증명되자 힘을 얻은 그 나무다리 남자는 다리를 절뚝거리며 검둥이에게 다가가서 검둥이가 속이고 있다는 자신의 주장을 현장에서 증명하려고 마치 자신이 교구 직원이라도 된 듯이 그를 발가벗겨 쫓아내려고 했다. 하지만 군중의 함성 때문에 그렇게 하지는 못했다. 군중은 지금 그 불쌍한 검둥이 편이 되어, 방금까지 그들의 마음을 반대쪽으로 끌고 가는 데 거의 성공했던 그 사람에게 대항했다. 그래서 나무다리를 한 그는 물러날 수밖에 없었다. 이제 이 둘을 제외한 나머지 사람들은 자신들이 이 사건에 유일한 판사가 되었다는 걸 알았고, 그런 역할을 맡을 기회를 도저히 뿌리칠 수가 없었다. 지금 이 불쌍한 검둥이처럼 법정에 선 사람에게 형을 선고할 수 있는 자리에 앉는 즐거움을 누리고 싶은 것이 인간의 약점이라서라기보다는 이런 일이 이상하게도 인간의 인지력을 선명하게 만들기 때문이

---

* 「한여름 밤의 꿈」 2막 2장에 나오는 대사. 요정 오베론은 퍽에게 눈에 바르면 깨어나서 처음 본 사람을 사랑하게 되는 꽃의 즙을 짜 데메트리우스에게 바르라고 했는데 퍽이 실수로 리산데르에게 발라버린다. 리산데르는 잠에서 깨어난 후 원래 사랑했던 헤르미아를 버리고 헬레네에게 반해버린다.

었다. 다시 말해 범인으로 보이는 사람이 어떤 판사에게 푸대접 받는 장면을 옆에서 보다가 동정심이 일어난 게 아니라, 갑자기 한 떼의 군중이 다 같이 그 사건의 판사가 되어버린 것이라고 할 수 있다. 예전에 아칸소주에서 한 남자가 살인 혐의로 유죄 판결을 받았는데, 그 사람이 받은 선고를 부당하다고 여긴 사람들이 그를 구출하여 직접 판결을 내리려고 했다. 그 결과, 법정에서 받은 판결보다 죄가 더 중하다는 사실이 밝혀지자 사람들은 당장 그를 사형에 처해버렸다. 결국 친구들에 의해 교수형을 당하는 엄중하게 경각심을 주는 광경이 교수대 위에서 펼쳐진 것이다.

하지만 그런 극단적인 사례나 그와 비슷한 짓을 하려고 지금 군중이 모인 것은 아니었다. 사람들은 잠시 그 검둥이에게 공정하고 신중하게 질문을 던지는 것으로 만족했다. 그들은 먼저 그의 상황이 가짜가 아니라는 것을 증명할 어떤 문서로 된 증거나 확실한 서류가 있는지를 물어보았다.

"아녀요, 아녀. 이 불쌍한 늙은 놈은 그런 귀한 서류는 하나도 없서유." 검둥이가 흐느꼈다.

"하지만 널 위해 변호해줄 사람도 없어?" 배 저편에서 방금 온 어떤 사람이 물어보았다. 그 사람은 성공회 신부였는데 길게 뻗은 검은 코트를 입었고, 키는 작지만 남자답게 생기고 맑은 얼굴에 눈은 파랬다. 또한 순진하고 다정다감하며, 태도에서 분별력과 지도력을 풍기는 사람이었다.

"오, 그럼유. 그럼유, 나으리." 마치 아까 자선이 냉담하게 식는 바람에 갑자기 얼어붙었던 기억력이 처음으로 친절한 말을 들고 다시 녹은 듯 그가 신이 나서 대답했다. "오, 그럼유. 오, 그려유. 아주 훌륭하고 좋은 신사분이 배에 있지유, 상장喪章을 달았시유. 그리고 회색 코트에 흰 넥타이를 하신 신사분도 있구. 그분은 지에 대해서 다 알어유. 또 큰 책을 가진 신사분도 있어유. 민간요법사도유. 노란색 조끼를 입은 신사분도 있고. 청동 명패를 단 신사분도 있슈. 보라색 예복을 입은 신사분도 있고. 군인 같아 보이는 신사분도 있시유. 그리고 배 위에 아주 아주 더 많은 착하고 친절하고 정직한 신사분들이 지를 알고 좋게 말해줄 거구만유. 복 받으실규, 그분들. 그럼유. 이 불쌍한 깜둥이 놈이 지 자신을 알듯이 지를 잘 알고 계시지유.* 복 받으실 양반. 아유, 그분들을 찾으셔유, 그분들을 찾아유."** 검둥이는 진지하게 덧붙였다. "그분들 빨리 데리고 와서 다 보여주라고 하셔유. 이 불쌍한 깜둥이로 말하자면 훌륭허신 신사님들이 신뢰하실 만하다는 걸 말이어유."

"하지만 우리가 어떻게 이 많은 사람 사이에서 그들을 찾는단 말이야?" 손에 우산을 든 행인이 이렇게 물었다. 중년의 그는 보기에는 시골 상인인 것 같고 천성이 착하긴 했으나 해고된 관세청 직원이 지나치게 적의를 품는 것을 보고 최소한 조심은 하고 있었다.

"어디서 우리가 그 사람들을 찾는단 말이야?" 젊은 성공회

---

* 일종의 더블 앙탕드레double entendre(이중적 의미를 가지는 어구)로 이 책에 등장하는 사기꾼이 상대방을 조롱하기 위해 잘 쓰는 어법이다.

** 이 사람들은 앞으로 전개될 각 에피소드에서 사기를 치는 사람들이다. 이 사람들은 한 명이 변장했을 수도 있고, 여러 명일 수도 있다.

신부가 반쯤은 비난조로 같은 말을 되풀이했다. "우선 한 명이라도 찾으러 가야겠구먼." 재빨리 이렇게 덧붙이더니 그 말에 걸맞게 친절하고도 서두르는 태도로 멀리 걸어가버렸다.

"부질없는 짓이야!"* 이때 나무다리를 한 사람이 또다시 다가와서 거칠게 말했다. "그 사람들 중에 하나라도 배에 타고 있다고 믿지 마시오. 이런 거지에게 어떻게 그렇게 훌륭한 친구들이 한 보따리나 있겠어요? 저 사람은 하려고만 들면 얼마든지 빨리 걸을 수 있어요, 나보다도 훨씬 빨리요. 하지만 거짓말은 더 빨리하지. 저 사람은 거시기 뭔가 하는 백인 사기꾼이요. 사람들을 꾈 미끼 삼아 몸을 뒤틀고 온몸에 칠을 한 거요. 저 사람이나 친구나 모두 다 사기꾼이지."

"여보게, 당신은 사랑이 뭔지 모르는가?" 차분하지 않은 모습과 대조되는 목소리로 감리교파 목사가 다가서며 말했다. 그는 키가 크고 근육질인 데다가 군인처럼 보이는 남자로 테네시주 태생이었고, 멕시코 전쟁**에서 지원 보병연대에 자원했던 사람이었다.

나무다리를 한 남자가 다시 끼어들었다. "사랑과 진실은 별개예요. 그 사람은 악당이오. 내가 장담하지."

"하지만 이봐, 다른 사람들처럼 저 불쌍한 사람을 너그럽게 봐주는 건 어떤가?" 군인같이 생긴 그 감리교 목사가 말했다. 목사가 점점 더 그 사람에게 차분한 태도를 유지하기 힘들어

---

* 원문은 'wild goose chase'. 45장에도 같은 표현이 나온다. 475쪽 참조.
** 1846~48년까지 벌어졌던 미국과 멕시코 간의 전쟁.

진 건 그 사람의 말투가 너무도 거칠어서 그런 대접을 해줘야 할 것 같지 않았기 때문이다. "저 사람, 정직해 보이지 않나, 아닌가?"

"보이는 것과 사실은 별개지요." 상대편이 거친 말투로 심술궂게 내뱉었다. "그리고 목사님 눈에는 그놈이 악당이란 걸 빼고 달리 무슨 해석이 됩디까?"

"캐나다 엉겅퀴*처럼 굴지 말게나." 아까보다 짜증스럽게 감리교 목사가 충고했다. "자비, 이봐, 자비 말이야."

"당신, 자비를 어디다 써먹는다고 그래! 천당에서나 상관있지." 또다시 상대방이 악마처럼 거칠게 내뱉었다. "여기 이 땅에서는 말이야, 진실한 자비는 맹목적으로 베풀고 거짓 자비는 음모를 꾸미지. 누가 바보에게 키스하면서 배신을 하면,** 그럼 자비로운 바보는 그 사람과 사랑에 빠졌다고 믿고 사랑을 베풀거고, 증인석에 서게 된 자비로운 악당은 법정에 선 자기 동료에게 유리하도록 자비로운 증언을 하지."

점잖은 감리교 목사가 점점 커지는 의분을 억누르려고 애쓰며 다시 대꾸했다. "이봐, 친구, 내 솔직하게 말하지. 제발 당신은 주제 파악이나 해. 당신 집에서나 그러라고." 마음속 감정 때문에 침착한 표정이 살짝 떨리면서 그는 이어 말했다. "지금, 그 입에서 나온 말을 듣고 당신 성격이 어떤지 알고도 남을 판

---

* 유해하고 잘 번지는 잡초의 일종.
** 예수의 열두 제자 중 하나인 가룟 유다가 예수에게 키스하고 배신한 것을 암시.

인데 내가 뭘 사랑을 베풀 일이 있겠어. 그래, 내가 당신을 얼마나 악하고 무자비한 사람이라고 생각하는지 아나?"

"물론이지." 씩 웃으며 그 남자가 말했다. "경마 기수가 양심을 잃는 것과 상당히 비슷하게 무자비한 어떤 사람이 경건한 신앙을 잃어버렸구먼, 뭐."

"이봐, 그게 어떻게 그렇다는 건가?" 양심에 찔리자 마치 목에 큰 가시라도 박힌 듯 목사가 목젖을 삼키며 말을 이었다.

"어떻게 그렇게 되든 상관 마셔." 남자가 비웃듯 말했다. "하지만 모든 말[馬]이 다 덕스러운 건 아니듯, 인간이 다 착한 게 아닌 것도 마찬가지지. 그리고 가까이에서 많이 다루다 보면 감이 척 오는 법이야. 날 덕스러운 기수라고 생각해주면, 난 목사님을 인자하고 현명한 사람이라고 생각해주지."

"뼈가 있는 말이군."

"그 말에 당황하시다니 보기보다 어리석구만."

"이런 잡놈을 봤나!" 결국 화가 끓어 넘치기 직전이 된 상대편이 말했다. "신앙심도 없는 잡놈 같으니! 내가 사랑만 생각하지 않았다면 너에게 걸맞을 욕이란 욕은 다 해줄 텐데."

"정말, 그럴 수 있을까나?" 그 사람이 건방지게 비웃으며 말했다.

"그래, 내 이 자리에서 사랑이 뭔지 가르쳐주지." 약이 오른 감리교 목사가 소리쳤다. 성질을 돋우던 상대방의 다 떨어진 코트 칼라를 목사가 갑자기 움켜잡아 흔들어대자 목재 의족이 볼링 핀처럼 갑판 위에서 덜거덕거렸다. "넌 날 군목으로 봤지, 그렇지? 넌 더러운 겁쟁이야. 기독교인을 욕보이고 무사할 수 있다고 생각하다니. 사람 잘못 봤어." 또다시 힘껏 흔들었다.

"십자가 군병이 말도 시원시원하고, 행동은 더 시원하게 하시네!" 한 사람이 크게 소리 질렀다.

"세상과 싸우는 용감한 목사님이셔!" 또 다른 사람이 소리쳤다.

"브라보, 브라보!" 의지가 굳은 챔피언을 응원할 때처럼 여러 사람이 다 함께 열렬히 소리쳤다.

"당신들 모두 바보야!" 나무다리를 한 사람이 발버둥을 치며 몸을 빼더니 군중을 향해 흥분해서 소리쳤다. "이 바보 떼들아! 바보들을 가득 태운 배* 안에서 저 바보들의 선장 명령이나 듣고."

이렇게 외치더니 자신을 훈계하는 사람에게 말뿐인 위협을 한 후, 마땅히 정의의 심판을 받아야 할 이 사람은 마치 그런 떼거리와 더 이상 말싸움하는 것이 경멸스럽다는 듯이 다리를 절며 돌아섰다. 그러나 그의 행동은 뒤따라오는 야유 소리로 모진 대가를 받았다. 그 와중에 용감한 감리교 목사는 아까 꾸지람한 게 흡족했던지 아량이 넘쳐서 그런 야유에는 끼어들지 않았다(아량이 넓다는 것 말고 더 좋은 이유는 생략하겠다). 다만 그는 자리를 떠난 그 배교자를 가리키며, "저 사람이 한 다리

---

* 제바스티안 브란트Sebastian Brandt의 『나렌쉬프Narrenshiff』(1494)는 영국의 알렉산더 바클레이Alexander Barclay에 의해 『바보들을 실은 배The Ship of Fools』로 번역되어 소개되었다. 이 책에서 작가는 갖가지 바보들을 소개하고, 이들을 배에 실어 바보들이 사는 땅으로 보내버린다. 소설의 '바보들을 가득 태운 배'라는 표현은 이 책을 떠올리게 한다.

로 어기적거리면서 걷는 것은 인간성이 한쪽으로 치우친 걸 상
징적으로 보여주지"라고 말할 뿐이었다.

"그래, 변장한 미끼를 믿어보라지." 흑인 절름발이를 다시 가
리키며 상대방이 멀리서 대답했다. "그게 내가 하는 복수야."

"우리가 그 사람을 믿겠다는 게 아니야." 어떤 사람의 목소
리가 크게 되받아쳤다.

"훨씬 더 좋은 것은." 그가 다시 조롱했다. "이봐, 당신들."
꼼짝 않고 서 있던 그가 이렇게 덧붙였다. "이봐 당신들, 나 보
고 캐나다 엉겅퀴라고 했지. 잘했어. 그리고 더러운 것이라고
도 했고. 훨씬 더 낫군. 그래서 당신들 사이에서 이 더러운 캐
나다 엉겅퀴를 마구 흔들어줬지. 제일 낫네. 분명히 씨를 막 퍼
트렸을 테니까. 그런데 싹이 안 날까? 그리고 싹이 나면 당신
들은 어린 엉겅퀴를 싹둑 자르지? 그러면 더 많은 싹이 나지
않을까? 그게 더 잘 자라라고 다독이고 어르니까. 자, 나의 엉
겅퀴로 당신들 농장이 가득 차겠군. 그러면 이제 당신네 농장
을 버려야 할걸!"

"저게 다 무슨 소리래요?" 한 시골 상인이 빤히 쳐다보며 물
었다.

"아무것도 아니요. 제 맘대로 안 되니까 늑대가 도망가면서
울부짖는 소리예요." 감리교 목사가 말했다. "성내고, 더 크게
성을 내는군. 그런 건 불신앙의 사악한 마음이 낳은 나약한 자
식이오. 그게 저 사람을 화나게 했지요. 아마 저 사람은 날 때
부터 타락한 인간이 아닌가 싶소, 친구들이여." 그는 설교단에
서 하듯이 팔을 들어 올렸다. "사랑하는 신도들이여. 이 한량이

벌인 우울한 광경을 보고 우리가 어떤 훈계를 얻을 수 있을까요? 교훈을 얻어 이득을 봅시다. 글쎄, 그 교훈은 이런 게 아닐까요? 하나님의 섭리를 불신하는 것과 함께 경계하고 기도할 것이 있다면 그건 바로 동료에 대한 불신이라는 것이오. 나는 비참한 우울증 환자들로 가득 찬 정신병원을 여러 곳 가보았고 거기서 의심의 끝이 무엇인지를 보았소. 미쳐서 구석에서 침울하게 중얼거리는 냉소주의자의 모습이오. 몇 년 동안이나 그곳에서 아무 쓸모 없이 처박혀 있었소. 고개를 뒤로 기대고 입술을 물어뜯으며 독수리같이 말이오. 그러는 동안 가끔씩 반대쪽 구석에 있는 백치가 그에게 인상을 찌푸렸지."

"참 훌륭한 예를 들어주시는구면." 한 사람이 속삭였다.

"타이먼*도 구슬리겠어."라는 대답이 들렸다.

"오, 오, 착허신 신사님들. 이 불쌍하고 늙은 깜둥이에게 영 신뢰가 안 가남유?" 아까 마지막으로 나갈 때는 놀라서 큰 발소리와 함께 사라졌던 검둥이가 때마침 돌아와 울부짖었다.

"당신을 신뢰해?" 아까 속삭였던 그 남자는 갑자기 태도를 바꿔 흘깃 돌아보며 검둥이가 한 말을 따라 했다. "그거야 지켜보면 알 일이지."

"어이 깜둥이, 그게 뭔지 가르쳐줄게." 아까 속삭이던 남자에

---

* 셰익스피어의 희곡 「아테네의 타이먼Timon of Athens」의 주인공 타이먼을 가리킨다. 셰익스피어의 희곡에 따르면 아테네의 부자 타이먼은 착하고 사람을 잘 믿어서 많은 사람에게 후의와 자선을 베풀지만 재산을 잃는다. 그가 가난해지자 지금까지 그를 따르던 사람들이 그를 무시하고 배척하게 되고 이에 화가 난 타이먼은 원한을 품고 아테네를 떠나 정처 없이 떠돌아다닌다.

게 대답했던 사람 역시 바뀐 목소리로 말했다. "저기 있는 잡놈이," 멀리 보이는 나무다리를 가리키며 말했다. "나쁜 짓을 하고도 남을 놈인 게 분명해. 저놈처럼 되고 싶진 않아. 하지만 당신이 검둥이 사기꾼 제러미* 같은 족속이 아니라고 할 이유도 없지."

"그럼 이 늙은 깜둥이를 신뢰하지 않는 건가유?"

"신뢰하기 전에," 세번째 사람이 말했다. "당신을 변호해줄 친구 한 명이라도 찾으려고 갔던 친절한 신사가 뭐라고 하는지 기다렸다가 들어봐야지."

"이런 경우," 네번째 사람이 말했다. "여기서 크리스마스 때까지 기다리기 십상이지. 그 친절한 신사를 다시 못 볼 게 뻔해. 잠시 찾아보다가 실패하면 바보짓을 했다고 결론지을 것이고, 그러면 순전히 부끄러워서라도 다시 여기로 안 돌아올걸. 사실 나부터 저 깜둥이가 약간 꺼림칙해. 이 깜둥이는 뭔가 수상한 게 있어, 틀림없다니까."

검둥이가 또다시 엉엉 울었다. 방금 그 사람의 말에 절망한 그는 몸을 돌려 감리교 목사의 코트 자락을 애원하듯 붙잡았다. 하지만 아까는 열정적으로 끼어들었던 그 사람이 변해 있었다. 목사는 이도 저도 못 하겠다는 듯 난처해하며 애원하는 그를 아무 말 없이 바라보았다. 아마도 본능적으로 뭔가를 느껴 맨 처음 살짝 생겼던 그 사람에 대한 불신이 지금 점점 되

---

* 제임스 케네디의 『바람을 일으키며 *Raising the Wind*』(1803)의 주인공으로 사기꾼을 일컫는 말이 되었다.

살아나 오히려 더 독해지고 있었다.

"이 늙고 불쌍한 깜둥이를 전혀 신뢰하지 않는 거지유." 검둥이는 코트 자락을 놓고 애원하듯이 주변에 있는 모든 사람을 돌아보며 또다시 흐느꼈다.

"그래, 이 불쌍한 친구. 내가 당신을 신뢰해주지." 순간 아까 말했던 시골 상인이 이렇게 외쳤다. 무자비한 말 뒤에 이어진 검둥이의 애원이 너무 불쌍하게 들려 자비롭게도 결국 그가 편을 들기로 한 것 같았다. "그리고 여기, 여기. 내가 믿는다는 약간의 증거를 내놓겠소." 이 말을 하며 그가 우산을 팔 아래에 찌르고, 주머니 안에 손을 넣어 지갑을 꺼냈다. 그는 그 와중에 실수로 지갑과 함께 명함도 꺼냈는데, 그 명함이 아무도 보지 않을 때 갑판 위로 떨어졌다. "여기, 여기 있소, 불쌍한 친구." 그는 이렇게 말을 이으며 50센트를 내밀었다.

동전보다도 친절이 더 고마웠던 절름발이의 얼굴은 잘 닦아 놓은 구리 팬처럼 반짝거렸다. 그는 다리를 끌며 한 발짝 앞으로 다가오더니 한 손을 위로 쳐들어 동냥을 받았고, 그러면서 무의식적으로 하는 행동인 듯 가죽을 씌운 불구의 다리를 앞으로 내밀어 명함을 덮었다.

상인의 선행이 흔한 동정심에서 나오긴 했지만 군중에게 어느 정도 달갑지 않은 반응을 일으킨 것은 그 선행에 그들을 향한 약간의 질책이 담겨 있었기 때문이었다. 또다시 어느 때보다도 더 끈질기게 검둥이를 비난하는 고함이 일어났다. 검둥이 역시 통한의 눈물을 쏟으며, 무엇보다 자기가 아까 말해주었던 명단의 친구들이 얼마든지 자신을 변호해줄 것이니 아무나 그 사람들 좀 찾아달라고 거듭 애원했다.

"네가 직접 가서 찾지 그래?" 뚱하게 생긴 한 선원이 따졌다.

"지가 어떻게 직접 찾겠어유? 이 형편없고 늙은 절름발이 깜둥이의 친구들이 꼭 저를 보러 올 거구만유. 아, 이 깜둥이의 착한 친구, 그 상장을 단 양반은 어디 있나유?"

이때 한 승무원이 벨을 울리며 다가와 표가 없는 사람들은 모두 선장 사무실로 오라고 했다. 공지를 받고 절름발이 흑인 주변에 있던 군중이 빠르게 줄어들었고 절름발이도 아마 다른 사람들과 같은 일을 하려는 듯 쓸쓸히 발을 내디디며 곧 시야에서 사라졌다.

4장

옛날에 알고 지내던 사람과의 재회

"안녕하십니까, 로버츠 씨?"

"뭐라고요?"

"저를 모르시나요?"

"전혀 모르는 분이군요."

선장 사무실 주변에 모인 사람들이 좋은 시간을 보낸 후 뿔뿔이 흩어지자, 깨끗한 상복을 점잖게 차려입고 화려함과는 거리가 멀게, 모자에 긴 상장喪章을 단 사람*과 아까 보았던 시골 상인이 선미 쪽 발코니에서 우연히 만났다. 상장을 단 사람이

---

* 멜빌 연구자 헬렌 트림피Helen Trimpi는 이 사람이 영국의 시인 윌리엄 워즈워스에 비견되는 미국 시인 윌리엄 컬런 브라이언트William Cullen Bryant를 모델로 했다고 주장한다. 반면 윌리엄 램지William M. Ramsey는 이 인물이 사기꾼 바넘Barnum이 벌였던 사기행각 중 하나를 모티프로 한다고 주장한다. 사기꾼 바넘은 자신이 피부색을 희게 만들어줄 수 있는 약초(weed, 영어 weed는 상장喪章이라는 뜻도 있다)를 발명했다고 거짓말을 하고 흑인으로 분장한 백인이 매일 조금씩 하얗게 변해가는 모습을 보여주며 사기를 쳤다.

40

옛날 알고 지내던 사람을 알아보고 먼저 말을 걸었던 것이다.

상장을 단 사람이 다시 말했다. "제 얼굴을 기억하지 못하시다니요, 선생님. 저는 선생님을 마지막으로 뵌 지가 한참이 아니라 30분 전인 것처럼 선명하게 기억나는데, 웬일일까요. 지금도 제가 기억나지 않으십니까? 자세히 보세요."

"양심껏, 진짜로, 모릅니다." 당황한 그는 솔직하게 말했다. "맹세코, 선생님, 전 당신이 누군지 진짜, 진짜 모르겠습니다. 하지만 가만히 있어 보세요, 가만히." 그는 그 낯선 사람의 모자 위에 있는 크레이프 천을 바라보다가 반가운 듯이 서둘러 덧붙였다. "가만히 있어 보세요, 그렇군, 이제 알 것 같군. 안타깝게도 개인적으로 선생님을 아는 건 아니지만, 적어도 당신이 누군지 들어본 적이 있어요. 그것도 아주 최근에 확실히 들어봤어요. 여기 배에 있는 한 불쌍한 검둥이가 다른 사람들보다 특히 당신에게 그의 인적사항을 물어보라고 했지요, 아마."

"아, 그 절름발이. 불쌍한 놈이죠. 그 사람 잘 알아요. 사람들이 날 찾아왔죠. 내가 그를 위해 얘기해줄 수 있는 건 모두 말해주었어요. 사람들의 불신을 좀 덜어주었다고 생각해요. 좀 더 실질적인 도움을 줄 수 있었으면 좋았을 텐데." 그 사람이 덧붙였다. "그리고 말이 났으니 말이죠, 선생님, 떠오르는 게 있어서, 이렇게 여쭙습니다. 아무리 겸손하게 아무리 고민하며 말하더라도, 다른 사람에게 어떤 인물에 대해 언급한다면 그런 상황에서는 어느 정도 듣는 사람의 도덕적 가치를 다투는 것이 되지 않겠습니까?"

착한 상인은 당황한 듯 보였다.

"아직 제 얼굴이 기억나지 않나요?"

"아직 그렇게밖엔 말씀을 못 드리겠네요. 아무리 기억하려고 애써봐도 모르겠다고 말입니다." 마지못해 솔직하게 말한 상인의 대답이었다.

"제가 그렇게 많이 달라졌나요? 날 보세요. 아니면 내가 잘못 본 건가? 선생님, 혹시 버지니아 휠링에서 운송업을 하는 헨리 로버츠 씨 아니신가요? 죄송하지만 혹시 홍보용으로 명함을 쓰신다면, 그리고 다행히 한 장 가지고 있다면 한번 보여주시지요. 그러면 당신이 제가 생각한 그분이 맞는지 보겠습니다."

그 사람이 약간 화를 내며 말했다. "왜 그러십니까. 내가 누군지는 내가 아는데요."

"하지만 어떤 사람들은 자신을 아는 게 그렇게 쉬운 일이 아니라고 생각하더군요. 누가 알겠습니까? 선생님. 잠시 잠깐 선생님이 자신을 다른 사람이라고 착각하고 계셨을 수도 있지 않겠습니까? 더 이상한 일도 일어나니까요."

착한 상인이 빤히 쳐다보았다.

"각론으로 들어가자면, 선생님, 선생님을 만난 적이 있어요. 지금부터 약 6년 전에 브레이드 브라더즈 회사 사무실에서요. 생각해보니 제가 그때 필라델피아의 집으로 가는 중이었죠. 브레이드가의 형이 당신과 나를 소개해주었는데, 기억나실 겁니다. 사업적인 대화를 약간 나누고 나서 당신이 억지로 저를 집으로 데리고 가서, 선생님 가족들과 차도 마시고 가족적인 시간을 보냈죠. 그 뭐더라 그것, 당신이 유골단지에 대해 말씀하신 거랑, 내가 베르테르의 샤를로테(일종의 푸딩)*랑 버터 바른 빵에 대해서 말했던 거랑, 커다란 빵 덩어리에 대해 당신이 멋진 말을 했던 걸 잊으신 모양이군요. 그 후로 한 백 번은 그 말이 생각나서 웃었지요. 적어도 링맨, 존 링맨이라는 제 이름은 분명히 기억날 겁니다."

"커다란 빵 덩어리? 당신을 초대해서 차를 마셔? 링맨? 링 맨이라고? 링? 링?"

슬픈 듯이 미소를 지으며 링맨이 말했다. "아, 선생님, 그렇게 링링 거리지 마세요. 선생님 기억력은 영 믿을 게 못 되는군요, 로버츠 씨. 하지만 제 기억력은 신뢰할 만하니 믿어보시죠."

"아이고, 솔직히 말해서, 어느 면에선 제 기억력이 썩 좋진 않죠." 정직한 답변이었다. "하지만 아직도," 당황스러워하며 그가 덧붙였다. "아직도 도통 나는……"

"오 선생님, 제가 한 말이 맞는다고만 말해두죠. 우리가 잘 아는 사이라는 걸 의심하지는 마십시오."

"하지만, 하지만 이렇게 기억이 깜깜한 게 당최 께름칙해서. 난……"

"하지만, 선생님도 어느 면에서는 자신의 기억이 크게 믿을 만하지 않다는 것을 인정하지 않으셨습니까? 보십시오, 믿을

---

* 괴테의 『젊은 베르테르의 슬픔』(1787)의 두 주인공 베르테르와 샤를로테를 영국의 소설가 새커리Thackeray가 풍자한 시의 구절을 다시 패러디한 구절이다. 새커리의 시에 나오는 구절은 "베르테르는 샤를로테를 사랑했어요/ 어떤 말로도 표현할 수 없을 만큼/ 그런데 베르테르가 어떻게 샤를로테를 만났는지 아십니까?/ 그 여자가 버터 바른 빵을 자르고 있을 때였죠"이다.

수 없는 기억력을 가진 사람이 좀더 믿을 만한 다른 사람의 기억력을 조금 신뢰한다고 해서 무슨 큰일이라도 납니까?"

"하지만, 이렇게 친하게 대화도 하고 차도 마셨다는데, 나는 당최 조금도 기억이……"

"네, 알겠습니다. 알겠어요. 판을 완전히 지워버린 모양이군.* 참 나." 갑자기 생각이라도 난 듯이 "6년 전에요, 머리에 상처를 입지 않으셨습니까? 그 때문에 깜짝 놀랄 결과가 생긴 거지요. 상처를 입으면 정도의 차이는 있지만, 얼마간의 일을 기억하지 못할 뿐만 아니라 (더 말하기도 이상하긴 하지만) 그 일이 터지기 직전 어느 정도 기간에 생긴 사건에 대해서도 전혀 기억을 못 하고 치료도 불가능한 망각 비슷한 증세가 생긴답니다. 다시 말해서 그때 정신은 완벽하게 그 일을 분별하고 있었고 또 기억 속에 완벽하게 저장할 능력도 되고 실제로도 그렇게 하는데 말입니다. 그런데 그 후 상해를 입고 기억력을 다쳐서 모든 게 헛것이 되어버리는 거죠."

첫 출발 이후 상인은 어느 때보다 더 재미있는 듯 귀 기울여 들었다. 상대방이 계속 말했다.

"내가 어렸을 때 말에게 차여서 오랫동안 의식 없이 누워서 지낸 적이 있었어요. 회복된 직후에 어떻게 아무것도 기억이 나지 않는지! 내가 어떻게 말 가까이 갔는지, 어떤 말이었는지, 어디에 그 말이 있었는지, 내게 그런 짓을 한 게 그 말이었는

---

* 멜빌의 단편소설 「총각들의 천국과 처녀들의 지옥 *The Paradise of Bachelors and the Tartarus of Maids*」(1855)에 나오는 아무것도 적혀 있지 않은 백지 판인 '타불라 라사tabula rasa'를 연상시킨다.

지, 아주 사소한 것도 전혀 기억나질 않았어요. 거기에 관한 상세한 기억은 전적으로 친구들에게 들은 것이 다였고, 친구들이 한 말을 저는 당연히 신뢰했지요. 왜냐하면 거기에 어떤 특정 사항들이 꼭 맞아떨어졌던 것 같고, 그 사람들이 딱히 날 속일 이유도 없지 않겠습니까? 그렇잖아요, 선생. 마음은 변형이 잘 되지요. 심하게요. 하지만 말랑말랑한 상태로 마음속으로 들어온 이미지가 굳어져 인상을 만드는 데는 어느 정도 시간이 걸려요. 그렇지 않다면, 제가 말했듯이 사고가 나면서 그런 인상들을 마치 처음부터 없었던 것처럼 순식간에 지워버리겠지요. 선생님, 우리는 진흙에 불과해요. 토기장이의 진흙 말이에요. 『성경』에 나오듯이,* 연약하고 말랑말랑해서 멋대로 할 수 있는 진흙이죠. 하지만 여기서 철학 강의를 하진 않겠어요. 말해 봐요. 내가 말했던 그 기간쯤에 운 나쁘게 뇌진탕을 겪진 않았나요? 만약 그렇다면 우리가 알고 지낸 정황을 제가 보다 세세하게 알려주어서 당신의 기억에 생긴 공백을 기꺼이 메워드리죠."

상인이 점점 흥미로워하는 것은 분명했지만, 상대방이 말을 하는 동안 그가 경계를 푼 것은 아니었다. 상인은 잠시 머뭇거리더니, 머뭇거림 그 이상의 뭔가가 있는 듯, 방금 언급한 그런 상해를 입은 적은 없었지만 문제가 되는 그 기간쯤에 사실 뇌염을 앓아서 상당한 기간 의식을 완전히 잃은 적이 있다고 말했다. 그가 그런 말을 계속할 때 그 낯선 사람은 흥분해서 소

---

* 「이사야」 64장 8절에 나오는 비유.

리쳤다.

"봐요. 그렇죠. 내가 영 잘못 본 게 아니라니깐. 모든 게 뇌염 때문이구먼."

"아니, 하지만⋯⋯"

"죄송합니다. 로버츠 씨," 그 낯선 사람은 공손하게 그의 말을 가로막았다. "하지만 시간이 없는데 당신에게 긴히 사적으로 할 말이 있어서요, 말씀드려도 되겠지요."

착한 로버츠 씨가 어쩔 수 없이 승낙하자, 두 사람은 말없이 사람들이 덜 붐비는 쪽으로 걸어갔고, 상장을 꽂은 그 남자가 갑자기 진지하다 못해 뭔가 고통스러운 일이 있는 듯이 굴었다. 그의 얼굴에 고통으로 몸부림친다고 부를 만한 표정이 서서히 번졌다. 마음속에 담아둔, 절박하게 필요한 무엇 때문에 고민하는 것 같았다. 그는 한두 번 입을 떼려고 했지만 말이 되어 나오지 않았다. 그의 말을 기다리던 사람은 놀라면서도 인자한 표정으로 어떤 말이 나올지 궁금해하며 서 있었다. 마침내 애써 자신의 감정을 누른 그 사람이 어지간히 차분한 어조로 말했다.

"선생님이 프리메이슨 회원이라고 기억합니다만, 로버츠 씨?"

"예, 예."

또다시 흥분하기 시작한 마음을 회복하려는 듯 눈길을 잠시 돌리고 나서 그 낯선 사람은 상대방 손을 잡았다. "그런데 만약 형제가 돈이 필요하다면 빌려주지 않으실 건가요?"

상인은 깜짝 놀라 뒤로 물러설 뻔했다.

"아, 로버츠 씨. 사업을 하면서 불운을 한 번도 겪어보지 못한 사업가는 분명 아니시겠죠. 제발, 제 말을 끝까지 들어주세요. 하고 싶은 말이 마음속에 있으니까요, 제 마음속에 말입니다. 낯선 사람, 정말 전혀 모르는 낯선 사람들과 같이 있는 슬프디슬픈 환경에 처하고 보니 신뢰할 만한 친구가 필요하군요. 로버츠 씨, 당신 얼굴은 몇 주 만에 제가 처음 본 아는 사람의 얼굴입니다."

너무나 갑작스럽게 터진 일이었다. 주변 상황과도 너무나 대조적이라고 할 만한 이들의 만남은 조심성이 전혀 없었던 것도 아니고, 그렇다고 전혀 냉정하지만은 않았던 상인의 마음을 일 말이라도 흔들지 않을 수가 없었다.

상대방은 여전히 떨리는 목소리로 말을 이었다.

"반갑게 인사를 하고 연달아서 방금 제가 한 그런 말이 얼마나 뼈저리게 죄송한지는 말씀 안 드려도 아시겠지요. 제게 좋은 인상을 가지고 계셨는데 그 인상을 지워버릴 수 있다는 것도 압니다. 하지만 어쩔 수 없군요. 다급하면 법도 안 따지고 겁도 없어지니까요. 선생님, 우리는 같은 회원이에요, 옆으로 한 발짝만 더 가실까요. 제 이야기를 해드리죠."

그는 반쯤 목소리를 낮춘 저음으로 이야기를 시작했다. 그의 말을 듣는 사람의 표정을 보아하니 그 이야기는 아마도 정말 재미난 것 같았다. 왜냐하면 어떤 진실성, 선견지명, 에너지, 천재성, 경건도 지켜주지 못할 정도의 재앙에 관한 이야기인 것 같았기 때문이다.

새로운 사실을 말할 때마다 이야기를 듣는 사람에게서 위로의 말이 더 길어졌다. 감상적인 동정은 아니었다. 이야기가 계속되자 그는 지갑에서 지폐를 꺼냈고, 잠시 후 더 불행한 이야기를 듣자, 그 지폐를 다른 지폐로, 아마도 약간 더 큰 액수로 바꾸었다. 이야기가 끝났을 때 그는 동냥인 걸 애써 부인하는 자세로 그 지폐를 낯선 남자의 손에 쥐여주었다. 그러자 그 남자도 동냥이란 걸 애써 부인하는 태도로 지폐를 자기 주머니에 집어넣었다.

도움을 받아들일 때 그 낯선 사람의 태도는 상냥하고 예의 바르긴 했지만, 그런 상황에서 차갑다고 느껴질 정도로 깍듯한 것이기도 했다. 넘치게 감사해하지도 않고, 딱히 부적절하지도 않은 몇 마디 말을 하고 난 후 그 남자는 목례를 하고 자리를 떴다. 그런데 그가 하는 인사에는 자립심이 수그러든 듯한 태도는 없고, 대신 신사로서 아무리 힘들고 아무리 굴욕적일지언정, 불행하다고 자존심과 감사하는 마음을 무너뜨릴 수는 없다는 식의 태도만 보였다.

그는 한참 시야에서 사라지지 않고 어물거리더니 마치 뭔 생각이라도 난 듯 발걸음을 멈추었다. 그러고 나서 급한 걸음으로 그 상인에게 다시 돌아왔다. "방금 블랙 래피즈 석탄 회사의 회장이자 주식 명의변경 대리인이 이 배에 타셨다는 게 생각났네요. 그리고 켄터키에서 진행 중인 주식 사건에 증인으로 소환되어 주식 명의변경 대장도 가지고 오셨다는 것도요. 한 달 전에 떠돈 교활한 유언비어 때문에 주식 급락 사태가 왔고 귀 얇은 몇몇 주주들이 주식을 팔아치웠지요. 하지만 그 회사는 사전에 그들의 계획을 통보받아서 풍문을 가라앉혀 동요를 막으려고 문제가 된 주식들을 어찌어찌하여 손에 넣었어요. 이 일이 가짜 급락임이 분명하니까 사태를 주동한 사람들이 아무 이득을 보지 못하게 해야겠다고 결정을 내렸던 거지요. 들은 바로는, 회사가 그 주식들을 다시 처분하려고 한답니다. 그렇게 서둘러서 하려는 것은 아니지만 말이죠. 평소보다 낮은 가격으로 취득했기 때문에 지금은 액면가대로 팔 작정이라네요. 급락 전에는 그보다 상당히 높은 가격으로 보유했었지만 말이에요. 회사 명의의 주식 명의변경 대장 안에 아직도 그 주식이 있다는 사실을 보면 그 회사가 이 일을 준비한 것이 많이 알려지지는 않았나 봐요. 펀드에 가입한 사람들에게 보기 드문 투자 기회가 될 겁니다. 주식 급락은 날이 가면서 조금씩 진정되어가고 어쩌다 급락이 시작되었는지도 차차 알려질 테니 신용이야 당연히 회복되겠지요. 반등이 있을 겁니다. 주식이 떨어졌다가 오르면 아예 떨어지지 않고 오를 때보다 더 많이 오르는 법이지요. 그리고 자신감 있는 주주들은 두번째 위기를* 두려워하지 않습니다."

처음에는 호기심으로 들었다가 결국 관심이 생긴 상인은 얼마 전에 관련이 있는 친구를 통해서 그 회사에 대해 들었지만 최근 주식 변동이 있었다는 건 전혀 알지 못했다는 조로 대답했다. 그는 자신이 주식 투기꾼은 아니고 지금까지 어떤 종류의 주식과도 관련 맺는 일을 피해왔지만 지금 이 일에는 정말 마음이 끌린다는 말도 덧붙였다. 결론적으로 이렇게 말했다.

---

* 이 부분은 천국에서 전락하는 악마를 묘사한 "스스로를 믿어 두번째 위기도 두려워하지 않고……"(존 밀턴의 『실낙원』 2권 14~17행)라는 구절을 패러디한 것이다.

"정말, 여기 승선한 주식 명의변경 대리인과 아주 약간만 돈거래를 할 수는 없을까요? 당신은 그분과 잘 아십니까?"

"개인적으로 알지는 못하지만 그가 승객이라는 말은 우연히 들었어요. 그 외에 들은 말은 다소 비공식적이긴 하지만 그 신사분이 배에서 약간의 거래를 할 생각이 없지 않다는 거였어요. 아시겠지만 미시시피강을 따라가는 배에서 하는 사업은 동부에서 하는 것처럼 격식을 따지지는 않으니까요."

"맞는 말이십니다." 상인이 대답을 하고, 잠시 생각에 잠긴 듯 고개를 숙이다가 갑자기 들어 올리며 평상시 목소리와 달리 너그럽지 않은 어조로 말했다. "이건 참 드문 기회군요. 그런데 당신은 왜 처음 듣자마자 주식을 얼른 사지 않았죠? 내 말은, 당신은 왜 득을 보려 하지 않는단 말입니까!"

"제가요? 그게 가당키나 해야 말이죠!"

이 말을 들었을 때 상인은 약간 감정의 동요를 보이더니 어쩔 줄 몰라 하며 대답했다. "아, 예. 제가 잊고 있었군요."

이 일로 인해 그 낯선 사람은 상대방이 심하게 당황스러워할 정도로 근엄해진 태도로 그를 대했다. 더군다나 그 태도에는 우위를 점한 사람의 모습은 물론 소위 힐책하는 사람의 모습 같은 것도 보였다. 자선을 받는 사람이 자선을 베푸는 사람에게 그런 식의 태도를 보이는 것은 이상하기 짝이 없는 일이다. 그럼에도 불구하고 그게 자선을 받는 그 사람과 어느 면에서는 안 어울리는 것도 아니었다. 일부러 가장한 것은 절대 아닌데, 마치 자신이 해야 할 바가 무엇인지 아는 적절한 분별력이 그를 이끄는 것처럼, 그래서 고통스럽게 양심을 고수하는 사람이라는 듯한 분위기가 배어 있었다. 이윽고 그가 말했다.

"특별한 투자 기회를 이용하지 않았다고 돈 한 푼 없는 사람을 힐책하는 겁니까. 아니면, 아 참, 아니, 건망증 때문이군요. 그리고 자비심이 있는 사람들은 이런 것을 재수 없는 뇌염의 영향이 아직 남아 있는 탓으로 돌릴 겁니다. 뇌염 때문에 로버츠 씨의 기억력이 훨씬 전에 벌어진 사건들에까지 심하게 흐려졌군요."

"그 일에 대해서는, 나는 그런 게 아니라……" 정신을 차린 듯 상인이 말했다.

"죄송합니다만, 아무리 약간이긴 해도 불쾌하게 말이지, 나를 믿지 않았다는 건 분명히 시인하시겠죠. 아, 아무리 약간만 의심한다 해도, 아무리 눈에 안 띄게 의심한다 해도 의심이 마음속의 가장 인간적인 부분과 머릿속의 가장 현명한 부분을 때때로 침범할 수가 있죠. 하지만 됐어요. 제가 이 주식에 대해 당신에게 자세히 말씀드린 이유는 당신이 선량하다는 사실을 익히 알고 있었기 때문이죠. 어쨌든 감사해야겠지요. 만약 제가 드린 정보가 아무런 성과를 거두지 못한다 해도 저의 동기는 반드시 기억해주셔야 합니다."

그는 고개 숙여 인사를 하더니 자책감에서 완전히 벗어나지 못한 로버츠 씨를 버려두고 끝내 자리를 떴다. 그 자책감은 로버츠 씨가 잠시라도 그 낯선 사람에게 상처를 줄 만한 생각에 빠져 있었다는 것, 그런데 그 사람은 로버츠 씨가 그런 생각에 빠지면 안 되는, 자긍심을 가진 사람인 게 분명하다는 이유로 생긴 것이었다.

5장
상장을 단 남자는 그가 대단한 현자인지,
아니면 대단한 바보인지를 문제 삼다

"글쎄, 이 세상에는 슬픈 일도 있겠지만 선한 일도 있지. 그리고 선하다는 게 미숙하다는 말은 아니듯, 슬픈 것도 마찬가지지. 선한 사람이여. 심장이 고동치는 불쌍한 인간!"

상인과의 대화를 끝내고 얼마 지나지 않아 심장병에 걸린 사람처럼 옆구리에 손을 대고 혼자서 이렇게 중얼거리던 사람은 바로 상장을 단 그 남자였다.

받은 친절에 대해 생각하다가 그 사람의 마음이 어느 정도 누그러진 모양이었다. 이 모습은 아마, 아마도, 궁핍할 때 원조를 받으며 평소답지 않게 자존심을 내세우다가 다른 사람 눈에 걸맞지 않게 긍지를 내세우는 사람이라 평가받는, 그런 사람 같은 모습으로 보이지는 않았다. 그리고 긍지란 어떤 경우라도 참 느끼기 힘든 것이다. 하지만 진실을 말하자면, 악과는 거리가 멀고 성품이 착하기 그지없는 사람들이 호의를 받았을 때, 감사하지 않는 것은 아닌데 지나치게 예의범절에 맞추다가 오히려 냉정해 보이는 수가 왕왕 있다. 왜냐하면 그럴 때 따뜻하고 진정 어린 말이나 심금을 울리는 주장을 요란하게 하다 보면 흔히 법석을 떨게 되기 때문이다. 그런데 가정교육을 잘 받고 자란 사람들은 그런 것을 가장 싫어한다. 그 바람에 세상이 진정 어린 표현을 달가워하지 않는다고 생각할 수도 있지만 실은 그렇지는 않다. 세상 자체는 진정 어리며, 진정한 장면과 진정한 사람을 아주 좋아하기 때문이다. 문제는 단지 그런 사람이 있는 장소, 즉 연극 무대에서만 그렇다는 것이다. 이런 걸 잘 몰라서, 후원자들에게 아일랜드식 열성과 아일랜드식 성실로 온 정성을 쏟다가 어떤 슬픈 장면이 벌어지는지 한번 보라. 친절하지만 분별력과 점잖음을 갖춘 후원자라면, 이런 법석에 조금이나마 짜증을 내지 않을 수 없기 때문이다. 그리고 그 사람이 어떤 사람들처럼 신경질적이고 까다롭다면 아마 감사를 표하는 동시에 괴롭히는 수혜자를 절대 호의적으로 생각하지는 않을 것이며, 오히려 그들을 경망스러운 것이 아니라 몰염치한 인간인 것처럼 대할 것이다. 반면, 뭘 좀 잘 아는 수혜자는 그 후원자보다 심하지는 않더라도 비슷하게 느끼므로 그런 식으로 괴롭히거나 괴롭히는 위험을 감수하려 들지 않는다. 그리고 대부분은 이렇게 현명한 사람들이다. 그렇기 때문에 사람들은 세상에 드러내놓고 충분히 감사 표현을 안 한다고 불평하는 사람들이 얼마나 사려 깊지 않은가를 안다. 사실, 그들은 겸손한 만큼 또한 감사해한다. 하지만 이 두 특징은 주로 그늘을 좋아하는 사람들에게 있는 것이라 눈에 띄지 않을 때가 많다.

이런 이야기를 끄집어낸 것은 상장을 단 남자의 돌변한 태도에 대해 필요하다면 설명을 해야겠다는 생각이 들어서다. 그 사람은 예의범절이란 차가운 옷을 슬그머니 벗어던지더니 진심 어린 자기 마음을 술술 불어대느라 거의 다른 사람처럼 변해버렸다. 이 사람의 차분하고 부드러운 태도는 비애, 그것도 완전한 비애로 물들었다. 그런 태도가 예의범절과 잘 어울리지는 않지만, 그 사람의 진정성을 더욱 확실히 증명하는 것은 맞다. 왜냐하면, 왜 그런지는 모르겠지만, 진정성은 우울을 부른다고 사람들은 믿기 때문이다.

그때 그는 생각에 잠겨 또 다른 사람이 옆에 있는 것은 신경 쓰지도 않고 배 옆 난간에 기대어 있었다. 백조처럼 긴 목에 숙녀처럼 셔츠 칼라를 열어 뒤로 넘기고 검은 리본을 맨 젊은이였다. 네모난 판 모양의 브로치에 흥미롭게도 그리스 문자가 새겨져 있는 것*으로 보아 대학생인 것 같았다. 2학년생에 여행 중인 것 같은데 아마도 이번이 첫 여행일 것이다. 로마식 고급 양피지로 장정된 작은 책이 손에 들려 있었다.

옆 사람이 중얼거리는 소리를 어깨너머로 듣던 그 대학생은 그를 보고 관심까지는 아니더라도 좀 놀라워했다. 하지만 대학생치고 유난히 수줍은 성격인 게 확실한 그 젊은이는 아무 말도 하지 않았다. 상대방이 계속 혼잣말을 하다가 친밀과 비애가 어색하게 섞인 태도로 말을 걸어도 그 대학생은 더욱 수줍어하기만 했다.

"아, 누구신가? 젊은 친구는 내 말을 안 들었지, 그렇지? 학

---

* 학생 클럽 회원임을 보여준다.

생은 무척 슬퍼 보이는구먼. 나의 우울은 전염성이 아닌데!"

"선생님, 선생님." 상대방이 말을 더듬거렸다.

"그래, 자," 슬픔에 잠겨 있지만 친절하게도, 천천히 난간을 따라 살살 다가와서는, "그래, 자 젊은 친구. 거기 그건 무슨 책이야? 한번 줘봐." 그는 학생에게서 책을 가볍게 받아 쥐었다. "타키투스!"* 그러더니 아무 곳이나 펼쳐서 읽었다. "'내 앞에 암담하고 부끄러운 시대가 펼쳐졌다.' 이봐, 학생," 갑작스럽게 대학생의 팔을 만지며 말했다. "이런 책은 읽지 마. 이건 독이야, 도덕적 독. 타키투스의 책에 진실이라는 게 있다면 그건 진실인 척 가장하는 거야. 그러니 독이, 도덕적 독이 여전히 있지. 난 타키투스의 이 책을 잘 알아. 내가 대학생일 때 나를 냉소적인 인간으로 아주 잡쳐놓을 뻔했지. 그래. 그래서 나는 칼라를 접어 젖히고는 경멸하듯, 아무 낙이 없는 것 같은 표정을 하고 돌아다니기 시작했었지."

"선생님, 선생님, 저는…… 저는……"

"날 믿게. 자, 젊은 친구. 아마 학생도 나처럼 타키투스는 비애에 젖은 사람일 뿐이라고 생각하겠지. 하지만 그 이상이야. 추하지. 학생, 비애에 젖은 견해와 추한 견해 사이에는 엄청난 차이점이 있어. 전자는 세상이 여전히 아름다워 보이게 하지만 후자는 아니거든. 하나는 관용과 조화를 이룰 수 있을지라도 다른 하나는 아니지. 하나는 성찰을 더 깊게 할 수 있지만, 다른 하나는 더 얕아지게 하지. 타키투스는 내려놔. 젊은 친구의

---

* 코르넬리우스 타키투스(Cornelius Tacitus, 55?~117?): 로마의 정치가이자 역사가.

두상을 보니, 아주 잘 발달된 큰 머리를 가졌어. 그런데 그 좋은 머리에 타키투스의 추한 견해를 쑤셔 넣다니. 학생의 큰 두뇌가, 좁은 들판에 커다란 수소를 풀어놓은 것처럼 굶어 죽기 십상이지. 아마 자네 같은 학생들은 이렇게 생각할 거야, 이런 추한 견해를 받아들이면 더 심오한 책의 더 심오한 견해가 자신에게 보이게 되리라고 말이야. 하지만 꿈도 꾸지 마. 타키투스는 내려놔. 그 사람의 미묘한 점은 가식으로부터 나온 거야. 인간의 천성을 두 배나 세련되게 해부했다는 그의 견해를 살펴보면, 『성경』의 이 말씀이 그 사람에게 아주 딱 맞을 것 같아. '약삭빠른 인간이 있다. 그리고 그런 인간이 기만을 당한다.'* 타키투스는 내려놔. 자. 이 책을 배 밖으로 던져버려야겠어."

"선생님, 저는…… 저는……"

"아무 말 말아. 학생이 뭘 생각하는지 알고 있고, 그게 내가 말하려는 것과 같으니까 말이야. 그렇지. 이 세상의 슬픔이 아무리 클지라도 세상의 사악함은 (다시 말해 세상의 추함은) 작다는 것을 학생에게 가르쳐주지. 인간을 불쌍하게 여길 이유야 많지만 신뢰하지 못할 이유란 없어. 나는 역경이 뭔지 전부터 알았고 지금도 뭔지 알고 있어. 하지만 그렇다고 해서 내가 냉소적인 인간이 되었을까? 아니지, 아니야. 그렇다고 달라진다

---

* 이 구절과 정확하게 일치하는 것은 아니나 성서 외경 중 『집회서』 19장의 25절과 26절을 말하는 것으로 추정된다. 그 부분은 "빈틈없이 약삭빠르면서 불의를 저지르는 자가 있는가 하면 재판에 이기려고 호의를 왜곡하는 자도 있다. 그러나 올바른 판결을 내리는 현자도 있다. 상복을 입고 굽실거리는 악인이 있는데 그의 속은 거짓으로 가득하다"이다.

면 변변찮은 사람이지. 난 내 친구들 덕에 고통을 많이 덜었어. 그래서 내가 뭘 겪었든지 간에 인간에 대한 확신은 오히려 깊어졌다고. 지금도, 그때도." (의기양양하게) "이 책 말이야, 내가 학생 대신 물에 던져도 되겠지?"*

"사실은, 선생님, 제가……"

"알았어, 알았어. 하지만 물론 학생은 인간의 천성을 이해하기 위해 타키투스를 읽겠지. 마치 비방을 하면 진리에 도달할 수 있는 것처럼 말이야. 젊은 친구, 인간의 천성을 알고자 하는 것이 목적이라면, 타키투스는 집어던지고 오번과 그린우드** 공동묘지가 있는 북부로 가라고."

"맹세코. 전…… 전……"

"아니야, 어떻게 할지 다 보이는구먼. 그래도 학생은 타키투스를, 그 천박한 타키투스를 가지고 다니겠지. **내가** 뭘 가지고 다니는지 알아? 한번 봐." (주머니 크기의 책을 꺼내며) "아켄사이드야. 그가 쓴 『상상의 기쁨』***이지. 조만간 학생도 이 책에 대해 알게 될 거야. 어떤 운명에 처하든 사랑과 신뢰를 불러일으키기에 적합한, 평온하고 유쾌한 책을 읽어야 해. 그런데 타키투스라니! 나는 오래전부터 이런 고전들이 대학의 골칫거리

---

* 셰익스피어의 희곡 「태풍Tempest」 5막 1장에서 프로스페로가 마술을 부릴 힘을 포기하며 책을 물에 던지는 장면을 연상시킨다.

** 로버트 블레어Robert Blair, 에드워드 영Edward Young과 같은 시인들의 무덤이 있는 곳이다.

*** 아켄사이드Mark Akenside는 영국 시인이자 18세기 감성적 낙관론자로 그의 책은 모든 것이 순리로 통하는 자비로운 우주관을 제시한다.

라고 생각했었어. 왜냐하면 (오비드, 호라티우스, 아나크레온*이나 나머지 고대 작가들의 비도덕성과 아이스킬로스**와 다른 사람들의 위험한 신학은 말도 안 꺼내겠지만) 투키디데스, 유베날리스, 루키아도스만큼 인간 천성에 해악을 끼치는 견해를 어디서 찾을 수 있을까 생각했기 때문이야. 특히 타키투스보다 더한 것은 없지 않을까? 르네상스 이후 이런 고전들이 여러 세대를 내려오면서 학생들과 학자들에게 많은 사랑을 받아왔던 것을 생각해보면, 모든 핵심 문제에 우리도 모르게 이단의 무리가 있었고, 그들이 기독교 세계의 심장부에서 여러 세대 동안 아무도 모르게 끓어오르고 있었던 게 분명하다는 생각이 들어서 오싹해져. 하지만 타키투스는, 그 사람이야말로 가장 범상한 이단의 예이지. 그런 인간에게는 눈곱만큼의 신뢰도 없어. 그런 사람이 현명하다는 명성을 얻고, 투키디데스가 정치가들의 안내자로 존경을 받는 이런 웃기는 일이 어디 있겠나! 그러나 나는 타키투스를(난 타키투스를 증오하지) 신뢰하지 않아. 그 죄를 미워하거든, 하지만 의롭게 미워한다고 자부하지. 타키투스는 스스로를 신뢰하지 않기에 모든 독자의 마음속에 있는 신뢰를 없애버리지. 신뢰, 형제에 대한 신뢰, 그 신뢰로 인해 하나님이 이 세상에서 필요 없는 것이 없다고 생각하시는데 말이야. 이봐, 젊은 친구, 학생같이 세상 경험이 상대적으로 부족한 사람은 말이야, 신뢰라는 것이 얼마나 희박한지 맞닥뜨려

---

* 고대 로마와 그리스의 시인들.
** 고대 그리스 비극 시인.

본 적이 없을 거야, 그렇지? 내 말은 인간과 인간 사이, 더 정확하게 말하면 낯선 사람과 낯선 사람 사이에서 말이야. 슬픈 세상에서 그게 가장 슬픈 현실이야. 신뢰! 신뢰가 쫓겨나버렸다는 생각이 들 때도 있어. 신뢰는 뉴 아스트레아*야. 자기 땅을 떠나 멀리 사라져버렸지, 꺼져버렸어." 이렇게 말한 그 사람은 사근사근한 태도로 살살 다가와 떨리는 눈초리로 아래를 보다가 다시 위를 쳐다보았다. "자, 젊은 친구, 학생, 이런 상황에서 속는 셈 치고 그냥 나를 한번 신뢰해보는 건 어때?"

지금까지 여러분이 본 것처럼, 그 대학교 2학년 학생은 처음에는 낯선 사람에게서 그렇게 이상한 말(너무나 집요하고 끈덕지기도 했다)을 듣고 점점 더 당황스러워졌지만 애써 참고 있었다. 죄송하다, 혹은 이만 가야겠다고 용감하게 말하며 주문을 깨어버리려고 여러 번 애를 썼지만 소용없었다. 정말 소용이 없었다. 그 낯선 사람이 젊은이를 어느 정도는 홀렸던 것이다. 그 사람이 간청할 때 대학생이 별말을 할 수 없었던 것도 이상한 일이 아니다. 그런데 아까나 지금이나 겁 많고, 분명히 내성적이었던 그 젊은이가 갑자기 자리를 박차고 가버리자 그 낯선 사람은 원통해하며 반대편으로 정처 없이 사라졌다.

---

* 아스트레아는 그리스 신화에 나오는 여신으로 불경하게 구는 인간들을 피해 천상으로 도망쳤다.

6장

어떤 승객들이 자선 요청에
귀를 막는 장면으로 시작하며

"이런, 젠장! 선장은 어째서 이런 동냥아치들이 배에 타게 놔둔 거야?"

루비색 벨벳 조끼를 입고 루비 손잡이 장식이 달린 지팡이를 손에 쥔 루비색 뺨의 부유한 신사가 회색 코트에 흰 타이를 맨 남자*에게 나직이 마땅찮은 듯 말했다. 방금 설명한 만남이 끝난 직후 그 사람이 이 신사에게 세미놀** 원주민 부락 안에 세워진 빈민 수용시설에 기부를 해주십사 하고 부탁하고 있었던 것이다. 언뜻 보니 이 회색 코트의 남자는 불행으로 단련된 사람이었던 상장을 단 사람과 비슷해 보였다. 하지만 좀 더 자세

---

* 헬렌 트림피에 의하면 이 회색 코트를 입은 사람은 테오도르 파커(Theodore Parker, 1810~1860)라는 종교 지도자를 모델로 했다고 한다. 파커는 종교 지도자이자 노예 폐지론자였고, 교도소 개혁과 교육 개혁에 관심이 많았다.

** 세미놀 전쟁은 1818년과 1835~42년 사이에 인디언과 백인 사이에 벌어진 전쟁이었고, 이 전쟁으로 인해 고아와 과부가 많이 생겼다.

히 살펴보니 얼굴은 매우 거룩해 보이나 슬픈 기색은 별로 없었다.

부유한 신사는 화나고 진저리 난다는 말을 덧붙이더니 서둘러 사라졌다. 회색 코트를 입은 그 남자는 무례하게 거절당하면서도 뭐라 불평하지 않으며 잠시 냉혹한 고독 속에 남겨져 참을성 있게 자리를 지켰고 이런 일에 많이 단련되었는지 얼굴에는 여전히 신뢰가 남아 있는 표정이었다.

한참 후 다소 몸집이 큰 늙은 신사가 다가오자 그는 그 사람에게도 기부금을 부탁했다.

"이봐요, 당신." 신사는 잠시 걸음을 멈추고 그 사람을 화난 표정으로 노려보았다. "이봐, 당신." 신사의 커다란 덩치가 그 사람 앞에서 흔들리는 풍선처럼 부풀었다. "이봐, 당신, 당신은 다른 사람들을 위해 돈을 부탁하고 다니지. 내 팔만큼이나 면상이 긴* 이 양반아. 잘 들으셔. 어이, 자. 중력처럼 확실한 게 있는데, 사형선고를 받은 흉악범들을 보니까 진짜인 것 같아. 어쨌든, 면상이 긴 사람들은 세 종류가 있어. 슬프고 고된 일을 해서 그런 사람, 주걱턱이라서 그리된 사람, 그리고 사기꾼이라서 그렇게 된 사람. 당신은 자기 얼굴이 왜 긴지 누구보다 더 잘 알겠지?"

"선생님, 하나님이 더 큰 자비를 내려주실 겁니다."

"그리고 선생은 위선을 좀 자제하고 말이야."

이 말을 마친 냉담한 늙은 신사는 힘차게 걸어가며 멀어졌다.

---

* 우거지상을 흔히 '긴 얼굴'로 표현한다.

남은 사람이 여전히 외롭게 서 있을 때 앞서 소개되었던 젊은 성직자가 지나가다 우연히 그를 알아보고 문득 어떤 생각이 떠오른 모양이었다. 잠시 멈춰 서서, 급하게 이런 말을 했다. "실례지만 지금까지 선생님을 사방으로 찾아다녔습니다."

　"날 찾아다녔다고요?" 이렇게 하찮은 승객을 찾고 있었다는 게 놀라운 듯이 말했다.

　"네, 선생님을요. 혹시 이 배에 탄 절름발이인 게 확실해 보이는 검둥이를 아시나요? 그 사람이 정말 보이는 모습 그대로입니까, 아니면 속이는 건가요?"

　"아하, 불쌍한 기니 말이군! 당신도 의심을 받은 적이 있습니까? 당신은 아무개요. 성격은 이렇다 하고 간판에 새기고 다닌답니까?"

　"그 말은, 진짜 그 사람을 아신다는 거군요. 그리고 기니가 진짜 괜찮은 사람이라는 거죠? 말씀을 들으니 안심이 되네요. 아주 많이요. 자, 저랑 같이 그 사람을 찾아서 뭘 해줄 수 있을지 한번 보시죠."

　"신뢰가 너무 늦게 찾아오는 예가 여기 또 있었구먼. 이렇게 말하는 게 유감이긴 하지만, 아까 배가 정박했을 때 그 절름발이가 배 출입구에 있는 게 보여서 강변으로 내릴 수 있게 도와주었어요. 말을 나눌 시간은 없었고, 그냥 도와주기만 했죠. 그 사람이 당신에게 말하지 않았을 수도 있는데, 사실 그 근방에 그 사람 남동생이 있어요."

　"정말요, 다시 보지도 못하고 가버렸다니 안타깝네요. 제가 얼마나 안타까운지 선생님은 쉽게 상상하실 수 없을 거예요.

어떻게 된 거냐 하면 말이죠, 세인트루이스시를 출발한 직후에 절름발이가 선실 위 갑판에 있더라고요. 거기에서 저와 다른 사람들은 그 사람을 보고 믿었지요.* 아주 많이 말이에요. 그래서 절름발이의 간곡한 부탁을 받고 그를 안 믿는 사람들을 설득하려고 선생님을 찾으러 갔어요. 자신을 기꺼이 보증해줄 거라고 한 사람들 중에 선생님이 있었고, 그 사람들 생김새가 이러저러하다고 설명을 해줬거든요. 그런데 열심히 찾았지만 선생님은 안 보이시고, 그 절름발이가 열거한 다른 사람들 역시 코빼기도 안 보여서 결국 덜컥 의심이 생기더라고요. 하지만 제 생각엔 누군가가 먼저 믿지 않겠다고 하고 뒤이어 다른 사람이 매정하게 그렇다고 단정하니 슬그머니 의심이 생긴 것 같아요. 어쨌거나, 확실한 건 제가 의심하기 시작했다는 거예요."

"하, 하, 하!"

웃음이라기보다는 신음에 가까운 소리가 들렸다. 약간은 억지웃음인 듯도 했다.

두 사람이 뒤를 돌아보았다. 그때 젊은 목사는 목발을 한 사람이 쓰린 연고를 등에 바른 형사 재판정의 판사처럼 뚱하고 엄숙한 표정으로 뒤에 서 있는 것을 보고 깜짝 놀랐다. 지금의 경우 그 사람에게 쓰린 연고란 최근에 겪은 뼈아픈 퇴짜와 굴욕에 대한 기억임이 틀림없을 것이다.

"웃은 사람이 나라고 생각하진 않겠지, 그렇지?"

---

* "예수께서 가라사대 너는 나를 본 고로 믿느냐 보지 못하고 믿는 자들은 복되도다 하시니라"(「요한복음」 20장 29절)라는 구절을 연상케 한다.

"그렇다면 누굴 비웃고 있었어요? 아니, 비웃어주려던 그 대상이 누구였던 겁니까?" 얼굴이 붉어진 젊은 목사가 물었다. "나였죠?"

"당신도 아니고 당신 주변 천 마일 안의 그 누구도 아니야. 하지만 당신은 안 믿겠지."

"매사 의심하는 성격의 사람이라면 안 믿으려 하겠죠." 회색 코트를 입은 남자가 조용히 끼어들었다. "의심이 많은 사람은 낯선 사람이 혼자서 이상하게 웃거나 그런 몸짓을 하면 비록 그 사람이 정신이 나가서 하는 짓인데도 모두 자기를 몰래 조롱하는 거로 여기는데 그건 다 천치 바보들이나 하는 생각이에요. 의심이 많은 사람은 길을 걷다가도 온 거리 사람들 하는 짓이 몸짓 발짓으로 자신을 놀리는 거라고 멋대로 고집을 피웁니다. 한마디로 의심 많은 사람이 자기 발에 걸려 넘어지는 꼴이지요."

"그런 짓을 할 사람이면 십중팔구 다른 사람 구두창 가죽을 상하게 할 일은 없을 것이구먼." 나무다리의 남자가 신경질이 섞인 익살을 떨며 말했다. 그런데 그가 점점 더 크게 웃고 몸을 뒤틀다가 젊은 목사를 향해 눈을 돌려 똑똑히 그를 바라보며 말했다. "방금 내가 비웃은 사람이 **당신**일 거라고 지금도 생각하겠지. 당신이 실수했다는 것을 증명하기 위해서 내가 무엇을 비웃고 **있었는지** 말해주지. 아까 우연히 떠오른 이야기 때문에 웃었던 거야."

이어서 그는 되풀이하기 싫다는 듯, 마치 고슴도치처럼 까칠하게 빈정거리며 상세하게 이야기를 해주었고, 그 이야기를 듣기 좋게 옮긴다면 다음과 같다.

뉴올리언스에서 가는 팔다리만큼이나 더 얄팍한 지갑을 가진 어떤 늙은 프랑스인이 어느 날 저녁 우연히 극장에 가게 되었고 거기서 충실한 아내 역할을 하는 등장인물에게 온통 마음을 뺏겨버렸다. 그런데 그 연극이 진짜라고 생각한 남자는 그 연극처럼 결혼해야겠다고 마음먹었다. 그래서 그는 테네시 출신의 한 아름다운 아가씨와 정말 결혼을 했다. 그 여자는 자유분방한 유형으로, 그 사람을 첫눈에 홀려버린 건 물론, 교양 교육*도 많이 받고 성격도 교양 있다는 그녀 친척의 추천도 있었던 것이다. 하지만 칭찬을 많이 듣는다고 그 칭찬이 많은 걸 증명해주는 건 아니었다. 얼마 지나지 않아 그 점이 소문으로 입증되었다고 할 수 있는데, 즉 얼마 후 그 숙녀분이 흠 잡힐 일을 자유롭게 하고 다닌다고 숙덕거리는 소리가 들렸다. 어쨌든 간에 오래 노총각으로 살다 방금 결혼한 남자들이라면 어지간하면 듣고 확신이 설 만한 여러 정황을 찾아 적당한 때에 그 늙은 프랑스 남자에게 전해주었음에도 그는 신뢰가 워낙 철석같았던지라 끝내 친구들의 말을 한 마디도 믿으려 들지 않았다. 그러다가 어느 날 밤 여행에서 예고 없이 돌아온 그 남자는 집에 들어서자마자 어떤 낯선 사람이 벽감(벽에 만들어놓은 공간)에서 튀어나오는 것을 보게 되었다. "이런 불한당 같은 놈!" 그가 소리쳤다. "이제야 의심이 들기 **시작**하는구나."

---

* 교양 교육은 영어로 'liberal education', 즉 노예가 아닌 자유 시민을 위한 교육이라는 의미다. 'liberal'은 자유롭다와 교양 있다는 뜻을 함께 가지고 있다.

나무다리의 남자는 이 이야기를 하며 머리를 뒤로 젖혀 한참 동안 숨을 헐떡이고 거친 숨을 몰아쉬며 비웃고 고함치느라 난리였는데, 마치 높은 압력을 견디지 못한 엔진에서 증기가 솟구쳐 나오는 것처럼 도저히 억눌러 참을 수가 없는 모양이었다. 다 웃고 나서는 만족스러운 듯 다리를 절뚝거리며 사라졌다.*

"저 조롱쟁이는 누군가요?" 회색 코트를 입은 사람이 차갑지 않은 어조로 말했다. "입으로 진실을 말하긴 하는데 거짓말을 할 때처럼 불쾌하기 짝이 없는 태도로 진실을 전하는 저 사람은 누군가요. 저 사람 누구예요?"

"그 검둥이를 대놓고 의심했다고 아까 말씀드렸던 그 사람입니다." 젊은 목사가 어수선한 마음을 추스르며 말했다. "한마디로, 저에게 불신이 생긴 게 다 저 사람 때문입니다. 저 사람이 기니가 백인 악당이고 나쁜 사람이며 사람들을 꾀려고 변장하고 다닌다고 주장했지요. 예, 그게 다 저 사람이 한 말이에요."

"말도 안 돼. 그렇게 엉뚱한 말을 하면 쓰나. 저 사람이 진짜 그렇게 생각하는지 내가 한번 물어보게 다시 불러줄 수 있겠어요?"

상대방은 알았다고 했다. 그리고 오랫동안 실랑이를 하며 한참을 보내고 나서 외다리 남자를 잠시 오도록 설득해냈다. 그걸 본 회색 코트를 입은 남자가 외다리에게 설명했다. "선생

---

* 너새니얼 호손Nathaniel Hawthorne의 단편소설 「천국행 철도The Celestial Railroad」에 등장하는 악령을 연상하게 하는 모습이다.

님, 선생님이 어떤 불쌍한 절름발이 검둥이가 천재적인 사기꾼이라 하셨다고 이 점잖은 목사님이 말씀하시더군요. 자, 이 세상에는 몰인정하게 의심하면서 인간을 똑똑히 간파했다며(그렇게 생각하며) 이상하게 즐거워하는(그러면서도 똑똑하다는 증거로 더 나은 것은 못 보여주더구먼요) 그런 사람들이 있습다. 선생님은 그런 사람이 아니길 바랍니다. 각설하고, 자, 선생님께서 그 검둥이에 대해 그런 의견을 말한 게 그냥 장난인지 아닌지 말해주시겠습니까? 말해주시면 참 고맙겠습니다."

"아니, 난 친히 그러고 싶은 생각은 없소. 난 아주 무정한 사람이니까."

"그건 좋으실 대로 생각하시고."

"음, 그 사람은 내가 말한 대로요."

"흑인으로 변장한 백인이란 말입니까?"

"바로 그거지."

회색 코트를 입은 남자가 잠시 젊은 목사를 힐끗 보더니 이어서 조용하게 속삭였다. "당신은 저 친구를 인간에 대해 불신이 많은 사람이라고 생각하는 것 같은데요, 실은 뭘 믿으면 철석같이 믿는 친구 같아 보여요. 선생님, 말해보세요. 당신은 백인이 저렇게 검둥이처럼 보일 수 있다고 정말 그렇게 생각하십니까? 그런 사람이 있다면 대단한 연기라고 해야겠네요."

"누구나 하듯 그렇게 연기를 하는 거지."

"어떻게요? 온 세상 사람들이 다 연기를 하나요? 예를 들어 **제가** 연기를 한다고요? 여기 성직자 친구도 마찬가지로 연기자이고요?"

"그래. 둘 다 연기하는 거 아니요? 행동한다는 게 연기를 한다는 거지. 그러니까 행동을 하는 모든 사람이 다 연기자인 거요."

"이런, 어처구니없는 사람 같으니. 다시 물어보죠. 백인인데 어떻게 검둥이 같아 보일 수 있나요?"

"검둥이 분장을 한 광대를 본 적이 없는 모양이지?"

"보기야 했지요. 하지만 그 사람들은 지나치게 새카맣게 보이기 십상이잖아요. 공정하진 않지만 너그럽기는 한 옛날 속담을 예로 들자면 '악마도 보이는 것만큼 검지는 않다'*라는 말도 있지요. 하지만 절름발이가 아니라면 팔다리를, 어떻게 그 사람이 팔다리를 그렇게 잘 꼴 수 있는 겁니까?"

"다른 가짜 거지들은 어떻게 자기 팔다리를 꼰답디까? 그 사람들도 팔다리를 그렇게 올리는 것을 보면 충분히 쉬운 거요."

"그러면, 가짜인 게 분명하단 건가요?"

"분별력이 있는 눈으로 보기엔 그렇소." 빈틈없어 보이는 매서운 눈으로 대답했다.

"이런, 기니는 어디 있습니까?" 회색 코트를 입은 남자가 말했다. "그 사람은 어디 있어요? 당장 찾아서 이 해로운 가설을 이치에 맞게 반박해봅시다."

"그렇게 하시오." 애꾸눈인 그 사람이 소리쳤다. "그 인간을 찾아서 사자가 검둥이에게 발톱 자국을 내듯 이 손가락으로 페인트를 긁어 자국을 내면 신나겠구먼. 전에는 내가 그 사람을

---

* 사람들이 말하는 것만큼 나쁜 사람은 아니라는 뜻의 속담.

만지려고 하니까 못 하게 했지. 좋아, 그 사람을 찾으시오, 내가 먼지가 풀풀 나게 손봐줄 테니까."

"불쌍한 기니가 강변으로 내릴 때 당신이 도와주셨다는 걸 잊으셨군요." 젊은 목사가 회색 코트를 입은 남자에게 말했다.

"그랬었죠, 그랬어요. 이런, 나 참. 그런데 이봐요." 상대방에게 말했다. "내가 굳이 직접 증거를 대지 않고도 당신이 실수했다는 걸 확인시켜줄 수 있어요. 내가 다시 설명해주죠. 당신이 말한 그런 행동을 할 만큼 머리가 좋은 사람이라면 단지 몇 푼 벌겠답시고 그 모든 수고를 다 감수하고 그 모든 위험도 다 무릅쓰고, 들어보니 그 모든 수고를, 그와 같은 수고를 다 했다고 가정하는 게 이치에 합당할까요?"

"그 말에는 도저히 반박을 못 하겠죠?" 젊은 목사가 외다리 사내에게 거보란 듯한 눈길을 보내며 말했다.

"당신 둘 다 머저리야! 이봐, 세상에 수고를 하고 위험을 무릅쓰고 기만과 극악무도한 일을 하는 데 돈이 유일한 동기인 거 같겠지. 악마가 이브를 속여서 얼마나 벌었다고 하던가?"

이렇게 말한 그는 또다시 특유의 역겨운 비웃음을 흘리며 절뚝절뚝 사라졌다.

회색 코트를 입은 사람은 사라지는 그의 뒷모습을 잠시 조용히 바라본 뒤 옆에 있는 사람을 쳐다보며 말했다. "나쁜 사람에다 위험한 사람이군요. 어떤 기독교 사회에서든 제거돼야 할 사람이죠. 그런데 당신이 불신을 키운 계기가 저 사람이란 말이죠? 아, 우리는 불신에 귀를 막고 그 반대편에 귀를 열어야 합니다."

"원칙을 제시해주시는군요. 오늘 아침에 제가 그 원칙에 따라 행동했었다면 지금 이 감정을 느끼지 않아도 됐을 텐데. 저 사람은, 그래, 저 외다리는 사악하기 짝이 없는 힘을 받은 게 틀림없어요. 저 사람의 심술궂은 말 한마디로 효모가 퍼지듯 똑같이 심술궂은 마음이 퍼져나갔고(내가 알기에는 그렇게 했었어요), 그랬더니 수없이 많은 사람이 감언이설에 속아 넘어가서 성격이 변했어요. 하지만 제가 약간 말씀드렸듯, 그때 저에게는 저 사람의 사악한 말이 효력이 없었어요. 지금처럼 말이에요. 단지 듣고 난 후 시간이 흐르니 어떤 효과가 생기더군요. 솔직하게 말해서 이런 점이 좀 당황스럽습니다."

"그러면 안 돼요. 불신의 정신은 인간의 마음속에서 마치 묘약처럼 어떤 작용을 일으킵니다. 인간의 마음 안에 그 정신이 들어와서, 어쨌든, 길든 짧든 잠시 그 정신이 마음속에 조용히 자리 잡습니다. 하지만 더 통탄할 일은 언젠가는 그 정신이 활동하게 된다는 거예요."

"듣기 불편하긴 하지만 정답이군요. 저 사악한 인간이 방금 사악한 마음 한 방울을 새로 떨어뜨리고 갔는데 지금같이 작용하지 않는 상태가 얼마나 오래갈지 어떻게 하면 확실히 알 수 있을까요?"

"확실히 알 수는 없어요. 단지 작용을 미루게 노력할 수는 있지요."

"어떻게요?"

"지금부터 어떤 자극을 받든, 당신 마음속에서 일어나는 아무리 작은 불신의 징후라도, 그게 어떤 종류의 것이든 아예 막

아버리십시오."

"그렇게 하겠습니다." 그러더니 마치 독백하듯 덧붙였다. "이런, 이런, 저 외다리 남자가 끼친 저런 영향력에 맥없이 당하고만 있었다니 내가 잘못했어. 내 양심이 나를 질책하는구나. 불쌍한 검둥이 같으니. 아마 가끔 검둥이를 만나시겠지요?"

"아니요, 자주 만나지는 못해요. 하지만 늘 해왔듯, 며칠 후면 제가 일이 있어서 그 사람이 지금 머물고 있는 마을에 갈 겁니다. 정직한 기니는 고마움을 아는 사람이니 분명히 날 보러 거기 올 겁니다."

"그러면 당신이 이때까지 그를 후원해준 겁니까?"

"그 사람 후원자요? 저는 그런 식으로 말하진 않았습니다. 그 사람을 알고 지내왔다고 했지요."

"이 성금을 받아주세요. 당신이 기니를 만날 때 전해주시구요. 그리고 그의 정직함을 전적으로 믿는 사람이 주었다고 말해주세요. 또 잠깐이었지만 그 반대의 생각에 빠진 적이 있었던 것을 진심으로 미안해하더라고도 전해주세요."

"믿어주신다니 받지요. 참, 그리고 선생님이 진짜 자비로운 천성을 가지신 것 같아서 그러는데 혹시 세미놀 빈민구제단체 자선 모금에 참여해달라는 부탁을 외면하진 않으시겠지요?"

"전 그런 자선단체는 들어본 적이 없는데요."

"최근에 세워진 단체입니다."

잠시 침묵이 흐른 후 목사는 망설이다가 주머니에 손을 넣더니, 옆 사람의 표정에 뭔가가 걸리는 듯 불안한 기색으로 그를 살피며 쳐다보았다.

"저, 그러니까." 상대방이 가냘픈 목소리로 말했다. "그러니까 우리가 좀 전에 말했었던 미세한 양의 사악함이 또다시 고개를 쳐들기 시작하는 중이라면 당신에게 기부하라고 부탁해봤자 아무 소용없겠네요. 그럼 잘 가십시오."

"아니요," 가슴이 뭉클해져서 "저를 잘못 보셨어요. 현재의 의심에 빠지는 대신 차라리 저는 이전에 품은 의심에 보상하는 편을 택하겠어요. 빈민구제단체에 낼 돈이 여기 있으니 받으세요. 많지는 않습니다. 하지만 한 푼 한 푼이 도움이 되겠지요. 물론 서류는 가지고 계시지요?"

"물론이죠." 비망록과 연필을 끄집어냈다. "이름과 액수를 제가 적을게요. 우리는 이 명단을 출간할 겁니다. 자, 우리 단체의 역사에 대해 약간 알려드린다면, 그러니까 하나님의 섭리에 따라 이 단체가 시작되었어요."*

---

* 존 밀턴의 『실낙원』 1권에서 "하나님의 섭리 아래" 지옥이 건립되는 구절과 비슷한 어구이다.

7장
금 소매 단추를 단 신사

이야기가 재미있어질 즈음, 그 점에 대해 너무 궁금하고 절박한 나머지 이야기를 하는 사람에게 특별 질문이 쏟아지는 순간, 이야기하던 그 사람이 갑자기 하던 말을 멈추고 질문도 무시하며 주의를 다른 곳으로 돌렸다. 처음부터 시야에 들어와 있었으나 공교롭게도 지금까지 눈에 띄지 않았던 한 신사가 문득 눈에 들어온 것이다.

"실례합니다만," 그가 자리에서 일어나며 말했다. "제 생각에는 저기 계시는 분도 기부를 많이 하실 분처럼 보이는군요. 부디 말을 자른 것을 불쾌하게 생각지 마시길 바랍니다."

"가보세요. 할 일을 하는 게 우선이지요." 선량한 대답이었다.

그 낯선 사람은 보기 드문 매력이 있는 남자였다. 거기에서 그는 다른 사람들과 떨어져서 휴식을 취하고 있었다. 정오에 일하던 추수꾼이 목초지에 홀로 선 잎이 무성한 느릅나무를 보자 들고 있던 곡식 단을 버리고 그 그늘에 쉬러 들어가게 되듯, 슬쩍 보이는 우아한 그의 모습만 보고도 회색 코트를 입은 남자가 말을 멈추게 되었다.

하지만 선함이 인간에게 보기 드문 게 아님을 생각해볼 때 (온 세상이 이 단어를 알고 있고 어떤 언어든지 공통되게 이 단어를 가지고 있다) 무엇 때문에 그 낯선 사람이 도드라져 보였는지, 그리고 그를 무슨 외국인처럼 보이게 했는지는 알 수가 없었다. 하여튼 군중 사이에서 (이런 특징으로 인해 몇몇에게는 이 사람이 초상화에 나오는 다소 비현실적인 인물처럼 보였다) 그 사람은 유난히 도드라져 보이는 표정을 짓고 있었다. 그렇게 착해 보이고 재산까지 많아 보이는데 그 사람의 과거를 추적해본들 육체적으로나 도덕적으로 사악한 것을 알고 지낼 일은 없을 터였다. 관찰이나 철학을 통해 도덕적 악을 깊이 알거나 저지르지 않았나 하는(그 정도가 된다고 가정하고) 의심이 들 수는 있겠지만, 그의 천성은 아마 오히려 그 반대쪽으로 백 점은 아니라도 합격할 것이고, 그게 아니면 그런 악 자체를 전혀 모르는 사람일 것이다. 그 밖의 사실을 말하자면 55세나 60세 정도인 것 같고, 키가 크고 혈색이 좋았으며 약간 살이 찐 정도와 통통한 정도의 중간이었다. 부유하게 살았는지 태도가 반듯했고 그가 어느 때 어느 장소에서 살았는지 알 수 없지만 특이하게도 잔칫날에 입으려고 손질한 것처럼 우아한 옷을 입고 있었다. 코트 자락의 안감은 흰색 새틴이었는데, 만약 그게 어떤 표식이 아니고 그냥 재봉질을 그렇게 한 것뿐이라면 매우 이상하게 생각될 것이다. 그건 뭐라고 할까, 그 사람의 좋은 점이 외양만은 아니라는 것, 아니 겉이 좋은 옷이 안감은 더 좋다는 걸 보여주기 위해 어쩔 수 없이 붙여놓은 표식이었다. 그는 한쪽 손에 하얀 염소 가죽 장갑을 끼고 있었다. 그리고 다른 쪽 손은 장갑을 안 꼈는데도 장갑 낀 손만큼이나 희었다. 지금 대부분의 증기선처럼 피델호에는 갑판 위 여기저기에 숯검정 자국이 나 있고, 난간 주변이 특히 심했기에 이런 곳에서 이 손이 어떻게 전혀 때가 안 묻을 수 있는지 놀랍기 그지없었다. 하지만 그 손을 잠시 들여다보면 그 손으로 뭐든 만지려 하지 않는 것을 알게 될 것이다. 간단히 말해 자연이 손을 까맣게 물들여놓은 어떤 검둥이(아마도 방앗간 주인이 흰 옷을 입는 것과 같은 이유겠는데), 이 검둥이 하인의 손이 주인이 시키는 대부분의 일을 하는 걸 볼 수 있을 것이다. 검둥이 하인의 입장에서는 그런 더러운 일을 하는 것은 당연하며 해가 되지도 않을 것이다. 하지만 만약 신사가 이 일처럼, 본인은 고상하게 앉아 있으면서 대리자를 시켜 죄를 저지를 수 있다면 얼마나 놀라운 일이겠는가! 하지만 그건 허락되지 않는 일이다. 만약 허용된다 해도, 분별력이 있는 도덕군자라면 그런 일을 옹호하려 들지는 않을 것이다.

이 신사는(그러므로 단언할 이유가 있었다) 히브리의 총독*처

럼 어떻게 손을 깨끗하게 유지할 수 있는지를 알고 있는 사람
이며, 허둥거리는 페인트공과 부딪치거나 빗자루질을 할 일은
평생 없는 그런 사람이었다. 한마디로 팔자가 좋아서 착한 사
람이었다.

그가 무슨 윌버포스*처럼 보였던 것은 아니다. 아마 그 사람
은 그런 남다른 덕성은 가지고 있지 않았을 것이다. 그의 태도
를 보니 의로운 사람이라는 느낌은 들지 않고 선량하다는 느낌
만 들 뿐이었다. 비록 선량하다는 것이 의롭다는 것보다 급이
낮고 이 둘 사이에 차이점이 있는 것도 사실이지만, 의로운 사
람이 선한 사람이 되지 못할 만큼 이 둘이 양립 불가능한 것은
아니라고 생각된다. 비록 설교단은 선량하기만 한 사람, 다시
말해 날 때부터 선량한 사람은 의로운 것과 상당한 차이가 있
으므로 완전히 철저하게 회심을 겪어야만 의로워진다는 사실
을 당연하게 설교해왔지만 말이다. 정의의 역사를 꼼꼼히 읽어
본 정직한 정신의 사람이라면 부정하려고 들지 못하는 게 바로
이 점일 것이다. 그럼에도 성 바울 자신은 비록 교단의 논리에
전적으로 동의한 것은 아니나 설교의 특수성을 인정하면서, 문
제가 된 이 두 자질 중 어느 것을 사도로서 더 선호하는가를
뚜렷하게 밝혔다. 그 점에 대해 "의인을 위하여 죽는 자가 쉽
지 않고 선인을 위하여 용감히 죽는 자가 혹 있거니와"**라고
뼈 있는 말을 분명히 했던 것이다. 그러므로 우리가 이 신사에

---

* 윌리엄 윌버포스(William Wilberforce, 1759~1833): 미국의 노예 폐지론자.
** 「로마서」 5장 7절.

대해 다시 말할 때 나는 그가 단지 선한 인간일 뿐이며 아무리 혹독하게 그를 검열해도 선량한 게 범죄라고 할 수는 없다고 말하는 바이다. 어떤 인간도, 심지어 의로운 인간조차도 이 신사가 죄를 지었으니 교도소에 당연히 가야 한다고는 결단코 생각지 않을 것이다. 그런 일은 생각할 수 없다. 더 자세히 설명하면, 모든 것을 다 알기 전에는 그 신사도 그 의로운 인간, 그 사람만큼 죄 없는 사람일 가능성이 있을 뿐이다.

그 착한 사람이 의로운 사람에게, 다시 말해, 위상이나 사회계급이 자기보다 낮아 보이는 회색 코트를 입은 남자의 인사에 답례하는 것은 보기 좋은 광경이다. 마치 그 착한 사람이 인자한 느릅나무처럼, 부탁하는 사람에게 선한 가지를 흔들어주는 것 같았다. 겉치레로 겸손을 떠는 것이 아니라 진정한 위엄이 어린 예의범절을 갖추고, 굽실거리지 않으면서 누구에게든 친절하게 대하는 그런 몸짓이었다.

세미놀의 과부와 고아를 위해 기부 부탁을 받은 신사는 한두 가지 질문을 하고 대답을 들은 후 같은 색깔의 비단으로 안을 대고 은행에서 방금 나와 구두쇠의 손때도 안 묻고 아직 빳빳한 새 지폐도 물론 들어 있는 구식의 커다란 프랑스산 고급 녹색 모로코가죽 지갑을 꺼내 부탁에 응했다. 아마도 세상 때가 묻지 않은 상태로 보관되었으니 더러운 돈은 아닐 것이다. 신사는 부탁한 사람의 손에 신권 세 장을 올려놓으며 기부금의 액수가 적은 것을 용서해달라고 했다. 왜 그렇게 차려입었는지도 설명이 된 게, 그날 오후 질녀의 결혼식에 참석하기 위해 식이 열리는 숲 근처 강 아래로 잠시 가는 중이라 큰돈을 가지고 있지 않았던 것이다.

상대방이 감사를 표하려 하자 신사는 상냥한 태도로 저지했다. 감사는 자신이 해야 한다는 거였다. 본인에게 자선이란 가끔 하려고 애써야 하는 일이기보다 지나치게 탐닉하는 바람에 사람 좋은 하인에게서 그러지 말라고 가끔 훈계를 듣기도 하는 사치라는 것이다.

이어서 조직화된 선행 방식에 대해 평범한 대화를 나누다가 그 신사는 보시다시피 수없이 많은 자선단체들이 있긴 하지만 나라 곳곳에 흩어져 있는 바람에, 이미 각 단체에서 개인들이 하고 있고, 또 크게 이익을 낼 수 있을 거라 예상되는 방식으로 함께 연합 운동을 할 수 있는데도 그렇지 못하는 것이 유감이라고 했다. 정말이지, 그렇게 되면 모든 주가 연맹을 세워 정치적으로 얻을 수 있는 것과 같은 긍정적인 결과를 낳을 텐데 말이다.

이 제안은 지금까지 겸손하게 듣고 있던 대화 상대에게 영혼은 조화라고 말한 소크라테스의 격언처럼 확실한 효과를 낳았다. 피리 소리가 어떤 특정한 음에서 하프와 일치하는 화음을 이뤄 듣기 좋은 곡조를 만들어낼 수 있듯 지금 이 말을 듣다가 마음속에 있던 어떤 음이 응답하며 활기차게 울렸던 것이다.

아마도 그 회색 코트를 입은 사람이 처음 소개될 때 풀이 죽어 있었다는 점을 떠올리며 이 신사에게 보이는 활달한 반응이 그의 성격과 다소 어울리지 않는다고 생각할 수도 있다. 어떤 성격의 사람들은 부족한 것이 있다고 주장하기보다 냉정하게 자제를 하면서 오히려 그게 있음은 물론 이미 아주 많다는 사실, 즉 여태 쓰지 않았기 때문에 오히려 기회가 생기면 더 효과적으로 사용한다는 점을 보여준다. 그 사실이 예전에 증명되지 않았다면 회색 코트를 입은 남자의 태도를 보고 그렇게 생각할 수도 있을 것이다. 지금 그 남자가 뒤이어 보여준 태도는 이런 점이 맞았다는 것, 아니면 맞을 것이라는 사실을 아마 놀라우리만큼 확실하게 입증하는 것이리라.

"선생님." 그가 흥분한 말투로 말했다. "제가 선생님보다 먼접니다. 선생님이 생각한 것과 같은 계획 말이에요. 런던 세계박람회*에서 제가 내놓았었지요."

"세계박람회? 거기 당신이 갔다고? 저런, 거긴 어떻습디까?"

"우선, 제가……"

"아니, 우선 뭔 일로 박람회에 갔는지부터 말해주시겠어요?"

"제가 발명한 환자용 안락의자를 전시하러 갔었어요."

"그렇다면 당신이 줄곧 자선사업만 한 건 아니었던 모양이죠?"

"사람들의 고통을 덜어주는 건 자선이 아닌가요? 저는 지금도 당신이 자선사업이라고 부르는 일을 하고 있고 언제나 해왔고 앞으로도 할 겁니다. 하지만 자선은 핀처럼 한쪽에는 머리가 있고 반대쪽에는 뾰족한 부분이 있는 게 아니에요. 자선이란 훌륭한 일꾼이 모든 분야에서 뛰어나게 잘하는 것과 같지요. 저는 밥 먹고 잠잘 시간을 쪼개 프로틴 안락의자**를 발명

---

* 1851년 런던에서 열린 세계박람회를 뜻한다.

** 당시 런던 세계박람회에는 여러 종류의 안락의자가 출품되었다고 한다. '프

했어요."

"당신은 그걸 프로틴 안락의자라고 부르는군요. 어떤 건지 설명 좀 해주세요."

"저의 프로틴 안락의자는 모든 부품을 끼우고, 경첩을 달고 패드를 깔아서 여러모로 신축성이나 탄성이 우수하기 때문에 살짝 만져도 잘 작동하는 의자예요. 등, 자리, 발판, 팔의 모양을 무한대로 바꿀 수 있는 공간이라고 할 만한 이 의자라면 전혀 쉬지 못한 몸, 몹시 혹사당한 몸, 아니, 여기에 심하게 고통받은 양심도 아마 어느 정도, 어느 부분은 쉴 수 있을 겁니다. 그 의자를 내놓은 이유가 고통받는 인간 때문이라고 생각했기에 드디어 모든 수단을 동원해서 세계박람회에 가지고 갔지요."

"잘하셨어요. 하지만 당신 계획 말인데요, 어떻게 고안하게 된 거죠?"

"말씀드릴게요. 제 발명품이 적절히 분류되어 놓인 후 저는 주변을 찬찬히 살펴보느라 정신이 없었습니다. 빛이 나는 다양한 예술품과 여러 나라 사람이 모인 가슴 뭉클한 홀을 찬찬히 바라보며, 또 이 유리로 된 건물 안에는 현세의 자만심이 영광을 발하고 있다는 생각도 하다가, 그러다가 현세의 영광이 얼마나 부질없는가 하는 깨달음이 마음 깊숙이 들어왔습니다. 그래서 저는 혼잣말을 했지요. 이 허영에 찌든 행사가 원래 계획

로틴'은 바다의 신 프로테우스Proteus에서 나온 말인데 프로테우스는 변장에 능했다고 한다.

했던 것보다 더 큰 이득을 내게 할 아이디어가 있는지 살펴보리라. 범세계적 대의명분을 향한 범세계적 선善이 지금 여기서 이루어지리라. 간단히 말해, 그 광경에서 영감을 얻은 지 나흘 후, 저는 '범세계 자선단체'란 계획서를 세계박람회에서 발의했습니다."

"참 좋은 생각이군요. 그런데 그 계획서에 관해 설명 좀 해주세요."

"범세계 자선단체는 현존하는 모든 자선, 선교단체에서 온 대사들을 회원으로 하는 단체가 될 것입니다. 그 단체의 목적 중 하나는 이 세계의 자선을 체계화하는 것입니다. 이 목적을 이루기 위해 현재의 자발적이고 비체계적인 기부 방식은 없어질 것입니다. 대신 그 단체가 여러 정부로부터 전 인류에게 엄청난 자선세를 매년 부과할 수 있는 권한을 받는 거지요. 아우구스투스 시저의 시대에 그랬던 것처럼 전 세계가 세금을 부과받게 됩니다. 계획서에 의하면 그 세금은 영국의 소득세와 비슷하고, 좀 전에 잠깐 설명한 것처럼, 자선과 관련된 모든 세금을 합병한 세금이 될 것입니다. 이곳 미국에는 주세state tax, 군세county tax, 읍세town tax 그리고 통행세와 같은 것이고, 세금징수원들이 그 세금을 한곳으로 모을 겁니다. 제가 만든 표에서 볼 수 있듯, 정밀하게 계산하면 이 세금으로 매년 8억 달러에 조금 못 미치는 기금이 마련될 겁니다. 기금은 매년 위와 같은 목적에 쓰일 겁니다. 또한 여러 자선과 선교사업처럼, 대표자들이 모인 총회에서 법령을 정할 겁니다. 추정하건대 14년 후엔 그 세금으로 인해 112억 달러의 돈이 선행에 쓰일 것입니다. 그 기금을 적절히 쓰면 빈민이나 야만인은 세상 어디에도 없어질 것이므로 그 협회도 분명히 해산되겠지요."

"112억 달러라니! 말 그대로 **모자** 한 번 돌리고 돈을 거둬서 그렇게 되다니."

"예, 저는 불가능한 계획을 추진하려 했던 푸리에*가 아닙니다. 저는 실행 가능한 자선과 금융계획을 짜는 박애주의자 겸 금융인이죠."

"실행 가능하다고요?"

"물론이죠. 112억 달러를 말입니다. 소규모 자선가들이나 놀랄 액수인걸요. 14년간 한 해에 8억 달러밖에 더 되나요? 지금 8억 달러면, 그게 평균 잡아 지구 위의 인구당 1달러씩이면 되지 않습니까? 그리고 터키인이든 보르네오의 디아크족이든, 훈훈하게 자선을 위해 1달러 내는 걸 누가 거절하겠습니까? 8억 달러! 그 액수보다 더 많은 돈을 인간들이 매년 소비하지요. 허영심이 있는 사람은 물론 불쌍한 사람도요. 돈을 펑펑 쓰는 피비린내 나는 전쟁을 한번 생각해보세요. 그리고 아무리 인간이 바보 같고 사악한들 (이 점을 입증하려고) 생활 방식을 바꾸어, 세상을 저주하는 대신 축복하는 데에 남아도는 돈을 바치지 않을 까닭이 없지 않을까요? 8억 달러! 사람들이 그 돈을 벌 필요도 없어요, 벌써 가지고 있으니까요. 그냥 그 돈을 악한 쪽에서 선한 쪽으로 방향만 바꿔주면 돼요. 그리고 이렇

---

* 샤를 푸리에(Charles Fourier, 1772~1837): 프랑스의 사회 개혁가로 유토피아적 사회를 꿈꿨다.

게 하면서 본인의 욕구를 참아야 할 필요도 별로 없어요. 사실, 전체적으로 보면 이 일을 한다고 재산이 약간이라도 축나는 법도 없어요. 오히려 분명 모두 다 더 향상되고 더 행복해질 겁니다. 모르시겠어요? 인간은 미치지 않았고 제 계획도 실현 가능하다는 것을 당연히 인정하실 겁니다. 왜냐하면 미친 사람이 아니고서야 악이든 선이든 그것이 자신에게 돌아올 게 명백한 마당에 누가 선한 것보다 악한 것을 선택하겠습니까?"*

"이성적인 말이에요." 선량한 신사가 금으로 된 소매 단추를 바로잡으면서 말했다. "그런데 충분히 이성적이긴 하지만 인간이 그런 일을 할 리가 없지요."

"이성이 인간과 아무 관계가 없다면, 그럼 인간은 이성적인 존재가 아니군요."

"그런 뜻으로 말한 건 아니에요. 그건 그렇고 세계 통계조사에 대해 얼핏 말씀하시는 걸 들어보면 전 세계를 대상으로 하는 당신의 계획안에 따라 대부호는 물론 거지도 빈곤 해결에 기여하게 될 것이고, 기독교인은 물론 이교도들이 이교도의 개종에 기여하게 될 것 같네요. 어떻게 생각하세요?"

"아, 죄송하지만, 그건 괜한 트집이에요. 자, 어떤 박애주의자라도 자신에게 생트집을 잡으면 싸우려 들 겁니다."

"그럼, 더는 트집 잡지 않겠소. 하지만, 결국 내가 당신 계획을 이해한다고 해도 그 계획이 특별히 새로운 것 같지는 않네

---

* 「마태복음」 7장 12절 "그러므로 무엇이든지 남에게 대접을 받고자 하는 대로 너희도 남을 대접하라. 이것이 율법이요 선지자니라"라는 구절을 변형한 말이다.

요. 지금 한창 진행 중인 방식을 크게 확대해서 조금 더 발전시킨 것이니까요."

"확대하고 원기를 더한 것이지요. 첫째, 전 그 일을 철저히 개혁할 겁니다. 월스트리트 정신으로 선교를 가속화할 거거든요."

"월스트리트 정신이라니요?"

"그렇습니다. 솔직하게 말해서, 어떤 영적 목적이 세속적인 수단이란 보조 대행자를 통해야만 얻을 수 있는 것이라면, 그럼, 그런 영적인 목적을 보다 확실하게 쟁취하기 위해서 영적 계획의 수립자는 세속적 계획안의 세속적인 정책을 가볍게 생각하지 말아야 합니다. 간단히 말해, 적어도 이방인의 개종이 사람들의 노력 여하에 달려 있는 건 맞지만, 어느 정도까지는 계약서로 개종을 체결할 겁니다. 인도의 개종을 입찰에 부칠 것이고, 보르네오섬 문제나, 아프리카 문제도 그렇게 될 겁니다. 경쟁도 있고, 자극도 있겠지요. 대신 독점으로 인한 무력함은 없을 겁니다. 비방꾼들이 그 기관 직원은 관세청 직원처럼 타락했다고 그럴싸하게 떠들어댈 선교원이나 집단 주택 같은 것은 단연코 만들지 않을 생각입니다. 대신 중요한 것은 사용할 돈의 아르키메데스적 능력*이지요."

"8억 달러의 능력을 말하시는군요."

"그렇습니다. 아시다시피 돈 몇 푼 가지고 세계를 상대로 선

---

* 지레를 발명한 수학자 아르키메데스Archimedes는 자신이 지레를 이용하여 지구도 들어 올릴 수 있다고 말한 것으로 전해진다.

을 행해봤자 아무 소용없어요. 저는 확고한 의지로 세상에 선을 행할 것입니다. 저는 이 세상 모두를 위해서 선을 행할 것이며 지금까지도 그래왔습니다. 친애하는 선생님, 중국의 이교도들이 일으키는 회오리바람과 소용돌이를 생각해보십시오. 여기 사람들은 그 문제에 대해 아무 생각도 없지요. 홍콩에서는 서리 낀 아침에 이교도 거지들이 땅콩 통 안에 든 먹다 만 땅콩처럼 거리에서 죽은 채 발견됩니다. 중국에서는 사람이 저세상으로 가는 게 눈보라 안의 눈송이처럼 표가 안 납니다. 그런 사람들에게 수십 명의 선교사를 보낸들 뭔 대수가 있을까요? 코끼리 코에 비스킷이지요. 저는 1만 명의 선교사를 단체로 보내어 그들이 도착한 후 6개월 안에 중국인들을 **대규모로** 개종시킬 겁니다. 그 일이 끝나면 다른 일을 하고요."

"열정이 과한 것 같은데요."

"자선가들은 필연적으로 열정적일 수밖에 없어요. 열성이 없으면 뻔한 것 이상을 성취할 수 없지 않겠습니까? 그건 그렇고, 다시 런던의 가난뱅이 문제로 돌아갑시다. 그런 비참한 무리에게 여기 고기 한 덩어리, 저기 빵 한 덩어리가 뭔 소용이 있겠습니까? 저는 그 사람들에게 2만 마리의 수소와 10만 통의 밀가루를 보내는 것으로 일을 시작해야 한다고 제안하는 바입니다. 그러면 그들은 생활이 편해질 겁니다. 런던의 가난뱅이들 사이에 한동안 굶주림이 없어지겠지요. 그렇게 두루 보살펴주는 거지요."

"이런 것, 즉 당신 계획의 전반적 특성을 곰곰이 생각해보니 그건 일어날 가능성이 있는 기적이라기보다 간절하게 바라는 기적의 예인 것 같군요."

"그러면 기적의 시대는 끝난 건가요? 이 세상이 그렇게 나이가 들었어요? 불모의 세상이 된 건가요? 사라*의 예를 생각해보시오."

"그럼 나는 (미소를 띠며) 천사를 비웃는 아브라함**이겠네요. 하지만 전체적으로 봐서 당신 계획은 터무니없이 커 보이는군요."

"그 계획이 터무니없이 크다 해도 집행하기에 적합한 환경이 주어지면 어떡하시겠어요?"

"그럼, 범세계 자선단체가 사업을 시작할 수 있다고 진짜로 믿는 겁니까?"

"그럴 거라고 확신해요."

"너무 지나치게 자신하는 건 아닙니까?"

"기독교인이라면 이렇게 말할 수 있지요!"

"하지만 장애물을 생각해보세요!"

"장애물요? 장애물이 산이라고 해도 없앨 수 있다고 확신합니다.*** 그렇습니다. 범세계 자선단체에 대해 확신이 확고하다는 점에서 저보다 그 자리에 적합한 인물이 없으므로 제 자신

___

* 「창세기」에 나오는 아브라함의 첫 부인으로 90세에 아들인 이삭을 낳았다.

** 「창세기」 17장 16~17절. "내가 그에게 복을 주어 그가 네게 아들을 낳아주게 하며 내가 그에게 복을 주어 그를 여러 민족의 어머니가 되게 하리니 민족의 여러 왕이 그에게서 나리라. 아브라함이 엎드려 웃으며 마음속으로 이르되 백 세 된 사람이 어찌 자식을 낳을까 사라는 구십 세니 어찌 출산하리요 하고."

*** 「고린도 전서」 13장 2절 "산을 옮길 만한 모든 믿음이 있을지라도 사랑이 없으면 내가 아무것도 아니요"를 인용하고 있다.

을 임시 회계담당자로 지명할 겁니다. 그리고 지금 당장은 백만 장 이상의 안내서를 열심히 전하며 기쁜 마음으로 기부를 받으려고 합니다."

이야기는 계속되었다. 회색 코트를 입은 남자는 천년왕국*의 약속을 마음에 둔 듯 전 세계 모든 나라에 전파할 박애주의 정신에 대해 말했다. 씨를 뿌릴 시기를 앞두자 부지런한 농부가 마음이 조급해져서, 3월 화롯가에서 몽상에 젖어 있다가 농장 안 들판 곳곳을 다니는 것과 같았다. 회색 코트를 입은 남자의 마음은 온통 흔들려서 마치 감정의 가락이 쉬지 않고 떨리는 것처럼 보였다. 그의 혀는 펜테코스트파**의 몸짓처럼 과장되게 움직였으며 화강암 같은 마음도 바스러뜨려 자갈돌로 만들 만큼 설득력이 있는 은빛의 혀였다.

그러므로 이상하기도 하다. 어떻게 마음씨 착하기 그지없는 신사가 그의 이야기를 들으며 이런 미사여구에 꿈쩍도 하지 않았는지 말이다. 그러나 나중에 드러난 바와 같이 그도 결국 꿈쩍하지 않을 도리가 없었던 모양이다. 왜냐하면 상냥하게 굴면서도 못 미더워하며 조금 더 듣던 신사가 배가 목적지에 닿자마자 곧장 반은 기분 좋은 표정으로, 반은 측은해하며 그 사람 손에 지폐 한 장을 더 올려놓았기 때문이다. 한바탕 꿈같은 이야기였을 뿐이지만 마지막까지 자선을 베푼 것이다.

---

* 「요한계시록」 20장 1~6절을 보면 세상의 종말이 왔을 때 7년 대환란을 겪고 난 후 악마를 무저갱에 천 년간 가두어둔다.
** pentecost는 성령의 힘을 강조하는 기독교 종파이다.

8장
자비로운 숙녀

술주정뱅이가 정신이 멀쩡할 때 가장 재미없는 인간이듯 열
성가가 이성적일 때 맥이 빠지는 법이다. 이 말은 열성가에게
이해력이 쌓이는 걸 비꼬려는 것이 아니다. 왜냐하면 열성가의
원기가 왕성해지는 게 광기의 절정에 이르러서라면, 의기소침
해지는 것은 그의 정신이 아주 말짱하다는 것을 의미할 뿐이니
까 말이다. 어느 모로 봐도 회색 코트를 입은 남자가 지금 그
런 상태에 있었다. 그에게 사교가 광기의 원동력이라면 외로움
은 무기력의 원동력이었다. 카드게임의 고수들이 그러하듯, 천
개의 구멍에서 불어오는 부드러운 해풍 같은 외로움이 그에게
는, 뭐랄까, 그다지 상쾌하지는 않았다. 한마디로, 잠복된 광기
를 끌어낼 대상 없이 홀로 남겨지자 그는 서글픈 겸손과 점잖
음이 뒤섞인 원래의 얌전한 태도로 슬며시 돌아갔다.

얼마 후 그는 맥없이 누군가를 찾는 듯, 숙녀용 살롱으로 천
천히 들어갔다. 하지만 주변으로부터 그에게 실망한 눈초리가

느껴지자 우울하고 지치고 낙담한 듯 소파에 자리를 잡았다.

소파의 한쪽 끝에는 통통하고 인상 좋은 여자가 앉아 있었는데, 그 여자의 모습을 보니, 그녀에게 약점이 있다면 그건 아마 남다르게 착한 마음씨는 결코 아닐 거라고 짐작할 수 있었다. 새벽도 아니고, 밤도 아닌, 황혼빛이 어린 그녀의 옷에서 확실히 알 수 있는 것은 그녀가 방금 상(喪)을 끝낸 과부라는 것이었다. 그녀는 금박을 입힌 작은 『성경』을 손에 쥐고 지금까지 읽고 있었다. 그녀는 반쯤 체념한 듯 몽상에 잠겨 『성경』을 쥐고 있었는데, 그녀가 「고린도 전서」 13장에 손가락을 찔러 넣고 있었던 것은 아마도 최근에 판을 들고 훈계를 하던 벙어리를 보고 그 장에 관심이 생겨서인 것 같았다.

그녀는 거룩한 페이지를 보던 눈을 들어 올렸다. 하지만 저녁때에, 해가 진 후라도 서쪽 언덕에 한참 동안 햇살이 어려 있듯, 그 선생은 이미 잊었지만 사려 깊은 그녀의 얼굴에는 아직도 자비가 어려 있었다.

한편, 머지않아 여자의 시선이 그 낯선 사람의 표정으로 향했지만 반응을 보이지는 않았다. 잠시 이리저리 탐색하던 순간 『성경』이 손에서 떨어졌다. 회색 코트를 입은 남자가 주워주었다. 공손하면서도 주제넘게 참견하는 것이 아닌, 순박한 친절이 그의 행동에서 우러났다. 숙녀의 눈동자가 반짝였다. 분명히 여자가 호감을 느낀 것이다. 곧 그 낯선 사람이 존경심을 담뿍 담아 허리를 숙이며 낮고 슬픈 어조로 말했다. "여사님, 주제넘게 끼어들어서 죄송하지만 여사님 얼굴을 뵈니 이상하게 마음에 걸리는 게 있어서요. 혹시 교회에 다니는 자매님 아니신가요?"

"아…… 정말…… 당신……"

그녀가 당황하는 것을 본 그는 겉으로는 모르는 척하며 냉큼 변명했다. "이곳은 형제들에게는 외로운 곳이군요." 그는 뒤편에 현란한 양단 옷을 걸치고 있는 숙녀들을 바라보며, "같이 어울릴 만한 분들이 없네요. 이러면 안 되는 줄은 알지만(물론 저도 **알지요**) 세속적인 사람들과 어울리는 게 편하지가 않아요. 저는 말이 없더라도 평판 좋은 형제자매님과 어울리는 게 더 좋습니다. 그건 그렇고, 여사님은 혹시 신뢰가 있으신지 물어봐도 될까요?"

"진짜, 선생님…… 왜, 선생님은…… 진짜…… 저는……"

"예를 들자면 **저를** 신뢰하시나요?"

"진짜, 선생님…… 물론 그렇게 하는 게…… 제 말은, 낯선 사람에게 그러는 게 현명한 건지…… 어…… 어…… 전혀 모르는 사람에게 그러듯, 그런 편이었다고 할 수 있죠." 상냥하지만 아직 긴장한 듯한 목소리로 대답할 때, 그녀의 몸이 한쪽으로 쏠리고 동시에 가슴은 반대쪽으로 당겨져 있는 것 같았다. 자선과 신중 사이에서 일어나는 자연스러운 갈등.

"전혀 모르는 사람이라뇨!" 한숨과 함께 말을 이었다. "아, 누가 낯선 사람입니까? 내가 돌아다닌 게 다 헛일이었어. 나에게 신뢰를 베푸는 사람이 아무도 없구나."

"참 재미있는 분이시군요." 선량한 숙녀가 약간 놀란 듯이 말했다. "친구가 되어드릴까요?"

"신뢰가 없는 사람은 결코 저의 친구가 될 수 없어요."

"하지만, 전…… 전 그러니까…… 적어도 어느 정도는……
제 말은 그러니까……"

"아니, 아니, 당신은 신뢰가 전혀 없으신 분이군요. 죄송하지
만, 뭔지 알겠어요. 아무 신뢰도 없어요. 신뢰를 찾아다니다니,
나는 바보, 허황한 꿈을 좇는 바보였어요."

"너무하세요, 선생님." 선량한 숙녀가 큰 관심을 보이며 대
답했다. "하지만 선생님이 남다른 경험을 하셔서 부당한 편견
을 가지게 된 것일 수도 있어요. 비난하는 건 아니에요. 정말이
에요, 저는…… 그래요, 그래요…… 저는…… 뭐라고 해야 하
나…… 그게…… 그게……"

"신뢰가 있다고요? 증명해보십시오. 저에게 20달러를 줘보
세요."

"20달러라니!"

"거봐, 내가 말했지요, 여사님. 여사님은 신뢰가 없어요."

그 숙녀는 이상하기 짝이 없게도 마음이 흔들렸다. 그녀는
안절부절못하며 어디로 몸을 돌려야 할지 모르겠다는 듯 괴로
워하며 앉아 있었다. 스무여 개의 문장을 말할 때마다 첫 단어
만 꺼내고 말을 잇지 못했다. 결국 그녀는 절박하게 서둘러서
말했다. "20달러로 뭘 하실지 말해주시겠어요?"

"제가 과부와 고아들을 위해 돈을 원하는 것은 아니지만……"
이 말을 하고 나서 반상복半喪服을 입은 그 여자를 슬쩍 쳐다보
았다. "지금은 세미놀에 최근 세워진 과부와 고아 수용시설의
순회 대리인으로 다니는 중입니다."

"아니, 왜 진작 선생님이 맡은 일에 대해 말씀하지 않으셨나

요?" 상당히 마음이 놓인 듯했다. "불쌍한 사람들…… 인디언들도 그렇죠…… 저 잔인하게 착취당한 인디언들. 여기. 이거 받으세요. 제가 어떻게 그냥 지나치겠어요. 이것밖에 못 드려서 죄송합니다."

"그렇다고 슬퍼하진 마세요, 여사님." 받아 든 지폐를 접으면서 말했다. "이 돈이 적은 액수인 것은 저도 알지요. 하지만." 연필과 책을 끄집어내며 덧붙였다. "여기에 액수를 적습니다만, 동기를 적는 명부도 하나 더 있어요. 안녕히 가십시오. 여사님은 신뢰를 가지고 있군요. 예, 사도 바울이 고린도인들에게 말했던 것처럼 '내가 범사에 너희를 신뢰하게 된 것을 기뻐하노라'*라는 게 바로 그거죠."

---

* 「고린도 후서」 7장 16절.

9장
두 사업가가 작은 거래를 하다

"이봐, 혹시 이 부근에서 상장을 꽂고 어딘가 슬픈 표정을 한 신사분 못 봤어? 어디로 갔는지 모르겠네. 한 20분 전까지만 해도 나랑 이야기하고 있었는데 말이야."

방금 이 말은 장부 같은 책을 팔 아래에 낀 채 술이 달린 여행용 모자를 쓰고 불그스레한 뺨에 명랑해 보이는 사람이 이전에 소개되었던 그 대학생에게 한 말이다. 앞 장을 보면 알겠지만 그 대학생은 그렇게 나갔다가 다시 돌아와 난간 옆에 계속서 있었고, 그러다가 갑자기 질문을 받은 것이다.

"학생, 그 사람 봤어?"

낯선 사람이 친절하고 쾌활하게 묻자 젊은 학생은 수줍기 짝이 없던 태도를 벗어던지고 평소와 달리 냉큼 이렇게 대답했다. "예, 상장을 단 사람이 조금 전에 이곳에 있었어요."

"슬퍼 보이던가?"

"예, 그리고 약간 제정신이 아닌 것 같았어요. 그건 확실해요."

"그 사람이 틀림없네. 불행을 겪다 보니 정신이 나갔나 봐. 어느 쪽으로 갔는지 말해줘. 빨리."

"이런, 방금 손님이 오신 방향으로 갔는데요. 저쪽 통로 쪽 말이에요."

"그래? 그러면 방금 만났던 회색 코트를 입은 남자분 말이 맞네. 강가로 내려간 게 분명해. 이럴 수가!"

그는 콧수염까지 드리운 모자 술을 짜증이 난 듯 잡아당기며 계속 말했다. "이런, 이렇게 안타까울 수가. 사실 지금 줄 게 있었는데." 이 말을 하더니 가까이 다가와서 "저, 있잖아. 그 사람이 기부해달라고 했는데, 아니, 내가 좀 치사하게 대했거든. 그게 아니라, 그 사람이 친한 척하길래, 뭔 말인지 알지. 그러니까 그때 내가 좀 바빠서 거절했거든. 아주 무례하고 차갑고 뚱하고 냉담하게 말이야. 그런데 어쨌든 그러고 난 뒤 3분이 지나기도 전에 자책감이 들더니 뭔 일이 있어도 그 불쌍한 사람 손에 무조건 10달러 지폐를 꼭 쥐여줘야겠다는 생각이 급하게 들더라고. 웃는군. 그래. 미신일 수도 있지만 어쩌겠어. 고맙게도, 내가 좀 마음 약한 면이 있긴 하지. 다른 이유를 대자면," 그는 급하게 이어 말했다. "최근에 사업이 너무 잘됐거든. 뭐냐하면 블랙 래피즈 석탄 회사 말이야. 개인적으로는 물론 회사 전체로도 잘나가는 이때, 정말이지, 자선사업 한두 개쯤 돈을 대주는 게 옳은 일 아니겠어, 그렇지?"

"선생님," 대학생이 별로 놀라지 않은 기색으로 말했다. "블랙 래피즈 석탄 회사와 공식적으로 관련 있다는 말씀인 거죠?"

"그럼, 어쩌다가 회장이자 명의변경 대리인이 되었지."

"아, 그러세요?"

"그럼, 그런데 왜 그러지? 투자라도 할 셈이야?"

"왜요, 주식을 파세요?"

"약간 팔 수도 있지. 하지만 왜 물어? 투자하려고 그러는 건 아니지?"

"그런데 제가 사겠다면," 냉정하고 침착하게 "지금 여기서 그 일을 처리해줄 수 있나요?"

"이런," 놀라서 그를 쳐다보며, "이런, 사업가적 기질이 다분한 학생이군. 정말, 대단하고 무서워."

"오, 그러실 필요 없어요. 그럼 저에게 주식을 약간만 파실 수 있는 거지요?"

"글쎄, 잘 모르겠어. 특별한 사정으로 회사가 사둔 주식이 분명 조금 있기는 한데 이 배를 회사 사무실로 바꿀 순 없는 노릇이지. 투자는 다음으로 미루는 게 나을 것 같군." 그러고는 무심한 태도로 말했다. "내가 말한 그 불쌍한 사람을 보긴 했어?"

"그 불쌍한 사람이야 자기 맘대로 하게 내버려두시죠. 들고 계시는 큰 책은 뭡니까?"

"명의변경 장부야. 이걸 들고 법정에 출두하라는 명령을 받았거든."

"블랙 래피즈 석탄 회사," 뒷면에 금박으로 새긴 글을 비스듬히 보며 소리 내어 읽었다. "그 회사 이야기는 많이 들었어요. 혹시 회사 상황에 대한 재무제표를 가지고 있으십니까?"

"최근에 재무제표가 인쇄되었지."

"죄송하지만 제가 타고나길 호기심이 많은 성격이라서요. 혹시 한 부 가지고 계십니까?"

"다시 말하지만, 이 배를 회사 사무실로 바꾸는 게 적절하진 않은 것 같아. 그 불쌍한 사람 말이야, 결국 도와주긴 했어?"

"그 불쌍한 사람이야 자기가 알아서 하게 두시고, 재무제표나 좀 보여주시죠."

"이런, 정말 사업가 같군, 못 당하겠는걸. 여기 있어."

인쇄된 작은 팸플릿을 건넸다.

젊은이가 점잖게 책을 뒤집어 보았다.

"난 의심 많은 사람은 싫어." 학생을 쳐다보며 상대방이 말했다. "그런데 조심성 많은 사람은 확실히 좋아하지."

"그렇게 말씀해주시니 고맙습니다." 팸플릿을 힘없이 돌려주며 "전에도 말씀드렸듯이 제가 천성적으로 호기심이 많습니다. 신중하기도 하구요. 겉모양에 속지는 않거든요. 당신의 재무제표는," 그가 덧붙였다. "꽤 좋은 상태군요. 하지만 얼마 전에 당신 회사 주식이 어려움을 조금 겪지 않았습니까? 약간 떨어졌지요? 주주들이 그 주식 문제로 의기소침하지 않았나요?"

"그렇지. 좀 떨어졌지. 하지만 어쩌다 그런지 알아? 누가 그랬는지는? '곰들'*이 그랬지. 우리 주식이 떨어진 건 순전히 곰들이 으르렁거려서, 남을 속이려고 으르렁거린 탓이야."

"어떻게, 속이다니요?"

"글쎄, 위선자 중에서도 가장 무시무시한 놈들이 이 곰들이

---

* 주식시장에서 주가가 오르는 것을 '황소'에, 떨어지는 것을 '곰'에 비유한다.

야. 반대로 말하는 위선자들 말이야. 사물을 밝게 보게 하는 대신 어둡게 보게 만드는 위선자들. 하락장보다는 하락장을 가장해서 돈을 버는 인간들. 하락장을 만드는 사악한 기술을 가진 교수들. 거짓말쟁이 예레미야.* 가짜 헤라클레이토스.** 이 사람들은 암울한 날을 보내고 거지들과 섞여 있는 가짜 나사로***처럼 돌아와서 가짜로 화를 내고 얻은 이득으로 잔치를 벌이지. 비열한 곰들이야!"

"선생님은 그 곰들을 아주 싫어하시는군요."

"내가 싫어하는 건 우리 주식에 그놈들이 술수를 부린 기억 때문이라기보다, 신용을 파괴한 이 사람들과 주식시장을 비관적으로 보는 철학자들이 본질적으로 거짓말쟁이일 뿐만 아니라 전 세계 곳곳에 거의 모든 신용 파괴자들과 음울한 철학가들의 실제 전형이기 때문에 싫어하는 거야. 그 사람들은 주식, 정치, 곡물, 도덕, 형이상학, 종교, (그게 무엇이든) 천성이 조용하고 착한 사람한테 뭔가 몰래 이득을 보겠다는 목적을 가지고 음험한 공포를 날조해내지. 음울한 철학자가 전시용으로 펴놓

---

* 『구약성서』에 나오며 흔히 '눈물의 선지자'라고 불리는 예레미야 선지자는 사람들의 사회악과 부패 때문에 심판이 곧 내려질 거라는 예언을 했다. 그런데 그의 이름에서 유래한 '제러미'라는 이름을 가진 사기꾼 제러미도 있다. 3장 37쪽 참조.

** Heracleitos(B.C.540?~B.C.480?): 그리스 철학자이며 만물은 끊임없는 변화 속에 있다고 믿었다. 우주의 기본요소를 '불'이라고 생각했다.

*** 「누가복음」16장에서 예수 그리스도의 비유에 나오는 거지이다. 나사로는 부자의 문 앞에서 구걸하고 살았지만 죽어서 천국에 간다. 반면 부자는 심판을 받아 지옥에 간다. 2장, 15장, 19장에서 인용된다.

은 재앙의 시체가 바로 '모건이면 충분하지'*라는 거야."

젊은이가 잘 안다는 듯이 느릿느릿 말했다. "이 우울한 사람들이나 그다음 사람이나 별 볼 일 없긴 매한가지예요. 샴페인으로 식사를 마치고 내 소파에 앉아 내 농장에서 나온 담배를 피우고 있는데 우울하게 생긴 놈이 옆에 있으면, 아 지겹기 짝이 없군!"

"됐다고 그러지 그래?"

"그러는 게 아니라고 말해줬어요. 그 사람에게 당신은 충분히 행복하고 당신도 그걸 안다고 쏘아붙였죠. 다른 사람들도 당신만큼 행복한 걸 당신도 알지 않느냐고, 그리고 죽은 후에도 우리 모두 다 행복할 것이고 이 또한 알지 않느냐, 그런데 왜 당신은 계속 불만스러워하느냐고요."

"당신은 이런 사람들이 어쩌다가 매사 불만족이 되었는지 알아? 먹고사는 문제 때문은 아니야. 왜냐하면 그런 인간들은 은둔해서 사는 사람이거나 너무 어려서 그런 건 본 적도 없는 사람들이거든. 차라리 무대에서 공연하는 옛날 연극을 봤거나 아니면 다락방에서 찾은 옛날 책에서 봤을 거야. 보나 마나 경매에서 곰팡내 나는 오래된 세네카**의 책을 사 가지고 집에 와서

---

* 윌리엄 모건은 1826년에 프리메이슨의 비밀을 폭로하는 책을 출판하려 했다가 실종되었다. 나이아가라 폭포에서 그 사람으로 추정되는 시체가 발견되었는데, 시체의 신원을 정확하게 확인할 수 없었음에도 불구하고 선거 공세에 이용되었다. 반메이슨 당(Anti-Masonic Party)의 당원 설로 위드Thurlow Weed가 "선거가 끝난 후라도 모건이면 충분하다"고 한 말에서 비롯된 표현이며 정치 공작이나 사기를 의미한다.

** Lucius Annaeus Seneca(B.C.4?~A.D.65): 고대 로마의 철학자이자 극작가.

상해버린 건초로 배를 채우기 시작했겠지. 그러다가 비관론자가 되는 게 현명한 것 같기도 하고 대단해 보이기도 하다고 생각하는 거지. 동류보다 더 높이 서는 게 그런 거라고 생각하는 거야."

"바로 그거예요." 젊은이가 동의했다. "나이가 어느 정도 되니 갈까마귀 같은 그런 사람들을 간접적으로나마 많이 보게 되었지요. 그건 그렇고 당신이 물어보셨던 상장을 단 남자는 나를 나약하고 감상적인 사람으로 보더군요. 제가 계속 입을 다물고 생각에 빠져 있고 타키투스의 책을 가지고 있어선지 제가 타키투스에 대한 소문을 듣고 읽는 것이 아니라, 타키투스가 비관적이라는 점 때문에 읽는다고 생각하더군요. 하지만 그 사람이 뭘 하고 뭘 말하든 내버려뒀어요. 정말, 제 태도가 우습게 보였나 봅니다."

"그러지 말지 그랬어. 그 딱한 인간을 놀렸구먼."

"그거야 그 사람 잘못이지요. 전 성공한 사람, 안락하게 사는 사람이 좋아요. 당신처럼 안락하고 매사 자신이 넘치는 분들 말이에요. 그런 분들이 보통 정직하지요. 그리고 지금에야 말하지만 제 주머니에 여윳돈이 좀 있거든요. 저는 단지……"

"그 불쌍한 사람에게 형제로서 행동……"

"그 불쌍한 사람은 스스로 알아서 하게 두시죠. 왜 자꾸 그 사람을 들먹이십니까? 주식 명의변경이나 주식 처분에는 관심이 전혀 없으신 모양이죠? 다른 건 어떻게 되든 상관 마세요. 전 투자하고 싶어요."

"잠깐, 잠깐만. 시끄러운 사람들이 이리로 오네. 이리로 와,

이리로."

이어서 책을 든 그 사람은 공손한 태도로 옆 사람들의 떠들썩한 소음이 들리지 않는 후미지고 좁은 공간으로 그 학생을 서둘러 데리고 갔다.

거래가 끝나자 둘은 다시 나와 갑판을 걸었다.

"자, 어쩌다가," 책을 든 사람이 말했다. "학생처럼 젊은 신사가, 첫눈에 보기에도 차분한 학생 같은데, 이런 주식이니 뭐니 하는 일에 뛰어들려고 하는지 말해봐."

"이 세상엔 대학생들이 저지를 만한 실수가 있지요." 대학 2학년생이 자신의 셔츠 칼라를 애써 바로잡으며 느린 말투로 말했다. "그런 실수의 상당수는 현대 학자들의 본질, 현대 학자가 가진 침착성의 본질을 건드리는 통념이죠."

"그런가 봐. 그런 것 같아. 정말, 나한테는 이런 게 아주 낯설기 해."

"경험이," 2학년생이 말했다. "저의 유일한 스승입니다."

"지금부터는 내가 학생 제자가 되어야겠다. 내가 증권 투기 이야기를 참고 듣는 유일한 때가 경험을 바탕으로 말할 때뿐이니까 말이야."

"제가 투기를 하는 건, 선생님." 차분하게 몸을 일으켜 세우며, "주로 베이컨 경의 경구 때문이에요. 저는 저의 일과 마음의 고향이 되는 그런 철학에 투기합니다.* 저, 혹시 다른 좋은

---

* 프랜시스 베이컨(Francis Bacon, 1561~1626)은 1625년에 쓴 그의 책 『시민과 도덕에 관한 에세이와 자문』에서 "에세이란 인간의 일과 마음의 고향이다"라고 썼는데 그 말을 패러디하고 있다.

주식에 대해 아시는 건 없나요?"

"새 예루살렘*에는 관심이 없나?"

"새 예루살렘이라고요?"

"그래, 미네소타주 북부에 있는 소위 신흥 도시지. 원래는 도망 온 모르몬교 교도들이 세웠어. 그래서 이름이 그런 거야. 여기 미시시피강 위에 있어, 여기. 이게 지도야." 두루마리 지도를 꺼내며, "거기, 거기 보이는 건 공공건물들이고, 여기는 상륙지. 저기는 공원. 저 너머는 식물원. 그리고 여기 작은 점인 이곳은 샘물이야, 알겠지. 저기 스무 개의 별표가 보이지? 그건 문화회관이야. 생명나무로 만든 연단**도 있어."

"이 모든 건물이 지금 다 세워져 있는 건가요?"

"모두 세워져 있어. 진짜로."

"여기 이 구석의 널찍한 곳들은 물웅덩이인가요?"

"새 예루살렘에 물웅덩이라니? 다 대지야. 투자는 걱정 안해도 돼."

"법대생들이 말하는 것처럼 내 권리를 분명하게 읽어야 한

---

* 「요한계시록」 21~22장은 새 예루살렘에 대해 말하고 있다. "또 내가 새 하늘과 새 땅을 보니 처음 하늘과 처음 땅이 없어졌고 바다도 다시 있지 않더라. 또 내가 보매 거룩한 성 새 예루살렘이 하나님께로부터 하늘에서 내려오니 그 준비한 것이 신부가 남편을 위하여 단장한 것 같더라."(「요한계시록」 21장 1~2절) 멜빌이 살던 당시 개발되고 있거나, 아니면 전혀 존재하지도 않는 땅에 투자하라고 부추기는 사기꾼들이 많았다고 한다.
** 「요한계시록」 22장 2절에 새 예루살렘을 묘사한 부분인 "강 좌우에 생명나무가 있어 열두 가지 열매를 맺되 달마다 그 열매를 맺고 그 나무 잎사귀들은 만국을 치료하기 위하여 있더라"를 멜빌이 참조한 것으로 보인다.

다고* 생각하지는 않아요." 대학생이 하품을 했다.

"신중해, 참 신중해. 하지만 뭐가 뭔지 모르기는 마찬가지란 건 모르는군. 어쨌든, 나라도 이런 다른 것 두 개를 사느니 너의 석탄 주식 지분 하나를 갖겠어. 그래도 첫 정착지를 두 명의 도망자(벌거벗은 상태로 반대편 해변까지 헤엄쳐 갔다지)가 세웠다는 걸 생각해보면 진짜 이곳은 놀라워. 여기는 **진짜**, 이런, 가야겠군. 오, 혹시 그 불쌍한 사람과 마주치면……"

"그런 일이 생기면……" 느릿느릿 그러나 초조한 마음으로 말했다. "안내원을 보내서 그 사람과 그 사람의 불운을 배에 싣게 하겠습니다."

"하, 하! 여기 비관적인 철학자가 한 분 계시네. 인간의 천성이라는 주식을 언제든 어떻게든 떨어지게 만들려고 기회를 노리는 신학자 곰 말이야. (그거 있잖아, 아리아미우스**의 신자들의 비호를 받으며 든든한 성직을 가질 속셈인 거.) 그걸 그는 굳은 마음, 말랑말랑한 두뇌의 증상이라고 부르더군. 그래, 아마 사악하게 해석하면 그렇다는 거겠지. 그냥 재미있는 유머를 뒤틀어놓은 것일 뿐이야. 재미있으면서 무정하게 말이야. 솔직히 그렇잖아. 잘 가."

---

* 영국의 목회자이자 찬송가 작사가인 아이작 와츠(Isaac Watts, 1674~1748)의 찬송가 구절, "내가 하늘나라 내 집의 권리를 분명히 읽고 나니 모든 두려움이 사라졌네"를 패러디하고 있다.

** 조로아스터교에서 빛과 싸우는 악의 세력.

10장
선실에서

등 없는 의자, 안락의자, 소파, 다이븐 의자, 오토만 의자. 이 의자에 젊거나 늙거나 똑똑하거나 멍청한 사람들이 모여 앉아 있었다. 그들의 손에는 다이아몬드, 스페이드, 클럽, 하트가 찍힌 카드가 쥐여 있었다. 가장 좋아하는 카드 게임은 휘스트, 크리비지, 브래그였다. 팔걸이의자에 앉거나 대리석으로 상판을 얹은 테이블 사이를 돌아다니며 눈앞의 광경을 즐기는 사람들은 상대적으로 몇 명 되지 않았는데, 그들은 게임에 한 손 거드는 대신 주로 주머니에 손을 찔러 넣고 있었다. 이런 사람들은 아마 철학자일 것이다. 하지만 여기저기서 호기심 어린 표정으로 작자 미상의 시가 적혀 있는 전단지 비슷한 것을 읽고 있었는데, 시의 제목은 이랬다.

신뢰를 얻기 위해
사심 없이 노력하다가

거듭되는 거절에서 어쩔 수 없이 알게 된

인간의 불신

을

시사하는

노래*

　바닥에는 풍선에서 떨어진 듯 펄럭거리는 전단지가 많았다. 그 종이들이 여기까지 오게 된 것은 이런 이유 때문이었다. 퀘이커 교도 옷을 입은 어떤 나이 든 사람이 선실을 조용히 지나가다가, 철도 책 장사꾼들이 가져온 책을 권하기 전에 먼저 직접적으로 혹은 간접적으로 다음 편 책에 대해 잔뜩 부풀린 광고지를 나눠주듯 아무 말 없이 시를 나누어주었다. 대부분은 흘낏 쳐다본 후 방랑시인이 정신이 나가는 바람에 쓴 게 틀림없는 그 작품을 귀찮은 듯 옆으로 던져버렸다.

　머지않아 팔 밑에 책을 끼고 여행을 하는, 여행용 모자를 쓴 혈색 좋은 남자**가 가벼운 발걸음으로 여기저기를 돌아다니다가 사교성이 매우 좋은 사람임을 드러내고 싶었는지 무슨 일을 축하하고 친하게 지내고 싶어 안달이라도 난 건지 적극적으로 주변을 탐색하다가 이렇게 말했다. “어이, 보시게들, 우리 모두

사내들끼리 개인적으로 서로 잘 알고 지냈으면 하는데. 왜냐하면 이 좋은 세상에 이 좋은 인연을 맺고 있는 게 우리 아니겠어, 형씨들. 그렇지. 우리 진짜 좋은 놈들이잖아!"

그러더니 왔다 갔다 하는 낯선 사람 한두 명에게 친근하게 다가가서 이전에 함께 이야기라도 나눴던 것처럼 뭔가 다정하게 말을 건넸다.

"이봐요, 거기 가지고 있는 게 뭐요?" 그가 새로 온 바싹 마르고 키 작은 어떤 사람에게 물었다. 그 사람은 마치 끼니를 거른 것처럼 보였다.

"짧은 시예요. 좀 이상해 보이는 시네요." 대답이 이랬다. "여기 바닥에 흩어져 있는 것과 같은 거예요."

"내가 못 봤군. 한번 볼까." 한 장을 집어 들고 읽었다. "이런. 괜찮은 시네. 구슬프고. 특히 첫 줄이 말이야.

'통탄할 일이네. 인간이
정겨운 믿음과 신용에 대해 잘 알 수 없다는 것이.'

만약 그렇다면 참 안됐어. 정말 잔잔하게 흐르는 시구먼. 아름다운 페이소스 하며. 근데, 이렇게 생각하는 게 맞다고 생각하나?"

"그 시에 대해서 말한다면," 바짝 마르고 키 작은 사람이 말했다. "아주 이상한 시인 것 같습니다. 이 말까지 하기는 부끄럽지만, 정말, 저 시는 생각을 하게 만드네요. 그래요. 느끼게 해주는 시예요. 어쨌든, 지금은 진실하고 다정하게 느껴지는데요. 이전에 이런 감정을 이만큼 느껴본 적이 있었는지 모르겠어요. 제가 천성이 무디거든요. 하지만 이 시는 나름대로 무던 저도 감동하게 만드네요, 설교를 들을 때처럼요. 설교를 들으면 제가 범한 잘못과 죄 때문에 죽어 넘어질 듯 통탄하게 되고, 결국 선행(well-doing)을 하며 살아야 할 것 같은 감동을 받지 않습니까."

"그런 말을 들으니 반갑네. 그럼 의사들 말처럼 잘 지내라고(do well). 그런데 여기다 누가 시를 뿌린 거지?"

"전 모르죠. 여기 오래 있지 않았으니까요."

"천사가 그랬나? 어째, 당신은 정겨운 느낌이 좀 든다고 했지. 그럼 우리도 다른 사람들처럼 카드나 칠까?"

"고맙습니다만 제가 카드를 칠 줄 모릅니다."

"와인은 어때?"

"고맙습니다만 와인도 마실 줄 모릅니다."

"담배는?"

"고맙습니다만 담배도 피울 줄 모릅니다."

"이야기나 할까?"

"사실, 전 들려줄 만한 이야기를 하나도 아는 게 없습니다."

"이런 '정情'이라는 감정을 당신 마음속에서 불러내는 건 땅속에 갇힌 물을 기계 없이 끌어 올리는 거나 마찬가지겠군. 어이, 정겹게 카드나 하는 게 어떨까? 우선, 부담 안 갈 정도의 작은 액수로 한번 놀아보는 거야. 그냥 재미나 볼 정도로 말이야."

"정말 죄송합니다만, 전 카드를 믿지 않습니다."

"뭐라고, 카드를 안 믿어? 이 정겨운 카드를 말이야? 그렇다면 여기 슬픈 필로멜라*가 뭐라고 노래했는가나 한번 보자고.

'가엾은 인간, 그는
정겨운 믿음과 신용을 몰랐네.'

잘 가쇼!"

책을 들고 있던 그 남자는 여기저기서 인사를 하고 말을 나누다가 마침내 피로해졌는지 주변을 둘러보며 자리를 찾았고, 한쪽 옆에 놓인 반쯤 빈 소파를 흘끔 쳐다보더니 그 자리에 털썩 주저앉았다. 얼마 후 어쩌다 같은 자리에 앉게 된 착한 상인과 함께 그는 자기 앞에 펼쳐지는 광경에 모든 관심을 쏟았다. 사람들이 휘스트 게임을 하고 있었던 것이다. 희멀건 얼굴에 지저분하고 세련되지 않은 젊은 두 사람이 있었는데, 그중 한 명은 붉은색 삼각건三角巾을, 다른 한 명은 푸른색을 두르고 있었고, 두 사람의 반대쪽엔 온화하고 중후하고 잘생기고 자신감이 넘치는 중년 신사 두 명이 전문 지식인들인 듯 검은색 옷을 차려입고 있었는데, 아마도 민법에 정통한 박사임이 틀림없었다.

이윽고 새로 온 옆 사람을 대충 훑어본 마음씨 착한 상인이 옆으로 비스듬히 몸을 기대어 쥐고 있던 시가 적힌 구겨진 종이로 입을 가리며 속삭였다. "봐요, 저 두 사람 인상이 영 아닌

---

* 그리스 신화 판디온 왕의 딸로 형부인 테레우스에게 겁탈당한 후 이를 알리지 못하게 하려는 형부에 의해 혀가 잘린다. 그 후 그녀를 불쌍히 여긴 신들이 그녀를 나이팅게일 새가 되게 한다.

것 같은데, 그렇죠?"

"그런 것 같아." 속삭이듯 대답했다. "저런 색깔 삼각건은 그
리 좋은 취향이 아니지, 적어도 내 취향은 아니야. 하지만 내
취향이라고 모두 좋아하리라는 법은 없지."

"잘못 생각하셨어요. 다른 두 명 말입니다. 옷을 말하는 게
아니라 안색을 보고 말하는 거예요. 전 저런 상류층 사람들은
신문에서 읽어본 게 다여서 잘 모릅니다만, 저 두 사람 사기꾼
인 거 같죠, 그렇죠?"

"이봐, 우리는 절대 흠이나 잘못을 찾아내는 그런 부류가 아
니잖아."

"맞는 말이에요, 흠잡을 생각은 없어요. 그런 쪽으로는 소질
이 없어서요. 하지만 과장 없이 분명하게 말할 수 있는 건 저
두 젊은이가 전문 도박사일 가능성은 거의 없지만, 반대쪽의
두 사람이 전문 도박사일 가능성은 훨씬 크다는 겁니다."

"저기 색깔 삼각건을 두른 사람은 너무 서툴러서 질 것이고
검은 넥타이를 맨 사람은 솜씨가 좋아서 속임수를 쓸 거라는
말인가? 엉뚱한 생각이야, 선생. 다신 그런 생각 하지 마요. 저
기 있는 시를 읽어도 아무 소용이 없는 모양이지. 낫살이나 먹
은 양반이 경험이 늘어도 터득한 건 없나 보네. 새롭고 진보적
인 관점으로 보면 저 네 카드꾼은 (정말, 여기 선실을 가득 채운
카드꾼들은) 모두 공정한 게임을 하고 있고, 한 명이 모두 거둬
가는 게 아니란 걸 알 수 있지."

"지금, 그렇게 말할 수는 없지요. 모든 사람이 이길 수 있는
게임, 그런 게임은 아직 이 세상에 없는 것 같은데요."

"자, 자." 편안하게 몸을 뒤로 누이며 카드꾼들을 한가하게 쳐다보면서, "뱃삯도 모두 치렀고. 소화도 잘되고. 걱정, 노고, 극빈, 슬픔은 모르겠고. 이 소파에 느긋이 앉아서 편안하게 허리 밴드도 풀었는데 까짓것 운에 못 맡길 일이 뭐가 있고 운 좋은 사람 벗겨 먹지 말란 법은 어디 있겠어?"

이 말을 들은 선량한 상인은 한참 쩨려보다가 이마를 문지르며 명상에 빠졌고, 처음에는 불편한 듯 보이던 마음이 마침내 평온을 되찾자 또다시 옆 사람에게 말을 걸었다. "저, 가끔은 개인적인 생각을 털어놓는 것도 좋다고 생각해요. 왜 그런지는 잘 모르지만, 주로 어떤 사람, 어떤 대상에게 품은 사적인 견해 때문에 막연히 의심이 생겨서 도저히 떨쳐버리지 못할 때가 있어요. 하지만 이 막연한 생각을 입 밖으로 꺼내어 다른 사람들과 접촉하면 그게 없어지거나, 아니면 적어도 변하게 되더라고요."

"그럼 내가 도움이 되었다는 건가? 아마도 그랬겠지. 하지만 감사할 필요 없어, 뭘 감사를. 사람을 사귀며 말을 나누다 보면 나도 모르게 이렇게든 저렇게든 말로 도움을 줄 수 있는데, 그건 그냥 나도 모르게 그렇게 한 것일 뿐이야. 아카시아나무 밑에서 목초가 단물을 먹는 것과 매한가지지. 뭘 좋은 일을 했다고. 어쩌다 그런 거고, 순전히 자연의 순리일 뿐, 그렇지 않나?"

선량한 상인이 또다시 쳐다보았고, 이어서 둘은 다시 입을 다물었다.

자기 책을 찾아 지금 무릎 위에 올려놓고 있었던 책 주인은 그 책이 귀찮아진 듯 자신과 옆 사람 사이의 구석에 책을 놓았다. 그러다 우연히 책 뒤에 쓰인 '블랙 래피즈 석탄 회사'라는 글자가 드러났다. 그 글자가 바로 눈 아래에 놓여 있었기 때문에, 어느 모로 보나 점잖고 선량하기 그지없는 그 상인이 보지 않으려고 애를 많이 쓰지 않는 한, 일부러 피할 수가 없었다. 갑자기 그 낯선 사람이 뭔 생각이 났는지, 벌떡 일어나 급하게 서둘러 나가며 책을 떨어뜨렸다. 책을 쳐다보고 있던 상인이 즉시 책을 들고 헐레벌떡 쫓아가서 공손하게 돌려주었는데 그러다 글자가 쓰인 곳을 우연히 흘낏 볼 수밖에 없었다.

"고맙소, 고마워. 선생." 상대방이 책을 받아 들며 이렇게 말했고, 그가 다시 가려고 하자 상인이 말했다. "잠깐만요, 저, 제가 그 석탄 회사에 대해 들은 적이 있어서 그러는데, 혹시 그 회사와 관련 있는 분이신가요?"

"소문으로 들리는 석탄 회사가 어디 한두 개겠어?" 상대방은 안달이 나 죽을 지경인 듯한 표정을 차분하게 누르며 말을 멈추더니 미소를 지었다.

"하지만 특별히 관계를 맺고 계신 석탄 회사가 있지 않습니까? '블랙 래피즈', 그렇죠?"

"어떻게 아셨어?"

"저, 당신 회사에 아주 군침 도는 정보를 들은 적이 있어서요."

"그래, 누가 정보원인데?" 다소 차갑게 물었다.

"링맨인가 하는 사람이었는데요."

"모르는 사람인데. 하지만 확실한 건 그 사람은 우리 회사를 아는데 우리는 그 사람을 모르는 일이 많다는 거요. 한쪽은 개인적으로 알고 있는데 다른 쪽은 모르는 것과 마찬가지야. 이 링맨이란 사람 알고 지낸 지가 오래됐어요? 아마 옛 친구인 모양이지. 근데, 미안하지만 내가 가봐야 해서."

"잠깐만 계세요, 저 그 주식 말입니다."

"주식?"

"예, 좀 실례이긴 합니다만……"

"이런, 나랑 거래할 생각은 아니겠지, 안 그래? 내 직함을 확인시켜주지도 않았는데 말이야. 이 주식 명의변경 대장 말이야, 자." 적힌 글자가 눈에 잘 보이도록 들고 있으면서, "이게 가짜가 아닌지 어떻게 알아? 그리고 서로 완전 남남인데, 날 어떻게 믿지?"

"왜냐하면," 선량한 상인은 잘 안다는 듯이 미소를 띠며, "당신이 내가 신뢰하는 그 사람이 아니라면 이렇게 의심을 불러일으킬 말을 굳이 하지는 않겠지요."

"하지만 내 주식 대장을 보지도 않았잖아."

"마땅히 적혀야 할 내용이 있을 거라고 내가 이미 믿는데 뭐가 더 필요하겠어요?"

"그래도 할 건 해야지. 그러다 의심이 생기면 어쩌려고."

"의심, 그럴지도요. 생길 수도 있지만, 알 수 없죠. 대장을 본다고 제가 지금 하려는 일을 더 잘 알 수 있나요? 그게 진짜 명의변경 대장이라면 그건 내가 이미 생각한 것이고, 그게 진짜가 아니라 해도 난 진짜를 본 적이 없으니 진짜는 어떻게 생겼는지 모르는 거고, 그런 거죠."

"당신 논리를 반박할 생각은 없지만, 여하튼 남을 신뢰하는 것은 존경스럽군. 정말이지, 내가 이런 식으로 거래하게 되다니 웃기는구면. 자 이제 저쪽 테이블로 갑시다. 그리고 어떤 일이든 있다면, 개인적인 능력이나 공적인 능력이 닿는 한 당신을 도와줄 테니 명령만 내리셔."

11장
단지 한두 페이지만

거래가 끝나고, 두 사람은 계속 자리에 앉아서 다정하게 잡담을 나누다가 점점 더 은밀하면서도 상호교감적인 침묵, 즉 순수하고 선량한 감정에서 마지막으로 불순물을 걷어내면 풍부하게 솟아나는 그런 침묵에 빠졌다. 항상 우정 어린 말을 하고 항상 우정 어린 행동만 하는 것이 진정한 친구가 되는 것이라 생각하는 것은 친구 사귀기에 대한 일종의 미신이다. 진정한 우정이란 진정한 종교처럼 일과 독립될 때 존재한다.

선량한 상인은 멀리 떨어져 있는 흥겨운 테이블을 묵묵히 바라보고만 있었다. 그러다가, 눈앞에서 벌어지는 장면만 보면 그 배의 다른 한쪽에서 어떤 사건이 드러나는지 아무도 모를 거라고 말하며 마침내 침묵의 주문에서 풀려났다. 그는 한두 시간 전에 마주쳤던 쭈글쭈글한 질긴 면 옷을 입은 쭈그렁 늙은 수전노의 이야기를 인용했다. 이민자 숙소에서 이불도 없이 침대에 대자로 누운 그 환자는 온 힘을 다해 생명과 돈에 매달렸고, 비록 하나(목숨)가 빠져나가려 해서 헐떡이는 중에도, 죽음이나 물불 안 가리는 소매치기가 나머지 하나(돈)를 뺏어 갈까 두려워 고통스럽게 전전긍긍했다. 수명이 다해가면서도 목숨과 지갑을 움켜쥐고, 그 외의 것은 알고 싶지도, 바라지도 않는 것 같았다. 왜냐하면 틀에서 벗어나본 적이 없었던 그의 마음이 지금은 서서히 썩어 문드러지고 있었기 때문이다. 참으로 그런 지경이 될 때까지 그는 아무것도, 심지어 단단히 싸고 봉해놓은 양피지 채권까지도 믿지 않았다. 시간의 이빨로부터 보호하기 위해 더 나은 방법이라 해서 브랜디를 채운 복숭아처럼 양주 주석 깡통에 잘 넣어놓았는데도 말이다.

존경스러워 보이는 그 사람은 이 정떨어지는 이야기를 한참 세세하게 했다. 명랑한 말동무는 인간 정신에 대해 신용이 극히 결핍된 경우, 저녁 식사 후 먹는 올리브와 와인처럼 환영받지 못하기도 한다는 것을 강하게 부인하지는 않았다. 그러나 그는 보상이라도 하듯 이해하려 애썼고, 그러면서도 전반적으로는, 현재의 대화 상대가 선량하지만 다소 삐딱하다는 점을 피력하며 그를 책망했다. 그는 자연에는 곡식도 있지만 겨도 있다는* 셰익스피어의 말을 덧붙였다. 공정하게 판단하자면, 겨도 그 자체로 비난을 받아야 할 이유는 없다는 것이었다.

상대방은 셰익스피어의 생각이 올바른지 물어볼 마음은 없어도, 그런 평가는 물론, 그런 예를 적용하는 것이 적당한지에

---

* 셰익스피어의 비극 「심벨린Cymbeline」 4막 2장의 "겁쟁이 아버지는 겁쟁이를 낳고 천한 것들은 천한 것을 낳는다. 자연에는 곡식과 겨가, 경멸스러움과 우아함이 같이 있다"라는 대사에서 인용.

대해서 수긍하기 어려워했다. 그래서 불쌍한 수전노에 대해 차분한 말투로 좀더 이야기하다가 자신들 생각이 전혀 일치하지 않는다는 것을 알게 되자 상인은 절름발이 검둥이에 대한 또 다른 예를 인용했다. 하지만 옆 사람은 소위 그 불운한 사람이 당했다고 하는 역경을 두고 역경은 보는 사람이 가엾어 하는 것보다 관찰의 대상이 된 그 사람이 겪은 것에 더 있지 않은가를 넌지시 지적했다. 자신은 절름발이에 대해서 모를 뿐만 아니라 그런 사람을 본 적도 없지만, 과감히 추측하건대, 그 사람도 대부분의 사람들만큼 행복하다는 것을 발견하게 되지 않을까, 설령 그렇지 않더라도 그 말을 전하는 사람만큼은 행복하지 않겠냐고 말했다. 또한 검둥이들은 타고나길 남달리 명랑한 종족이라고도 덧붙였다. 치머만이나 토르케마다* 같은 천성을 가진 사람이 검둥이 중에 있다는 말을 들어본 적이 없다. 종교적으로도 그들은 우울과 거리가 멀다. 광란적으로 의식을 치르는 것을 보면 그 뭐냐, 춤도 추고, 말하자면 비둘기 날개도 자르고 하지 않나. 그러므로 검둥이는 운수소관으로 팔다리가 잘리는 일은 있을지라도 웃음의 철학이라는 다리까지 빼내어 던져버리는 일은 절대 없을 것이다.

또다시 논박을 당했지만 선량한 상인은 입을 다물기는커녕 상장을 단 사람이란 세번째 예를 끄집어냈다. 당사자가 직접 말하고 다시 확인시켜주었고, 그 후 만났던 회색 코트를 입은 어떤 사람의 증언으로 확인이 된 이야기를 상인이 지금 전해주

---

* 도미니크회의 수도사로 종교재판, 유대인 학살을 주동했다.

려는 것이다. 그리고 비록 불운한 그 남자가 민감한 내용을 차마 건드리지 못했지만, 두번째 정보원(회색 코트를 입은 사람)이 해준 상세한 이야기를 누락 없이 전할 것이다.

하지만 아마 선량한 상인이, 회색 코트를 입은 사람보다는 그 남자에 관해 좀더 공정하게 말해줄 수는 있었을 테니, 우리가 달리 다른 의미는 못 찾더라도, 그 사람이 해준 이야기를 다른 말로 환원하여 감히 전할 수는 있다.

12장

불운한 남자에 관한 이야기.
이 이야기에서 그가 그런 명칭에 걸맞은
사람인지 아닌지에 대한 견해가 모일 것이다

　불운한 남자는 비슷한 예를 찾아보기 힘들 정도로 사악한 성격을 가진 부인이 있었던 모양인데, 어느 정도냐 하면 인간을 형이상학적으로 사랑하는 사람이라도, 인간의 모습을 가졌다는 게 모든 면에서 그가 인간이란 확실한 증거가 될 수 있을지, 인간의 형상이 가끔 서약에 얽매이지 않는 무심한 성전聖殿이기도 한 것인지,* "악을 미워하는 자는 인간을 미워하는 자이다"라는 트라세아**(그가 좋은 사람인 것을 생각해봤을 때 뭐라 설명하기 힘든 말이다)의 경구를 전적으로 묵살하며 인간은 선할 따름이라고 하는 건 자기방어일 뿐 합리적인 경구라고 할 수 없다는 점에 의문을 품게 할 정도였다.

---

* 「고린도 전서」 3장 16절. "너희는 너희가 하나님의 성전인 것과 하나님의 성령이 너희 안에 계시는 것을 알지 못하느냐."

** 로마의 집정관이자 철학자로 네로의 악정에 대해 비판했다가 세네카와 마찬가지로 자살할 것을 명령받았다.

생김새 면에서 고너릴*은 젊고 몸이 유연하면서도 곧았는데 여자치곤 지나치게 곧았고, 안색은 자연스러운 장밋빛이라, 그게 아주 매력적이긴 했지만, 마치 돌을 깎아 만든 그릇의 광택처럼 어딘가 단단하고 그을린 듯한 안색이기도 했다. 머리카락은 풍성하고 짙은 밤색이었으며 바싹 짧게 자른 탓에 온 머리가 곱슬거렸다. 인디언 같은 체형이었기에 상반신이 좀 빈약하다 하지 않을 수 없었으나, 콧수염 같은 흔적만 없다면 입은 예쁘다고 할 만했다. 전체적으로 보면, 화장품의 도움을 받아서인지 멀리서 보면 꽤 괜찮은 외모였고, 뭐랄까, 아름다우면서도 다소 특이했고, 선인장같이 생겼다고 생각할 사람도 있을 것이다.

생김새보다는 기질이나 취향 면에서 충격적으로 특이했던 것이 고너릴에게는 다행이었을 것이다. 고너릴이 닭가슴살, 커스터드크림, 복숭아, 혹은 포도 같은 것을 싫어하면서, 혼자 있을 땐 딱딱한 크래커나 햄으로 점심을 흡족하게 먹는다는 것을 어떻게 말해야 할지 모르겠다. 그녀는 레몬을 좋아했으며, 유일하게 좋아하는 사탕은 푸른 점토 같은 것을 바싹 말린 작은 막대기였는데, 그걸 주머니에 몰래 넣고 다녔다. 게다가 그녀는 인디언 여자처럼 튼튼하고 굳건하며 정신적으로도 의지가 굳었다. 그녀의 다른 성격적 면모도 야만인 여자에게 적합했다. 몸매가 나긋나긋했지만, 게으름 피우는 것을 좋아했고

---

* 고너릴은 셰익스피어의 희곡 「리어왕King Lear」에 나오는 사악한 딸의 이름이다.

때때로 금욕주의자처럼 잘 참아 견디기도 했다. 그녀는 또한 과묵했다. 이른 아침부터 오후 세 시 무렵까지 거의 말을 하지 않았는데, 전후 사정을 보건대 아마 인정 어린 말을 할 정도로 태도가 누그러지는 데 그만큼의 시간이 필요했던 모양이다. 그 동안 그녀는 아무 말 없이, 금속성이 도는 커다란 눈으로 계속 바라보고만 있었다. 그녀를 싫어하는 사람들은 그 눈이 갑오징어의 눈처럼 차갑다고 했지만 본인은 가젤의 눈 같다며 자랑스러워했다. 고너릴에게 허영기가 없지는 않았던 것이다. 그녀를 잘 안다고 생각하는 사람들은 주변 사람에게 고통을 주는 아주 간단한 방식의 재미가 없으면 그런 유의 인간은 (그런 행복을 얻으려는 성격의 사람들도 있다) 인생을 뭔 재미로 살까 하고 종종 궁금해했다. 고너릴의 이상한 성격 때문에 고통을 당한 사람들이 (분노 어린 과장이 섞여 있긴 하지만) 그녀를 무슨 두꺼비라고 불렀던 것 같다. 하지만 가장 심하게 그녀를 비방한 사람들이라도 약간의 정의감은 있었던지 그녀를 두꺼비 같은 아첨쟁이라고 비난하지는 않았다. 넓은 의미에서 그녀는 독립심이라는 미덕을 가지고 있었다. 고너릴은 설사 미덕이 있는 사람에 대해서도, 자리에 없는 사람일지라도 칭찬을 약간이라도 하려는 것은 그 자체로 아첨이라고 여겼다. 대신 면전에 대고 잘못한 탓을 사정없이 퍼붓는 것을 정직이라고 여겼다. 사람들은 이를 나쁜 짓이라고 생각하지만 확실한 것은 그게 정욕은 아니라는 것이다. 정욕이란 인간적인 것이다. 고너릴은 고드름으로 만든 단검처럼 잽싸게 찌르고 얼려버렸다. 적어도 그렇다고들 사람들이 말했다. 그리고 사정을 잘 아는 사람들이 전하길, 그녀는 솔직하고 순결한 마음을 가진 사람이 그녀가 건 주문에 걸려 억압받고 슬퍼하고 걱정하는 것을 보면서 푸른 점토를 씹었다고 한다. 세심히 살펴보면 그녀가 낄낄거리고 웃는 모습도 볼 수 있었을 것이다. 이런 특이한 모습은 이상하고 불쾌하게 여겨졌다. 그리고 사람들은 진짜 이해할 수 없는 것이 하나 더 있다고 주장했다. 사람들과 함께 있을 때 그녀는 우연을 가장하여 반반하고 젊은 남자들의 팔이나 손을 이상한 방식으로 쓰다듬으며 은밀하게 쾌락을 얻는 모양이었다. 하지만 소위 사악하게 접촉하여 인간적인 만족을 얻었는지 아니면 그런 만족감만큼 멋지진 않아도 참으로 개탄스러운 다른 뭔가가 마음속에 있었는지는 수수께끼였다.

불운한 남자가 어떤 근심 걱정을 겪었는지는 말할 필요도 없이 아무튼 사람들과 함께 대화를 나누다가 고너릴이 수상한 접촉을 하는 것을, 그것도 뭔가 이상한 물건이 닿아서 당하는 사람이 깜짝 놀라는 그런 경우를, 그는 불현듯 알아차리곤 했다. 물론 그 남자는 태생이 좋아서 즉석에서 이런 이해 불가한 일이 사람들의 입방아에 오르내리게 하지는 않았지만 말이다. 이런 경우가 생기면 불운한 남자는 쩝쩝하고 궁금해하는 표정과 마주치는 굴욕을 당할까 봐 두려워서 접촉을 당한 젊은 신사를 그 후 차마 쳐다보지 못했다. 그는 몸서리치며 젊은 신사를 피하곤 했다. 그래서 고너릴의 손길은 남편에게 마치 금지된 이교도의 물건이 무시무시한 작용을 하는 것과 같았다. 지금 고너릴은 꾸짖어도 듣지 않았다. 그래서 그는 기분 좋을 때 사담을 나누면서 고심하고 용기를 내어 조심스러운 태도와 부드러운 목소리로 이 의심스러운 성향에 대해 최대한 넌지시 암시했다. 그녀는 그의 의중을 간파했다. 하지만 그녀는 애정이라곤 찾아볼 수 없는 차가운 말투로 사람들이 상상해서, 그것도 바보같이 상상해서 말을 지어내는 것은 유치한 짓이라고 대답했다. 불운한 남자가 결혼생활 중에 이런 망상을 영혼의 즐거움으로 삼았다면 결혼생활이 무척이나 행복했을 텐데. 이 모든 일이 슬펐음에도 불구하고 (가슴 아픈 경우였다) 아마 불운한 남자는 선한 하나님이 자신을 위해 그 여자를 내려준 이상 (기쁜 일이든 나쁜 일이든) 소중한 고너릴을 사랑하고 귀하게 여기겠다는 맹세를 마음속으로 되새기며 참았을 터다. 그러나 그 모든 일이 일어난 후 질투의 악마가 그녀에게 들어갔다. 침착하고 찐득하고 낯 두꺼운 그 악마가 다른 어떤 것도 사로잡지 못했던 그녀를 사로잡은 것이다. 이 맹목적 질투의 대상은 아버지에게 위안이자 총애의 대상인 일곱 살 먹은 어린 딸, 그녀의 아이였다. 그래서 고너릴이 이 어리고 순진한 아이를 교묘하게 괴롭히고 엄마로서 위선을 떨고 있는 것을 보자, 오랜 시간 고통받고 있었던 그 불운한 남자의 참을성은 사라져버렸다. 그녀가 실토하지도, 행동을 바꾸지도 않으리라는 것과 아마도 지금보다 앞으로 더 심해지리라는 것을 알게 된 그 남자는 아이를 그녀에게서 빼앗는 것이 아버지로서 의무라고 생각했다. 그래서 전이나 지금이나 자식을 사랑했던 그가 제 발로 집을 나갈 때 아이를 데리고 나가지 않을 수가 없었다. 힘든 일이었지만 그는 해냈다. 하지만 그 결과 지금까지 고너릴 여사를 별로 좋아하지 않던 모든 이웃 여자들이 이유도 말하지 않은 채 사랑했던 아내를 고의로 버리고, 자식을 키우는 위안거리마저 빼앗아 아내에게 아픔을 준 남편에게 의분을 품게 되었다. 그 불운한 남자는 고너릴에게 기독교인으로서 자선을 베풀어야 한다는 생각과 함께 자존심 때문에 이 모든 일을 오랫동안 함구해왔던 것이다. 그가 끝까지 계속 참았더라면 차라리 나았을 것이다. 왜냐하면 상심에 겨워 그 사건의 진실을 넌지시 말해보았을 때 아무도 믿으려 하지 않았기 때문이다. 반면 고너릴은 그가 한 모든 말이 악의적으로 꾸며낸 것일 뿐이라고 말했다.

얼마 후 여성 인권 투쟁을 하는 여자들의 제안을 받아들여 피해자인 아내는 소송을 걸었고 그녀는 유능한 변호사들과 협조적인 증언 덕분에 아이의 양육권을 회복한 것은 물론 별거에 대한 보상까지 합의하는 선에 이를 정도로 성공적으로 소송을 끝냈다. 그 결과 불운한 남자는 땡전 한 푼 남지 않게 되었을 뿐만 아니라(그 사람 말은 그렇다), 그녀가 법에 호소하며 동정을 모아 사법적으로 일격을 가하는 바람에 개인적인 평판도 엉망이 되었다. 더욱 통탄할 일은 그가 재판을 하기 전에, 가장 기독교적일 뿐 아니라 사건의 진실과도 결코 상충되지 않는 현명한 방안이라고 생각하면서 고너릴에게 정신적인 문제가 있다고 청원을 제출한 것이었다. 그렇게 하면 자신의 치욕을 덜고 그녀에 대한 증오도 줄이면서 또한 결혼의 즐거움을 자진하여 포기하는 지경에까지 이르게 만들었을 뿐 아니라 보면 놀라서 움츠러들고 발광하지 않으려고 온 힘을 써야만 했던 그녀의 기벽에 대해서도 털어놓을 수 있고, 자기방어도 할 수 있으리라 생각했다. 그는 무엇보다 그녀의 이상한 손버릇을 강조하며 주장했다. 그의 변호는 효과를 보지 못했다. 사실, 어느 면에선 그녀에게 정신착란이 있을 것이라는 점을 이해시키려 애를 쓰다가, 그게 아닐 수도 있다고 하다가, 고너릴과 같은 인간이 말짱하다고 말한다면 이것은 모든 여성에 대한 명예훼손임이 틀림없다는 식으로 그가 주장을 펼쳤기 때문이었다. 그런 일은 명예훼손감이었다. 그 후 불운한 남자는 고너릴이 자신을 정신병원에 영원히 가두어놓으려 한다는 풍문을 어쩌다가 듣게 되었다. 소문을 들은 그는 즉시 도망갔고, 지금은 죄 없이 도망자 신세가 되어 고너릴을 잃은 표식으로 모자에 상장을 달고 거대한 미시시피 계곡 안을 홀로 떠돌아다니고 있었다. 왜냐하면 그녀가 사망했다는 사실을 최근 신문을 통해 알게 되어 이 경우 합당한 애도를 표해야 한다는 생각이 들었기 때문이다. 지난 며칠 동안 그는 아이에게로 돌아갈 수 있을 만큼의 돈을 구하려고 노력하며, 지금은 불충분한 자금이나마 가지고 길을 나서게 된 것이다.

　선량한 상인은 이 모든 일이 처음부터 불운한 남자에게 힘든 일이었으리라 생각하지 않을 수가 없었다.

13장

여행용 모자를 쓴 남자가 인간애를 피력하며 자신이 논리적이기 그지없는 낙천주의자 중 한 명이라는 것을 보여주다

몇 년 전 런던에 사는 어떤 근엄한 미국인 학자가* 이브닝 파티에서 나름 잔뜩 멋을 부린 어떤 사람을 주목하게 되었는데, 그 사람은 옷깃에 이상한 리본을 달고, 재치 있는 농담을 하면서 사람들의 이목을 끌고 환호를 받으며 파티장을 휘젓고 돌아다니고 있었다. 미국인 학자는 그 사람이 무척 꼴 보기 싫었다. 하지만 얼마 후 학자는 그 건방진 사람과 후미진 곳에서 우연히 마주쳐서 대화를 나누게 되었다. 그때 그는 그 시건방진 사람이 분별력이 있을 거라고는 꿈도 꾸지 않았지만, 잠시 후 그 사람이 자기만큼이나 대단한 학자인 험프리 데이비 경 못지 않은 사람이라는 사실을 한 친구로부터 듣고 충격을 받았다.

---

* 이 일화는 미국 학자인 존 퀸시 애덤스(John Quincy Adams, 1767~1848)가 영국의 화학자, 시인, 발명가인 험프리 데이비 경(Sir Humphrey Davy, 1778~1829)과 우연히 마주친 일을 가져와 쓴 것으로 추정된다.

위의 일화는 지금까지 흔히 여행용 모자를 쓴 사람 대부분이 경박하고 까부는 부류이거나, 그러기 십상이라고 성급한 판단을 내리기 마련인 독자에게 미리 경고하려고 소개한 것이다. 이 소개는 이 같은 독자들이 이런 인물이 철학적이고 박애주의적인 대화를, 그것도 가끔 한두 마디 하는 것이 아니라 앉아 있는 내내 지속적으로 하는 것을 보게 되었을 때, 이 미국인 학자처럼 이전에 자신의 머릿속에 들어와 박혀 편애하던 것과 모순된다는 놀라운 사실을 털어놓지 않아도 되게 하니 말이다.

상인의 이야기가 끝나자, 상대방은 그 이야기에 어느 정도 영향을 받았음을 부인할 수 없었다. 그는 불운한 남자에게 정말 공감할 수 있기를 원했다. 하지만 스스로 당했다고 말하는 그 재앙을 어떤 정신 상태로 참아내는지 궁금하기 짝이 없었다. 낙담해서 그런 것인가, 아니면 신뢰해서?

아마도 상인은 문제가 된 그 사람의 문제를 정확히 알지 못했을 수도 있다. 하지만 상인은 이렇게 대답했다. 불운한 남자가 고통을 받아 체념했는지, 아닌지가 요지라면, 자신은 그 남자가 체념했고, 그것도 가혹할 정도로 심하게 체념했다고 말하고 싶다고. 왜냐하면 (이미 알려진 바에 의하면) 그는 인간의 선함과 정의로움에 대해 더 이상 편협한 생각을 하지 않게 되었으며, 또한 역경을 통해 단련된 신뢰감과 때로는 조절된 쾌활함을 그의 태도로 보여주기 때문이다.

이 대답을 들은 상대방은 이런 판단을 내렸다. 즉 그가 겪었다고 주장하는 사건들을 살펴보면 인간의 천성을 지금보다 더 호의적으로 볼 수 없을 거라고 생각되며, 그가 그렇게 낙망하고 분개한 순간에도 박애주의에서 염세주의자로 뒤틀리지 않았던 것은 그가 경건한 신앙인인 탓도 있겠지만 그의 공정한 정신도 크게 작용한 것이라고. 그 말을 듣던 상대방은 그런 사람이 경험한 것은 결국 완벽하고 자애로운 전환 작용을 거치게 되어서, 인간성에 대한 신뢰를 흔드는 일은 절대 하지 않을 것이며, 오히려 확신을 가지고 굳건하게 믿으려 할 것이 분명하다고 했다. 그 사건을 보다 분명하게 말하자면, 고너릴이 그의 신산한 마음에 어느 면으로 보나 적절치 않은 행동을 한 건 맞으나 그(불운한 남자)는 결국 그걸 받아들였다(조만간 아마 그럴 것이었다). 아무튼, 그가 그 숙녀에 관해 설명하며 자신이 자비를 베풀었다는 것을 다소 과장하여 말할 수밖에 없었고, 그래서 어느 정도는 불공정했다. 아마 진실은 그 여자가 약간의 흠도 있지만 어느 정도 장점도 있는 부인이었다는 것이다. 그런데 흠이 드러났을 때 여성의 특성을 잘 모르는 남편이 타이르려 하지 않고 논리적으로 따지려고만 했던 것이리라. 결과적으로 그는 그녀를 설득하여 개과천선하게 하는 데 실패했다. 이런 상황에서 그녀와 거리를 둔 것도 다소 적절치 않았다고 여겨진다. 한마디로 양쪽 모두 사소한 흠은 있으나 균형이 잘 잡힐 정도로 덕성도 컸을 것이다. 그러므로 성급하게 판단하면 안 된다.

이상하게 들리겠지만, 그의 말을 들은 상인은 이런 평가에 대해 차분하고 공정하게 반대 의사를 표하며, 온화한 말투로 불운한 남자의 일을 개탄했고, 그러자 상대방은 진지한 어조로 그의 말을 저지했다. 그는 이런 일은 결코 다시없을 것이며, 비록 극히 예외적인 경우 부당하게 불운을 겪을 수 있다는 점은 시인하겠으나 공명정대하게 평가하자면, 사악한 인간들이 갖가지 재주를 부려 불행에 빠졌다고 주장하는 예외적인 경우를 보고 그렇다고 인정하는 것은 신중하지 못한 짓이라고 말했다. 왜냐하면 그런 판단은 사람들이 가장 중요하게 여기는 신념에 대해 부당한 편견을 초래할 가능성이 어느 정도 있기 때문이다. 이런 신념이 그런 영향력에 굴복하는 것은 합당하지 않다. 왜냐하면 사물의 이치로 따지면, 마치 무역풍에 나부끼는 깃발처럼 삶에서 일상적으로 발생하는 사건들의 한편만 보면서 한가지 이야기만 할 수는 없기 때문이다. 그러므로 예를 들어서, 만약 신의 섭리에 대한 확신이 일상생활에서 발생하는 일처럼 가변적이라면, 그 정도밖에 안 되는 확신은 마치 불확실하고 긴 전쟁 기간에 주식거래에 변동성이 커지는 것과 흡사하게 사람의 사고력에 큰 변화를 일으킬 것이다. 그는 이 말을 하며 자신의 주식거래 장부를 흘낏 쳐다보았고, 잠시 후 말을 이었다. 그의 말에는 인성에 대한 적법한 확신은 물론 신성神性에 대해서도 적법한 확신의 정수가 들어 있었으며, 경험보다 직관에 의존했다는 점에서 변화를 초월하는 진실성이 있었다.

이때 상인이 (종교적일 뿐만 아니라 분별력까지 갖추고 있다고 말하지 않을 수 없는) 그의 말에 전적으로 동감했고, 상대방은 그런 주제를 불신하는 시대에, 이렇게 건전하고, 숭고한 신뢰를 거의 완벽하게 함께 나눌 수 있는 사람을 만나서 만족스럽다고 했다.

또한 그는 철학을 적절한 범위로 적용할 수 없음을 부인할 만큼 옹졸한 사람도 절대 아니었다. 단지 불운한 남자가 당했다고 하는 사건이 철학적 논쟁거리가 될 때, 그 문제는 철학적으로 심사숙고해야 할 문제이니 적어도 진리의 혜안을 타고나지 않은 사람들이 그 문제를 다루지 않도록 하는 게 바람직하지 않은가 하고 생각했을 뿐이었다. 왜냐하면 그런 사건에 이해가 안 가는 측면이 너무 많다고 하면 (혜안이 없는) 사람들은 그게 그 문제에 암묵적으로 굴복한 것이라고 주장할 수도 있기 때문이다. 그리고 (고너릴과 불운한 남자의 사건과 관련하여 도출되는 함의로도 볼 수 있듯) 일시적으로라도 악이 선을 이기는 게 명백히 허용된 점에 대해, 지금 악이 처벌받지 않는 것을 변명하려고 미래에는 벌을 받는다는 교리를 지나치게 강조하는 것이 사려 깊은 처사가 아닐 수도 있다. 정말이지, 마음씨가 바른 사람들에게는 그런 교리가 참된 것이며 충분한 위로를 준다. 하지만 삐뚤어진 사고방식을 가진 사람 앞에서 그 교리를 지나치게 옹호하는 것은 섭리란 지금 나타나는 게 아니라 미래에 나타나는 것임을 확신하게 하는 천박하고 해로운 자만심이 생기게 할 수도 있다. 간단하게 말해서 모든 트집쟁이를 상대할 때 진리의 혜안을 가진 사람은 반드시 신뢰라는 안전한 말라코프 요새* 뒤에 착 달라붙어 있어야 하며, 이성이라는 노지 위에서 위험한 접전을 벌이려는 유혹을 물리치는 게 자신이

---

* 크림 전쟁 당시 러시아군이 지키던 요새. 사실 이 요새는 1855년 프랑스군에게 함락되었으나 그 이전까지는 무적의 요새로 알려졌다. 이 구절로 보건대, 멜빌이 이 글을 쓴 시기가 말라코프 요새가 프랑스군에게 함락되기 전이라는 것을 알 수 있다.

나 모든 사람에게 최상의 방책이다. 그러므로 선한 사람은 은밀한 마음속, 혹은 뜻이 통하는 친구 사이라도 철학적인 생각이나 동정의 말을 함부로 지껄이는 것은 바람직하지 않다고 그는 생각했다. 왜냐하면 그러다가 예기치 않게 부적절한 사건을 누설할 생각을 하거나 그렇게 느끼는 조심성 없는 버릇이 생길 수도 있기 때문이다. 사적이든 공적이든 간에 선한 사람이라면 특정 주제에 대해서는 무엇보다 원래 마음의 솔직한 감정을 폭로하기보다 억누르도록 조심해야 한다. 원래 인간의 마음이란 어떤 의미에서 우리가 생각하는 것과 다르다고 엄하게 훈계를 받았기 때문이다.

한편 그는 자신의 말이 점점 딱딱해지는 건 아닌가 하고 염려했다.

마음이 착한 상인은 그렇지 않다고, 그런 과일이라면 하루 종일 기꺼이 맛있게 먹을 수 있겠노라고 답했다. 잘 익은 설교단 아래에 앉아 있는 것이 잘 익은 복숭아나무 아래에 자리 잡는 것보다 낫다는 것이다.

대화 상대자는 우려와 달리 자기 말이 지루하지도, 목사님의 설교 투로 생각되지도 않는 것을 보고 기뻐했다. 그는 차라리 자신을 수준이 맞고 마음이 따뜻한 동료로 받아들여주기를 바랐다. 이런 목적을 이루기 위해 그는 불운한 남자에 대해 좀 더 사근사근한 태도로 다시 대화를 이어갔다. 그 사건의 가장 나쁜 측면을 보자. 그 남자의 고너릴은 고너릴일 뿐이라고 인정하자. 자연의 법칙이나 인간의 법으로 이 고너릴을 마침내 없애버린다면 얼마나 다행일까? 만약 불운한 남자와 아는 사이라면 그를 위로하는 대신 축하해줄 것이다. 불운한 남자에게 큰 행운이 닥친 것이니까. 그 남자는 운이 좋은 놈이라고 얼마든지 말할 것이다.

이 말을 들은 상인은 그러면 정말 좋겠다고 대답했다. 그러더니 불운한 남자가 이승에서는 행복하지 못하더라도 어쨌든 적어도 저세상에서는 행복할 것이라고 스스로를 애써 위로했다.

듣고 있던 상대방은 불운한 남자가 이승과 저승에서 행복할지는 궁금해하지 않았다. 그는 샴페인을 주문하면서, 불운한 남자에게 딱 맞아떨어지는 적절한 묘안을 찾아내든 아니든, 우선 샴페인 거품이 곧 없어질 테니 샴페인이나 함께 들자고 상인에게 익살맞게 간청했다.

그들은 잠시 말을 쉬며 조용히 생각에 잠긴 채 몇 잔을 들이켰다. 마침내 여러 표정이 담긴 상인의 얼굴이 붉어지고 눈이 촉촉하게 빛나더니 뭔가를 떠올린 듯 여자처럼 가늘게 입술을 떨었다. 술이 머리로는 연기 한 줄기 안 갔지만 마음에는 총알같이 박혀버린 듯, 그가 선견지명이 담긴 말을 하기 시작했다. "아," 그는 잔을 밀치며 말했다. "아, 와인이란 좋은 것이죠, 신뢰도 좋은 것이고요. 하지만 와인이나 신뢰가 돌같이 딱딱한 생각의 지층 사이로 스며들어 진실이라는 차가운 동굴 속으로 따뜻하게, 붉은빛을 띠며 한 방울씩 떨어질 수 있을까요? 진실은 위로받지 **않을**걸요. 사랑스러운 자비의 인도를 받고, 달콤한 희망에 유혹을 받아서, 이런 업적에 대해 찬양하며 멋지게 쓴 수필들. 다 소용없어요. 꿈일 뿐이고 이상일 뿐이에요. 당신의

130

손아귀 안에서 폭발하여 불에 덴 자국만 남기고 사라지죠."

"이런, 이런, 이런!" 놀라서 소리쳤다. "저런, '**취하면 본심이 나온다**'는 속담이 옳았어. 그럼 내게 장담했던 그럴싸한 모든 신뢰 뒤에는 그저 불신, 깊은 불신만이 있는 거군. 그리고 아일랜드의 반역자들처럼 지금 당신 마음속에 1만 개의 불신이 터져 나오고 있는 거야. 저 와인, 좋은 와인이 그런 일을 한 게 틀림없어! 분명해." 반은 진지하게, 반은 농담조로, 술병을 뺏으며 말했다. "자 술은 인제 그만 마셔요. 와인은 마음을 즐겁게 해주는 거지, 슬프게 하는 물건이 아니야. 신뢰를 높여야지 뭉개면 쓰겠나."

이런 상황에서 가장 강력한 질책이나 다름없는 이 농담에 정신이 번쩍 들고 부끄러운 마음이 일어난 상인은 그를 빤히 쳐다보았다. 이어서 표정이 바뀐 그는 떠듬거리는 말투로 본인이 정신을 놓고 한 말에 상대방만큼이나 자신도 놀랐다고 고백했다. 자신도 그 점이 이해가 되지 않았다. 부지불식간에 그런 광시곡이 터져 나온 것을 설명하기가 매우 당황스러웠던 것이다. 분명 샴페인 탓은 아니었다. 정신은 멀쩡했으니까. 사실, 와인은 커피에 올린 달걀의 흰자처럼 선명하고 밝게 보이도록 해주는 것이다.

"밝게 보인다고? 밝게 보인다 해도 커피에 넣은 달걀 흰자보단 검은 난로 표면에 칠한 광택처럼 빛나게 해주겠지. 시커멓고, 아주 밝게 말이야. 샴페인을 주문한 게 후회스럽군. 당신 같은 기질의 사람에게 샴페인은 추천할 만하지 않지. 제발, 이제 정신이 들긴 들어요? 신뢰는 회복되었고?"

"그랬으면 좋겠군요. 그런 것 같아요. 오랫동안 이야기를 나누었으니 이만 쉬어야겠어요."

상인은 이렇게 말하면서 자리에서 일어나 작별인사를 했다. 그리고 마치 정직하고 착한 마음이 유혹을 받아, 즉 깊은 마음속의 설명할 수 없는 이상한 변덕을 (자신에게, 또 다른 사람에게) 털어놓으라는 유혹을 예기치 못하게 받고 망연자실한 사람 같은 태도로 자리를 떠났다.

14장

고려할 가치가 있는 사람이라
증명된 사람을 고려해야 할 가치*

13장이 미래의 일을 예고하는 말로 시작했다면 14장은 뒤돌아보는 것으로 구성되어야 한다.

지금까지 상인의 모습에서 죽 보았듯, 신뢰가 충만했던 인간이 뒤늦게, 또한 갑작스럽게 충동적인 모습을 보이며 마음속 깊은 곳의 불신을 폭로하는 모습이 어떤 사람들에게는 충격적이었을 것이다. 그를 일관성이 없는 사람이라고 생각할 수도 있으며, 아마 그렇기도 할 것이다. 하지만 그렇다고 해서 작가를 비난할 수 있을까? 사실 등장인물을 묘사할 때 일관성을 유지해야 하는 것보다 소설가가 더 주의를 기울여야 하는 것은 없다. 이는 분별 있는 독자라면 응당 주의 깊게 일관성을 유지하는 것을 무엇보다 더 크게 요구하기 때문이다. 하지만 이런 생각이 우선은 아주 이성적이라고 여겨질 것이나, 자세히 들여

---

* 14장, 33장, 44장은 화자 내지는 작가가 직접 개입하는 장이다.

다보면 그렇지 않다는 사실이 증명된다. 왜냐하면 일관성이 또 다른 (아마 똑같이 주장되는 것인) 필요사항과 결합되어 있기 때문이다. 그 필요사항이란 모든 소설이 어느 정도는 창작이지만 사실을 기반으로 하므로 사실과 모순되지 않아야 한다는 것이다. 그런데 사실상, 일관성 있는 사람을 실제 삶에서 만나기는 정말 어렵지 않은가? 사실이 그러한데 독자들이 정작 본인도 진실하지 않으면서 책에 등장하는 모순적 인간이 진실하지 않다고 혐오스러워할 수는 없다. 오히려 그 혐오감은 그런 등장인물을 이해하려다가 생긴 당황스러움에서 나온 것일 수도 있다. 하지만 아무리 똑똑한 현인이라도 생생한 등장인물을 이해할 수 없는 순간이 종종 있는 법인데, 현인도 아닌 사람이 벽에 일렁이는 그림자처럼 한 페이지를 획 하고 지나가는 유령 같은 등장인물의 성격을 따라잡아 읽어낼 수 있을까? 성격의 여러 부분을 총체적으로 보여주든 아니든, 모든 등장인물이 일관성 있게 나타나도록 한눈에 이해되는 그런 소설이란 실은 너무나 거짓된 것이다. 반면 평범한 시각으로 보기에는 날다람쥐처럼 여러 부분이 조화가 안 되고 나비가 애벌레에서 점차 변화되다가 시기가 되면 모습을 바꾸듯 다양한 모습으로 나타나는 등장인물을 그리는 소설가는 그렇게 함으로써 거짓말이 아닌, 진실에 충실하다고 할 수 있다.

이성이 판단을 한다지만 어떤 작가도 실제 생활에서처럼 일관성이 없는 등장인물을 만들어내진 않을 것이다. 독자가 소설 안에서 이론상의 모순과 삶의 모순 사이를 실수 없이 잘 구별하려면 다른 경우에서처럼 상당한 현명함이 필요하다. 이런 일에는 경험이 유일한 지침이다. 하지만 어떤 사람도 항시 실제의 것을 다 볼 수는 없으므로 모든 경우에서 안이하게 경험에만 의존하는 것은 현명하지 않다. 오리의 갈퀴를 가진 호주의 비버가 박제 상태로 영국에 왔을 때 분류표에만 의존하던 동식물학자들은 이런 동물은 현실적으로 존재할 수 없다고 했다. 표본에 달린 갈퀴는 어떤 방법을 동원하여 인공적으로 붙여놓은 것이 분명하다고 주장했다.

그러나 동식물학자들은 당황스럽겠지만, 자연은 자신이 원하면 오리의 갈퀴를 가진 비버가 생기게 할 수도 있다. 하지만 오리 갈퀴를 가진 등장인물로 독자들을 당황시킬 권리가 작가에겐 없다고 주장하는 사람이 있을 수도 있다. 작가들은 언제나 인간의 성격이 모호하지 않고 투명하게 드러나게 해야 한다는 것이다. 참으로 대부분의 작가들이 하는 일이 그것이며, 어떤 경우에는 그런 점 때문에 작가로서 존경도 받을 것이다. 하지만 그 문제가 존경과 연관이 있는가, 아니면 다른 문제를 제기하는 것인가 하는 점과는 상관없이, 인간 본성의 바다를 그렇게 쉽게 꿰뚫어 볼 수 있다면 그 바다는 지나치게 맑거나 아니면 너무 얕은 것이리라. 전반적으로 보자면, 인간 본성을 항상 선명하고 밝은 것으로 나타내어 마치 자신이 그것에 대해 훤히 안다고 생각하게 만드는 그런 사람보다 인간의 본성이란 일관된 게 아니므로 모순되게 보이게 만들고 인생이란 과거에 이미 알려진 신성神性이라 불리는 것과 같다고 말하는 사람이 오히려 인간 본성에 관해 더 뛰어난 이해력을 피력한다는 생각이 든다.

일관되지 않는 행동을 하는 책 속의 등장인물들에 대한 편견이 있긴 하지만, 그 인물들을 일관되지 않은 인물로 보여주다가 나중에는 작가가 솜씨를 부려서 잘 이끌어간다면 그런 편견은 수그러든다. 위대한 작가들은 특히 이런 점에서 뛰어나다. 그들은 어떤 등장인물에 대해 얽히고설킨 거미줄 같은 진술로 놀라게 만들고, 이어서 만족스럽게 이야기를 풀어내어 더욱 큰 경탄을 자아낸다. 이런 방식을 씀으로써, 그 등장인물의 창조자조차 무섭고 놀랍다고 느껴질 게 확실한 복잡다단하기 그지없는 정신세계를 때로는 세상 물정 모르는 건방진 아가씨라도 이해할 수 있게 열어주는 것이다.

적어도 일부 심리 소설가들이 주장하는 바가 바로 이것이다. 하지만 나는 이런 주장에 대해 여기서 논쟁하지는 않겠다. 그러나 이 점을 다룰 때 가장 뛰어난 심판자들은 정해진 원칙에 따라 인간 천성을 나타내는 것을 궁극의 목표로, 천재성을 유감없이 발휘하는 것을 경멸하며, 이런 것을 손금, 골상학, 관상, 심리학과 함께 과학의 반열에서 배제했다는 사실은 시사하는 바가 크다. 마찬가지로 모든 세대의 가장 저명한 사람들이 인류에 대해 이와 같이 상충하는 견해를 제기했다는 사실은, 다른 문제에서도 이와 같은 일이 발생하는 경우처럼, 언제나 인류에 대해서는 철저히 무지했다는 추측을 가능하게 한다. 학구열에 불타는 젊은이가 인간의 천성을 전문적으로 묘사한 최고의 소설을 탐독한 후 실제 세계로 직접 들어가 보는 실수를 흔하디흔하게 저지를 위험성도 여전히 존재한다. 지도를 손에 들고 보스턴시로 간 여행객처럼 그도 정확한 인물 묘사를 제공받는다면 그게 분명 제값을 할 것이다. 길이 꼬불꼬불하여 수차례 가던 길을 멈출지도 모르지만 정확한 지도 덕분에 절망적으로 헤매지는 않을 것이다. 이런 비유에 대해서 도시의 길이 꼬불꼬불한 것은 언제나 있는 일이고 인간의 천성도 그렇게 변화무쌍하다며 이의를 제기하는 것은 적절하지 못하다. 인간 천성의 골자는 지금이나 천년 전이나 마찬가지였다. 단지 달라진 점이 있다면 외양으로 드러난 것이지 특성이 달라진 것은 아니다.

하지만 어떤 수학자들은 실망한 듯 보여도 경도를 측정할 정확한 방법을 찾아낼 수 있다는 희망을 계속 품듯이, 남달리 열성적인 심리학자들도 이전에 실패를 맛보았음에도 여전히 인간의 마음을 정확하게 알아내는 방식을 찾아내리라는 희망을 간직하고 있다.

상인의 성격을 묘사할 때 무엇을 잘못 진단했나, 아니면 무엇을 애매하게 진단했는가에 대해서는 사죄와 함께 이미 충분히 설명했다. 그러므로 내가 할 일은 우리의 희극으로 다시 돌아가는 것, 아니 사색의 희극에서 행동의 희극으로 넘어가는 일만 남았다.

15장
늙은 구두쇠가 적절한 투자 제안을 받고
겁 없이 투자하다

상인이 물러가자 그의 대화 상대는 잠시 홀로 앉아, 마치 어떤 저명한 사람과 대화를 나눈 후처럼 상인의 말을 곱씹으며 생각에 잠겼다. 마치 그 사람보다 지적으로는 좀 떨어지지만 이득이 되는 것은 절대 놓치지 않으려는 듯, 또한 귀에 들리는 어떤 정직한 단어에서 덕론德論에 대한 확신을 주고, 선한 행동을 알려주는 알림판 역할을 할 단서를 찾아내면 행복해질 것처럼 말이다.

얼마 후 드디어 단서를 찾은 듯이 그의 눈이 밝게 빛났다. 그는 손에 책을 들고 일어나 선실을 나가더니 좁고 어두침침한 복도로 들어갔다. 그곳은 앞쪽보다 어둡고 꾸미지도 않은 후미진 곳으로, 한마디로 그는 이민자들이 있는 구역으로 향했다. 이번엔 강을 따라 내려가는 운행이므로 이민자 구역은 틀림없이 비교적 한산할 것이다. 물건들이 옆 창문을 가리며 쌓여 있어서 그 구역 전체가 어둡고 먼지투성이였다. 거의 모든 곳이 그런 상태였지만 처마에 난 크기가 제각각인 좁은 현창을 통해 여기저기에서 약한 빛이 산발적으로 들어왔다. 그러나 그곳은 낮보다는 밤을 보내기 위한 장소로 만들어졌기 때문에 특별히 빛이 필요하지는 않았다. 한마디로 그곳은 이불 없이 옹이 진 소나무 침상들만이 덩그러니 있는 공동 침실이었다. 펭귄과 펠리컨이 함께 사는 기하학적 형태의 집단 둥지처럼, 또 필라델피아 거리처럼 이 침상들은 규칙적으로 놓여 있었고, 마치 찌르레기의 요람같이 축 늘어져서 대롱거렸다. 굳이 이름을 붙이자면 3층으로 된 요람이라 할 수 있었으며 요람 하나의 모양만 설명하면 나머지는 설명하지 않아도 될 정도로 똑같았다.

천장에 달린 밧줄 네 개가 조잡한 널빤지 세 개의 네 모퉁이에 뚫어놓은 나사송곳 구멍을 따라 아래로 내려져 있었다. 널빤지는 밧줄에 수직으로 묶인 매듭 위에 같은 간격으로 얹혀 있었고, 가장 밑에 있는 널빤지는 바닥과 불과 1, 2인치밖에 떨어지지 않아서 전체적으로 그 침상은 밧줄로 만든 서가와 모양이 비슷했다. 벽에 단단히 고정해서 매달아 놓지 않았기에 약간만 움직여도 앞뒤로 흔들렸는데, 특히 풋내기 이민자가 침상하나에 달려들어 큰 대자로 누우려고 하면 더 심하게 흔들렸다. 마치 침상이 그를 왔던 곳으로 다시 던져버리려는 것처럼 말이다. 결과적으로, 아무것도 모르는 얼뜨기가 아래쪽 칸을 선택하면, 이미 경험이 있어 가장 높은 칸에서 휴식하려는 사람이 심하게 방해를 받을 수밖엔 없었다. 때때로 밤중에 비를 맞고 이 찌르레기 둥지를 차지하려고 오는 가난한 이민자 무리는 (이 침상의 특성을 잘 모르는 까닭에) 침상을 흔들어놓는 소동을 일으키는 것은 물론이고 고함까지 질러대어, 마치 운 나쁜 배가 선원들과 함께 바위에 돌진하여 박살이 나는 듯했다. 그 침상은 불쌍한 여행객들을 우습게 여기는 여행객의 적이 고안한 침대, 프로크루스테스의 침대*였기 때문에, 잠을 자기 전과 잠을 잘 때 꼭 있어야 할 평온을 빼앗아갔다. 변변찮은 가치와 정직은 그 침대의 보잘것없는 딱딱한 곡물 침상 위에서 휴식을 갈망하며 온몸을 뒤틀지만 고통만이 응답한다. 아, 남의 것을 만들어 주는 것도 아니고, 이런 침상을 직접 쓰려고 만드는 사람도 있을까, 잔인하게 들리겠지만, 공정한 평가를 원한다면 당신도 거기 누워봐야 한다!

하지만 아무리 연옥처럼 보이더라도 그걸 모르는 여행객은 오르페우스**가 오페라 소절을 가볍게 흥얼거리며 즐거운 마음으로 타르타로스로 내려가듯 그 침상을 향해 돌진한다.

갑자기 살랑거리는 소리, 이어서 삐걱거리는 소리가 나더니 어두운 구석에 있는 침상 하나가 흔들렸고, 이어 간청하는 것처럼 펭귄 갈퀴같이 생긴 손을 뻗어 헛손질하면서, 부자***가 그러했듯 울부짖는 소리를 냈다. "물, 물!"

---

* 그리스 신화에 나오는 침대이며, 누운 사람이 침대보다 크면 사지를 자르고 작으면 사지를 늘였다고 한다.

** 음악에 천재였던 오르페우스는 아내 에우리디케가 독사에 물려 죽자 아내를 데리고 오기 위해 타르타로스(지옥)로 내려간다. 지옥의 신 하데스는 그의 음악에 감동하여 에우리디케를 데리고 가도록 허락한다.

*** 「누가복음」 16장에 나오는 이야기. 거지 나사로와 부자는 죽은 후 나사로는 천국에 가고, 부자는 지옥에 간다. 부자는 지옥에 가서 고통을 겪으며 천국에 있는 나사로에게 물을 달라고 청하지만, 나사로는 거절한다.

상인이 아까 말했던 구두쇠가 낸 소리였다.

낯선 사람이 자선 수녀회의 수녀처럼 얼른 그를 살펴보았다.

"이런, 불쌍한 양반. 뭘 도와드릴까요?"

"콜록, 콜록, 물!"

방 밖으로 튀어나가다시피 한 그 낯선 사람은 간신히 물 한 잔을 얻어 돌아와, 고통스러워하는 사람의 입에 물 잔을 대고 그가 물을 마시는 동안 머리를 받쳐주었다. "불쌍한 사람, 여기 누워 있으니 입이 바싹 말랐던 모양이지요?"

구두쇠는 피부가 절인 대구 같았고 불을 붙이면 붙을 것처럼 바싹 마른 노인이었다. 어떤 바보가 나무옹이를 깎아 만든 것 같은 머리에다 납작하고 얇은 입술이 매부리코와 턱 사이에 작게 나 있었다. 어떨 때는 심술쟁이 같다가 어떨 때는 바보 같은 표정을 지으며 아무 대답도 하지 않았다. 그는 눈을 감고, 낡은 흰색 질긴 면 코트에 뺨을 뉘고 있었는데, 머리 밑으로 코트를 돌돌 말아 받친 그 모습은 눈이 온 후 더러워진 강둑 위에 시든 사과 하나가 떨어져 있는 것 같은 형상이었다.

마침내 기력을 회복한 구두쇠는 자신을 돌봐준 사람에게 몸을 돌려 기침을 하면서 거친 목소리로 말했다. "난 늙고 비참한 노인이고 돈 한 푼 없는 불쌍한 거지요. 이 은혜를 어떻게 갚을까요?"

"저를 신뢰해주십시오."

"신뢰!" 태도가 바뀐 노인이 비명을 질렀고 그 바람에 침상이 흔들렸다. "내 나이쯤 되면 신뢰가 거의 남아 있지 않지만, 낡은 찌꺼기라도 있으면 받으세요. 고맙소."

"어쨌든 그거라도 주세요. 좋아요. 그럼, 백 달러를 주십시오."

이 말을 들은 구두쇠는 공포에 사로잡혔다. 손으로 허리 쪽을 더듬다가 얼른 질긴 면 베개 아래로 집어넣더니 눈에 보이지 않는 뭔가를 바짝 움켜쥐었다. 이어 그는 횡설수설 혼잣말을 했다. "신뢰라고? 위선, 허튼소리! 신뢰? 흥, 웃기고 있네! 신뢰? 근사하군, 바가지나 씌우고! 백 달러? 마귀 백 마리나 가져가라!"

반쯤 힘이 빠진 그는 잠시 입을 다물고 누워 있었다. 이어 힘겹게 몸을 일으켜 비꼬는 게 분명한 어조로 잠시 이렇게 말했다. "백 달러라고? 신뢰의 값치곤 비싸군. 내가 돈 없고, 늙고, 죽어서 징두리 널빤지에 들어갈 별 볼 일 없는 인간인 걸 모르겠소? 당신이 친절을 베풀었는데 내 처지가 이렇듯 한심하니 감사 표시로 줄 건 기침밖에는 없어요. 콜록, 콜록, 콜록!"

이렇게 격하게 기침을 해대자 경련이 판자 침상으로 전해졌고, 그로 인해 돌을 세게 집어던지기 직전에 흔들리듯 그렇게 그의 몸이 흔들렸다.

"콜록, 콜록, 콜록!"

"기침 한번 요란하시네. 제 친구인 민간요법사가 여기 있으면 딱 좋을 텐데. '만능 발삼* 강장제'만 있으면 되는데."

"콜록, 콜록, 콜록!"

"좋은 일 하는 셈 치고 그 사람을 찾아봐 드리죠. 이 배에 탔거든요. 그 사람이 입은 황갈색 외투를 봤어요. 그 사람 약이

---

* 발삼balsam은 침엽수에서 채취할 수 있는 액체로 진통제 등에 쓰인다.

이 세상에서 최고라는 점은 장담합니다."

"콜록, 콜록, 콜록!"

"이런, 딱해라."

"틀림없어." 상대방이 또다시 꽥꽥거렸다. "하지만 자선은 갑판에 가서 베푸시지. 돈 자랑하는 인간들은 널리고 널렸잖아요. 그런 사람들은 이렇게 버려지고 어두운 곳에서 기침이나 하고 있지는 않지요. 가난한 나처럼 말이에요. 내가 얼마나 초라한 거지인가 한번 봐요. 죽도록 기침하느라 두 쪽이 나겠네. 콜록, 콜록, 콜록!"

"또 그러시네. 기침하는 것도 안됐지만 돈이 없다니 그것도 안됐네요. 이런 보기 드문 기회를 놓치시다니. 방금 말한 액수를 가지고 계시다면 제가 대신 투자해드릴 수도 있을 텐데. 세 배 이윤이에요. 하지만 신뢰라니, 당신이 귀한 현금을 가지고 있었는지는 몰라도 제가 말씀드렸던, 그것보다 더 소중한 신뢰는 안 가지고 있었을 거 같군요."

"콜록, 콜록, 콜록!" 놀라서 몸을 일으켜 세우며 말했다. "뭐라고? 어떻게, 어떻게? 그럼 당신 돈 벌려고 이러는 것 아니야?"

"참, 이런, 내가 그런 어처구니없이 약은 짓이나 한다고요? 호객해서 개인 이득을 보겠다고 생면부지 사람으로부터 100달러를 빼내려 한다고요? 이봐요, 난 안 미쳤어요."

"어떻게, 어떻게?" 구두쇠는 더 당황해서 말했다. "그럼, 당신은 사례도 받지 않고 다른 사람들의 돈을 투자해주려고 돌아다닌다는 거요?"

"변변찮지만 그게 내가 하는 일이에요. 나 혼자 살자고 하는 게 아니에요. 세상이 날 신뢰하지 않을 거지만, 나는 내 안에 있는 신뢰가 큰 이득이라고 여기죠."

"하지만, 하지만," 약간 현기증을 느끼면서 "당신은 다른 사람의 돈으로 무엇을 하는, 하는, 하는 겁니까? 콜록, 콜록! 어떻게 이득이 생겨요?"

"그건 일급비밀이에요. 알려줬다간 다들 하겠다고 덤빌 거고, 그랬다간 과잉투자가 되겠지요. 비밀이에요, 미스터리. 당신과 하려는 걸 한마디로 하면, 나는 당신에게서 신뢰를 얻고 당신은 정해진 기한이 되어서 세 배의 이득, 세 배의 돈을 다시 돌려받는 겁니다."

"뭐라고, 뭐라고요?" 구두쇠의 우둔함이 또다시 고개를 쳐들었다. "하지만 거래 증빙서는요, 증빙서는?" 갑자기 호기를 부리기 시작했다.

"정직을 보여주는 가장 좋은 증빙서는 정직한 얼굴이죠."

"하지만 당신 얼굴이 잘 안 보이는데." 잘 보이지 않는 걸 보려고 애를 썼다.

죽기 직전이면 이렇게 이성을 찾았다가 놓쳤다가 하듯, 구두쇠는 다시 멍해져서 방금 했던 말을 더듬거리며 횡설수설하다가 곧 계산하기 시작했다. 눈을 감고 누운 그가 중얼거렸다.

"백, 백. 이백, 이백, 삼백, 삼백."

그는 눈을 뜨고 힘없이 바라보다 더 힘없는 어조로 말했다.

"여기 좀 어둡지 않나요? 콜록, 콜록! 하지만 늙고 별 볼 일 없는 내 눈에 당신은 정직해 보이네요."

"그렇게 말해주니 고맙군요."

"만약, 만약, (몸을 일으키려 했으나 흥분하여 온 힘이 다 빠져나가 그러지 못했다) 만약에 말이에요 내가 투자를, 투자를……"

"만약이란 말 마십시오. 전적으로 신뢰를 하든지, 아니면 아무것도 하지 않든지 하세요. 절대, 반쪽짜리 신뢰란 없습니다."

무관심한 듯 고고한 자세로 이렇게 말하더니 이어서 그는 자리를 떠날 듯이 굴었다.

"아니, 가지 마십시오, 친구. 저랑 같이 있어요. 나이가 들면 잘 믿지 못하는 법이에요. 그래요, 그래. 콜록, 콜록, 콜록! 오, 나는 늙고 불쌍한 사람이오. 그래서 돌봐줄 사람이 필요해요. 말해보시오. 내가 만약……"

"만약? 됐어요."

"잠깐! 얼마나 지나면 콜록, 콜록! 내 돈이 세 배가 될 수 있을까요? 얼마 후에 가능할까요?"

"날 못 믿으시는군요. 안녕히 계세요!"

"잠깐, 잠깐," 아이처럼 기가 죽어서, "믿을게요, 믿어요. 이봐 친구, 믿으면 되잖아요. 내가 이렇게 못 믿다니!"

낡은 녹비鹿皮 가죽 지갑을 꺼내, 색이 바래 동물 뼈로 만든 낡은 단추 열 개처럼 보이는 10달러짜리 금화 열 개를 떨리는 손으로 끄집어냈다. 그리고 반은 자발적으로 반은 마지못해 그 돈을 건넸다.

"내켜하지 않는 신뢰를 받아줘야 하나 말아야 하나." 상대방이 금화를 받으며 차갑게 대답했다. "막판에 나온 신뢰, 병상에서 보여주는 신뢰, 병에 걸려 다 죽어갈 때 나온 신뢰일 뿐이죠. 건강한 사람이 건강한 정신 상태로 보여주는 건강한 신뢰를 보여주세요. 아니, 그냥 넘어갑시다. 됐어요. 안녕히 계세요!"

"아니, 돌아와, 돌아와. 영수증, 내 영수증! 콜록, 콜록, 콜록! 당신 누구야! 내가 뭔 짓을 한 거지? 어디로 가는 거야? 내 금화, 내 금화! 콜록, 콜록, 콜록!"

하지만 불행하게도 구두쇠가 마지막으로 이성적으로 판단한 그때 그 낯선 사람은 이미 그의 목소리가 들리지 않는 곳으로 가버렸고, 다른 누구도 그의 가느다란 외침 소리를 들을 수 없기는 마찬가지였다.

16장

아픈 사람이 참을성 없이 굴다가
참을성 있는 환자가 되다

하늘은 점점 파래지고 해안의 절벽엔 꽃이 피었다. 미시시피 강은 물살이 빨라지며 불어났다. 강물은 콸콸 소리와 함께 빛을 반사하며 흘러가 여기저기서 소용돌이쳤고, 일흔네 개의 총구를 가진 전함이 지나간 자국 같은 거대한 모양이 강에 나타났다. 금빛의 멋진 경기병이 온 세상을 움직이는 키를 번뜩이며 텐트에서 나오듯, 태양이 밖으로 나왔다. 그 풍경 속에서 따스해진 모든 것들이 나래를 폈다. 복잡한 문양으로 장식한 그 배는 꿈속인 듯 속도를 냈다.

한편 숄을 두른 어떤 사람이 다른 사람들과 떨어져 구석에 앉아 있었다. 꽃봉오리도 벌어지고 씨도 뿌리지만 수명이 다한 식물처럼 그는 태양이 찾아와 비추어도 별로 따뜻해하지 않았다. 왼쪽에 놓인 의자에는 황갈색 외투를 입고 칼라를 뒤로 젖힌 낯선 사람이 앉아 있었는데 그는 설득하는 것처럼 손을 흔들었고 눈은 희망으로 반짝였다. 하지만 항상 불평하고 희망을 잃은 상태에 오래 빠져 있었던 사람에게서는 희망이 깨어나기 힘든 모양이었다.

뭔 말을 들었는지 그 아픈 남자의 말과 표정에서 짜증스럽고 불평 섞인 대답이 나온 것 같았다. 바로 그때 변명이라도 하는 태도로 상대방이 말문을 열었다.

"아닙니다. 제가 다른 사람을 깎아내리면서 제 의술을 추켜올리려 한다고 생각하지 마세요. 자신감이 있으면 진실이 반대쪽이 아니라 그 사람 옆에 있는 법이지만, 자선을 행하는 게 그렇게 쉽지는 않군요. 성격이 방해가 되는 게 아니라 양심이 방해가 되네요. 왜냐하면 자선은 관용을 낳지요. 관용이란 당신도 아시다시피 말없이 받아주는 것이고, 사실상 허용하는 거지요. 허용되면 그게 더 발전하죠. 그런데 거짓을 발전시켜야 할까요? 그럴 순 없죠. 세상의 선을 위해 저는 무기질로 치료하는 의사들의 명분을 발전시키는 걸 거부합니다. 하지만 그 사람들이 고의로 악을 저지른다고 생각하지는 않습니다. 대신, 선한 사마리아인*이 실수를 한 것이라고 생각합니다. 그리고 (다른 말로 바꾸자면) 이렇게 생각한다고 해서 거만한 경쟁자네, 말도 안 되는 주장을 하네,라고 말할 수 있나요?"

아픈 사람은 몸에 힘이 바닥나자 말이 아닌 몸짓으로 대답했다. 벙어리 짓을 하는 그의 힘없는 표정이 이렇게 말하는 것 같았다. "제발, 날 좀 내버려두시오. 말로는 뭔 치료를 못 하겠어요?"

---

* 「누가복음」 10장에 나오는 선한 사마리아인은 강도를 당해 의식을 잃은 낯선 사람에게 대가를 바라지 않고 친절을 베푼다.

하지만 그렇게 초를 치는 말도 아량 있게 들어주는 게 익숙한 듯 대화 상대자는 친절하게, 하지만 확고한 어조로 이렇게 말했다.

"루이빌의 저명한 생리학자의 권고로 철분제를 약간 드셨다고 하셨죠? 왜 그러셨습니까? 잃어버린 원기를 보충하기 위해서지요. 그럼, 어떻게요? 건강에 대해 말씀드리자면 철분은 피에 당연히 있는 것이고 막대기에도 철분이 다량 들어 있어요. 그러므로 철분은 동물에게 생기의 원동력이죠. 그래서 당신이 원기가 부족하다는 것은 결국 철분 부족이 원인이란 결과가 나옵니다. 철분을 섭취해야 하므로 당신은 철분제를 먹습니다. 자, 이론상으로 보면 나는 할 말이 없죠. 그러나 주제넘지만 진실을 파헤쳐보면, 그리고 평범한 사람으로서 그 이론을 실질적으로 검토해보자면 저는 당신이 말한 저명한 생리학자에게 조심스럽게 질문해야겠군요. '선생님, 생명이 없는 물질이 영양분 섭취 과정을 통해 원기로 변하는 것이 자연적인 과정이긴 합니다만, 어떤 환경에서 생명 없는 물질이 생명 있는 것으로 바뀌는 게 가능해지나요? 그 물질의 모든 구성요소가 생명이 없는 물질 상태라는 점이 변하지 않는데 말입니다. 선생님, 만약 살아 있는 인체와 합병되는 것이 아니라 흡수되는 것이라고 한다면, 만약 그 말이 (램프에서 기름이 불꽃으로 흡수되는 것같이) 한 물체에서 다른 물체로 융합되는 것을 의미한다면, 그럼 이런 견해에서는 캘빈 에드슨*이 지방을 잔뜩 먹는다고 뚱뚱해

---

* 피티 바넘P. T. Barnum의 박물관에서 살아 있는 해골이라고 전시가 되었던

질 수 있다고 하는 겁니까? 다시 말해서 식탁에 놓인 지방이 뼈에 붙은 지방으로 변했다고 증명이 됩니까? 만약 그렇다면 약병 안에 든 철분은 정맥 속의 철분이라고 증명이 될 겁니다.' 그런 결론은 과단이라 여겨지십니까?"

하지만 그 환자는 벙어리처럼 하고 싶은 말을 표정으로 대신했다. "제발 나를 내버려둬요. 이 몸이 겪는 고통이 얼마나 심한지 꼭 그렇게 아픈 말로 속절없이 증명해야 속이 시원합니까?"

불평이 담긴 상대방의 표정은 아랑곳하지 않고 그 사람이 계속 말했다.

"하지만 과학이 육체를 농부처럼 보살핀다는 생각, 즉 육체를 살아 있는 좋은 토양으로 만든다는 생각은 흔히 볼 수 있는 뻔한 자만심이라 생각합니다. 오늘날 과학이 전문화되어 당신 같은 폐결핵 환자의 경우, 코로 흡입하는 약을 처방하여 생명의 숨을 다 죽어가는 티끌 같은 인간에게 불어넣어주는, 거의 전지전능한 수준의, 절묘하기 짝이 없는 치료를 성공시킨다는 자만심 말입니다. 불쌍한 선생님, 당신이 말씀하셨죠. 볼티모어의 저명한 화학자의 처방을 받아 3주 동안 인공호흡기를 계속 달고 살면서, 주어진 기간 동안 매일 가스탱크인가 뭔가에 기대앉아서, 약품을 태워 얻은 증기를 흡입했다고요? 마치 인간이 조제한 공기가 하나님이 만든 천연 공기가 뿜는 독기의 해독제이기라도 하듯 말이죠? 오, 과학은 무신론적이라고 하

사람이다.

는, 과학에 대한 그 오래된 비난을 누가 반박할 수 있을까요? 많은 신약과 신기술을 찾으려고 애써왔던 약품 의사들을 제가 반대하는 가장 큰 이유가 바로 이겁니다. 그 사람들이 만든 약과 하늘의 전능자를 숭배하며 의존하는 것은 양립 불가능하다는 것, 즉 그 약이 인간의 기술에 담긴 자만의 형태와 정도를 보여준다는 점 이외에 달리 뭐가 있겠습니까? 이런 생각을 씻어내려고 온갖 애를 썼습니다만, 저는 여전히 물약, 흡입액, 화로, 이상한 주문 따위를 사용하는 이 약품 의사들이 하나님의 뜻을 깔아뭉개려 했던 파라오의 허영기 많은 마술사* 같다는 생각이 들어요. 밤낮으로, 안타까운 마음으로, 그들이 만든 조제약에 하나님이 말 그대로 분노하시지 않도록 그들을 위해 기도합니다. 그 조제약 때문에 벌 받지 말라고요. 이 이집트인들의 손에 당신이 농간을 당하셨다니 안타깝기 그지없군요."

하지만 또다시 그 환자는 무언극이라도 하듯, 하고 싶은 말을 표정으로 대신했다. "제발 나를 내버려두시오. 돌팔이들 그리고 돌팔이에게 화내는 것 따위는 다 부질없는 짓이요."

하지만 상대방은 또다시 계속 말했다. "우리 민간요법사는 얼마나 다르다고요. 아무것도 요구하지 않고 아무것도 만들어내지 않습니다. 직접 구하거나, 숲속 공터나 산비탈에서 찾고, 자연 속에서 자연이 주는 치료법을 겸손히 찾아내려고 애쓰며 여기저기를 돌아다닙니다. 이름이 알려지지는 않았지만 진짜

---

* 「출애굽기」 7장과 9장에서 하나님은 이집트에 열 가지 재앙을 내리는데, 이집트의 마술사들이 이를 저지하려고 애쓰지만 실패한다.

인디언 의사들이고, 핵심을 잘 아는 사람들이며, 레바논의 백
향목에서 담장에 피는 우슬초까지 모든 식물을 다 알았던 현명
한 솔로몬 대왕의 계승자입니다.* 솔로몬은 최초의 민간요법사
예요. 약초의 효능이 얼마나 좋은지는 예전 세대부터 칭송받아
오지 않았습니까. 월야의 약초에 관한 기록도 있지 않습니까."

"메데이아**가 늙은 이아손의 원기를 회복시킬 마법의 약초
를 따 모았다?"

"오, 하지만 당신에게 신뢰가 있다면 원기를 회복한 이아손
이 될 거고, 나는 당신의 메데이아가 될 겁니다. 만능 발삼 강
장제를 몇 병만 복용하시면 분명 원기를 회복할 겁니다."
이 말을 듣자 익히 알려졌던 발삼의 효과가 분노와 혐오감과
뒤섞여 증폭되는 것처럼 보였다. 오랫동안 축 늘어져서 관심도
보이지 않던 그 시체 같은 사람이 벌떡 일어나더니, 마치 부서
진 벌통의 자잘한 틈 사이로 바람이 지나가는 것 같은 목소리

---

* 「열왕기상」 4장 33절. "그가 또 초목에 대하여 말하되 레바논의 백향목으로
부터 담에 나는 우슬초까지 하고 그가 또 짐승과 새와 기어 다니는 것과 물고
기에 대하여 말한지라." 33~34절은 솔로몬의 지혜가 어느 정도로 뛰어난지를
묘사하는 구절이다.

** 메데이아는 약초, 마법에 재능이 남다른 데다 치밀하고 잔인한 여자였고 아
이에테스 왕의 공주였다. 그녀는 아르고호를 타고 온 이아손을 보고 한눈에 반
해 결혼한다. 하지만 메데이아가 나이가 들자 이아손은 아내를 버리고 글라우
케라는 여인과 혼인하기로 하고, 이에 격분한 메데이아는 자기 배로 낳은 이아
손의 자식들을 죽이고 아테네로 도망친다.

로 고함을 질렀다. "썩 꺼져! 다 똑같은 놈들 같으니. 명성 있는 의사, 꿈같이 멋진 조력자라고, 이 망할 자식들. 지난 몇 년간 너 같은 실험쟁이들이 내 몸에 온갖 약으로 갖가지 실험을 해대는 통에 내 피부가 이렇게 납빛으로 변하고 속도 썩어 문드러졌어. 썩 꺼져! 진저리 나는 놈."

"내가 비인간적이라면 쓰라린 배신을 많이 당하고 신뢰를 잃어도 모욕을 잘 받아넘길 텐데. 하지만 내가 그런 걸 못 느끼는 사람이 아니란 걸 알아주시고……"

"썩 꺼져! 반년도 채 안 지났어, 수치水治요법을 하는 독일 의사가 꼭 저런 목소리로 말했었지. 반년이 지나니까 지금은 원래대로 돌아가서 고통이 60가지고 무덤은 더 가까워졌다고."

"수치요법요? 선의를 가졌던 프라이스니츠*는 치명적인 망상 때문에 죽었죠! 선생님, 저를 한번 믿어보십시오……"

"꺼져!"

"아니, 환자는 자기 멋대로 하면 안 됩니다. 당신 같은 분이 이런 시기에 쉽게 불신에 빠지는 게 얼마나 부적절한지 한번 생각해보세요. 지금 얼마나 몸이 약한가요? 그리고 나약할 때가 신뢰해야 할 때가 아닙니까? 그렇습니다. 나약하기 때문에 모든 것이 절망적입니다만, 그때야말로 신뢰로 힘을 보충할 때가 아니겠습니까?"**

---

* 유명한 수치요법사. 직접 자신의 몸에 수치요법을 하다가 뜻하지 않게 죽었다고 한다.

** 「이사야」 30장 15절. "주 여호와 이스라엘의 거룩하신 이가 이같이 말씀하시되 너희가 돌이켜 조용히 있어야 구원을 얻을 것이요 잠잠하고 신뢰하여야 힘

환자는 태도가 누그러져서 "신뢰가 있으면 희망은 오는 법이죠. 그러면 어떻게 해야 희망이 생길까요?"라고 묻는 듯한 긴 눈초리를 보냈다.

민간요법사가 외투 주머니에서 봉인된 종이봉투를 끄집어내고는, 그걸 쥐여주며 진지한 말투로 말했다. "거절하지 마십시오. 지금이야말로 건강을 구할 마지막 기회일 수도 있으니까요. 직접 애써보세요. 잿더미 가운데서라도 신뢰를 얻도록 기원하세요. 살고 싶은 생각이 있다면 신뢰를 일으키고 불러내세요. 부탁입니다."

벌벌 떨던 상대방이 차분해졌다. 어느 정도 진정되자 약품의 성분이 무엇인지도 물어보았다.

"약초입니다."

"무슨 약초 말입니까? 그 약초의 특징은 뭡니까? 그 약초를 주는 이유는요?"

"알려드릴 수 없습니다."

"그러면, 나도 그만두죠."

앞에 서 있는 이 깡마르고 성마른 사람을 찬찬히 바라보며 민간요법사는 잠시 침묵을 지키다가 이어서 이렇게 말했다. "내가 포기하죠."

"뭐요?"

"당신은 병에 걸린 철학자입니다."

"아니, 아니, 결코 아니에요."

을 얻을 것이거늘 너희가 원하지 아니하고."

"하지만, 성분이 뭔지 묻질 않나, 왜 주는지 이유를 묻질 않나, 그게 철학자들이 하는 짓이에요. 그 결과를 바보들이 다 치러야 하는 거고요. 아픈 철학자는 약도 없죠."

"왜요?"

"철학자에겐 신뢰가 없으니까요."

"그렇다고 약도 없다는 법이 있나요?"

"가루약을 먹든 안 먹든 효과가 날 리가 없을 테니까요. 똑같은 약을 시골 사람에게 주면 마술 같은 효과가 최강으로 나타나지만요. 나는 유물론자가 아닙니다. 오히려 마음이 육체를 지배한다고 믿어요. 신뢰가 없으면 약효도 없는 거예요."

또다시 환자의 마음이 움직이는 것 같았다. 이 모든 말 가운데에서 무엇이 솔직한 진실인가를 생각하는 듯이 보였다. 마침내, "당신이 신뢰에 대해 말했지요. 민간요법사들은 본인들도 별 볼 일 없는 걸 아는지, 다른 환자들에게는 자신 있게 처방을 내리면서 본인 병에 처방할 때는 별로 자신 없어 하던데 그건 어째서죠? 자신에게 신뢰가 없는 거잖아요."

"하지만 민간요법사들은 자신이 초청한 형제를 신뢰합니다. 그리고 그가 그런 짓을 한들 그게 욕먹을 짓은 아니죠. 왜냐하면 육체가 누워 있으면 정신도 똑바로 서 있을 수 없다는 것을 알기 때문에 그러는 거니까요. 예, 지금 민간요법사들은 자신을 불신하는 법은 있어도, 자기 의술을 불신하지는 않아요."

환자는 이 점에 대해 자신의 지식으로 반박하지 못했다. 하지만 그렇다고 슬퍼하는 것 같지는 않았다. 오히려 자신이 원하는 쪽으로 반박을 들으니 기뻐하는 것 같았다.

"그럼 저에게 희망을 주시는 건가요?" 그는 꺼진 눈을 쳐들었다.

"희망이란 신뢰를 따라오는 법이지요. 당신이 나를 얼마나 신뢰하느냐에 따라 저도 그만큼의 희망을 드리겠습니다." 상자를 들어 올리며 "그러시면, 모든 것을 여기에 의존해야 안심이 되지요. 자연에게 말이에요."

"자연이라니!"

"왜 깜짝 놀라십니까?"

"잘은 모르겠지만," 약간 떨면서 그가 말했다. "『병에 걸린 자연』이라는 책에 대해 들어본 적이 있어서요."

"나는 찬성할 수 없는 제목이에요. 과학적이긴 한데 좀 수상쩍군요. 『병에 걸린 자연』*이라고요? 자연, 신성한 자연은 건강할 수 없다는 것처럼, 자연에 의해 질병이 결정된다는 듯이 말이에요! 하지만 전에 과학적 경향이라는 금단의 나무에 대해 얼핏 말씀드렸죠? 선생님, 만약 그런 제목에서 연상되는 것 때문에 낙담이 된다면 그 책은 던져버리세요. 절 믿으세요. 자연은 건강입니다. 왜냐하면 건강에 유익할뿐더러 자연은 병이 나도록 할 수 없습니다. 자연이 잘못을 저지를 가능성은 거의 없기 때문이죠. 자연을 받아들이세요. 그러면 건강해질 겁니다. 자, 다시 한번 말하는데, 이 약은 자연의 것입니다."

아픈 사람은 그 사람의 말을 곰곰이 생각해보았고, 방금 들은

---

* 오번 공동묘지Auburn Cemetery를 세운 제이컵 비글로(Jacob Bigelow, 1787~1879)가 쓴 수필집 제목.

말에 또다시 반박하는 게 양심에 찔렸다. 그는 아까만큼 열성적으로 반박하지 못하는 것 같았다. 더구나 그는 과민하게 반응하면서도 이런 식으로 했다가는 불경스런 모습이 나오지 않을 수가 없겠다 싶기도 했던 것이다. 또한 내심 감사한 마음도 있었던 것이, 그 아픈 사람은 민간요법사가 희망차게 한 모든 말과 반대되는 것으로 가득 차 있어서 희망을 품으려면 의학적인 근거는 물론, 교리적인 근거까지도 필요했기 때문이었다.

"그러면 정말 이렇게 생각한다는 거죠." 한껏 격앙되어, "이 약을 먹으면," 그걸 잡으려 기계적으로 손을 뻗치며, "내가 건강을 되찾을 수 있다고 말입니다."

"저는 가짜 희망을 조장하지는 않습니다." 그에게 상자를 넘겨주며, "솔직하게 말씀드리죠. 비록 무기질로 치료하는 의사들은 솔직함이란 약점을 항상 가지고 있진 않지만, 민간요법사들은 반드시 솔직해야만 해요. 자, 그럼, 선생님, 선생님의 경우에는 급격한 치료법(당신을 튼튼한 사람으로 만들기 위한 것이라고 알고 있는 것 같은)을, 그런 급격한 치료를 약속드리지도, 약속드릴 수도 없어요."

"오, 그럴 필요는 없어요! 다른 사람들이 짐스럽게 돌봐야 하고, 혼자서 징징 짜며 슬퍼하는 인간이 아니었던 상태로 돌아갈 힘만 주면 돼요. 나약함이란 고통에서 벗어날 수 있게 해주면 됩니다. 햇볕을 받으며 걸어 다닐 수 있고 곧 썩어 문드러질 것에 파리가 꼬이듯 내 주변에 파리가 꼬이는 일만 안 생기게 하면 됩니다. 그것만. 그렇게만 하시면 돼요."

"당신은 욕심이 과하지 않고 현명하시군요. 헛수고를 하진 않으셨어요. 제 생각에 당신의 소박한 부탁은 응답을 받을 겁니다. 하지만 하루나 일주일 혹은 한 달 후가 아니라, 얼마간의 시간이 지나야 효과가 나타난다는 것을 명심하세요. 언제가 될지 정확하게 말씀드릴 수는 없어요. 저는 예언자도 아니고 돌팔이 의사도 아니니까요. 하지만, 금방이든 한참 후든 그 약을 끊을 어떤 특정한 날을 정할 수는 없으나, 당신이 쥐고 있는 상자 안쪽 지시문에 따라 꾸준히 약을 복용하신다면 결국 좋은 결과를 편안하게 맞이하시게 될 겁니다. 장담하건대, 반드시 신뢰해야 합니다."

환자는 신뢰가 생겼으며 또한 신뢰가 쌓이도록 매시간 기도하겠다고 들뜬 어조로 대답했다. 하지만 몇몇 환자에게 특징적으로 나타나는 이상한 변덕이 갑자기 도져서 이렇게 덧붙였다. "그런데 나 같은 사람에게는 너무 힘든 것이에요, 너무 힘들어요. 지금까지 크게 신뢰했던 희망이 여러 번 무너진 적이 있어서 다시는, 다시는 믿지 않겠다고 맹세, 또 맹세했거든요. 오," 힘없이 손을 움켜쥐면서, "당신은 몰라요, 당신은 몰라."

"제가 아는 건 이겁니다. 제대로 신뢰한다면 절대로 실패하지 않는다는 거요. 하지만 시간이 얼마 남지 않았습니다. 이 치료제를 잡으시고 받든지, 거절하든지 하십시오."

"받을게요." 꽉 쥐면서, "그럼, 얼맙니까?"

"마음 내키는 대로 양심껏 낼 만한 액수입니다."

"얼맙니까? 이 약값이?"

"신뢰의 액수를 말하시는 거겠지요. 얼마어치의 신뢰를 사실 건지요. 약은, 한 병에 50센트입니다. 그 상자 안에 여섯 병이 들어 있어요."

돈을 주었다.

"자, 선생님." 민간요법사가 말했다. "일 때문에 가봐야겠군요. 다시 당신을 볼 수 있을 것 같지는 않은데, 그럼……"

아픈 사람의 얼굴에 멍한 표정이 번지는 것을 보고 그는 잠시 말을 멈추었다.

"용서해주세요." 상대방에게 크게 소리를 질렀다. "'다시는 보지 못할 것이라'고 성급하게 말한 걸 용서해주세요. 단지 일이 있다고 한 말인데 당신이 얼마나 예민한지 깜박 잊었군요. 다시 말해서, 우리가 곧 또다시 만나게 될 것 같지는 않으니 앞으로 필요한 약을 한 상자 더 사시라는 말이었어요. 가게에 가서 사지 않는 한 같은 약을 계속 쓸 수는 없을 테니까. 그런데 그렇게 사시면 효과가 떨어지는 배합 약을 복용할 위험이 다소 있습니다. '만능 발삼 강장제'의 인기가 굉장해서 (바보들이 잘 믿어서 잘 팔리는 것이 아니라 똑똑한 사람들이 신뢰해서 그런 거예요) 계략을 꾸미는 인간들이 얼마나 열심히 달려들던지, 대중에게 어떤 슬픈 결과가 나타날지 당신들도 알지 않느냐고 그 사람들에게 잘라 말하지는 않겠지만 말이에요. 저는 그렇게 못하겠던데 말입니다. 어떤 사람들은 계략을 꾸민 그 사람들이 살인을 하네, 살인자네 하지만 저는 그렇게 하지 않아요. 왜냐하면 살인은 (그런 범죄가 가능하다면) 마음에서 나오지만 이 사람들의 동기는 지갑에서 나온 것이기 때문이지요. 제 생각엔 그들이 가난하지 않았다면 그런 일을 할 가능성이 아주 낮을 겁니다. 하지만 저는 공공의 이득을 위해 그 사람들이 생계를 이으려고 쓰는 곤궁한 방책이 성공하게 내버려둘 수 없어요. 한마디로 예방책을 만들어냈지요. 제 약병의 포장지를 뜯어서 불빛에 비춰보시면, 워터마크 잉크로 '신뢰'라는 단어가 대문자로 쓰여 있을 겁니다. 진짜임을 알려주는 인증이지요. 세상에도 그런 인증이 있었으면 좋겠군요. 포장지에 그 마크가 찍혀 있어야지, 그렇지 않다면 그 약은 가짜입니다. 하지만 계속 의심이 든다면 그 포장지를 이 주소로 보내주세요." 카드를 내밀었다. "그러면 제가 답신을 보내드리지요."

그 환자가 처음 이 이야기를 들을 때는 호기심 넘치는 몸짓을 보였지만 상대방이 계속 이야기를 하는 동안 점점 또 다른 변덕이 솟구쳐 비참하기 짝이 없게 낙담한 얼굴로 변했다.

"자, 왜 그러시죠?" 민간요법사가 물었다.

"신뢰를 가지라고 하셨죠. 신뢰는 꼭 있어야 한다고요. 그러면서 제게 믿지 말라는 설교를 하시다니요. 아, 진실은 밝혀지게 마련입니다!"*

"신뢰, 의심할 여지 없는 신뢰를 가지라고 했는데, 그건 진짜 약에 대한 신뢰, 진짜 나에 대한 신뢰를 말했던 겁니다."

"하지만 당신이 없는 자리에서 당신이 만들었다는 약을 사면서 확고한 신뢰를 갖기란 힘들 것 같은데요."

"모든 약병을 살펴보고 진품인 것을 믿으세요."**

---

* 셰익스피어의 희곡 「베니스의 상인The Merchant of Venice」 2막 2장에 나오는 대사.

** 원문은 "prove an the vials; trust those which are true"로, 「데살로니가 전서」 5장 21절 "범사에 헤아려 좋은 것을 취하고(Prove all things; hold fast that which

"하지만 의심하고, 미심쩍어하고, 증명하고, 이런 모든 힘든 일을 계속해야 하다니, 신뢰와 얼마나 겨뤄야 하나, 이건 악한 짓이야!"

"악함에서 선함이 나와요. 불신은 신뢰를 위한 발판이고요. 우리의 대화에서 이렇게 증명되고 있지 않습니까? 그런데 선생님의 목소리가 거칠군요. 제가 너무 말을 많이 시켰지요. 이 치료법을 지키세요. 저는 가보겠습니다. 하지만 잠깐, 당신이 건강을 회복했다는 말을 들어도 제가 아는 다른 사람들처럼 쓸데없이 자랑하고 다니지는 않겠습니다. 모든 영광이 가야 할 곳으로 가게 할게요. 베르길리우스*의 작품에 나오는 헌신적인 민간요법사 야푸스는 눈에 보이지는 않으나 강한 능력을 가진 비너스의 강림 아래 아이네이스의 상처를 간단히 치료하고는 말했지요."

'이것은 인간이 한 일이 아니다. 내가 치료한 것도 기술이 작용한 것도 아니다. 오직 신의 권능으로 이루어진 것일 뿐.'"**

---

is good)"를 패러디한 구절.

* 푸블리우스 베르길리우스 마로(Publius Vergilius Maro, B.C.70~B.C.19): 로마 시대의 시인으로 『아이네이스Aeneis』가 대표작이다.

** 존 드라이든(John Dryden, 1631~1700)이 베르길리우스의 『아이네이스』를 영어로 번역했는데, 그 번역본에 나오는 구절이다. 하지만 드라이든의 번역본에는 '신의 권능'이 아니라 '신의 손'이라고 기록되어 있다.

17장
끝 무렵에 민간요법사는 상처 준 자를 용서하는 사람임을 스스로 증명하다

방금 배에 오른, 점잖게 생긴 다수의 남녀 승객들이 서로 서먹서먹한 듯 말없이 전실前室에 앉아 있었다.

가톨릭 종교화의 성모 마리아처럼 온화하고 동정심으로 가득 찬 얼굴이 그려진 타원형 라벨이 붙은 네모난 작은 병을 든 민간요법사가 인자하고 점잖은 표정으로 사람들 사이를 천천히 요리조리 지나다니며 말했다.

"신사 숙녀 여러분, 제 손에는 '사마리아인 진통제'가 있습니다. 보시는 라벨에 찍혀 있는, 사욕이라곤 전혀 없고 인간애는 넘치는 친구가 큰 축복을 받아 발견한 약이지요. 순수 식물 추출물입니다. 아무리 큰 고통이라도 10분 안에 없애준다는 걸 보증하겠습니다. 효과가 없으면 5백 달러를 보상해드리지요. 심장병과 안면 경련에 특히 효과가 좋습니다. 인류애가 넘치는 이 친구의 표정을 보십시오. 단돈 50센트입니다."

아무 소용이 없었다. 처음에 생각 없이 쳐다보던 사람들은

(건강 상태가 매우 양호한 것 같았다) 그의 예의 바른 태도에 반응하기는커녕 오히려 짜증이 난 것 같았다. 그리고 짐작건대, 수줍어서이거나 아니면 그 사람 기분을 상하게 하지 않으려는 작은 배려에서 그런 사실을 말하지 않을 뿐이었다. 하지만 그 사람은 그들의 차가운 태도나 배려한다는 듯이 못 본 척하는 것에 전혀 아랑곳하지 않고 아까보다 훨씬 더 심하게 졸라댔다. "제가 감히 작은 추측을 해봐도 될까요? 신사 숙녀 여러분, 그래도 되겠습니까?"

겸손하게 간청했지만 친절하게 대답 한마디 하는 사람이 없었다.

"저," 체념한 듯이 그가 말했다. "침묵은 적어도 부정은 아닙니다. 아마도 동의라고 해야겠지요. 제가 짐작하기에는 이렇습니다. 여기 계시는 어떤 숙녀분은 아마 척추에 탈이 나서 몸져 누운 친구가 있을 겁니다. 만약 그렇다면 맛이 좋은 이 진통제 한 병이 그 환자에게 무엇보다 좋은 선물이 되지 않겠습니까?"

주변을 또다시 흘낏 살폈지만 반응은 아까와 똑같았다. 동정이든 놀라움이든 거리가 멀기는 매한가지인 그 얼굴들은 끈기 있게 이렇게 말하는 것 같았다. "우리는 여행객들이요. 그래서 지금처럼, 이상한 바보도 많이 만나고 더 이상한 놈들은 더 많이 만나게 될 거란 사실을 잘 알고 있어요. 그래서 만약 그런 사람을 만나면 조용히 참아냅니다."

"신사 숙녀 여러분," (자기만족에 빠진 손님들의 얼굴에 공손한 눈길을 보내며) "신사 숙녀 여러분, 사소한 예를 하나 더 가정해봐도 되겠지요? 이겁니다. 한낮에 침대에서 고통스럽게 뒹굴던 환자도 한때는 건강하고 행복하게 앉아 있었지요. 살아 있는 생명체라면 모든 것은 지금이든, 미래든 그런 고통을 겪을 수 있기 마련인데 (누가 알겠어요?) 이 '사마리아인 진통제'야말로 그럴 때 쓸 수 있는 연고제입니다. 간단히 말해서, 오, 제 오른손에는 행복이, 오, 왼손에는 안전이 있습니다. 신의 섭리를 경탄하는 현명한 여러분, 이것이야말로 나눠줘야 할 지혜라고 생각하지 않으십니까? (병을 쳐들며) 나누어주세요!"

이 호소가 당장 얼마나 먹혀들지는 알 수 없었다. 왜냐하면 바로 그때 배가 건물도 없이 계단만 있는 접안시설에 닿았기 때문이다. 그곳은 산사태 때문인 듯, 어두침침한 숲에서 파여 나간 곳이었다. 숲 뒤쪽으로 외길이 나 있는데, 거무스름하게 엉겨 붙은 나뭇잎들이 몇 층 높이의 벽처럼 둘러싸고 있는 그 좁은 길은 귀신이 나온다는 런던의 콕 레인*처럼 어느 도시에 있는 동굴 모양의 오래된 협곡 같아 보였다. 그 길에서 나와 접안시설을 건너 문가에 웅크리고 있는 남자의 허름한 모습이 나타났다. 변변찮은 옷을 입고, 건강이 나빠 보이는 타이탄 같은 거구의 사나이가 주머니에 총탄이라도 들어 있는 듯 무거운 발걸음으로 전실에 들어섰다. 턱수염이 캐롤라이나 이끼처럼 검게 매달려 있었고 사이프러스 나무처럼 이슬이 달려서 축축했다. 그의 안색은 황갈색이었고, 구름 낀 날 철광석이 매장된 시골처럼 그늘이 져 있었다. 한 손에는 떡갈나무로 만든 무

---

* 1762년 런던의 축산물 시장인 스미스필드 마켓Smithfield market 인근 거리인 콕 레인Cock Lane에서 귀신이 나타나 조사해보니, 새뮤얼 존슨Samuel Johnson 과 친구들의 장난으로 밝혀졌다.

거운 지팡이가 들려 있었다. 다른 쪽 손으로는 작고 메마른 소녀를 잡고 있었다. 모카신을 신은 아이는 그 사람의 아이인 것 같았는데, 엄마는 외국인, 아마도 혼혈이거나 캐만치족 인디언이 분명해 보였다. 아이의 눈동자는 여자애치고 컸고, 산속 소나무 숲 사이의 폭포수 웅덩이처럼 새카맸다. 그날 아침 심하게 쏟아지는 소나기를 피하려고 구슬 수술이 달린 오렌지 빛깔의 인디언 담요를 덮은 모양이었다. 소녀는 사지를 떨고 있었다. 마치 불길한 예감이 든 카산드라* 같은 인상이었다.

민간요법사는 그 두 사람을 잠깐 보자마자, 기분이 좋아져서 마치 자신이 집주인인 듯 양팔을 벌리고 나와 주저하는 아이의 손을 잡으며 경쾌한 목소리로 말했다. "오 귀여운 오월의 여왕님이 여행 중이신가 봐요? 만나서 반갑다. 모카신이 참 예쁘구나. 춤추기 참 좋겠어." 그러더니 신나게 뛰며 노래를 불렀다.

"헤이, 흔들, 흔들, 고양이는 바이올린을 켜고
암소는 달을 뛰어넘네.

이리 와, 작은 울새야, 짹짹"**
이렇게 흥겹게 환영해주었지만 아이는 전혀 흥거워하지 않

---

* 트로이의 왕 프라임의 딸이다. 미래를 예언할 수 있으나 아무도 그 예언을 믿지 않도록 저주를 받았다.
** 아동용 자장가. 하지만 셋째 줄은 원래의 노랫말과 다르다. 원래의 노랫말은 '강아지는 이렇게 재미있는 것을 보고 웃네(The little dog laughed to see such fun)' 이다.

왔고, 아이의 아버지 역시 별로 즐거워하거나 감정이 누그러지지 않았다. 사실, 건강염려증 환자처럼 비웃음을 띤 채 수심에 잠긴 남자의 표정은 오히려 더 침울해졌다.

민간요법사는 정신을 차리고 그 낯선 남자에게 씩씩하고 사무적으로 말을 붙였다. 그의 태도 변화가 다소 어처구니없어 보일 수도 있었지만 부자연스럽지는 않았다. 오히려 그가 방금 보여준 경박한 태도가 경박한 성격으로 인해 생긴 버릇이라기보다는 친절한 마음씨를 가진 사람이 상대방 기분을 돋우려고 장난을 친 것이라고 여겨졌다.

"실례합니다." 그가 말했다. "제가 잘못 본 게 아니라면, 일전에 저랑 말해본 적 없으세요? 켄터키의 배에서 말이에요."

"그런 적 없어요." 대답은 이랬다. 버려진 석탄광산의 갱도 밑바닥에서 올라온 것처럼 깊고 고독한 음성이었다.

"아! 하지만 이것 역시 잘못 본 것일 수 있지만 (그의 시선이 떡갈나무 지팡이를 향했다) 다리를 저시지 않습니까?"

"평생 절어본 적 없소."

"정말요? 절룩거린다기보다 장애가, 약간의 장애가 있다고 봤죠(저도 그런 경험이 약간 있어요). 그 장애의 숨은 원인이 아마도 멕시코 전쟁에서 기마병이 쏜 총탄일 거라고 추측되는군요(총탄이 박힌 채로 전역을 했죠). 그렇죠, 가혹한 운명 같으니!" 한숨을 쉬더니 "참 안됐네요, 누가 그걸 알겠어요? 뭘 떨어뜨리셨나요?"

왜 그러는지 정확히는 알 수 없으나, 그 낯선 사람이 뭔가를 하려고 자세를 취하다가 들켜서 잠시 그 자세로 멈춰 있는 듯이, 그게 아니라면, 몸을 구부려 뭔가를 주우려고 숙이려는 듯이 자세를 취했기 때문이었다. 마치 강풍에 큰 돛이 기울 듯, 아담이 번개를 맞듯, 큰 키를 숙이고 있었다.

어린아이가 그를 잡아당겼다. 그는 갑자기 물결이 치듯 자세를 바로잡더니 잠시 민간요법사를 내려다보았다. 하지만 감정이 상했는지, 반감이 들었는지, 둘 다였는지, 그는 말없이 눈길을 거두었다. 곧 여전히 몸을 숙인 채 자리에 앉아 아이를 무릎 사이로 당겼는데, 커다란 손이 떨리고 있었고 그를 쳐다보려 하지 않았다. 반면 아이는 민간요법사의 동정 어린 눈길을 올려다보며 적대감이 담긴 우울하고 곧은 눈길을 보냈다.

민간요법사는 잠시 살피며 서 있다가 입을 열었다.

"당신은 분명 통증이, 그것도 어딘가 아주 심한 통증이 있을 겁니다. 화가 나면 통증도 더 커지니까요. 자, 한번 복용해보세요. 이 특효약에 대해 말씀드리자면 (그것을 쳐들면서) 인정 어린 이 친구의 표정을 보시고 믿으세요, 저를. 이 세상의 어떤 통증에도 분명 약이 있습니다. 안 보시겠습니까?"

"그만해." 상대방이 말을 잘랐다.

"좋아요. 즐거운 시간 보내세요, 우리 오월의 여왕도."

그렇게, 마치 자신은 누구에게도 자신의 치료약을 강매하지 않을 것처럼 기분 좋게 걸어가더니, 민간요법사는 다시 한 번 큰 목소리로 물건 선전을 했다. 이번에는 결실이 없지 않았다. 강변에서 배를 탄 사람이 아니라 배 안 다른 방향에서 방금 온 병색이 있는 젊은이가 몇 마디 묻고는 약을 한 병 샀다. 그 사람이 사자 다른 사람들도 말 그대로 눈이 뜨인 모양이었다. 그들의 눈을 덮었던 무관심과 편견의 비늘이 눈에서 떨어졌다. 이제야 드디어 사람들이 사도 될 만한 좋은 물건이 여기 있다는 사실을 알게 된 것처럼 말이다.

하지만 민간요법사가 약을 한 개 팔 때마다 아까보다 열 배는 더 활발하고 붙임성 있게 그 물건의 장점을 열거하며 선심이나 쓰듯 물건을 팔 때, 조금 떨어진 곳에 앉아 있던 그 안색이 검은 거구의 사나이가 갑자기 목소리를 높여 이렇게 말했다.

"방금 뭐라고 그랬어?"

마치 거대한 시계의 종(귀청이 떨어질 것같이 훈계하는 기계)이 울릴 때 그 소리가 비록 한 번이지만 종탑 깊은 곳에서부터 솟아 나온 굉음인 것처럼, 그가 분명하고 낭랑하게 울리는 목소리로 질문했다.

모든 거래가 정지되었다. 특효약을 사려고 내밀었던 손이 내려가고, 대신 질문이 나온 방향으로 모든 눈이 쏠렸다. 하지만 민간요법사는 조금도 위축되지 않고 평소보다 더 침착하게, 오히려 목소리를 높여서 대답했다.

"부탁하시니 기꺼이 '사마리아인 진통제'에 대해 다시 설명해드리지요. 제 손에 있는 이 약은 복용한 후 10분 안에 어떤 통증이라도 치료하거나 완화해줍니다."

"감각을 마비시키는 거 아녀?"

"그런 일은 절대 없습니다. 이 약에는 그런 효능이 절대 없어요. 아편이 아니니까요. 감각은 그대로 두면서 통증만 없앱니다."

"거짓말쟁이! 어떤 통증은 감각을 없애지 않는 한 줄일 수 없고, 죽어야만 낫지."

이 말을 한 뒤 그 음울한 거인은 아무 말도 하지 않았다. 또한 그 사람의 판촉행위에 해를 끼칠 다른 짓도 하지 않았다. 사람들은 이 무례한 사람을 존경과 경악이 뒤섞인 표정으로 잠시 바라보다가 달갑지 않은 사실을 깨닫고 난 뒤 서로를 동정하는 눈길을 조용히 교환했다. 약을 이미 산 사람은 멋쩍어하거나 부끄러워했다. 그리고 가는 수염이 축 처져 있고, 항시 활짝 웃는 표정을 짓는 바람에 빈정거리는 것처럼 보이는 키 작은 남자는 이 광경이 잘 보이는 구석에 혼자 앉아 낡아빠진 모자로 얼굴을 가렸다.

하지만 민간요법사는 그 사람이 고압적인 태도로 반박하는 말에 아랑곳하지 않고 오히려 더 꿋꿋하게 약을 자랑하기 시작했고, 아까보다도 더 확신에 찬 어조로 자신의 특효약은 몸이 아픈 경우는 물론 정신적인 고통이 있을 때도 효과가 있다고 말했다. 보다 더 자세하게 설명하자면 이 두 가지 통증은 교감을 통해 양쪽 모두 최고조에 이르도록 상호작용을 한다는 것이다. 그는 이런 경우 그 특효약의 효능이 아주 우수하다고 말했다. 그는 한 가지 예를 인용했는데, 루이지애나에 사는 (3주 동안 어두운 방에 앉아 잠을 자지 않았던) 한 과부는 세 병을 꾸준히 복용한 후, 지난번 전염병으로 하루아침에 남편과 아이를 잃은 슬픔 때문에 생긴 신경통성 슬픔을 치료했다는 것이다. 그 이야기가 진실인지 알고 싶은 사람들을 위해 그는 정식 서명이 되어 있는 작은 소책자 인쇄본을 내밀었다.

그가 그 책을 큰 소리로 읽는 동안 누가 옆구리를 급습했고, 그 바람에 그는 쓰러졌다.

거인이었다. 그는 건강염려증이 발광하여 발작이 일어난 창백한 표정으로 고함을 질렀다.

"돈이나 밝히는 바이올리니스트가 심금을 울리는구나. 뱀 같은 놈."

그는 더 심한 말을 해주려고 했으나 경련이 일어나 그럴 수가 없었다. 결국 더 이상의 말은 하지 못한 채 그는 자신을 따라왔던 아이의 손을 잡고 흔들거리는 발걸음으로 선실을 빠져나갔다.

"점잖지 않은 건 물론이고 인간성도 형편없군!" 민간요법사가 평정을 되찾으려 애를 쓰면서 소리쳤다. 이어서 그는 잠시 아무 말도 하지 않고 다친 곳을 살펴보고 특효약을 약간 바르는 것도 빼먹지 않았는데, 짐작대로 어느 정도 약효가 나타나자 혼자서 툴툴거렸다.

"아니, 아니. 배상은 원하지 않아요. 결백하다는 것으로 배상을 받지요. 하지만," 모든 사람을 돌아보며, "저 사람이 화가 나서 때려도 저를 화나게 만들지 못 했는데, 그런데도 여러분은 그 사람의 사악한 불신 때문에 저를 못 믿으시는 겁니까? 저는 간절히 바랍니다." 자신감에 차서 목소리와 팔을 들어 올리며, "이 비겁한 놈한테 공격을 받긴 했지만 인간성의 명예로움을 믿기에 '사마리아인 진통제'는 제 말을 듣는 모든 사람의 신뢰 속에 굳건할 거라고 생각합니다."

보시다시피 부상을 당하고 아픈 것을 참아가며, 어쨌든 열렬히 연설했음에도 불구하고, 그가 당한 일은 동정을 받지 못했다. 딱하게도 그는 사람들이 아무리 냉정하게 반응해도 상관치 않고 마지막까지 계속 호소하다가 마치 어딘지 알 수 없는 곳에서 누군가가 다급히 부르기라도 한 듯, 갑작스럽게 말을 끊더니 급한 목소리로 대답했다. "가요, 가." 그러고 나서 민간요법사는 급하게 가는 티란 티는 다 내면서 선실 밖으로 나갔다.

18장
민간요법사의 본성을 알아내기 위한 조사

"급하게 나가던 그 사람은 다시는 안 보일 겁니다." 적갈색 머리의 신사가 근처에 있는 매부리코에게 말했다. "영업꾼이 저렇게 된통 들통나는 건 처음 보네."

"그럼, 당신은 영업꾼의 속내를 저렇게 까발리는 게 옳은 일이라고 생각하세요?"

"옳은 일이냐니? 당연히 그래야지요."

"파리 증권거래소에서 대변동이 일어날 때 아스모데우스*가 자리를 잡고 앉아 소책자를 나눠주며 그 자리에 있는 모든 영업꾼의 진심이 뭔지, 뭘 작정하고 있는지 알려준다고 가정해보세요. 아스모데우스가 하는 일이 옳은 일일까요? 아니면 햄릿이 말했듯이, '생각을 너무 이상한 식으로 하는'** 거 아닐

---

* 『구약성경』의 외경 『토비트』와 유대교의 『탈무드』에 등장하는 악마.

** 셰익스피어의 희곡 「햄릿Hamlet」 5막 1장 공동묘지 장면에 나오는 구절로,

까요?"

"너무 많이 파고 들어가진 맙시다. 어쨌든 그놈이 정직하지 않다는 건 댁도 인정하시니까……"

"인정하는 건 아닙니다. 아니, 인정한다 해도 철회하겠어요. 결국 그 사람이 부정직한 사람이 아니라 해도, 혹은 약간 부정직한 사람이라 해도 놀랄 일은 아니지요. 그 사람이 정직하지 않다는 걸 어떻게 증명하실 겁니까?"

"사기를 친다는 건 증명할 수 있어요."

"좋은 의도로 그와 같은 짓을 하는 사람도 많습니다. 거짓말쟁이가 아닌 많은 사람이 그런 짓을 하지요."

"아까 그 사람도 그런가요?"

"그 사람이 뼛속 깊이 악한은 아닐걸요. 그 사람에게 사기를 당한 사람 중엔 자기 자신도 있을 거라고 생각해요. 그 돌팔이 약장수가 자기 몸에 약을 바르는 걸 보지 않았습니까? 정신이 나간 돌팔이예요. 거짓말은 잘해도 근본적으로는 바보지요."

적갈색 머리의 신사가 몸을 구부려서 무릎 사이로 바닥을 내려다보며 명상이라도 하듯 잠시 지팡이로 바닥에 뭔가를 끼적이더니,* 다시 올려다보며 말했다.

햄릿이 아니라 햄릿의 친구 호레이쇼가 한 대사이다.

* 「요한복음」 8장 7~9절. 군중들이 간음 중에 잡힌 여인을 돌로 쳐 죽이려 할 때 예수 그리스도가 "이에 일어나 이르시되 너희 중에 죄 없는 자가 먼저 돌로 치라 하시고 다시 몸을 굽혀 손가락으로 땅에 쓰시니 그들이 이 말씀을 듣고 양심에 가책을 느껴 어른으로 시작하여 젊은이까지 하나씩 하나씩 나가고" 라고 한 장면을 연상하게 한다.

"도대체 당신이 어떻게 그 사람을 바보라고 주장할 수 있는지 상상이 안 가네요. 그렇게 말재주 좋게, 딱 부러지게, 말을 잘하는 사람을 말이에요."

"똑똑한 바보가 항상 말은 잘하지요. 똑똑한 바보가 지껄이는 걸 좋아하기도 하고요."

비슷한 논조의 대화가 이어졌다. 전반적으로 매부리코의 신사는 똑똑한 바보가 항상 그런 식으로 말을 한다는 점을 논증하는 시각으로 답변을 이어갔다. 얼마 지나지 않아 그의 논지는 거의 확신이 되었다.

곧, 적갈색 머리의 신사가 다시 돌아오지 않으리라고 예언했던 그 남자가 돌아왔다. 그는 눈에 잘 띄는 문가에 서서 낭랑한 목소리로 말했다. "여기 세미놀 과부와 고아 수용시설 대리인이 있습니까?"

대답이 없었다.

"여기에 아무 자선단체 대리인이나 회원 없어요?"

대답할 수 있는 사람이 없었거나 아니면 대답할 가치가 있다고 생각하는 사람이 없었을 것이다.

"여기에 그런 사람이 있다면 제가 수중에 있는 2달러를 그분께 드리겠습니다."

확실히 몇 명은 관심 있어 했다.

"저를 급하게 불러 나가는 바람에 해야 할 이 일을 깜빡 잊었어요. '사마리아인 진통제'의 판매자는 현장에서 수익금의 반을 자선 목적으로 써야 한다는 규칙이 있어요. 여기 계시는 분들에게 여덟 병을 팔았습니다. 그러니 2달러는 자선에 쓰여야지요. 이 돈을 받아 관리해주실 분, 혹시 없나요?"

한두 쌍의 발이 마치 가렵기나 한 듯 바닥 위에서 움직였지만 일어서는 사람은 없었다.

"수줍음이 의무감을 누르는 건가요? 어떤 자선단체와 약간이라도 관련이 있는 신사 숙녀분이 여기에 있다면 앞으로 나와주세요. 관련성을 입증할 증명서가 수중에 없더라도 괜찮습니다. 제가 다행히 의심하는 성격이 아니라서 누가 돈을 받아주시든 믿고 맡기겠습니다."

다소 싸구려 티가 나고 구겨진 옷을 입은 얌전한 인상의 여자가 베일을 아래로 내리며 일어섰다. 하지만 모든 시선이 자신에게 쏠리자, 전반적으로 보자면 다시 자리에 앉는 게 좋을 거라는 생각이 들었다.

"이렇게 기독교인들이 모였는데 자선을 행하는 사람이 어떻게 한 명도 없을 수가 있습니까? 제 말은, 자선 관련 일을 하는 사람이 아무도 없단 말인가요? 그렇다면 좋습니다, 자선을 받아야 할 사람도 없습니까?"

이 말을 하고 있을 때, 아마 상중이라서인지 우울한 표정에, 깔끔하긴 하지만 몹시 낡은 옷을 입은 여자가 초라한 꾸러미에 얼굴을 묻고 우는 소리가 들렸다. 한편 민간요법사는 그 여자를 보지도 듣지도 못한 것처럼 또다시, 이번에는 애절한 목소리로 말했다.

"살아생전 지금까지 받거나 얻을 수 있는 것보다 더 많이 주고 더 많은 일을 했다고 생각하시는 분 중에서 도움이 필요해제가 드리는 도움을 받으실 분, 여기 없나요? 남자든, 여자든 그런 분 혹시 없어요?"

여자가 흐느끼는 소리를 억누르려 했지만 아까보다 더 커졌다. 거의 모든 사람의 눈길이 그녀를 향하고 있을 때 흰색 붕대로 얼굴을 감아 코의 한쪽 편은 가려져 있고, 붉은색 플란넬 셔츠를 입고, 코트를 어깨에 걸친 채 꿰맨 소매도 뒤로 넘기고 차분하게 앉아 있던 노동자 행색의 한 남자가 머뭇거리며 일어났다. 그러고는 사슬에 매인 죄수가 어기적거리며 걷는 모습을 연상시키는 발걸음으로 앞으로 나와 자신이 받을 자격이 있는 그 돈을 달라고 요구했다.

"불쌍한 부상병이군요!" 민간요법사가 한숨을 쉬더니 조개껍질 같은 남자의 손에 돈을 놓고 몸을 돌려서 자리를 떴다.

자선금을 받은 그 남자도 뒤이어 자리를 뜨려고 하자 적갈색 머리의 신사가 그를 불러 세웠다. "놀라지 마시오. 그냥 동전을 보고 싶을 뿐이니까. 예, 예, 은이 맞네. 맞아. 여기 있어요, 가져가요. 내친김에 뒤쪽 남은 부분도 다 꽁꽁 싸매지 그랬어. 내 말 알아듣겠어? 코에 흉터나 잘 돌보고. 그리고 썩, 꺼져버려."

쉽게 용서할 정도로 성질이 좋았든지, 아니면 자기 내면의 소리를 못 미더워하는 마음이 들어서인지 아무튼 그 사람은 조용히, 하지만 약간 서두르는 감은 없지 않은 자세로 자리를 떴다.

"이상하군." 적갈색 머리의 신사가 친구를 돌아보며 말했다. "저 돈은 진짜예요."

"그래, 그런데 당신이 말한 그 고도의 사기짓은 지금 어디 있는 겁니까? 번 돈의 반을 자선으로 쓰는 게 사기짓이라고요? 그 사람은 바보임이 틀림없어요."

"다른 사람들은 아마 독창적인 천재라고 할걸요."

"그래. 바보짓을 독창적으로 하더군요, 그런데 천재라니? 미
친 거로는 특허를 딸 정도로 똑똑하긴 하지. 그리고 세월이 가
면 독창성도 차차 없어지겠죠."

"악당, 바보, 천재가 전혀 아니라면?"

"실례합니다." 할 말이 많아 보이는 제삼자가 지금까지 듣고
만 있다가 이때 끼어들었다. "그 사람이 어떤 사람인지 종잡지
못하시는군요. 그러시는 게 당연해요."

"그 사람에 대해서 아시는 게 있나요?" 매부리코의 남자가
물었다.

"아뇨. 좀 의심스러운 점이 있긴 합니다만."

"의심이라. 우리도 알고 싶어요."

"그렇죠. 먼저 의심부터 해야 지식이 따라오지요. 진정한 지
식은 의심이나 폭로를 통해서만 드러나니까요. 저의 격언입
니다."

"그리고 현명한 사람은 계속 신뢰하고 싶어서 지식으로 무르
익을 때까지 모든 것에 의심을 더 많이 하지요." 적갈색 머리
의 신사가 말했다.

"현명한 사람에게 그런 말을 들으셨다고요?" 매부리코의 남
자가 처음 본 이 사람을 돌아보며 말했다. "그럼, 이 사람은 뭐
가 의심스럽죠?"

"제가 눈치가 좀 빨라서 의심이 생깁니다." 흥분해서 대답했
다. "왜냐하면 저 예수회 특사들이 온 나라를 돌아다니고 있거

든요. 들은 바에 의하면, 자신들의 은밀한 목적을 더 잘 이루기 위해 가끔 아주 독창적인 변장을 한다나요. 때때로 아주 해괴한 모습으로요."

어떤 이유에서인지 이 말이 매부리코 신사의 얼굴에 이상야릇한 미소를 번지게 하긴 했다. 하지만 이 말은 그들 대화에 새로운 견해를 더해줬으며, 그래서 그 대화는 일종의 세 견해 간의 결투가 되었고, 결국 세 가지 결과로 끝이 났다.

19장

운 좋은 병사(혹은 운명의 장난을 당한 자)

"멕시코? 몰리노 델 레이? 레사카 데 라 팔마?*

"레사카 데 라 톰바!"**

자신이 논쟁거리가 된 줄 모르는 민간요법사는 흔히 그렇듯, 자신이 유명해진 건 전혀 모르고 배의 앞쪽을 찾아다니다가 눈에 띄는 한 인물과 마주쳤다. 그는 때 묻고 낡은 군복을 입고 있었다. 첫눈에 봐도 안색이 어두웠고, 고드름처럼 뻣뻣하게 마비가 되고 서로 꼬인 다리가 조잡한 목발에 매달려 있었다. 배의 수평 유지 장치 위에 달린 기압계처럼 뻣뻣한 그의 몸은 배의 움직임에 맞추어 충실하게 기계적으로 앞뒤로 흔들렸다. 흔들리는 몸으로 아래를 내려다보는 그 절름발이는 뭔가 생각

---

* 이 지명들은 멕시코 전쟁의 결전지다.

** 톰바Tomba는 영어로 '무덤'을 뜻하는 말이다. 또한 뉴욕 맨해튼 아래에 있던 감옥 'Hall of Justice(The tombs)'를 암시하는 말이기도 하다.

에 잠긴 듯했다.

그 모습에 마음이 끌려서, 또한 멕시코의 전쟁터에서 엉망이 된 영웅이 여기 있다고 짐작한 민간요법사는 동정심에 이끌려 위와 같이 말을 걸었고 또한 위에서 보는 바와 같은 아리송한 대답을 들었다. 반은 침울하게, 반은 통명스럽게 대답하던 절름발이가 일부러 몸을 떨며 더 크게 신경질적으로 몸을 흔들었는데, (그 사람이 화를 낼 때 나타나는 버릇이다) 갑작스러운 돌풍이 배를 흔들고 기압계도 같이 흔들어놓은 게 아닌가 하고 생각할 수도 있을 정도였다.

"무덤이라고? 이봐요." 약간 놀란 민간요법사가 소리쳤다. "당신은 아직 저세상으로 안 갔잖아요, 그렇죠? 난 당신이 상이군인, 전쟁이 낳은 고귀한 자식, 사랑하는 나라를 위해 영예롭게 고통을 받는 사람이라고 생각했는데. 알고 보니 나사로*군요."

"그래. 피부병을 앓고 있는 사람 말이군."

"아, 그 사람 말고 **다른** 나사로 말이에요. 두 나사로 중에서 군에 간 나사로가 누군지는 몰라요." 행색이 말이 아닌 군인을 휙 쳐다보며 말했다.

"그만해, 농담이 지나치군."

"이봐요, 친구." 상대방이 꾸중하듯이 말했다. "잘못 생각한 거예요. 불행한 사람들에게 친절하게 말을 걸며 다가가는 게

---

* 『신약성경』에는 '나사로'란 인물이 두 명 등장한다. 「누가복음」에는 피부병 환자인 '거지 나사로'가 등장하고, 「요한복음」에는 죽었다가 부활한 베다니의 '나사로'가 등장한다.

내 원칙이에요. 근심 걱정에 찌든 생각을 떨치는 데는 그러는 게 더 나으니까요. 현명하고 인간애가 넘치는 의사는 환자를 동정하는 내색을 안 하지요. 그건 그렇고, 이봐요. 나는 민간요법사고 자연요법 접골사예요. 내가 너무 자신만만해하는 것처럼 보이겠지만 당신에게 뭔가 해줄 수 있을 것 같아요. 이제야 쳐다보는군요. 사연을 말해보세요. 치료하기 전에 먼저 어떤 사연인지 충분히 들을 필요가 있거든요."

"당신은 날 도울 수 없어." 절름발이가 퉁명스럽게 대답했다. "가시오."

"참 보기 안쓰러운 극빈자인 것 같은데."

"난 극빈자가 아니야. 최소한 오늘은 아니요. 내 배삯 치를 앞가림은 하지."

"그 말을 들으니 이 자연요법 접골사는 안심이 되네요. 하지만 속단한 거예요. 저는 당신이 돈이 없어서가 아니라 신뢰가 없는 극빈자란 걸 안타깝게 여기는 겁니다. 자연요법 접골사도 도울 수 없다고 생각하시지요? 글쎄, 못 도와줄 거라 생각한다면 당신 이야기를 못 해줄 이유도 없지 않나요? 이봐요, 당신이 하는 행동을 보니 얼마나 고생해왔을지 뻔합니다. 저런, 이봐요 친구, 고귀한 절름발이 에픽테토스*의 도움이 없다면, 어떻게 당신이 불행 속에서도 용감하게 침착성을 유지하는 경지에 이를 수 있었겠습니까?"

---

* 에픽테토스(Epiktétos, 55?~135?): 그리스의 스토아학파 철학자. 노예 출신에 불구자였으나 이를 극복하고 후기 스토아학파의 대가가 되었다.

이 말을 들은 절름발이는 불행으로 인해 굳어지고 반항적으로 변한 냉소적이고 강한 눈빛으로 이 말을 한 사람을 뚫어져라 쳐다보았고, 그러다가 결국 면도도 안 해서 도깨비 같은 얼굴로 방긋 웃었다.

"자, 자, 좋게 지냅시다. 마음 푸시라고요, 인상 쓰지 마시고. 그 인상을 보니 우울해지는구먼요."

"내 생각에," 비웃으며 "당신은 내가 오래전에 들은 적이 있는 '행복한 사람'이군."

"행복? 맞아요, 예. 적어도 나는 그렇다고 생각해요. 내 양심은 평안해요. 난 모든 사람을 신뢰하지요. 보잘것없는 직업이지만 이 세상에 작으나마 선을 행해왔다고 자신해요. 그래요, 내가 '행복한 사람'이고 '행복한 접골사'라는 데 응당, 당연히, 찬성해요."

"그럼, 내 이야기를 들어봐야 할걸. 난 '행복한 사람'을 붙잡아서 구멍을 뚫고 화약가루를 넣어서 때가 되면 폭발하게 만들겠다고 몇 달이나 별러왔어."

"이런 재수 없는 악마 같은 놈이 다 있나." 민간요법사가 뒤로 물러나며 소리쳤다. "완전히 시한폭탄이군!"

"이봐," 상대방이 민간요법사 뒤를 쿵쿵거리며 따라와 굳은살이 박인 손으로 동물 뼈로 만든 그의 단추를 거머쥐고 소리쳤다. "내 이름은 토머스 프라이야. 내가……"

"그럼, 프라이 부인* 친척입니까?" 상대방이 말을 가로막았

---

* 엘리자베스 프라이(Elizabeth Fry, 1780~1845): 영국 퀘이커 교도로 교도소 개

다. "전 요즘도 그 훌륭한 부인과 교도소에 대해 의견을 교환하고 있습니다. **제가 아는** 그 프라이 부인과 무슨 연관이 있는지 말해보세요."

"프라이 부인은, 뭔 빌어먹을! 그런 감상적인 인간들이 교도소나 다른 시커먼 곳이 어떤지 알기나 할까? 교도소가 어떤 곳인지는 내가 말해주지. 하, 하!"

민간요법사는 몸을 움츠렸다. 그 웃음소리가 소름 끼쳤기에 이러한 반응은 당연했다.

"당장," 그가 말했다. "당장 그만둬요. 참을 수가 없군요. 더는 못 참겠어. 나는 친절이라는 우유를 마시려 하는데 당신은 벼락을 쳐서 상하게 하네요."

"잠깐, 난 아직 상하는 단계 이야기는 꺼내지도 않았어. 내 이름은 토머스 프라이요. 스물세 살이 될 때까지는 '행복한 톰'이라고 불렸지. 행복, 하, 하! 날 행복한 톰이라고 불렀다고, 알겠어요? 내가 성격도 너무 좋고 지금처럼 항상 웃고 다녔으니까, 하, 하!"

이쯤 해서 민간요법사가 도망갈 수도 있었을 것이다. 그러나 그가 그러지 않자, 그 하이에나 같은 놈은 또다시 그를 긁었다. 곧이어 그 사람은 차분해져서 이렇게 말했다.

"자, 나는 뉴욕에서 태어났어. 그리고 거기서 통 제조업자로 꾸준히 열심히 일하며 살았지. 어느 날 저녁 공원에서 열린 정치집회에 갔어. 내가 그때 열렬한 애국자였기 때문에 그랬다는

선 운동에 앞장선 박애주의자.

것을 알아주시오. 재수가 없으려니까, 그때 근방에서 와인을 마시던 신사와 술을 마시지 않은 도로포장공 사이에 시비가 벌어졌소. 도로포장공이 담배를 씹고 있었는데, 신사가 그의 자리를 차지하려고 그 사람 담배 씹는 게 역겹다면서 밀었거든. 그러자 도로포장공도 계속 담배를 씹으면서 신사를 밀쳤어. 그래서 신사가 칼이 달린 지팡이를 품에서 꺼냈고, 도로포장공은 곧 칼에 찔려서 쓰러졌지."

"어쩌다 그랬대요?"

"도로포장공이 힘에 부치는 일을 하려 했다고 생각되지 않아?"

"그럼, 상대방은 분명 삼손만큼 강했나 보네요. '도로포장공처럼 강하다'라는 속담도 있는데 말이에요."

"그렇지. 그 신사는 신체적으로 다소 약한 편이었어. 하지만 확실한 건 그 도로포장공이 분수에 넘치는 일을 하려 했다는 거요."

"무슨 소리예요? 그는 자기 권리를 지키려고 한 거예요. 그렇잖아요?"

"그렇지. 어쨌든 내가 하고 싶은 말은 그가 자신의 힘으로 감당 못할 일을 했다는 거야."

"이해가 안 되네요. 하지만 계속 말해봐요."

"신사와 또 다른 목격자들과 함께 나도 교도소로 보내졌소. 조사를 받고 난 후 다시 재판을 받았고 신사와 목격자들은 모두 보석금을 내고 나갔지. 나만 빼고 말이야."

"왜 당신은 그렇게 못 했죠?"

"그 돈을 낼 수가 없었으니까."

"당신처럼 꾸준하게 열심히 일하는 통 제조업자가 그런 일을 당하다니. 보석금을 내고 나오지 못한 까닭이 뭐예요?"

"꾸준히 열심히 일하는 통 제조업자에게 친구가 없었거든. 어쨌든 운하용 보트가 물을 첨벙거리며 수문으로 들어가듯 난 축축한 감방으로 곤두박질치며 들어갔어. 옴짝달싹 못 하게 된 거지. 아시겠어? 재판하는 날을 대비해서 말이오."

"그럼 어떻게 하셨어요?"

"젠장, 친구가 없었지. 말했잖아. 방금 당신이 들었던 살인보다 더 악질 범죄가 그거요."

"살인이라고? 그 다친 사람이 죽었어요?"

"셋째 날 밤에 죽었지."

"그럼 신사가 보석금을 내도 아무 소용없을 거잖아요. 지금 그 신사는 수감돼 있겠네요, 그렇죠?"

"그 사람은 친구가 많아서 수감되지 않았어. 수감된 건 바로 나였지. 하지만 잘 지냈소. 낮에는 복도를 따라 걸어 다닐 수 있게 해주더군. 하지만 밤이 되면 가두었지. 축축해서 뼈가 저렸어. 그러니까 치료는 해주긴 하지만, 아무 소용없었지. 재판 날짜가 되어, 나는 부축을 받으며 재판에 나가 변론을 했지."

"그래서 어떻게 되었어요?"

"금속 칼이 들어가는 것과 박히는 것을 보았다고 했지."

"그럼 그 신사 목에 밧줄을 달았겠네요."

"금줄을 달아줍디다! 무죄 선고를 받은 걸 기념하려고 그 사람 친구들이 공원에서 행사를 열고 금줄 달린 금시계를 선물로 주었소."

"무죄 선고라고요?"

"그 사람에게 친구가 많았다고 했잖아."

잠시 침묵이 흘렀지만, 민간요법사가 이렇게 말함으로써, 마침내 깨졌다. "저, 모든 것에는 밝은 면이 있지요. 이 일을 정의의 측면에서 보면 그저 그렇지만 우정의 관점에서 보면 낭만적이잖아요! 그건 그렇고 계속 말해보세요."

"내 할 말을 다 하니 나갈 수 있다고 하더군. 난 도와주는 사람 없이는 안 된다고 했지. 그래서 순경들이 내게 '어디로 갈 생각인가요?'라고 물어보며 도와줍디다. 난 '뉴욕시 교도소'로 다시 보내달라고 했어. 내가 아는 곳이 거기뿐이었거든. '그럼, 당신 친구들은 어디 있어요?'라고 묻더군. '친구는 없어요'라고 대답했지. 그러자 그들은 나를 차양 달린 손수레에 태우더니 부두까지 데려와서 보트에 태우고 블랙웰스섬으로, 거기 코포레이션 병원으로 보내버렸소. 거기서 나는 더 악화되었고, 지금 요 모양 요 꼴로 훨씬 힘들어진 거요. 치료가 안 됐거든. 3년이 지나자, 나는 신음하는 도둑들과 썩은 내를 풍기는 강도들과 나란히 창살 달린 철침대에 누워 지내는 게 점점 더 지겨워졌소. 그들이 나에게 5달러와 이 목발을 주었고 나는 절름거리며 나왔지. 하나밖에 없는 형이 몇 년 전에 인디애나로 갔거든. 나는 형에게 갈 수 있게 돈을 변통하려고 구걸을 했지. 마침내 인디애나에 도착했는데, 사람들이 형의 무덤으로 나를 데리고 가더군. 넓은 평야 통나무 교회 마당에 무덤이 있었어. 말뚝 울타리가 있고 무스의 뿔처럼 오래된 회색 뿌리가 사방에 붙어 있는 그런 교회 마당에 말이야. 최근에 판 무덤 위에 푸른 히커리 나무로 만든 관대棺臺가 놓여 있었어. 나무껍질도 그대로고 그 위로 푸른 가지도 자라고 있더군. 어떤 사람이 흙더미 위에 제비꽃 다발을 심어두었는데, 흙이 형편없어선지 (무덤에는 항상 가장 형편없는 흙을 쓰지) 다 말라비틀어져서 불쏘시개나 하면 되겠더라고. 나는 앉아서 관대에 몸을 기대고 천국에 있을 형을 생각하려고 했는데, 관대가 부러졌어. 다리를 압정으로만 박아놨더군. 그래서 교회 마당에서 먹이를 찾아 돌아다니는 돼지들을 쫓아낸 후 거길 나왔어. 그 후는, 짧게 요약하자면, 난파선에서 떨어진 판자 조각처럼 이렇게 여기까지 떠밀려 왔지."

민간요법사는 잠시 생각에 잠겨 침묵을 지켰다. 마침내 고개를 든 그가 말했다. "당신이 한 이야기를 전반적으로 검토해보았어요. 그리고 사물 체계라고 내가 믿는 것에 대한 견해에 비추어 생각해보려고 애를 썼습니다. 그런데 전체적으로 거슬리고, 서로 맞지 않는 게, 죄송합니다만, 솔직하게 말해서, 당신 이야기가 믿기지 않네요."

"놀랍지도 않군."

"어째서요?"

"대체로 내 이야기를 믿지 않고, 그래서 대부분 사람들에게는 다른 이야기를 해주지."

"네, 뭐라고요?"

"잠시 기다려보시오. 내가 보여줄 게 있어."

그 말과 함께 다 떨어진 모자를 벗고 누더기 조각의 군복을 최대한 정리하더니 쾌활한 태도로 갑판 옆 구역에 있는 승객들 사이를 쿵쿵거리며 지나갔다. "선생님, 부에나 비스타* 전투에서 싸운 '행복한 톰'에게 1실링만 주세요. 부인, 영광스러운 콘트레라스 전투에서 싸우다 절름발이가 되어 다리 양쪽에 핀을 박은 스콧 장군의 병사에게 몇 푼 주시죠."

자, 절름발이는 모르고 있었지만, 하필이면 고지식하게 생긴 어떤 낯선 사람이 그의 과거를 일부 엿들었다. 그때 그가 구걸하며 돌아다니는 걸 보고, 그 사람은 민간요법사에게 고개를 돌려 화난 어조로 말했다. "이거 너무 하지 않아요? 저 불한당이 어떻게 저렇게 거짓말을 해요?"

"사랑은 언제까지나 떨어지지 아니하되.** 선생님, 저 불행한 사람이 저지르는 악행은 용서받을 수 있는 것입니다. 생각해보세요, 저 사람이 이유 없이 저러는 것은 아니지 않습니까?"라고 대답했다.

"이유 없이 저러지 않다니요. 저런 악질 거짓말을 들어본 적이 없구먼요. 자기가 겪은 진짜 이야기가 어쩌니 하다가 다음 순간에 휑 하고 가서 영 엉뚱한 거짓말을 하질 않나."

"그 점에 대해서라면 이유 없이 저러는 건 아니라고 할 수밖에 없겠네요. 불경기 때에 위대한 소르본 대학에서 쫓겨난 어떤 중견 철학자는 낯선 사람에게 돈을 구걸할 때 비애의 달달한 맛을 제대로 볼 수 있다고 생각했답니다. 영광스러운 콘트

---

* 부에나 비스타와 콘트레라스는 멕시코 전쟁의 전투지. 콘트레라스 전투에서 활약한 장군이 윈필드 스콧(Winfield Scott, 1788~1866) 장군이었다.

** 「고린도 전서」 13장 8절에 나오는 내용으로 1장에서 귀머거리 벙어리가 들고 있던 판자에 적힌 구절.

레라스 전투에서 절름발이가 되는 것보다 불명예스럽게 축축한 지하 감옥에 갇혀서 슬개골에 파상풍이 드는 것이 훨씬 더 나쁘죠. 그런데도 가벼우면서도 거짓된 질병은 주의를 끄는 반면에 무거우면서도 진짜인 질병은 역겨움을 줄지도 모른다는 게 저 사람의 생각이었던 거죠."

"말도 안 돼요. 저 사람은 악마 부대의 병삽니다. 저 인간 정체를 꼭 폭로해야겠어요."

"부끄러운 줄 아세요. 저 가난하고 불행한 사람을 까발리려고 하다니. 그런 짓은 아예 하지도 마세요."

그의 태도에서 무엇인가를 감지한 상대방은 응수하느니 가만히 있는 편이 낫겠다는 생각이 들었다. 이윽고 절름발이가 되돌아왔는데 수확이 좋아서 기쁜 기색이었다.

"자," 그는 웃으며 말했다. "내가 어떤 군인인지 이젠 알겠죠."

"예, 빌어먹을 멕시코인과 싸운 것이 아니라 당신 병법에 합당한 적수, 행운과 싸웠군요!"

"하, 하!" 절름발이가 싸구려 연극 공연에 바닥 자리를 차지하고 앉은 사람처럼 큰 소리로 웃더니 말했다. "뭔 말을 하는지는 모르겠지만, 하여간 착착 잘돼가네."

이 말이 끝나자 그의 얼굴에는, 변덕스럽게도, 뚱한 도깨비 같은 표정이 나타났다. 친절하게 질문해도 그는 친절하게 대답하지 않았다. 자기 나라를 비꼬아 "자유로운 양키 나라"라고 하며 험한 말을 쏟아부었다. 이런 그의 말이 민간요법사의 마음을 심란하게 하고 아프게 한 모양이었는지, 잠시 생각에 잠긴 그가 엄숙한 어조로 이렇게 말했다.

"친애하는 친구, 정부 밑에서 살면서 고생을 했다고 생각하시다니, 참 딱하네요. 애국심은 어디로 갔습니까? 감사하는 마음은 어디로 갔죠? 정말이지, 당신 말처럼, 자비로운 사람들은 당신이 마음속으로 그런 생각을 하는 게 당신이 겪은 일 때문이라고 생각하기도 할 겁니다. 하지만 사실이 어떠하든 당신의 생각은 정당성을 갖기가 좀 힘들어요. 우선 당신이 겪은 일은 당신이 말한 대로라 칩시다. 그런 경우라면 정부가 옳지 않은 짓을 저질렀다고 어느 정도 생각할 수 있다는 건 인정합니다. 그러나 사람의 정부는 하나님 아래에 속한 것이므로 어느 정도 신성을 띨 필요성이 있다는 것도 절대 잊어서는 안 됩니다. 다시 말해서, 어떤 경우에는 세상의 법이 행복의 효과를 널리 퍼뜨리기 위해 이성의 잣대로 봤을 때 불평등해 보이는 일을 하는 경우가 있다는 겁니다. 마치 불완전한 사람의 눈에는 하나님의 법이 작용하여 불평등한 일이 생긴 것처럼 보이듯이 말입니다. 하지만 올바른 신뢰를 가진 사람의 눈에는 하나님의 법에서나 인간의 법에서나 모든 일에서 궁극적인 은혜가 보입니다. 제가 이렇게 장황하게 설명하는 건 불쌍한 친구, 이런 문제들이야말로 숙고할 가치가 있다고 생각해서예요. 굳건한 믿음을 가지면 자신에게 닥친 재앙을 이기게 된다는 거 말입니다."

"왜 나한테 그런 돼먹잖은 소릴 하는 거야?" 절름발이가 고함쳤다. 그는 설교를 듣는 내내 화난 표정으로 또다시 몸을 흔들어가며 고집불통 무식쟁이 같은 모습을 보여주었다.

상대방은 딴청을 피우다가 절름발이의 발작이 멈추자 계속 말을 이었다.

"이봐요, 사랑은 당신이 믿기 어려워하는 기적을 만들지는 않습니다. 왜냐하면 분명히 그런 일이 생길 리 없다고 당신이 믿기 때문이지요. 하지만 사랑받는 사람이 징계도 받는다는 사실을 잊지 마세요."*

"너무 많이, 너무 오래 징계하질 말아야지, 피부나 마음이 단단해지면 고통이나 간지러움을 느낄 수 없게 되잖아."

"단순히 이성적으로 판단하면 당신이 겪은 일은 확실히 불쌍한 일입니다. 하지만 낙담하지 마세요. 최고의 선물이 많이 남아 있으니까요. 당신은 이 은혜로운 공기로 호흡을 하고 은총 어린 햇볕의 따뜻함을 누리고, 비록 가난하고 친구도 없고 당신이 젊었을 때처럼 몸이 민첩하지도 않지만 날이면 날마다 생기 넘치는 이끼와 꽃을 따며 숲을 마음껏 돌아다니다가 마침내 외로움이 즐거움으로 바뀌고 순수한 독립심을 느끼며 기뻐 뛰어다니게 되지요."

"이 말뚝을 하고 펄쩍거리면 꼴좋겠소. 하, 하!"

"죄송합니다. 목발을 깜박 잊었군요. 제 의술로 득을 보는 걸 상상하면 지금 제 앞에 선 이 모습은 잊어버리실 겁니다."

"당신 의술? 당신은 접골사, 자연요법 접골사라고 하지 않았소? 자, 꼬인** 세상의 뼈나 바로잡고 난 후에 꼬인 내 뼈 접골을 하지 그래."

---

* 「히브리서」 12장 6절 "주께서 그 사랑하시는 자를 징계하시고"에서 나온 말.
** 영어로 'crook'은 '꼬다'라는 뜻이 있으나 '사기 치다'라는 뜻도 있다.

"정직한 선생님, 정말이지, 제가 처음 말하려고 했던 걸 다시 떠올리게 해주셔서 고맙습니다. 선생님 몸을 한번 보게 해주세요." 몸을 구부리더니, "아, 알겠어, 알겠군. 그 검둥이의 경우와 상당히 유사하군. 그 검둥이 보셨어요? 아니지, 선생님은 나중에 배를 타셨지. 저, 그 검둥이의 증세가 선생님과 약간 닮은 데가 있어요. 제가 그 사람에게 처방전을 써주었지요. 눈 깜짝할 새에 검둥이가 나만큼 잘 걷게 된다 해도 놀라지 마세요. 자, 제 기술이 아직도 못 미더우신가요?"

"하, 하!"

민간요법사가 그 사람에게서 고개를 돌렸다. 하지만 폭풍 같은 웃음소리가 사그라지자 다시 말하기 시작했다.

"신뢰를 강요하지는 않을 겁니다. 하지만 기꺼이 당신에게 득이 될 일을 해드리지요. 여기 이 상자를 받으세요. 그리고 밤과 아침에 이 연고를 관절에 바르기만 하세요. 받으시죠. 돈은 필요 없어요. 하나님의 축복이 있기를. 안녕."

"잠깐," 예상치 못한 행동에 마음이 움직였는지, 흔들던 자기 몸을 똑바로 세우면서 그가 말했다. "잠깐, 고맙소. 하지만 이게 정말 뭔 소용이 있을까요? 정말 지금 가능할까요? 확실히 지금도 말이에요. 이 불쌍한 놈을 속이지 마시오." 표정이 바뀌더니 눈물을 글썽였다.

"써보세요. 그럼 안녕히."

"잠깐, 잠깐, **정말** 효과가 있겠죠?"

"아마, 아마도 그럴 겁니다. 써본다고 나쁠 건 없죠. 안녕."

"잠깐, 잠깐, 세 통 더 주시오. 돈은 여기 있어요."

"친구여," 기쁨에 슬픔이 깃든 태도로 그를 돌아보며, "신뢰와 희망이 싹트는 것을 보니 기쁩니다. 다리가 성치 않을 땐 신뢰와 희망이 당신의 목발처럼 오랜 의지처가 될 테니 두고 보세요. 신뢰와 희망의 끈을 꼭 잡으세요. 절름발이가 목발을 던져버리는 게 얼마나 말이 안 되는 건지 이미 아시잖아요. 제 연고를 세 통 더 달라고 하셨죠. 운 좋으시네. 딱 그만큼 남아 있네요. 여기 있어요. 한 통에 50센트씩이에요. 하지만 당신에겐 돈을 받지는 않을 겁니다. 하나님의 축복이 있기를. 안녕."

"잠깐," 목소리도 떨리고 몸도 흔들리고 있었다. "잠깐, 잠깐! 당신이 나를 감화시켰어요. 당신은 훌륭한 기독교인의 자세로 내 태도를 참고 말을 걸어주었죠. 이 연고를 선물로 주지 않아도 돼요. 여기 돈이 있어요. 거절하지 마시오. 자, 자, 그리고 전능하신 하나님이 당신과 함께하실 거요."

민간요법사가 사라지자 심하게 흔들리던 절름발이의 몸이 점차 부드러운 진동으로 잦아들었다. 아마 그의 몽상이 위로를 받은 표시일 것이다.

20장
누군지 알 것 같은 사람의 재등장

민간요법사가 멀리 가기 전에 눈앞에 펼쳐진 한 광경이 그의 시선을 사로잡았다. 열두 살 정도 소년의 키밖에 안 되는 바싹 마른 노인이 정신 나간 사람처럼 비틀거리며 돌아다니고 있었던 것이다. 낡은 질긴 면 옷이 다 구겨져 방금 잠자리에서 나온 듯했고, 눈은 담비의 눈처럼 뭔가를 맹목적으로 찾는 듯 하얀 배를 비추는 햇살 속에서 반짝였다. 그는 규칙적으로 기침을 하면서 공포심에 사로잡힌 채 간호사를 찾는 듯 여기저기를 살펴보았다. 오랫동안 자리보전을 하던 중 화재를 만나 공포가 극에 달하여 자리에서 벌떡 일어난 사람 같은 형상이었다.

"누굴 찾으시는군요." 민간요법사가 그에게 말을 걸었다. "도와드릴까요?"

"예, 예, 난 불쌍한 늙은이요." 노인이 기침을 했다. "그 사람은 어디 있어요? 아까부터 일어나서 그 사람을 찾아다니려고 애를 썼죠. 하지만 난 친구도 없고 이제껏 일어나 있을 수도 없었어요. 그 사람은 어디 있습니까?"

"누구 말입니까?" 노인이 허우적거리며 더 돌아다니지 않게 민간요법사가 다가갔다.

"아이고, 아이고, 아이고," 상대방 옷에 손자국을 내며, "아이고, 당신, 그래, 당신, 당신, 당신, 콜록, 콜록, 콜록!"

"저요?"

"콜록, 콜록, 콜록! 그 사람이 말한 게 당신이구먼. 그 사람은 누구요?"

"진정으로, 그게 제가 알고 싶은 겁니다."

"아이고, 이런!" 정신이 오락가락하는 노인이 연신 기침을 해댔다. "그 사람을 만나고 나니 머리가 이렇게 빙글빙글 돕니다. 후겨언인이 있어야겠어요. 이 황갈색 코트는 당신 겁니까? 아닌가? 그 사람을 믿고 난 후로 내 감각이 영 미덥지가 않네. 콜록, 콜록, 콜록!"

"오, 누군가를 믿으셨다고요? 참 반가운 소리군요. 그런 예를 들으니 기분이 좋아지네요. 모든 사람을 좋게 생각하십시오. 이게 황갈색 코트냐고 물으셨지요. 맞습니다. 그리고 그걸 입은 사람이 민간요법사라는 말도 덧붙이죠."

이 말을 들은 노인은 그렇다면 그(민간요법사)가 자신이 찾던 사람이라고 띄엄띄엄 대답했다. 아직 누군지 모르는 다른 어떤 사람이 말한 사람이라는 것이었다. 그러더니 지난번 그 사람이 누군지, 어디에 있고, 세 배로 돈을 불려주겠다고 말한 걸 신뢰해도 될지 말지 호들갑스럽게 열심히 물어보았다.

"예, 뭔 말을 하시는지 이제 감이 잡히네요. 신뢰라는 약간의 수수료만 청구하면서 사람들에게 한 재산(말 그대로 영원히 있을 재산)씩 불려주려고 진심을 다해 일하는 그 진실한 친구를 말씀하시는 게 십중팔구 맞을 겁니다. 예, 예. 그 친구에게 돈을 맡기기 전에 그에 대해 알고 싶으신 거군요. 잘하신 겁니다. 기꺼이 보증해드리지요, 망설이실 필요가 없습니다. 전혀, 전혀요. 전혀 없습니다. 진짜입니다. 전혀 없어요. 일전에 백 달러를 순식간에 다음 날 수백 달러로 바꿔주더군요."

"그랬어요? 그랬어? 그 사람 어디 있죠? 그 사람에게 저 좀 데려다주세요."

"제 팔 좀 잡으세요. 이 배가 얼마나 큰데요! 잘 찾아봐야 해요. 자, 아, 저 사람이 그 사람인가?"

"어디, 어디요?"

"오, 아니네요. 저기 코트 자락을 그 사람 옷이라고 착각했어요. 하지만 아니네요. 정직한 그 친구는 저렇게 꽁무니를 빼듯 가지는 않는답니다. 아!"

"어디, 어디요?"

"또 착각했어요. 놀랍도록 닮았군요. 저기 목사님이 그 사람 같아 보여서요. 계속 가죠!"

그 구역을 뒤졌지만 찾을 길이 없자, 그들은 다른 구역으로 갔고, 그곳을 찾아보는 동안 배가 손님을 내리려고 항구에 도착했다. 이 두 사람이 경비초소를 지나가고 있을 때 민간요법사가 갑자기 배에서 내리는 사람들 쪽으로 달려가며 소리쳤다. "트루먼 씨, 트루먼 씨! 그 사람이 저기 가고 있어요. 그 사람이에요. 트루먼 씨, 트루먼 씨! 망할 증기기관 때문에 들리질 않는 모양이네, 트루먼 씨! 제발, 트루먼 씨! 안 돼, 안 돼. 저기, 발판을 올렸네. 너무 늦었어요. 배가 출발했어요."

그 말과 함께 거대한 보트가 마치 엄청나게 큰 바다코끼리가 뒹굴 듯 해변을 돌아서 정해진 루트로 다시 돌아갔다.

"이런 망할!" 민간요법사가 돌아오며 소리쳤다. "조금만 빨랐어도 됐을 텐데. 저기 호텔로 가고 있네요. 짐 가방도 따라가고요. 보이시죠?"

"어디, 어디 말인가요?"

"이제 안 보이네요. 조타실에 가려서요. 죄송합니다. 그 사람이 영감님 돈 일이백 달러라도 받아갔으면 좋았을 텐데, 영감님만큼이나 저도 안타깝군요. 투자를 했으면 분명 좋은 일이 있었을 텐데."

"오, 제 돈을 받아가라고 약간 **주긴** 했어요." 노인이 앓는 소리로 말했다.

"주셨어요? 잘하셨네요." 구두쇠의 손을 양손으로 잡아 힘껏 흔들었다. "영감님, 축하드립니다. 잘 모르시겠지만."

"콜록, 콜록! 잘 모르겠어요." 신음소리를 또 냈다. "그 사람이름이 트루먼인가요?"

"존 트루먼."

"어디서 삽니까?"

"세인트루이스예요."

"사무실은 어디 있지요?"

"보자. 존스 스트리트 100번가, 그리고 아니, 아니 어쨌든 존스 스트리트의 어느 건물 2층이라던데."

"몇 번진지 기억 안 납니까? 기억해봐요."

"백, 2백, 3백."

"아, 내 돈 백 달러! 그 돈으로 백, 2백, 3백이 될지 말지 어떻게 알아! 콜록, 콜록! 몇 번지인지 생각 안 나나요?"

"확실히 전에는 알고 있었는데, 잊었나 봐요. 잊은 게 확실해요. 이상하네. 하지만 걱정하지 마세요. 세인트루이스에 가면 쉽게 찾을 수 있을 겁니다. 거기에서 아주 유명한 분이거든요."

"하지만 영수증을 안 받았어요. 콜록, 콜록! 보여줄 게 없다고요. 어떻게 해야 할지 모르겠네. 후겨언인을 둬야 해. 콜록, 콜록! 아무것도 모르겠어. 콜록, 콜록!"

"그 사람을 신뢰하지 않았습니까, 그렇죠?"

"그렇지요."

"그런데, 왜?"

"하지만 거, 거 뭐, 어떻게, 어떻게, 콜록, 콜록!"

"아이고, 그 사람이 아무 말도 해주지 않았나요?"

"안 했어요."

"저런! 그게 비밀, 미스터리라는 말을 해주지 않던가요?"

"그건 말해줬어요."

"그런데, 왜?"

"하지만 계약을 한 건 아니에요."

"트루먼 씨라면 그런 거 필요 없어요. 트루먼 씨의 말이 계약이니까요."

"하지만 내가 어떻게 이익금을 받지? 콜록, 콜록! 돈을 어떻게 되돌려 받냐고? 뭐가 뭔지 모르겠네. 콜록, 콜록!"

"그냥 꼭 믿어야 해요."

"그런 말 다시 하지 마시오. 돌아버리겠으니까. 이렇게 늙고 비참한데, 돌봐주는 사람도 없고, 모두 다 바가지나 씌우고. 머리가 빙빙 돌아요. 콜록, 콜록! 기침 때문에 힘들어 죽겠어요. 확실히 후겨언인이 있어야겠어."

"그럼 그렇게 하세요. 그리고 트루먼 씨는 얼마든지 믿고 맡길 만한 후견인이에요. 방금 그렇게 그분을 놓쳐서 유감이지만 곧 연락하실 겁니다. 그렇습니다. 이렇게 밖에 계시면 안 좋습니다. 침상까지 제가 모셔다드리죠."

외로움에 지친 늙은 구두쇠는 그 사람과 함께 천천히 몸을 옮겼다. 하지만 계단을 내려가는 동안 기침 때문에 몸이 얼어 꼼짝하지 못했다.

"기침이 심하시군요."

"기침하다가 죽겠어요. 콜록, 콜록! 이러다 죽지, 콜록!"

"치료는 해보셨어요?"

"진저리 날 만큼 했어요. 아무 소용이 없어요, 콜록! 콜록! 매머드 동굴*에 가도 소용없었어요. 콜록! 콜록! 6개월이나 거기서 살았는데 다른 결핵 환자들보다 더 심해졌지요. 콜록! 콜록! 그래서 쫓아냅디다. 콜록! 콜록! 백약이 소용없어요."

"그런데 만능 발삼 강장제는 먹어보셨어요?"

"그게 트루먼 머시기가, 콜록, 콜록, 나보고 꼭 먹어보라고

* 켄터키주에 있는 거대 동굴. 1843년에 많은 폐결핵 환자들이 일정한 온도를 유지하는 이 동굴이 건강에 좋다고 여겨 터전을 그곳으로 옮겼으나 아무 소용이 없었다.

한 약이에요. 민간요법이지. 당신도 민간요법사요?"

"예. 제 약을 써보시려고 하는군요. 믿어보세요. 트루먼 씨는 제가 알기로 친구를 위해서, 양심적으로 조금이라도 약효가 만족스럽지 않으면 절대 추천할 사람이 아닙니다."

"콜록! 얼만가요?"

"한 상자에 단 2달러예요."

"2달러? 2백만이라고 하지? 콜록, 콜록! 2달러. 2백 센트군. 8백 파딩이고. 2천 밀이군. 민간요법 약 작은 병 하나가 그만큼 하다니. 아이고, 머리야, 아이고 머리야! 후겨언인이 있어야겠어. 아이고, 머리야, 콜록, 콜록, 콜록, 콜록!"

"저, 2달러가 너무 비싸다고 생각되시면 20달러에 열두 상자를 받으세요. 그러면 4달러가 거저 생기지요. 영감님은 네 상자 정도만 필요하실 테니 나머지는 웃돈을 붙여서 소매로 팔면 되지요. 그러면 기침도 낫고 돈도 벌잖아요. 자, 그게 훨씬 나을걸요. 현찰로 주세요. 하루나 이틀 후에 주문한 물건이 올 겁니다. 여기 있어요." 상자를 끄집어내며, "순수 약초예요."

그 순간 구두쇠는 또다시 발작이 도졌고, 기침이 멈추는 틈마다 반은 믿기지 않는 듯, 반은 희망에 찬 눈으로 약을 잠시 바라보다가 홀린 듯 약병을 쳐들었다. "물론, 콜록! 물론 자연산이겠지? 약초만 들었다고? 순수 천연 약이라고, 모두 약초라고 내가 생각한다면. 콜록, 콜록! 오, 이 기침, 이 기침, 콜록, 콜록! 몸이 부서질 것 같아. 콜록, 콜록, 콜록!"

"제발 이 약 한번 복용해보세요, 한 상자만이라도요. 그건 믿어도 되는 순수 생약이에요. 트루먼 씨에게 물어보세요."

"그 사람 주소를 모르잖아요. 콜록, 콜록, 콜록, 콜록! 오, 이 기침. 이 약은 엄청 칭찬합디다. 나를 고쳐줄 거라고 진지하게 말하더군. 콜록, 콜록, 콜록, 콜록! 1달러 가져가고 한 상자 주세요."

"그렇게는 못 합니다."

"1달러 50센트. 콜록!"

"안 돼요. 정직하게 가격 정찰제를 고수할 겁니다."

"1실링만 깎아주쇼. 콜록, 콜록!"

"안 됩니다."

"콜록, 콜록, 콜록, 내가 사지. 자 여기 있어요."

마지못해 그는 여덟 개의 은화를 건넸다. 은화가 아직 그의 손에 있을 때 기침 발작이 일어났고 그 바람에 동전이 갑판에 떨어져 흩어졌다.

민간요법사는 동전을 하나하나 주워 잘 살펴본 뒤 말했다. "25센트짜리는 없군요. 다 피스타린*이네요. 게다가 깎이고 땀까지 묻었군요."

"그렇게 구두쇠같이 굴지 마시오. 콜록, 콜록! 구두쇠보다는 짐승이 낫지. 콜록, 콜록!"

"자, 됐어요. 지독한 기침이 낫지 않을 거란 생각만 하지 마세요. 인간성을 신뢰하시려면 인간이 나쁘다고 깎아내리지 마

---

* 스페인 동전으로 가치가 20센트가 되지 않는다. 옛날 주화는 금이나 은으로 만들었기 때문에 일부러 가장자리를 잘라가곤 했다. 그래서 주화 가치의 손상을 막기 위한 보호책으로 주화 모서리를 일부러 톱니 모양으로 만들었다. 그러므로 "깎이고 땀이 묻은 동전"이란 값어치가 떨어지는 동전을 의미한다.

시고, 저의 약점인 동정심에 호소해서 약을 싸게 사려고도 하지 마세요. 자 그건 그렇고, 명심하실 점은 오늘 저녁까지 복용하지 마십시오. 주무시기 직전이 복용시간이에요. 자 이제 괜찮으시죠? 계속 함께 있고 싶지만, 곧 배에서 내릴 거라서 가서 짐을 찾아야겠어요."

21장
고치기 힘든 사례

"약초, 약초, 자연, 자연. 바보 같은 늙은이! 그 사람이 수리 수리 마수리 해대며 당신에게 사기를 쳤죠? 고치기 힘든 기침 을 약초와 자연이 낫게 해줄 거로 생각하겠지."

이 말을 한 사람은 생김새가 이상했다. 곰 같은 외모에, 곰 가죽이라 불리는 천으로 만든 짧은 털외투를 자랑스럽게 걸치 고, 끝이 높고 뾰족하며, 뒤쪽에 풍성한 털 꼬리가 꼬여 있는 래쿤 가죽 모자를 쓰고, 생가죽 각반을 차고, 짧은 수염이 자라 난 험상궂은 턱에, 마지막으로 손에는 2연발 권총을 들고 있었 다. 미주리에서 온 총각,* 시골뜨기 신사, 스파르타인처럼 여유 롭고 부유하며, 역시 스파르타인 같은 예의범절과 정서를 지니

---

* 서부 개척을 소재로 소설을 많이 썼던 소설가 제임스 페니모어 쿠퍼(James Cooper, 1789~1851)나 헬렌 트림피에 따르면 미국 영토를 서부까지 넓히자고 주장했던 토머스 하트 벤턴(Thomas Hart Benton, 1889~1975)이 이 미주리 총각 의 모델일 것으로 추정된다.

고 있었다. 계속 보면 알겠지만, 스파르타인 같은 태도를 한 그 사람은 목공이나 소총만큼이나 철학과 책에도 익숙해 보였다.

그는 구두쇠와 민간요법사 사이의 대화를 엿들었음이 틀림 없다. 왜냐하면 방금 한 사람이 나갔는데, 남아 있는 사람에게 이런 인사말로 접근했으니 말이다. (지금 그는 계단 밑의 난간에 기대 있었다.)

"그걸로 나을 수 있을까요?" 메아리가 울리듯 구두쇠가 기침 했다. "약발이 없을까요? 그 약은 약초, 순수 약초예요. 약초면 분명히 효력이 있을 거예요."

"당신 말대로 순수 약초라면 약효가 확실하리라고 생각하겠 죠. 하지만 당신에게 기침이 나게 만든 게 누구요? 자연이지, 아닌가요?"

"그럼 당신은 그 자연, 자연의 여왕이 건강을 해치게 한다고 생각하는 겁니까, 그래요?"

"자연이야 훌륭한 베스 여왕*이지요. 그런데 콜레라는 누구 탓이죠?"

"하지만 약초, 약초. 약초는 좋은 것이잖아요?"

"벨라도나**도 약초죠, 아닌가?"

"오, 기독교인은 자연과 약초에 대해 안 좋게 말하겠지요, 콜 록, 콜록, 콜록. 하지만 아픈 사람을 시골에 보내지 않습니까.

---

* 엘리자베스 1세를 지칭하는 말인 동시에 잠긴 문을 따는 도구를 지칭하는 도둑들의 은어.
** 가짓과에 속하는 식물로 자주색 꽃이 피는 악취가 강한 독초. 잎과 열매에 환각을 유발하는 성분이 포함되어 있다.

자연과 풀로 보내지 않습니까?"

"그래요. 다리를 저는 말의 말굽을 치료하기 위해 편자를 박지 않고 풀밭에 보내듯 시인들은 아픈 영혼을 푸른 초장으로 보내죠. 나름대로 민간요법사 비슷한 겁니다. 시인들은 심장이 안 좋거나 폐가 나쁜 사람들에게 자연이 좋은 치료제라고 합니다. 하지만 우리 집 마부를 평원에서 얼어 죽게 만든 게 누굽니까? 그리고 누가 바보 피터를 야생 인간*으로 만들었죠?"

"그럼 당신은 이 민간요법사들을 신뢰하지 않는 겁니까?"

"민간요법사? 모빌의 병원 침대에 누운 껑다리 민간요법사는 한번 봤죠. 회진하며 거기 누운 사람들을 돌보던 의료진 한명이 의사로서 의기양양하게 말합니다. '아, 그런 박사님. 박사님 약초가 소용이 없었나 봅니다. 그런 박사님, 오신 김에 수은 처방을 좀 내려주세요. 그런 박사님. 자연! 야약초!'"

"지금 듣자 하니 약초와 민간요법사에 관한 거죠?" 피리 소리 같은 목소리를 가진 사람이 다가오며 말했다.

민간요법사가 직접 온 것이다. 손에 천가방을 든 채 아마 우연히 거기를 지나다가 다시 돌아온 모양이었다.

"죄송합니다만," 미주리 출신의 그 사람에게 말을 걸었다. "그런데 제가 제대로 알아들었다면, 당신은 자연을 별로 신뢰하지 않는 것 같군요. 정말이지, 제 사고방식으로 보면 당신은 불신으로 가득 찬 영혼의 소유자입니다."

---

* 1724년 헤멀린 근처의 숲에서 발견된 12세 정도의 소년으로 야생에서 말을 전혀 하지 못하는 상태로 발견되었다. 그의 생애는 2장에서 승객들이 벙어리이자 귀머거리의 정체를 추측하며 언급했던 캐스퍼 하우저의 일대기와 비슷했다.

"요렇게 잘난 족속은 누구신가?" 그는 말을 건 사람을 슬쩍 돌아보더니 소총의 안전장치를 풀었다. 그 행동들의 진정성을 의심스럽게 만드는 과도하게 기괴한 표정만 짓지 않았다면, 반은 냉소적이고 반은 무모해 보이는 태도였다.

"자연을 신뢰하고 인간을 신뢰하면서, 동시에 자기 자신에 대해서도 적으나마 약간은 신뢰하는 사람입니다."

"신앙고백을 하는 건가, 그래? 인간에 대한 신뢰? 그럼, 당신은 악당과 바보 중에서 뭐가 더 많다고 생각하지?"

"저는 그런 사람들은 거의 만나본 적이 없어서, 대답해드릴 처지는 아니에요."

"내가 대신 말하지. 바보가 더 많아."

"왜 그렇게 생각하시죠?"

"귀리의 숫자가 말보다 많은 것과 같은 이유야. 말이 귀리를 먹듯 악당이 바보를 우적우적 씹어 먹지 않아?"

"재미있군요. 익살꾼이시네. 나도 익살은 좀 알죠, 하, 하, 하!"

"진심으로 하는 말인데."

"진지한 태도로 요란하게 익살을 떠는 게 진짜 익살이죠. 말이 귀리를 먹듯 악당이 바보를 씹어 먹는다니. 정말이지. 아주 재미있네요. 하, 하, 하! 그래요. 뭘 말씀이신지 알겠어요, 선생님. 자연을 신뢰하지 않는다고 그렇게 우쭐대며 익살을 떠는 당신을 진지하게 받아주는 내가 바보지. 사실 당신은 나만큼이나 자연을 신뢰하십니다."

"내가 자연을 신뢰한다? 내가? 장담하는데, 나만큼 자연을 의심하는 사람도 없을걸. 자연 때문에 잃은 돈이 만 달러야. 자연이 나를 속여서 그 돈을 가져갔지. 만 달러어치 재산이 사라져버렸으니까. 이 시냇물에 농장이 날아갔다고, 홍수에 강둑이 갑자기 쓸려 내려가면서 싹 쓸어 갔어. 만 달러짜리 충적토를 바다 위로 쏟아버린 거야."

"하지만 세월이 많이 지나고 반대로 그 흙이 흘러 돌아올 거라는 확신은 안 드시나요? 아, 내가 존경하는 친구가 여기 있네요." 늙은 구두쇠를 보며, "아직 안 주무셨어요? 저런, 계속 그렇게 있으시려면 난간에 기대지 말고 제 팔을 잡으시죠."

늙은 구두쇠가 팔을 잡았고 그렇게 그 둘은 함께 서 있었다. 구두쇠는 두터운 형제애 같은 것이 생긴 듯 민간요법사에게 기대고 있었고, 그렇게 서 있으니 삼쌍둥이 중에서 약한 아이가 습관적으로 센 아이에게 기대는 것처럼 보였다.

미주리 출신 사람이 말없이 이들을 바라보고 있을 때 민간요법사가 침묵을 깼다.

"놀랐나 보죠, 선생님. 이런 사람이 당당하게 저에게 보호를 청하니까 놀라신 거죠? 정직이 어떤 옷을 입었든지 저는 정직함을 부끄럽다고 생각해본 적이 없어요."

"보시오." 잠시 꼼꼼히 살펴보더니 미주리 사람이 말했다. "당신은 참 이상한 사람이오. 정확하게 어떤 인간인지를 모르겠어. 하지만 대체로는, 지난번에 내 직장에서 부렸던 아이가 떠오르는군."

"아마도, 착하고 믿을 만한 아이였겠죠?"

"아, 아주! 나는 지금 소년이 할 만한 일을 대신해주는 기계 제작에 착수하고 있어."

"그러고 나서 소년들을 쫓아내기로 하셨고요?"

"어른들도."

"하지만, 친애하는 선생님. 그건 신뢰가 다소 모자라는 일이라고 여겨지지 않으십니까? (몸을 약간만 일으키시겠어요, 아주 약간. 존경하는 영감님. 좀 세게 기대고 계시네요). 소년도 신뢰하지 않고, 어른도 신뢰하지 않고, 자연도 신뢰하지 않는군요. 딱하기도 하지. 선생님, 당신은 누구를, 아니, 무엇을 신뢰하시나요?"

"나는 불신을 신뢰하지. 당신과 당신의 약초를 불신하는 것을 특히 더 많이."

"그렇다면," 용서한다는 듯 미소를 띠고, "솔직하시네요. 하지만 내 약초를 의심하는 건 자연을 의심하는 것이란 점을 잊지 마세요."

"내가 전에 그렇다고 말하지 않았던가?"

"좋습니다. 말싸움하고 싶어서 그러시는가 본데, 진담이라고 믿어드리죠. 하지만 자연을 의심하신다고 하셨는데 똑같은 그 자연이 착하게도 당신을 이 세상에 나오게 했고, 그뿐만 아니라 지금처럼 활기차게 자기 앞가림을 잘할 수 있게 묵묵히 도와주었다는 걸 부정할 수 있나요? 정신이 멀쩡하게 살도록 그렇게 덕을 입었으면서도 그 정신으로 버릇없이 그렇게 씹어대는 대상이 자연 아닌가요? 이봐요, 당신이 비판의 눈길을 보내는 자연에서 그 눈을 얻지 않았나요?"

"아냐! 볼 수 있는 특권을 빚진 곳은 안과의사야. 필라델피아에서 내가 열 살 때 수술해주었지. 자연은 나를 장님으로 만들었고 그렇게 살도록 할 뻔했는데 안과의사가 자연에 대항하는 방법을 만들었지.”

“그런데, 선생님. 안색을 보니 야외생활을 하셨나 보네요. 잘 모르시나 본데 당신은 자연 편입니다. 만인의 어머니인 자연의 품 안으로 날아가셨잖아요.”

“퍽이나 어머니 같네! 자연이 성질을 내니까 새가 자연을 피해 내 품 안으로 나만큼이나 거칠게 날아 들어오더구면. 그래. 폭풍이 부니까 여기로 피난을 온 거지.” 입고 있던 곰 가죽옷의 접힌 부분을 세게 내려치며 말했다. “사실이 그래, 선생. 사실이. 이봐요. 이봐. 헛소리 씨. 쓸데없는 헛소리를 하다니, 이봐, 당신은 춥고 축축한 밤공기라는 자연이 못 들어오게 막아본 적 없나? 가로대를 채워서 막아본 적도? 빗장을 채워서 막아본 적도? 솜으로 막아본 적도?”

“그런 것에 대해서는,” 조용한 목소리로 민간요법사가 말했다. “많이 들어본 것 같네요.”

“그럼, 말해봐.” 머리카락을 헝클이며, “말 못 하겠지. 선생. 그렇지.” 이어 괄호를 치는 몸짓을 하며, “이봐. 자연이라고! 당신의 클로버는 달콤하고, 당신의 민들레는 괴성을 지를 리가 없다는 건 인정해. 하지만 누구의 우박이 내 창문을 깨뜨렸지?”

“선생님,” 여전히 상냥하게, 상자를 하나 꺼내며, “자연에 위험한 면이 있다고 주장하는 분을 만나게 되어서 마음이 아프네요. 당신은 세련된 태도를 지녔지만 목소리가 거칠군요. 간단히 말해 인후염에 걸리신 것 같아요. 중상 비방을 당한 자연의 이름으로 당신에게 이 상자를 드리지요. 존경하는 이 영감님도 비슷한 것을 가지고 있습니다. 하지만 당신에겐 공짜 선물로 드리겠어요. 자연은 정식으로 허가받은 대리인을 통해 자신을 가장 많이 헐뜯는 사람을 기쁜 마음으로 도와준답니다. 운 좋게 저도 대리인 중 한 명이죠. 자, 받으시죠."

"그거 가지고 썩 꺼져! 멀리 치우란 말이야. 보나 마나 어뢰가 들었겠지. 저런 것들은 예전에도 그랬으니까. 저런 식으로 여러 편집자가 살해를 당했지. 내가 멀리 치우라고 했지."

"저런, 선생님……"

"당신 물건은 필요 없다고 했잖아." 그가 라이플총을 움켜쥐었다.

"아! 받아요. 콜록, 콜록! 받으라니까." 늙은 구두쇠도 맞장구를 쳤다. "나도 공짜로 주면 좋겠네."

"영감은 외로워서 저러는 거야." 홱 돌아보며, "스스로 속아서 친구를 찾는 거지."

"어떻게 외로우실 수 있겠어요." 민간요법사가 응수했다. "아니, 내가 여기 저분 옆에 있는데 왜 친구를 원할까요. 제가, 어떻게, 제가 (영감님은 신뢰하셨죠) 속이다니요, 이 불쌍한 노인에게 그런 말을 하시다니, 너무 가혹하지 않나요? 설령 제 약에 의존해봤자 소용없다고 칩시다. 그래도 그 뭐랄까, 생각이라도 해보세요. 별거 아니라 해도, 자신의 병에 대해 약간의 희망을 품고 힘겹게 버티도록 돕는 것마저 뺏어버리는 짓이 착한 일일까요? 당신은 아무것도 신뢰하지 않지만, 타고난 건강 덕에 말이에요, 저의 약을 신뢰하지 않아도 적어도 지금까지 잘

살 수 있으셨지요. 하지만 여기 이 힘든 분을 상대로 말씨름을 하는 건 너무 가혹하지 않습니까? 정말이지, 흥분한 근육질 권투선수가 12월에 갑자기 병원에 들이닥쳐 화로를 꺼버리는 것과 같은 일 아닌가요? 그 사람이 인공적으로 데운 불이 필요 없다고 생각한다고, 정말이지, 덜덜 떠는 환자들도 화로 없이 지내야 하나요? 본인의 양심에 물어보세요, 선생님. 이 환자가 신뢰하는 것의 본질이 무엇이든 간에, 그걸 반대하는 당신은 머리에 탈이 났거나, 마음이 잘못된 게 분명해요. 자, 인정하세요. 당신은 그렇게 무자비한 분은 아니죠?"

"아니. 무자비한 사람 맞아, 이 불쌍한 양반아." 노인을 엄한 얼굴로 쳐다보며 미주리 사람이 말했다. "그래, 나 같은 사람이 영감님 같은 사람에게 너무 정직하게 말하는 게 무자비하긴 하지. 당신은 이번 생에 너무 늦게까지 앉아 있는 사람이에요. 일반적으로 잠이 들 시간을 넘겼다는 말이죠. 어떤 사람들은 그렇게 하면 건강에 좋은 아침을 먹게 된다고 하지만, 보통은 저녁을 너무 많이 먹게 되지. 양껏 먹고 늦게까지 앉아 있으면 악몽을 꾸게 되고."

"도대체, 저 사람이, 콜록, 콜록, 뭔 말을 하는 겁니까?" 늙은 구두쇠가 민간요법사를 올려다보며 물었다.

"그렇게 있게 된 걸 하나님께 감사하쇼." 미주리 사람이 고함을 질렀다.

"저 사람 정신이 나간 거지요, 그렇죠?" 또다시 늙은 구두쇠가 호소했다.

"이봐요, 선생님," 미주리 사람에게 민간요법사가 말했다.

"방금 뭐 때문에 감사하라는 겁니까?"

"이것 때문이야. 사실 어떤 사람들에게 진실은 결코 잔인한 것이 아니지, 불쌍한 야만인들이 장전된 권총을 발견한 것처럼 말이야, 무섭다기보다는 호기심을 불러일으키잖아. 정말이지, 부주의하게 다루다 저절로 발사되는 일이 없다면, 그 물건이 특별히 가진 장점이 뭔지 예측하지 못할걸."

"뭔 소린지 잘 모르는 척해드리죠." 잠깐의 침묵 후에 민간 요법사가 말했다. 입을 다물고 있는 동안 그는 미주리 사람의 얼굴에서 마치 마음에 짐이 있어 슬퍼하는 듯 고통과 호기심이 섞인 침울한 표정을 눈으로 읽었고, 그와 동시에 그에게 무슨 일이 있었는지 궁금해졌다. "하지만 저는 이런 걸 잘 알지요." 그가 덧붙였다. "정확하게 말해서 당신 생각의 방향이 불운한 쪽으로 향한다는 것을요, 과장하는 게 아닙니다. 그런 생각에 힘이 있긴 하지만 힘이란 그 근본이 육체에서 나오기 때문에 시들기 마련이죠. 지금이라도 생각을 바꾸시면 됩니다."

"생각을 바꾼다?"

"그래요, 이 영감님처럼 당신에게 쇠락과 불운의 날이 오면, 당신 방의 백발의 죄수가, 다시 말해 당신이, 달콤했던 젊은 시절에 생겨난 신뢰의 품으로 기꺼이 찾아 들어가려 할 겁니다. 우리가 읽어본 적이 있는, 토굴에 갇힌 이탈리아 사람처럼 말이에요. 나이가 들어서라도 당신이 다시 그 품으로 돌아온다면 말할 것도 없이 축복이지요."

"또다시 보살핌을 받게 된다고, 어? 어린 시절을 다시 보낸다고? 정말, 당신은 정신이 나갔구먼."

"아이고, 맙소사!" 늙은 구두쇠가 고함쳤다. "이 모든 게 뭔 짓이람! 콜록, 콜록! 말이 되게 말 좀 해봐요, 이 사람들아." 미주리 사람에게, "그 약 좀 사시겠소?"

"제발, 존경하는 영감님," 민간요법사가 이제 몸을 세우려고 애를 쓰며 말했다. "너무 기대지 **마세요**. 팔에 감각이 없어지고 있어요. 조금만, 아주 조금만 덜 기대주세요."

"가요." 미주리 사람이 말했다. "당신 무덤으로 가서 누워요, 영감. 제 힘으로 못 서 있겠다면 말이오. 기대어 살기에는 힘든 세상이니까."

"무덤은," 민간요법사가 말했다. "한참 후에나 가실 겁니다. 그러니 제 약을 충실하게 드셔야 해요."

"콜록, 콜록, 콜록! 저 사람 말이 맞아요. 그래요, 난 안 가, 콜록! 아직 안 죽을 거야. 콜록, 콜록, 콜록! 아직 살날이 한참 이야. 콜록, 콜록, 콜록!"

"저도 영감님과 같은 마음입니다." 민간요법사가 말했다. "하지만 기침 소릴 들으니 힘이 빠지네요. 아마 영감님도 고통스럽긴 마찬가지겠죠. 그러니, 영감님 침대로 모셔다 드릴게요. 거기 가시는 게 최선이에요. 이 친구는 내가 돌아올 때까지 분명히 기다리고 있을 테니까요."

이 말과 함께 그는 늙은 구두쇠를 데리고 사라졌다. 하지만 곧 돌아와 미주리 사람과 대화를 계속했다.

"선생님," 약간은 점잖게, 더 감정에 호소하듯 민간요법사가 말했다. "자 병약한 친구가 갔으니 말인데요, 아까 영감님 말을 듣다가 당신이 우연히 흘린 말이 우려스럽기 그지없군요. 제가 잘못 들은 게 아니라면, 그 말 중의 일부는 통탄스럽게도 환자에게 불신을 유도하려고 계산된 말일뿐 아니라, 무례하게도 영감님의 의사인 저에게 모든 죄를 전가하기 딱 알맞은 말인 것 같더라고요."

"그래서 뭐 어쩌라고?" 위협하는 어조로 말했다.

"그러면 저, 그러면, 정말이지," 공손하게 몸을 뒤로 빼며, "아까 저는 당신이 유머감각이 뛰어나다고 생각했는데 확실히 그런 것 같군요. 까불이,* 익살쟁이랑 함께해서 다행이에요."

"물러서는 게 좋을걸. 내가 이걸 흔들어대니까 말이야." 미주리 사람이 래쿤 꼬리를 민간요법사의 얼굴에 거의 닿을 정도로 흔들어대며 그를 따라갔다. "봐, 이 양반아!"

"뭘 보라고요?"

"이 쿤** 말이야. 어이, 여우, 넌 저 사람 잡을 수 있지?"

"당신 말이," 상대방이 침착하게 대답했다. "(자랑이라서 하는 말은 아니에요) 어떤 식으로든 당신에게 사기를 치거나, 속이거나, 다른 사람으로 변장해서 속일 수 있느냐고 묻는 거라면, 정직한 사람으로서, 그런 일은 어떤 것이든 할 생각도, 할 힘도 없다고 대답하겠습니다."

"정직한 사람? 내가 보기에 당신은 비겁한 인간처럼 말하는 것 같은데."

"괜히 시비 걸거나 모욕하려고 해봤자 소용없어요. 내 안의

---

* 'wag'는 '까불이'라는 뜻 외에 '흔들다'라는 뜻도 있다.

** '쿤coon'은 '래쿤raccoon'과 '검둥이'라는 의미가 있다.

결백함이 나를 치료해주거든요."

"당신의 엉터리 약만큼이나 효과가 있겠지. 하지만 참 이상한 사람이군. 이상하고 의심스러운 사람이야. 이리저리 봐도 내가 이때까지 만난 사람 중에 가장 이상하고 의심스러워."

이렇게 말하며 꼼꼼히 살펴보는 게 못마땅했던지 민간요법사는 얌전히 못 본 척했다. 마치 화나지 않았다는 것을 당장 입증하고 이야기의 주제를 바꿀 것처럼, 그는 친한 사람인 듯 살가운 자세로 말했다. "그럼 당신의 일을 할 수 있는 기계를 만들어 오려고 가시는 겁니까? 뉴올리언스에 노예를 구하러 가는 건 박애주의 때문에 분명 망설여지시죠?"

"노예?" 눈 깜짝할 사이에 다시 시무룩해졌다. "노예 데리러 가는 거 아니오! 옥수수나 동냥하려고 굽실거리는 빌어먹을 악마 같은 깜둥이는 고사하고, 백인들이 머리를 처박고 실실 웃으며 구걸하는 걸 보는 것만으로도 충분히 기분 잡쳤어. 그건 그렇고, 내가 보기엔 둘 중에서 깜둥이들이 더 자유로운 것 같아. 당신 노예 폐지론자지, 그렇지?" 군대 장교처럼 익숙하게 라이플총 위에 두 손을 올리고 자세를 바로잡은 후, 목표물을 쳐다보는 것 이상의 존중심이라고는 전혀 없이 민간요법사의 얼굴을 응시하며 덧붙였다. "당신 노예 폐지론자지. 그렇지?"

"그 문제라면, 쉽게 대답할 수 없겠네요. 당신이 말하는 노예 폐지론자가 열렬한 사회운동가를 지칭한다면, 나는 아닙니다. 하지만 인간으로서, 노예를 포함한 모든 사람을 불쌍히 여기는 사람을 의미한다면 그리고 합법적인 행동을 하며 모든 인간에게 해가 되는 행동이나, 그로 인해 누군가의 증오를 불러일으키는 것을 반대하는 사람을 의미한다면 나는 기꺼이 피부색을 개의치 않고, 인간에게 (그 나름대로 존재하리라고 생각되는) 고통을 일으키는 대상을 폐지하고자 할 겁니다. 그럼 당신이 말하는 그 사람이 내가 맞겠죠."

"감정을 잘 다스리고 신중한 사람이군. 당신은 사악한 인간이 부려먹기 아주 좋은 온건한 사람이야. 당신같이 온건한 사람은 나쁜 일에는 쓸모가 많은데, 옳은 일에는 쓸모가 없지."

"이 모든 걸로," 여전히 관용적인 태도로 민간요법사가 말했다. "판단해보니, 당신 미주리인은 노예주*에서 살지만 노예 정서는 없군요."

"그렇소. 당신은 있는 모양이지? 당신 태도가 그렇지 않소, 생각 없이 참고 순종하고, 그게 노예의 태도이지 않나? 이봐요, 누가 당신 주인이야? 아니면, 회사 소속인가?"

"나의 주인이라고요?"

"그래. 메인이나 조지아에서 왔으면 노예주와 노예 수용소에서 온 거지. 생계 유지직부터 회장직까지 온갖 대가를 치러가며 최고의 품종이 양육되는 곳이잖아. 이런 맙소사, 노예 폐지주의라는 건 노예를 위한 노예의 동료애를 표현한 것일 뿐이야."

"미개척 삼림지가 다소 별난 생각을 심어준 것 같네요." 남

---

* '노예주a slave state'는 남북전쟁 이전에 노예 제도가 합법화되었던 미국 남부 열다섯 개 주를 말한다. 또한 '노예 상태'라는 이중적인 의미도 있다.

자답지 않고 거친 말을 매번 참아가며, 남자답게 용감한 태도로 버티던 민간요법사가 지금은 공손하고 우월감이 깃든 미소를 띠며 말했다. "각설하고, 당신의 목적에 맞는 노예나 자유인 남자 혹은 소년은 없을 겁니다. 정말, 그렇다면, 남아 있는 것은 당신에게 맞는 기계가 전부군요. 선생님, 성공하길 빌어드리죠. 아!" 해변을 보며, "지라도곶串*이군. 전 가봐야겠습니다."

---

* 지라도곶Cape Girardeau은 미주리주에 위치한 도시이다.

22장
『투스쿨룸 논쟁』*이 보여준 예의 바른 정신을 따라

　"'철학적 정보국'**이라 획기적인 아이디어군! 한데, 터무니
없는 당신 말을 내가 혹해서 들으리라는 생각은 대체 어떻게
하게 된 거요? 어?"

　지라도곶을 떠난 뒤 20분쯤 흘렀을 때 미주리 사람이 옆에
서 방금 말을 걸었던 낯선 사람에게 어깨너머로 이런 말을 위
협적으로 내뱉었다. 그 사람은 등이 굽고, 무릎도 안쪽으로
휘었으며, 5달러짜리 허름한 옷에, 칼라에는 체인이 달리고,
P.I.O.(공보관)라고 적힌 작은 청동 명패를 달고 있었다. 또한

---

* 투스쿨룸은 로마에서 남서쪽으로 15마일 떨어진 곳에 있는 산으로, 고대 로
마의 정치가 키케로(Marcus Tullius Cicero, B.C.106~B.C.43)가 철학 논쟁을 즐겨
벌인 곳이다. 키케로의 논쟁은 소크라테스의 극적 대화법과 달리 논쟁이라기보
다는 온건한 철학적 담화에 가까웠다. 기원전 45년 키케로가 철학적 대화를 엮
은 책 제목이기도 하다.

** 여기에서 정보국은 직업정보를 소개하는 직업소개소이다. 너새니얼 호손의
단편 중에 「정보국The Intelligence Office」이 있다.

개처럼 비굴한 태도로 뒤쪽에서 비스듬히 슬금슬금 몸을 움직였다.

"당신 정보를 내가 혹해서 들으리라는 생각은 어떻게 하게 된 거요, 어?"

"오, 존경하는 선생님." 상대방이 쭈그린 몸으로 한 발짝 가까이 다가오며 개처럼 낑낑거렸다. 아양을 떨려고, 말 그대로 등 뒤의 비쩍 마른 코트 꼬리라도 흔들어댈 듯이, "오, 선생님, 오랜 경험상 선생님이 저의 미천한 서비스가 필요한 신사분인 걸 한눈에 알아봤지요."

"하지만 내가 소년을 필요로 한들,—가볍게 착한 애라고 부를 그런 소년 말이요—철학적 정보국이라는 그 희한한 사무실에서 나를 어떻게 돕겠다는 겁니까?"

"예, 존경하는 선생님, 우리 사무실은 철학적으로나 생리학적으로 엄격하게 설립된 사무실입니다."

"이봐요,—여기로 와봐요—철학적이든 생리학적이든 착한 애를 어떻게 주문 제작해준다는 거요? 이리 와봐요. 내 목이 결리네. 이리 와, 이리 와보라니까." 마치 육군사관생도를 부르듯, "말해봐요. 어떻게 하면 파이에 각종 양념을 다져 넣듯, 아이에게 꼭 필요한 각종 좋은 자질을 갖춰 넣을 수 있는지?"

"존경하는 선생님, 우리 사무실은……"

"사무실에 대해서 말이 많군. 거기가 대체 어디요? 이 배에 있나요?"

"아닙니다. 선생님. 저는 방금 배에 탔어요. 저희 사무실은……"

"아까 배가 상륙할 때 승선했군, 그렇죠? 그럼 민간요법사를 만나봤어요? 황갈색 프록코트를 입고 있고, 겉만 번지르르한 악당이지."

"오, 선생님. 저는 지라도곶에 잠시 체류했던 사람이에요. 하지만 선생님이 황갈색 프록코트를 입은 남자를 말씀하시니까 생각이 나는군요. 내가 배에 오를 때 선생님이 말씀하시는 그런 분이 강변에 내리는 것을 적은 있어요. 그런데, 이전에 어디서 본 분 같더군요. 틀림없이 온화한 기독교인 같았는데, 그분을 아십니까, 존경하는 선생님?"

"내가 많이 아는 건 아니지만, 당신보다는 많이 알지. 당신 사업 이야기나 계속해요."

그 사람은 허락해준 게 감사하다는 듯이, 몸을 낮추어 볼품없이 인사를 한 후 말을 시작했다.

"우리 사무실은……"

"이봐요," 그 남자가 화를 내며 끼어들었다. "당신, 척추에 무슨 문제 있어? 왜 고개를 처박고 굽실거리는 거야? 똑바로 서요. 사무실은 어디 있어요?"

(자랑스럽게 강변의 어딘가를 가리키며) "제가 대표로 있는 지부는 이 배가 지금 지나가고 있는 자유주의 올턴에 있습니다."

"자유라고? 당신은 자유주에 사는 사람이라고 뽐내는 거요? 저 볼품없는 코트 자락 하며, 노예처럼 척추가 굽었는데 말이야? 자유? 당신 마음속에 누가 당신 주인인지 대놓고 물어보는 게 나을걸, 안 그래요?"

"오, 오, 오! 뭔 말씀이신지, 정말, 정말이지, 모르겠네요. 하지만 존경하는 선생님, 아까 말씀드린 것처럼 우리 사무실은 전적으로 새로운 원칙을 기반으로 설립되었는데……"

"원칙은 무슨 개 같은 원칙! 원칙 어쩌고 하면 꼭 이상한 소리 지껄이기 시작하지. 잠깐. 뒤로 와봐요. 이쪽으로 말이야. 이봐. 돌아오라고! 소년을 보내달라는 말은 더 이상 하지 않겠어. 안 하지. 난 메데와 바사*인이니까. 숲속에 있는 나의 오래된 집은 다람쥐, 족제비, 얼룩다람쥐와 스컹크 때문에 골치가 아파. 난 더는 해충 같은 야생동물들이 성질을 건드리고 내 물건을 못 쓰게 망가뜨리는 건 싫어요. 애들 이야기는 그만하시오. 당신이 데리고 있는 애, 그 애들이 퍼뜨린 역병, 그 애들이 걸린 동상 이야기는 지긋지긋해! 정보국에 대해서라면, 나는 동부에 살아봐서 알아요. 천한 이기주의자들은 겉으로는 알랑거리고 속으로는 이기적인 악의를 인간에게 퍼부으면서, 항상 사기 처먹을 궁리만 하지. 당신이야말로 그런 사람의 표본이야, 안 그래?"

"오, 저런, 저런, 저런!"

"저런? 좋아. 당신 애들 중 한 명을 데려오는 게 나에게는 세 번이나 '저런'이라고 할 만한 거래야. 망할 애들 같으니!"

"하지만 존경하는 선생님, 애들을 쓰지 않으시겠다면, 규모를 줄여서 성인 남자 한 명을 융통해드릴 수도 있을 것 같은

---

* 「다니엘서」 6장 8절. 바빌론의 벨사살 왕은 신하들의 꾐에 빠져서, 자신 외의 다른 신에게 기도하는 자를 벌하는 법령을 만들었고, 그 결과 아끼던 신하 다니엘이 사자 굴에 던져지게 된다. 다리오 왕은 이를 후회하여 법령을 철회하려 했으나 신하들은 메데media와 바사persia의 법령은 수정할 수 없다는 원칙 때문에 철회가 불가능하다고 말한다.

데요?"

"융통해줘?* 홍, 당신은 분명 내게 절친한 친구도 융통해줄
수 있을 거요, 그렇지 않소? 융통해준다니! 친절한 말이군, 융
통해준다니 말이야. 다른 사람에게 돈을 빌려줄 때 쓰는 '**융통
어음**'이라는 것도 있지. 그리고 빨리 갚지 않으면 쇠사슬로 발
을 꽁꽁 묶어서 수용하지. 융통해준다니! 제발 내가 수용되는
일이 없기를! 아니, 아니. 이봐, 당신 사촌 같아 보이는 민간요
법사에게 내가 말했었지, 내가 지금 일을 대신해줄 기계를 만
들러 가는 중이라고. 내게 필요한 기계 말이야. 내 사과 압축
기. 그 기계가 사과를 훔쳐 갔나? 내 잔디깎기 기계. 그 기계가
아침에 침대에 누워 잔 일이 있나? 내 옥수수 따개. 그게 나에
게 무례하게 군 적이 있나? 아니. 사과 압축기, 잔디깎기 기계,
옥수수 따개, 모두 충실하게 할 일을 해요. 욕심도 없고. 재워
달라거나 월급을 달라고 조르지도 않고. 하지만 평생 일만 잘
하지. 미덕이 그 자체의 보상이라는 사실을 보여주는 빛나는
예들이오. 내가 아는 유일하고 진정한 기독교인들이고."

"오, 저런, 저런, 저런, 저런!"

"그래, 소년들이라고? 자, 영적으로 따져보면, 옥수수 따개와
소년이 도덕적 견지에서 뭔 차이가 있어? 선생, 묵묵히 성실하
게 일 잘하는 면에서 보자면 옥수수 따개가 천국에 가는 게 당
연하지 않나? 소년은 갈 수 있을 것 같아요?"

---

* 영어 'accommodate'는 '빌려주다, 융통하다, 수용하다'라는 뜻인데, 이 사람은
이 단어로 말장난을 하고 있다. 셰익스피어의 희곡 「헨리 4세King Henry Ⅳ」에
서도 바돌프와 쉘로우가 'accommodate'로 유사한 말장난을 한다.

"(눈의 흰자위가 드러나며) 옥수수 따개가 천국에 가다니! 존경하는 선생님, 천국이 워싱턴의 특허 사무국 박물관인 것처럼 어떻게 그렇게 말씀하십니까. 오, 오, 오! 단순 기계작업과 꼭두각시놀음이 천국에 가다니! 오, 오, 오! 자유 행동권을 가질 수 없는 물건이 영원한 안식을 보상받다니요, 오, 오, 오!"

"이봐, 프레이즈갓배어본 씨,* 뭘 그리 툴툴대요? 내가 비슷한 말을 전에 하지 않았던가? 당신은 말은 점잖게 하는데 오히려 슬쩍 건드리기만 해도 얼른 반응하는군. 아니면 나하고 논쟁을 벌이고 싶어서 그러나."

"그럴지도 혹은 아닐지도 모르지요, 존경하는 선생님." 이번에는 얌전하게 대답했다. "하지만 만일 그렇다면 그것은 단지 명예를 잃은 군인이 모욕을 받으면 빨리 반응하듯, 종교를 버린 기독교인이 이단을 빠르게, 때로는 아주 빠르게 알아채는 것과 같지요."

"저런," 깜짝 놀라 잠시 어안이 벙벙하다가, "설명은 못 하겠지만, 당신과 민간요법사는 같이 일하는 한 패인 것 같아."

이렇게 말하며 그 총각이 날카로운 눈길로 그를 쳐다보자, 자신(청동 명패를 단 사람)은 하인 문제에 대해 말씀하는 걸 더 듣고 싶은 마음이 열렬하다며, 넌지시 아양을 떨어가며 총각을 아까의 논쟁으로 다시 불러들였다.

---

* Praise-God Barebones(1596~1679): 청교도 혁명을 일으킨 크롬웰 정부의 일원인 가죽 상인이자 재세례주의자. 재세례주의란 유아세례를 반대하고, 교회와 정치를 분리해야 한다고 생각하는 종파이다. 그는 또한 왕정에 대해 철저히 반대했다.

"그 문제라면," 그 문제를 떠올리자 로켓처럼 폭발한 총각이 충동적으로 소리쳤다. "요즈음 생각이 있는 사람들이라면 모두 (후손에게 전해지는 막대한 유전적 경험에서 나온) 결론에 도달하게 되지. 조상 중에 호레이스*나 다른 사람들이 하인에 대해 뭐라고 했는지 한번 봐요. 도달한 결론은 소년이든 남자든 일을 시키는 용도 면에서 인간이란 동물은 가망이 없는 동물이란 거요. 신뢰할 수가 없어. 소보다 덜 믿음직해. 정직성으로 말하면 턴스핏 개**가 인간보다 낫죠. 그러니까 이 수천 개의 새로운 발명품(카드 섞는 기계, 편자 박는 기계, 터널 뚫는 기계, 추수하는 기계, 사과 껍질 깎는 기계, 구두 닦는 기계, 재봉틀, 면도기, 심부름하는 기계, 음식 운반 기계, 그리고 하나님만 아시는 기계)이 새로운 시대가 도래했다는 것을 공표했어요. 그 시대엔 일하거나 봉사하는 인간이라는 골치 아픈 동물은 파묻히고 대신 화석만 남게 될 거요. 영화로운 시대가 오기 직전에 못된 주머니쥐에게 닥친 운명과 같은 일이 그 인간들의 털가죽 위에도, 특히 소년들의 털가죽에도 닥쳐 보상금이 걸릴 거요. 그래. 선생 (갑판 위에 라이플총을 요란하게 내려놓으며), 그날이 코앞에 닥쳤다니 기쁘군. 그날이 오면 나는 법에 의거하여 즉각 이 총을 어깨에 메고 소년들을 사냥하러 나갈 거요."

"오, 세상에! 주여, 주여, 주여! 존경하는 선생님, 하지만 저

---

* 퀸투스 호라티우스 플라쿠스(Quintus Horatius Flaccus, B.C.65~B.C.8)를 영미권에서는 호레이스라 한다. 그는 저서『풍자시』『서정시』『서간시』등에서 아무짝에도 쓸모없는 노예에 대해 여러 차례 언급했다.

** 다리가 짧고, 몸통이 긴 개로 멸종되었다.

희 사무실은 기꺼이 제가 준수하고자 하는 것을 따라서 운영합니다……"

"아니, 선생," 래쿤 털옷에 까칠하게 수염이 난 턱을 괴며, "나한테 살살거려봐야 소용없어요. 민간요법사가 그러려고 애를 썼지. 나는 이미 소년 서른다섯 명*을 겪어보는 교육과정을 경험했다니까요. (유연증**보다 더 지독했지) 소년기란 원래 못된 짓을 하는 시기라는 것을 입증해주더군."

"맙소사, 아이고 맙소사!"

"그래, 선생. 알았어요. 내 이름은 피치요. 난 말한 것은 지키지. 난 15년간의 경험으로 말하는 거요. 미국인, 아일랜드인, 영국인, 독일인, 흑인, 혼혈인 등 서른다섯 소년 말이에요. 내가 황당해할 걸 뻔히 알고도 캘리포니아에서 어떤 사람이 보내준 중국인 아이에 대해선 말도 마시오. 그리고 뭄바이에서 온 동인도인 애도 있었지. 깡패 놈! 그 애가 부활절에 쓸 달걀 속을 빨아먹고 있습디다. 모두 악당들이야, 선생. 한 명 한 명이 다 말이야. 백인이든 동양인이든. 청소년기 인간성 중 악당 같은 면을 끝없이 다양하게 보여주면서 놀라게 했지요. 스물아홉 명의 소년을 연이어 내쫓은 후에 (한 명 한 명이 내가 예상도 못 한 사악한 짓거리를 개성적으로 참 잘도 하더군) 혼자서 중얼거린 게 생각나는군. 자, 이제, 확실히 내 명부의 끝에 거의 도

---

* 여기에서 미주리 사람은 소년 하인 서른다섯 명을 겪었다고 하지만 이후 서른 명으로 수정한다.
** 침을 흘리는 증상.

달했다, 거의 다 돼간다. 이제 한 명만 더, 앞의 스물아홉 명과는 다른 한 명만 더 받자. 그 애는 내가 지금까지 찾아왔던, 아무 죄도 없는 착한 소년일 거야. 하지만, 아뿔싸! 이 서른번째 소년을 (그건 그렇고 이쯤 되니 당신 정보국에 대해서는 오래전에 포기하고, 이주민위원회 위원에게 보내달라고 부탁해서 뉴욕에서 세심하게 선별한 애, 결국 특별히 요청해서 각 나라의 꽃인 8백 명의 소년이 모인 상비군에서 데려왔어요. 편지엔 그렇게 적혀 있습니다. 그 군대가 이스트리버섬에 잠시 병영을 세우기로 했거든요.) 직접 보니 확실히 이 서른번째 소년은 참하더라고. 죽은 그 애 엄마는 무슨 숙녀의 하녀인가, 뭐였어. 태도를 보니 완전히 체스터필드* 유형의 아이인데, 크게 배운 것은 없어도 엄청 똑똑하고 번개같이 재바르더군요. 어찌나 상냥하던지! '예, 선생님! 예, 선생님!' 항상 절을 하고 '예, 선생님'이라고 했지. 굽실거리는 그 태도에 부모 자식 간의 애정이 이상하게 섞여서 변형된 방식이었지. 내 일에 너무나 따뜻하게, 유난히 관심을 쏟았죠. 우리 가족의 일원으로 취급받기를 원했던 거야, 거 뭐냐, 내 입양아 같은 게 되고 싶었던 거지. 난 아침이면 마구간에 가곤 했는데, 어린아이처럼 천진난만하게 나의 경주마가 걷는 걸 보여주며 '있잖아요, 선생님. 저 말이 점점 살찌는 것 같아요.' '그런데, 저 말은 별로 깨끗해 보이지 않는데, 안 그래?' 그렇게 사근사근한 소년에게 아주 냉혹하게 하는 게 내키지

---

* 영국의 공작 집안으로 특히 체스터필드 공작 4세는 아들에게 신사로서 지켜야 할 바른 예절을 강조하는 편지를 많이 썼다. 그 편지는 그가 죽은 후에 책으로 출간되었다.

는 않소. '그리고 저 말 궁둥이 안쪽이 쑥 들어간 것 같아, 그렇지? 아닌가, 아침이라 제대로 안 보이는 것 같구나.' '오, 있잖아요, 선생님 제 생각엔 바로 그곳에 살이 붙은 것 같은데요.' 말만 예의 바른 깡패 놈! 얼마 후 나는 그 애가 그 불쌍한 말에게 저녁에 줘야 하는 귀리를 안 준다는 걸 알게 되었지. 잠자리도 안 봐주더군. 마구간 청소도 안 하고. 작정하고 게으름을 피우는데 끝이 없었어. 하지만 게으름을 피우면 피울수록 그 애는 더 공손하게 굴었소."

"오, 선생님, 선생님이 무언가 그 애를 오해하셨네요."

"전혀. 이뿐만 아니라 그 애는 체스터필드 겉모습 뒤로 강하고 파괴적인 본성을 감추고 있는 아이였소. 자기 상자의 경첩에 쓰려고 내 말에 덮어주는 담요의 가죽 조각을 잘라낸 애야. 딱 잘라서 시치미를 떼더군. 그 애를 보내고 나서 그 애 매트리스 밑에서 여러 조각을 찾아냈지. 교활하게도 괭이질을 안하려고 괭이 손잡이를 부러뜨리기도 했어요. 열심히 일하다가 너무 세게 내려쳐서 그랬다고 아주 우아하게 참회를 하더군요. 부러진 걸 수선한답시고 바로 옆 마을로 가면서 (가는 길에 체리 나무에 열매가 풍성하게 열려 있었지) 설렁설렁 기분 좋은 산책을 마친 다음에야 고작 부러진 곳 하나를 수선해서 왔지. 아주 공손하게 내 배[梨], 거스름돈, 실링, 달러, 그리고 땅콩을 훔쳐 갔어요. 다람쥐처럼 심심하면 와서 훔쳐 갔어. 난 아무것도 증명할 수 없었어요. 그 애에게 의심을 품고 있다는 것을 드러내긴 했어요. 나는 무척 점잖게 말했지. '덜 공손하더라도 더 정직한 게 난 좋아.' 그 애가 격분했어요. 명예훼손으로 고소하겠다고 위협했지. 그 후 그 애가 어떻게 되었는지는 말하지 않겠소. 오하이오주에서 한 화부火夫가 그 애를 악당이라 불렀다고 철도 선로에 막대기를 우아하게 올려놓다가 들키기는 했지. 하지만 됐어. 예의 바른 아이건, 짓궂은 아이건, 백인 아이건, 흑인 아이건, 똑똑한 아이건, 게으른 아이건, 백인이건 황인종이건 모두 다 악당들이오."

"충격, 충격적이에요!" 신경이 쓰이는 듯 닳은 넥타이 끝을 보이지 않게 치우며, "존경하는 선생님, 분명히 속 뒤집히는 광경을 참기 힘드셨겠군요. 죄송하지만 애들을 전혀 안 믿으시는 것 같은데, 정말이지 소년들은, 적어도 일부는 하찮고 바보 같은 기벽에 쉽게 물들기는 합니다. 하지만 존경하는 선생님, 자연의 법칙에 따라 그런 일들을 결국은 다 졸업하게 되지요, 대체로 그렇지 않습니까?"

지금까지 개같이 낑낑대고 신음하며 애처롭게 반대 의견을 말하려고 애써왔던 청동 명패를 단 사람이 드디어 좀 더 용감하게 대처할 용기를 내기 시작한 것 같았다. 하지만 수줍게 첫 시도로 말을 꺼내자마자 대화가 아래와 같이 흘러간 걸 보면 그다지 고무적이진 않았다.

"애들이 잘못을 저지르는 걸 졸업한다고? 나쁜 소년에게서 훌륭한 어른이 나온다고? 선생, '어린이는 어른의 아버지'*야. 그러니까 모든 소년이 악당이면 모든 어른도 마찬가지요. 정

---

* 윌리엄 워즈워스(William Wordsworth, 1770~1850)의 시 「내 심장이 뛰는구나」의 한 구절.

말, 나보다 당신이 이런 걸 더 잘 알아야 하는데. 정보국을 운영한다니까 말이야. 그런 사업은 인간에 관해 연구할 수 있는 특출한 기능을 해주어야지. 봐요. 이리 와봐. 이런 일은 잘 안다고 솔직하게 말해요. 모든 인간이 악당이고 모든 소년도 마찬가진 건 당신도 알지 않소?"

"선생님," 비록 놀라긴 했어도 용기가 약간 생긴 것처럼, 그렇다고 경솔하지는 않은 어투로 그가 말했다. "선생님, 고맙게도 저는 선생님이 말씀하시는 걸 전혀 모르고 지냅니다. 진짜로 말입니다." 그는 진지하게 대답했다. "저는 동료들과 함께 정보국을 운영합니다. 오는 시월이면 10년이 되는데 그럭저럭 적지 않은 기간 동안 신시내티라는 대도시에서 그와 관련된 일을 해왔지요. 그리고 선생님도 언급하셨듯이, 저는 좋든 싫든 긴 기간 인간을 연구할 기회도 얻었어요. 업무적으로 얼굴만 살펴본 게 아니라 여러 나라 출신의 남자와 여자, 고용주와 사원, 점잖은 사람과 그렇지 못한 사람, 교육을 받은 사람과 받지 못한 사람의 삶을 속속들이 살펴보았죠. 물론 솔직하게 말해서 가끔 예상치 못한 예외도 있었지만, 지금까지 제가 가정적으로나 은밀하게 인간을 관찰해본 바에 의하면, 이렇게 말씀드릴 수 있을 것 같습니다. 전반적으로(인간의 불완전함에 대한 합리적인 변명을 하자면) 인간은 가장 순수한 천사 수준에 닿을 정도로 순수하고, 놀라우리만치 도덕적으로 산다고요. 존경하는 선생님, 저는 그 점에 확신을 담아 말할 수 있습니다."

"허튼소리! 진심이 아닌 거야. 아니면 당신은 바다에 처음 온 얼뜨기든가. 눈앞에서 계속 당겨지는 그 물건이 밧줄인지도 모르지. 밧줄은 뱀처럼 이리저리 왔다 갔다 하고 이동 도르래는 너무 복잡하고. 한마디로 배 전체가 수수께끼야. 왜, 당신 같은 얼뜨기는 배가 항해에 적합한지 아닌지도 모를걸. 오히려 팔짱을 끼고 썩은 판자 위를 바보처럼 흥얼거리며 거닐면서 고액 보험을 들고, 배가 난파되게 하려는 교활한 선주가 한 말을 자기 생각인 양 순진한 입으로 지껄이지.

'젖은 시트와 흐르는 바다!'*

그리고 선생, 나에게 드는 생각은 당신이 한 말, 그 모든 말은 단지 젖은 시트와 흐르는 바다, 그리고 빠르게 지나가는 한량없는 바람일 뿐,** 내가 한 말과 완전 반대라는 거요."

"선생님." 이래저래 참고 있었던 청동 명패를 단 사람이 소리쳤다. "감히, 선생님이 하신 말 몇 가지가 부적절하다고 말씀드릴 수밖에 없군요. 우리 고객 몇 명이 사무실에 들어와서, 아마 우리가 보내주었던 어떤 참한 소년에 대해 (당시 철저하게 오해를 받았던 소년이죠) 욕을 하면 우리는 이런 식으로 대답하지요. 예, 선생님, 죄송한 말씀입니다만 제가 키는 작아도 소소하게나마 감정을 느낀다는 점을 선생님은 충분히 고려하지 않

---

* 원문은 'A wet sheet and a flowing sea!'로 앨런 커닝엄(Allan Cunningham, 1784~1842)이 쓴 시의 제목이다. 거친 바다를 젖은 이불에 비유하며, 폭풍우가 치는 바다에 있는 것을 마치 자기 집에 있는 것처럼 묘사한다. 시트sheet는 돛의 방향을 조절하는 밧줄이다.
** 앨런 커닝엄 시의 한 구절.

으시는 것 같군요,라고요."

"자, 자, 난 당신 감정을 상하게 하려는 건 아니오. 당신 감정이 소소하다는 것, 아주 소소하다고 했던 당신 말은 받아들이죠. 미안, 미안해요. 하지만 진실이란 탈곡기 같은 거요. 가녀린 심성이란 치워버려야 해. 내 말을 알아들었으면 좋겠네요. 당신 감정을 상하게 하려고 한 건 아니에요. 내가 말하는 건 모두, 내가 우선 말하고 싶은 것은, 내가 맹세코 말할 수 있는 것은 모든 소년이 다 악당들이라는 거예요."

"선생님," 상대방은 마치 법정에서 집요하게 질문받은 늙은 변호사처럼, 아니면 행패를 부리는 개구쟁이들의 놀림 대상인 성격 좋은 바보 천치처럼 여전히 관대하게, 낮은 목소리로 대답했다. "선생님, 그 문제를 다시 언급하시니 말인데, 당면한 그 문제에 대해서 작지만 조용한 제 견해를 작지만 조용한 방식으로 말씀드려도 될까요?"

"오, 물론이지!" 깔보듯 무관심하게 턱을 문지르고 딴청을 피우며 덧붙였다. "오, 그래. 계속해봐요."

"그럼, 존경하는 선생님," 초라한 5달러짜리 꼴불견 양복으로 할 수 있는 한 최대한 고상을 떨며 상대방이 말했다. "그렇다면 선생님, 특별한 원칙, 엄격한 철학적 원칙에 대해 말씀드리겠습니다." 조심스럽게 발을 딛고 일어서는 것처럼, 조심스럽고 우아하게 일어나면서 "그 원칙에 따라 우리 사무실이 설립되었고, 나와 동료들은 작지만 조용한 방식으로 조심스럽게 인간을 분석하고, 또한 조용한 이론에 관해 연구했습니다. 그리고 전적으로 우리 스스로가 정했던 주제넘지 않은 목적을 이루기 위해 일을 했지요. 저는 지금 그 이론을 거창하게 제시하지는 않겠습니다. 하지만 허락해주신다면 그 이론에서 몇 가지발견한 점을 간단하게 말씀드리겠습니다. 제가 하고 싶은 말은소년기의 상태를 과학적으로 보는 것에 관한 겁니다."

"그러면 그걸 연구해왔다고요? 특별히 소년들을 연구한 거요? 어? 진작 그 연구에 관해 말하지 그랬어요?"

"선생님, 저의 작은 사업 방식으로는 많은 전문가, 다시 말해많은 전문가 신사분과 공짜로 대화를 나눌 수는 없었습니다.저는 이 세상에서 사람들도 우선순위가 있듯, 의견에도 우선순위가 있다고 들었습니다. 친절하게도 선생님이 견해를 먼저 말씀하셨으니, 이제야말로 부족하나마 저의 견해를 말씀드리겠습니다."

"그만 살살거리고 계속 말하시지."

"먼저, 선생님, 우리 이론은 육체적인 것에서 정신적인 것을유추하며 진행하라고 합니다. 맞는 생각이지요, 선생님? 자, 선생님. 어린 소년, 아니 어린 남성 유아, 한마디로 남자아이를예로 듭시다. 선생님, 감히 여쭙는데, 첫마디를 뭐로 하시겠습니까?"

"악당이지, 선생! 지금도, 앞으로도 악당 말이야."

"선생님, 격정이 쳐들어오면, 단연코 과학은 피란 가야 합니다. 계속 말할까요? 저, 그럼, 존경하는 선생님, 우선, 일반적관점에서, 그 남성 아기, 아니 남자아이에 대해 뭐라고 말씀하실 겁니까?"

그 남자는 몰래 씨부렁거리긴 했지만 이번에는 아까보다 대체로 잘 참았다. 뻔한 반응을 일으킬 위험을 감수하는 것을 신중한 처사라고 여길 정도는 아니었던 것이다.

"뭐라고 말씀하시는 거죠? 죄송하지만 다시 여쭙습니다." 하지만 아무런 대답도 없이, 대신 텅 빈 나무 둥치에 갇힌 곰이 으르렁거리듯* 낮게 뭔가에 억눌린 씨부렁거리는 소리만 들리자, 질문자가 계속 말했다. "저, 선생님, 허락 아래 적으나마 말씀드리고자 하는 것은 존경하는 선생님, 당신은 태어난 지 얼마 안 된 생명체에 대해 덜 여물고 어설픈 것이라고 말씀하셨습니다. 인간이라는 대상은 간단하게 래그 페이퍼에 미리 그려본 습작, 혹은 대충 그린 만화라고 할 만하죠. 존경하는 선생님, 당신의 생각은 이미 밝히셨습니다. 하지만 마저 작성하기 위해 채워 넣어야 할 것이 있지요. 한마디로, 존경하는 선생님, 남자아이는 현재로서는 여러모로 별거 아닙니다. 부인할 생각은 없어요. 그런데 그 애에겐 전망이 있습니다, 그렇지 않습니까? 그렇습니다. 정말이지 전망이 아주 좋아요. 그렇다고 할 수 있지요(그래서 우리는 고객이 **난쟁이** 같다고 거부한 작고 참한 아이에 대해서 그렇게 말해줍니다). 하지만 한 발짝 더 나아가면," 한 발짝 다가오려고 남루한 다리를 앞으로 내밀었다. "자, 래그 페이퍼 만화 속 인물은 치우고, 원할 때 당장 쓸 수 있는 그런 인물을 원예 왕국에서 빌려봅시다. 좋으시다면 백합 봉오리 같은 그런 꽃봉오리 말이에요. 자, 방금 태어난 남자아이에게 나타나는 특성은 (솔직하게 말씀드리면 그렇게 바람직한

---

* 동면을 위해 곰은 빈 나무 둥치 안에 들어간다.

것은 아니죠) 그 특성이 미약하기는 하지만 있다는 것, 어른의 특성이 확실히 있다는 것이죠. 하지만 이게 다가 아니죠." 한 발짝 더 나아가며, "남자아이는 비록 작기는 하나, 이런 현재의 특성이 있을 뿐 아니라, (우리 원예학의 이미지가 지금 작용합니다) 마치 백합 봉오리처럼 그 애에게 숨겨진 다른 어떤 것의 시초, 다시 말해서 지금 현재의 눈으로 볼 수 없는 특성, 지금 현재 잠자고 있는 미덕이 있다는 겁니다."

"자, 이봐요. 이 이야기는 지나치게 원예학적이고 아름답군. 간단히 말해요. 간단하게 하라고."

"존경하는 선생님," 늙은 상병처럼 서툴게 군인 같은 몸짓을 하며, "담화의 전쟁터에서 중요 주장을 펼칠 선봉장을 파견할 때 특히나 소년에 대한 새로운 철학의 핵심을 개진할 때, 선생님은 확실히 착수한 행동에 적절한 범위를 허용할 것입니다. 비록 그 행동이 작고 보잘것없더라도 말입니다. 계속 들을 만하신가요, 존경하는 선생님?"

"그래요, 그만 살살거리고 계속하시지."

이렇게 격려를 받자 청동 명패를 단 철학자는 계속 말을 이어갔다.

"가령, 선생님, 어떤 훌륭한 신사가 (그런 의미에서 서비스를 신청한 사람, 즉 우연히 우리 눈에 들어온 어떤 손님이라고 합시다) 가령, 존경하는 선생님, 아담이란 훌륭한 신사분이 목초지에 송아지가 가듯 밤새 에덴에 들렀다고 합시다. 가령, 선생님, 그러면 어떻게 박학다식한 뱀인들 그렇게 턱에 솜털이 보송보송하게 나 있는 어리고 순진한 애가 장차 수염 난 염소와 필적

할 존재가 되리라고 예상할 수 있겠어요? 선생님, 뱀이 똑똑하긴 하지만 결국 그건 몰랐던 거지요."

"그런 말은 처음 들었네. 악마는 영리하기 그지없지. 그 일로 판단해보면, 아담을 만든 분보다 악마가 인간을 더 잘 이해하게 되었겠네, 뭘."

"아이고, 그런 말 하지 마세요, 선생님. 요점만 말씀드리죠. 남자아이가 장차 수염이 나면, 맹장도 생기고, 가장답게 중후해질 텐데, 그런 일이 안 일어날 거라고 지금 확실히 부인할 수 있나요? 그리고 이 멋진 수염이 생길 거라고 너그러운 마음으로 기대하는데, 아직 요람에 누운 남자아이는 신뢰하지 말아야 하나요? 지금 그렇게 해야 하나요, 선생님? 감히 이런 비유를 씁니다."

"그래, 돼지풀처럼* 싹이 나는 즉시 싹 쳐버려야 해." 구레나룻이 난 턱을 털가죽에 돼지처럼 비비며 말했다.

"지금까지 비유를 제시해드렸어요." 엉뚱한 곳으로 말이 새는 것을 조용히 무시하며 상대방은 계속 말을 이어갔다. "자 이제 비유를 적용해볼까요. 가령 한 소년에게 아무런 고상한 자질도 보이지 않는다고 합시다. 그럴 땐 앞으로는 유망하리라고 너그럽게 믿어보세요. 아시겠어요? 그래서 우리는 어떤 소년이 쓸모가 없어서 돌려보내겠다고 마음을 단단히 먹은 손님이 있으면 그분에게 이렇게 말합니다. '사모님, 아니면 선생

---

* 원작의 'pigweed'는 '개비름'이라 불리지만, 어감을 살리기 위해 '돼지풀'이라 옮겼다.

님 (때에 따라 다르게 말입니다) 이 소년에게 수염이 났습니까?'
'아니요.' '감히 질문하겠습니다. 지금까지 그 애에게 훌륭한 자
질이 뚜렷이 나타났습니까?' '전혀 그렇지 않아요.' '그럼 사모
님 아니면 선생님, 다시 그 애를 데려가시라고 간절히 부탁드
리겠습니다. 그리고 훌륭한 자질의 싹이 날 때까지 데리고 있
으세요. 그러니까 수염처럼 그런 자질이 그 애 안에 분명히 있
다는 것을 신뢰하세요.'"

"아주 훌륭한 이론이군." 그 총각은 비꼬듯이 말했다. 하지
만 이 문제에 관한 이 이상하고 새로운 견해 때문에 마음속 깊
은 곳이 흔들리지 않은 것은 아니었다. "도대체 그 애를 어떻
게 신뢰해야 하는 거요?"

"완전히 신뢰하며 믿으셔야죠, 선생님. 더 말씀드리자면, 죄
송합니다만, 남자아이를 한 번 더 고려해주세요."

"잠깐!" 곰 가죽옷을 입은 팔을 마치 동물이 앞발을 내밀 듯
앞으로 뻗으며, "그렇게 자꾸 나에게 남자아이를 들이밀지 말
아요. 빵을 좋아하지 않는 사람은 빵 반죽도 전혀 좋아하지 않
지. 당신이 말하는 남자아이나 논리적 설명이나 둘 다 공감이
안 되기는 매한가지야."

"남자아이에 대해 다시 한번 생각해보세요." 청동 명패를 단
사람은 용기를 얻어 용맹해진 듯이 되풀이해서 말했다. "아이
의 성장 면에서 보자는 겁니다. 제 말은요, 처음에 남자아이는
이가 없지만, 6개월쯤 되면 생기죠. 맞죠, 선생님?"

"난 그런 건 전혀 몰라요."

"계속하겠습니다. 처음에는 이가 없다가 6개월이 되면 남자

아이에게 정말, 그 특별한 것이 솟아나기 시작합니다. 그리고 예쁘고, 보드랍고 작은 이가 계속 솟아나지요."

"그렇지. 그런데 곧 다 빠지지. 아무런 쓸모없는 것들이야."

"인정합니다. 그리고, 그래서, 아이가 착한 면은 모자라고 나쁜 건 넘친다고 주장하며 돌려보내려는 손님들에게 우리는 이렇게 말합니다. '사모님, 아니면 선생님, 이 소년은 정말 썩어빠졌어요, 그렇죠? 얼마나 썩었는지 모릅니다.' '하지만 한번 믿어보세요. 그렇게 하십시오. 정말이지, 이 소년이 어릴 때 유치가 얼마나 연약했습니까. 그런데 지금은 튼튼하고 예쁘기까지 한 영구치가 나지 않았습니까. 그리고 사모님, 제가 감히 말씀드리고 싶은 바는 처음 난 유치가 보기 싫으면 싫을수록, 지금 튼튼하고 예쁘기까지 한 영구치로 얼마나 빨리 바뀌게 될지 생각해봐야 할 이유가 더 많아진다는 것입니다.' '정말, 정말 그러네요.' '그럼, 사모님, 다시 그 애를 데리고 가세요. 간절히 부탁드립니다. 그리고 지금처럼 빨리 지나가는 자연의 절기가 지나면, 사모님께서 불평하시던 일시적인 도덕적 결함은 빠져버리고 대신 튼튼하고 예쁘고 영원한 미덕의 꽃봉오리가 솟아날 것입니다.'"

"아주 철학적인 말을 또 하는군." 경멸조의 대답이었다. (겉으론 경멸하는 듯했으나 아마도 마음속에는 그만큼 동요도 있었을 것이다) "두루두루 철학적이야, 정말. 하지만 말해봐(당신이 말한 그 비유를 계속하라고). 두번째 이가 뒤따라오고 (사실, 나오는 거지), 첫번째 이는, 그러면 그것의 결함은 두번째 이로 전혀 전달되지 않는 건가?"

"전혀요." 논쟁에서 우세하자 부끄러움도 줄어서, "두번째 이가 뒤따라오긴 하지만 첫번째 이에서 나오는 것은 아니지요. 승계자이지 자식은 아니라 유치는 사과의 어린 꽃처럼 아버지이면서 동시에 같이 합쳐지고, 성장 면에서 앞부분에 나는 그런 게 아니라 유치가 있던 자리에 처음 것과 별도인 두번째 세트가 무성하게 밀고 솟아나는 거지요. 그건 그렇고, 제가 바라는 만큼은 아니지만 제 말뜻을 더 잘 보여주는 예가 있어요."

"뭘 보여줘?" 확신이 흔들리면서 생긴 불안을 속에 감추고, 뇌운雷雲처럼 음울한 표정으로 말했다.

"존경하는 선생님, 어떤 아이, 특히 나쁜 아이들에게 '아이는 어른의 아버지'라는 교훈을 무조건 적용하는 것은 인류를 무자비하게 중상 모략할 뿐만 아니라 넓게 확신……"

"…… 그러니까 당신 비유." 북미 거북이처럼 냉큼 말을 받아먹으며 말했다.

"예, 존경하는 선생님."

"그러니까 비유로 주장을 한다고? 말재간은 좋군."

"존경하는 선생님, 말재간이라니요?" 억울한 표정이었다.

"그래. 당신은 다른 사람들이 말장난하듯 생각을 가지고 장난을 치는군."

"아, 그럼, 선생님, 그런 식의 말을 하는 사람이라면, 그리고 인간의 이성에 대한 신뢰가 없는 사람이라면, 인간의 이성을 경멸하는 사람이라면, 그런 사람과 이성적인 대화를 하는 건 불가능해요. 하지만, 존경하는 선생님," 태도를 바꾸며, "제가 비유의 힘으로 당신을 조금도 흔들어놓지 못했다면 당신이 그렇게 힐난하지는 않았을 거 아니냐고 이렇게 일깨워드리는 걸 용서해주시기를."

"쫑알대기는." 경멸적으로 말했다. "그건 그렇고, 당신 정보 국 일과 당신이 말한 마지막 비유가 뭔 상관인지나 말해봐요."

"모든 게 그 일과 상관이 있어요, 존경하는 선생님. 손님에 게 성인 하인 한 명을 공급해주고 난 직후, 손님이 그 하인을 돌려보내고 싶다고 할 때 제가 한 대답이 이 비유에서 나왔지 요. 성인 하인이 그 손님에게 어떤 불만의 원인을 제공한 것은 아니었어요. 과거에 고용한 어떤 신사에게서 그 하인이 소년일 때 바람직하지 않은 짓을 저질렀다는 얘기를 그 손님이 우연 히 들었기 때문이었죠. 우리는 그 까다로운 손님에게 그 성인 하인의 손을 잡으라고 말하고, 상냥하게 그를 그 손님에게 다 시 인사시키면서 말했죠. '사모님, 아니면 선생님, 이 성인을 소 급해서 검열하지는 않으시겠죠. 사모님 아니면 선생님, 나비를 보고 애벌레 시절을 알 수 있습니까? 모든 생물의 자연적인 성 장 과정에서 애벌레는 자신을 끝없이 묻고, 또 묻어서 더 낫게, 더 낫게 끊임없이 부활하지 않습니까? 사모님, 아니면 선생님, 이 성인 하인을 다시 데리고 가십시오. 아이일 때는 애벌레였 을 수도 있습니다. 하지만 지금은 나비입니다.'"

"말장난은 집어치워. 당신의 비유 식 말장난이 다 맞는다고 해도, 그래서 어쨌다는 거야? 나비와 애벌레가 별개의 생명체 라고? 나비는 번지르르한 망토를 걸친 애벌레야. 망토를 벗으 면 이전처럼 벌레 모양의 길고 긴 사기꾼의 몸뚱이가 있지."

"그 비유를 안 받아들이시는군요. 그럼 사실을 말씀해드리죠. 어른이 되면 어릴 적 성격이 정반대로 변하기도 한다는 것을 당신은 부인하고 있습니다. 그렇다면, 좋습니다. 알겠어요. 이그나티우스 로욜라*나 트라프 대수도원의 설립자**도 있지요. 그들은 소년 시절에, 그리고 어른이 된 후 얼마 동안 될 대로 되라는 식으로 살았지만, 결국 은둔자로서 자제하는 삶을 산 것으로 세계적으로 유명합니다. 하여튼 우리는 손님들이 젊은 난봉꾼 웨이터들을 되돌려 보내려 할 때 이 두 가지 예를 인용합니다. '사모님, 아니면 선생님, 인내를 가지세요. 인내를요.' 이렇게도 말합니다. '착한 사모님, 아니면 선생님, 숙성되는 동안 좀 귀찮다고 좋은 와인이 담긴 통을 버리실 겁니까? 그러니 이 어린 웨이터를 버리지 말아주십시오. 이 아이 안에서 착한 마음이 숙성되어가고 있으니까요.' '하지만 그 애는 어쩔 수 없는 방탕아예요.' '그 안에 가능성이 있어요. 방탕아란 장차 성인이 될 원료입니다.'"

"아, 당신 참 말 잘하네. 내가 말쟁이라고 불러주지. 어서 말해, 말하라고."

"정중하게 말씀드리죠, 선생님. 위대하기 짝이 없는 판사, 주교, 예언자란 따지고 보면 말쟁이 아닙니까? 말하고 또 말합니다. 선생이란 특수한 직업도 말하는 것이지요. 지혜란 게 사실

---

* 이그나티우스 로욜라(Ignatius Loyola, 1491~1556)는 가톨릭 사제이자 신학자이며 예수회의 창립자이다.

** 장 아르망 드 보틸리어(Jean-Armand de Bouthillier de Rance, 1626~1700)를 말하며, 그는 로욜라의 명령에 따라 트라프 대수도원을 만들었다.

식탁에서 나누는 잡담*이지 않습니까? 이 세상 최고의 지혜, 그 선생님의 입에서 나온 마지막 지혜가 말 그대로, 진짜, 식탁의 잡담이라는 형태로 나오지 않았습니까?"

"당신, 당신, 당신!" 라이플총을 철거덕거렸다.

"서로 의견이 다른 것 같으니 주제를 바꾸지요. 저, 존경하는 선생님, 성 아우구스티누스**에 대해서 어떻게 생각하십니까?"

"성 아우구스티누스? 당신이나 나나 그 사람에 대해 뭘 알아야 하는데? 내 생각에 당신은 저런 코트는 물론이고, 그런 일을 하는 사람에 대해서 별로 아는 것은 없으면서, 그러면서도 당신이 알아야 하는 것보다, 아니 알 권리가 있는 것보다, 아니 당신이 아는 것이 안전하고 편리한 것보다, 아니 인생의 올바른 과정에서 당신이 정직하게 알 수 있는 것보다 더 많이 알고 있는 것 같은데 말이야. 내 의견은 이렇소. 당신은 중세시대에 금을 지닌 유대인처럼 당해봐야 해요. 당신이 가진 지식. 어떻게 해야 바르게 쓸 수 있는지에 대해 필요한 지식이 없는 그 지식, 그걸 당신에게서 뺏어버려야 한다고 말이야. 난 계속 그렇게 생각하고 있었어."

---

* 「요한복음」 13장에서 17장. 「마태복음」 26장 등에서 볼 수 있는 최후의 만찬에서 예수 그리스도의 설교를 말하는 것이다.

** 성 아우구스티누스(St. Augustine, 354~430)는 32세에 개종했고, 『고백록』에서 기독교로 개종하기 전에 자신이 얼마나 방탕한 생활을 했었는지를 적었다. '원죄(the original sin)'에 대한 그의 견해에는 인간의 죄의 원인이 된 에덴동산의 타락이 중요 부분을 차지한다. 즉 아담의 죄는 그의 후손인 모든 인간에게 공통으로 상속된 것이다. 이런 원죄의 개념은 캘빈주의(Calvinism)의 중요 개념이 되었다.

"즐거우신가 봅니다, 선생님. 제 생각엔 성 아우구스티누스를 좀 아시는 것 같군요."

"성 아우구스티누스가 원죄에 관해 쓴 글이 내 교과서요. 하지만 당신, 내가 다시 묻는데, 이런 영 엉뚱한 것에 대해 억측하고 신경 쓸 시간이나 마음이 어쩌다 생긴 거요? 사실, 생각하면 할수록 당신이 한 말은 모두 유례를 찾아보기 힘들 정도로 특이하군."

"존경하는 선생님, 우리 사무실이 설립되고 저와 동료들이 인간에 관해 폭넓게 연구할 수 있도록 해준 굉장히 새로운 방식, 엄격한 철학적인 방식에 대해 이미 말씀드렸지요. 말씀드리지 않았다면, 힌트라도 드려야 했는데, 제 잘못입니다. 이 연구들은 우리의 고객인 친절한 신사들에게 소년을 포함한 모든 종류의 훌륭한 하인을 상시 과학적으로 확보해드리려는 것을 목표로 하고 있다는 걸 말입니다. 말씀드릴 점은 이런 연구들이 모든 나라의 모든 인간은 물론 모든 도서관의 모든 책에 대해서도 똑같이 시행되었다는 겁니다. 저, 선생님, 당신은 성 아우구스티누스를 좋아하시는 편이죠?"

"뛰어난 천재였지!"

"어느 정도는 그랬죠. 하지만 왜 성 아우구스티누스가 13세 이전에는 아주 형편없는 개 같은 사람이었다고 스스로 고백했을까요?"

"성자가 형편없는 개였다고?"

"성자가 아니라 그 성자의 책임감 없던 이전 시절, 즉 소년일 때 그랬다는 겁니다."

"모든 소년이 다 악당이듯 모든 남자도 그래." 또다시 이야기가 삼천포로 빠졌다. "내 이름은 피치*요. 난 한번 이기면 끝까지 이거야."

"아, 선생님. 오늘같이 따뜻한 여름 저녁에 특이하게 야생동물 가죽옷을 입으신 걸 보니, 냉정하고 부적절하게 마음을 표현하는 선생님의 버릇이나 옷 입는 거나 특이하기는 마찬가진 것 같군요. 하지만 그게 실제 영혼이 그래서가 아니라 그냥 자연이 그래서라고밖에 결론을 내리지 않을 수가 없습니다."

"그래, 진짜, 지금, 진짜." 이런 너그러운 성격에 양심이 찔리지 않을 수가 없었던지, 총각이 안절부절못했다. "진짜, 진짜, 지금은. 내가 데리고 있었던 그 서른다섯 명 소년들에게 내가 좀 너무했구나 하는 생각만 드는군."

"조금 누그러지신 걸 보니 기쁘네요, 선생님. 부드러운 겉껍질 안에 딱딱하기 짝이 없는 성장의 알맹이가 있듯, 선생님 아이들 중 서른번째 아이에게, 확실하지는 않지만, 유연한 기품이 있었을지 그 누가 지금 알겠습니까. 아마도 인디언 옥수수**에 박혀 있는 옥수수 알갱이처럼 그 아이에게도 그런 기품이 숨어 있었을 수도 있지요."

"그래, 그래, 그래." 이 새로운 비유가 빛이라도 비춘 듯 그 총각이 흥분해서 소리쳤다. "그래, 그래. 그리고 지금 생각해보니, 5월에 인디언 옥수수를 서글프게 바라보며 저 시들어 빠지

---

* 피치pitch는 접착제로 쓰이는 송진을 이르는 말이기도 하다.
** 여러 색의 알을 가진 옥수수로 장식용으로도 쓰인다.

고 먹다가 만 것 같은 싹이 8월에 딱딱하고 위풍당당한 줄기로 잘 자라날 수 있을까 하고 생각하고는 했어요."

"아주 멋진 묘사입니다. 선생님, 그리고 우리 사무실에서 처음 내놓았던 비유 이론에 따라 그 묘사를 문제의 서른번째 아이에게 적용하고 결과를 보시죠. 선생님이 서른번째 아이를 계속 데리고 있으셨다면, 그리고 그 애의 허약한 미덕을 참아주고, 보살펴주고, 북돋워주었다면, 대단히 영광스러운 보상을 받으셨을 텐데요. 결국엔 성 아우구스티누스 같은 아이를 말 시종으로 부리게 되셨을 텐데 말입니다."

"정말, 정말, 참. 내가 처음 작정했던 대로 그 애를 교도소에 보내지 않은 게 다행이네요."

"만약 그랬으면 진짜 나쁜 짓을 한 거였겠지요. 그 애가 나쁜 아이인 건 인정합니다. 소년들이 사소하게 못된 짓을 하는 것은 아직 덜 여문 수망아지가 악의 없이 발로 차는 것과 같아요. 어떤 소년들이 미덕이 뭔지를 모르는 건 그 아이들이 프랑스어를 모르는 것과 같은 맥락이지요. 배워본 적이 없는 거예요. 소년원은 부모님의 너그러움을 기반으로 설립되었고, 어른이라면 다르게 처벌받을 죄에 대해 유죄 판결을 받은 아이들을 위해 법적으로 존재합니다. 왜냐고요? 우리 사무실과 같은 단체는 그 애들이 어떤 일을 하든지 기본적으로 소년들에게 기독교적 신뢰가 있기 때문이죠. 그리고 우리는 이런 모든 것을 손님들에게 말해줍니다."

"당신네 손님들은, 선생, 해병인 모양이군, 뭐 말이든 해도 되는 해병 말이야." 태도가 또다시 나빠진 상대방이 말했다.

"왜 똑똑한 고용주들이 월급을 조금만 줘도 되는데도 소년원 출신 애들을 피하는지 알아? 난 당신네가 교화시킨 아이들에겐 관심 없어요."

"존경하는 선생님, 선생님에게는 그런 아이를 보내는 대신, 교화가 필요 없는 아이를 구해드리겠습니다. 웃지 마세요. 백일해와 홍역이 청소년들이 앓는 병이기는 하지만 어떤 아이들은 절대 걸리지 않듯, 청소년들의 악행과 거리가 먼 소년들도 있습니다. 정말, 애들이 앓는 홍역 중에서 제일 심한 것은 전염성이 있는 모양인지, 사악한 말을 나누다가 좋은 태도도 감염되어 손상시킬 수 있지요. 그러니 튼튼한 몸에 건전한 마음을 가진 소년, 그런 소년을 구해드리겠습니다. 지금까지 선생님께서 유독 나쁜 태생의 아이들만 만나셨다면, 그만큼 지금은 착한 아이를 만날 희망도 커지는 겁니다."

"그 말 참 일리 있네. 어느 정도 그렇긴 하지. 사실 당신이 정말 바보 같고, 말도 안 되는 그런 바보 같은 이야기를 많이 하긴 했지만, 당신과 이렇게 이런저런 대화를 하다 보니 나보다 더 쉽게 믿는 사람은 거의 당신 말에 다 빨려들어가서 당신이나 당신 사무실에 조건부 신뢰를 주었을 거야. 나도 거의 그럴 뻔했지. 자, 그러면 재미 삼아 만약 나 같은 사람이 이런 조건부 신뢰를 준다면, 비록 약간이긴 하지만, 어쨌든, 준다고 가정하면, 현실적으로 진지하게, 어떤 아이를 보내줄 수 있나? 그리고 수수료는 얼마요?"

"운영 면에서," 상대방은 다소 격앙되어 마치 개종자가 믿음에 빠져서 오만 척은 다 하듯이 높아진 웅변조의 목소리로 말했다. "철학 정보국은 여타 비슷한 기관에 비해 뛰어나게 잘 돌보고 가르치고 일하는 것을 수반한다는 원칙 위에서 운영되기 때문에 통상요금보다 다소 높을 수밖에 없어요. 간단히 말해, 사례금은 3달러, 선불입니다. 다행스럽게도 아주 전도유망한 소년 한 명을 눈여겨보고 있습니다. 정말, 어리지만 잘할 것 같은 아이예요."

"정직한가요?"

"뼛속까지 정직합니다. 엄청나게 많은 액수, 몇백만 달러라도 믿고 맡길 수 있습니다. 그 애 엄마에게서 그 아이 머리에 관한 골상학 차트를 받았는데 적어도 그 차트 말미에 적힌 소견에 따르면 그렇습니다."

"몇 살인데요?"

"딱 열다섯 살입니다."

"키는 크고, 튼튼한가요?"

"나이치고 보기 드물게 크고 튼튼하지요. 그 애 엄마 말로는 그렇습니다."

"부지런하고?"

"부지런하기가 벌 같아요."

총각이 수심에 잠겼다. 상당히 망설인 끝에 말했다.

"솔직하게 말해서, (솔직하게 말할게요, 솔직하게 말이오) 당신이 보기에 약간만, 제한적으로, 아주 약간, 조건부로 그 아이를 믿어도 될 것 같소?"

"솔직하게 말합니다, 그래도 됩니다."

"건실한 아이예요? 착한 애예요?"

"더할 나위가 없지요."

총각은 마음을 정하지 못해 다시 생각에 잠기더니 잠시 후 입을 열었다. "그럼, 지금 당신이 소년과 사람에 대한 새로운 견해를 제시해줬어요. 그 견해를 구체적으로 들었지만 지금 당장 결정을 내리지는 않겠소. 하지만 순전히 일종의 과학 실험용으로 그 애를 한번 써보지요. 그 애가, 뭐랄까, 천사라고 생각하지는 않아. 아니지, 아니야. 하지만 한번 써보겠어. 여기 3달러 있어요, 이건 내 주소고. 2주일 후 이 요일에 보내주시오. 잠깐, 그 애 여비도 물론 필요하겠지. 여기 있소." 마지못해 약간의 여비를 건네주었다.

"아, 감사합니다. 여비까진 생각하지 못했는데요." 그러더니 태도를 바꾸어 엄숙하게 지폐를 받으며 말을 이었다. "존경하는 선생님, 전 선선히 지불하거나, 오로지 기꺼운 마음으로 건네준 돈이 아니라면 받을 수 없어요. 저를 완전히, 아무 의심 없이 신뢰하고 계시는 게 확실한지 말씀해주세요(그 아이는 신경 쓰지 않으셔도 됩니다). 그게 아니라면 죄송하지만, 돌려드려야겠습니다."

"돈을 받아요, 받으라니까."

"감사합니다. 어떤 종류의 사업 거래라도 반드시 신뢰가 밑바탕이 되어야 하지요. 사람 사이의 거래든, 나라 사이의 거래든, 그게 없다면 시계처럼 태엽이 풀려 멈춰버리죠. 자, 이제, 존경하는 선생님, 그 소년에게 언젠가 조금이라도 좋지 않은 성향이 나타나리라는 지금의 예상을 무시하고 성급하게 아이를 내쫓지 않으면 어떤 일이 일어날지 생각해보십시오. 참을성 있게 신뢰를 가지세요. 잠깐 저지르는 그런 비행은 머지않아 사라지고, 건전하고, 굳건하고, 바르고, 영원한 미덕이 그 자리를 채울 것입니다. 아," 기괴한 형태의 절벽이 있는 강변을 바라보며 "저기 사람들이 '악마의 농담'이라고 부르는 절벽이 있네요. 착륙 벨소리가 곧 울릴 겁니다. 저는 케이로의 여인숙*에 보냈던 요리사를 보러 가야 합니다."

---

* 찰스 디킨스의 『마틴 처즐위트*Martin Chuzzlewit*』(1844)의 주인공 마틴을 연상시킨다. 마틴은 여인숙의 요리사가 되어, 에덴에서 영국으로 돌아간다.

23장

미주리 사람에게 자연 경관의 강력한 효과가 나타나다. 즉 케이로* 외곽을 쳐다보던 그가 제정신을 차리다

케이로에서는 설립된 지 오래된 피버 앤 에이규사社가 아직도 미완의 사업을 진행 중이었다. 그것은 무덤 일꾼인, 혼혈인 옐로우 잭**의 일이었다. 곡괭이와 삽을 든 그의 손은 재주를 잃지 않았다.*** 새터니너스 티푸스 경이 죽음과 함께 산책하는 동안 늪에서 캘빈 에드슨****과 세 명의 장의사는 바람결에 전해지는 묘한 악취가 좋은 듯 킁킁거리며 맡았다.

모기가 윙윙거리고, 반딧불이 반짝이는 축축한 황혼 녘이 되자 배가 케이로 앞에 닿았다. 배는 손님 몇 명을 내린 후 예약

---

* 오하이오, 일리노이, 미시시피주가 만나는 곳이다.

** 황열병을 뜻하며 황열병이 뉴올리언스 지역에서 창궐했던 까닭에 흔히 흑인 혼혈인을 비유했다. 피버 앤 에이규라는 회사 이름도 학질과 열병을 의미한다.

*** 「시편」 137편 5절에 다음과 같은 구절이 있다. "예루살렘아 내가 너를 잊을진대 내 오른손이 그의 재주를 잊을지로다."

**** 16장에서 언급된 사람. 149쪽 참조.

손님이 오기를 기다렸다. 해안 쪽 난간에 기대 서 있던 미주리 사람은 수상쩍은 매체를 통해 축축하고 추한 그 땅을 바라보았다. 그리고 마치 아페만투스*의 개가 그의 뼈를 보며 중얼거렸듯이, 난간 너머로 다 들리게 빈정대며 혼잣말을 했다. 청동 명패를 단 사람이 이 악명 높은 강둑에 내릴 것이라는 생각이 들자, 무엇보다 그곳에 내렸다는 사실로 인해 그가 의심스러워지기 시작한 것이다. 어쩌다 받았는지도 모를 클로로포름을 마시고 취했다가 정신이 들기 시작한 사람처럼, 그는 철학자인 자신이 저도 모르게 속아서 철리哲理에 반하는 사기를 당했음을 반쯤 깨닫게 되었다. 인간이란 빛과 어두움의 변화에 너무나 쉽게 영향을 받는 나약한 존재이지 않은가! 인간의 주관성에서 두루 보이는 신비로움을 곰곰이 생각해보았다. 그는 제일 좋아하는 작가, 크로스본즈**와 함께 다음과 같은 것을 깨달았다는 느낌이 들었다. 아침에 정말 잘 자고 일어나 감사하게도 수사슴처럼 활발하다가 잠잘 때가 되자 몸이 나빠진 사람처럼, 아침에 일어났을 때는 신중하여 꼼꼼히 잘 확인하는 아주 현명하고 꼼꼼한 사람임이 확실했으나, 그럼에도 불구하고, 밤이 채 되기도 전에 주변 분위기에 속아서 모든 걸 잃어버리는 바보로 전락하는 것을 설명할 방법이 없다. 건강과 지혜는 둘 다 소중하지만, 이 둘이 변함없이 나에게 있을 것이라 믿고 의지

---

* 3장에서 언급된 셰익스피어의 희곡 「아테네의 타이먼」의 주인공 타이먼의 친구로 불평불만이 많은 철학자이다.

** crossbones는 뼈 두 개를 교차시킨 모양으로 죽음을 상징한다.

할 수는 없다.

하지만 꽉 채운 쐐기 어디에 틈이 있었을까? 철학, 지식, 경험. 성을 지키는 듬직한 이들 기사들이 비겁한 짓을 했던가? 아니다. 자신도 모르는 사이에 적이 취약한 쪽, 즉 성의 남쪽으로 몰래 들어온 것이고, 간수인 의심이 그들과 타협한 것이다. 결국 관대하고 소박하며 사교적인 그의 천성 때문에 그가 당한 것이다. 이 일로 문책을 당한 그는 그 후 인간관계에 좀더 조심해야겠다고 생각한다.

사교적인 대화를 활발하게 나눴던 기억이 머릿속에서 맴돌았는데, 생각해보니, 그런 대화를 하던 중 청동 명패를 단 사람이 어슬렁거리며 다가와, 전체 인류에게 적용되는 불신이라는 일반 법칙을 오직 자신에게만은 적용하지 말아달라고 차분한 어투로 꼬드기며 자신을 바보로 만들었다 싶었다. 그는 계속 그 대화를 떠올려보지만, 그 작자는 물론이고 그 작자의 술수를 전혀 이해할 수가 없다. 그 남자가 사기꾼이라면, 돈보다 사랑을 얻기 위해 그러는 게 분명하다. 수많은 교묘한 사기의 동기가 고작 더러운 돈 몇 푼이었던가? 그리고 그의 외양은 초라하기 그지없었다. 머릿속에서 낡은 정치가 탈레랑, 가난한 마키아벨리, 더러운 장미십자회원*이(그는 막연하게 이 모든 것을

---

* 샤를 모리스 드 탈레랑(Charles Maurice de Talleyrand, 1754~1838)은 프랑스의 정치가이자 외교관이다. 니콜로 마키아벨리(Niccoló Machiavelli, 1469~1527)는 피렌체의 정치가로 『군주론 *Il Principe*』을 썼는데, 목적이 옳다면 비열한 수단이라도 강행하여 강력한 지도자가 되어야 한다는 내용을 이 책에서 펼쳤다. 장미십자회는 밀교에 빠졌다고 알려진 비밀 단체이다.

떠올렸다) 어지럽게 스치고 지나갔다. 분명 냉대를 받았음에도 그는 논리적으로 주장을 폈다. 비유라는 원칙이 다시 떠올랐다. 그 원칙을 편견에 맞서 휘두르다 보면 충분히 오류가 생기지만, 소중하게 간직했던 의심과 결합해보니 그럴싸해 보였다. 유추하건대, 정체를 알 수 없는 그 인간의 비스듬히 잘린 코트 자락과 그의 사악한 눈빛이 연관이 있다는 생각이 들었다. 그의 다 떨어진 구두 뒤꿈치가 비스듬하고 부드럽게 닳았던 것이 나타내는 의미를 참고하여 그 사기꾼의 매끈한 말의 의미를 따져보았다. 넌지시 말하다가 널뛰듯 적절하게 맞아떨어지는 아부를 섞는 그 말투는 배 위를 구불거리고 지나가는 아첨쟁이 짐승*의 태도와 딱 맞아떨어졌다.

이렇게 정떨어지는 기억을 더듬는데 누군가가 다정하게 어깨에 손을 얹어 그를 일으켜 세웠고, 이어 입맛 당기는 담배 연기 너머로 천사의 목소리처럼 달콤한 목소리도 들렸다.

"이봐요, 형씨. 무슨 생각을 그리 하는 겁니까?"

---

* 이브를 유혹하는 뱀을 이르는 말이다. 「창세기」 3장 13~14절.

24장
어떤 박애주의자가 염세주의자를 개심하려 하나
논박으로 이기지 못하다

"손 치워." 그 총각이 자신도 모르게 뚱한 목소리로 실망감을 감추며 소리쳤다.

"손 치우라고요? 우리 시장*에는 그런 상표의 물건은 취급하지 않는데요. 우리 시장에 호의적인 사람들은 고급 천의 촉감을 좋아하죠. 특히 훌륭한 사람들이 그런 옷을 입고 있을 때 말입니다."

"그러면 그 좋은 친구들 안에 당신도 들어가는 거요? 당신 브라질 태생이지, 아니야? 큰부리새. 깃털은 멋지지만 고기 맛은 별로지."

무례하게 큰부리새라고 언급했던 것은 그 낯선 사람의 옷에 얼룩덜룩한 털이 달려 있었기 때문이었다. 설사 편견 없이 본

---

* 영국 작가 존 버니언(John Bunyan, 1628~1688)이 지은 우화 형식의 종교 소설 『천로역정 The Pilgrim's Progress』에 나오는 '허영의 시장'을 이르는 것으로 추정된다.

다 해도 옷차림으로 보아 그는 분명 자유분방한 사람이었을 터다. 온갖 멋지고 자유로운 옷을 용납하는 미시시피보다 그런 옷차림에 더 익숙한 곳에서라도, 또한 그 총각*보다 덜 비판적인 관찰자의 눈으로 본다 해도 그 사람의 옷장이 예사로워 보이지는 않을 것이다. 하지만 그 총각이 곰 가죽과 래쿤 털로 만든 의상을 입었음을 생각해보면 그도 별반 다를 건 없었다. 짧게 말해 이 낯선 사람은 선홍색이 주가 되면서, 여러 색깔로 줄무늬가 쳐진 옷을 자랑스럽게 입고 있었는데, 스타일로 보면 하일랜드 격자무늬, 이슬람 황제의 의복, 프랑스 블라우스 디자인이 섞여 있었다. 격자무늬로 된 앞면을 보면 보트 경기용 꽃무늬 셔츠 풍도 약간 보이는 것 같기도 했다. 그 외에 그는 풍만하게 부푼 흰색 바지를 입고 밤색 슬리퍼를 신었으며 짙은 자주색 흡연가용 모자를 왕관처럼 의기양양하게 쓰고 있었다. 성격 좋은 여행객들의 왕처럼 보이는, 눈에 띄는 복장이었다. 희한하기는 했으나 어색하지 않고 익숙해 보였다. 적어도, 평소에 쓰던 장갑처럼 익숙한 옷을 입은 듯 편안해 보이는 모습이었다. 그는 방금까지 불친절한 어깨 위에 놓았던 그 친절한 손을 마치 불필요한 옷을 쑤셔 넣듯, 선원 같은 태도로 아무렇지 않게 인디언 벨트처럼 생긴 벨트 안으로 밀어 넣었다. 다른 손은 불이 붙어 있는 뉘른베르크 파이프 담뱃대의 긴 선홍색 대를 잡고 있었는데, 그 파이프 도자기통은 연합국가의 문장紋章이 파도 문형으로 작지만 풍성하게 연이어지면서 장식되

---

* 미주리 사람.

어 있었다. 핵심 물질이 미세하게 배어 나오는 것처럼 파이프 통이 담배 색으로 물들어 있었다. 그건 마치 뺨 위로 속마음이 장밋빛으로 배어 나오는 것 같았다. 하지만 장밋빛과는 거리가 먼 총각에겐 장밋빛 담배통이나 장밋빛 안색은 이미 옛날에 잃어버린 것이었다. 그는 배가 다시 떠나면서 시끌벅적해진 소음이 잠시 끊어지기를 기다렸다가 다시 입을 열었다.

"이봐, 잘 들어봐." 그 모자와 벨트를 조롱하는 눈빛으로 바라보다가 물었다. "아프리카 팬터마임에 나오는 시뇨르 마르제티를 본 적 있어?"

"아뇨, 훌륭한 배우인가요?"

"아주 훌륭하지. 똑똑한 원숭이 역할을 똑같이 했지. 불멸의 정신을 부여받은 존재가 원숭이의 정신에 들어가기나 한 듯 너무 자연스러웠어. 그건 그렇고, 당신 꼬리는 어디 있소? 마르제티는 팬터마임에서 원숭이 역을 할 때 어떤 위선도 없었다고 스스로 자부심을 느끼더군."

한쪽 엉덩이에 의지하며 비스듬히 앉아 쉬고 있던 그 낯선 사람은 생글거리며 오른쪽 다리를 호탕하게 꼬아 다른 쪽 다리 앞으로 놓았고, 수직으로 내려진 슬리퍼 끝은 자연스럽게 갑판을 가리켰다. 그리고 그가 아무 관심 없는 듯, 너그러운 듯, 담배 연기를 길게 뿜어내자 역한 냄새와 함께 세상에 통달한 듯한 완숙한 인간 같은 느낌이 은은하게 풍겼다. 그런 성격은 오히려 반대인 신실한 기독교인 성격만큼이나 쉽게 화를 내거나 반응하지 않는 법이다. 이어 담배를 계속 피우며 다가와 이번에는 그 곰 같은 어깨 위에 팔을 또다시 올려놓고 따뜻한 애정을 듬뿍 담아 다정한 말투로 말했다. "말씀하시는 걸 들어보니 공정한 구경꾼이라면 질문할 여지가 없을 정도로 '**행동은 단호히**'로 가득 차 있군요. 하지만 제 생각에 정직한 의심에서 나온 '**태도는 부드럽게**'*로 적절하게 강도를 조절해야 하지 않을까요, 친애하는 선생님." 그에게 강한 눈빛을 보내며 말을 이었다. "제가 당신에게 무슨 상처를 입혔다고 저의 인사를 그렇게 무례하게 받으십니까?"

"치워, 그 손." 또다시 그 다정한 손을 몸에서 흔들어 떼어내며, "어이, 침팬지로 이름을 날린 그 마르제티인가 뭔 잡담꾼인가 나부랭이란 이름을 대는 당신, 당신 도대체 누구야?"

"코즈모폴리턴이죠. 가톨릭 신자입니다. 편협한 재봉사나 선생으로 스스로를 한정 짓지 않는 대신 가지각색 태양 아래에서 가지각색으로 용감하게 사는 인간 같은 존재입니다. 즉 옷만큼이나 마음도 연방주의자죠. 오, 멋진 지구를 쓸데없이 돌아다니는 건 아니에요. 그러다보면 형제애와 융화가 길러집니다. 아무도 낯선 사람이 아니에요. 누구에게라도 말을 걸죠. 따뜻하게, 신뢰하면서, 정해놓은 미래를 기다리지도 않죠. 그 대신 지금 제가 당하고 있듯 전혀 반가워하지 않는 사람을 만나기도 합니다. 하지만 진정한 세계시민의 원칙은 악을 선으로 갚아주는 거예요. 친애하는 친구, 뭘 도와드릴까요?"

---

* 원문은 '태도는 부드럽게, 행동은 단호히'라는 의미의 라틴어 'suaviter in modo fortiter in re'로 쓰였다.

"수다쟁이 앵무새 씨, 루나산*으로 날아가 버리시지. 당신도 똑같은 인간이야. 썩 꺼져."

"그럼, 이런 인간을 보는 게 엄청나게 역겨운 모양이네요? 내가 바보일 수도 있어요. 하지만 제 입장을 말씀드리면, 저는 모든 종류의 인간을 사랑합니다. 폴란드인, 무어인, 라드론 섬 사람, 양키 같은 사람들을 모두 상 위에 올려놓았죠. 보세요. 난 항상 맛있는 요리를 좋아하죠. 아니 와인이라면 마셔보고 비교하는 걸 마다하는 일이 없는 사람이라고나 할까요. 그런 이유로 나는 코즈모폴리턴이 되기로 맹세했습니다. 런던 부두 와인 저장소**의 감정가와 비슷하죠. 테헤란에서 내커터시***까지 오만 인종들을 맛보고 다닙니다. 하나님의 포도주 중에서도 이 짜릿한 맛의 생물에게는 계속 입맛이 다셔지네요. 하지만 술을 입에 대지 못해서 아몬틸라도****마저도 싫어하는 사람도 있어요. 그러니 인간 중 최상급 브랜드 인간조차 못 마실 정도로 인간 맛을 모르는 그런 사람들도 있을 거라고 생각해요. 죄송합니다. 그런데 친구, 방금 떠오른 건데, 혹시 혼자 살지 않나요?"

"혼자?" 족집게처럼 맞추자 깜짝 놀랐다.

---

* 루나산Lunar Mountains은 동아프리카의 전설의 산으로 우간다의 루웬조리 Rwenzori산으로 추정되기도 한다.

** 1849년 멜빌은 영국 와인산업의 중요 창고 역할을 한 런던 부두 와인 저장소를 방문하고 그 규모에 놀랐다고 한다.

*** 루이지애나의 도시.

**** 스페인산 술.

"그래요. 혼자 살면 자신도 모르게 이상한 병에 걸리죠. 혼잣말하는 병 말이에요."

"엿들었어?"

"사람들 사이에서 혼자 중얼거리고 있는데 그게 안 들릴 리가 있나요. 엿들었다고 꾸중 들을 일은 아니죠."

"염탐꾼이군."

"글쎄요. 마음대로 생각하세요."

"당신 스스로 염탐꾼이라고 자백하는 거야?"

"솔직하게 말하자면 지나가다가 당신이 뭐라고 중얼거리는 것을 들었고, 방금 우연히 정보국 사람이랑 대화하는 것도 들었어요. 그건 그렇고, 그 사람 참 분별력이 있습디다. 내가 생각하는 것과 어쩌나 비슷하던지. 내 스타일 옷을 입었으면 좋았을 텐데. 뛰어난 지각을 가진 사람이 어쩌다가 저급한 외투를 말삼아 그 아래에 등불을 두었는지,* 착한 마음을 가진 사람을 보니 슬프더군요. 제가 조금 들은 거로 이렇게 혼잣말을 했어요. 사람을 얕보는 무익한 철학을 가진 사람이 여기 있구나,라고 말입니다. (죄송합니다만 제가 보기에) 골자를 말하자면, 그건 (미친 게 아니라면) 배타성과 관련 있는 천박한 사고에서 나온 질병입니다. 확실한 건 사람은 함께 섞여야 하고 다른 사람들처럼 살아야 한다는 거예요. 즐겁게 살지 않으려고 버티는 것은 슬픈 일이에요. 인생이란 복장을 갖춰 입고 가는 소

---

* 「마태복음」 5장 15절 "사람이 등불을 켜서 말 아래 두지 아니하고 등경 위에 두나니 이러므로 집 안 모든 사람에게 비치느니라"라는 구절에서 나옴. 여기서 '말'이란 바구니의 일종.

풍입니다. 한자리를 차지하고, 어떤 역할을 맡고, 바보 역을 하려고 분별력 있게 대기하는 거죠. 아는 것이 많은 듯이 평범한 옷에 우거지상을 하고 들어오면 자기만 불편해지고 연극 장면도 망치게 되죠. 와인병 사이에 냉수 병이 끼어 있는 것처럼, 당신은 신이 난 사람들 사이에서 풀이 죽어 있게 되지요. 아니, 아니, 이런 금욕은 효과가 없어요. (신뢰에 근거하여) 하나 더 말씀드리죠. 흥청거리고 파티를 한다고 항상 술에 취하시는 건 아니지만 술을 많이 들이켰는데 말짱하게 있으면 그건 술고래라는 징조일 수 있어요. 제 사고방식으로는, 정신이 멀쩡한 술고래 질병은 술을 약간만 마실 수 있도록 뿔 통의 다른 쪽 끝에서 마시기 시작하는 것으로 고칠 수 있습니다."

"도대체, 어떤 와인 상인과 술고래 협회가 당신에게 그런 강의를 하라고 시켰어?"

"제가 의미 전달을 잘못했나 봅니다. 작은 이야기가 도움을 줄 수 있겠지요. 고션*의 덕 있는 늙은 여자 이야기입니다. 얼마나 도덕적인 노파냐 하면, 가을에 돼지들을 살찌우려고 먹이는 사과를 주지 않을 정도였어요. 그 과일을 먹였다가 발효가 일어나서 돼지들의 두뇌가 추잡스러워질까 봐 겁을 냈던 거지요. 자, 눈이 오지 않아 따뜻한 크리스마스에, 그걸 노인들은 불길한 징조라고 보지요, 이 덕스러운 노파가 맥이 빠져 침대에 몸져누워서, 입맛이 없고 친구들도 보려 하질 않았지요. 남

---

* 고션Goshen은 「출애굽기」에 나오는 비옥한 땅이면서 인디애나주에 있는 도시 이름.

편이 걱정되어 의사를 불렀어요. 환자를 살펴본 의사는 한두 가지 질문을 한 뒤 손짓으로 남편을 밖으로 불러 말했어요. '집사님, 아내분이 회복되길 바라시죠?' '그럼요.' '당장 가서 산타크루즈* 한 병만 사 오세요.' '산타크루즈? 우리 마누라가 산타크루즈를 마셔요?' '마시지 않으면 죽습니다.' '얼마나 사 올까요?' '마실 수 있을 만큼이요.' '그럼 술에 취하잖아요!' '그래도 병이 낫긴 하잖아요.' 의사처럼 현명한 사람 말을 들어야 합니다. 판단력이 있었던 집사님은 성질을 죽이고 그 비정상적인 약을 사 왔고, 불쌍한 노파는 똑같이 양심에 걸려 하면서도 그걸 마셨지요. 그랬더니 얼마 지나지 않아서 건강도 회복하고 정신도 말짱해졌으며 입맛도 되찾아서 친구들과 또다시 즐겁게 만나게 되었지요. 이런 경험을 하자 노파는 금주라는 매서운 얼음을 깨고 그 후로는 잔을 조금만 채우는 일은 없답니다."

그 총각은 이 이야기에 수긍하기 어려워하긴 했지만 놀랍게도 흥미를 보였다.

"당신 우화를 제대로 해석했다면," 아까의 무례함은 적잖이 수그러들어서, "그게 뜻하는 것은 인생을 지나치게 진지하게 보는 시각을 버리지 않으면 인생을 열정적으로 즐길 수 없다는 거겠지. 하지만 확실한 건 지나치게 진지하게 바라보는 것이 너무 많이 마시는 것보다 진실에 더 가까이 간다는 거야. 찬물이든 토케이 와인이건 거짓말보다는 진실을 더 높게 평가하는

---

* 서인도섬 산타크루즈에서 나오는 럼주.

나는 물통이나 틀어쥐고 있어야겠다."

"알겠어요." 나선형 계단처럼 피어오르는 담배 연기를 느긋하게 내뿜으며, "알겠어요, 당신은 높은 곳에 마음을 두고 있군요."

"어떻게?"

"아, 아무것도 아니에요! 지루한 이야기일지도 모르지만 파이 장수의 고미다락에 있는 낡은 부츠 이야기를 하죠. 햇빛과 오븐의 열 때문에 꼴사납게 모양이 뒤틀린 부츠 말이에요. 당신도 그렇게 오래된 가죽 구두 같은 가난한 글쟁이를 본 적 있죠? 정말이지, 자존심 세고, 진지하고, 고독하고, 철학적이고, 대단해 보이는 오래된 부츠 말이에요. 제 입장에서는, 차라리 파이 장수가 땅바닥에 신고 다니는 슬리퍼가 되고 싶어요. 파이 장수에 대해 말하는 김에 하나 더 말하자면 멋진 케이크보다 사슴 내장 파이가 제게 더 걸맞죠. 혼자서 고고하게 지낸다는 것은 잘못된 생각입니다. 제가 방금 말한 이런 사람은 수탉 같은 사람이에요. 혼자서 높은 횃대로 올라가는 수탉은 암탉에게 꼼짝 못 하는 놈이거나 성내는 놈이지요."

"어디 여기서 막말이야!" 확실히 마음에 찔리는 게 있는지 총각이 크게 소리쳤다.

"누구에게 막말했단 건가요? 당신이요, 아니면 인간에게요? 인간에게 막말했다고 수수방관하진 않으시겠지요? 오, 그렇다면, 그건 당신도 인간에 대한 존중심을 가졌다는 겁니다."

"난 나 자신에게 존중심이 있는 거야." 아까보다는 약간 누그러진 어조였다.

"그럼 **당신은** 어떤 종種인가요? 친애하는 선생님, 인간을 경시하는 말을 하다 보면 결국 자승자박을 당하게 되는 걸 모르십니까? 제가 작은 술수로 마법을 멋지게 풀었네요. 자, 자, 다시 생각해보시고, 새로운 마음을 품기 위해 제일 먼저 할 일로 고독을 멀리하세요. 참, 전에 치머만*을 읽어보셨다고 하셨지요. 치머만이라는 이름을 가진 올드 우울증 씨 말이에요. 그 사람이 고독에 관해 쓴 책은 흄이 자살에 관해 쓴 책이나 베이컨이 지식에 관해 쓴 책만큼이나 쓸데없지요. 이런 사람들처럼, 그리고 사이비 종교처럼, 치머만은 영혼과 육체를 조종하려고 하는 사람이라는 게 드러날 겁니다. 그들은 모두 당신이 너무나 자랑스러워하는 사람들이지만 기본적인 내용의 법칙에 따라, 우리 종족이 열망하는 것에 대해서라면 좀 더 높은 차원의 신뢰를 기반으로 한 사교적 기쁨의 정신에서 우러난 것은 아무것도 주지 않지요. 불쌍하게 사기를 당한 사람, 아니 더 불쌍한 사기꾼들을 위해 쫓아버리십시오."

이 말을 하는 그의 태도가 얼마나 진지했던지, 아마 그의 말을 들은 사람은 조금이라도 감동하지 않을 수 없었을 것이다. 아마 적수라도 예민한 사람이면 이 말에 약간 움찔했을 것이다. 잠시 생각에 잠겼던 총각이 대답했다. "술을 마셔본 경험이 있으니 술에 관한 이론을 아는 거지. 당신 마음대로 생각해, 다른 거나 마찬가지로 형편없으니까. 술을 금지하는 마호메트의

---

* 11장에 언급된 인물. 115쪽 참조.

코란이나 술을 찬양하는 라블레*의 코란이나 못 믿을 건 매한 가지야."

"됐습니다." 담뱃대에서 마지막 재를 털어내며, "말하고, 계속 말해도 그 자리 그대로네요. 잠시 걷는 건 어떨까요? 제 팔을 잡고, 도세요. 오늘 최상갑판에서 댄스파티를 한답니다. 그 사람들과 스코틀랜드 지그 춤을 출 거예요. 몇 곡 건너뛰시려면 그동안 제 동전 좀 맡아주세요. 당신 차례가 되면, 총은 옆에 두고 그 털옷은 선원들의 혼파이프 안에 넣는 게 어떨까요? 당신 시계는 제가 맡아둘게요. 어때요?"

이 제안에도 래쿤 털옷을 뒤덮어 쓴 상대방은 평상시와 변함이 없었다.

"이봐," 라이플총을 바닥에 찍으며, "당신 제러미 디들러** 3번이지?"

"제러미 디들러? 난 예언자 제러미에 대한 글은 읽어봤어요. 성직자 제러미 테일러도 있지요. 하지만 당신이 말하는 그 제러미는 제가 모르는 신사네요."

"당신은 그 사람의 비밀 비서지, 그렇지?"

"누구 비서요? 내가 속마음을 털어놓을 만한 사람이 아니라는 게 아니라, 정말 몰라서요."

"너도 그런 사람이잖아. 오늘 정말 유별나게 형이상학적인

---

* Francois Rabelais(?~1553): 프랑스의 풍자시인. 성스러운 술병의 신탁에 관한 풍자시, 『가르강튀아Gargantua』『팡타그뤼엘Pantagruel』을 지었다.
** 사기꾼을 의미한다.

불량배들을 만나는구나. 그런 사람들을 만나는 날인가 보다. 저 민간요법사 디들러에게 면역이 됐는지 그 사람 뒤에 오는 디들러들은 다 고만고만하네."

"민간요법사, 그 사람은 누구입니까?"

"당신 같은 사람. 그런 사람 있잖아."

"**누구** 말씀이죠?" 그러더니 마치 길게 설명을 해달라고 하듯 왼손을 뻗으며 가까이 다가왔고, 그의 파이프 담뱃대는 쇠막대기처럼 왼손과 엑스 방향으로 겹쳐졌다. "오해하시는 거예요. 오해를 풀기 위해서 저랑 잠깐 얘기 좀 하시고, 그리고."

"아니, 그럴 필요 없어. 난 더 말할 게 없으니까. 자질구레한 논쟁이라면 오늘 할 만큼 했어."

"어떤 경우를 가정해봅시다. 외롭게 사는 사람이 낯선 사람과의 접촉을 가장 심하게 오해할 가능성이 있다는 점을 부인하실 수 있나요(아마 당신 같으면 그럴 것도 같군요)?"

"그래. 난 **부인할 수 있어**." 충동적으로 논쟁거리를 물어버렸다. "그리고 단번에 당신을 논박할 거야. 당신은······"

"자, 자, 자, 여보세요." 이중으로 막으려고 양쪽 손바닥을 수직으로 세워 내밀며, "날 너무 심하게 몰아붙이시네요. 기회는 안 주면서. 말씀해보세요, 저 같은 사람이 친교를 제안하면 피하고, 사람들과 어울리는 것도 어떻게든 피하고 무례하게 성질만 부리시는군요. 차갑고, 인정도 없고요. 그런 성질을 받아주려고 따뜻하고, 인정 있게, 정말이지, 밝게 대해드리는 겁니다."

이 말을 들은 상대방은 다시 심술이 폭발하여 귀청이 터질 것 같은 세상에 사는 늙은 속물 귀머거리들, 폭식으로 통풍을 앓아 절뚝거리는 뚱뚱한 통풍 환자들, 왈츠를 출 때 코르셋 입은 남자 파트너를 세게 잡고 있는 코르셋 입은 요부들, 이 사회에 도움이 안 되는 모든 인간, 낭비로 파산하거나 친절하게 다가오는 사람들의 순수한 사랑을 이용하여 파멸시킨 수천 사람들을 향해 마구 욕을 퍼붓기 시작했다. 시기, 경쟁심 혹은 다른 추한 동기도 없이 그런 짓을 한다는 것이다.

"아, 이런," 담뱃대를 쥐고 비난하듯이, "비꼬는 건 정당치 않은 짓이에요. 정말 비꼬는 걸 보니 신물이 나네요. 남을 비꼬는 건 악마나 하는 짓이죠. 신이여 비꼬는 짓과 비꼬는 짓의 절친인 풍자로부터 저를 지켜주소서."

"참된 악당의 기도일 뿐 아니라 참된 바보의 기도군." 라이플총의 안전장치를 잡아당겼다.

"자, 우리 솔직해집시다. 공연히 그런 짓을 하신다는 걸 인정하세요. 아니, 아니. 그러려고 그런 건 아니지. 어쨌든, 좋습니다. 오, 당신도 잘 아시죠. 이 박애주의자가 담배를 피우는 것이 염세주의자가 계속 라이플총을 더듬어 찾는 것보다 얼마나 더 즐거운 일인가를 말이에요. 당신이 말한 그 속물, 대식가, 요부에 대해 말하자면 그 사람들이 확실히 그런 점이 있긴 하지만 그건 단지 성격상 약점이 있는 것뿐이에요(그런 게 없는 사람도 있나요?). 하지만 이 셋 중에서 누구도 친교를 피하는 끔찍한 죄를 저질렀다고 비난받을 사람은 없을 거예요. 난그런 죄를 끔찍한 죄라고 부릅니다. 왜냐하면 그 죄는 그 자체보다 훨씬 어두운 것, 다시 말해, 양심의 가책 때문에 생겼다는 걸 흔히 추측할 수 있으니까요."

"양심의 가책 때문에 다른 사람과 만나지 못하게 된다고? 그렇다면 어떻게 카인이라는 당신 친구는 최초로 살인을 저질렀으면서 최초의 도시를 짓게 되었데? 그런데 왜 현대의 카인은 고독하게 갇히는 것을 무서워하지?"

"친애하는 친구. 너무 흥분하셨어요. 뭐니 뭐니 해도 나 자신은 주변에 사람이 있어야 돼요. 아주 많이 말입니다. 난 주변에 동료를 아주 많이 두고 싶어요."

"소매치기들도 자기 주변에 사람이 많은 걸 좋아하지. 쯧쯧! 다 목적이 있어서 어울리는 거라고. 소매치기들의 목적과 같은 것을 목표로 하는 사람이 얼마나 많은데. 지갑 말이야."

"아, 친애하는 친구. 자연의 원리에 의하면 인간은 군집해서 사는 양처럼 사회적인 동물인데, 양심이 있다면 어떻게 그런 말을 할 수 있나요. 각각의 인간이 함께 어울려 살아도 자기 목적은 따로 있죠. 설사 당신 자신은 그런 목적의식을 강하게 가지고 있다 하더라도, 지금 이 순간에는 사람들과 어울려서 지내야지요. 그러니까, 보다 다정한 철학을 목표로 삼으십시오. 자, 같이 산책이나 합시다."

또다시 그는 형제애의 손을 내밀었다. 하지만 총각은 그 손을 뿌리치고 힘차게 호소하듯 라이플총을 들어 올리며 소리 질렀다. "군 치안관이 마을에 있는 모든 악당과 곡물 저장통에 있는 쥐들을 잡아 가두는 지금, 만약 이 배가 인간을 잠시 저장하는 곡물 저장통이고 이 안에 사악하고 유들유들하고 박애주의자 노릇을 하는 어떤 쥐가 요리조리 피해 다니고 있다면,

최고 쥐잡이꾼이신 여러분, 그 쥐를 잡아서 여기 난간에 못 박으십시오."

"숭고한 외침이군요. 당신 마음 안에 있는 으뜸 패를 보여주네요. 카드에서 으뜸 패라면 그게 스페이드건 다이아몬드건 문제가 안 되지요. 당신은 좋은 와인이니 그냥 흔들기만 해도 맛이 더 날걸요. 자, 우리 모두 뉴올리언스로 가서 거기서 런던으로 떠나기로 합시다. (친구와 프림로즈 힐* 근처에서 살 거예요. 당신은 코번트 가든의 피아자에 투숙할 작정인가요? 코번트 가든의 피아자 말이에요.) 자, 말해봐요. 당신은 아무리 노력해도 디오게네스**의 제자가 될 수는 없을 겁니다. 왜냐하면 유머야말로 디오게네스적 삶의 원동력이고, 현명하지 못한 아테네인보다 훨씬 나은 꽃시장의 약장수 광대가 되게 해주고, 멕시코만 근처 불모지에 몰래 숨어 있는 허수아비가 되게 해줬던 거 아닌가요? 철없는 신사, 타이몬 경님."

"당신 손을 주시오!" 손을 꽉 쥐었다.

"정말, 참 다정하게도 쥐시네요. 그럼 우리가 형제가 될 거라는 데 동의하시죠?"

"염세주의자의 버팀목이 될 만큼은." 더 세게 움켜쥐며, "나

---

* 런던의 리전츠 파크 근처에 있는 곳으로 결투, 살인 사건이 자주 벌어지는 장소로 유명했다. 코번트 가든 역시 런던에 있으며 코번트 가든 피아자는 원래 상업지구로 유명했으나 그 후 쇠락하여 멜빌이 살던 시대에는 주로 꽃과 야채 시장이 열렸다.

** 디오게네스Diogenes는 고대 그리스 아테네의 철학자이다. 시장에서 목욕통을 놓고 그 안에서 살았으며 자신을 '세계의 시민'이라 했다.

는 현대인들이 염세주의자가 될 자격이 안 될 만큼 뒤떨어졌다고 생각했어. 그런데 기쁘게도 말이지. 어떤 경우는 저렇게 변장한 걸 보고 정신을 차리게 된단 말이야."

상대방이 놀라서 멍하니 바라보았다.

"뜻대로 안 될걸. 당신은 디오게네스야, 변장한 디오게네스. 코즈모폴리턴으로 변장해서 놀고 있는 디오게네스야." 그 낯선 사람은 후회스러운 듯 태도가 돌변하여 아무 말 없이 잠시 서 있었다. 마침내 고통스러운 어조로 말했다. "열성을 다해 많은 것을 양보하면서 개심을 시키려고 애를 썼는데 소득 없이 그쪽으로 끌려가기만 했던 저 탄원자의 운명이 얼마나 가혹한지." 이어서 또다시 자세를 바꾸며, "이스마엘* 같은 당신에게, 나는 내 의도를 숨기고 명랑한 모습으로 가장하여 인류의 대사로 다가갔어요. 당신의 염세주의에 대해 원한으로 갚지 않고 당신과 인류 사이에 화해를 찾아야 한다는 확신으로 단단히 무장한 채 말이에요. 하지만 당신은 나를 정직한 특사로 받아주지 않았죠. 그런데 난 듣지도 보지도 못한 그 첩자 같은 인간에 대해서는 몰라요, 선생님." 그는 좀더 당당하게 덧붙였다. "사람을 이렇게 잘못 판단한 일을 통해서 다른 모든 사람도 잘못 판단했다는 사실을 깨닫길 바랍니다, 제발." 양손을 그에게 올려놓고, "신뢰를 가져요. 불신이 얼마나 당신을 기만했는지 보십시오. 제가 디오게네스라고요? 염세주의를 넘어서 인간을 미워

---

* 이스마엘Ishmael은 아브라함이 아내의 하녀 하갈을 통해 낳은 첫아들이었으나 장자로 인정받지 못했다.

하는 사람이라기보다 인간을 비웃는 사람이라고요? 차라리 내가 뻣뻣하게 굳은 시체라면 더 낫겠네요!"

이 말과 함께 박애주의자는 아까 자신이 왔던 곳보다 덜 밝은 곳으로 사라졌다. 당황한 염세주의자를 자신이 현명하게 여기는 고독 속에 남겨둔 채.

25장

코즈모폴리턴이 친구를 사귀다

코즈모폴리턴은 그 자리에서 벗어나 가다가 한 승객을 만났는데, 서부인 **특유의** 허세를 부리며 처음 보는데도 그에게 말을 걸었다.

"당신 친구, 그 희한한 래쿤 옷을 입은 인간 말이에요. 그 인간이랑 나도 잠깐 실랑이를 했죠. 늙은 래쿤이 저리 지독하게 꼬박꼬박 따지지만 않았어도 더 잘해줬을 텐데 말이야. 일리노이주의 존 모어독 대령에 대해 들은 게 떠오르더군요. 당신 친구는 본심이 좋은 사람은 아닐 겁니다, 확실해요."

그곳은 반원형의 선실 베란다로, 갑판에서 후미진 곳으로 통했다. 머리 위에 걸려 있는, 좁은 구역만 비출 수 있는 램프에서 나온 불빛이 정오의 태양처럼 수직으로 비추고 있었다. 지금 말을 하는 사람이 램프 아래에 서 있었기 때문에 원한다면 누구든 그 사람을 찬찬히 살펴볼 수 있었다. 하지만 그 사람에게 쏠리는 눈빛은 전혀 무례하지 않았다.

그는 키가 크지도, 튼튼하지도, 그렇다고 작거나 수척하지도 않았지만, 대신 몸이 그의 정신 상태에 딱 맞춰진 남자였다. 그 밖의 것에 관해 말하자면, 아마 그의 이목구비보다는 옷이 더 좋아 보인다는 것이다. 옷을 보니 조화롭지는 않으나 재단은 잘되어 있었다. 털이 우수한 것은 분명했으나, 품질 좋은 거죽과 안감이 어울리지 않았고 곧 구토라도 할 것같이 칙칙한 얼굴색에 일몰의 태양 빛을 보태주는 것 같은 자색 조끼도 안 어울렸다.

하지만 전체적으로 보면, 그의 외모가 매력이 없다고는 할 수 없었다. 마음이 잘 맞는 사람에게는 확실히 마음에 들 만한 외모가 아니라고 할 수는 없을 것이다. 반면 다른 사람에게는 적어도 호기심 어린 흥미를 불러내지 않을 수 없을 것이다. 지나치게 다정하게 굴며 따뜻하게 반기는 태도가, 사람들이 알기로, 말라리아를 앓아 기력이 빠진 것 같은 표정 뒤에 분별력이 숨어 있는 그런 사람의 태도와 대조적이기 때문이다. 무례한 비평가들은 조끼의 색깔이 뺨에 물들듯 태도가 사람을 물들인다고 생각했을 수도 있다. 그리고 그 무례한 비평가들은 그 사람의 치아가 유독 건강해 보여도, 그 이가 진짜 치고 지나치게 좋아 보이는 것을 보면, 사실 보이는 것만큼 좋지 않을 수도 있다고 넌지시 말할 수도 있다. 최상품 의치는 더 진짜 같아 보이려고 한두 군데라도 얼룩이 있다는 것이다. 하지만 다행히도 선의의 해석을 내릴 수 있었던 것은 그런 비평가가 이 낯선 사람과 마주치지 않았기 때문이었다. 앞서 처음 있었던 곳에서 말없이 인사를 하며 다가간다는 의사를 몸짓으로 나타냈던 코

즈모폴리턴은 (이렇게 말할 때 그는 미주리 사람에게 말을 걸 때
보다 더 기가 죽어 있었는데 아마도 아까의 만남이 연거푸 서글
픈 결과로 이어졌기 때문일 것이다) 지금 이렇게 대답했다. "존
모어독 대령이라," 멍하니 그 단어를 따라 말하면서 "그 이름
을 들으니 추억이 떠오르는군요." 다시 생기가 돌며 "영국 노
스햄프셔에 있는 모어독 저택의 모어독 집안과 관련된 분 아닌
가요?"

"난 모어독 저택의 모어독 집안은 버독 오두막의 버독 집안
이나 마찬가지로 잘 몰라요." 상대방이 대답할 때 그의 태도
에는 자수성가한 사람 같은 태도가 깃들어 있었다. "내가 아는
건 죽은 존 모어독 대령이 당시에 유명했다는 거예요. 로치엘*
같은 눈, 방아쇠 같은 손가락, 캐타마운트** 같은 신경을 가졌는
데 라이플총 없인 여간해서 안 돌아다닌다는 것과 인디언을 뱀
처럼 싫어했다는 것, 딱 두 가지가 남다르게 이상했죠."

"당신이 말하는 모어독은 염세주의 저택, 즉 숲속에 사는 모
어독인 모양이군요. 내 생각으론 그 대령이 대인관계가 세련된
사람은 아닌 것 같습니다."

"세련되건 아니건 빗질은 하고 다녔고, 부드러운 수염에 곱슬
머리였죠. 인디언만 빼곤 모든 사람에게 사근사근하기 그지없었
어요. 고故 존 모어독 대령이자 일리노이의 인디언 혐오자인 그

---

* 이완 캐머런 로치엘 경(Sir. Ewan Cameron Lochiel, 1629~1719): 스코틀랜드 태
생의 지도자로 토머스 매콜리Thomas Macaulay의 『영국사 History of England』에
"늑대들과 치열한 전투를 한 사람"으로 기록되어 있다.

** 고양잇과 야생동물.

가 인디언을 얼마나 미워했는지는 두말할 필요가 없죠!"

"그런 말은 처음 들어보는데. 인디언을 미워했다고? 그 사람이나 다른 사람이나 왜 인디언을 미워할까요? **나는** 인디언을 존경해요. 그 사람들은 원시 부족 중에서 최고이고 영웅적인 면도 많다고 항상 들었어요. 위대한 여자들도 몇 명 있죠. 포카혼타스 이야기를 떠올리면 인디언이 저절로 좋아지던데. 매서소이트도 있고, 마운트 호프의 필립, 티컴세, 레드 재킷, 로건,* 모두 영웅이죠. 그리고 다섯 부족 연합과 아라우칸 족.** 모두 영웅들이 세운 연방이고 공동체였죠. 어이쿠. 인디언을 미워한다고요? 죽은 존 모어독 대령도 마음속은 어지러웠을 거예요."

"숲을 많이 돌아다녀서 어지러웠겠지요. 내가 듣기로 다른 면으로 어지러워할 일은 없었다고 합디다."

"진심으로 한 말이에요? 인디언을 증오하는 것을 특별한 사명으로 삼았다고 해서 그를 지칭하는 인디언 혐오자Indian-hater 라는 특수용어까지 생기게 한 사람인데요?"

"그렇다 하네요."

"세상에. 그런 말을 그렇게 덤덤하게 받아들이다니. 그런데 정말 그 사람이 인디언 혐오자 노릇을 어떻게 했는지 알고 싶어요. 그런 일이 생길 수 있다는 게 영 믿기지 않으니까요. 당신이 말한 그 특이한 사람의 생애에 대해 약간만 말씀해주시겠

---

* 모두 인디언 추장 혹은 지도자들이다. 포카혼타스는 1607년 존 스미스 대령의 목숨을 구한 후 존 롤페와 결혼해서 영국에 갔다.

** 남아메리카의 인디언 부족들로, 3세기 동안 당시 정복자인 스페인인들에게 엄청난 저항운동을 했다.

어요?"

"얼마든지 말해드리죠." 즉시 베란다에서 몇 발자국 걸어 나
온 그는 코즈모폴리턴에게 근방에 있는 갑판 위의 안락의자
에 앉으라는 몸짓을 했다. "자, 선생은 거기 앉으시고. 난 당
신 옆, 여기에 앉죠. 존 모어독 대령에 대해 듣고 싶다고 하셨
죠. 자, 어린 시절의 어느 날이었던 그날은 하얀 돌* 같은 날이
었죠. 그날 나는 뿔로 만든 화약통이 달려 있는 대령의 라이플
총이 워배시강**의 서쪽 강둑에 있는 오두막집에 걸려 있는 것
을 보았죠. 그때 나는 아버지와 함께 광야를 통과하여 서쪽으
로 긴 여행을 하던 중이었어요. 정오가 거의 다 되었을 때 안
장을 내리고 말을 먹이려고 그 오두막집에 들렀어요. 오두막에
있는 남자가 라이플총을 가리키더니 그게 누구 건지 말해주면
서 대령이 지금 곡물창고에서 늑대 가죽을 깔고 자고 있으니까
큰 소리로 말하지 말라고 하더군요. 대령이 (아마, 인디언) 사냥
을 하느라 밤을 새웠으니, 괜히 깨워서 애먹이지 말라는 거였
지요. 그렇게 유명한 사람이니 보고도 싶고, 호기심도 생겨서
혹시 나오지 않을까 두 시간 넘게 기다렸어요. 그런데 안 나
타나더군요. 해가 지기 전에 다음 오두막으로 꼭 가야 했기 때
문에 목적한 걸 아직 못 이루었지만 결국 포기해야만 했어요.
하지만 사실 나 자신은 원하는 걸 못 이룬 채 떠나지는 않았

---

* 중요한 일이 일어난 것에 대한 일종의 기념비를 일컫는 표현이다. 「창세기」
18장에서 야곱은 돌을 베개 삼아 자다가 천사들을 본다.
** 워배시wabash강은 오하이오주와 일리노이주를 관통하는 강이다.

던 것이, 아버지가 말에게 물을 먹이는 동안 오두막 안으로 몰래 다시 들어가서 사다리 몇 칸을 걸어 올라가 사닥다리 사이로 머리를 디밀어서 주변을 살펴봤던 거죠. 곡물창고에 불빛은 없었어요. 하지만 저 멀리 구석 쪽에 늑대 털가죽 같다는 생각이 드는 것이 보였고 그 위에는 낙엽 더미 같은 꾸러미가 있었어요. 한쪽 끝에는 이끼 같은 게 공처럼 모여 있고 그 위로 나뭇가지 같은 순록의 뿔이 보이더군요. 근처에는 작은 다람쥐한 마리가 견과류가 든 단풍나무 그릇에서 뛰어나와서 꼬리에 낀 이끼 덩어리를 털어내더니 찍찍거리며 구멍 속으로 사라졌어요. 삼림지대에서 볼 수 있는 별 볼 일 없는 광경이 내가 본 전부예요. 이끼 덩어리라고 본 게 그의 곱슬머리 뒤통수가 아닌 이상 거기 모어독 대령은 없었던 거죠. 올라가서 확인했어야 했는데, 아래쪽의 남자가 말하기를 대령이 야영하던 버릇 때문에 벼락이 쳐도 잘 자지만 발소리, 특히 사람 발소리는 아무리 약한 소리에도 놀라서 깬다고 겁을 주는 바람에 그러질 못했죠."

"잠깐만요," 말하는 사람의 팔목에 부드럽게 손을 얹으며 코즈모폴리턴이 말했다. "아마 대령은 사람을 잘 못 믿는 사람이었던가 보네요. 신뢰가 거의 없든지 아예 없든지 말이에요. 의심하는 성격의 사람이었던 거죠, 그렇죠?"

"전혀 아니에요. 반면 아는 게 많았죠. 사람을 의심하는 성격도 아니었지만, 인디언에 대해서 무지하지도 않았으니까요. 저, 그런데 당신도 아마 눈치채셨겠지만, 제가 그 사람을 자세히 본 건 확실히 아니나, 어쨌거나 그 사람에 관한 이야기는 누구보다도 많이 들었죠. 특히 우리 아버지의 친구인 제임스 홀 판사*로부터 그의 생애에 관해 듣고 또 들었어요. 사람이 모이는 곳마다 항상 그 이야기를 해달라는 부탁을 받았죠. 그분보다 더 잘하는 사람은 없을 거예요. 결국 판사님은 체계적인 스타일을 만들었죠. 이야기를 듣는 몇 사람에게가 아니라 눈에 보이지 않는 대필자에게 말하는 것 같은 생각이 들 정도로 말을 잘하셨어요. 꼭 언론에 대고 말하는 것 같았다니까요. 그분 참 말을 잘했지. 나도 누구 못지않게 생생하게 기억하고 있으니까 필요하다면 대령에 관해서 판사가 한 말을 거의 한마디도 빠뜨리지 않고 생생하게 전해줄 수 있어요."

"그럼 최선을 다해 이야기해보세요." 코즈모폴리턴이 재미가 난 듯 말했다.

"판사의 철학에 대해 말해줄까요, 전부?"

"그 점에 대해서는," 담뱃대에 담배를 채우다 잠시 멈추고, 진지한 목소리로 상대방이 다시 끼어들었다. "지성인으로서 말씀드리자면, 그 사람 철학을 받아들이는 것이 바람직할지, 아닌지는 그 사람이 어느 학교 출신인지에 따라 상당히 달라집니다. 판사는 어느 학교, 어느 계통 출신인가요?"

"그분이 읽고 쓸 줄은 알아도 학교에서 공부를 많이 하지는 않았을 겁니다. 하지만 어디 속했다면 자유학교 계통일 게 확실해요. 예, 진정한 애국자였던 판사는 자유학교제 신봉자였어요."

---

* James Hall(1793~1868): 일리노이주의 순회 판사로 미국 서부와 인디언에 대한 글을 많이 썼다.

"철학적으로요? 지성을 가진 인간이라면 판사의 애국심을 존경하고, 판사가 걸출한 언변을 가졌다는 것을 안다고 하더라도, (아마 곧 어느 정도인지 증명이 되겠죠) 신중하기 때문에 판사가 생각하는 철학에 대해 판단을 유보할 수도 있지요. 하지만 난 엄격한 사람은 아니니까 계속 말씀하셔도 돼요. 그 사람 철학이건 뭐건 상관없으니까."

"그래요. 우선 그 부분은 가능한 한 뛰어넘죠. 판사가 낯선 사람들을 대할 때 항상 꼭 필요하다고 생각했던 철학적 방식의 근거를 탐색하는 것 말이에요. 왜냐하면 인디언 혐오가 모어독 대령의 전유물이 아니란 것을 당신도 알아야 하니까요. 인디언 혐오주의는 형태가 분명하지는 않았지만, 어느 정도 많든 적든, 그 사람이 속한 계층의 사람들이라면 모두가 가진 열정이었죠. 인디언 혐오주의는 아직 존재하고 있어요. 인디언이 있는 한 앞으로도 그럴 게 분명합니다. 그러니까 인디언 혐오주의가 내 이야기의 첫번째 주제이고 인디언 혐오자였던 모어독 대령이 두번째이자 마지막 주제이죠."

이 말을 하며 그 낯선 사람은 자리를 잡고 앉아 이야기를 시작했다. 듣는 사람도 천천히 담배를 피우며 열심히 들었다. 그동안 그의 시선은 무심히 갑판 쪽을 향했으나, 그의 오른쪽 귀는 그 사람의 말을 열심히 따라가, 주변에 누구도 방해하지 않는 듯 모든 말을 경청했다. 그는 잘 듣기 위해 자신의 시야를 막아버린 것 같았다. 단순히 말로는 그렇게 알랑거리며 공손을 표시할 수는 없을 것이며, 집중하여 철저히 음미하는 이 무언의 웅변만큼 공손을 깊이 표현할 길도 없을 것이다.

26장

야만인에게 호의적이었던 루소*보다 그들에게
덜 호의적인 게 분명했던 사람들의 견해를 따라
인디언 혐오의 형이상학적 원리를 이해함

"판사는 항상 이런 말로 시작했죠. '인디언에 대한 변방인**
의 증오는 이전부터 이야기 주제가 되어왔다. 개척자 시대 초
창기에는 이러한 열정을 쉽게 설명할 수 있다고 생각했다. 하
지만 박애주의자는 한때 인디언들의 약탈이 활발히 자행되었
던 전 지역에서 약탈이 거의 멈추고 나서도 인디언 혐오가 사
그라지지 않는 것에 놀라워한다. 그는 왜 변방인이, 배심원단
이 살인범을 대하듯, 사냥꾼이 살쾡이를 보듯(살쾡이야말로 자
비로 대하는 것이 능사가 아닌 동물이다)이 인디언 족속을 대하
는지 의아해한다. 휴전은 소용이 없고, 반드시 처단해야 하니
까 말이다.'

---

* 장 자크 루소(Jean Jacques Rousseau, 1712~1778)는 고귀한 야만인은 문명에 더
럽혀지지 않은 인류의 원형이라고 생각했다.

** 변방인(Backwoodsman): 19세기 미국의 극서부 혹은 변경지대의 숲에서 살았
던 개척민을 이르는 말이다.

'흥미로운 점은' 판사는 계속 말하곤 했죠. '설명해준다 해도 모든 사람이 충분히 이해하지는 못할 것이다. 반면에 누구든 이해에 도달하려면 변방인이 어떤 유형의 사람인지 반드시 배워야 하며, 이미 알고 있다면 마음속에 새겨 넣어야 한다. 하지만 인디언이 어떤 유형인지는 역사나 경험을 통해 이미 많은 사람이 알고 있다.

변방인은 외로운 사람이다. 사려 깊은 사람이기도 하다. 그는 강하지만 세련된 사람은 아니다. 충동적인 사람들이고, 어떤 사람들은 원칙이 없다고 생각할 수도 있다. 어쨌든 고집이 세다. 다른 사람들이 말하는 것을 듣기보다는 스스로 찾아서 직접 보려고 한다. 궁해도 도와줄 사람이 없기에 자기 자신을 의지해야 한다. 항상 스스로를 보살펴야 한다. 그러므로 비록 혼자만의 판단일지언정 자신의 판단에 의존하며 홀로 살아나가야 한다. 그렇다고 자기 생각에 잘못이 없다는 것은 아니며, 오히려 족적을 따라가 보면 그가 수많은 잘못을 했음을 알 수 있다. 하지만 그는 자연이 주머니쥐에게 내려준 것과 같은 영리함을 자신에게도 주었다고 생각한다. 야생에 사는 이런 동물 친구들에게는 타고난 영리함이 최고의 의지처다. 어느 쪽에서든 이런 생각이 잘못되었다는 것이 입증된다면, 즉 주머니쥐가 영리하지만 덫에 걸리게 되고, 변방인이 영리하지만 엉뚱한 곳에 매복하는 일이 발생한다면, 그들은 그 결과를 감내할 뿐 스스로를 탓하지는 않는다. 주머니쥐와 마찬가지로 변방인도 계율보다 본능이 앞선다. 변방인은 하나님이 만든 작품들 중 주머니쥐가 그러하듯 오로지 한 생명이 사는 장관을 보여준다.

하지만 진실을 말하자면, 이런 일을 통해 마음속으로 신앙심을 키우는 일은 거의 없다. 무릎을 구부려 라이플총을 조준하거나 부싯돌로 불을 붙이는 것 이상으로 작은 활을 쏘고 갈퀴질을 하는 것이 그의 일이다. 친구가 거의 없어서 어쩔 수 없이 고독을 누릴 때가 많고 시련을 참아야 한다. 작은 시련이 아니라 죽음에 견줄 만한 고독이며, 제대로 감당하다 보면 아무리 혹독한 시련이라도 참아내는 불굴의 의지가 될 그런 시련이다. 변방인은 혼자 사는 걸 만족할 뿐만 아니라 적지 않은 경우 혼자 살기를 간절히 원한다. 10마일 밖에서 연기가 보이면 오히려 그게 그를 더 깊은 자연 속으로 한 발짝 들어가게 부추기는 계기가 된다. 인간이 무엇이든지 간에 인간은 우주가 아니라고 생각하는 것일까? 영광, 아름다움, 친절을 탐닉하면 안 된다고 생각하는 것인가? 인간이 출현하면 새를 쫓아내게 되듯 새같이 소심한 생각들이 그를 쫓아내는 것인가? 어떻든지 간에, 변방인의 타고난 천성은 순수하다. 헤어리 올슨*처럼 보여도 셰틀랜드 바다표범 같은 면이 있다. 짧고 뻣뻣한 털 아래에는 부드러운 털이 숨어 있는 것이다.

변방인이 미국에서 한 짓이 어느 정도는 야만적으로 여겨질 테지만, 이는 문명 정복의 선봉에 섰던 대장, 알렉산더가 아시아에서 한 짓이나 마찬가지일 것이다. 국가의 부나 권력이 아

---

* 중세 프랑스 로맨스 『발렌틴과 올슨 *Valentin et Orson*』에 나오는 인물이다. 쌍둥이인 발렌틴은 궁정에서 자라고, 올슨은 곰에게 양육되었다. 곰에게 양육된 올슨은 야생적으로 살게 되는데, 그의 예가 의미하는 것은 인간에게 야수적인 본능이 있다는 것이다.

무리 늘었어도 국가가 그의 시중을 들어준 것은 아니지 않은가? 선구자, 후세의 안전을 마련한 사람, 하지만 스스로에게는 고난만을 요구한 사람. 출애굽 때의 모세,* 잠복하거나 말을 탄 군단의 선두에서 투구도 쓰지 않고 위험을 무릅쓰며 날이면 날마다 걸어서 행군했던 골 족의 율리아누스 황제**와 비견될 고귀한 행동이다. 이민의 물결은 앞으로도 일정 속도를 유지하며 계속 밀려들겠지만, 변방인은 기가 죽지 않을 것이다. 폴리네시아인이 파도를 타듯*** 변방인도 계속 전진할 것이기 때문이다.

그래서 그는 평생 계속 옮겨 다니겠지만 자연에 대한 존경심과 함께 검은 표범이나 인디언 같은 자연 산물과의 관계도 변치 않을 것이다. 그러므로 각기 다른 이 두 인종에 관한 국제평화회의****의 이론이 정확하기는 하나, 누구보다 변방인이 어떤 실질적 제안을 말할 자격이 있다는 것은 확실하다.

변방인으로 태어난 아이는 자기 아버지의 삶을 또다시 답습한다(인간 중에서도 주로 인디언과 관련된 삶이다). 그러므로 그들은 아이에게 인디언이 어떤 종족이고 그들에게 뭘 기대할 수

---

* 유대민족을 이집트에서 구출해서 나온 모세는 가나안 땅에 들어가지 못하고 그 근방에서 병사했다.

** Julianus Apostata(재위 361~363): 로마의 황제.

*** 기독교 선교사들은 파도타기를 포함한 원주민이 즐기는 스포츠를 금지하려고 애썼다.

**** 1848~51년 사이에는 네 차례 국제평화회의가 열렸다. 이 중 네번째 회의는 문명국이 원시 부족을 침입하는 것을 비난하는 내용이었다.

있는지 조심스럽게 말하기보다는 기탄없이 말하는 것이 최선이라고 생각한다. 인디언을 프렌드 교파(퀘이커 교도) 신도처럼 생각하는 게 자비로운 자세이기는 하나, 인디언에 대해서 전혀 모르는데, 그들이 살 땅에서 앞으로 길고 긴 길을 홀로 가야 할 사람에게 인디언에 대해 그런 식으로 생각하게 인식을 심어 주는 것은 결과적으로 사려 깊지 않을 뿐만 아니라 잔인한 일이 될 수도 있기 때문이다. 적어도 변방인 교육의 근간은 이런 격언을 기반으로 한 것이다. 따라서 이런 경우 흔히 그렇듯, 변방인들은 어린 시절에 뭘 배우긴 해도, 숲에 대한 연대기를 쓴 학교 선생님에게서 배우는 일은 거의 없다. 대신 인디언의 거짓말, 인디언의 절도, 인디언의 속임수, 인디언의 사기, 인디언의 배신, 인디언의 몰양심, 인디언의 피의 광분, 인디언의 사악함의 역사(원시림의 역사이긴 하지만, 『뉴게이트 달력』이나 『유럽 연대기』*만큼 악한 일로 가득 차 있는 역사) 같은 것을 듣게 된다. 아이는 이런 인디언 이야기들이나 전통에 대해 철저히 세뇌된다. '나뭇가지가 굽는 방향으로 나무가 성장한다.'** 변방인에게는 인디언에 대한 본능적 반감이 선악과 옳고 그름에 대한 분별력과 함께 성장한다. 형제는 사랑해야 하나 인디언은 미워해야 한다는 것을 단숨에 배운다.'

---

* 『뉴게이트 달력 *The Newgate Calendar*』은 1773년에 최초로 출판되었는데 주로 유명 범죄에 대해 기록했다고 하며 『유럽 연대기』는 1739년에서 1744년까지 출판된 책으로 각 해에 일어난 중요 사건들로 구성되어 있다.

** 영국 시인 알렉산더 포프(Alexander Pope, 1688~1744)의 『도덕 에세이 *Moral Essays*』에 나오는 구절.

'사실이 그러하기에,' 판사는 이렇게 말하곤 했어요. '도덕을 가르치려 할 때는 그와 같은 것에 주의해야 한다. 한 인간이 다른 인간을 그런 식으로 판단하고 인종 자체를 혐오스러워하는 걸 양심이라고 생각하게 하는 것은 끔찍한 일이다. 끔찍하기도 하지만 또한 놀라운 일이기도 하지 않은가? 정원에 있는 어떤 종의 곤충이 녹색이라고 미워하는 것과 마찬가지로 피부색이 붉다고 어떤 민족을 미워한다면 놀라운 일이지 않은가? 개척지에서 이름이 메멘토 모리*라고 붙은 종족에 온갖 악한 이름은 다 붙었다. 지금 모야멘싱 형무소**에 수감된 죄수 같은 말 도둑, 지금 뉴욕의 폭도 같은 암살자, 지금 오스트리아인같이 조약을 깨뜨린 자,*** 독화살을 가진 파머**** 같은 자, 잔인한 재판을 한 후 피해자에게 사형을 선고하는 사법 살인자들과 제프리스 같은 인간들.***** 아니면 인사불성인 여행객을 달콤한 말로 속여 매복지로 데리고 가 목을 졸라 죽인 후, 자신이 믿는 신, 매니토******에게 감사하기 위해 한 행동이라고 하는 유대인.

---

* 메멘토 모리memento mori는 '죽음을 기억하라'는 뜻의 라틴어 문장이다.

** 필라델피아 카운티에 있는 형무소.

*** 1848년에 일어난 혁명 때 오스트리아 정부는 국민에게 많은 약속을 했으나, 혁명 다음 해에 그 약속을 다 철회했다.

**** 닥터 윌리엄 파머(Dr. William Palmer, 1824~1856)는 자신의 아내, 형, 친구를 포함한 다수의 사람을 독살한 후 사형당했다.

***** 영국 대법관 조지 제프리스(George Jeffreys, 1648~1689)는 300명에게 교수형을 내렸다.

****** 매니토는 미국의 인디언들이 믿는 신으로, 선한 영을 가진 매니토와 악한 영을 가진 매니토가 있다.

하지만 이 모두는 인디언에 관한 진실에 더 다가간 것이 아니라 변방인들이 가진 인디언에 대한 편견의 예라고 할 수 있다. 자비심이 있는 사람이라면 이런 것을 보고 변방인이 인디언을 정당하게 대접하지 않았다고 생각할 수도 있다. 분명한 것은 인디언 자신도 그렇게 생각한다는 점에서 이들과 의견이 일치한다는 것이다. 인디언들은, 진정으로, 자신들에 대한 변방인의 시각에 반발한다. 그리고 어떤 사람들은 인디언이 변방인에게 반감을 받은 만큼 이를 혹독하게 갚아주는 것이 그들이 받을 명예훼손에 대한 도덕적 분개에서 기인한다고 생각한다. 정말 그들은 그렇게 믿고 말한다는 것이다. 하지만 이 점이나 다른 점에서도 인디언에게 스스로를 변론할 여지를 허용하고, 다른 변론을 배제하는 일은 대법원이 맡아서 처리해야 할 문제이다.* 그런데 인디언이 진심으로 기독교로 개종하면 (하지만 그런 경우는 많지 않다. 그런데 놀라운 점은 명목상이긴 하나, 때때로 전 부족이 광명을 찾아 나오는 일도 있다는 것이다) 그런 경우 그 인디언은 자신이 깨우친 확고한 믿음, 즉 자기 인종이 천성적으로 악하다는 확신**을 숨기려 하지 않을 것이며, 변방인이 자신들을 최악의 종족이라 생각하는 것도 잘못된 게 아니라고 시인한다. 그건 그렇고, 인디언의 미덕과 인디언의 자

* 1831년 체로키 인디언 대 조지아 사건의 대법원 판결을 비틀어 말하는 것일 수도 있다. 이 판결문에서 대법원은 체로키 인디언을 '국내에 속한 국가'로 간주해야 한다고 판결했다.
** '인간은 모두 악하게 태어났다'는 것을 의미하는 성악설은 캘빈주의의 핵심 교리다.

애심에 대한 이론을 강하게 고수하는 인디언 족속 가운데는 사실 말 도둑에 도끼 살인마인 경우도 때때로 있다. 적어도 그 변방인*은 그렇다고 단언하고 있다. 그리고 자신은 인디언의 천성을 잘 알기에(그는 그렇다고 생각했다) 인디언이 잠복술을 쓸 때처럼 어떤 경우에는 스스로를 능숙하게 기만할 수 있다는 것도 잘 알고 있다고 생각한다. 하지만 그의 이론과 (위에서 보이듯 오히려 정반대인) 실제가 크게 맞아떨어지지 않는 것 같으면 변방인은 그 점에 대해 이렇게 설명한다. 즉 어떤 인디언은 인디언 족속이 자비롭다고 주장하는데, 그건 본질적으로 전쟁, 사냥, 그리고 일상생활의 행동에서 유용하다고 그들이 생각하는 정교한 전술의 일환이라는 가정 아래 설명될 수 있다는 것이다.'

판사는 변방인이 그 야만인에 대해 느끼는 깊은 혐오감을 좀 더 자세히 설명하다가, 이전부터 전해오던 숲속 사람들의 역사와 전통 중 무엇에 자극받아 그런 일이 생겼는가를 파악하는 것이 조금이나마 도움이 되리라고 생각했어요. 그래서 그는 버지니아에서 분가했던 사촌 일곱 명이 최초로 세운 라이츠와 위버즈의 작은 집단 거주지 이야기를 하곤 했지요. 그들은 자기 집안에서 여러 차례 분가해서 마침내 켄터키주의 블러디 그라운드**라는 남부 개척지에 자리를 잡았어요. '그들은 강하고 용

---

* 존 모어독 대령.

** 당시 켄터키주는 인디언들이 백인의 지배에 반기를 드는 일이 흔하게 일어나서 '어둡고 피비린내 나는 땅(Bloody Ground)'으로 알려져 있었다.

감한 남자들이었다. 하지만 그 당시의 많은 개척자와는 달리 싸움 자체를 위한 싸움은 좋아하지 않았다. 비옥한 미개척지가 유혹하자 그들 자신만의 터전을 마련하고 싶다는 생각이 점점 더 강해졌고, 이주하는 중에 인디언의 괴롭힘을 받지도 않았다. 하지만 개간을 하고 집을 짓자 밝고 안전했던 순상지*가 곧 다른 모습으로 바뀌었다. 공격과 전투가 거듭 이어지고, 이웃에 살던 몰락한 부족이 공격하여 어쩔 수 없이 박해를 받아 곡식과 가축을 잃었다. 교전 중에 두 명의 가족을 잃었고, 남은 사람들은 목숨은 건졌으나 큰 부상을 당했다. 남은 다섯 사촌은 (적을 이렇게 괴롭히며 평화를 앗아간) 추장 목모호크**에게 많은 것을 양보하고 조약을 체결했다. 하지만 지금까지 체사레 보르자***처럼 신뢰할 수 없는 야만인이라고 생각했던 목모호크가 갑자기 태도를 바꾸었다. 그러자 그들은 처음에는 그 상황에 고무되었다. 목모호크는 이제 이전과는 반대로 행동하며 화목하고 화평하며 영원한 친구인 듯이 굴었던 것이다. 적대관계를 포기한다는 단순한 의미의 친구가 아니라 적극적이고 친숙한 친절이란 의미를 가진 친구가 되려고 한 것이다.

하지만 현재 추장의 모습 때문에 과거 추장의 모습을 완전히 잊어버릴 수 있었던 것은 아니었다. 그래서 인디언의 태도 변화로 많이 누그러졌고, 또한 자신들에게 유리한 조항이 있었

---

* 선캄브리아대 암석이 방패 모양으로 넓게 퍼져 있는 지형.

** 목 모호크Mock Mohawk(호크족을 모욕하다)를 이르는 말로 추정된다.

*** Caesar Borgia(1475~1507): 교황 알렉산더 6세의 사생아로 태어나 16세기 초 교황군 총사령관으로 이탈리아 로마냐 지방을 정복했다.

음에도 아직은 함께 계약할 만큼 그를 신뢰하지 않았다. 인디언 천막과 오두막집 사이에 우정 어린 방문이 오고 갔지만, 다섯 명의 사촌은 여하한 일이 있어도 추장의 숙소에 다 함께 가는 짓은 절대 하지 않았다. 비록 가겠다고 약속하긴 했어도, 추장이 친선을 가장하여 그들에게 해를 가하려고 할 수도 있고, 만약 그런 일이 실제로 일어나면 일부만 해를 당하게 해야 한다는 것이 그들의 생각이었다. 그렇게 되면 다섯 사촌 중 살아남은 사람이 가족을 돌보고 복수할 수도 있기 때문이다. 그럼에도 목모호크는 때를 봐서 술책을 쓰고 환심을 사는 행동으로 그들의 신뢰를 얻어낸 후 그들을 모두 곰 고기 파티에 불렀고, 책략을 써서 모두 죽였다. 몇 년이 지나고 난 후 추장에게 사로잡힌 겁 없는 사냥꾼이 그들과 그 가족들의 뼛가루 앞에서 추장이 한 배신을 꾸짖자, 추장은 비웃으며 말했다. 〈배신이라고? 백인들이란! 먼저 계약을 깨뜨린 건 백인이야. 모두 함께 온 것도 그 사람들이고 목모호크를 믿어서 계약을 먼저 깬 것도 그 사람들이야.〉'

여기서 판사는 말을 멈추었죠. 손을 들어 올리고, 눈알을 희번덕거리며 크고 엄숙한 목소리로 외쳤어요. '돌고 도는 농간과 유혈 낭자한 욕망. 추장의 명민함과 천재성은 그를 더욱 사악하게 만들 뿐이었다.' 한 번 더 말을 멈추더니 판사는 변방인과 질문자가 하는 상상의 대화를 시작했죠.

'하지만 모든 인디언이 목모호크 같지는 않잖습니까?—모두 그렇다고 증명되진 않았지요. 하지만 적어도 해로운 독소를 품고 있긴 하겠지요. 인디언의 천성이 그렇습니다. 〈나에겐 인디언의 피가 흐른다〉는 걸 혼혈아들은 위협으로 쓰지요─하지만 착한 인디언도 있지 않나요?─그렇습니다만 착한 인디언은 대부분 게을러요. 그리고 머리가 모자라다는 평판을 얻지요─어쨌든 그런 사람이 추장이 될 일은 거의 없습니다. 추장은 원기 충천하고 똑똑해 보이는 인디언 족속 중에서 선출되니까요. 그래서 착한 인디언이 약간의 승진을 한다 해도 딱 그만큼의 영향력만을 가집니다. 착한 인디언도 냉혹한 명령을 어쩔 수 없이 내릴 때도 있어요. 그래서 〈착하든 안 착하든 인디언을 조심하라〉고 인디언에게 아들을 잃은 대니얼 분*이 말했지요.─그럼, 당신네 변방인들이 모두 어떤 식으로든 인디언에게 희생을 당했던가요?─아닙니다─그리고 특정 상황에서, 적어도 당신들 중에 일부는 그들의 호의를 받지 않았나요?─그렇습니다. 하지만 우리 중에는 정반대의 경험을 했다면서 항의하거나, 개인적으로 인디언에게 화를 입은 적이 없었다고 해서 인디언에게 호의를 느끼는, 그런 잘난 척하고 자만심이 강한 사람은 찾기 힘듭니다. 만약 그랬다간 옆구리에 화살이 박히지 않을까를 당연히 걱정해야겠지요.'

  '간단히 말하자면', 판사의 말은 이래요. '우리가 변방인을 전적으로 신뢰한다면, 인디언에 대한 그의 반감은 (당연하지만) 그의 설명이 아닌 다른 사람의 설명을 통해, 아니면 양쪽 모두를 고려한 상황에서 이해되어야 한다. 사실 변방인은 인디언

---

* Daniel Boone(1734~1820): 켄터키주에 정착했던 미국의 사냥꾼이자 개척자. 그가 개척할 당시 그의 두 아들이 살해당했고 딸도 인디언에게 사로잡혔으나 몇 년 후 풀려났다.

에 의해 불구가 되거나 머리가죽이 벗겨진 가족을 알고 있는 게 아니라 식구나 친척 중에 그런 일을 당한 사람이 있다는 것이 맞다. 그러면 인디언 한 명, 혹은 두세 명이 변방인에게 잘해주었다는 게 도움이 될까? 그가 생각하기에, 나는 두려운 존재다. 내게서 라이플총을 빼앗은 상태에서 그에게 어떤 동기가 주어진다면 무슨 일이 일어날까? 혹 그런 일이 없다 해도 그도 나처럼 지금 모르는 사이에 내면에서 무의식적인 준비가 진행되고 있는지 어떻게 알겠는가?

변방인이 그런 말을 한 게 아니라, 변방인이 하고 싶은 말을 판사가 대신 찾아준 거지요. 이쯤에서 판사는 이렇게 말하며 결론을 내렸죠. 어떤 잔인함도 적으로 변한 「우호적 인디언」의 잔혹성을 능가하지 못하기 때문에 이는 당연한 일이다. 겁쟁이 친구라도, 용감한 적으로 만들어놓는다.

하지만 지금까지 문제가 된 그 열정은 공동체가 일반적으로 가진 열정이라 여겨져왔다. 당연히 가질 이런 열정의 몫에 변방인이 개인적 열정까지 더하게 되면, 적어도 진짜 **탁월한** 인디언 혐오자가 될 가능성이 형성된다.'

탁월한 인디언 혐오자에 대해 판사는 이렇게 정의했지요. '인디언 족속에 대한 약간의 애정을 엄마 젖과 함께 마셨고 청소년이 되고 어른이 된 직후, 감수성이 채 영글지 않았을 때 마치 신호를 주듯 직접 분노를 겪거나, 친척이나 친구 중 누군가가 비슷한 경험을 한 그런 사람이다. 주변을 둘러싼 지금의 자연이 너무나 적막하여 이 문제에 대해 생각하게 되고, 거기에 순응하다 보니 마침내 사방의 수증기가 모여 비구름이 되듯 분노를 일으키는 각종 상념이 이 핵심 생각을 중심으로 함께 모여서 부풀어 오른다. 그는 여러 요인을 신중히 검토해본 후 마침내 결심한다. 한니발*보다 더 독해진 그는 맹세를 하고 소용돌이 같은 증오를 품는다. 그리고 그것은 죄를 많이 진 그 부족과 크게 상관없는 사람도 안전하리라고 생각할 수 없을 정도로 모든 것을 빨아들인다. 이어 그는 자신의 생각을 천명하고 현세의 문제를 처리한다. 그는 수도사가 된 스페인 사람처럼 엄숙하게 친족을 떠난다. 아니 이 고별식은 죽음의 침상에서 이뤄지는 작별인사처럼 좀더 인상적이고 극적인 느낌이 있다. 마침내 그는 원시의 숲에 자신을 맡긴다. 거기서 목숨이 붙어 있는 동안 세속과 조용히 격리되어 홀로 체계적이고 확실하게 복수의 계획을 짜서 거기에 맞춰 살아간다. 항상 아무 소리도 들리지 않는 산길에서 차갑고, 침착하고, 참을성 있게, 눈에 보이지는 않지만 있다는 느낌은 오는, 코를 쿵쿵대며 개처럼 냄새를 맡는 가죽 스타킹** 시리즈 소설 속 복수의 화신이 된다. 그는 다시는 정착지에서 보이지 않을 것이다. 그에 대해 말할 기회가 생겼을 때 오랜 친구들의 눈에서는 눈물이 흐를 수도 있다. 하지만 그들은 그를 다시 보지도 불러보지도 못한다.

---

* 2차 포에니 전쟁에서 로마군과 싸웠던 카르타고의 장군 한니발(Hannibal, B.C.247~B.C.183?)은 아홉 살에 로마군과 싸우겠다는 결심을 한다.

** 제임스 페니모어 쿠퍼의 작품 『가죽 스타킹 이야기 *Leatherstocking Tales*』 시리즈는 미국 개척자인 주인공 내티 범포Natty Bumppo의 20대에서 80대까지 삶을 그린다. 이 시리즈물 중 가장 유명한 것이 『모히칸 족의 최후 *The Last of the Mohicans*』(1826)이다.

그들은 그가 오지 않으리라는 것을 알고 있다. 날과 계절이 화살처럼 지나간다. 참나리가 피었다가 진다. 아이들이 태어나서 엄마의 팔에서 뛰어논다. 하지만 인디언 혐오자는 영원한 집으로 돌아간 것이나 다름없고* 〈공포〉가 묘비명이 된다.'

판사는 감정에 복받쳤는지 이즈음에서 잠시 말을 멈추곤 했지요. 하지만 곧 다시 시작했어요. '정확하게 말해 황새치나 다른 심해 주민의 일대기가 없듯 **탁월한** 인디언 혐오자의 일대기가 있을 수 없다는 점은 확실하기 그지없다. 더구나 죽은 사람의 일대기야 말해 무엇하겠는가. 탁월한 인디언 혐오자의 일은 사라진 증기선의 운명처럼 도저히 알 수 없는 것이다. 여러 사건이, 그것도 끔찍한 사건이 일어났음은 의심할 바 없지만, 자연에 깃들어 있는 힘이 그런 사건을 전하지 말라는 명령을 내렸다.

하지만 호기심이 많은 사람에게 다행인 점은 정도가 약한 인디언 혐오자, 즉 의지는 확고하나 마음은 부드러운 그런 사람들도 있다는 것이다. 그들은 일상생활 중에 약간만 유혹을 받아도 금욕적인 고행을 포기한다. 그들은 가끔 신앙을 버리고 세상에 나오는 수도승이다. 선원처럼 상당 기간을 해외에서 보내지만 어느 푸른 항구에 절대 잊을 일이 없는 아내와 가족이 있을 것이다. 금식과 고행을 참기 힘들어한다는 점에서 그들은 세네갈의 가톨릭 개종자**와 마찬가지이다.'

---

* 「전도서」12장 5절 "사람이 자기의 영원한 집으로 돌아가고 조문객들이 거리로 왕래하게 됨이니라"라는 구절에서 나온 말.

평소 분별력이 있는 판사는 인디언 혐오자가 스스로 택했던 극단적 고독이 그 위압적인 힘을 발휘하여, 맹세가 느슨해지는 일이 많을 거라고 항상 생각했어요. 판사는 인디언 혐오자가 몇 달간 홀로 정찰을 다니다가 갑자기 열사병에 걸렸던 예를 들었어요. 공연히 처음 연기가 난 곳으로 급하게 달려간 그는 그게 인디언이 피운 불인 것을 알면서도 자신을 길 잃은 사냥꾼이라고 말하며 라이플총을 인디언에게 건넸어요. 인디언의 자비에 자신을 맡기고 애정 어린 포옹을 하며, 친구가 되어 함께 살 특권을 주십사 하고 간청했지요. 너무 흔한 이토록 병적인 과정의 뒷얘기는 인디언에게 정통한 사람들에 의해 널리 알려졌을 거예요. 전반적으로 수많은 확실하고 충분한 이유를 바탕으로 하여, 판사는 **탁월한** 인디언 혐오자만큼 자기 절제의 요구에 항상 부응해야 하는 직업은 없다고 주장했지요. 판사는 고도의 경지에서 살펴본 후 그런 사람은 한 시대에 한 번밖에 볼 수 없다고 생각하게 되었어요.

약한 인디언 혐오자는 일관성 있게 개성을 유지하는 것이 힘들 때 스스로에게 휴가를 주는 사람이긴 하지만, 그의 나약함을 보면서 완벽한 인디언 혐오자가 어떤 것인가를 불충분하게나마 추측할 수 있게 해준다는 점에서 간과해서는 안 되는 사람이라는 거죠."

"잠깐만요." 이때 코즈모폴리턴이 가볍게 끼어들었다. "파이

** 15세기와 18세기에 포르투갈 식민주의자들이 세네갈의 흑인들을 강제로 개종시켰다. 멜빌은 중편 「베니토 세레노Benito Cereno」에서 세네갈을 악의 근원으로 묘사했다.

프에 담배 좀 채우고요."

담배를 채우자 상대방은 말을 이어갔다.

27장

착한 혐오자*를 좋아한다고 했던 저명한 영국 도덕군자에게 존경받을 만하긴 했으나, 도덕성은 미심쩍었던 사람에 대한 약간의 이야기

"지금까지 판사에 대해 말한 것은 그를 소개한 것에 불과하지요. 판사는 당신처럼 애연가여서 같이 있는 사람들에게도 담배를 피우라고 고집스럽게 권하며 자기 담배에 불을 새로 붙이고 자리에서 일어나 엄숙하기 그지없는 목소리로 이렇게 말했습니다. '신사 여러분. 존 모어독 대령을 추모하며 담배를 피웁시다.' 그러면서 깊은 침묵 속에서 담배를 몇 번 뻐끔거리고 회상 속으로 더욱 깊이 빠지며 다시 자리에 앉아 이렇게 이야기를 계속했지요.

'존 모어독 대령은 **탁월한** 인디언 혐오자는 아니었다 해도, 그 정도에 이르렀다고 할 만큼 인디언 족속에 대한 정서를 소중히 간직한 사람이었고, 그를 기리는 찬사를 받을 자격이 충

---

* 새무얼 존슨(Samuel Johnson, 1709~1784)의 일화집을 쓴 헤스터 린치 피오지(Hester Lynch Piozzi, 1741~1821)는 『새무얼 존슨의 후기 일화집 Anecdotes of the Late Samuel Johnson, L.L.D.』(1786)에서 그를 "착한 혐오자"라고 불렀다.

294

분할 만큼 자신의 소신을 실천한 사람이었다.

존 모어독은, 세 번 결혼해서 세 번 모두 인디언의 도끼에 남편을 잃은 여자의 아들이었다. 세 명의 남편은 모두 개척자였고, 그녀는 그들과 함께 이 황야에서 저 황야로 언제나 변경 지역을 돌아다녔다. 결국 그녀는 아홉 명의 자녀와 함께 지금은 빈센스*가 된 작은 개간지에 터를 잡았다. 거기서 일리노이라는 새로운 시골로 가려는 무리와 합류했다. 당시 일리노이 동부에는 정착지가 없었다. 하지만 일리노이 서부 미시시피강 유역에는 캐스캐스키아강의 어귀 근처에 오래된 프랑스인 마을이 몇 개 있었는데, 모어독 부인 일행은 운명에 이끌리듯 이 마을들 근처에 있는 신천지이자 새로운 이상향으로 가게 되었다. 그들은 그 부근 덩굴 사이에 정착할 생각이었다. 워배시강에서 배를 탄 그들은 강물을 따라 내려가 오하이오강으로, 다시 오하이오에서 미시시피강으로, 그 후 북쪽으로 가서 목표지에 도착할 생각이었다. 그들은 순조롭게 길을 떠났고 드디어 미시시피강의 그랜드 타워** 바위에 도달하자, 그들은 배에서 내려 배를 끌고 강한 해류 때문에 소용돌이가 치는 지점을 돌아가야만 했다. 거기서 한 무리의 인디언이 잠복하고 있다가, 갑자기 뛰어나와 일행의 대부분을 살해했다. 희생자 중엔 과부와 아이들도 있었지만, 존은 살아남았다. 그는 약 50마일 뒤에

---

* 빈센스vincennes는 인디애나주에서 가장 오래된 도시.
** 세인트루이스와 오하이오강 사이 미주리주 해변에 있는 약 25미터 높이의 바위.

서 따라오던 두번째 무리에 있었던 것이다.

　이제 막 성년이 되자마자 일족 중 유일한 생존자로 자연에 남겨졌다. 다른 젊은이들 같았으면 슬퍼하고만 있었겠지만 그는 복수를 결심했다. 그의 신경은 예민하고도 강철 같은 전선이 되었다. 그는 침착했으며 얼굴을 붉히거나 하얗게 질리는 사람이 아니었다. 전해지는 말에 의하면 그 소식을 들었을 때 그는 해변의 헴록 나무 아래에서 사슴고기를 저녁으로 먹고 있었다고 한다. 그는 소식을 듣고 처음에는 놀랐으나 식사를 계속했고, 그 험한 소식을 거친 고기와 함께 삼키려는 듯 천천히 공을 들여 씹어 곤죽을 만들었다. 자신의 목적에 힘을 모으려고 한 것이다. 고기를 먹고 일어났을 때 그는 인디언 혐오자가 되어 있었다. 그는 일어나 무기를 들었고, 동참한 동료들의 선두에 서서, 실제 침입자들을 찾기 위해 지체 없이 출발했다. 침입자들은 여러 부족에서 이탈한 자들이자 인디언 가운데서도 무법자로 통하는 자들로, 약탈을 위해 무리를 형성해 다니는 스무 명의 강도단이라는 것이 밝혀졌다. 그는 그때 행동을 취할 기회가 생기지 않자 친구들에게 가던 길을 계속 가라고 말하고 해산시켰다. 그는 감사의 말과 함께 언젠가는 도움을 청하겠다고 했다. 그는 그 후 1년 동안 혼자 황야에서 그 강도단을 지켜보았다. 한번은 호기가 왔다고 생각한 적도 있었다(한 겨울이 되었고 야만인들이 캠프를 치고 머무를 게 분명했다). 그는 또다시 친구들을 모아서 맞서 싸우려고 했다. 하지만 그가 올 것이라는 소문을 들은 적들은 얼마나 겁을 먹었던지 무기만 챙기고 나머지는 다 버린 채 도망가버렸다. 겨울 동안 이런 일이 연달아 두 번 더 일어났다. 다음 해에도 그의 명령을 따르겠다는 맹세를 한 무리를 이끌고 40일간 그들을 찾아다녔다. 마침내 때가 되었다. 그 사건은 미시시피 강변에서 벌어졌다. 붉은빛이 도는 황혼 녘에 모어독과 그의 일행들은 강 중간쯤에 있는, 나무가 무성한 섬으로 노를 저어 갈 때 카인의 무리가 은신처에 숨은 모습을 희미하게나마 알아볼 수 있었다. 그들은 그곳에서 좀 더 안전하게 자리를 잡을 수 있었다. 황야에 울려 퍼지는 모어독의 복수심에 찬 목소리는 마치 동산에서 울리는 목소리*처럼 그들을 더욱 큰 공포에 휩싸이게 했다. 한밤이 될 때까지 기다린 백인들은 무기를 가득 실은 뗏목을 팔에 묶어서 끌며 강을 헤엄쳐 갔다. 육지에 오른 모어독은 적의 카누를 묶은 줄을 다 끊어버리고 자신이 가져온 뗏목과 함께 강에 띄워 보냈다. 인디언들을 도망가지 못하게 함과 동시에 백인들도 승리하지 않는 한 안전할 수 없게 하려고 배수진을 친 것이다. 백인들은 승리했다. 하지만 인디언 중 세 명은 강물에 몸을 던져 목숨을 구했다. 모어독 일행은 한 명도 죽지 않았다.

살인자 세 명이 살아남은 것이다. 그는 그들의 이름은 물론 어떤 일을 하는지도 알고 있었다. 3년에 걸쳐 그는 자기 손으로 그들을 차례로 쓰러뜨렸다. 그들 모두 지금은 살아 있지 않다. 하지만 이걸로는 충분하지 않았다. 그는 맹세하진 않았지만 인디언을 죽이는 일에 열과 성을 다했다. 운동선수로서 그를 당해낼 사람은 거의 없었다. 사격에서는 아무도 없었다. 한

---

* 「창세기」 3장 8절. 선악과를 따먹은 아담과 하와를 찾는 하나님의 목소리.

번도 전투에서 진 적이 없었다. 초보자 같으면 죽고도 남을 곳이었으나 숲속 생활의 지략이 뛰어났던 그는 살아남을 수 있었다. 또한 몇 주 동안 아무런 의심도 받지 않고 적을 추적할 만큼 병술에 뛰어난 전문가이기도 했던 그는 계속 숲을 지켰다. 혼자서 그와 마주친 인디언은 죽임을 당했다. 여러 명을 보게되면 적어도 한 방을 날릴 기회를 잡기 위해 몰래 그들의 뒤를 쫓았으며 만약 자신의 위치가 노출되면 남다른 기술을 발휘하여 그들을 따돌렸다.

그는 이런 식으로 몇 년을 보냈다. 시간이 어느 정도 지나 점차 그 시대, 그 지역의 일상적인 생활로 복귀하게 되었음에도 불구하고, 다들 존 모어독이 인디언을 박멸할 기회를 절대 놓치지 않을 거라고 믿었다. 그런 식의 죄를 쌓으면 쌓았지 기회를 놓치는 법은 없으리라고 생각한 것이다.'

'그런 생각은 잘못된 것이다'라고 판사가 말했어요. '이 신사가 천성적으로 악랄한 사람이라거나, 아니면 이런 일을 겪지 않았어도 사회생활이 힘들 정도로 그렇게 성질이 지독히 모진 사람이라고 생각한다면 말이다. 오히려 모어독은 분명 자기 모순적이고 유난히 호기심이 많으며 무시할 수 없는 그런 유형의 사람이었다. 다시 말해 거의 모든 인디언 혐오자는 마음속 깊은 곳에 사랑하는 마음이 있다. 어쨌든 보통 사람들보다 더 마음씨가 관대하면 관대했지 덜하지 않은 건 분명했다. 모어독은 정착지에서 다른 사람들과 충분히 잘 어울렸으며, 인간적인 모습을 보여준 것도 확실하다. 그는 냉정한 남편도, 더욱이 냉정한 아버지도 아니었다. 종종 집에서 멀리 떨어진 곳까지 가긴 했지만 마음속에 집을 소중하게 간직하고 가정을 부양했다. 굉장히 명랑해질 때도 있었다. 그러면 재미있는 이야기를 하고 (자신의 개인적인 공적에 대해서는 절대 이야기하지 않았다) 노래도 곧잘 불렀다. 손님 접대를 잘하고, 이웃 돕기를 주저하지 않았다. 보고에 의하면 마음속에 복수심을 감추고 있었지만 사람들에게는 자비로웠다. (태양에 탄 듯하고 비극적인 기운이 도는 구릿빛 안색을 한 사람이면 응당 그러하듯) 가끔 표정이 무거웠지만 평소에는 인디언을 제외한 다른 사람들로부터 남자답고 예의 바른 사람, 모카신을 신은 신사로 존경받고 사랑받았다. 사실 그보다 더 인기 있는 사람이 없었다는 것은 다음의 예가 증명해줄 것이다.

인디언과 싸울 때든 다른 일을 할 때든 그가 용감했다는 것은 의심의 여지가 없다. 그는 1812년 전쟁 동안 정찰 업무를 맡은 장교로서 신망이 두텁기가 그지없었다. 다음의 일화는 이런 그의 군인다운 성격을 잘 보여준다. 디트로이트에서 헐*이 의심스럽게 항복을 한 지 얼마 되지 않아서 정찰대 일원들과 모어독은 밤에 말을 타고 가다가 한 통나무집에서 아침이 될 때까지 쉬었다. 말 시중을 들고 저녁을 먹은 후 집주인은 부대원들의 잠자리를 배정해주고 대령에게 다른 사람들이 누운 땅바닥이 아닌 침대 다리가 있는 침대, 즉 가장 좋은 침대를 보여주었다. 하지만 아무리 구슬려도 조심성 있는 그 손님은 그

---

* 윌리엄 헐(William Hull, 1753~1825) 장군은 1812년 영국군에게 저항하지 않고 항복하여 전쟁 후 군사재판을 받았다.

침대를 혼자 쓰려 하지 않는 건 물론 자리를 잡고 앉으려고도 하지 않았다. 집주인은 자기 딴에는 구슬려보려고 장군이 그 침대에서 잔 적이 있다고 들었다고 했다. 〈누구라고요?〉 대령이 물었다. 〈헐 장군 말입니다.〉 〈그렇다면 화내지 마시오.〉 코트의 단추를 채우며 말했다. 〈어쨌든 아무리 편하더라도 비겁자의 침대는 사양합니다.〉 그래서 그는 용감한 자의 침대, 즉 차가운 땅바닥에 자리를 잡았다.

한번은 대령이 일리노이주의 영토 방위 대책 회의 회원이 되었다. 그래서 주정부를 건립할 때 주지사 후보로 나가라는 압력을 받았는데 그는 간곡히 거절했다. 거절하는 이유를 대려고 하지는 않았지만 그를 가장 잘 아는 사람들은 그 이유를 추측할 수 있었다. 공식적인 지위를 가지면 인디언 부족과 우호적인 조약을 체결해야 할 일이 생길 수도 있는데, 그것이야말로 그가 전혀 바라지 않는 것이었기 때문이다. 그런 급박한 상황이 벌어지지 않는다고 해도 일리노이주의 주지사가 국회가 쉬는 동안 가끔 몰래 빠져나가 아버지 같은 자신의 치안판사장의 권한이 미치는 곳에서 며칠씩 인디언을 쏘아 죽이고 다닌다는 것은 적절치 않은 일이다. 주지사가 되는 것이 매우 영광스럽기는 하나 모어독의 입장에서 보면 희생을 더 많이 요구하는 것이기도 하다. 이 두 가지는 양립할 수 없었다. 간단히 말해 인디언 혐오자에 걸맞게 살려면 야망은 물론 화려한 행사와 세상의 영예 같은 야망의 대상도 포기해야 한다는 것을 그는 알고 있었다. 종교는 그런 것을 허영이라고 여기고 포기하는 게 바른 일이라고 말하므로, (다른 방면에서는 인디언 혐오를 뭐라

여기든 상관없이) 지금까지 인디언 혐오자로 살아오면서 이것
이 전적으로 독실한 신앙심의 발현이라고 생각했던 것이다.'

　이야기하던 사람이 이 부분에서 잠시 쉬었다. 그리고 오랫
동안 지루하게 앉아 있던 그가 갑자기 일어나서 헝클어진 셔
츠 주름을 펴고 동시에 다리를 흔들어 주름진 바지를 정돈하며
말을 마무리했다. 자, 내 이야기는 끝났어요. 내가 말한 이야
기는 나의 이야기도 아니고 내 생각도 아니고 다른 사람의 것
이었어요. 그리고 지금 만약 판사가 여기 있다면 그는 당신 친
구 래쿤 가죽옷*을 보고 너무 지나치게 열정을 펼치다가 깊이
는 얕아져버린 얕고 넓은 모어독 대령이라고 틀림없이 말할 겁
니다."

---

* 앞 장에 등장했던 미주리 사람을 말함.

28장

고故 존 모어독 대령을 건드리는 논쟁거리

"사랑(자비), 사랑!" 코즈모폴리턴이 고함을 질렀다. "사랑 없이 제대로 판결을 내릴 순 없지요. 사람이 사람을 재판할 때 사랑은 자선에서 나온 선물이라기보다 인간이 약해 무분별하게 죄를 저지를 수밖에 없다는 점을 포용하는 것이라고 할 수 있어요. 특이한 내 친구는 당신이 말하는 그런 사람은 절대 아닙니다. 당신은 그 사람을 제대로 모르거나, 아니, 불완전하게 아는 겁니다. 그의 외양을 보고 오해하는 거지요. 처음에는 저도 속을 뻔했습니다. 하지만 우연하게 잘못된 일에 대해 화를 내는 걸 보았고, 그래서 그의 본모습을 살짝 들여다보게 되었어요. 내가 그의 마음씨를 볼 기막힌 기회를 잡은 거지요. 그의 마음씨를 보니 험상궂게 생긴 껍질 속에 맛있는 굴이 있다고나 할까요. 겉모습은 그냥 걸치고 있는 거예요. 착한 마음씨를 드러내는 것이 겸연쩍어서 로맨스에 나오는 괴팍하고 늙은 삼촌이 조카를 대하듯 사람들을 대하는 거예요. 심심하면 조카들에게 쏘아붙이지만 눈에 넣어도 아프지 않을 만큼 아끼듯이 말이에요."

"저, 그 사람과 말을 거의 나눠보지 못했어요. 아마 내가 생각한 그런 사람은 아닌가 보죠. 그래요. 생각해보니 당신 말이 맞는 것 같네요."

"그 말을 들으니 기쁘군요. 사랑도 우아해지려면 시처럼 갈고닦아야 합니다. 그리고 지금 당신이 생각을 바꾼 것처럼 당신이 해준 이야기도 바꿀 수 있다면 참 좋을 텐데. 그 이야기는 놀라움을 넘어서 도저히 믿기 힘들 정도로 충격적입니다. 제 생각엔 몇 부분이 서로 들어맞지 않거든요. 어떻게 존 모어독이 증오의 인간이면서 사랑의 인간이 될 수 있을까? 그가 홀로 벌인 군사작전 역시 헤라클레스의 작전처럼 터무니없어요. 아니면, 사실은 그가 넘치도록 친절을 베푼 것이 모두 겉치레에 불과했던 건가요? 저의 사고방식에서 본다면, 만약 모어독 같은 사람이 있다면 그는 틀림없이 인간 혐오자입니다. 그의 인간 혐오가 한 인종에게 특별히 집중된 거지요. 인간 혐오는 자살과 마찬가지로 특히 로마와 그리스인들, 즉 이교도들이 열광했던 것이죠. 하지만 로마와 그리스의 어떤 일화도 당신이나 판사가 모어독 대령에 대해 각색해 들려준 것과 같이, 모어독 대령의 인간 혐오와 같은 결과를 낳지는 않았죠. 일반적으로 인디언 혐오에 관해 나는 존슨 박사가 소위 리스본 지진에 대해 '선생님, 전 그걸 믿지 않습니다'라고 말했듯이 똑같이 말할 수밖에 없어요."*

---

* 『새무얼 존슨의 일화집』을 쓴 헤스터 린치 피오지가 존슨에게 리스본이 지

"믿지 않았다고요? 왜 그럴까요? 그 사람이 가진 어떤 편견과 부딪혔나요?"

"존슨 박사에겐 아무런 편견도 없었어요. 하지만 어떤 사람들처럼……" 천진난만한 미소를 지으며, "그 사람도 감수성이 풍부했지요. 그리고 그런 사람들이 고통을 받아요."

"존슨 박사는 훌륭한 기독교인이었잖아요?"

"그렇습니다."

"그렇지 않을 수도 있다고 생각하는군요."

"그런 지진이 발생했다는 것에 조금이나마 의심을 했잖아요."

"인간 혐오자이기도 했다고 생각하십니까?"

"연기와 재로 뒤덮였을 때 강도와 살인이 저질러졌다는 사실에도 의심을 약간 했겠지요. 그런데 그 당시 신앙심이 없는 사람들은 그런 보도나 그보다 더 나쁜 보도도 쉽게 믿었어요. 그러니 사실을 말하자면, 일반적인 믿음과 달리, 어떤 경우에는 종교는 뭘 믿는 데 시간이 오래 걸리는 반면, 쉽게 믿는 것을 경멸하는 신앙심 없는 사람들은 오히려 그걸 쉽게 믿는다는 겁니다."

진으로 파괴되었다는 말을 믿느냐고 물었을 때, 존슨이 한 말. 리스본 지진은 1755년 11월 1일에 발생한 리히터 규모 9의 거대 지진으로 27만 명의 리스본 인구 중 약 9만 명이 사망했다. 새뮤얼 존슨은 리스본 대지진이 너무 끔찍하고 사실이라는 것을 확인하기 어려우니 적어도 6개월은 못 믿겠다고 하였다. 자비로운 신의 섭리를 믿는 신앙인으로서 리스본의 재앙을 믿기 어려웠던 것이다. 당시 카톨릭 신앙의 중심지 중 한 곳인 리스본에 재앙이 내렸다는 것에 대해 신학자들은 불신앙의 결과라고 해석했지만 볼테르와 같은 계몽주의자들은 이런 태도를 풍자했다.

"인간 혐오와 불신앙을 섞어서 말씀하시는 것 같군요."

"섞는 건 아니에요. 그 둘이 상호보완적이라는 거지요. 왜냐하면 인간 혐오는 불신앙과 같은 뿌리에서 나온 쌍둥이니까요. 같은 뿌리에서 솟아난다는 겁니다. 물질만능주의와 마찬가지로, 무신론자는 우주에 사랑의 원리가 지배하고 있다는 사실을 보지도, 보려고 하지도 않는 사람이에요. 인간 혐오자란 친절의 원리가 인간을 지배하고 있다는 사실을 보지도, 보려고 하지도 않는 사람이고요. 알겠어요? 양쪽 모두 신뢰가 부족하다는 것이 쳅니다."

"인간 혐오란 어떤 느낌일까요?"

"광견병이 어떤 느낌인지 물어보는 것과 같은 질문이에요. 전 모르죠. 겪어본 적이 없으니까. 하지만 그게 어떤 건지 종종 궁금하긴 해요. 인간 혐오자도 온기를 느끼는지 자문해본답니다. 마음이 평안한지? 스스로에게 다정했는지? 인간 혐오자도 담배를 피우며 사색에 잠기는지? 혼자서도 잘 지내는지? 인간 혐오자도 식욕이 있는지? 복숭아를 먹으면 기분이 상쾌해지는지? 샴페인의 거품을 보면 어떤 생각이 드는지? 여름이 좋은지? 긴 겨울에는 몇 시간이나 자는지? 어떤 꿈을 꾸는지? 천둥이 연달아 치는 바람에 한밤중에 갑자기 깨어 문득 혼자라는 것을 깨달았을 때 어떤 느낌이 들고, 어떤 일을 하는지?"

"당신처럼," 그 낯선 사람이 말했다. "나도 인간 혐오는 이해가 가지 않는군요. 인간이란 원래 다른 사람에게 최고의 사랑을 받을 가치가 있기 때문인지, 아니면 내가 운이 좋았든지 간에 내 경우는 그랬어요. 최소한, 사소한 정도라도 부당한 대우를 받았던 경우가 한 번도 없었죠. 부정행위, 험담하기, 오만함, 경멸, 몰인정, 그 비슷한 것은 들어서 알 뿐이에요. 은인에게 배은망덕하게 대하고, 믿는 사람을 배신했던 사악한 예전 친구가 어깨너머로 차가운 눈길을 보내기는 했죠. 그런 일도 있을 수 있지요. 저는 다른 사람 말을 신뢰해요. 강물을 잘 건너게 해준 다린데 칭찬하지 않을 수는 없지 않겠어요?"

"안 그러면 값진 다리에 배은망덕한 거지요. 인간은 고귀한 존재예요. 그리고 냉소주의자들이 판치는 시대에 인간을 신뢰하고 기꺼이 지지해주는 분을 찾게 되어서 기쁘다고 아니할 수 없군요."

"예. 나는 항상 인간에게 호의적인 말을 했고, 더욱이 인간을 위해 선한 행동을 할 준비도 되어 있어요."

"저와 비슷한 마음을 가진 분이군요." 코즈모폴리턴이 솔직하고 담담하다고 해서 손해 본 적은 없는 듯, 솔직하게 대답했다. "진짜," 그가 덧붙였다. "이렇게 감정이 잘 통하다니. 그것들을 책 속에 써넣으면 어느 것이 누구의 생각인지를 최고의 비평가들만이 결정할 수 있을 거예요."

"우리가 이렇게 마음이 맞는데," 그 낯선 사람이 말했다. "손을 잡지 않을 이유가 없겠지요?"

"내 손은 언제나 미덕이 시키는 일을 하지요." 마치 미덕의 화신인 양 그에게 거리낌 없이 손을 내밀었다.

"그리고 지금," 그의 손을 다정하게 잡으며 그 낯선 사람이 말했다. "우리 서부 방식이 어떤지 아시지요? 다소 천박하지만 다정한 방식 말이에요. 간단히 말해, 새로 친구가 된 사람은 함께 술을 마셔야 합니다. 어떻습니까?"

"고맙습니다만, 정말 죄송하게 됐습니다."

"왜요?"

"실은 제가 오늘 옛 친구들을 만났어요. 모두 솔직하고 명랑한 신사들이에요. 지금은 그런 일에 완전히 숙달되긴 했지만, 사실 저는 긴 항해 끝에 해변에 내린 컨디션이 최악인 선원 같은 상태예요. 밤이 되기 전에 애정 어린 환영 잔을 받고는 비틀거리죠. 마음은 있는데 주량이 안 되는 사람 말이에요."

옛 친구에 대해 암시하자 그 낯선 사람의 표정은 질투심 어린 연인이 애인의 전 애인 이야기를 들은 것처럼 약간 실망스러워했다. 그러나 그는 마음을 추스르고 말했다. "분명히 그 사람들이 당신에게 뭔가 강한 술을 대접했겠지요. 하지만 와인은, 확실히 순한 물건이에요. 와인 말이에요. 와서 우리랑 이 작은 테이블에서 순한 와인을 약간만 마십시다. 와요, 와봐요." 그러더니 우정이 더 깊어져야 그 쩨지는 소리를 듣고도 짜증이 덜 날 것 같은 목소리로, 바다 위에서 선원들을 불러 모으는 호각 소리가 굽이치듯 그렇게 노래를 불렀다.

"인자한 포도 덩굴에서 짜낸 와인을 마십시다.
산사비노의 와인은 따뜻하게 톡 쏘지요."*

---

* 레이 헌트의 시 「투스카니의 바커스Bacchus in Tuscany」(1825)에 나오는 구절이다.

갈망이 가득 찬 눈으로 그를 바라보던 코즈모폴리턴은 마음이 몹시 끌리는 듯 잠시 머뭇거렸다. 다음 순간 불쑥 그에게 다가가서 결심이 풀린 표정으로 말했다. "인어의 노래가 선수船首像의 마음을 흔들어놓을 때처럼 영광과 황금과 여인은 감언이설로 저를 구슬리려고 하지요. 그런데 착한 사람이 좋은 노래를 부르며 내 몸의 모든 못이 빠지도록 유혹을 하네요. 그러면 자석 바위를 지나가다가 배의 선체 같은 나의 겉껍질이 아무 소리도 내지 않고 가라앉겠지요. 됐어요. 마음에 뭔 생각을 품었든, 결심을 지키기는 텄네요."

29장
마음 맞는 친구

포트와인*을 주문한 뒤, 두 사람은 작은 테이블에 앉았고, 기대에 부풀어 자연스레 잠시 말을 멈추었다. 그 낯선 사람의 눈이 근방에 있는 바를 향했다. 그곳에는 흰색 앞치마를 두른 뺨이 붉은 남자가 태평스럽게 병에서 먼지를 털며, 쟁반과 유리잔을 보기 좋게 정리하고 있었다. 그때 그가 갑자기 생각난 듯 옆에 앉은 친구에게 고개를 돌리며 말했다. "우린 첫눈에 우정이 생겼네요, 그렇죠?"

"그래요." 평온하고 즐거운 마음으로 대답했다. "그리고 첫눈에 사랑에 빠지는 것과 첫눈에 우정에 빠지는 건 같을 겁니다. 유일하게 진실한 것이며, 유일하게 고귀한 것이죠. 신뢰를 보여주니까요. 그런 것은 밤에 낯선 배를 타고 적진의 항구에 입항하는 것과 같은데 누가 사랑이나 우정에 빠졌다고 크게 떠들

---

* 포르투갈산 포도주.

려고 하겠습니까?"

"맞습니다. 바람에 맞서서 용감하게 들어가는 거지요. 마음이 이렇게 잘 맞으니 기분이 좋군요. 그건 그렇고, 형식적이긴 하지만 친구라면 서로 이름은 알아야 하지 않을까요? 당신 이름이 뭔지 가르쳐주시겠어요?"

"프랜시스 굿맨입니다. 하지만 친한 사람들은 프랭크라고 불러요. 당신 이름은요?"

"찰스 아널드 노블*입니다. 그냥 찰리라고 부르세요."

"그럴게요. 찰리. 젊은 시절 형제애를 오래 간직하는 것에 비할 만한 것은 없지요. 그것은 죽을 때까지 마음속에 장밋빛 소년을 간직하는 것과 같지요."

"그 느낌을 다시 맛보다니, 아!"

미소를 짓고 있는 웨이터가 미소 짓는 병을 들고 와서 뚜껑을 땄다. 1리터짜리 병으로, 분위기에 어울리게 인디언들이 좋아하는 밝은색으로 물들이고 호저의 가시털로 만든 장식을 단 작은 바구니 바닥에 딱 맞게 들어가는 크기였다. 환대자 앞에 술이 놓이자 그는 관심 어린 눈길을 다정하게 보내며, 대문자로 P. W.라고 병에 적혀 있는 붉은색의 멋진 상표가 뭔 뜻인지는 이해하지 못하는 듯이, 아니면 모르는 듯이 굴었다.

"P. W." 그 재미있고 어려운 어귀를 당황스러운 듯 쳐다보다가 마침내 그가 말했다. "P. W.가 뭔 뜻이지요?"

"궁금해할 것 없어요." 코즈모폴리턴이 진지하게 말했다. "그

---

* Chárley Nòble은 배의 엔진 배기통을 일컫는 용어.

게 정말 포트와인인지 아닌지 말이에요. 포트와인을 달라고 하셨잖아요, 그렇죠?"

"그랬으니까, 그렇겠죠."

"별로 어려운 문제가 아니니 뭔지 곧 아시게 되겠네요." 조용하게 다리를 꼬며 상대방이 말했다.

그 낯선 사람은 이 평범한 말이 귀에 들어오지 않는 모양이었다. 왜냐하면 그는 지금 다소 얇은 양손 바닥에 병을 한가득 담아 문지르며 새소리 같은 이상한 소리를 내다가 큰 소리로 이렇게 말했던 것이다. "좋은 와인이에요. 좋은 와인. 기분이 묘하게 좋아지지 않습니까?" 그러더니 두 잔을 가득 채운 후 잔 하나를 내밀며, 어딘가 모르게 의도적으로 무시하는 듯한 태도로 말했다. "요즈음 순수한 와인을 살 수 없다고 하는 우울한 회의론자들은 판매 중인 거의 모든 포도주가 포도원에서 나온 고급 와인이 아니라 실험실에서 나온 것이라나요. 술집 주인이란 거의 모두가 절친과 고객들의 생명을 앗아가려고 나긋나긋하게 굴면서 접근하는 사악한 브린빌리어스* 같은 인간들이라고 말하는 사람들 말입니다."

코즈모폴리턴의 얼굴에 잠시 그늘이 졌다. 낙심한 듯 시선을 떨구고 몇 분간 상념에 잠긴 그가 다시 눈을 들어 말했다. "이봐요 찰리, 난 요즈음 많은 사람이 와인을 판별할 때의 정신 상태가 신뢰 부족을 보여주는 가장 가슴 아픈 예라고 오래전부

---

* The Marquise de Brinvilliers(1630~1676): 아버지, 여동생, 남동생 둘을 독살한 혐의로 처형당한 프랑스 귀족.

터 생각했어요. 이 잔들을 봐요. 이 와인에 독이 들었다고 의심하는 사람이라면 청춘의 신 헤베의 뺨을 보고 폐병에 걸리지 않았나 의심할 사람이에요. 와인 딜러나 와인 판매상을 의심하는 사람이면 인간의 마음에 대해서도 별로 신뢰가 없는 사람이지요. 그 사람들은 각각의 인간이 각각의 포트와인과 비슷하다고 하는데 이런 포트와인이 아니라 자기네들이 생각하는 그런 것과 같다는 말이지요. 아무리 신성한 걸 봐도 아무것도 신뢰하지 않는 이상한 중상 비방자들입니다. 약이나 성례식에서 쓰는 와인도 그렇다고 생각합디다. 그 사람들은 약병을 든 의사나 성배를 든 사제나 모두 자신들은 모를 뿐 사실은 죽어가는 사람에게 가짜 강장제를 나눠주는 사람이라고 생각해요."

"끔찍하군요."

"정말 끔찍해요." 코즈모폴리턴이 엄숙한 어조로 말했다. "이 불신자들은 칼로 신뢰의 영혼을 찌르죠. 만약 이 와인이," 가득 담긴 잔을 인상적으로 들어 올리고는, "만약 이 좋은 맛을 선사할 것 같은 와인이 진짜가 아니라면, 인간의 맛인들 어찌 더 좋으리라고 기대하겠습니까? 인간은 진실한데 와인이 가짜라면 우정 어린 온정은 어디서 맛볼 수 있을까요? 진정으로 따뜻한 마음을 가진 사람들이 자신도 모르는 사이에 사람을 죽일 수도 있는 미심쩍은 약물을 마시며 서로의 건강도 마셔버리게 되는 걸 상상해보십시오!"

"끔찍하군!"

"너무 지나쳐서 사실일 리가 없습니다, 찰리. 이쯤에서 그만둡시다. 이봐요, 이럴 땐 제 기분 좀 맞춰주시지, 아직 나에게 건배를 청하지 않으시네요, 그러길 기다리고 있었는데요."

"죄송, 죄송," 반은 얼이 나가서, 반은 과시하듯 잔을 들고, "프랭크, 온 마음으로 건배를 하니 나를 믿어주세요." 예의를 차리려는 듯 많이 마시지 않고 한 모금만 약간 들이마셨는데, 입만 적셨는데도 불구하고, 자신도 모르게 입가를 살짝 찌푸렸다.

"그럼 저도 건배를 하지요, 찰리. 내 마음처럼 뜨겁게, 내가 마시는 이 와인처럼 정직하게." 코즈모폴리턴이 왕자같이 온화한 몸짓으로 화답하며 한 모금을 넉넉하게 마셨다. 다음 순간 입맛을 다시는 소리가 들렸지만 불쾌해질 정도는 아니었다.

"와인이 가짜라고들 하는데," 조용하게 잔을 내려놓고 머리를 뒤로 비스듬히 젖혀 다정하게 와인에 시선을 고정하면서, "그런 주장을 하는 사람 중에서 가장 이상한 부류는 이 대륙에 있는 거의 모든 와인이 가짜라고 하면서 계속 마셔대는 그런 유의 사람들일 거예요. 와인이 아주 좋다고 생각한다면, 안 마시는 것보다 가짜라도 마시는 게 낫지요. 그리고 그런 식으로 살다가 언젠가 건강을 해칠 것이라고 금주가들이 주장하면 그는 이렇게 대답합니다. '내가 그걸 모를 줄 아시오? 하지만 재미없이 건강한 건 지루해요. 그리고 가짜라도 재미만 있다면 제값을 하는 거니까, 난 기꺼이 술값을 낼 거야.'"

"프랭크, 그런 사람은 분명히 멋대로 흥청거리며 노는 기질의 인간일 겁니다."

"그렇지요. 저는 그런 사람이 있다 해도, 그런 건 믿지 않아요. 그냥 우화죠. 하지만 어떤 우화에는 똑똑하다기보다는 괴상해서 우화 자체보다 더 큰 교훈을 남기는 사람이 있더라고요. 그 사람은 이 우화가 물러 터졌다 싶을 정도로 성격이 착한 사람이 다른 사람들과 잘 어울리는 것을 보여주기도 하지만, 동시에 신의가 없는 사람들 중 상당수는, 즉 계산적인 사교라도 아주 달콤하게 하기 때문에, 겉으로만 그럴싸한 교우 관계라도 아예 관계를 맺지 않는 것보다 낫다는 예를 보여주기도 한다고 말합디다. 그리고 만약 이렇게 하다간 조만간 당신의 안전에 문제가 생길 거라고 라 로슈푸코* 같은 사람들이 주장하면 그는 '내가 그걸 모를 것 같아요? 하지만 교우 관계 없이 안전하기만 한 건 지루할 거예요. 비록 사기꾼 같은 사람이라도 함께 어울리는 것이 값진 일이죠. 그러니 나는 그 대가를 기꺼이 치르겠어요'라고 대답하지요."

"참 희한한 이론이군요." 옆 사람을 살피듯 바라보다가 다소 불안한 듯 그 낯선 사람이 말했다. "정말이지, 프랭크, 그런 비열한 생각을 하다니요." 그는 갑자기 흥분하면서 피해자라도 된 듯 몹시 분개한 표정을 감추지 못하며 소리쳤다.

"어떤 면에서는 당신이 한 말이 적당히 옳고도 남아요." 상대방이 평소의 침착한 모습으로 끼어들었다. "하지만 사랑으로 그 말 속에 담긴 익살스러움을 바라보다 보면 사악한 것을 간과하게 돼요. 웃음이란 사실 큰 축복입니다. 몇몇 철학자들은 미덕을 찾기 힘든 인간의 마음속에서 아홉 개의 좋은 농담을 찾아낼 수만 있다면, 그 아홉 개의 농담이 모든 (소돔 사람들만

---

* François de La Rochefoucauld(1613~1680): 프랑스의 귀족이자 정치가, 문학가.

큼 많은) 사악한 생각을 상쇄할 수 있을 거라고 확신하기도 하지요.* 어쨌든 농담은 중요하며 만병통치약이고, 마술같이 선행을 베푼다는 건 말할 필요도 없어요. (거의 모든 사람이 농담을 즐긴다는 점은 같아요. 다른 면에서 다른 생각을 하는 사람들이라도 말입니다.) 그리고 농담을 함으로써 우리가 익히 아는 좋은 일을 이 세상에서 많이 하게 된다는 것도 부인할 수 없어요. 유머가 있는 사람, 크게 웃을 수 있는 사람이 (다른 것은 어떻든지 간에) 무자비한 악당이 될 가능성이 거의 없다는 건 속담이나 마찬가지라 해도 놀랍지 않죠."

"하, 하, 하!" 상대방은 아래쪽 갑판의 창백한 극빈자 소년을 가리키며 웃었다. 그 아이의 가엾은 모습은 석공이 버린 것 같은, 석회가 반쯤 덮여 갈라지고 나팔처럼 발끝이 말려 올라간 괴상한 부츠 때문에 익살맞아 보였다. "보세요, 하, 하, 하!"

"알겠네요." 상대방이 말했다. 아무 말 없이 쳐다보면서도, 이런 경우 그 모습이 뭘 의미하는지 모르지는 않는 듯 그 괴상한 모습에 절절한 눈길을 보냈다. "알겠어요. 찰리, 당신 마음을 움직인 저 모습이 바로 내가 말하고 있는 속담의 요지와 통하는 그것입니다. 정말이지, 당신이 일부러 이런 효과를 유도한 거라면 이보다 더 효과적일 순 없을 거예요. 그 웃음소리를

---

* 「창세기」 18장 23~32절을 교묘하게 바꾸어놓은 구절이다. 소돔의 악행을 본 하나님은 소돔을 구해달라고 애원하는 아브라함에게 만일 소돔에서 열 명의 의인을 찾아낸다면 소돔을 멸하지 않겠다고 약속한다. 혹은 리처드 보이드 호크Richard Boyd Hauk와 같은 멜빌 연구자들은 아홉 개라는 숫자가 사기꾼이 아홉 가지로 변장한 것을 의미한다고 보기도 한다.

들으면 튼튼한 폐만큼 건전한 마음을 당연히 가졌을 거라고 누구라도 말하겠지요? 내 참, 미소를 짓고, 짓고, 또 짓는 사람이 악당일 수도 있다고 하지만* 웃고, 웃고, 웃는 사람이 악당일 수도 있다고 말하지는 않지요. 아닌가요, 찰리?"

"하, 하, 하! 네, 네, 네, 네."

"찰리, 그렇게 웃음을 터트리는 것을 보니 화학자가 모형 화산을 이용해서 효과적으로 강의를 전달하듯, 내 말을 효과적으로 입증해주는군요. 비록 잘 웃는 사람이 나쁜 사람일 수 없다는 속담을 인정하지 못할 경험을 하긴 했지만, 여전히 그 속담을 믿어야 할 것 같네요. 왜냐하면 그게 요새 사람들 사이에 떠도는 말이고, 사람들 사이에서 나온 게 분명한 말이니까 **틀림없이** 진실인 거지요. 사람들의 목소리가 진실의 목소리이잖아요. 그렇지 않습니까?"

"물론 그렇지요. 진실이 사람을 통해 전해지지 않는다면 어디서 그러겠어요. 그래서 저는 사람들의 말을 듣습니다."

"맞는 말입니다. 하지만 옆길로 샜군요. 재미있는 건 아리스토텔레스가 유머라는 인기 개념을 심장이라는 항목 아래 분류해놓았다는 겁니다. 제 생각에 아마 『정치학』이라는 책에서 그 말을 했을 거예요. (그런 그렇고, 전반적으로는 어떨지 모르지만 특정 부분의 논조를 보아하니 부주의하게 젊은 사람 손에 들어가면 안 될 책인 것 같군요.) 아리스토텔레스의 말에 따르면 역사

---

* 『햄릿』 1막 5장에서 햄릿이 숙부 클로디어스가 아버지를 살해했다는 것을 알고 난 후 비슷한 대사를 말한다.

상 가장 매력 없는 남자들이 유머를 혐오하고, 증오하기까지 했고, 어떤 경우에는 유독 적절한 말장난을 싫어했던 것 같다고 하는군요. 제 기억으론 팔라리스라는 변덕스러운 시실리의 독재자와 관련된 것이었어요.* 한번은 너털웃음을 터뜨렸다는 이유만으로 그 사람이 어떤 불쌍한 사람을 승마용 발판에서 참수시켰다지요."

"팔라리스란 자는 정말 웃기는 인간이군요!"

"잔인한 인간이죠!"

폭죽이 터진 후처럼 잠시 침묵이 흘렀고, 그 두 사람은 마치 대조되는 상대방의 고함소리에 둘 다 놀란 것처럼 탁자를 내려다보며, 진지하게 각자가 한 말의 의미가 뭔지 생각했다. 적어도 그러는 것처럼 보였다. 하지만 한쪽은 다른 생각을 하고 있었을 수도 있다. 왜냐하면 코즈모폴리턴이 잠깐 흘깃 쳐다보며 이렇게 말했기 때문이다. "지금 우리가 말하고 있는 그 이상한 주정꾼이 나오는 도덕적이면서도 재미있는 풍자의 예에서 말입니다. 그걸 보면 그 주정꾼이 가짜 와인이라도 마시는 이유가 있습니다. 그게 가짜라는 것을 알면서도 말이죠. 자, 말하자면, 분명 사악한 생각이지만 그래도 웃기려고 상상해본 것의 예를 들어보죠. 또한 사악한 생각이고 사악한 짓을 하려고 상상해본 것의 예를 들어볼게요. 하나는 유머로 속임수가 상쇄되지 않는 경우고, 또 하나는 유머가 없어서 속임수가 힘을 발

---

* 팔라리스Phalaris는 6세기 시실리섬의 폭군으로 안에서 사람을 태워죽이는 살인 기계인 놋쇠 황소를 만들었다. 팔라리스에 대해 아리스토텔레스가 언급한 적은 없다.

휘하지 못하는 경우인데, 이 두 가지를 비교해보고 대답해주세요. 한번은 종교를 믿지 않는 파리 사람이 금주운동에 관해 말하는 농담, 단지 위트만 있는 농담을 하는 것을 들은 적이 있어요. 그건 구두쇠와 악당이 개인적인 이익을 얻기 위해서 누구보다 먼저 금주운동에 가입한다는 것이었어요. 그 사람이 단언하기를, 그렇게 하여 구두쇠는 돈을 절약하고 악당은 돈을 번다는 거지요. 마치 대체물을 주지도 않으면서 술 배당량을 줄여버리는 선주나 정신을 차리고 있어야 해서 찬물만 마셔야 하는 도박꾼과 각종 절묘한 사기꾼들이나 똑같이 금주하듯이 말이죠."

"그런 사악한 생각을 하다니!" 그 낯선 사람이 흥분해서 소리쳤다.

"예," 탁자 위에 팔꿈치를 얹고 기대어 명랑하게 집게손가락으로 그를 가리키며, "예, 그럼, 내가 아까 말했듯 그게 사기라 찔린다는 말은 하지 않으시는 거죠?"

"아니, 찔려요. 그렇게 심한 생각을 하다니, 프랭크!"

"웃기진 않았나요?"

"전혀!"

"그렇다면, 찰리," 촉촉하게 젖은 눈빛으로 그를 바라보며, "한잔합시다. 당신은 술을 많이 마시는 사람 같진 않군요."

"오, 오, 정말, 정말, 나는 뒤지지 않습니다. 친구 찰리보다 더 잘 마시는 술꾼은 찾기 힘들걸요. 장담하죠." 힘차게 잔을 낚아챘으나, 다음 순간 잔을 쥐고 미적거렸다. "그건 그렇고, 프랭크." 자신에게 쏟아지는 관심을 돌리려고 그러는지 확실하진 않지만, 그는 이렇게 말했다. "그건 그렇고, 일전에 좋은 것을 봤어요. 아주 좋은 것을요. 언론*에 실린 찬시였는데, 그걸 읽으니 기분이 좋아서 두 번 읽고 아예 외워버렸지요. 일종의 시인데 각운으로 보면 무운시**와 같은 형식으로 되어 있었어요. 후렴구가 달려 있어 편하게 따라 할 수 있는 노래 같은 거였죠. 제가 한번 외워볼까요?"

"언론을 칭찬하는 거라면 기꺼이 들어볼게요." 코즈모폴리턴이 반겼다. "더 그래야 할 것이," 그는 진지한 어조로 말을 이었다. "최근 몇몇 지역에서는 언론을 불신하는 경향이 보이니까요."

"언론을 불신한다고?"

"그렇답니다. 우울한 정신 상태에 있는 사람들은 의사들이 브랜디, 즉 오드비***가 처음 만들어졌을 때 그 이름이 의미하는 것처럼, 그게 만병통치약이지만 정말 그런지 경험으로 완전히 증명이 되진 않았듯이, 그 위대한 발명품에 대해서도 그렇게 생각했다고 장담하고 있어요."

"놀랍군요, 프랭크. 정말 언론을 매도하는 사람들이 있어요? 좀더 말해보세요. 이유가 뭔지."

---

* 언론(the press, 30장에 나오는 '프레스')이란 용어는 이 책에서 이중적인 의미가 있다. 즉 언론이라는 일반적인 뜻을 의미함과 동시에 와인을 만들 때 쓰는 기계인 프레스(the press)를 암시하기도 한다.

** 각운이란 각 행의 음을 특정한 운율에 맞춰 규칙적으로 반복하는 것이고, 무운시란 그런 각운이 없는 시의 종류이다. 'free verse' 혹은 'blank verse'라고 한다.

*** 브랜디를 프랑스어로 '오드비'라고 하는데 직역하면 '생명수'라는 뜻이다.

"이유는 없어요. 그냥 그렇다고 주장하는 말이 많다는 거예요. 언론은 왕가의 폭정 아래에서 사람들에게 즉흥시인과 같은 역할을 했지만, 인기 있는 사람들 아래에서는 잭 케이드*가 되기 십상이라고 단언하는 사람들도 있어요. 결국 이 심술궂은 현인들은 언론을 콜트권총에 비유하죠. 어떤 대의를 위해 쓰겠다고 맹세한 대상이 아니라 우연히 손에 넣어서 그의 것이 되었다는 겁니다. 어떤 발명품을 펜에서 발전된 것이라 여기거나 다른 발명품을 권총에서 발전된 것과 비슷하다고 생각하지요. 총이 많아질수록 그걸 신성한 목적으로 쓸 일이 없어지듯, 펜도 그렇게 될 거란 거죠. '언론의 자유'라는 것을 그 사람들은 '콜트권총의 자유'와 같다고 생각합니다. 결국 언론을 통해 진실과 정의가 희망을 만끽하게 되리라는 것은 코슈트와 마치니**가 콜트권총을 통해서 희망을 만끽하는 것만큼이나 정신 나간 짓이라고 말하더라고요. 당신은 이런 말을 들으면 가슴이 찢어질 겁니다. 하여튼 그 사람들의 반박은 모든 진실한 개혁가들에게 경멸받고 있지요. 그렇지 않습니까?"

"물론입니다. 계속 말하세요. 계속요. 더 듣고 싶네요." 아양을 떨 듯이 자기 잔을 찰랑찰랑하게 채웠다.

코즈모폴리턴이 가슴을 당당하게 펴고 계속 말했다. "첫째,

---

* 잭 케이드Jack Cade는 1450년에 벌어진 반역의 지도자로 셰익스피어의 「헨리 4세」에도 등장했다.

** 코슈트(Louis Kossuth, 1802~1894)는 1828년 오스트리아에서 혁명을 일으켰으나 실패했다. 마치니(Giuseppe Mazzini, 1805~1872)는 1848년 로마 혁명을 일으켰다가 프랑스군에 의해 제압되었다.

나는 언론이 사람들의 의견을 전하는 즉흥시인이나 잭 케이드
가 아니라고 주장하는 바입니다. 돈을 받고 바보짓을 하는 사
람이나 자만심이 가득한 노역꾼이라고도 생각하지 않아요. 언
론에 있어서 나는 이득이 의무를 능가하여 우세할 수 없다고
생각합니다. 언론은 아직까지 단단히 자리를 차지하는 거짓과
대적하고 있고, 찔려 죽는 것을 무릅쓰고 진리를 대변하고 있
습니다. 언론이 값싸게 소식이나 나르는 것을 경멸하지만, 나
는 그래도 언론이 지식의 선도자, 무쇠 같은 바울*의 독립적
사도使徒 정신이라고 주장하는 바입니다! 바울 말이에요. 왜냐
하면 언론이 지식은 물론 정의까지 발전시키니까요. 이봐요,
찰리, 태양 빛처럼, 언론 안에는 자비로운 힘과 빛에 헌신하는
원리가 있어요. 언론이 사도 정신과 함께 공존하기 때문에 악
마 같은 언론이란 말은 진짜 태양이 가짜 태양**과 함께 공존
한다는 말처럼 중상 비방입니다. 왜냐하면 악마 같은 햇무리
는 생기겠지만 어쨌든 태양신 아폴로가 낮을 베풀어주지요. 간
단히 말해, 찰리, 영국의 주권이 명목상으로 뭐든 간에, 실제
신앙의 수호자***는 언론이라고 주장하는 바입니다(신앙의 수호
자!). 진리가 오류를, 형이상학이 미신을, 이론이 거짓을, 기계
가 자연을, 선한 사람이 악을 이기고 최후의 승리를 할 때 말

---

* 「고린도 전서」와 「고린도 후서」를 썼던 사도 바울을 말한다.

** 멜빌은 반사된 햇빛인 햇무리에 대해 '가짜 태양'이라는 표현을 쓴다.

*** 교황 레오 10세가 영국의 국교회를 만든 헨리 8세에게 했던 찬사. 이 찬사
는 헨리 8세의 영국 국교회가 로마 교황에게서 분리되어 나가기 전에 한 것이
었다.

이죠. 저는 그렇게 생각합니다. 길게 말했다 해도 찰리, 짧게 요약해서 말할 수 있는 주제가 아니니 용서해주세요. 그리고 당신의 찬양시를 듣고 싶어서 안달이 나는데 분명, 제 것은 얼굴이 붉어지게 만들 만한 걸 겁니다."

"그건 정맥에 붉은 피가 돌아서 그런 겁니다." 상대방이 미소를 지으며 말했다. "프랭크, 그냥 그런 거니까, 그렇게 생각하세요."

"언제 건배사를 하실지 말해주세요." 코즈모폴리턴이 말했다. "연회에서 언론을 위해 건배할 때 나는 항상 서서 하는데, 당신이 건배사를 하실 때도 서서 들어야겠어요."

"좋습니다. 프랭크, 지금 일어나십시오."

그가 하라는 대로 하자, 그 낯선 사람은 따라 일어나 붉은색 와인 잔을 들고 건배사를 하기 시작했다.

30장
프레스(언론, 술)에 바치는 찬사의 시를 읊는 것으로 시작하여 그 시에서 영감을 받은 대화로 이어지다

"프레스를 찬양하라,* 파우스트의 것이 아닌 노아의 프레스를.** 프레스, 진실한 노아의 프레스에 찬사를 보내며 찬미하라. 거기에서 진정한 아침이 밝았나니. 프레스를 찬양하라. 검은색 프레스가 아니라 붉은색 프레스를. 프레스에 찬사를 보내며 찬미하라, 노아의 붉은 프레스에. 거기에서 영감이 나왔나니. 라인 지방과 라인강의 프레스 기사들이여, 마데이라 혹은 미틸레네섬***의 낭보를 밟아서 와인을 만드는 그대들 모두와 함께 손

---

* "주 하나님을 찬양하라"는 『성경』에 자주 나오는 구절을 패러디했다.

** 요한 파우스트(Johann Faust, 1400~1467): 구텐베르크와 같이 일했던 인쇄공으로 구텐베르크와 동업 관계가 끝나고 난 뒤에도 그의 활자를 계속 사용했다. 파우스트의 프레스란 인쇄할 때 쓰이는 프레스기이다. 반대로 노아의 프레스는 와인을 짤 때 쓰이는 기계인 프레스를 의미하며, 「창세기」 9장에서 노아가 와인에 취해서 아들과 추태를 벌인 것을 지적하는 말이다.

*** 마데이라Madeira는 포르투갈의 섬으로 셰리주로 유명하고 미틸레네Mitylene는 그리스의 섬으로 와인으로 유명하다.

을 잡아라. 작은 활자를 오래 읽어 눈이 빨갛게 되고 싶은 사람이 어디 있겠는가? 프레스를 찬양하라. 노아의 장밋빛 프레스를. 그것은 장밋빛 와인 마시기를 열망하게 하여 심장을 장밋빛으로 만들었다. 왁자하게 떠들며 논쟁하는 이는 누구인가? 이유 없이 상처를 입히는 사람은 누구인가? 프레스를 찬양하라, 노아의 다정한 프레스를, 친구는 결합시키고 적은 떨어져 나가게 하는 그것을. 뇌물을 받은 이는 누구인가? 구속되는 이는 누구인가? 프레스를 찬양하라. 노아의 자유로운 프레스를. 폭군을 위해 거짓말을 하지 않으며, 오히려 폭군이 진실을 말하게 하는구나. 그러니 프레스를 찬양하라. 노아의 솔직하고 낡은 프레스를. 그리고 프레스에 찬사를 보내며 칭찬하라, 노아의 용감하고 낡은 프레스를. 장미로 화환을 만들어 프레스를 장식하자, 노아의 장대하고 낡은 프레스를. 고통만큼이나 진실한 축복을 인간에게 준 지식의 강이 거기에서 흘러나왔나니."

"저를 속이셨군요." 둘 다 자기 자리에 다시 앉았을 때, 코즈모폴리턴이 미소를 지으며 말했다. "당신은 악당처럼 제가 순진하단 걸 이용하셨어요. 나의 열정을 능청스럽게 놀리시고요. 하지만 괜찮아요. 이렇게 도발하다니, 너무 매력적이라 한 번 더 해주셨으면 하는 마음이에요. 당신의 시에 나오는 시 쓰는 왼손잡이들에게 저는 기꺼이 무제한의 시인 특권을 주겠어요. 전체적으로 보니 확실히 서정시 스타일이에요. 서정시라면, 그것의 중요 요소인 주술적 믿음과 자신감이라는 정신 때문에 저는 항상 그 스타일을 숭배했죠. 하지만, 그런데." 동료의 잔을 바라보며, "서정 시인이라서 그런지 술을 너무 오래 천천히 드시네요."

"하프와 포도나무여 영원하라!" 황홀경에 취한 듯, 아니면 취한 티를 무심코 내듯 상대방이 소리쳤다. "포도나무, 포도나무! 모든 열매 중에서 가장 우아하고 너그럽지 않습니까? 그리고 포도나무가 포도인 것이 뭔가 의미가, 성스러운 의미가 있지 않을까요? 나는 살아 있을 때 내 무덤에 포도나무, 카토바 포도나무를 심으리라!"

"생각만 해도 기분이 좋아지네요. 하지만 당신 잔은 저기 있어요."

"오, 오," 약간 홀짝이고 나서, "그런데 당신은 왜 마시지 않죠?"

"잊으셨군요. 이봐요 찰리. 아까 내가 오늘 연회를 즐겼다는 이야기를 했잖아요."

"오," 편안하게 연회를 즐기다가 온 친구와는 반대로 서정적 분위기에 푹 젖어 있던 상대방이 말했다. "오, 오래된 좋은 와인, 진짜 달콤하고 오래된 포트와인은 아무리 마셔도 질리지 않아요. 흥, 흥! 다 마셔버립시다."

"그러면 같이 마십시다."

"물론이죠." 야단스럽게 한 모금을 또 마시더니, "시가를 피우는 건 어떨까요? 거기 있는 파이프는 놔둬요. 파이프야 혼자 있을 때가 최고지요. 이봐, 웨이터, 시가 좀 가져다줘, 최상품으로."

미라 같은 색깔에, 인디언 주방기구같이 생긴 아주 조그마한 서부지방 토기에 시가 두 개가 담겨 왔다. 시가는 긴 부채 모양의 푸른색 잎을 멋지게 겹쳐 덩어리로 뭉친 상태로 놓여 있었고, 용기의 붉은 옆면이 살짝 보였다.

그릇에는 두 개의 부속물이 달려 있었는데, 둘 다 작은 토기로, 생김새는 공 같고 크기는 더 작았다. 붉은색과 금색으로 칠해져 진짜 사과 같아 보이는 한 부속물에는 꼭대기에 나 있는 틈으로 안이 비어 있는 것을 알 수 있었다. 이것은 담뱃재를 모으는 용도였다. 다른 하나는 회색이고, 표면이 우글쭈글해서 말벌 둥지처럼 보이는 성냥갑이었다. "여기," 낯선 사람이 그 시가 스탠드를 내밀며 말했다. "마음껏 피우세요. 제가 불을 댕겨드리죠." 성냥을 꺼내며 말했다. "담배처럼 좋은 건 없지요." 시가 연기가 피어오르기 시작할 때 그는 시선을 담배 피우는 사람에게서 토기 쪽으로 옮기며 말했다. "내 무덤에 카토바 포도나무, 그 옆에는 버지니아 담배나무를 놓아달라고 할 거예요."

"당신이 처음 생각한 아이디어보다 더 좋네요. 처음 아이디어도 괜찮았지만. 그런데 당신은 담배를 안 피우는군요."

"곧, 곧 피울 겁니다. 제가 잔을 채워드리죠. 당신은 마시지 않는군요."

"감사합니다. 하지만 지금은 그만 마실 겁니다. **당신** 잔을 채우시죠."

"곧, 곧 그럴게요, 당신도 계속 드시죠. 저는 신경 쓰지 마세요. 굳이 말씀드리자면, 제가 충격을 받은 것은요, 대단치도 않은 품위나 지나친 도덕심을 지키려고 담배를 피우지 않고, 또한 아이언iron 부츠를 신은 멋쟁이나 철iron 침대에서 자는 독신

주의자보다 삶의 값싼 즐거움을 더 많이 줄여서 힘들어하는 사람들을 보는 거였어요. 반대로 담배를 양껏 피우고 싶은데 속이 받아주지 않아서 피울 수 없는 사람이 맛나게 피울 수도 없는 시가를 미친 듯이 다시, 또다시 찾는 것, 그래서 매번 구역질하면서도 맛보지도 못할 좋은 맛을 달콤하게 상상하며 오히려 더 비참해지는 것은 박애주의자들이 눈물을 흘릴 일입니다. 불쌍한 내시 같은 인간이지요!"

"옳은 말입니다." 코즈모폴리턴이 여전히 진지하긴 하지만 사근사근하게 말했다. "그런데 담배를 안 피우시네요."

"곧, 곧이요, 담배를 계속 피울 거죠? 내가 말한 것처럼……"

"참, 왜, 한 대 피우시지 그래요? 이봐요. 담배를 술과 같이 피우면 더 빨리 취하는 걸 모르셨나 봐요. 한마디로 체질에 따라 침착성을 잃을 수도 있습니다, 그렇죠?"

"그렇게 생각하다니, 잘 어울리는 둘 사이를 그렇게 이간질을 하시다니." 따뜻한 어조로 부인했다. "그렇지는 않습니다. 사실 지금 내 입에서 아주 안 좋은 냄새가 나서요. 저녁때 매운 라구 요리를 먹었거든요. 그래서 와인으로 입에 남은 라구 맛을 씻어내기 전엔 담배를 안 피우려고요. 하지만 당신은 담배를 피우며 시간을 보내시고 있으니 와인을 마시는 걸 잊지 마세요. 그건 그렇고, 여기 다정하게 앉아 있으니까 친한 친구는 안 떠오르는데 생뚱맞기 그지없게, 뚱한 당신 친구, 래쿤 가죽옷 양반이 떠오르네요. 그 사람이 여기 있다면, 동류와 어울려 다니며 마음 깊은 곳에서 우러나는 진짜 즐거움을 즐기는 일을 자신이 얼마나 많이 거부해왔는지 알았을 텐데 말입니다."

"저," 어물거리지만 강한 어투로, 천천히 담배를 빼면서, "그 점에서는 제가 오해를 풀게 해주었다고 생각해요. 당신이 그 특이한 친구를 더 잘 이해하게 되었다는 생각이 드니까 말이에요."

"그럼요, 나도 그렇게 생각해요. 하지만 첫인상이 다시 생각 나는 거 있죠. 사실 그 점을 생각해보니 잠깐 만났을 때 래쿤 가죽옷 양반이 우연히 흘렸던 말에서 짐작되는 게 있더라고요. 그 사람이 날 때부터 미주리 사람은 아니란 것, 돈을 벌기 위해서가 아니라 도망자 신세로 몇 년 전에 앨러게니강 반대쪽에서 그곳 서부로 온 젊은 염세주의자라는 것 말이에요. 별것 아닌 것이 큰 결과를 낳는다고들 말하지요. 그의 과거를 탐구해보면 그 가죽옷 양반이 슬픈 편견을 간접적이지만 처음으로 가지게 된 계기가 폴로니어스가 레어티즈*에게 한 충고를 어린 시절에 읽고 생긴 혐오감 때문이었다고 밝혀져도 나는 안 놀랄 겁니다. 뉴잉글랜드의 작은 소매상 책상에 붙어 있는 것을 가끔 볼 수 있는, 돈벌이 경제학에 관해 쓴 시랑 비슷한 충고였지요(그게 이기심을 심어줍니다)."

"친애하는 친구, 내가 원하는 건요." 부탁조이긴 하나 별로 열성이 느껴지지는 않는 태도로 코즈모폴리턴이 말했다. "적어도 내 앞에서는 청교도 자손에 대한 편견을 불러일으키는 말은

---

* 「햄릿」 1막 3장에서 폴로니어스는 아들 레어티즈에게 "돈을 빌리지도, 빌려주지도 말라"고 충고한다.

안 했으면 하는 거예요."

"진짜 본격적으로 말하려고 했는데," 상대방이 짜증을 내며 말했다. "청교도의 자손이라니! 그럼 누가 청교도의 자손이죠? 청교도들은 누구입니까? 앨라배마주 출신인 나도 그 사람들을 존경해야 합니까? 셰익스피어가 자기 희곡에서 실컷 비웃었던, 지독하게 잘난 척하는 늙은 말볼리오* 같은 인간들입니다."

"글쎄, 폴로니어스에 대해서는 뭐라 하실지?" 코즈모폴리턴은 자기보다 열등한 사람이 짜증 부리는 것을 우월한 사람이 넓은 아량으로 받아주듯, 조용히 참으며 바라보다가 "폴로니어스가 레어티즈에게 한 충고를 어떻게 정의할 수 있을까요?"

"거짓되고, 치명적이며, 중상 모략적이지요." 상대방은 가족 문장紋章에 오명이 새겨지자 격분한 사람처럼 화를 내며 소리쳤다. "그리고 아버지가 아들에게 그런 말을 하다니, 끔찍해요. 그 경우는 이렇게 바꿔 말할 수 있어요. 아들이 외국에 처음으로 나가려고 해요. 아버지가 뭘 하겠어요? 신의 가호를 빌까요? 트렁크에 『성경』을 넣어줄까요? 아니에요. 그에게 체스터필드** 경의 경구와 프랑스, 이탈리아의 경구를 마구 쑤셔 넣었죠."

"아니, 아니에요. 사랑해서 그런 겁니다. 당신 생각처럼 그런

---

* 셰익스피어의 희곡 「십이야Twelfth Night」에 등장하는 잘난 척하는 집사.

** 필립 체스터필드(Philip Dormer Stanhope Chesterfield, 1694~1773): 영국의 정치가이자 문인으로 경구를 많이 남겼다. 「햄릿」 1막 3장에서 폴로니어스는 프랑스로 유학을 떠나는 아들 레어티즈에게 사람을 조심하라는 당부를 한다.

게 아니고요. 왜 폴로니어스가 다른 말은 다 놔두고……

　'친구들은 겪어보고 받아들이고,
　그들을 너의 영혼에 쇠고리로 잡아매놓아라.'

　이렇게 말할까요? 이게 이탈리아의 경구와 맞아떨어지는 말인가요?"
　"예, 그래요, 프랭크. 뭔 말인지 모르시겠어요? 레어티즈는 누구보다 친구들을 잘 보살펴줄 겁니다, 입증 과정을 거친 친구들 말이에요. 와인 마개 따는 사람이 입증 과정을 거친 병들을 가장 잘 보살펴주는 것과 같은 그런 원칙에 따라서 말입니다. 병이 세게 부딪혔는데 안 부서진 걸 보고 그 사람은 이렇게 말하죠. '아, 병을 잘 보관해야지'라고요. 왜요? 그 병을 사랑해서요? 아니에요. 그걸 특별하게 써먹으려는 거죠."
　"이런, 이런!" 절절하고 낙담한 목소리로, "그건, 그건, 그런 비난은 사실, 사실, 온당하지 않아요."
　"그게 진실 아닙니까, 프랭크? 당신은 모든 사람에게 너무 착하게 대하는 사람이라 말의 어조만 보시는군요. 자, 제가 설명해드리지요. 프랭크. 그 말(폴로니어스의 말) 안에 고상하고 영웅적이고, 사심 없는 노력이 보입니까? '네 소유를 팔아 가난한 자들에게 주라'* 같습니까? 또 다르게 말하면, 아버지가 마음속으로 가장 바라는 것이, 아들이 고상함을 지키는 것이

---

* 「마태복음」 19장 21절.

었을까요, 아니면 다른 사람들 마음속에 있는 고상하지 않은 것을 경계하라는 걸까요? 그 사람은 신앙심은 없으면서 경고만 하는 사람이에요. 프랭크, 폴로니어스는 신앙심이 전혀 없는 충고자입니다. 나는 그 사람이 싫어요. 당신네, 세상사 전문가들이, 늙은 폴로니어스의 충고를 따라 삶의 방향을 조정하는 사람은 모진 세파 사이를 비집고 지나갈 일이 없을 거라고 장담하는 것도 도저히 못 참아 넘기겠군요."

"아니, 아니, 아무도 그렇게 장담하진 않기를 바랍니다." 코즈모폴리턴이 탁자 옆으로 팔을 완전히 늘어뜨리고 앉아 담담히 포기한 듯이 다시 끼어들었다. "누가 그렇게 장담하기를 기대하지도 않아요. 왜냐하면 폴로니어스의 충고를 당신 식으로 해석한다면, 경험이 많은 사람들이 그의 말을 추천하는 건 인간의 천성에 대한 추악한 상념 비슷한 뭔가를 가졌기 때문에 그렇다고 하는 말이 될 테니까요. 그런데," 약간 당황한 태도로, "당신의 생각은 저의 마음속에 새로운 견해를 제시했고, 또한 폴로니어스와 그가 한 말에 대해 내가 전에 가졌던 생각도 약간 흔들어놓았어요. 솔직히 당신의 독창적인 생각에 흔들리는군요. 만약 우리의 생각이 전반적으로 일치하지 않았다면, 저는 서로 일치했던 첫번째 원칙의 근거를 제외한 나머지는 미숙한 정신 상태의 사람이 조숙한 사람과 어울리면서 생기는 부작용을 느끼게 된 거로 생각했을 거예요."

"진정, 정말이지," 상대방은 기분이 좋은 듯, 겸손하게, 즐거운 듯, 관심을 보이며 소리쳤다. "제 지성은 형편없어서 네 갈고리 닻을 던져서 또 다른 것을 끌어들일 정도가 되기에는 턱도 없는 수준입니다. 얼마 전에 위대하다는 어떤 학자들에 대해 들어본 적이 있었어요. 그 사람들이 제자를 만들었다고 자랑하고 다니던데, 차라리 희생자를 만들었다는 게 맞지요. 저에 대해 말씀드리자면, 그럴 능력도 없지만 그러고 싶은 생각도 없는 사람입니다."

"맞는 말입니다, 찰리 씨. 그런데, 제가 다시 하고 싶은 말은 당신의 폴로니어스에 대한 평가를 듣고 나니, 뭐가 뭔지 모르겠고, 혼란스럽다는 겁니다. 셰익스피어가 폴로니어스의 입을 통해 말한 것이 어떤 의미인지 정확하게 이해가 안 갑니다."

"어떤 사람들은 그가 그런 말을 통해 사람들의 눈을 뜨게 할 생각이었다고 하더군요. 하지만 저는 그렇게 생각하지 않습니다."

"사람들의 눈을 뜨게 한다고요?" 코즈모폴리턴이 천천히 눈을 크게 뜨며 따라 말했다. "사람들이 눈을 떠서 뭘 본답니까? 남의 심기나 건드리려고 그 말을 하시는 건가요?"

"저, 또 다른 사람들은 셰익스피어가 사람들의 도덕성을 타락시키려고 했다고도 합니다. 그리고 셰익스피어가 어떤 의도를 표한 적은 없지만 결과적으로 사람들의 눈을 뜨게 하여 일거에 도덕성을 타락시켰다고 하는 사람도 있습니다. 저는 이 모든 의견에 반대해요."

"물론 당신은 그런 조잡한 가설들을 받아들이지 않겠지요. 그리고 솔직히 벽장 안에 있는 셰익스피어를 꺼내 읽으면서 어떤 구절에 감동하기도 했어요. 그럴 때면 나는 책을 놓고 말했지요. '이 셰익스피어라는 인간은 참 이상한 사람이네'라고요.

때때로 무책임한 것 같기도 하고, 변함없이 신뢰할 만한 사람 같지도 않아요. 그 사람을 표현하자면, 뭐라고 해야 하나? 숨어 있는 태양 같다고 해야 하나. 한 번에 깨우치게 하는데, 신비롭기도 하니까요. 그러니까, 내가 그 숨어 있는 태양을 가끔 어떤 것이라고 생각했는지 어떻게 말씀을 드려야 하나."

"그것을 진실한 빛이라고 생각하십니까? 상대방의 잔을 채우며 은근히 다정하게 말했다.

"단정적인 질문에 대한 답변은 사양하고 싶군요. 셰익스피어는 거룩하다고 할 만한 분이에요. 사려 깊은 사람은 그분에 대해 어떤 생각이 들면, 끝까지 마음속으로 그 생각만 품고 있을 겁니다. 그리고 그 추측을 자신 있게 공언할 수 있을 땐 그걸 밧줄로 묶어놓아도 되겠지요. 셰익스피어 자신은 존경받을 인물이지 죄를 물을 인물은 아니에요. 하지만 우리가 겸허한 눈으로 살펴보려고 한다면, 셰익스피어의 등장인물들에 대해 약간이나마 검토해볼 수 있겠죠. 제게 항상 수수께끼 같은 사람이었던 아우톨뤼쿠스*라는 인물을 이 자리에서 살펴봅시다. 아우톨뤼쿠스를 어떻게 받아들일까요? 너무 행복하고, 너무 운이 좋으며, 너무 승승장구하는 악당이죠. 그 사람이 매력적이다 싶을 정도로 악한 짓을 하는 바람에 착한 사람이 구빈원에 가는 일까지 벌어지는데도 말이죠(어떤 위급한 사태가 벌어졌을지 상상할 만해요). 아마 그 사람과 갈라서기를 갈망하겠

---

* Autolycos: 그리스 신화에 나오는 도둑이자 셰익스피어의 희곡 「겨울 이야기 The Winter's Tale」에 나오는 도둑. 신화에 따르면 훔친 물건이나 자신의 모습을 바꿀 수 있는 능력이 있다고 한다.

지요. 하지만 그 사람 입에서 나오는 말을 한번 보세요. '오,' 아우톨뤼쿠스는 마치 수사슴처럼 전속력으로 달려와서 즐겁게 무대에 오르고 '오' 하고 웃습니다. '오 정직이와 정직이의 의형제인 신용이는 바보 천치야. 순진한 신사지.' 이걸 생각해보세요. 신용이란, 즉 신뢰(다시 말해서 이 세상에서 가장 성스러운 거예요)를 가장 간단한 것인 양 요란하게 일컫죠. 그리고 그 장면들을 살펴보면, 그 악당 인물들은 셰익스피어가 자기 원칙들을 입증하려고 일부러 만들어낸 등장인물들이란 걸 알 수 있어요. 뭐랄까, 찰리, 그게 절대 그렇지 않**다고** 말하는 건 아니에요. 그렇게 보인다고 말하는 **겁니다.** 그렇습니다. 아우톨뤼쿠스란 인물은 주머니란 호소하는 게 아니라 터는 것이라는 설득에 넘어간 궁핍한 시중꾼일 수도 있어요. 그를 서투른 거지가 아닌 숙련된 악당으로 보이게 만들었을 수도 있고요. 그리고 이런 이유로 그 사람의 생각처럼 마음씨가 착한 사람보다 얼간이가 더 많은 거겠지요. 악마의 노련한 설득에 넘어간 아우톨뤼쿠스는 천국의 제복이라도 입은 것처럼 즐거워하지요. 만약 그 인물을 보고, 그런 인물이 사악한 짓을 벌이면서 행복해하는 것을 보고 마음이 언짢으시다면, 제가 해줄 유일한 위로는 그런 인물은 그런 사람을 상상할 수 있는 강력한 상상력의 세계 속에만 있지 실제로는 존재하지 않는다는 거예요. 하지만 설령 그가 시인에 의해서 창조된 인물일 뿐이라 해도, 어쨌든 그도 생명, 살아 있는 생명체지요. 아마도 아우톨뤼쿠스는 살과 피*

---

* '인간'을 의미한다.

를 가지고 있을 때보다는 펜과 종이로 만들어질 때 더 효과적으로 활동할 수 있을 거예요. 그의 영향력이 유익한 것일까요? 사실 아우톨뤼쿠스에게는 유머가 있어요. 하지만 제 원칙에 의하자면, 일반적으로 유머에 사람을 구하는 능력이 있긴 하지만 아우톨뤼쿠스는 예외입니다. 그의 악행을 더 효과적으로 만든 게 이른바 그의 유머였으니까요. 아우톨뤼쿠스는 유머를 이용해 허풍을 떨며 악행을 저지르고 뱀같이 요리조리 빠져나가지요. 꼭 해적선이 색색의 깃발을 휘날리며 기름칠이라도 한 것처럼 바다를 나아가듯이 말이죠."

"저도 아우톨뤼쿠스가 별 볼 일 없는 인간이라는 당신의 말에 동의합니다." 옆 사람이 뻔한 말을 하는 동안, 그 낯선 사람은 상대방의 말은 흘려들으면서, 원래 하려고 했던 말이 지금 빛이 바래가는 것에 더 신경을 쓰는 것 같았다. "아우톨뤼쿠스가 악하다는 것이 무대 위에서 증명된 건 틀림없지만 폴로니어스 같은 등장인물만큼 악할 수 있다고는 생각하지 않아요."

"그건 모르겠군요." 퉁명스럽지만 예의는 지키며 코즈모폴리턴이 대답했다. "그 늙은 신하(폴로니어스)에 대한 당신의 의견을 제가 받아들이면 분명히 그 신하와 아우톨뤼쿠스 중 누가 매력이 없는가 하는 질문을 제게 하시겠지요. 그럼 나는 뒤에 언급했던 사람이 가장 매력이 없다고 대답할 거예요. 촉촉한(감정이 풍부한) 악당은 허파를 살짝 간질이는 반면에 마른(감정이 메마른) 속인은 속에서 천불이 나게 하니까요."

"그런데 폴로니어스가 메마른 사람은 아닙니다." 상대방이 흥분하며 말했다. "그 사람은 멋쟁이예요. 더럽게 외모에 관심이 많은 늙은 멋쟁이에, 똑똑해 보이기까지 하죠. 기분 나쁘게 눈물 콧물을 흘려가며 불쾌한 인간이 불쾌한 지혜를 만들어내는 겁니다. 인사하고 굽실거리며 시간을 쓰는 늙은 죄인, 그런 인간이 젊은이에게 사람이 지켜야 할 계율을 가르친다고? 신중하고 예의 바르고 노망난 늙은이예요. 노망날 정도로 신중하고, 얼이 빠지다 못해 넋이 나갔지! 리본을 단 그 늙은 개는 몸 한쪽이 마비가 되어 쳐져 있어요. 고상한 쪽이 말이에요. 정신이 나갔어요. 단지 자연이 만든 자동반사 덕분에 두 다리로 버티고 서 있을 뿐이죠. 늙은 나무처럼 껍질 안에는 연한 중과피中果皮가 아직 남아 있어서 여전히 뻣뻣하게 서 있지만 가장자리까지 썩은 나무 말이에요. 그렇게 폴로니어스는 몸이 영혼보다 오래 사는군요."

"자, 자," 기분이 나빠진 듯, 코즈모폴리턴이 진지한 어조로 말했다. "저에 대해 말씀드리자면, 저는 열정을 존중하는 면으로는 절대 지지 않아요. 하지만 그 열정에도 한도가 있겠지요. 강한 언어는 인간의 마음을 크든 작든 불쾌하게 만들어요. 게다가 폴로니어스는 머리가 희끗희끗한 노인입니다(무대 위에선 모습을 기억해보자면 그래요). 사랑이란 그런 인물을 최소한이나마 정중하게 대접해주라고 명령합니다(어떻게 하실지, 그 점을 생각해보세요). 더군다나, 나이를 먹는 것은 원숙해진다는 것이지요. 옛날에 '날것보다는 익은 것이 낫다'는 말을 들어본 적이 있어요."

"썩은 것보다는 날것이 낫다는 거겠죠!" 상대방이 손으로 탁자를 힘차게 치며 말했다.

"이런, 아뿔싸," 흥분한 동료를 찬찬히 보다가 약간 놀란 듯, "어떻게 그 불쌍한 폴로니어스*를 나쁘게 말할 수 있죠? 그런 사람은 과거에도 없었고 앞으로도 없을 사람인데요. 그리고 기독교적 관점에서 보면," 그는 깊이 생각하며 덧붙였다. "허수아비에게 화를 내는 것은 살아 있는 사람이나 어떤 다른 것에 화를 내는 것보다 지혜롭지 않은 일이지 않나요?"

"그럴 수도 있고, 아닐 수도 있어요." 상대방이 다소 매몰차게 대답했다. "하지만 아까 했던 말을 계속하자면, 썩은 것보단 날것이 낫지요. 그리고 그런 머리가 두려워하는 것은 아마 이렇게 알려진 말일 수도 있어요. 즉 가장 좋은 마음씨와 함께하는 것은 가장 맛 좋은 배와 같이 있는 것과 같다는 말. 한마디로 오래 끌기 힘든 위험한 실험이라는 거죠. 폴로니어스가 바로 그 경우예요. 다행히도, 프랭크, 나는 아직 젊고, 내 얼굴에 난 이도 모두 튼튼하고 이 세상에 계속 있도록 좋은 와인이 지켜주는 한 오래 살 겁니다."

"정말이에요." 미소를 지으며, "와인이 좋다면 마셔야지요. 당신은 말도 많이 하시면서 잘하기도 참 잘하십니다, 찰리. 그런데 술은 별로 마시지도 않고 마시려고 하지도 않는군요. 잔을 채우세요."

"곧, 곧 그러죠." 성급하고 정신이 팔린 듯한 태도로 덧붙였다. "내 기억이 옳다면, 폴로니어스는 어떤 경우라도 불행한 친구를 금전적으로 돕는 몰상식한 짓을 저지를 일은 없을 사람

---

* 햄릿은 어머니의 방에 있던 폴로니어스를 숙부 클로디어스로 오해해 살해한다.

같더군요. 그는 '빚은 빚과 친구 모두를 잃게 한다'라는 다소 진부한 말을 했어요, 그렇죠? 하지만 우리 와인, 이거 너무 단단히 봉해놓은 거 아니야? 계속 움직여봐요. 어이 친구, 프랭크.* 좋은 와인이 있으면 맹세코 꼭 맛을 볼 거예요. 늙은 폴로니어스, 그래요, 이 와인을 보니 이빨 빠지고 미운 짓하는 그 늙은 개를 혼내주는 것만큼이나 신이 나네요."

이 말을 하며 코즈모폴리턴은 입에 시가를 물고 천천히 병을 들어 불빛에 갖다 대고, 8월에 기온이 얼마나 낮았는지가 아니라 얼마나 높았는지를 보기 위해 온도계를 들여다보듯 찬찬히 살펴보았다. 그런 후 담배를 뻐끔거리며 와인 병을 내려놓고 말했다. "저, 찰리, 만약 당신이 마시는 와인이 이 병에서 따른 것이라면, 이렇게 말할 수밖엔 없군요. 음, (가정해보세요) 어떤 사람이 다른 사람을 취하게 만들려고 하는데, 만약 취하게 만들려는 대상이 당신과 주량이 같다면, 작업 비용이 많이 들지는 않을 거라고 말이에요. 어떻게 생각하십니까, 찰리?"

"아니, 그런 상상을 하시다니 기분이 좋진 않네요." 찰리는 화난 얼굴로 말했다. "프랭크, 친구를 상대로 그렇게 익살스러운 농담이나 하는 건, 상황에 따라 안 좋을 수 있어요."

"정말, 제발, 프랭크,** 제가 상상한 건 특정인을 두고 한 게

---

* 초판의 "어이, 친구, 프랭크"라는 부분은 이후 판본에서는 "찰리"로 바뀌었다. 코즈모폴리턴이 자신의 이름을 부를 리가 없다는 점에서 이 부분은 멜빌의 실수라고 보는 견해도 있고, 화자 멜빌이 중간에 끼어들어 프랭크를 불렀다고 보는 견해도 있다.

** 이 부분도 멜빌의 실수 내지는 개입이며, 논리적으로는 "찰리"라고 해야 한다.

아니라 일반적으로 그렇다는 겁니다. 그렇게 감정적으로 받아들이시면 안 되지요."

"내가 감정적으로 받아들인다면, 그건 와인 때문이에요. 가끔, 마음껏 마셨다 하면 술이 저를 감정적으로 만들더라고요."

"마음껏 마신다? 아직 한 잔 가득 마시지도 않았잖습니까? 반면에 저는, 당신이 끈덕지게 조른 탓에 이 잔이 분명 네 잔째이거나 다섯 잔째일 겁니다. 늙은 친구들 덕에 오늘 아침에 마신 것은 두말할 필요도 없지요. 마셔요, 마셔요, 마셔야 합니다."

"오, 말씀하시는 동안 저도 마셨어요." 상대방이 웃었다. "아마 못 보셨을 테지만, 저도 제 잔을 이미 마셨어요. 아무도 모르게 잔을 기울여 쏟던 차분한 성격의 나이 많은 아저씨에게 배운 독특한 방식으로 말입니다. 잔을 채우시고, 제 것도 채워주세요. 이런! 담배가 다 탔네, 한 대 더 피우세요. 우정이여 영원하라!" 또다시 서정적인 기분에 젖어서, "이봐요, 프랭크, 우리는 인간이지 않습니까? 내 말은, 우리가 인간이 아니냐고요? 말해보세요. 하나님 앞에서 앞으로 우리가 낳을 것이 인간이라고 믿는다면 우리를 낳은 것도 인간이 아니겠습니까? 친구, 채워요, 채워, 채우라니까. 루비색 물결이 치고, 루비색 열망이 모두 담기기를. 채워요, 채워! 정말 유쾌하게 마십시다. 술 마시는 즐거움이 이런 거죠, 그렇죠? 제 말이 그거예요. 그런 유쾌함을 뭐로 표현할까요? 유쾌하게 함께 사는 거예요. 하지만 박쥐들이 유쾌하게 함께 살지요. 유쾌한 박쥐들이라는 말을 들어보신 적이 있나요?"

"들어봤더라도," 코즈모폴리턴이 바라보았다. "잊어버린 게 확실해요."

"그런데 유쾌한 박쥐나, 그 비슷한 다른 거라도 들어본 적이 **왜** 없을까요? 왜냐하면 박쥐들은 함께 살긴 하지만 온정 있게 함께 사는 것은 아니기 때문이지요. 박쥐들에겐 다정한 영혼이 없어요. 인간에겐 있죠. 인간들 사이에서 가장 높은 단계의 다정함을 의미하는 단어가, 술을 필수 보조제로 기분 좋게 축복한다는 뜻도 있다는 걸 생각하면 얼마나 기분이 좋은지. 그렇습니다. 프랭크. 가장 좋은 환경에서 함께 살기 위해서는 함께 술을 마셔야 합니다. 그리고 와인을 사랑하지 않는 사람은, 그런 가련한 사람은 정신이 멀쩡해도 심장은 메말랐을 거라는 게 놀랄 일은 아니지요. 쥐어짠 낡고 푸른 가방 같은 심장 말이에요. 그래서 같은 종인 인간을 좋아하지 못한다지요? 그런 사람은 내쫓아버려요, 거지 같은 집이나 어울리지. 그런 온정 없는 마음씨를 가진 사람은 교수형에 처해야 해요."

"오, 자, 자, 그렇게 신랄하게 말씀하시지 마시고 좀 유쾌하게 한잔하실 수는 없나요? 저는 편안하고, 조용하고, 유쾌하게 함께 사는 것이 좋아요. 저는 술을 마시지 않는 사람에겐 (정말, 제 입장에선 기분 좋게 한잔하는 게 좋습니다) 저의 성향이 다른 천성에도 적용되는 무슨 법칙인 양 강요하지는 않습니다. 그러니 술을 안 마시려는 사람을 너무 괴롭히지 마세요. 즐겁게 한잔하는 것도 좋고, 술을 안 마시는 것 또한 좋은 겁니다. 그러니 너무 한쪽 편만 들지 마세요."

"글쎄, 제가 어느 편을 든다면 그건 와인 편일 겁니다. 정말,

정말이지, 나는 즐겁게 양껏 마셨어요. 약간만 건드려도 폭발할 지경인 게 술에 취해서 그런 거예요. 그런데 당신은 저보다 더 고집이 세시군요. 마셔요. 그건 그렇고, 온정에 대해 말씀하셨는데, 요즘 그게 많이 늘었지요, 그렇죠?"

"네 그렇습니다. 사실 그렇지요. 박애주의 정신의 향상을 좀더 잘 증명하는 것은 없어요. 지금보다 박애주의 정신이 낮았던 이전 시대(원형극장과 검투사들이 있었던 시대지요)에는 온정이라는 것이 주로 난롯가나 탁자 주변에 한정되어 있었어요. 하지만 우리 시대(주식 합병회사와 살롱의 시대)에 온정은 옛날 페루 시대에 피사로*가 잉카의 왕관은 물론 식모의 냄비도 금으로 만든다는 걸 알아냈던 그때 당시 잉카의 값비싼 금과 같은 그런 귀한 특성이 있지요. 그렇습니다. 우리, 골든 보이, 현대인은 정오의 햇빛처럼 빛나는 혜택, 즉 온정을 사방에 보여주지요."

"맞습니다, 맞아요. 다시 감정이 북받쳐 오르는군요. 온정은 모든 곳과 모든 직업에 다 스며들어 있어요. 온정 있는 상원의원, 온정 있는 작가, 온정 있는 강사, 온정 있는 의사, 온정 있는 목사, 온정 있는 외과의사가 있지요. 그리고 그다음으로 온정 있는 사형집행인도 생길 겁니다."

"마지막으로 언급하신 그 사람에 대해서라면," 코즈모폴리턴이 말했다. "온정이라는 선구적 정신은 결국 그런 인간이 없어

---

* 프란시스코 피사로(Francisco Pizarro, 1475~1541): 스페인의 탐험가로 잉카 왕 아타우알파를 납치하여 금을 받아낸 뒤 왕을 처형하고 잉카 제국을 무너뜨렸다.

지는 세상이 되게 하리라 믿습니다. 살인자도 없어지고, 사형집행인도 없어질 겁니다. 그리고 확실한 것은 모든 세상에 온정이 생기는 날이 오면, 기독교 세상에서 죄인에 대해 말할 일이 없듯 살인자에 대해 말할 필요가 없어질 겁니다."

"그런 생각을 추구하려면," 상대방이 말했다. "모든 축복엔 나쁜 게 조금이라도 따르기 마련이고, 그리고……"

"그럼," 코즈모폴리턴이 말했다. "희망적 교리보다는 차라리 되는 대로 늘어놓는 말이라고 너그러이 봐주시는 게 더 나을 수도 있지요."

"저, 그 말대로 된다고 가정하면 온정주의가 미래에 패권을 장악하리라 생각할 수도 있겠지요. 그렇게 되면 방적기가 대세를 얻어 운행될 때 직조공에게 닥친 일이 사형집행인에게도 닥치겠죠. 교수형 집행인이 실직하면 그 손으로 뭘 할까요? 도축업?"

"가진 재주를 그렇게 쓸 수도 있겠네요. 어떤 사람들은 그런 상황의 일이 (적절한 상황이라 할 수 있죠) 궁금할 수도 있을 겁니다. 무엇보다 나는 이렇게 생각하고 싶습니다. 그 직업은 우리 천성이 가진 존엄성에 적합하지 않다고 말이지요. (그리고 그런 생각이 지나친 결벽증이라고도 생각하지 않아요.) 그리고 인간이 마지막 불행한 시간을 보내는 데 시중을 들던 사람은 그 일이 없어지면, 직업을 바꿔서 가축이 마지막 불행한 시간을 보내는 데 시중을 들면 된다고 생각합니다. 시종이 되는 것도 괜찮을 것 같습니다. (사람의 몸을 능숙하게 다루는 재주를 맘껏 부리지 않을 수가 없는 직업일걸요, 아마.) 특히 신사의 넥타이를 맬 때, 제 생각에는 이전 직업에서 하던 일과 유사하다는 점에서 다른 어떤 직업보다도 그 일에 더 적합한 사람이 없을 겁니다."

"진심으로 하는 말입니까?" 이런 말을 진지하게 하는 사람을 보니 정말로 호기심이 생긴 듯 "진심으로 하는 말이 맞아요?"

"물론 진심이지요." 온화하고 진지한 대답이었다. "하지만 온정의 도래에 대해 말씀드리자면, 저는 온정이 인간 혐오자와 같은 힘든 문제에도 결국 영향을 끼치게 되리라고 기대하고 있습니다."

"온정적 인간 혐오자라! 온정적 사형집행인에 대해 말할 때 내가 너무 밧줄을 단단히 친 모양이군. 온정적 인간 혐오자가 상상이 안 되는 건 무뚝뚝한 박애주의자가 상상이 안 되는 것과 마찬가지예요."

"그렇죠." 금 간 곳이 없는 작은 원통에 시가 재를 가볍게 털며, "정말, 당신이 말한 그 두 명칭은 대조가 되는군요."

"아니, 무뚝뚝한 박애주의자 같은 사람이 정말 **있었다는** 듯이 말씀하시네요."

"네, 그렇습니다. 특이한 제 친구, 당신이 래쿤 가죽옷이라고 부르는 친구가 그 예입니다. 제가 설명한 것처럼 그 사람은 무뚝뚝한 태도 속에 박애주의적 마음을 감춰놓고 있지 않습니까? 자, 세월이 흘러 온정적 인간 혐오자, 그가 다시 나타나면 지금과는 반대가 될 겁니다. 상냥한 태도 아래에 인간 혐오의 마음을 감추게 되지요. 한마디로, 온정적 인간 혐오자는 새로운 형태의 괴물이 될 것이고, 하지만 그건 최초의 형태에서 약간 변한 건 아닐 겁니다. 저 타이먼*이라는 불쌍하고 미친 노인처럼, 인상을 찌푸리고 사람들에게 돌을 던지는 대신, 그는 바이올린을 손에 들고 장단을 맞춰 세상이 흥겹게 춤을 추게 만들 테니까요. 한마디로, 기독교계가 진보하면 마음은 못 고쳐도 그 사람의 태도는 원숙하게 만들어놓듯이 온정주의가 진보해도 비슷한 현상이 나타날 겁니다. 그래서 온정주의 덕분에 인간 혐오자는 상스러운 말주변을 고치고 세련되고 부드러운 태도를 갖추는 겁니다. 너무 온정적으로 변해서 다음 세기의 인간 혐오자는 (이런 말씀을 드려서 정말 죄송합니다만) 현세대의 박애주의자만큼 인기를 얻을 것이고, 제가 아까 말했던 그 특이한 친구 같은 현대의 박애주의자를 만날 일은 아마 없어질 겁니다.”

“저,” 관념적인 사고를 너무 많이 해서 약간 지쳤는지 상대방이 소리쳤다. “저, 다음 세기가 어떻게 될지는 모르겠지만, 확실히 지금은 그 사람, 뭔 다른 짓을 하든 말든, 온정적으로 굴어야지, 안 그러면 안 될 겁니다. 자, 잔을 채워요, 채워, 그리고 온정 있게 행동하세요!”

“최선을 다하고 있습니다.” 여전히 조용하고 다정하게 코즈모폴리턴이 말했다. “조금 전에 우리는 피사로, 금, 페루에 관해 말했었지요. 분명히 그 스페인 사람이 아타우왈파**의 보물

---

* 셰익스피어의 희곡 「아테네의 타이먼」의 주인공인 타이먼. 3장 주석 참고.

** 잉카 제국의 마지막 황제. 피사로에게 납치된 후 아타우왈파는 자신을 풀어주면 한 방 가득 금을 채워주겠다고 했다. 그는 자기 말대로 방을 금으로 가득 채워줬으나 피사로는 약속을 지키지 않고 그를 사형시켰고, 이후 잉카 제국은

창고에 처음 들어갔을 때, 낡은 술통이 양조업자의 마당에 아무렇게나 쌓이듯 좌우에 가득 쌓여 있는 접시를 보았던 것을 기억하실 겁니다. 경제적으로 어려웠던 그 사람은 남아돌고 넘칠 정도로 많은 순금이 보이는데도 불구하고, 신뢰가 부족해서 의심이 통증처럼 일어났었지요. 그는 손마디로 반짝이는 화병을 두드려보기 시작했지요. 하지만 모두 금세공업자들이 신나게 두드려서 만든, 금, 금, 순금, 양금, 금화였어요. 그 사람과 비슷하게 마음이 궁핍한 사람들은 자신이 위선적이고, 인간에 대한 신뢰가 없기 때문에 이 세대의 진보적인 온정주의가 가짜가 아닌가 하고 의심합니다. 그 사람들은 나름대로 피사로 모형이라고 할 만하죠. 훌륭하기 그지없는 인간의 온정 앞에서 얼이 나가 오히려 불신하는 지경에 빠진 거니까요."

"친애하는 선생님, 당신이나 나는 그런 불신과는 상관없는 사람들이에요." 상대방이 흥분된 목소리로 소리쳤다. "잔을 채워요, 채워."

"그러니까 지금까지 내내 분업을 해온 것 같군요." 코즈모폴리턴이 미소를 지었다. "나는 계속 마시고 당신은 내내 온정에 대해 말하고. 하지만 당신이 하는 일은 많은 사람을 움직일 능력을 타고나야 하지요. 그리고 친구," 확연히 다르게 엄숙한 태도로, 분명 중요한 뭔가에 대한 전조를 드리우듯, 내밀한 이해관계와 관련된 것이 분명한 듯, "아시죠, 와인이 마음을 열어주는 것을요. 그리고……"

멸망했다.

"마음을 열지요!" 의기양양하게, "마음을 금세 녹여줍니다. 와인이 마음을 녹여서 아래쪽의 부드러운 풀밭과 달콤한 목초의 꽃봉오리가 드러나기 전까지는 눈 덮인 강둑에 떨어진 보석이 겨울을 지나 봄이 될 때까지 아무런 의심도 받지 않고 거기 놓여 있게 되듯이 모든 마음은 모든 비밀을 품고 얼음처럼 차가운 상태로 있지요."

"있잖아요 찰리, 제가 지금 작은 비밀을 털어놓는 것도 그런 식으로 하려고요."

"아!" 재빨리 의자를 돌려 앉으며, "뭡니까?"

"찰리 씨, 서두르지 마십시오. 설명해드릴 테니. 아시다시피, 물론 나는 뭔 말을 할 때 자신감 있게 하는 사람은 아닙니다. 일반적으로 나는, 뭐냐, 굳이 말하자면, 소심하고 점잖은 사람입니다. 그래서 지금 제가 좀 다른 이야기를 하려는 건 당신의 말을 듣고 확실히 온정이 있는 분이란 걸 확신했기 때문이죠. 그리고 특히, 당신의 고결한 태도, 즉 인간에 대한 긍정적인 확신이 있으면서도 어떤 인간에게도 신뢰를 배반한 적이 없음을 시사하시고, 그리고 폴로니어스가 한 충고 속의 편협한 경구에 대해 화를 내시는 것도 그렇고요. 간단히, 간단히 말하면," 몹시 당황해하며, "당신의 성격을 두루 본 후, 당신의 고결한 성품에 저를 맡기지 않을 수 없다는 말을 안 할 수가 없군요. 한마디로, 당신을 신뢰합니다. 관대한 신뢰라고 할까요?"

"알겠어요, 알겠어." 몹시 궁금해하며, "뭔가 아주 중요한 걸 털어놓고 싶으신 모양입니다. 자, 그게 뭡니까, 프랭크? 연애 이야깁니까?"

"아닙니다. 그런 건."

"그럼, 저, **친애하는** 프랭크? 말하세요. 끝까지 저를 믿어보세요. 다 말해버리라고요!"

"그럼 다 털어놓을게요." 코즈모폴리턴이 말했다. "저는 긴급하게, 아주 긴급하게, 돈이 필요합니다."

31장
오비디우스*에 나오는 어떤 변신보다
더 놀라운 변신

"돈이 필요하다고!" 사람 잡는 덫이나 분화구가 갑자기 열리기라도 한 듯 의자를 뒤로 빼면서 소리쳤다.

"예." 코즈모폴리턴은 순진하게 다시 확인해주었다. "저에게 50달러를 빌려줄 수 있으시겠죠. 더 많은 돈을 빌려야 할 텐데, 라고 생각한 건 당신 때문입니다. 예, 저기 찰리 씨, 당신을 위해서예요. 당신이 고귀하고 친절하다는 것을 더 잘 증명해줄 일이니까요, 친애하는 찰리."

"이런, 찰리 씨라니, 엿이나 먹어." 이렇게 소리치며 상대방은 벌떡 일어나서 마치 긴 여행을 급하게 떠나기라도 하듯 외투 단추를 잠갔다.

"왜, 왜, 왜?" 코즈모폴리턴이 가슴이 아픈 듯 위를 올려다보

---

* 고대 로마의 시인 푸블리우스 나소 오비디우스(Publius Naso Ovidius, B.C. 43~A.D.17)를 말한다. 그의 대표작은 『변신 이야기 *Metamorphoses*』이다.

며 말했다.

"왜, 왜, 왜라니, 엿이나 먹어!" 상대방은 한 발을 밖으로 내디디며, "지옥에나 가라고, 선생! 이 거지, 사기꾼아! 내 평생이런 사기꾼은 첨 본다."

32장

마술과 마술사의 시대가
아직 지나가지 않았다는 것을 보여주며

그 유쾌한 친구는 말을 하다가, 아니 속삭이다가, 동화책에서나 읽었음 직한 그런 엄청난 변신을 보여주었다. 오래된 물건에서 새로운 물건이 솟아 나오는 것처럼. 카드모스가 뱀으로 변한 것처럼.*

코즈모폴리턴은 자리에서 일어났고, 이전의 감정은 깨끗이 사라졌다. 태도가 변한 친구를 잠시 묵묵히 바라보더니 곧 주머니에서 5달러짜리 금화 열 개를 꺼내, 몸을 숙여 한 개씩 원을 그리며 그 사람 주변에 놓았다. 이어 뒤로 한 걸음 물러서서 입은 옷 때문에 더 그럴싸하게 주술사 같아 보이는 태도로 수술이 달린 파이프를 흔들었고, 흔들 때마다 신비로운 말들을

---

* 『변신』에 나오는 인물인 카드모스는 테베를 창건한 페니키아의 왕자이자 그리스인에게 알파벳을 전한 인물이기도 하다. 그는 전쟁의 신 아레스가 아끼는 용을 죽인 후 나라에 우환이 들자 "이럴 거면 차라리 뱀으로 변했으면 좋겠다"라고 혼잣말을 하다가 진짜 뱀으로 변했다.

주문처럼 엄숙하게 외웠다.

마술 동그라미 안에 서 있는 동안 찰리는 갑자기 뭐에 홀린 듯, 완전히 마술에 걸린 것 같은 증상이 나타났다. 뒤틀린 뺨, 뻣뻣한 태도, 얼어붙은 한쪽 눈, 그는 흔드는 지팡이에 넋이 나간 게 아니라 바닥에 놓인 무적의 부적 열 개 때문에 완전히 넋이 나간 듯했다.

"다시 나오라, 다시 나오라, 다시 나오라, 오, 예전의 친구여! 이 무시무시한 허깨비 대신 축복받은 당신의 형상을 되찾고, 다시 찾은 증거로 '친애하는 프랭크'라는 말을 다시 하게 되어라."

"친애하는 프랭크," 그때 아까의 태도를 되찾은 친구가 지금 다정하게 원 밖으로 나와, 냉정을 되찾고 잃었던 모습을 다시 회복하여 소리쳤다. "친애하는 프랭크, 당신 정말 웃기는 사람이네요. 재미가 넘치다 못해 죽겠네. 돈이 필요하다는 그 당치도 않은 말을 어떻게 나에게 하는지? 너무 재미있어서 입 밖으로 뱉어서 망치기가 싫을 정도였어요. 물론 나도 농담으로 그래 봤죠. 내 입장에서야 당신이 하라는 대로 오만상 비정하게 시건방을 떨어본 거죠. 자, 잠시 다시는 안 볼 듯이 연기해보니 오히려 더 흥겨워졌어요. 다시 앉아서 이 병을 마저 비웁시다."

"물론, 기꺼이." 주술사같이 굴기 시작할 때만큼이나 재빠르게 태도를 바꾸며 코즈모폴리턴이 말했다. "그러죠"라고 말을 덧붙이더니 침착하게 금화를 집어서 짤랑거리는 소리와 함께 주머니에 넣었다. "그렇습니다. 저는 가끔 웃기는 짓을 합니다. 당신에게도 잠시 그래 봤어요, 찰리." 부드러운 눈길로 그를 바라보며, "당신이 웃자고 하신 일은 정말 진짜 같았어요. 방금 한 농담보다 더 진짜 같은 농담을 본 적이 없었어요. 내가 한 연기보다 당신 연기가 더 나았어요. 찰리, 당신은 정말 진짜처럼 연기하더군요."

"있잖아요, 제가 한때 아마추어 연극단 소속이었거든요. 그 래서 그런 거예요. 자, 잔을 채우고, 다른 이야기를 합시다."

"그럼," 코즈모폴리턴은 잠자코 자리에 앉아 조용히 잔을 가득 채웠다. "무슨 이야기를 할까요?"

"원하시는 거라면 아무거나." 약간 초조해 보이긴 하지만 선선히 말했다.

"그럼, 샤르몽 이야기를 할까요?"

"샤르몽? 샤르몽이 뭐지요? 샤르몽은 누굽니까?"

"들려드리죠, 찰리 씨." 코즈모폴리턴이 대답했다. "신사이자 미치광이였던 샤르몽 이야기를 해드리지요."

33장
가치가 있다고 판명되는 것이라면
무엇이라도 괜찮아할 것이다

샤르몽에 대한 진지한 이야기를 하기에 앞서, 지금까지 본 장章에서, 특히 앞 장(여기서 익살스럽고 터무니없는 게 나오긴 했다)에 대해 '이게 말이 되나! 누가 당신이 만난 코즈모폴리턴처럼 옷을 입고 행동한대? 그리고 누가(돌아가서 볼 수도 있어) 그렇게 어릿광대처럼 옷을 입고 그렇게 행동했대?'라고 누군가가 외치는, 내가 들었다고 생각되는 그 목소리에 나는 정중히 답변해야겠다.

이상하게도, 코미디 작품을 보면, 다른 사람에게는 현실 생활에 철저하게 충실하라고 깐깐하게 요구하는 사람이 정작 자신은 현실 생활을 기꺼이 내팽개치고, 잠시 다른 일을, 하지 말라던 바로 그 일을 하려고 든다. 그렇다. 자신이 지긋지긋하게 여기는 일을 다른 사람에게는 하라고 요란하게 요구하는 것은 이상하기 그지없다. 어떤 이유든, 실제 생활을 지루하게 여기는 사람이 그 생활에서 다른 곳으로 관심을 돌리려는 사람에게 그 지루한 생활을 진지하게 받아들이라고 요구하는 것은 이상한 일이다.

이와 다른 부류의 사람도 있다. 우리가 편드는 이 부류는 연극을 보려고 앉듯, 똑같은 기대와 감정을 안고 참을성 있게 유흥을 즐기려고 앉아 있는 사람들이다. 그들은 세관 계산대 주위에 모여 있는 늙은 무리나 기숙사 테이블의 낡은 접시 같은 것과는 다른 장면을, 그리고 같은 거리에서 매일 옛날과 같은 방식으로 만나는 옛날 친구들 같은 사람들이 등장하는 것과는 판이한 장면을 상상력을 발휘해 불러내보는 사람들이다. 그들은 실제 생활에서는 예의범절 때문에 무대에서의 그런 점잖지 않은 행동을 직접 실행할 수 없을 것이다. 그러니까 그들은 소설 속에서 더 큰 즐거움을 찾으려고 하면서, 동시에 실제 생활이 보여줄 수 있는 것보다 더한 실제성 역시 원한다. 이렇듯 그들은 현실 같지 않은 것을 바라면서도, 자연스러운 것 역시 바란다. 하지만 아무런 속박도 없고 신나면서 동시에 자연스러운 건 사실 변형된 것이다. 그런 사람들처럼 생각한다면 소설 속의 인물들은 연극 속의 인물들처럼 누구도 입지 않을 그런 방식으로 옷을 입어야 하고, 아무도 안 하는 꼭 그런 방식으로 말하고, 아무도 하지 않을 꼭 그런 행동을 해야 한다. 그건 소설을 종교처럼 대하는 것이다. 또 다른 세상도 보여주고 그러면서도 동시에 우리가 속박되어 있는 세상까지 보여줘야 하니까 말이다.

그러니까, 좋은 의도를 가진 노력은 어느 정도 봐줘야 한다는 점에서 작가도 분명 어느 정도는 봐줘야 한다. 왜냐하면 작가가 모든 면에서 하려는 것이(이 점은 그도 알고 있다) 광대가 아무리 요란한 색의 옷을 입고 요란하게 까불어도 만족을 모르는 사람들, 즉 유흥에 탐닉해 있는 사람들이 막연히 바라는 것을 충족시켜주는 것이기 때문이다.

한마디 더. 모든 경우에 자신의 정당성을 입증하는 것이 무익하다는 점은 누구나 아는 사실이지만, 자신이 잘못한 게 없다는 점을 확신하려고 애쓰지는 말라. 그러나 인간은 타인에게 인정받는 것을 몹시 중요하게 여기므로 마음의 평안을 얻으려면 비록 상상 속의 검열일지언정 그게 자신의 창작물에 적용된다는 점에서 대수롭지 않게 여길 일만은 아니다. 인간의 이런 나약함을 언급하는 것은 코즈모폴리턴이 뻣뻣한 냉소주의자 앞에서는 신나고 유쾌하게 굴고, 또 재미있는 동료에게는 차분하고 착한 성격인 것 사이에 뭔가 부조화가 있다고 생각하는 독자들이 다음 장에 나오는 또 다른 등장인물이 코즈모폴리턴처럼, 일관성이 뚜렷하게 안 보인다고 하면서, 그 점은 일반적인 원칙에서 사과받아야 할 일이라고 지적하기 때문에 그 점에 관해 설명하려고 한 것이다.

34장

여기서 코즈모폴리턴이 미친 신사 이야기를 하다

"샤르몽은 세인트루이스에 사는 프랑스 혈통의 젊은 상인이었어요. 성격에 문제가 없을뿐더러 훌륭하고 매력적이고 친절한 성품 때문에 보기 드물게 완벽한 사람이라고들 생각했죠. 젊은 총각들 중에서 보기 힘든, 적당하게 걱정거리 없이 지내며 재치 있게 잘 웃기는 매력적인 유형이었어요. 당연히 모든 사람이 그를 존경하고, 인간만이 사랑할 수 있는 것처럼 적지 않은 사람들에게서 사랑을 받았지요. 하지만 스물아홉 살이 되자 그에게 변화가 생겼어요. 하룻밤 사이에 머리가 허옇게 세버린 사람처럼, 샤르몽은 하루 만에 매력적인 남자에서 침울한 사람으로 변해버렸어요. 아는 사람을 만나도 인사 없이 지나쳤고, 친한 친구와 만나도 날카로운 눈초리로 험악해 보이는 표정을 지으며 뻔뻔스럽게 쳐다보면서 무시하듯 지나갔지요.

그런 행동에 화가 난 어떤 친구는 무시한다고 생각하고 화를 냈죠. 반면 또 다른 친구는 그런 변화를 보고 깜짝 놀라기도 하고, 친구가 걱정되기도 해서, 넓은 마음으로 모욕적인 태도를 눈감아주면서 어떤 남모른 슬픔을 갑자기 겪어서 그렇게 탈이 났는지 알려달라고 애원했어요. 하지만 화를 내든 애원을 하든 샤르몽은 똑같이 무시했죠.

머지않아, 모든 사람이 깜짝 놀랄 일이 터졌어요. 상인인 샤르몽이 파산했다는 기사가 관보에 난 거예요. 그리고 같은 날, 그가 도시를 떠났으며, 이미 전 재산을 채권자의 대행인에게 맡겼다는 기사도 났어요.

그가 어디로 갔는지는 아무도 알 수 없었지요. 아무 말도 들리지 않았지만 자살한 게 틀림없다고 추측하는 사람들까지도 있었어요. 파산하기 몇 달 전부터 나타난 변화를 떠올리며, 그게 갑자기 마음의 균형이 무너진 탓에 생긴 변화일 거라고 생각한 사람들에게서 나온 추측이었죠.

몇 년이 지났어요. 봄이었는데, 글쎄, 어느 화창한 아침에 샤르몽이 세인트루이스의 커피숍에 어슬렁거리며 들어오는 게 아니겠어요. 쾌활하고, 예의 바르고, 착하고, 다정한 모습으로, 값비싸고 우아한 정장을 한껏 차려입고 말입니다. 살아 있는 건 물론이고, 원상태로 회복했더군요. 옛 지인을 보자마자, 그 사람이 먼저 다가왔기 때문에, 그 사람과 화해하지 않을 수가 없었죠. 우연히 마주칠 기회가 없었던 다른 친구들에게는 개인적으로 연락하거나 카드와 인사말을 남기고, 몇 사람에게는 사냥한 동물과 와인 광주리를 선물로 보냈어요.

사람들은 이 세상이 너무 가혹하고 용서를 모른다고 하지만, 샤르몽에게는 그렇지 않았어요. 세상 사람들은 사랑을 받은 대로 돌려주는 사람에게 사랑을 돌려줘야 한다고 생각합니다. 파산한 지 정말 이렇게 오래되었는데 샤르몽의 지갑에 무슨 일이 일어났는지를 쑥덕거리며 사람들은 새롭게 관심을 드러냈어요. 그는 소문에 대해서는 (뭐라 대답할지 전혀 망설이지 않으면서) 프랑스의 마르세유에서 9년간 있었으며 거기서 재기를 했고, 돌아온 후에는 온정 어린 우정에 보답하는 인간으로 산다고 대답하더군요.

몇 년이 더 지났지만, 원상태로 돌아온 그 방랑자는 여전히 변함없었지요. 아니 점잖은 성격은 좋은 평판이라고 하는, 힘을 북돋아주는 햇빛을 받아 황금빛 안개가 어린 듯 더욱 무르익었어요. 하지만 지금과 상당히 비슷한 시기에 똑같은 재산과 똑같은 친구와 똑같은 인기를 누리고 있던 당시 무엇이 그의 모습을 변하게 했나 하는 의문은 여전히 잠복해 있었죠. 그래도 아무도 그에게 감히 물어보려고 하지 않았어요.

그의 집에서 저녁을 먹을 때 모든 손님이 하나둘씩 떠나고 드디어 한 사람만 남았어요. 이 손님은 오랜 지인이었는데 술의 힘을 빌리자 민감한 사안을 건드리는 데 대한 두려움을 떨쳐버리게 되었지요. 그는 눈치로 알아내는 대신, 평생 궁금하게 여겼던 수수께끼를 풀어달라고 성심을 다해 주인장에게 간곡한 부탁의 말을 꺼냈어요. 샤르몽의 명랑한 얼굴 위로 수심이 깊게 번졌죠. 그는 잠시 아무 말 없이 몸을 떨며 앉아 있었어요. 이윽고 와인이 가득 담긴 병을 손님 쪽으로 내밀더니 목이 메어서 말했습니다. '아니, 아니! 기술과 사랑과 시간을 더해 무덤 위에 꽃을 피웠는데, 미스터리를 푼답시고 누가 그 무덤을 또 파헤친답니까? 와인이나 드세요.' 샤르몽은 두 잔을 가득 채운 후 자기 잔을 들고 낮은 목소리로 덧붙였죠. '만약 머지않은 장래에 파산한다면 폐허를 보게 될 거예요. 그리고 인간에 대해 이해하게 되었다고 생각한다면 우정 때문에 전율하고 자존심 때문에 전율할 겁니다. 우정을 위한 사랑과 자존심에 대해 근심하며 미리 세상과 맞설 준비를 하고, 장차 죄를 스스로 받아들임으로써 세상의 죄 하나를 덜겠다고 결심하겠지요. 내가 지금 꿈꾸는 사람이 과거에 했던 것과 같은 행동을 당신도 할 것이고, 그 사람처럼 고통도 겪겠지요. 하지만 만약 모든 일이 일어난 후 당신도 그 사람처럼 또다시 조금이라도 행복해질 수 있다면 얼마나 다행스럽고 얼마나 고마운 일이겠습니까.'

그 손님은 떠났어요. 겉으로 보기에는 샤르몽이 재산을 되찾았듯 평정도 찾은 듯이 보였으나 예전에 앓은 병이 여전히 남아 있었던 거지요. 그런 점에서 친구들이 위험한 선을 건드린 건 잘한 짓이 아니었다고 하는 것이 좀더 타당할 듯하군요."

35장

그때 코즈모폴리턴이 놀랍게도
자신의 마음을 솔직하게 피력하다

"그런데 당신은 샤르몽의 이야기를 어떻게 생각하시나요?"
이 이야기를 해준 사람이 온화하게 물었다.

"참 이상한 이야기군요." 듣고 있던 사람이 대답했다. 들을
때 마음이 편안하기만 했던 것은 아니었던 것이다. "그런데 그
이야기가 진짜입니까?"

"물론 아니지요. 이 이야기는 모든 이야기꾼이 그렇듯 재미
있으라고 한 이야기입니다. 그러니까 그 이야기가 당신에게 이
상하게 들릴 수도 있지만 소설(로맨스)이라는 게 원래 이상한
것이니 그런 겁니다. 현실세계와 대조되니까요. 간단히 말해서
소설이란 지어낸 것, 즉 현실과 대조되는 허구지요. 친애하는
찰리, 일단 이걸 한번 스스로에게 물어보세요." 그 사람에게 다
정하게 기대며, "샤르몽이 이런 이유로 행동이 변했다고 살짝
암시되었던 바로 그 명확한 동기, 그런 동기는 인간사회가 가
진 천성이니 당연하다고 정당화될 수 있는 건지, 그 문제를 마

음속으로 한번 생각해보세요. 당신은 어울리기 좋은 친구라도 돈 한 푼 없다는 것을 아는 순간 갑자기 냉대하시겠어요?"

"프랭크, 그런 걸 왜 내게 묻습니까? 내가 그런 야비한 행동을 싫어하는 걸 아실 텐데." 하지만 점점 더 당황스러워하며 "정말, 좀 이른 시간이긴 하지만 가서 누워야겠어요. 아이고, 머리야." 머리에 손을 얹으며, "기분이 좋지 않군요. 로그우드로 만들었다는 이 빌어먹을 만병통치약을 약간 먹었더니 기분이 엉망이에요."

"로그우드로 만든 이 만병통치약을 약간 드셨다니? 이런, 찰리, 실성을 하셨나요? 어떻게 달콤하고 오래된 진짜 포트와인을 그렇게 말하다니. 그래요, 확실히, 가서서 한잠 주무셔야겠어요. 사과하실 필요는 없어요, 뭔 변명을. 가세요, 가세요, 당신 입장이야 잘 알겠으니 걱정 마세요. 내일 뵙지요."

36장

여기서 어떤 신비주의자*가 코즈모폴리턴에게 말을 걸다. 그러자 이런 일이 흔히 그렇듯 많은 대화를 나누게 되다

그 재미있는 친구가 서두르듯 자리를 빠져나갈 때 어떤 낯선 사람이 코즈모폴리턴에게 다가와 툭 치며 말했다. "저 사람과 다시 만나겠다고 하시는 걸 들은 것 같은데, 조심하세요. 그러면 안 됩니다."

코즈모폴리턴은 고개를 돌려 방금 말한 사람을 찬찬히 쳐다보았다. 푸른 눈의 남자로, 옅은 갈색 머리, 색슨족 얼굴 형상에, 45세 정도로 보였다. 큰 키였고, 많이 야위었지만 체격이 좋았다. 응접실과 어울릴 사람 같아 보이지는 않았고, 약간은 품위 있는 농부 같기도 하고, 청교도같이 행동이 반듯하기

---

* 학자에 따라서 신비주의자 혹은 다음 장에 등장하는 원섬과 에그버트가 미국 초절주의의 창시자인 랠프 월도 에머슨(Ralph Waldo Emerson, 1803~1882)을 모델로 그린 것으로 본다. 에그버트 S. 올리버는 신비주의자가 에머슨을 그린 것이고 "practical disciple"는 소로(Henry David Thoreau, 1817~1862)를 그린 것으로 본다.

도 할 것 같았다. 전반적인 인상에서보다는 평온하고 사려 깊어 보이는 이마 때문에 좀 더 나이가 들어 보였다. 전반적인 인상을 말하자면, 성숙한 젊은이, 즉 타고난 것일 수도 있지만 아마도 어느 정도는 도덕적으로나 체질 면에서 정욕을 꾸준히 절제한 효과를 보고 그 보상으로 특유의 건강을 계속 유지하는 그런 사람 같았다. 깔끔하고, 반반하고, 붉은빛이 돌면서 시원한 새벽에 피어난 붉은 클로버 꽃처럼 상큼하고 신선해 보이는 뺨(냉기 덕에 온화한 색깔이 잘 보존되었다). 그 사람의 전체적 인상을 말한다면 빈틈없어 보이면서도 신성해 보이는 뭔가가, 뭔지 모르게 이상하게 뒤섞여 있었다. 양키 행상인과 타타르족 사제가 그런 식으로 뒤섞인 것 같았다. 비록 어쩔 수 없는 상황이라도 첫번째(양키 행상인)가 다른 쪽(타타르족 사제)의 보조 역할을 할 일은 없어 보이긴 했지만 말이다.

"선생님," 코즈모폴리턴이 일어나서 천천히 품위 있게 인사했다. "방금 저와 함께 다정하게 건배를 나눴던 사람을 은근히 지적하시는 게 온당하다고 생각하는 건 아니지만, 지금 같은 경우라면, 그 사람이 그렇게 은근히 비난받을 짓을 애당초 했다는 점 자체를 대충 넘기고 싶지도 않군요. 내 친구는(아직도 앉은 자리에 온기가 남아 있네요) 여기 와인 병을 남겨두고 잠을 자러 들어갔어요. 부탁인데, 그 사람이 앉았던 자리에 앉으셔서 저와 함께 한잔합시다. 그러면 그 사람에 대해, 그 사람이 저지른 더 나쁜 짓을 알려주시려고 해도 그 사람이 앉았던 자리의 따뜻한 온기가 당신에게 일부라도 전해질 테고 그러면 그 사람의 따뜻한 온기가 당신에게로 흐르겠지요. 그렇게 하십시오."

"참 아름답게도 읊으시네요." 마치 말하고 있는 사람이 피티 궁전*의 조각상이기라도 한 것처럼, 낯선 사람은 그림 같은 그의 모습을 쳐다보면서 학자나 예술가같이 말했다. "아주 아름다워요." 그런 후 진지하게 관심을 표하며, "제가 잘못 본 게 아니라면 선생님은 아름다운 영혼을 가진 분이십니다. 사랑과 진실로 가득한 영혼을요. 아름다움이 깃든 곳에는 그런 영혼이 분명히 있지요."

"그렇게 믿으시다니 듣기는 좋네요." 코즈모폴리턴이 끼어들어 차분하게 말을 시작했다. "그리고 솔직하게 말씀드려서, 그런 말을 들으면 예전에는 기분이 좋았어요. 그래요, 나도 당신이나 실러**처럼, 아름다움이란 근본적으로 나쁜 것과 양립할 수 없으므로 목은 나긋나긋하고, 햇빛을 받으며 하늘 높이 똬리를 매끄럽게 틀고 있을 때 황갈색이 도는 금색으로 반들거리는 복잡한 무늬의 방울뱀, 그 아름다운 생물에게도 인자함이 내재되어 있다고 믿을 정도로 특이한 생각을 하는 사람이었어요. 평원 위의 방울뱀을 보며 누가 경탄하지 않을까요?"

이렇게 속삭일 때 그는 (열정적으로 묘사하는 화자가 그렇게 하듯) 뱀의 정신 상태에 들어간 것처럼, 방금 설명하고 있었던 그 생물체와 닮도록 무의식적으로 몸을 둥글게 휘감으며 머리의 윗부분을 옆으로 기울여 곁눈질했다. 반면 그 낯선 사람

---

* 피렌체에 있는 궁전으로, 조각상으로 유명하다.
** 요한 프리드리히 폰 실러(Johann Christoph Friedrich von Schiller, 1759~1805): 독일의 극작가이자 서정 시인으로 영국 낭만주의에 영향을 끼쳤다.

은 별로 놀라워하지 않았다. 신비로운 뭔가에 대해 한참 생각하더니 그는 곧 이렇게 말했다. "독사의 아름다움에 매혹되었을 때 그 독사와 성격을 바꾸고 싶다는 생각이 들진 않던가요? 독사가 되는 게 어떤 건지 알고 싶다는 생각은요? 아무도 모르게 풀밭을 날렵하게 기어가겠다는 생각도? 만지기만 해도 독아毒牙로 물어 죽이겠다는 것도? 아름다운 당신 몸이 무지갯빛 죽음의 칼집이라는 생각은? 한마디로 지식과 양심에서 이탈한 것 같다는 느낌이 들거나, 온전히 본능적이고 부도덕하고 무책임한 생명체의 몸 안에서 하고 싶은 걸 잠시 마음대로 하고 싶다는 생각은 들지 않던가요?"

"그건 걸," 코즈모폴리턴은 별로 당황하는 기색 없이 대답했다. "그런 걸 원했던 적은 한 번도 없었다고 고백해야겠군요. 정말이지, 정상적인 사람은 그런 걸 상상할 수 없지요. 나 역시 정상에서 벗어나고 싶다고 생각한 적은 없습니다."

"하지만 이제 그런 생각을 들으셨으니," 그 낯선 사람이 철없이 아는 척하며 말했다. "욕망이 일어나진 않던가요?"

"안 그랬어요. 나는 내가 방울뱀에 대해 야박하게 편견을 가졌다고 생각하지는 않지만, 그래도 방울뱀 같은 인간이 되고 싶은 생각은 전혀 없어요. 내가 지금 방울뱀이라면 인간과 다정하게 잘 지내는 그런 존재는 아니겠지요. 인간은 나를 무서워할 것이고, 그럼 나는 외롭고 비참한 방울뱀이 되겠지요."

"그렇습니다. 인간들이 당신을 무서워하겠지요. 그건 왜? 당신의 방울, 그 속이 비어 있기 때문이에요. 예전에 들은 적이 있는데, 그 소리는 죽음의 왈츠라는 곡을 틀고 작고 깡마른 해골을 흔들 때 나는 소리 같다던데요. 그리고 또 다른 아름다운 진실이 여기 있습니다. 어떤 생물이든 다른 생물에게 해를 끼칠 수 있으면, 자연은 약재상이 독에 라벨을 붙이듯 그 생물에게 딱지를 붙인다는 것이요. 그러니까 누가 방울뱀이나 다른 해로운 매개체 때문에 죽는다면 그건 그 사람 잘못입니다. 라벨에 적힌 대로 조심했어야지요. 그러니까 『성경』에 '뱀에게 물린 마술사와 들짐승에게 가까이 간 자들을 모두 누가 동정하겠느냐?'*라는 의미심장한 구절이 있는 거지요."

"**나는** 그 사람을 동정할 겁니다." 약간 퉁명스럽게 들릴 수도 있는 말투로 코즈모폴리턴이 말했다.

"하지만, 그렇지 않습니까," 상대방이 다시 끼어들었다. 여전히 맥 빠진 어투였다. "자연이 무자비하게 구는 것에 인간이 동정심을 느끼는 건 너무 주제넘는다고 생각되지 않습니까?"

"궤변론자는 궤변으로 해결하라지요. 하지만 동정심은 마음 가는 대로 가는 법이죠. 그런데 선생님," 훨씬 심각한 어조로, "지금에야 이런 생각이 드는군요. 서로 안면을 튼 직후에 당신이 어떤 면에서는 제게 익숙하지 않은 '무책임한'이라는 단어를 사용하셨다는 것을 말이에요. 자, 선생님, 하지만, 제가 바라는 것은 어떤 추측도 그게 정직하게 한 추측이라면, 관용의 정신에 의거하여, 그걸 보고 놀라지 않도록 최선을 다하겠다는 겁니다. 그런데 이번에는 방금 말씀하신 그 말을 가지고, 사실, 당신이 날 불안하게 만들었다고 말하고 싶군요. 왜냐하면 적절

---

* 외경 중 하나인 『집회서』 12장 13절.

한 신뢰를 키우기에 적합한 견해와 세상을 보는 바른 견해에 의하면, (만약 내가 실수한 게 아니라면) 모든 일은 적절하게 주관되고, 그렇기에 어떤 식이든 책임 없는 생명체는 많지 않다는 점을 알 수 있습니다."

"방울뱀에게 책임이 있나요?" 맑고 푸른 눈에서 나오는 눈길이 이상하게 차갑게 반짝여 감정이 있는 인간이라기보다 초자연적 존재인 인어 같아 보이는 그 낯선 사람이 물었다. "방울뱀에게 책임이 있나요?"

"그렇다고 확신하지도 않지만," 코즈모폴리턴은 경험 많은 사상가처럼 신중하게 응수했다. "아니라고도 못 하겠네요. 하지만 만약 그렇다고 한다면 그 책임은 당신이나 나나, 민사법원에 있는 게 아니라 저 높은 곳에 계신 분께 있다는 건 말할 필요도 없지요."

코즈모폴리턴이 말하는 중간에 그 낯선 사람이 끼어들려고 했다. 하지만 그의 눈에서 반박하려는 낌새를 알아챈 코즈모폴리턴이 그가 말을 꺼내기도 전에 얼른 이렇게 말했다. "당신은 내 생각에 반대하시는군요. 왜냐하면 그렇다 하더라도, 방울뱀에게 원래부터 당연하게 책임이 있는 건 아니기 때문입니다. 그런데 그게 인간에게 책임이 없다고 주장하는 것과 같지 않을까요? 반대의 경우가 참임을 증명할 수 없다는 귀류법.* 만약 지금," 그가 계속 말했다. "나쁜 짓을 할 만한 어떤 능력이

---

* 귀류법은 어떤 명제가 참임을 증명하는 대신 그것의 부정 명제가 참이라고 가정하여 그것의 불합리성을 증명함으로써 원래의 명제가 참임을 보여주는 증명법이다.

방울뱀에게 있다고 가정한다면(보세요, 난 그걸 나쁜 짓이라고 비난하지 않고, 대신 능력이 있다고 말합니다), 인간에게는 법적인 이유 없이 죽이는 것이 금지되어 있는데, 인간의 친구인 방울뱀은 (인간을 포함해서) 화나게 만드는 어떤 대상을 마음대로 죽여도 책임질 필요가 없다는 불균등 우주관이 생기는데 그 점을 부인할 수 있나요? 하지만," 약간 지친 기색으로, "이건 너무 온정 없는 이야기네요. 적어도 저는 그렇다고 생각해요. 잘 모르는 일에 열을 내다니. 괜한 짓을 했군요. 자, 앉아서 이 와인을 드십시다."

"당신 같은 생각은 처음 들어봅니다." 지식을 향한 열망 때문이라면 거지의 식탁에서 떨어진 지식의 부스러기라도 얻어 이용하려는 자세를 경멸하지 않는 사람처럼, 겸손하게 상대방의 견해를 감탄하며 말했다. "그리고, 저는 새로운 생각에 환호하는 아테네 사람들과 많이 닮았기 때문에 갑자기 이야기를 멈추는 건 허락 못 하겠어요. 자, 방울뱀⋯⋯"

"방울뱀 이야기는 이제 제발 그만하시죠." 근심스럽게, "그 주제를 다시 거론하는 건 정말 하고 싶지 않아요. 선생님, 여기 앉으세요. 간청합니다. 이 와인 좀 드세요."

"옆에 앉으라고 청해주셔서 감사합니다." 이야기 주제를 바꾸는 것을 차분하게 묵인하며, "그리고 환대 문화는 동양에서 시작되었다고 전해집니다. 흔히 알 듯 아라비아의 로맨스라는 재미있는 주제를 만들었는데, 그 자체로도 아주 낭만적이지요. 그래서 저는 환대 문화라는 표현을 들으면 항상 기분이 좋아집니다. 하지만 와인에 대해 말하자면 저는 이 음료수가 위험하다고 생각하며 폭음을 아주 경계하기 때문에, 즐기기는 하되 만취하는 단계까지 안 가도록 조심합니다. 한마디로, 하피즈*의 서정시에서는 와인을 벌컥벌컥 들이마십니다만 나는 잔에 담긴 와인은 거의 입만 적실까 말까 할 정도로 마시지요."

코즈모폴리턴은 지금 그의 맞은편에 자리를 잡고 앉아서 프리즘처럼 순수하고 냉정하게 앉아 말을 하는 그 사람에게 온화한 눈길을 보냈다. 마치 그 사람의 유리종처럼 울리는 목소리를 사람들이 들을 수 있는 듯 했다. 그 순간 웨이터가 지나가다 손짓을 보았고 코즈모폴리턴은 얼음물 한 잔을 가지고 오라고 부탁했다. "얼음을 넉넉하게 넣어서, 웨이터." 그가 말했다. "그리고 지금," 그 낯선 사람을 바라보며, "괜찮으시면 처음 대화를 시작할 때 왜 저에게 조심하라는 말을 하셨는지 그 이유를 말해주시겠어요?"

"일반적인 경고와 달랐기를 바랍니다." 그 낯선 사람이 말했다. "미리 말하지 않고 일이 벌어지고 난 후에 하는 경고라면 그건 조롱일 뿐이지요. 하지만 당신을 보니 사기꾼 친구가 당신에게 어떤 사기를 치려고 했든지 성공하지 못했을 거라는 생각이 드는군요. 그 사람의 꼬리표를 알아보셨으니 말이에요."

"뭐라고 적혀 있던가요? '이 사람은 온정 있는 사람입니다.' 그러니까 당신은 꼬리표에 관한 이론을 접든지 아니면 내 친구에 대한 편견을 버려야 한다는 것을 아시겠지요." 다시 열

---

* 무함마드 하피즈Muhammad Hafiz: 14세기 페르시아의 철학자로, 랠프 월도 에머슨이 이 사람의 시집을 독일어로 번역했다.

을 내며, "그 가 어떤 사람이라고 생각하십니까? 뭐라고 생각했죠?"

"당신은 어떤 사람입니까? 나는요? 누가 어떤 사람인지 아는 사람은 없습니다. 어떤 존재를 올바르게 평가하는 문제라면, 삶에서 제공받는 정보란 기하학에서 한 변만 주고 삼각형을 만들라고 하는 것만큼이나 목적을 이루기에 불충분한 양입니다."

"하지만 그런 삼각형 원칙이 당신의 라벨 원칙과 어떤 식으로든 양립 못 하는 것은 아니지 않습니까?"

"그렇습니다. 하지만 그게 어쨌다는 겁니까? 나는 일관성을 유지하는 문제에는 관심이 없어요.* 철학적인 견지에서 보면 일관성이란 인간 마음속의 모든 생각에서 항상 유지되어야 하는 어떤 수준을 말하는 겁니다. 그러나 자연이 온통 높고 낮게 굴곡져 있는데 현재 진행 중인 자연의 불평등에 순응하지 않고 어떻게 지식을 자연스럽게 진보시킬 수 있겠어요? 지식을 향한 진보는 이리 대운하**의 진보와 같습니다. 즉 우리나라가 가진 성격으로 인해 높이 변화가 필연적이죠. 당신은 계속 열고 닫히는 수문을 통과하며 꾸준히 나아가죠. 전체 경로 중 가장 재미없는 곳은 선원들이 '긴 층'이라고 부르는 곳입니다. 변화 없는 늪지대 60마일의 평평한 표면을 지나는 곳 말입니다."

---

* 에머슨의 대표 저작물 『자기신뢰 Self-Reliance』(1841)에 나오는 구절 "우매한 일관성은 소인배들의 도깨비다."

** 미국 오대호 중의 하나인 이리호와 허드슨강을 잇는 운하로 1825년에 완공되었다.

"특히," 코즈모폴리턴이 다시 끼어들었다. "아마 당신의 비유가 불운을 부르는 모양입니다. 왜냐하면 이렇게 피곤하게 수문을 열었다가 잠갔다가 해봤자 끝내 얼마나 높은 곳까지 올라가겠어요? 목적으로 삼기에 충분할 만큼? 어릴 때부터 지식을 존경하라고 배우셨으니, 만일 (이 문제에서만 말이요) 내가 당신 추측이 틀렸다고 말하더라도 용서해주세요. 그런데 정말 당신은 어떻게든 간사한 말로 나를 홀려서 내가 계속 요지를 못 찾도록 헤매게 만드시는군요. 당신은 내 친구가 누군지, 뭐 하는 사람인지 확실하게 모르겠다고 하셨죠. 그럼, 그 친구가 뭐가 될지는 추측이 되십니까?"

"내 생각에 그는 고대 이집트 사람 중에서 '____'이라고 부르는 것이 될 겁니다." 뭔 소린지 모를 단어를 말했다.

"____! 아니, 그게 뭡니까?"

"____는 프로클로스*가 플라톤 신학에 관해 쓴 그의 세번째 책에 붙인 작은 주석에 적힌 겁니다. '___ ___'라고 정의해놓았지요." 그는 그리스 문장을 하나 인용했다.

자기 잔을 들고 잔의 투명한 안쪽을 계속 바라보던 코즈모폴리턴이 다시 입을 열었다. "프로클로스가 그렇게 정의한 게 그 용어를 가장 세심하게 밝혀줄 수 있는 가장 맑은 빛을 비추어서 현대 지성으로 풀이한 것이라는 사실을 경솔하게 부정하진 않겠습니다. 하지만 저의 인식 능력으로 알아들을 수 있게 단

---

* Proclus(412~485): 에머슨이 영향을 받은 철학자로, 멜빌은 그의 작품 『마디』에서 이 사람에 대해 조롱했다. (Merton Sealts, Jr. *Melville's Neoplatonical Originals*, Modern Language Notes, LXVII (1952), 80~86.

어의 정의를 알려주시면 호의(favor)로 받아들이겠습니다."

"기념물(favor)!" 냉정한 이마를 살짝 들어 올리며 "제가 아는 신부의 기념물은 하얀 리본을 매는 것으로, 진정한 결혼의 순수성을 아름답게 표현하는 거지요. 그런데 다른 기념물은 아직 잘 모르겠군요. 하지만 당신이 사용하는 그 단어는, 막연하긴 하지만, 보통 가련하고 겁이 많아서 어쩔 수 없이 착한 일을 해준다는 아주 불쾌한 느낌을 은근히 풍기는군요."

이때 웨이터가 얼음물이 든 잔을 가져왔고, 코즈모폴리턴이 보낸 신호에 맞춰 그 낯선 사람 앞에 놓았다. 감사의 말을 한 후 그가 한 모금을 마셨다. 그 사람도 찬물을 상쾌해하는 게 틀림없는 걸 보니, 흔히 그렇듯, 그 차가움이 불편할 정도는 아니었던 모양이다.

그는 마침내 잔을 내려놓고 마치 암초에 산호 껍데기 관이 달리듯 신선한 물방울이 달려 있는 입술을 부드럽게 닦은 후, 코즈모폴리턴 쪽으로 몸을 돌려 냉정하고 침착하며 최대한 사무적인 태도로 말했다. "나는 윤회를 믿습니다. 그리고 지금 내가 무엇이든 간에, 옛날엔 금욕주의자 아리아인*이었을 거라 생각해요. 그래서 이전 시대 단어가 현대어로 아직까지 쓰이는 걸 들으니 좀 당황스럽군요. 아마 당신이 말한 기념물(호의)에 대한 반응이겠지요."

"호의(favor)를 베푸시어 설명 좀 해주겠어요?" 코즈모폴리턴

---

* 플라비우스 아리아누스(Flavius Arrianus, 95~175): 그리스의 철학자이자 역사가로 금욕주의 철학자 에픽테투스에 관한 글을 썼다.

이 싹싹하게 말했다.

"선생님," 그 낯선 사람이 약간 매몰차게 대답했다. "저는 뭐든 간에 명료한 것을 좋아합니다. 그리고 이 점을 명심하지 않으시면 당신과 만족스러운 대화를 나눌 수 없을 겁니다."

코즈모폴리턴이 잠시 그를 바라보며 곰곰이 생각에 잠겼다. "미궁을 빠져나가는 가장 좋은 방법은 지나온 길을 따라가는 것이라고 들었어요. 따라서 저는 제가 간 길을 다시 따라가려 하는데 저와 같이 가시는 건 어떨까요. 즉 원래의 요점으로 돌아갑시다. 왜 제 친구를 조심하라고 하신 거죠?"

"그럼 간단하고 확실하게 말해드리죠. 아까 말한 것처럼, 제 추측으로는 그 이유가 그 사람이 고대 이집트 사람들 사이에 거, 뭐시냐……"

"세상에, 왜 지금," 코즈모폴리턴이 정색하며 나무랐다. "여보세요, 이제 와서, 왜 고대 이집트인들의 안식을 방해하는 겁니까? 그들이 한 말과 생각이 우리에게 뭔 소용이랍니까? 우리가 집 없이 돌아다니는 아랍 거라서 지하묘지의 먼지 구덩이에서 미라와 함께 쭈그려 앉아 있어야 하나요?"

"파라오 밑에서 가장 불쌍하게 일했던 벽돌공들은 삼베옷을 입고 누워 있는 모든 러시아 황제보다 더 자랑스럽게 넝마를 입고 누워 있지요." 그 낯선 사람이 신탁을 내리듯이 말했다. "왕이라도 살아 있는 동안은 경멸받을 수 있지만, 벌레라도 죽음은 엄숙한 것이라서 그런 겁니다. 그러니 미라에 대해 함부로 말하지 마세요. 미라에 대한 정당한 존경심을 인간들에게 가르치는 것이 제가 하는 일의 일부예요."

다행히 이 지리멸렬한 이야기를 끝낼, 아니 변화를 줄 수 있을 만큼 초췌한 모습에, 홀린 듯한 표정을 한 남자가 다가왔다. 사도使徒 정신을 열성적으로 부르짖으며, 직접 지은 거창한 안내 책자를 가지고 구걸하는 미친 거지였다. 그 사람은 넝마 차림에 더럽긴 했지만 저속해 보이지는 않았다. 왜냐하면 천성적으로 태도가 세련되고, 체격이 날씬했기 때문이다. 또한 헝클어진 검은 곱슬머리가 햇볕에 타지 않은 넓은 이마 위로 엉켜 있어서 더 세련되어 보이면서 안색도 시든 딸기처럼 더 짙게 물들였다. 몰락하고 폐위당한 그림 속 이탈리아 사람 같은 그의 모습을 능가할 만한 것은 없을 터이다. 정상 상태로 유지하기에 부족했거나, 혼란스럽고도 영광스러운 꿈이 진짜인지 아닌지에 대한 잠재된 의심을 고통스럽게 불러내기에도 불충분했던 이성을 잠시 잠깐 되찾는 바람에 그의 표정이 더욱 상기되었던 것이다.

내미는 소책자를 받아 든 코즈모폴리턴은 흘끗 본 후, 그게 뭔지 찬찬히 보는 듯하다가 접더니 주머니 안에 넣었다. 그러곤 남자를 잠시 쳐다본 후 몸을 기울여 그에게 1실링을 주면서 친절하고 사려 깊은 목소리로 말했다. "죄송합니다, 제가 아까부터 하던 일이 있어서요. 하지만 당신 작품을 이미 샀으니, 여가가 생기는 즉시 열심히 읽을게요. 약속하죠."

낡은 일렬 단추 프록코트에 어울리지 않게 단추를 턱까지 잠근 그 미친놈이 고개 숙여 인사했다. 예절 면에서 그 행동은 자작에게나 어울릴 행동이었다. 이어 그는 조용히 호소하는 몸짓을 하며 그 낯선 사람을 돌아보았다. 하지만 그 낯선 사람은 이전의 신비주의자 같은 표정 대신 귀여운 멋쟁이 양키 같은 표정을 지으며 고드름이 얼 정도로 차가운 자세로 그 어떤 때보다 더 냉정하게 프리즘처럼 앉아 있었다. 그는 몸 전체로 이렇게 말했다. "나에게서 나올 건 아무것도 없어." 거절을 당한 탄원자는 자부심에 상처를 입어 잔뜩 화가 난 얼굴로 상대방에게 경멸의 표정을 지어 보인 후 가던 길을 갔다. "됐어요, 자," 코즈모폴리턴이 약간은 나무라듯 말했다. "저 사람을 좀 동정해주지 그랬어요. 말해봐요, 동료애 같은 게 느껴지지 않던가요? 여기 저 사람의 책이 있는데 확실히 초절주의자 풍이군요."

"죄송합니다." 그 낯선 사람은 책자를 거절하며 말했다. "난 악당은 절대 돌봐주지 않습니다."

"악당이요?"

"저 사람을 살펴보았는데, 뭔가 저지른 죄가 있다는 감이 왔어요. 뭔가 잘못을 저지른 낌새 말이에요. 미친 것처럼 보이는 사람에게 있는 분별력이라는 게 바로 악당 근성이에요. 저는 저 사람이 교활한 방랑자라고 생각합니다. 교묘하게 미친 척 연기하면서 먹고사는 방랑자의 습성이 든 거지요. 저와 눈이 마주치자 그 사람이 얼마나 움찔했는지 알아차리지 못했습니까?"

"정말요?" 놀란 듯이 큰 숨을 길게 들이켜며, "당신이 사람을 얼마나 치밀하게 불신하는지 상상도 못하고 있었죠. 움찔했다고요? 확실히 그랬죠, 불쌍한 인간 같으니. 당신이 너무 어정쩡하게 인사를 받으니까 그랬겠지요. 미친 사람 연기를 교묘하게 한다고 하셨는데, 요새 순회공연을 다니는 한두 명의 마술사에게도 헐뜯기 좋아하는 비평가들이 똑같은 이유로 비난할 겁니다. 하지만 저는 이런 문제는 잘 모르겠어요. 하지만 한 번 더, 그리고 마지막으로 요점으로 돌아가도록 하죠. 선생님, 왜 당신은 내 친구를 조심하라고 경고하십니까? 당신이 내 친구를 믿지 못하는 것이 저 정신병자를 신뢰하지 못하는 것과 똑같이 근거가 빈약하다는 걸 제가 기꺼이 증명해드리죠. 자, 왜 저에게 경고하셨죠? 제발 몇 마디라도 설명해주세요. 영어로 말이에요."

"그 사람을 믿지 말라고 경고한 것은 그 사람이 소위 선상에서 미시시피의 조작꾼이라고 불리는 자가 아닌지 의심되기 때문이에요."

"조작꾼? 아? 그 사람이 조작을 한다고요? 그럼 내 친구가, 인디언들이 '특효약'이라고 부르는 그런 존재라는 말씀이죠, 그렇죠? 시술하고, 제거하고, 지나치게 많은 것은 솎아내는."

"선생님, 제 생각에," 재미있는 익살에 체질적으로 둔감한 그 낯선 사람이 말했다. "당신은 특효약이라고 부르는 것에 대한 개념을 정확히 아셔야 할 필요가 있습니다. 인디언들 사이에서 특효약은 약 한 봉지를 말하는 게 아니라 지혜로운 현명함을 갖추어서 크게 존경받는 사람이란 뜻인 것 같던데요."

"그럼 내 친구는 지혜롭지 않은 겁니까? 내 친구가 현명하지 않다는 거요? 내 친구는 당신이 정의한 것에 맞는 특효약이 아닌가요?"

"아니다마다요. 그는 작업꾼, 미시시피의 작업꾼이에요. 모호한 인물이고요. 제가 아직 여행해보지 못했던 이 서부지역의 참신함을 내게 소개해주려고 했던 어떤 사람이 분명 그런 사람을 그렇게 말했었어요. 그리고 선생님, 제가 잘못 안 게 아니라면, 당신도 여기 처음으로 오셨죠. (하지만 이 이상한 우주에 낯선 사람이 아닌 자가 누가 있겠습니까?) 그래서 자유롭고 쉽게 믿는 성향의 사람에게 위험할 수 있는 그런 동행자를 조심하라고 제가 당신에게 경고하는 겁니다. 하지만 저는 다시 한번 희망을 품습니다. 적어도 지금까지는 그 사람이 당신을 속이지 못했고, 앞으로도 그럴 거라고 말입니다."

"걱정해줘서 고마워요. 하지만 내 친구에 대한 불쾌한 가설을 계속 유지한 것에는 똑같이 고맙다고 할 순 없겠어요. 사실, 난 오늘 그 사람과 처음 만났고, 그 사람이 전에 어떤 일을 했는지도 잘 몰라요. 하지만 그와 같은 성격의 사람이 신뢰받지 말아야 할 이유는 없는 것 같군요. 그리고 당신 말을 들어보니 그 신사에 대해 당신이 아는 사실이 그렇게 정확한 것도 아닌 듯하고요. 그러니 그 사람에게 불리한 의견을 제가 더는 안 들으려는 것을 용서하시길 바랍니다. 정말입니다, 선생님." 그러더니 우호적인 결론을 이렇게 덧붙였다. "다른 이야기를 합시다."

37장
신비주의자 선생이
현실감각 있는 제자를 소개하다

"주제와 대화 상대 둘 다 바꿉시다." 그 낯선 사람이 자리에서 일어나며 대답했다. 그는 지금 산책하는 어떤 사람이 길 저쪽 끝에서 돌아서서 다시 자기 쪽으로 돌아오기를 기다리는 중이었다.

"에그버트!" 그가 소리쳤다.

옷차림이 훌륭하고 상업에 종사하는 신사 같은 차림새를 한 서른 살 정도의 에그버트가 동등하게 같이 온 동행이라기보다는 심복 부하 같은 태도로 놀랄 정도로 깍듯하게 대답한 후 그 근처에서 얼른 발걸음을 멈추었다.

"이 사람은," 그 낯선 사람이 에그버트의 손을 잡고 코즈모폴리턴에게 데려가서 말했다. "이 사람은 에그버트라는 제자입니다. 당신도 에그버트와 알고 지내면 좋겠군요. 에그버트는 마크 윈섬 원칙(예전엔 실생활에 써먹기보다는 골방에 처넣는 게 더 낫다고들 생각한 원칙이었죠)을 인류 최초로 실행한 사람입니다." 이런 칭찬에 약간 부끄러워하는 겸손한 태도의 제자를 바라보며, "에그버트, 이분은," 코즈모폴리턴에게 인사를 하며, "우리처럼 여행 중인 분이야. 에그버트. 자네도 이 형제분을 잘 알고 지냈으면 해. 특히 지금까지 했던 설명 중 빠진 부분이 있어서 내 철학의 정확한 성격에 대해 궁금해하시면 자네가 그런 궁금증을 해결해줄 수 있다고 믿어. 에그버트, 자네가 어떤 것을 실천했는지 그냥 말만 해줘도 내가 연설만으로 할 수 있는 것보다 내 이론을 더 잘 이해시킬 수 있을 거야. 정말, 나역시 나를 가장 잘 이해하는 방법이 자네를 통하는 거야. 모든 철학에는 어떤 이면, 즉 매우 중요한 이면이 있는데, 이것은 머리의 뒷부분처럼 거울에 비친 상을 통해서만 제일 잘 보이는 법이지. 자, 거울을 보듯, 에그버트, 내 체계의 중요 부분을 한번 비춰주게. 저 사람이 자네 의견에 동의한다면 이 마크 윈섬의 의견에도 동의하는 거지."

말씨로 보면 이 장황한 말은 자아도취에서 나온 것 같았지만, 말하는 사람의 태도는 자아도취적으로 보이지는 않았다. 전반적으로 그의 태도는 솔직하고 겸손했으며 점잖고 남자다웠다. 선생이자 예언자는 소위 생각을 나르는 수단인 태도보다 생각 속에 감춘 것이 많은 것 같았다.

"선생님," 코즈모폴리턴이 말했다. 그는 문제의 새로운 면에 적잖이 관심이 있는 것 같았다. "어떤 철학에 대해 말씀하셨는데, 좀 초자연적인 것 같지만 실생활과도 관계가 있다고 하시니 제발 말씀해주세요. 세상을 경험하여 성격을 형성하는 것만큼이나 이런 철학을 공부하는 것도 성격을 형성할 수 있나요?"

"할 수 있습니다. 그리고 그게 이 철학이 진실한지 아닌지 알아내는 방법입니다. 왜냐하면 실제로 적용해보니 그게 세상 방식과 모순이 되는 철학이어서 세상과 융합하지 못하는 성격을 형성하는 경향이 나타난다면 그런 철학은 필연코 사기이고, 꿈이니까요."

"그 말을 들으니 좀 놀랍군요." 코즈모폴리턴이 말했다. "당신 생각에서 때때로 심오함이 느껴지네요. 그리고 플라톤 신학을 깊이 공부하셨을 거라는 짐작이 드는데, 아마 당신이 어떤 철학을 창시한다면 그 철학은 인생을 나쁘게 이용할 일이 크게 없도록 삶을 격상시켜줄 만큼 난해할 것 같습니다."

"흔히들 저에 대해서 그렇게 오해하지요." 상대방이 다시 끼어들더니, 천사 라파엘처럼 온순한 모습으로 서 있었다.* "늙은 멤논은 멋진 말투로 수수께끼를 중얼거린다,라고 한다면,** 모든 인간 장부의 대차대조표는 인생의 득과 실에 대한 수수께끼를 풀어줍니다. 선생님," 조용하지만 힘 있게, "인간이 이 세상에 온 것은 앉아서 묵상하기 위해서도, 허황한 세상에 빠져 미몽에 사로잡히기 위해서도 아닙니다. 결의를 다져 일하라고 온 겁니다. 신비로움은 아침에도 있고 밤에도 있기 때문에, 사방에서 신비로움의 미美를 찾을 수 있습니다. 하지만 입과 주머니를 채워야 한다는 평범한 진리도 여전히 있습니다. 만약 당

---

* 『실낙원』 7장에 "그에게 라파엘이 천상의 온유한 말로 대답했다"라는 구절이 나옴.

** 멜빌은 『피에르Pierre』(1852)에서 멤논에 대해 언급했다.

신이 지금까지 나를 몽상가라고 생각하셨다면 이제 제대로 아시게 될 겁니다. 나는 절대 한쪽으로 생각이 치우친 사람이 아닙니다. 내 앞에 있는 선견자들도 그랬습니다. 세네카는 고리대금업자였지 않습니까?* 베이컨은 왕의 신하였지요?** 그리고 스베덴보리***는 한쪽 눈으로 눈에 보이지 않는 것을 보면서 다른 눈으로는 자기 이득을 취하지 않았습니까? 나에 대한 다른 어떤 예를 봐도 마찬가지로 아실 수 있겠지만, 나는 실용적인 지식을 가진 사람이고 세상 물정에 밝은 사람입니다. 제가 그런 사람이라는 것을 알아주세요. 그리고 여기 있는 제 제자도 그렇고요." 그를 향해 몸을 돌리더니, "당신이 저 에그버트에게서 관대한 유토피아 정신과 작년의 저녁놀을 찾으려 한다면, 나는 그가 당신을 어떻게 고쳐줄 것인가를 떠올리며 미소를 지을 겁니다. 확실히, 내가 그에게 가르친 교리는 잘 속으면서 까다로운 사람과 잘 맞았던 다른 교리같이 그를 정신병원으로나 구빈원으로 이끌지는 않을 겁니다. 더욱이," 부모처럼 그를 바라보며, "에그버트는 나의 제자이면서 나의 시인입니다. 시란 잉크나 각운으로 만들어지는 것이 아니라 사상과 행동으

* 로마 황제 네로의 선생으로 유명한 정치인이자 문학가이다. 실제 그는 고리대금업을 했다고 하는데, 돈을 빌리기를 원치 않은 사람들에게까지 돈을 억지로 빌려줘서 이자를 받았다고 한다.

** 실제 베이컨(Francis Bacon, 1561~1626)은 영국의 철학자이자 정치인으로 법무부 장관 등을 역임하였는데 뇌물죄로 파직되었다.

*** 에마누엘 스베덴보리(Emanual Swedenborg, 1688~1772): 스웨덴의 신비주의자, 자연과학자, 철학자로 천자나 신령들과 말하고, 천계와 지계에 대한 독자적인 해석을 시도했다.

로 만들어집니다. 그리고 유용한 행동 안에서 시를 찾는다면, 누구든지, 어디서든지 사상과 행동이라는 방식으로 찾을 수 있을 겁니다. 한마디로 여기 있는 제 제자는 잘나가는 젊은 상인이자 서인도 제도 무역*을 하는 시인입니다." 에그버트의 손을 코즈모폴리턴에게 넘겨주며, "둘을 소개해줬으니 저는 지금 가야겠습니다." 선생은 이 말과 함께 고개 숙여 인사도 하지 않고 가버렸다.

---

* 주로 설탕, 럼주, 노예무역이 서인도 제도 무역이다. 또한 서인도 제도 무역 (West India Trade)의 머리글자가 수완, 지혜를 뜻하는 단어인 'wit'라는 점도 의미심장하다.

38장
제자가 긴장을 풀고 친구 역을 맡기로 동의하다

그 제자는 스승의 면전에서는 자기 위치를 잊지 않은 듯 보였다. 표정에서 겸손이 느껴졌고 넘치는 숭배심에 동반되는 무거운 분위기도 섞여 있었다. 하지만 윗사람이 가버리자 그는 장난감 코담배 상자의 용수철 인형처럼, 자리 밑에서 눌려 있다가 갑자기 튕겨 솟아난 것같이 변했다.

이미 말했듯 그는 30세 정도 된 젊은 사람이었다. 중성적이고 평온해 보이는 그의 얼굴은 매력적이지는 않지만 보기 싫지는 않았고, 그래서인지 어떤 사람인지 전혀 감이 잡히지 않았다. 옷차림은 깔끔했고, 남다른 차림새라고 비난받을 일은 없을 만치 적절했다. 세부적인 것에 약간의 변화를 주긴 했으나 전반적으로 자신의 스승을 모델로 한 옷차림이었다. 하지만 전체적으로, 어떤 각도에서 보든 사람들이 초절주의 철학자의 제자라고 생각할 일은 절대 없는 모습이었다. 오히려 뾰족한 코와 면도한 턱을 보면, 공부 삼아 신비주의에 빠지는 일이 설령 있더라도 진짜 뉴잉글랜드인이면 누구나 가진 요령을 발휘하여 이득이 없을 일에서도 이득을 끌어낼 인간이지 않나 하는 추측이 들었다.

"그럼," 그는 천연덕스럽게 빈자리에 앉으며 말했다. "마크에 대해 어떻게 생각하십니까? 숭고한 사람이지 않습니까?"

"인간 길드*의 모든 회원이 다 내가 넘치게 존경하는 친구들이라는 점을," 코즈모폴리턴이 응답했다. "그 길드를 존경하지 않는 사람들은 다 이상하게 생각하지요. 하지만 더 높은 견지에서 보면, 인간에게 흔히 붙곤 하는 '숭고하다'란 단어를 그 사람에게도 붙일 것인가 하는 것은 그 사람이 스스로 정해야 할 문제 같군요. 그가 붙일 수 있다고 정하든 말든 내가 반대할 문제는 아니지요. 하지만 지금 알 것도 같고 모를 것도 같은 그분 철학에 대해서는 좀더 많이 알고 싶고 궁금하긴 해요. 인간 중에서 그 철학의 최초 제자가 된 당신은 그걸 설명할 특별 자격을 갖추었으리라고 생각합니다. 지금 설명을 시작해주시면 안 될까요?"

"물론 되지요," 테이블 쪽으로 몸을 바로잡아 펴며, "어디서부터 시작할까요? 먼저 첫번째 원칙부터 할까요?"

"당신이 명확하게 설명하기에 적합하다고 뽑힌 이유가 실용적인 방식 때문이라는 걸 기억해주세요. 자, 당신이 첫번째 원칙이라고 부르는 것이 어떤 면에서는 모호하게 여겨지는군요. 그러니 실제로 일어난 일반적 경우라고 가정하고, 제가 알고

---

* 길드란 중세 이후 관심이나 목적이 같은 사람들이 만드는 조합을 말한다.

싶은 그 철학의 현실에 밝은 제자로서 그런 경우에 어떻게 행동하는지 명확하게 말해주셨으면 합니다."

"사업적 관점에서 보지요. 어떤 경우인지 말씀해보세요."

"경우도 경우지만 사람도 가정해볼게요. 이런 경우입니다. 두 명의 친구, 즉 어린 시절부터 아주 친하게 지낸 두 친구가 있습니다. 그중 한 명이 처음으로 궁핍해져서 친구에게 돈을 빌리려고 합니다. 그 친구는 금전 면에서는 베풀고 살아도 될 정도로 살고 있습니다. 자, 그 사람들을 저와 당신으로 비유해보죠. 당신은 돈을 빌려달라는 말을 들은 친구이고 나는 돈을 빌리려고 하는 친구입니다. 당신은 문제가 된 그 철학을 배운 제자이지요. 나는 평범한 사람이고, 철학이라고는 평안하고 따뜻하면 춥지 않고, 말라리아에 걸리면 몸을 떤다는 정도만 알아요. 자, 가능한 한 상상력을 충분히 발휘하여 그 경우가 실제 일어났다는 가정 아래 말하고 행동해주세요. 간단하게, 당신은 나를 프랭크라고 부르고, 저는 찰리라고 부를게요. 동의하십니까?"

"물론이죠. 시작해보세요."

코즈모폴리턴은 잠시 말을 멈추었다가 맡은 역에 맞춰 심각하고 걱정스러운 태도로 친구 역할을 맡은 그 사람에게 말했다.

39장
가상의 친구들

"찰리, 나는 널 신뢰할 거야."

"넌 언제나 그랬지, 그럴 이유도 있고. 무슨 일이야, 프랭크?"

"찰리. 내가 좀 궁해서. 급하게 돈이 필요해."

"저런, 어떡하니."

"하지만, 네가 100달러만 빌려주면 잘 해결될 거야, 찰리. 내 사정이 이렇게 나쁘지 않다면 네게 이런 부탁 안 했을 거야. 너와 나는 오랫동안 마음이 잘 맞는 친구였지만 지금은 내가 더 안 좋은 상태니, 이렇게 형편이 안 좋은 나에게 돈을 나누어주는 것밖엔 우정을 증명할 방법이 없어. 그러니 나에게 호의를 좀 베풀지 않을래?"

"호의? 너에게 호의를 베풀어달라니 그게 무슨 말이야?"

"왜? 찰리, 전에는 그런 말 한 적 없잖아."

"프랭크, 그거야 네가 전에 이런 부탁을 한 적이 없으니까 그렇지."

"그럼 안 빌려줄 거야?"

"안 빌려줄 거야, 프랭크."

"왜?"

"원칙상 안 돼. 기부는 해도 빌려주지 않는 게 내 원칙이니까. 그리고 내 친구라고 하는 사람은 당연히 기부는 못 받지. 대부 협의는 사업상 거래야. 그런데 나는 친구와 거래하지 않아. 친구라는 것은 사교적으로, 그리고 지적으로 친구인 거야. 그리고 사교적이고 지적인 우정은 어떤 면에서든 금전적 임시변통으로 전락하기에는 너무 고상한 것이라고 나는 평가한단 말이야. 내겐 소위 사업 친구라고 부르는 친구도 물론 있어. 즉 사업적으로 알고 지내고, 편의를 도모하는 사람 말이지. 하지만 나는 그런 사람들과 진정한 의미의 친구, 즉 사교적이고 지적인 친구를 명확하게 구별해. 간단히 말해서 진정한 친구는 대부와 아무 연관이 없어. 친구는 대부와 상관없는 사람이어야 해. 대부란 은행처럼 영혼이 없는 단체에서 주기적으로 담보를 받고 주기적으로 대부 지불 할인을 해주는 그런 비우호적인 자금융통이야."

"비우호적인 자금융통? 그런 단어를 합쳐서 쓰니 그럴듯해?"

"늙은이와 암소로 구성된 가난한 농부 팀처럼 그럴듯하지는 않지만 목적에는 잘 맞지. 봐, 프랭크, 이자를 받고 돈을 빌려주는 것은 외상으로 돈을 파는 거야. 외상으로 어떤 물건을 파는 것은 일종의 자금융통이라 할 수 있는데, 거기에 우정이 있을까? 돈놀이꾼 빼고 어떤 정신이 멀쩡한 사람이 굶주릴 정도로 궁핍하지도 않은데 이자를 내고 돈을 빌리려고 하겠느냐 말이야. 자, 어떤 우정이 약속한 날에 한 달에 밀가루 한 통 반을 갚겠다는 조건으로 굶주린 사람에게 밀가루 한 통 살 돈을 빌려주는 짓을 할까? 특히 이렇게 더 많은 조건을 첨가해서, 만약 이행하지 못하면 내 원금 밀가루 한 통과 그가 낼 반 통의 돈을 회수하기 위해 그의 심장을 경매에 부치고, 거기다 가족을 해체할 만큼 잔인한 일을 하여 그의 아내와 아이들의 심장도 던져 넣는데 말이야."

"알겠어." 애처롭게 몸을 떨며, "하지만 채권자의 입장에서 그런 조치까지 하게 되더라도, 인간성을 존중하는 차원에서 그게 의도한 게 아니라 우발적 상황(contingency)이었기를 빌자고."

"하지만 프랭크, 미리 정한 담보를 받으려고 만든 게 부대조항(contingency)이지."

"하지만, 찰리, 처음에 돈을 빌려준 것은 친구로서 한 일이 아닐까?"

"그리고 마지막으로 경매에 부친 것은 적으로서 한 일이고. 모르겠어? 우정 안에 적의가 자리 잡고 있다는 것을 말이야. 마치 편안해 보이는 폐허의 유적처럼 말이야."

"오늘 내가 확실히 바보짓을 했군, 찰리. 하지만 정말이지 아, 이런, 이해가 안 돼. 친애하는 친구, 나를 용서해줘. 하지만 네가 그런 주제의 철학을 탐구하다가는 언젠가 거기에 빠져 죽게 될 거란 생각이 불쑥 드는군."

"정신을 딴 데 팔다가 넓은 대양으로 간 뱃사공이 그런 말을 했지. 하지만 바다는 이렇게 대답했어. '그럴 일 없어. 이 물러

빠진 친구야.' 그러면서 빠져 죽게 하지."

"찰리, 그건 이솝 우화의 일부가 동물에게 부당한 것이듯, 바다를 부당하게 다룬 우화야. 바다는 너그러워서 불쌍한 사람을 놀리기는커녕 그 사람을 죽이는 것을 비난할 거야. 그런데 나는 네가 우정 안에 적의가 자리 잡고 있다는 것과 구원 속의 파멸에 대해 한 말이 뭔 뜻인지 이해할 수가 없어."

"자세히 설명해주지. 궁핍한 사람은 탈선한 기차야. 그에게 이자를 받고 돈을 빌려준 사람은 자금융통을 해서 그 기차가 제자리로 돌아가도록 하는 사람이지. 하지만 빚을 다 갚고 거기에 약간 더 얹은 금액을 계좌에 부치게 하기 위해 중개인에게 전보를 보내서, 벼랑에 떨어지기 30마일 전에 선로에 불빛을 비추라고 시키는 거야, 자신의 편의를 위해서. 궁핍한 친구에게 원리금을 받는다는 그 친구는 증오심을 비축해놓은 인간이 틀림없다고 내가 장담하지. 아니, 아니, 이봐 친구, 나는 관심(interest) 없어. 나는 이자(interest)를 경멸하니까."

"이런, 찰리. 요금까지 받을 일이 뭐가 있어. 이자 없이 돈을 빌려줘."

"그럼 그건 자선이잖아."

"빌린 돈을 돌려준대도 자선이야?"

"물론, 자선이지. 원금은 아니고 이자만."

"그럼. 내 상황이 너무 궁핍해서 자선을 거절할 수 없을 것 같아. 찰리, 너야말로 내가 감사하는 마음으로 이자를 자선으로 받을 곳이야. 친구 간에 치욕스러울 일이 뭐가 있겠어."

"자, 너같이 세련된 우정관을 가진 사람이 그런 말을 하면

서 스스로를 괴롭히다니, 프랭크. 나도 괴로워. 나는 궁핍할 때
는 차라리 낯선 사람이 형제보다 낫다는 솔로몬처럼 뒤틀린 마
음을 가진 인간은 아니야.* 그런데 난 존경하는 선생님의 의견
에 전적으로 동의하지. 선생님은 우정에 관한 수필**에서 지상
에서의 편리를 원하면 천상의 친구(혹은 사회적이고 지적인 친
구)에게 가지 말라고 하는 너무나 고상한 말씀을 하셨어. 지상
의 편리를 원하면 지상의 친구(변변찮은 사업 친구)에게 가라는
말씀을 한 거야. 이유도 명확하게 밝히셨어. 그 이유는 우월한
유형의 인간(어떤 상황에서도 위신 떨어지게 남을 도울 일은 없
는 사람들이지)은 그런 일을 부탁받으면 화를 내는 반면, 열등
한 유형의 인간(아무리 가르쳐도 그런 우월한 단계에 못 갈 사람
들 말이야)은 그런 부탁을 항상 기꺼이 들어주곤 하기 때문이
래. 그러니 이러면 안 되는 거야."

"그럼 나는 너를 천상의 친구라고 생각하지 않고, 그 반대라
고 생각할게."

"그렇게까지 말하니까 마음이 아프군. 어쩔 수 없으니 그렇
게 해야겠지. 우린 사업 친구야. 사업은 사업이지. 네가 대부에
관해서 협상하고 싶어 한다니. 좋아. 어떤 조건으로 할까? 한
달에 3퍼센트로 할까? 담보는 뭐야?"

---

* 「잠언」 18장 20절. "많은 친구를 얻는 자는 해를 당하게 되거니와 어떤 친구
는 형제보다 친밀하니라." 「잠언」 27장 10절. "네 친구와 네 아비의 친구를 버
리지 말며 네 환난 날에 형제의 집에 들어가지 말지어다. 가까운 이웃이 먼 형
제보다 나으니라."

** 에머슨은 「우정」이라는 수필을 썼다.

"물론, 옛날 학교 친구에게 그런 형식을 요구하진 않겠지. (미덕의 아름다움과 친절 속에 있는 우아함을 논하며 학문의 세계를 너와 함께 거닐던 사람에게 말이야) 그리고 얼마 되지도 않는 돈이잖아. 담보? 어린 시절부터 함께 공부했던 교우이자 친구라는 것이 담보야."

"미안해, 프랭크. 우리가 친구라는 건 최악의 담보야. 게다가 우리가 어린 시절부터 친구였다는 것도 담보가 될 수 없어. 우리가 지금 사업 친구라는 점을 잊었군."

"이봐, 찰리, 너야말로 내가 사업 친구로서 너에게 아무 담보물을 줄 수 없다는 점을 잊고 있어. 지금 너무 곤궁해서 보증인도 세울 수 없어."

"보증인이 없다면 돈은 못 빌려줘."

"그럼, 찰리, 네가 정의한 천상의 친구나 지상의 친구나 모두 널 설득할 수 없다는 거네? 그럼 둘을 합쳐서 양쪽에서 부탁하면 어떻게 할래?"

"네가 무슨 켄타우로스*라도 되나?"

"그럼 결론적으로 네 관점에서는 내가 너와의 우정으로 어떤 좋은 걸 얻을 수 있겠어?"

"마크 윈섬의 철학에서 좋은 것이 무엇인지는, 현실적인 제자가 실행하는 게 결국 무엇인가를 봄으로써 알 수 있지."

"그럼 마크 윈섬의 철학으로 나에게 좀 보태주면 안 될까?" 호소하는 자세로 돌변하여, "도와주는 손길과 따뜻한 마음씨

---

* 그리스 신화에 나오는 반은 사람이고 반은 말인 괴물이다.

가 우정이 아니라면, 어려운 일이 닥쳤을 때 선량한 사마리아인이 약병과 함께 돈을 베푼 게 우정이 아니라면, 도대체 뭐가 우정이야?"

"자, 프랭크, 유치하게 굴지 마. 눈물을 흘린다고 어두운 곳에서 길을 찾을 수는 없어. 이상적 우정은 너무나 고상해서 네가 상상할 수 없을 거라고 내가 생각한다면 나는 어쩔 수 없이 너에게 품은 진정한 우정이 가치 없는 것이라고밖에 말을 못 하겠어. 그리고 프랭크, 네가 지금 계속 되풀이하는 말이 우리 사랑의 토대를 심각하게 흔드는 짓이라는 점을 알아줘. 내가 강력하게 믿고 있는 철학은 솔직하고 공평하라고 가르치지. 지금이 가장 적절한 시간이니 네가 모르는 상황에 대해 내가 솔직하게 알려주도록 하지. 우리 우정이 어린 시절에 시작되긴 했지만 적어도 내 입장에서는 그 우정을 경솔하게 시작하지는 않았다고 생각해. 남자아이들은 보통 작은 어른이라고들 하지. 어렸을 때 나는 그 당시 네게 호감 가는 면이 있다고 생각해서 신중하게 친구로 고른 거야. 네가 예의 바르거나, 옷을 잘 입거나, 부모님이 높은 분이라든가, 부자라고 소문이 났다고 해서 친구가 된 건 아니었지. 간단히 말해서 나는 비록 어린 소년이었지만, 다른 성인들처럼 시장에 가서 비쩍 마른 양고기가 아닌 통통한 양고기를 선택한 것이었어. 다른 말로 하면 너는 주머니에 항상 은전을 가지고 있어서 빵빵한 원조가 필요하게 될 비쩍 마른 시기는 결코 생기지 않으리라 합리적으로 추리가 되는 그런 학생 같았어. 그리고 이번 일로 인해서 내가 받은 첫인상이 사실상 정확하지 않았다는 것이 입증되긴 했지만, 그건 단지 인간이 아무리 분별력 있게 예상해도 오류를 범하게 하는 운명의 여신이 부린 변덕일 뿐이야.”

“오, 내가 지금 이 냉정한 고백을 듣고 있어야만 하나!”

“너의 뜨거운 정맥 안에 약간의 냉정함이 흐른대도 네게 손해 갈 일은 없을 거라고 내 장담하지. 냉정해? 내가 고백한 내용이, 내가 사악하지만 신중하다는 것을 보여준다는 말이군. 하지만 꼭 그렇기만 한 건 아니야. 널 선택한 이유에는 아까 내가 말한 그런 이유가 일부 있긴 했지만, 주된 이유는 인간관계의 나약함을 깨뜨리지 않고 보호하고 싶다는 생각 때문이었어. 왜냐하면 (그냥 생각만 한 건데) 어린 시절에 형성된 여린 우정을 괴롭히는 것 중에 친구가 성인이 된 후 5달러 정도의 푼돈을 빌리려고 비 내리는 밤에 찾아오게 되는 것보다 더한 것이 무엇일까? 여린 우정이 그걸 견뎌낼 수 있을까? 그리고 달리 생각해보면, 우정이 계속 여린 상태인데 그걸 견딜 수 있을까? 궁기를 뚝뚝 흘리며 문 앞에 서 있는 친구에게 본능적으로 이렇게 말하게 되지 않을까? ‘나는 이 사람에게 속았고 사기당했어. 순수한 사랑을 하면서 사랑의 의식(love-rites)을 요구한다면 진정한 친구가 아니지.’”

“그리고 그 의식(rites)이라는 게 두 배로 받을 권리(doubly rights)*군, 찰리, 이 독한 놈아!”

“네가 방금 말한 그런 권리를 집요하게 요구하면 내가 잠깐

---

* 사랑의 의식이라는 뜻의 ‘love rites’와 두 배로 받을 권리란 뜻의 ‘doubly rights’ 두 단어의 비슷한 음을 이용하여 비꼬고 있다.

언급했던 그런 기초를 흔들 수도 있으니까, 어떻게 할지 잘 생각해보고 조심해. 왜냐하면 이제 보니 어릴 때 내가 우정을 믿는 바람에 예쁜 집을 형편없는 터 위에 지었네, 뭐. 그런데 나는 그 집에 고통과 대가를 아낌없이 치렀기 때문에 결국 우리의 우정을 귀하게 생각하게 되었어. 안 되지. 나는 달콤하고 좋은 너와의 우정을 잃어버리지 않을 거야, 프랭크. 하지만 조심해."

"뭘 조심하라고? 궁하게 되는 것 말이야? 오, 찰리! 너는 지금 본인 자체가 재산이 있는 존재인 신神에게가 아니라, 운명의 장난에 휘둘리고, 굽이치는 파도에 휘둘리다가 파도 꼭대기에 놓이듯 천국으로 솟구쳤다가 지옥으로 떨어진 그런 존재인 인간에게 말하는 거야."

"쯧, 프랭크. 인간은 우주라는 바다에서 떠돌아다니는 해초같이 변변찮은 지경, 그런 지경까지 떨어진 불쌍한 놈이 아니야. 인간은 영혼을 가지고 있지. 그리고 그 영혼은 자신의 의지에 따라 운명의 신의 손아귀나 미래의 신의 앙심에서 벗어날 수도 있지. 운명의 여신에게 회초리를 맞은 개처럼 낑낑거리지 마, 프랭크. 그러지 않으면 진정한 친구의 마음으로 너와 절교해버릴 거니까."

"넌 벌써 절교했어, 이 잔인한 놈아, 그것도 냉큼 말이야. 우리가 뒤엉킨 나뭇가지처럼 그렇게 서로 팔로 껴안고 나무 열매를 주우러 다니던 시절, 숲속을 거닐던 시절을 떠올려봐. 오, 찰리!"

"훙, 그때는 어린 소년들이었지."

"그럼 성인이 되어 된서리를 맞기 전에 이미 무덤에 차갑게 누워 있는 이집트 장자*가 운이 좋은 건가, 찰리?"

"에이, 계집애같이 굴기는."

"도와줘, 도와줘, 찰리, 도와달란 말이야."

"도와줘? 친구가 문제가 아니라 도와달라는 인간이 문제인 거야. 오점, 불충분, 간단히 말해서, 그런 사람에겐 궁상, 울고불고하는 궁상 같은 것이 어디엔가 있는 법이지."

"그렇다 치고, 찰리, 도와줘, 도와줘!"

"도와달라고 애원하는 건 오히려 도움받을 자격이 안 된다는 걸 증명할 뿐인데도 울고불고하다니, 영 어리석군."

"오, 지금 계속 보이는 이 모습은 네가 아니야, 찰리, 너의 후두를 강탈한 복화술사지. 지금 말하고 있는 사람은 찰리가 아니라 마크 윈섬이야."

"그렇다면 다행이네. 마크 윈섬의 목소리는 낯설기는커녕 내 후두에 딱 맞으니까. 그 유명한 선생님의 철학이 많은 사람에게서 별 반응을 얻지 못한다면 그건 그 사람들이 잘 배우는 기질이 없어서라기보다 그 사람들이 운이 없어서 마크 윈섬과 통하는 천성을 못 가진 탓이지."

"그런 식으로 인간성에 찬사를 보내다니. 환영해." 프랭크가 힘차게 소리쳤다. "무심결에 한 말이라서 더 진실하게 들리는군. 그리고 이런 견지에서 보면, 인간성은 오래전부터 네가 단

---

* 「출애굽기」에 의하면 모세가 이스라엘 사람을 이끌고 이집트를 탈출하기 전에 마지막으로 하나님이 내린 징벌이 이집트의 사람과 동물의 모든 장자長子가 죽는 것이었다.

언한 바로 그것이었을 거야. 앞으로도 오랫동안 그럴 것이고. 마음속으로는 빈곤에 얼마나 쉽게 굴복하고 도움이 얼마나 중요한 것인지를 느꼈기 때문에 (제발, 다른 것이 없어서) 인간은 이 세상에서 도움을 없애버리려고 하는 철학을 허락해야 하는지에 대해 앞으로도 오랫동안 망설이겠지. 하지만 찰리, 찰리! 예전처럼 말해봐. 날 도와주겠다고 말하란 말이야. 내가 너라면 네가 나에게 돈을 빌려달라고 부탁하기 전에 내가 너에게 돈을 얼마든지 빌려주겠다고 했을걸."

"내가 부탁을 해? **내가** 돈을 빌려달라고 부탁을 해? 프랭크, 무슨 일이 있어도 결코 남이 빌려주는 돈을 이 손으로 받는 일은 없을 거야. 차이나 에스터*가 겪은 일을 경고 삼았다고나 할까."

"그게 무슨 일이었는데?"

"달빛으로 궁전을 직접 지었다는 그 남자의 경험과 아주 유사해. 그의 궁전이 월몰과 함께 사라져서 깜짝 놀랐다는 사람 말이야. 차이나 에스터의 이야기를 해줄게. 내가 직접 내 식으로 말할 수 있으면 좋겠지만 불행하게도 지금 여기 원래의 화자**가 워낙 강한 인상으로 남았기 때문에, 차이나 에스터가 겪은 일을 말하려면 그 사람 스타일로 빠져들어야만 되풀이해서 말할 수 있을 정도야. 미리 말하는데 내가 넋두리를 한다고 생각하지는 마. 이 이야기를 하다 보면 몇몇 부분에서 서술자가

---

* 차이나 에스터China Aster에는 '과꽃'이라는 뜻이 있다.
** 이 책의 저자인 허먼 멜빌을 말한다.

그럴 수밖에 없으니까. 특히 지성인은 이렇게 작은 문제에까지 무슨 일이 있어도 지성을 지켜야 하고 다른 것은 어떤 일이 있어도 자신의 지성으로 억압해야 한다는 것이 참 유감이야. 하지만 모든 사람이 찬성한 중요 도덕에 내가 전적으로 동의한다는 것을 알아준다면 나는 그걸로 만족해. 자, 이야기를 시작할게."

40장

여기서 차이나 에스터의 이야기가 어떤 사람에 의해 간접적으로 전해지다. 그 사람은 그 이야기의 도덕적 측면이 못마땅하진 않지만 문풍文風은 자기 것이 아니라고 한다

"차이나 에스터는 머스킹엄강 입구에 있는 메리에타*에 사는 젊은 양초 제조상이었어. 그 사람이 하는 양초 제조업이라는 사업은 무지몽매한 이 땅의 어둠을 뚫어 (효과적으로 혹은 그 반대로) 빛을 비춰주는 수단이 되는 것으로, 주요 기술과 신비를 갖춘 천사 군대 산하의 지사 같은 것이었지. 하지만 그는 그 사업으로 별 재미를 보진 못했어. 가난한 차이나 에스터와 그의 가족이 살아가기에는 어려움이 많았어. 그가 원했다면 아마 자기 가게의 양초로 온 거리를 다 밝힐 수도 있었을 테지만 돈을 많이 벌어서 자기 가족의 마음을 밝혀주기는 쉽지 않았어.

자, 차이나 에스터는 우연히도 오키스**라는 구두 제조업자

---

* 메리에타Marietta는 오하이오주와 머스킹엄강이 만나는 곳에 있는 도시이다.

** 오키스orchis에는 '난초'라는 뜻이 있다. '차이나 에스터' 역시 '과꽃'을 뜻한

를 친구로 두었어. 그 사람이 하는 일은 인간의 지성이 사물의 본질과 직접 접촉하지 않게 막아주는 것이지.* 아주 유용한 직업이야. 그리고 모든 똑똑한 척하는 사람들이 그렇게 예언했는지는 모르겠지만, 아무튼 그 직업은 바위가 단단하고 부싯돌이 닳아가는 동안은 여간해서 유행 지날 일이 없기도 해. 이 쓸모 있는 구두 제조업자가 갑자기 복권에서 큰돈을 따는 바람에 벤치에서 소파로 옮겨가게 되었어. 작은 갑부가 지금은 구두 제조업자지만, 인간에 대한 이해력이란 알아서 변하기 마련이지. 하지만 오키스는 돈을 벌어서 무정한 사람으로 변하지는 않았어. 전혀 안 그랬지. 그래서 오키스는 좋은 옷을 입고 이른 아침에 양초가게로 가서 황금 손잡이가 달린 지팡이로 양초 상자를 두드리며 즐거운 표정으로 돌아다녔어. 그동안 기름 먹은 종이모자와 가죽 앞치마를 두른 가난한 차이나 에스터는 가난한 오렌지당 여성 신도**에게 동전 한 푼에 양초를 팔고 있었어. 그 여자는 여유 있게 잘 사는 고객이 잘난 척하며 차갑게 굴 때와 같은 태도로 양초를 잘 싸서 종이 반쪽에 만 다음 묶어달라고 했어. 그 여자가 나가자 생기발랄한 오키스는 즐거운 듯 양초 상자를 두드리던 걸 멈추고 말했지. '어이, 차이나 에스터, 이건 신통찮은 사업이야. 자본이 너무 적으니까. 이 험한

다. 역설적이게도 양초 제조업에 실패한 차이나 에스터의 이름 '에스터'에는 '별'이라는 뜻도 있다.

* 구두 만드는 일을 본문과 같이 설명.

** 원문은 orange-woman으로 여기서 orange는 영국과의 통합을 지지하는 북아일랜드의 신교도 정당을 가리킨다.

수지는 버리고 세상을 밝힐 순수 경뇌鯨腦*를 잡지 그래. 뭔 말인가 하면, 너에게 사업을 확장할 천 달러를 빌려주겠다는 말이야. 사실, 차이나 에스터, 넌 돈을 벌어야 해. 너희 아들이 신발도 못 신고 걸어다니는 건 못 봐주겠어.'

'너의 착한 행동에 하나님이 축복을 내리시길, 오키스.' 양초 제조업자가 대답했어. '하지만 대장장이였던 우리 삼촌이 한 말을 떠올린다고 나쁘게 생각하지 마. 삼촌은 누가 돈을 빌려주겠다고 하니까 이렇게 말씀하시면서 거절하셨지. 〈이웃의 망치에서 한 조각을 떼어내 망치에 용접하여 무겁게 만들면 망치 무게는 더 나가겠지. 하지만 난 가볍더라도 내 망치를 휘두르는 게 최고라고 생각해. 안 그랬다가 빌린 조각을 갑자기 다시 달라고 하면 용접한 부분에서 못 떼어낼 거 아냐. 그랬다간 이쪽이든 저쪽이든 더 떨어져 나가겠지.〉'

'말도 안 되는 소리. 이봐, 차이나 에스터, 그렇게 너무 정직하게 살지 마. 너희 아들은 지금 맨발로 다녀. 게다가 부유한 사람이 가난한 사람 때문에 잃을 게 뭐가 있겠어? 아니면 친구가 친구에게 나쁜 짓을 하겠어? 차이나 에스터, 오늘 아침에 여기 이 통 안에 구부리고 들어가서 거기에 지혜를 다 쏟아내 버렸던 건 아닌가 걱정되는군. 쉿! 난 더 이상 아무 말도 안 들을래. 네 책상은 어디 있어? 오, 여기군.' 그러면서 오키스는 즉석에서 수표를 휘갈겨 쓰더니 그걸 내밀며 말했어. '네가 이 돈으로 만 달러를 벌면, 물론 그렇게 될 거야. (경험상, 단 하나의

---

* 수지는 양초를 만드는 재료이고, 경뇌란 고래에게서 짠 고급 기름이다.

진정한 지식이 가르쳐준 바에 의하면 모든 사람에게는 행운이 비축되어 있어.) 그러면 차이나 에스터, 그 돈을 내게 돌려주든 말든 마음대로 해. 어떤 식으로든 갚으라고는 안 할 테니까 걱정하지 마.'

자, 착한 하나님이 굶주린 사람에게는 빵이 큰 유혹이라고 말씀하신 만큼, 굶주린 사람에게 누가 마음대로 쓰라고 돈을 주면, 언제 갚을지 모르면서 받아도 쉬이 나무라진 않으실 거야. 그 경우처럼 가난한 사람도 쓰라고 주는 돈에는 다 혹하기 마련이지. 그 돈을 받는다 해도 그 사람이 들을 최악의 말은 굶주린 사람이 다른 경우에 들을 수 있는 바로 그 말일 테니까. 한마디로 가끔 이와 비슷한 일에서 볼 수 있듯 가난한 양초 제조업자의 양심적 도덕성이 비양심적인 필요에 굴복한 거지. 그는 수표를 받아서 당분간 조심스럽게 치워놓으려고 했어. 그런데 그때 금 손잡이가 달린 지팡이를 들고 또다시 왔다 갔다 하고 있던 오키스가 말했어. '그건 그렇고, 차이나 에스터. 별 의미는 없지만 이 일에 대해 간단하게 각서를 쓰는 게 어떨까 하는데. 별문제 없을 거야.' 그래서 차이나 에스터는 오키스에게 천 달러짜리 청구 시 지불 약속어음을 써주었어. 오키스는 그걸 받고 잠시 보더니, '후, 이미 말했듯이, 차이나 에스터, 난 어떤 **청구**도 하지 않을 거야.' 그러더니 어음을 갈기갈기 찢어버리고, 또다시 양초 상자 앞을 왔다 갔다 하며 대수롭지 않은 듯한 말투로 말했어. '4년 기한으로 써줘.' 그래서 차이나 에스터는 오키스에게 4년짜리 천 달러 약속어음을 써주었지. '이걸로 무슨 문제를 일으키는 일은 없을 거야.' 어음을 지갑에 슬그머니 넣으며 오키스가 말했어. '돈을 어떻게 투자해야 제일 좋을지만 생각하고 다른 건 생각하지 마, 차이나 에스터. 그리고 경녀에 대해 내가 말했던 것 잊지 마. 거기에 대해 좀 더 생각해봐. 그리고 내가 필요한 양초는 모두 너한테서 살게.' 이렇게 용기를 북돋워주는 말을 하고 난 그는 평소처럼 아주 따뜻한 태도로 작별인사를 했어.

차이나 에스터는 오키스가 떠나고 난 후에도 계속 서 있었어. 그때 마침 달리 할 일이 없었던 나이 든 친지 두 명이 대화를 나누러 갑자기 들이닥쳤지. 대화를 끝낸 후 기름에 찌든 모자와 앞치마를 두른 차이나 에스터가 오키스의 뒤를 쫓아 달려가서 말했어. '오키스, 너는 착한 마음씨 덕분에 하나님께 축복을 받을 거야. 하지만 여기 너의 수표가 있으니 내 어음을 돌려줘.'

'정직해도 징그럽게 정직하군. 차이나 에스터.' 오키스가 불쾌한 표정으로 말했어. '난 수표를 받을 생각이 없어.'

'그럼 길바닥에서 주워야 할걸, 오키스'. 이렇게 차이나 에스터는 말을 하고, 돌멩이를 주워서 길에 놓인 수표 위에 얹었어.

'차이나 에스터.' 호기심 어린 눈길로 오키스가 그를 쳐다보았어. '양초가게에서 좀 전에 내가 나간 후, 어떤 놈들이 너에게 무슨 충고를 했기에 이렇게 급하게 나를 쫓아와서 바보같이 구는 거야? 애들이 올드 플레인 토크old plain talk와 올드 프루던스old prudence*라고 별명을 지어 부르는 늙은 저 두 놈이 분명한

---

* 플레인 토크plain talk는 '솔직한 말'을, 프루던스prudence는 '신중'을 뜻한다.

것 같군.'

'그래, 그 두 사람이야, 오키스. 하지만 그렇게 욕하지는 마.'

'불평이나 하는 병신 같은 놈들. 올드 플레인 토크는 마누라가 잔소리가 심하니 저도 그렇게 잔소리가 심해진 거야. 그리고 올드 프루던스는 어릴 때 사과 행상을 말아먹고 평생 기가 죽었고. 올드 플레인 토크가 낡고 무딘 톱 가는 소리를 하는 걸 들으면 뭔 소리를 했을지 안 봐도 뻔하지. 그동안 올드 프루던스는 옆에서 지팡이에 기대서서 하얗게 센 머리를 흔들며 한마디 할 때마다 맞장구를 쳤겠지.'

'어떻게 그런 말을 할 수 있어, 오키스? 그 사람들은 우리 아버지의 친구들이야.'

'내 걱정일랑 붙들어 매셔. 그 늙은 불평쟁이들이 올드 어네스티Old Honesty의 친구들이라면 말이야. 다른 사람들이 예전에 그렇게 부르곤 했으니, 나도 너희 아버지를 그렇게 부르는 거야. 그들은 왜 네 아버지가 늙어서 생활보호대상자로 사시게 내버려뒀을까? 저, 차이나 에스터, 연대기 작가인 우리 어머니에게 들은 건데, 그 두 늙은 놈이 올드 컨션스Old Conscience*(애들이 이미 사망한 그 성마른 퀘이커 교도를 그렇게 불렀어)와 함께 셋이서 네 아버지가 구빈원에 계실 때 종종 찾아갔다고 하시더라. 그래서 침대를 돌아보며 엘리바스, 빌닷, 소발**이 늙고

---

* '양심'이란 의미가 있다.

** 「욥기」 12~27장에 나오는 의인 욥의 친구들. 모든 재산과 자식들을 잃고 문둥병자가 된 욥을 찾아온 이 친구들은 욥을 동정하는 대신 그가 하나님께 죄를 지어서 이런 벌을 받는 것이라고 책망한다.

불쌍한 극빈자가 된 욥에게 한 말과 똑같은 말을 했다더군. 너의 불쌍한 아버지에게는 올드 플레인 토크, 올드 프루던스, 올드 컨션스가 욥의 위로자 같은 인간들이었던 거지. 친구들이라고? 네가 누구보고 적이라고 부르는지 알고 싶은데? 그들은 끝없이 불평하고 비난하면서 늙고 불쌍한 아너스티를 괴롭혔지. 너의 아버지를 말이야. 죽을 때까지.'

이 말을 들으며 소중한 아버지의 슬픈 임종을 떠올린 차이나 에스터는 도저히 눈물을 삼킬 수가 없었어. 그러자 오키스가 말했어. '자, 차이나 에스터. 너는 참 애처로운 인간이야. 차이나 에스터, 인생을 좀 더 긍정적으로 보지 그래? 인생을 긍정적으로 보지 못하면 사업이든 뭐든 앞으로 잘할 수 없어. 음울한 관점으로 세상을 봤다간 파멸하기 십상이지.' 그러더니 신이 나서 금 손잡이가 달린 지팡이로 그를 꾹꾹 찔렀어. '그럼, 그렇게 할 거지? 나처럼 밝고 희망차게 사는 게 어때? 자신감을 가질 거지, 차이나 에스터?'

'잘 모르겠어, 오키스.' 차이나 에스터가 제정신이 든 듯 대답했어. '근데, 너처럼 복권에 당첨되지 못한 게 차이라면 차이겠지.'

'말도 안 돼! 나는 당첨금에 대해 알기 전에도 지금의 내가 그렇듯 종달새처럼 명랑했어. 사실 긍정적으로 산다는 게 항상 내 원칙이었지.'

그 말을 들은 차이나 에스터는 오키스를 지그시 노려보았지. 왜냐하면 사실 오키스에게 행운의 복권 당첨이 돌아가기 전에 그의 별명이 '슬픈 땅딸보'였기 때문이야. 옛날 심기증 환자였던 시절의 그는 만약의 사태를 대비하기 위해 얼마 되지 않은 수입에서 몇 달러씩 저축하려고 불평을 일삼았거든.

'저게 뭔지 알려주지, 차이나 에스터.' 돌 밑에 놓아둔 수표를 가리키더니 이어서 호주머니를 손바닥으로 때리며, '네가 그렇게 말한다면 수표는 거기 놓아둘 거야. 하지만 네가 써준 지불어음이 저 수표와 상종할 일은 없을 거야. 사실, 차이나 에스터, 나는 널 진심으로 아끼는 친구이기 때문에 너의 우울한 기분을 맞춰주며 이용하고 싶은 마음이 없어. 우리 우정으로 이득을 보게 **해주겠어.**' 그는 그렇게 말한 후 곧 코트의 단추를 채우고, 수표는 남겨둔 채 달려가버렸어.

처음에 차이나 에스터는 수표를 찢어버리려고 했는데, 수표를 써준 사람도 없는 마당에 그렇게 할 수 없다는 생각이 들어서 잠시 곰곰이 생각하다가 그걸 집어 들고 양초가게로 터벅터벅 걸어왔어. 일을 마치는 대로 오키스의 집으로 가서 면전에서 없애버리자고 마음을 단단히 먹었지. 하지만 그가 방문했을 때 마침 오키스는 출타 중이었고, 차이나 에스터는 한참 지겹게 아무 소득 없이 기다리다가 수표를 여전히 손에 쥔 채 집으로 돌아왔지. 하지만 내일까지 수표를 쥐고 있지는 않으리라고 결심했지. 이른 아침이 밝으면 다시 오키스를 찾아가, 아직 자고 있을 그와 확실하게 일을 마무리 지을 작정을 했어. 복권에 당첨된 후부터 오키스는 성격이 더 밝아진 건 물론이고 더 게을러졌거든. 하지만 마치 운명의 장난처럼 그날 저녁 차이나 에스터가 꿈을 꿨어. 꿈속에서 미소를 띤 천사의 얼굴을 한 어떤 존재가 손에는 풍요의 뿔*같이 생긴 것을 들고 머리 위를 맴돌며 작은 금화를 옥수수 알갱이처럼 수북하게 소나기처럼 쏟아부었어. '난 밝은 미래예요, 차이나 에스터'라고 그 천사가 말했어. '그리고 친구인 오키스가 하라는 대로 하면 이런 결과를 보게 될 거예요.' 이 말을 하며 밝은 미래는 풍요의 뿔을 다시 한 번 휘둘렀고, 그러자 작은 금화들이 또다시 소나기처럼 마구 쏟아지며 그의 주변에 쌓이는 게 보였어. 그래서 그는 맥아 제조공이 맥아 사이를 휘저으며 가듯 그렇게 금화를 헤치며 갔어.

자, 익히 알려져 있듯 꿈이란 대단한 거야. 너무 대단해서 어떤 사람들은 그게 다 하나님이 직접 내려주신 계시라고 생각하지. 모든 면에서 적절한 사고방식을 가졌던 차이나 에스터는 그 꿈에 대해 곰곰이 생각하다가 오키스를 찾아가기 전에 잠시 기다려보는 것이 낫겠다고 생각했어. 그날 하루 종일 차이나 에스터는 마음속으로 계속 그 꿈에 대해 생각했지. 그리고 그 꿈에 너무나 경도되어 있었기 때문에, 올드 플레인 토크가 올드 아너스티의 아들을 늘 염려하여 항상 그랬듯 저녁을 먹기 전에 그를 보러 들렀을 때, 차이나 에스터는 자신이 꾼 꿈에 대해 모두 말해주면서, 그렇게 휘황찬란한 빛을 내는 천사가 사람을 속일 리가 없다고 덧붙였어. 그리고 진짜, 얼마나 흥분해서 속사포같이 말하는지 이 천사를 진짜 아름다운 자선가라고 믿는가 보다, 하고 생각할 지경이었지. 올드 플레인 토크는 이런 느낌을 그에게서 받았고, 그랬기 때문에 평소 말하는

---

* '코르누코피아cornucopia'라는 것으로 천사들이 들고 다니는 고깔 모양의 통.

투로 이렇게 말했어. '차이나 에스터, 너는 꿈에 천사가 나타났다고 했지. 지금, 천사가 나타난 꿈을 꾸었다는 것 말고 무슨 의미가 있다는 거야? 차이나 에스터, 당장 가서 내가 전에 충고한 대로 수표를 돌려줘. 프루던스가 여기 있어도 똑같은 말을 할 거야.' 이 말과 함께 올드 플레인 토크는 친구인 프루던스를 찾으러 나갔어. 하지만 그를 찾지 못했고 다시 양초가게로 돌아왔지. 그때 차이나 에스터는 그의 모습을 멀리서 보며 자신을 오래 괴롭히던 채권자라고 오해했고, 공포에 질려 가게 문을 모두 닫은 후 양초가게 뒤로 달려갔어. 거기서는 문 두드리는 소리가 들리지 않았지.

이 슬픈 실수로 인해 그 문제의 이면을 함께 논의할 친구가 없어진 차이나 에스터는 자신이 꾼 꿈을 곰곰이 생각하다가 결국 수표를 현금으로 바꾸는 수밖에 다른 방도가 없다고 결론을 내렸지. 그러고 바로 그날 그 돈으로 양초를 만들 경뇌를 많이 사야겠다는 계획을 짰어. 경뇌 사업으로 평생 그가 만져본 적이 없는 돈을 벌어야겠다는 기대를 하게 된 거야. 사실 이것이야말로 천사가 그에게 약속했던 멋진 재산의 초석이 될 것이라고 믿었어.

이제 차이나 에스터는 오키스가 따로 한마디도 언급한 적이 없긴 하지만 어쨌든 원금을 다 갚을 때까지 이 돈으로 6개월마다 정해진 날 이자를 내겠다고 결심했지. 담보대출에 묶인 돈이나 마찬가지로, 그런 일에는 법은 물론 관습적으로도 당연히 빚에 이자가 누적되기 마련이잖아. 당시 오키스가 이런 생각을 마음속으로 하고 있었는지 아닌지는 확실히 말할 수 없어. 하지만 겉으로 보기에 그는 그 문제에 대해 이렇든 저렇든 크게 신경을 쓰는 것 같지는 않았어.

비록 모험적이었던 경뇌 사업이 차이나 에스터의 희망찬 기대를 저버렸긴 했지만, 어쨌든 첫 6개월 치 이자는 해결했지. 그다음 사업도 계속 재미가 없었지만, 신선한 고기를 먹는 문제로 가족을 닦달하고, 더욱 고통스럽게도 아이의 학비를 아끼는 한이 있어도 두번째 6개월 치 이자를 지불할 방법도 짜냈어. 그러면서 청렴결백하게 사나 그 반대로 사나, 정도는 달라도 때때로 대가를 치른다는 점은 마찬가지라는 걸 알고 몹시 슬퍼했지.

그동안 오키스는 의사의 충고를 따라 유럽에 여행을 갔어. 복권에 당첨된 이후 우연찮게도, 건강이 좋지 않다는 사실을 알게 되었거든. 비록 거론할 필요가 없을 만큼 비장에 약간의 탈이 난 것 외에 다른 문제가 있다고 오키스가 말한 적은 없었지만 말이야. 결국 오키스가 외국에 가 있는 동안에도 차이나 에스터는 평소처럼 이자를 줄 수밖에 없었지. 전에 오키스가 이자를 줄 필요가 없다고 간곡히 말하기는 했지만 말이야. 차이나 에스터는 이자를 오키스의 대리인에게 보냈는데, 그 사람은 지극히 사무적인 태도로 이 대출금에 대한 이자를 매번 거절하지 않고 받았지.

하지만 그 문제 때문에 차이나 에스터는 대리인을 고생시킬 운명에 처했어. 그 사람이 고객을 믿지 않는 의심 많은 성격을 가진 탓이 아니라, 에스터의 세번째 사업이 심각한 부채로 결국 거의 망해버렸기 때문이었어. (양초 제조업자에겐 심각한 타격이었지). 올드 플레인 토크, 올드 프루던스는 이 문제가 빌린 돈과는 아무런 관련이 없음에도 불구하고, 자신들의 충고를 차이나 에스터가 무시한 결과에 대해 음울한 잔소리를 실컷 할 수 있는 이런 기회를 절대 놓치지 않았지. '내가 말한 그대로 되었군.' 올드 플레인 토크는 낡은 스카프로 코를 풀며 말했어. '그래, 정말 그래.' 올드 프루던스도 같은 말을 했어. 그는 지팡이로 바닥을 치다가 지팡이에 기댄 채 엄숙한 자세로 차이나 에스터를 바라보았지. 그 불쌍한 양초 제조업자는 이미 기가 푹 죽어 있었어. 그러나 갑자기 그의 표정이 밝아졌는데, 다름 아니라 희망을 주는 친구인 천사가 또다시 꿈에 나타났기 때문이었어. 천사는 또다시 풍요의 뿔로 보물을 부어주었고 더 많은 약속을 해주었어. 그 꿈 때문에 원기를 찾은 차이나 에스터는 다시 낙담하지 않고, 기운을 차려서 다시 한번 올드 플레인 토크의 충고(항상 그랬듯 이번에도 그의 친구는 맞장구를 쳤지)와는 반대로 하리라고 결심했지. 그 충고는 대충 이런 것이었어. 현 상황에서 차이나 에스터가 할 수 있는 최선의 일이라면 그건 사업을 정리하고 할 수 있는 한 모든 부채에 대해 합의를 본 다음 직공 일을 하여 괜찮은 임금을 버는 것이다. 그리고 그 시각 이후에는 본인보다 능력 있는 사람 밑에 들어가 봉급을 받는 직업보다 더 높이 올라가겠다는 생각일랑 모두 버려야 한다. 왜냐하면 차이나 에스터가 하는 일을 돌이켜보면, 사업 능력이 거의 없다는 걸 누구나 알고 있는 올드 아너스티의 적출자라는 점이 확실히 증명됐기 때문이다. 올드 아너스티의 사업 능력이 얼마나 없었냐 하면 많은 사람이 그는 사업을 안 하는 게 사업을 하는 것이라고 말할 정도였다. 그리고 플레인 토크는 이 이야기가 차이나 에스터에게도 당연히 적용된다고 말했고, 올드 프루던스도 그 말에 당연히 동의했지. 하지만 플레인 토크의 말에도 불구하고 꿈속에 나타난 천사는 양초 제조업자의 머리에 아주 다른 생각을 집어넣었어.

차이나 에스터는 다시 사업을 일으키려면 뭘 해야 할까 생각해보았어. 확실한 것은 오키스가 본국에 남아 있었다면 이런 궁핍한 상황에 있는 그를 도와주었으리라는 거였지만 그는 없었지. 이런 지경이 되자 그는 다른 사람에게 돈을 빌리려고 했어. 비록 반대되는 말을 할 사람이 이 세상에 있긴 하겠지만, 정직한 사람은 불운을 당할 때 옆을 지키고 도와줄 친구를 찾을 수 있기 마련인데, 이 점을 차이나 에스터가 증명했지. 그가 드디어 부유하고 늙은 농부에게서 600달러를 빌리는 데 성공했거든. 차이나 에스터 본인과 아내가 서명한 무기명 담보대출에 대해 채무자가 내는 일반적인 이자를 더해서 내기로 하고 말이야. 차이나 에스터의 아내가 아이가 없는 부자이자 병약한 무두장이인 삼촌에게서 상속받을 모든 재산을 담보로 한다는 조건으로 말이야. 그 재산은 차이나 에스터가 빌린 돈을 제 날짜에 갚지 못하면 채권자의 합법적 소유물이 될 거였어. 사실 신중한 여자였던 아내에게 대출 서명을 하게 만든 사람은 아마도 차이나 에스터였을 거야. 왜냐하면 그의 아내는 삼촌의 재산 중에서 받게 될 지분을 차이나 에스터가 항상 크고 작게 만들어준 그런 힘든 시기에 바람막이가 되어줄 닻이라고 생각하고 있었으니까. 그리고 그녀의 마음속에서 그가 그런 닻을

410

벗어나는 행운을 누리는 걸 본 적은 한 번도 없었지. 차이나 에스터가 처한 상황에 대해 아내의 마음과 머릿속에 떠오른 생각은 그가 일으킨 문제를 말해주는 사람들에게 그녀가 대답할 때 쓰던 짧은 문장으로 요약할 수 있어. '차이나 에스터는,' 그녀는 이렇게 말하곤 했어. '좋은 남편이지만 형편없는 사업가예요!' 사실 그녀는 올드 플레인 토크의 엄마 쪽과 친척이었어. 차이나 에스터가 농부와 거래한 것을 올드 플레인 토크와 올드 프루던스 귀에 들어가지 않게 조심하지 않았다면, 그 사람들이 십중팔구 어떤 식으로든 그가 돈을 빌리는 걸 못 하게 말렸을 텐데 말이야.

곤경에 처한 차이나 에스터에게 그 채권자가 우호적이었던 중요한 이유는 아마 그의 정직성 때문일 거라고 사람들은 추측해왔는데, 그 점은 명백한 사실이었어. 왜냐하면 그 채권자는 차이나 에스터가 아닌 다른 사람이었다면 어음을 못 막게 되었을 때 무슨 수를 써서라도 빠져나갈까 봐 두려워했을 테니까. 좀더 구체적으로 말하자면, 그가 힘든 시기에 아내의 돈을 그렇게 위험하게 만든 걸 자책하며 애를 쓸 때, 최후의 수단으로 늙은 농부에게 주겠다고 쓴 무기명 담보와 보상 신청권이 어떻게 형법 재판소에 설 정도가 되는지 의심해보는 건 꿈도 꾸지 않고, 대신 자신의 대출금에 불리한 짓을 했을 수도 있다는 거야. 이 모든 것에 대해 어떤 추측이 드는가와 상관없이, 당시 만약 차이나 에스터가 아닌 다른 사람이었다면 신용을 못 얻었으리라는 건 확실해. 만약 그랬더라면 고리대금업자의 올가미에 자기 자신과 아내의 머리를 집어넣는 일은 사실상 피했을 거야. 하지만 모든 것이 결국 다 밝혀지고 나서, 이런 견지로 전체 상황을 보니 양초 제조업자의 정직성이 본인에게 득이 되지 않았다고 누군가가 주장한다면, 그건 결국 모든 착한 마음을 가진 사람이 한탄하고, 신중한 입을 가진 사람이라면 절대 동의하지 않을 말을 하는 것과 같아.

늙은 농부가 차이나 에스터에게 돈을 빌려주며 바싹 마른 암소 세 마리와 비저*가 채 낫지 않은 불구의 말 한 마리를 돈 대신 주었다는 것은 이미 내가 말했을 거야. 자기 농장에서 키운 가축이면 모두 가치가 높다고 생각하는 편애가 남달리 강했던 이 늙은 대부업자는 이 세 마리를 상당히 높은 가격으로 넘겨주었어. 그 동물에 투자하겠다고 나서는 개인 구매자를 찾을 수가 없었기 때문에 차이나 에스터는 추가 손실을 보면서 상당히 어렵게 그 가축을 경매장에서 처분했지. 그리고 지금, 마침내, 차이나 에스터는 이리저리 돈벌이에 힘쓰고, 밤낮으로 일을 하며 죽을힘을 다해 노력한 끝에 사업을 다시 시작하게 되었어. 하지만 또다시 경뇌 사업에 손을 대진 않았고, 그 대신 경험을 훈계 삼아 수지 사업을 다시 시작했지. 하지만 수지를 많이 사 모으고, 양초 사업에 뛰어들 때쯤 되니까 수지 값이 뚝 내려가면서 양초값도 함께 떨어져서 파운드당으로 양초를 판 수익금이라고 해봤자 수지 값만 겨우 지불할 정도밖에 안 되었어. 그동안 오키스의 빚에 1년 치 이자가 미지불 상태로 누적되어 있었지만, 차이나 에스터는 그 이자보다는 당장 지불

---

* 말, 당나귀의 전염병.

기일이 닥친 늙은 농부에게 줄 이자를 훨씬 크게 걱정했지. 다만 거기 원금을 아직은 굴릴 수 있어서 다행이라고 여겼어. 한편 그 비쩍 마른 노인은 곰팡내 나는 낡은 안장을 얹고 쭈그러진 생가죽 같은 몸으로 어기적거리며 신경을 긁는 말라빠진 백마를 타고 매일 혹은 격일로 그를 찾아와서 괴롭혔지. 이웃 사람들은 모두 비쩍 마른 말을 타고 온 죽음의 사신*이 분명 불쌍한 차이나 에스터를 지금 따라다니는 거라고 말했어. 그리고 그게 맞는 말이라는 것도 어느 정도는 증명되었지. 얼마 지나지 않아서 차이나 에스터가 죽을병에 걸렸다는 것을 알게 되었으니까.

이 중차대한 시기에 오키스의 소식이 들렸어. 벌써 여행에서 돌아온 그는 비밀리에 결혼하고, 좀 이상한 일이긴 하지만 펜실베이니아에서 부인의 친척들과 함께 살고 있다는 거였어. 다른 소식 중에는 부인의 친척들이 그를 설득하여 어떤 교회인가 아니면, 급진 개혁주의자들이 세운 무슨 종교단체인가에 가입하게 했다는 것도 있었어. 오키스는 한술 더 떠서, 직접 안 나타나는 대신 매리에타에 있는 재산 일부를 처분해서 수익금을 송금하라고 대리인에게 말해두었지. 1년이 채 지나지 않아서 차이나 에스터는 오키스에게서 편지를 받았어. 그 편지는 첫 1년의 이자 지불기일을 지킨 것에 대해 칭찬하며 유감이지만 지금 자신의 모든 배당금을 사용해야 할 절박한 사정이 생겼다

---

* 「요한계시록」 6장 8절 "내가 보매 청황색 말이 나오는데 그 탄 자의 이름은 사망이니 음부가 그 뒤를 따르더라. 그들이 땅 사분의 일의 권세를 얻어 검과 흉년과 사망과 땅의 짐승들로써 죽이더라."

고 했어. 그는 지금 차이나 에스터가 다음 6개월 치 이자와 함께 밀린 이자 역시 지불해 줘야 할 필요가 있다고도 했어. 차이나 에스터가 증기선을 타고 오키스를 찾아가겠다고 생각한 것은 놀랄 일도 경악할 일도 아니었어. 하지만, 예상치 않게 오키스가 직접 매리에타에 오는 바람에 그는 그곳까지 갈 경비를 아끼게 되었어. 요즈음 오키스의 태도에서 자주 보이는 어떤 이상한 변덕 때문에 갑자기 그곳을 방문했기 때문이지. 차이나 에스터는 옛 친구가 왔다는 소식을 듣자마자 찾아갔어. 그는 예전 같지 않게 이상한 옷을 입고 뺨은 누렇고 태도도 확실히 예전만큼 명랑하거나 다정하진 않았어. 그리고 차이나 에스터가 더 놀랐던 점은 예전에는 오키스가 완벽하게 행복하고, 즐겁고, 자비로운 사람이 되기 위해 바라는 일은, 마음 깊은 곳의 자유로운 욕구에 따라 배우자를 찾고, 유럽에 가는 것이 전부라고 가볍고 명랑하게 말하는 것을 여러 번 들었었기 때문이지.

차이나 에스터가 자신의 사정을 설명하자 쇠약해진 그의 친구는 잠시 입을 다물었어. 그러더니 지금 당장 차이나 에스터의 기분을 잡치게 하고 싶지는 않지만 본인 사정이 너무 절박하다고 낯선 태도로 말했지. 차이나 에스터의 양초가게를 저당 잡을 순 없을까? 그는 정직하고, 돈 많은 친구도 분명히 있을 거고, 그러면 양초 판매로 임시변통도 가능하지 않을까? 특별한 상황인 만큼 시장에서 좀 끌어올 순 없나? 양초 판매 이윤은 분명 엄청나겠지. 오키스가 양초 제조업이 꽤 짭짤하다고 생각하는 것을 보고, 또 얼마나 잘못 알고 있는가를 십십할 징도로 잘 알게 된 차이나 에스터는 그의 오해를 풀어보려고 애썼어. 하지만 그는 오키스의 생각을 바로잡을 수가 없었지. 지금 오키스는 너무 아둔했고, 동시에 정말 이상한 말이지만 매우 우울해했어. 마침내 오키스가 이 불쾌한 주제에서 전혀 예상치도 못한 쪽으로 눈길을 돌려 생각하기 시작했어. 즉 인간 마음의 변덕과 속임수를 종교적 견지에서 논하기 시작한 거야. 하지만 그의 생각처럼 그런 유의 것을 이미 경험한 차이나 에스터는 친구의 논평에 아무런 이의를 제기할 수가 없었지. 무엇보다 측은함에서 비롯된 예의 차원에서 그렇게 할 수가 없었던 거야. 곧 오키스는 인사치레도 제대로 하지 않고 자리에서 일어나더니, 아내에게 편지를 써야 한다고 말하며 친구에게 작별인사를 했어. 하지만 예전처럼 따뜻하게 악수를 나누지는 않았지.

이런 변화된 모습이 크게 걱정이 된 차이나 에스터는 적절한 소식통에게 아직 자신이 듣지 못한 무슨 일이 오키스에게 일어나 이렇게 많이 변해버렸는지 알만한 사람들에게서 열심히 알아보았어. 그러자 마침내 오키스가 여행을 했고, 결혼도 했고, 급진적 개혁주의 종파에 가입한 것은 물론 심한 소화불량에도 걸렸고, 뉴욕에서 무슨 일로 배임을 당해서 상당한 재산을 잃어버렸음을 알게 됐어. 이 모든 일을 올드 플레인 토크에게 말하니, 세상 지식에 밝은 그 남자는 늙은 머리를 흔들며 비록 자기 생각이 틀리기를 바라지만 아마 오키스에 대해 들은 모든 걸 종합해보면 앞으로 그가 어떤 관용을 베풀리라는 기대는 아예 접는 게 나을 것 같다고 차이나 에스터에게 말했어. 특히 오키스가 급진적 개혁주의 종파에 가입한 것에 대해서 굳은 미소를 지으며 자기 생각을 덧붙였지. 만약 어떤 사람들이 그 사람들의 내밀한 본성에 대해 안다면, 그걸 드러내 말하기보다는 마음에 담고 입을 최대한 다무는 편이, 그렇게 하는 것이 신중하다고 했어. 올드 프루던스도 그의 이런 냉소적인 견해에 대해 평소처럼 모두 동의했지.

이자를 지급할 날이 또다시 닥쳐왔어. 차이나 에스터는 온 힘을 다해 노력했지만 지불하기로 한 금액의 일부만을 오키스의 대리인에게 줄 수 있었어. 그리고 그 돈의 일부는 그의 자녀에게 선물로 줬던 돈으로 충당하고 (밝게 빛나는 10펜스짜리 동전들과 25센트짜리 새 동전은 모두 작은 저금통에서 나온 것들이었어) 자신과 아내, 그리고 아이들이 가진 가장 좋은 옷을 전당포에 잡혀서 마련했지. 그 바람에 온 가족이 교회에서 멀어지는 고난*을 겪을 수밖엔 없었어. 그리고 이때 늙은 고리대금업자가 정신없이 날뛰기 시작했어. 차이나 에스터는 들어온 돈으로 그에게 이자를 내고, 급기야 양초가게까지 저당 잡혀서 다른 급한 빚을 갚았지.

오키스에게 이자를 줘야 하는 날이 또다시 다가왔지만 그는 돈 한 푼 마련하지 못했어. 슬픈 마음을 안고 차이나 에스터는 오키스의 대리인에게 이 일을 알렸어. 한편 늙은 고리대금업자에게 발행한 어음 지불일이 다가왔지만 차이나 에스터는 지불

---

* 가장 좋은 옷을 입고 예배에 참석하는 전통 때문에 '일요일에 입는 옷sunday's clothes'이라는 표현이 있다. 이 말에 빗대서 하는 말.

할 준비가 전혀 되어 있지 않았지. 하지만 정직한 사람이나 정직하지 않은 사람 모두에게 하늘이 비를 내려주듯, 그 늙은 농부에게는 천만다행으로 하필 그때 부유한 무두장이 삼촌이 죽는 바람에 그 고리대금업자는 차이나 에스터의 부인에게 유산으로 남겨진 재산을 받게 되었어. 오키스에게 다음 이자를 줄 날이 되었을 때 차이나 에스터의 형편은 더 악화되어 있었지. 다른 문제는 접어두고 우선 본인이 병에 걸렸던 거야. 허약해진 몸을 이끌고 오키스의 대리인에게 가던 그는 거리에서 대리인을 만나자 지금 어떤 상태인지를 말해주었어. 말을 들은 대리인은 고용주로부터 지금 이자에 대해 다그치지 말고 어음 지불 기간이 되는 시기를 통보하라는 지시를 받았다고 무거운 표정으로 말했어. 오키스가 갚아야 할 부채가 상당해서 그때까지 밀린 이자와 함께 확실하게 지불되어야 한다는 거야. 그뿐만 아니라 오키스가 상당 기간의 이자를 상당 기간 못 받았으므로, 밀린 이자 상환으로 연간 이자에 이자를 더하는 것에 대해 차이나 에스터에게 이의가 없으리라 기대한다고 덧붙였지. 확실히 이건 합법적인 것은 아니었어. 하지만 돈을 빌려준 친구 사이에는 그게 관습이었지.

바로 그때 올드 플레인 토크가 올드 프루던스와 함께 모퉁이를 돌아오다가, 그 대리인과 막 헤어진 차이나 에스터와 맞닥뜨렸어. 일사병에 걸렸던 건지, 아니면 우연히 그들이 그와 부딪친 건지, 아니면 그가 너무 허약해진 탓이었는지, 이 모두가 함께 작용한 건지는 정확히 알 수 없으나, 어쨌든 차이나 에스터는 땅바닥에 넘어져 머리를 세게 부딪쳤고 의식을 잃은 상태로 옮겨졌어. 그날은 7월의 어느 날이었어. 오하이오주 내륙의 한여름 강둑에만 있는 빛과 열기가 어떤 것인지 알겠지. 차이나 에스터는 문짝에 실려 집으로 옮겨졌어. 오락가락하는 정신으로 며칠을 보내며 계속 혼수상태에 있다가, 마침내 어느 깊은 밤 모두가 자고 있을 때 그의 영혼은 저세상으로 가버렸어.

올드 플레인 토크와 올드 프루던스는 (이 둘은 장례식 참석을 빼먹는 법이 없었지. 이 둘이 하는 일 중에서 가장 중요한 일이었으니까) 무덤에 묻힐 옛 친구 아들의 유해를 끝까지 충실하게 따라간 문상객 중에 끼여 있었어.

이후의 유언장 강제 집행에 관해선 말할 필요가 없지. 양초 가게가 어쩌다 저당권자에게 넘어갔고, 오키스가 어쩌다 빌려준 돈을 한 푼도 못 건졌으며, 불쌍한 미망인에게 시련이 어떻게 자비롭게 조절되었는가 말이야. 비록 미망인에게 남겨진 돈은 없었지만 아이는 남았으니까. 그리고 그녀가 참을성 없이 비통한 운명, 험한 세상이라고 불렀던 살림살이가 나아졌는지와는 상관없이 울분이 그녀를 갉아먹더니 얼마 안 가 그녀를 극심하게 곤궁을 겪는 무명의 인간에서 무덤 속 깊은 그늘 속으로 서둘러 데려가버렸지.

차이나 에스터가 가족에게 남긴 가난이 세상의 관심에서 멀어진 것처럼 망자의 머리에 들어 있던 정직성에 대해서도 세상이 분명 잊어버린 것 같았지. 그리고 이런 경우를 보고 어떤 사람들은 세상을 좋게 말하지 않지. 하지만 다른 경우와 마찬가지로 이 경우에도 세상 사람들이 구름 속에 가려져 있는 덕성을 얼마 동안 잘 알아보지 못하는 것 같지만 실은 존경받을 사람은 이르든 늦든 항상 존경받기 마련이야. 매리에타의 공민들은 과부가 죽자 차이나 에스터에 대한 존경의 찬사와 그의 높은 도덕적 가치를 자신들이 잘 알고 있다는 표시로 차이나 에스터의 아이들이 성장할 때까지 그 도시의 손님으로 대접해야 한다는 결의안을 통과시켰지. 일부 공공단체들이 하듯 입으로만 찬사를 한 게 아니었어. 같은 날 그들보다 앞서 도시의 귀빈이 되었던 그들의 훌륭한 할아버지가 마지막 숨을 거두었던 쾌적한 수용시설에 그 고아들이 정식으로 수용되었으니까 말이야.

한데, 어떤 정직한 고인에게 진심으로 추모의 뜻을 표하고자 하더라도, 정작 그 사람 무덤에는 기념비 하나 없는 경우도 때때로 있어. 하지만 그 양초 제조업자는 달랐지. 얼마 후 플레인 토크는 평범한(plain) 돌을 얻었어. 그리고 그 위에 간결하고 함축적인 단어 한두 자를 써보는 게 어떨까 하고 생각했어. 그때, 다른 때 같으면 텅 비어 있었을 차이나 에스터의 지갑에서 죽기 전 몇 달 동안 빈번하게 정신이상 행동이 나타났던 암담한 어느 날 썼던 것으로 추정되는 비문이 발견되었어. 뒤쪽에는 이 비문을 그의 무덤에 써주었으면 하는 희망이 표현되어 있었지. 플레인 토크는 이 비문에 담긴 정서에 공감했지만 자신도 가끔 우울증을 겪곤 했고 (적어도 사람들은 그렇게 생각했지) 쓰인 말이 다소 질질 끈다는 느낌이 들었어. 그래서 올드 프루던스와 상의한 후 그는 이 비문을 몇 마디로 요약하여 사용하기로 했어. 그리고 요약해도 여전히 장황하게 여겨지긴 했지만 죽은 사람이 남기고 싶어 한 말이므로 하고 싶은 말을 스스로

하게 해줘야 한다고 생각했지. 특히 죽은 사람이 진지하게 말할 때, 그때 그렇게 하여 유익한 교훈이 전해진다는 점을 생각하며 플레인 토크는 요약한 글을 다음과 같이 돌에 새겼어.

양초 제조업자 차이나 에스터의
유해가
여기 누웠노라.
그가 한 일은 성경의 진리를 보여주는 일로,
현자 솔로몬
의
냉철한 철학
에서 찾을 수 있는 것과 같은 것이다.
그는 뛰어난 분별력을 버리고
남을 지나치게 신뢰했고,
남의 말에 속아 넘어가서 몰락했노라.
또한
반대의 견해를
주의하라는 조언자의
말을
배제한 채
삶을 지나치게 밝게 보았노라.

이 비문 때문에 마을에서는 말이 많았지. 그리고 (재미있는 부분 중 하나는) 차이나 에스터에게 빌려주었던 돈을 담보로 회수했던 그 자본가가 이 비문을 심하게 욕했다는 거야. 그리고 주민회의에서 처음으로 차이나 에스터를 회상하는 헌정사를 제안했던 사람도 아주 기분 나빠했지. 그는 그 비문이 양초 제조업자에게 치욕을 안기는 거라고 생각했거든. 양초 제조업자가 직접 그런 비문을 지었을 리가 없으니 아마 올드 플레인 토크가 지었을 거라며, 그리고 내재된 증거를 보면 분명히 노련하고 늙은 불평분자만이 그런 원망을 쓸 수 있었을 거라고 주장했어. 그럼에도 불구하고 비석은 계속 서 있었지. 물론 올드 플레인 토크가 뭔 말을 하든지 올드 프루던스는 맞장구를 쳤어. 올드 프루던스는 어느 날 외투를 입고 덧신을 신고 무덤으로 갔어. (화창한 날 아침이었는데도 이슬이 많이 내려서 땅 아래가 축축할 거라고 생각했거든.) 그는 지팡이에 몸을 기댄 채 비석 앞에 한참 서서 안경을 코에 걸고 비문에 적힌 단어 하나하나를 읽었지. 얼마 후 거리에서 올드 플레인 토크와 만난 그는 지팡이를 세게 두드리며 이렇게 말했어. '이봐 플레인 토크, 비문이 아주 훌륭하던데. 그런데 짧은 문장 하나가 빠졌어.' 이 문제에 대해, 플레인 토크는 관행상 그런 비문을 새긴 후에는 새긴 단어들이 이미 다 정렬된 후라 중간에 뭘 집어넣을 수는 없다고 말했어. 그러자 올드 프루던스가 말했어. '그럼 추신 형태로 적어 넣을게.' 이렇게 그는 올드 플레인 토크의 허락을 받고 비문 왼쪽 모퉁이 맨 아래에 다음의 말을 새겨 넣었어.

'이 모든 일이 친구에게 돈을 빌리는 데서 시작되었다.'"

41장
가설에 대한 의견이 끝내 결렬됨

"뭔 맘으로," 여전히 자신의 역할답게 프랭크가 고함을 쳤다. "이런 이야기를 나한테 한 거야? 난 절대 동의할 수 없어. 설령 받아들인다 해도, 그 이야기가 주는 교훈이 내 삶의 마지막 보루, 즉 최후의 용기에 대한 모든 믿음을 빼앗을 테니까. 왜냐하면 계속 용기를 잃지 않고, 열심히 일하고, 최선의 것을 얻으리라는 희망을 품는다면, 결국 모든 일이 잘 풀리게 될 거라고 믿는 그런 낙관적인 믿음이 차이나 에스터에게 없다면 도대체 그에게 어떤 밝은 면이 있겠어? 찰리, 이런 이야기를 해준 너의 의도가 나에게 고통을 주려는 것이었다면 확실히 성공했어. 하지만 그게 내가 가진 마지막 신뢰를 파괴하려는 것이라면 제발이지, 안 그러는 게 좋을 거야."

"신뢰?" 찰리가 소리쳤다. 그는 그 문제의 진의에 온 마음을 쏟는 것 같았다. "이 문제와 신뢰가 무슨 상관이 있어? 내가 말하고 싶은 이 이야기의 교훈은 이거야. 즉 친구가 다른 친구를 돕는 것은 양쪽 모두가 실수하는 것이다. 왜냐하면 처음에 오키스가 차이나 에스터에게 돈을 빌려준 게 그들 사이가 소원해진 첫 단계 아니겠어? 사실상 그 일로 인해 오키스가 적대적으로 굴게 되는 일이 생겼잖아? 프랭크, 진정한 우정이란 다른 소중한 거나 마찬가지로 뭔가가 성급하게 끼어들면 안 되는 거야. 그리고 친구 사이에 끼어들 수 있는 것으로 돈 빌려주는 일 말고 더한 게 뭐가 있어? 걸핏하면 관계를 망쳐놓곤 하지. 도움을 준 사람이 결국 채권자였다는 게 밝혀지면 넌 어떻게 할 건데? 그리고 채권자와 친구가 어떻게 같은 사람일 수 있겠어? 아니지. 아무리 잘 봐줘도 그건 아니지. 받을 돈을 다 포기하며 봐주는 건 우정을 가진 채권자가 아니라 더 이상 채권자가 아닌 거지. 하지만 이런 관대함을 믿어서는 안 돼. 아무리 좋은 사람이라 해도 말이야. 왜냐하면 최고의 친구는 최악의 친구나 마찬가지로 오만가지 위험한 돌발 사태에 쉽게 처할 수 있으니까. 여행을 갈 수도, 결혼을 할 수도, 개혁주의 종파나, 그와 같이 생각지도 못한 학파나 종파에 들어갈 수도 있고, 그 외에도 성격이 완전히 바뀌는 등의 일이 일어날 수 있다는 건 말할 필요도 없지. 그리고 다른 일이 안 일어난다고 해도 누가 그의 이해력을 책임지겠어, 매번 이렇게 다른데."

"하지만 찰리, 친애하는 찰리……"

"아니, 잠깐만. 네 눈엔 내가 응석도 잘 받아주고, 생각도 바른 것 같지만 계속 그러리라고 장담 못 한다는 사실을 모른다면 지금까지 내 이야기를 제대로 안 들은 거야. 그리고 나의 인간성에 변덕이 일어나 성격이 가진 불확실한 힘에 휘둘릴 수도 있는데 너 자신을 맡기는 것을 단념하는 것이 상식 아니겠어? 한번 생각해봐. 너 같으면 지금의 궁핍한 상황에서 그 저당물을 적의 손에 안 넘기니 다행이라고 여길 이유도 없다는 걸 알고 있는 차에, 친구가 집을 담보로 잡고 돈을 빌려준다고 해서 그걸 덥석 받을 거야? 이 사람과 저 사람의 차이점은 동일한 사람이 오늘은 어떻고 미래에는 어떻게 될 것인가의 차이에 비하면 아무것도 아니야. 인간은 변하지 않는 천성이나 의지력 같은 장점을 가져서 마음을 바꾸고 생각을 돌리는 건 아니야. 심지어 그런 감정이나 의견도 영원한 선이나 정의와 같은 것이기 때문에 실은 개인의 신념처럼, 단지 운명의 여신이 주사위를 던지다가 팔꿈치에 살짝 건드린 결과로 나타나는 것일 수도 있어. 그러니까 사건을 낳은 최초의 씨앗을 살펴보지 말고, 이런저런 성격을 낳는 혈통의 우연성도 제쳐두고, 이런 것들의 저변으로 들어가서 보고 한번 말해봐. 만약 네가 이 사람이 한 경험이나 저 사람이 쓴 책을 바꿔줘도, 그 사람이 변함없는 확신을 가지고 있다고 지혜가 보증할 수 있는지 말해줄 수 있겠어? 특정 음식이 특정한 꿈을 낳듯 특정 경험이나 책은 특정한 감정이나 신념을 낳기 때문에, 나는 성장이나 성장의 법칙에 대한 그럴싸한 수다는 안 듣겠어. 시간이나 절기에야 진전이 있지만, 의견이나 감정에는 그런 성장이란 건 없으니까. 너는 이 모든 것이 실없는 이야기라고 할 것 같군, 프랭크. 하지만 내가 너에게 하듯 그렇게 대우하는 게 얼마나 당연한 것인가를 양심상 말해주는 거야."

"하지만 찰리, 친애하는 찰리, 도대체 이런 낯선 개념이 뭐란 말이야? 내 생각엔 인간이란, 네가 표현했던 것과 같이, 이 우주에서 흔들리고 보잘것없는 낙엽만은 아니야. 그런 의미에서 보자면 인간은 스스로의 의지나 방법, 생각이나 마음을 가질 수 있는 존재인 거야. 하지만 지금 너는 이 모든 것을 뒤집어엎고 변덕을 부려 날 놀라게 하고 있어."

"변덕? 흥!"

"복화술사가 또 말을 시작하는구나." 프랭크가 비통하게 한숨을 쉬었다.

자신의 온순한 성미는 크게 칭찬하면서도 독창성은 인정하지 않는 이런 말을 또다시 되풀이하자 아마 기분이 나빴는지 그 제자*는 이렇게 외쳤다. "그래, 나는 밤낮으로 쉴 새 없이 애를 써서 선생님의 숭고한 책을 넘기고 넘겼지만 친애하는 친구, 유감스럽게도 나는 **그 책**에서 이것 외에 다른 건 못 찾겠어. 어쨌든 됐어. 이런 문제에서, 에스터의 경험을 통해 마크 윈섬이나 내가 줄 수 있는 것 이상으로 도덕적 교훈을 전해주었으니까."

"찰리, 나는 그렇게 생각하지 않아. 내가 차이나 에스터가 아니듯 내가 그의 입장을 다 이해할 수는 없잖아. 차이나 에스터에게 빌려준 돈은 그의 사업을 확장하기 위한 것이었지만, 내가 빌리려는 돈은 궁한 형편에서 벗어나기 위한 것이야."

"프랭크, 옷은 멀쩡하네, 뭘. 뺨도 여위지 않았고. 헐벗고 굶주려야 진짜 궁한 것인데, 이런 상태로 궁하다는 말을 왜 해?"

---

* 마크 윈섬의 제자인 에그버트(찰리)이다.

"하지만 난 정말 도움이 필요해, 찰리. 너무 힘들어서 내가 네 친구라는 걸 네가 잊어버리게 마술이라도 부리고 싶은 심정이야. 네가 나를 거절하지 못할 동료로 보게 만들어버리고 싶어."

"그렇게는 안 되지. 런던 거리에서 그러듯 모자를 벗고 고개를 땅에 처박은 채 나에게 동냥해봐. 근육질 거지라 쓸모없진 않겠어. 하지만 친구의 모자에 적선할 사람은 절대 없을 거라고 장담하지. 만약 네가 거지가 된다면 그때 나는 진정한 우정을 지키기 위해 널 모른 척할 거야."

"그만하죠." 상대방이 크게 소리를 질렀다. 자리에서 일어나 지금까지 연기했던 인물에게서 빠져나와 경멸스러운 듯 어깨를 으쓱했다. "됐어요. 마크 윈섬의 철학이라면 충분히 온몸으로 느끼겠네요. 그리고 이론상 비현실적이긴 해도, (그가 뭘 하나 열심히 알아보니) 그 철학이 아주 실용적이라는 것도 효과적으로 입증되는군요. 그 사람의 체계를 연구해서 세상 경험도 얻고 성격 형성에도 도움을 받는다는 것을 자기 체계가 건전하다는 증거라고 주장하는데, 내가 그 말이 맞다고 하면 인류를 비참하게 만드는 것이겠죠. (딱 어울리는 제자군요!) 글쎄, 이마를 찡그리고 인생과 등불의 기름을 낭비해봤자 결국 밝혀진 건 심장 밑바닥에 깔린 얼음으로 머리를 차갑게 하는 것밖에 더 됩니까? 당신이 말한 저명한 마법사가 지금까지 당신에게 뭔가를 가르쳐주었죠. 불쌍하고 늙고 마음에 상처를 입고 심장이 오그라든 그 멋쟁이가 혀 짧은 소리로 뭐라 했을 겁니다. 하지만 제발, 나는 내버려두고, 딩신의 냉정한 철학 나부랭이일랑 들고 가버려요. 그리고 여기 이 돈을 받아 가서 첫번째 착륙지에서 얼어버린 당신과 당신 철학의 본질을 따뜻하게 녹일 수 있게 나무 부스러기나 좀 사요."

코즈모폴리턴은 이 말과 함께 크게 비웃으며, 언제 그가 인물 연기를 멈추고 원래의 모습으로 (만약 있다면) 돌아갔는지 알아차리지 못해 쩔쩔매는 동료를 남겨둔 채 자리를 떴다. '만약 있다면'이라고 한 것은 그 사람이 코즈모폴리턴의 뒷모습을 바라볼 때 평소 알고 있었던, 신랄한 의미를 담은 구절이 떠올랐기 때문이다.

모든 세계는 무대이며,
모든 남자와 여자는 단지 연기자일 뿐,
나갈 때가 있고 들어올 때가 있고,
자기 차례가 되면 한 사람이 여러 역할을 한다.*

---

* 셰익스피어의 「뜻대로 하세요As You Like It」의 2장 7막에 나오는 대사.

42장
방금 그 장면 직후 코즈모폴리턴이
이발소에 가서 축복의 말을 하다

"이발사, 당신에게 축복이 내리기를!"

지금, 늦은 시간이라 이발사는 몇 분 전에 사람들이 다 나간 후 혼자 자리를 지키고 있었다. 그때 그는 혼자 있는 게 너무 심심하다 싶어서 솜누스, 모르페우스*라고도 불리는 수터 존과 탬 오섄터와 좋은 시간을 보내야겠다고 생각했다. 비록 한 명은 별로 똑똑하지 않고 다른 한 명은 수다스러우며 머리가 텅 비었지만 이 둘은 아주 좋은 친구들이었다. 그리고 모르페우스의 말을 귀 기울여 듣는 사람들이 있긴 했지만 똑똑한 사람이라면 어떤 일이 있어도 그의 말을 믿지는 않을 것이다.

간단히 말해, 램프의 불빛을 등지고 문도 등지고 이 정직한 이발사는 의자에서 소위 도둑잠을 자며 꿈을 꾸고 있었다. 그

---

* 수터 존Souter John과 탬 오섄터Tam O'Shanter는 영국 시인 로버트 번스의 시 「섄터의 탬Tam O'Shanter」에 나오는 주정꾼들이다. 솜누스Somnus는 로마 신화에서 잠의 신이고, 그의 아들인 모르페우스Morpheus는 꿈의 신이다.

때 갑자기 머리 위에서 천사와 같은 목소리로 축복의 말이 울려 퍼졌고 잠에서 반쯤 깬 그는 벌떡 일어나 앞을 바라보았다. 그러나 아무것도 보이지 않았다. 그 이유는 그 낯선 사람이 뒤에 서 있었기 때문이었다. 도둑잠에, 꿈에, 정신은 몽롱하지, 그래선지 그 목소리가 영적인 메시지를 전하는 것처럼 여겨졌다. 그래서 그는 벌어진 입과 멍한 눈동자로, 한쪽 팔을 공중에 치켜든 채 잠시 서 있었다.

"이발사, 이런, 소금으로 새를 잡으려고 팔을 뻗은 건가요?"*

"아!" 꿈에서 깨어난 그가 고개를 돌렸다. "애개, 사람이었네."

"애개, 사람? 사람이면 아무것도 아니라는 듯 말씀하시네요. 내가 어떤 사람인지 속단하지 마세요. 당신은 나를 **사람**이라고 했지요. 마치 인간의 형상을 하고 롯의 집을 방문했던 천사들을 동네 사람들이 그렇게 부르듯이 말이에요.** 시골에 사는 유대인들은 무덤에서 인간 형상을 하고 무덤을 돌아다니는 악마를 그렇게 불렀어요.*** 인간의 형상만으로 확실히 알 수 있는 건 없답니다, 이발사 양반."

---

* 조너선 스위프트(Jonathan Swift, 1667~1745)의 『통 이야기 *Tale of a Tub*』(1704)에 "아이들이 소금을 참새 꼬리에 던지며 새를 잡으려고 하듯 사람들은 책의 뒷부분에 위트 넘치는 이야기를 적어서 지식을 잡으려고 한다"는 구절을 연상하게 하는 말.

** 「창세기」 19장 5절에 보면 소돔과 고모라를 파괴하기 위해 왔던 천사들이 그곳에 있는 롯의 집을 방문한다.

*** 「마가복음」 5장 2절. "배에서 나오시매 곧 더러운 귀신 들린 사람이 무덤 사이에서 나와 예수를 만나니라."

"하지만 그렇게 말하시는 거나, 그렇게 입은 걸 보니 뭐가 뭔지 확실히 알겠구먼." 눈치 빠른 이발사가 마침내 정신을 차리고 그를 바라보며 말했다. 저 사람과 같이 있어야 하는지 걱정이 들지 않을 수가 없었던 것이다. 그가 마음속으로 잠시 생각한 것을 상대방도 알아차린 듯, 보다 이성적이고 침착하게, 마치 이럴 줄 알았다는 듯이 "당신이 어떤 판단을 내리시든 상관없이, 면도나 잘해주시면 고맙겠네요"라고 말했다. 동시에 넥타이를 끄르며, "이봐요, 면도 잘하죠?"

"브로커*라면 그만 됐어요." 이발사가 말했다. 손님을 봐도 본능적인 사업가 기질로 사업적으로 판단하는 것이었다.

"브로커? 브로커랑 비누 거품이랑 뭔 관계가 있다고 그러세요? 내가 알기로는, 브로커란 금전 거래에 종사하는 근사한 딜러인데요."

"헤, 헤!" 그를 썰렁한 농담꾼으로 여기지만 손님이니까 잘 받아주는 것일 것이다. "헤, 헤! 뭐 하는 사람인지 잘 아시면서. 손님. 여기 자리에 앉으시죠." 차양이나 기둥은 달려 있지 않지만, 푹신푹신하고, 등과 팔 부분을 높여서 자주색 덮개를 씌우고, 단 위에 올려놓아 왕좌처럼 보이는 의자 위에 손을 올려놓으며, "손님, 여기 앉으세요."

"감사합니다." 손님이 자리에 앉았다. "자, 브로커에 관해 설명해주세요. 그런데, 저 봐, 저 봐, 저게 뭐죠?" 갑자기 벌떡 일

---

* 주식거래인을 의미하는 말이나 영어의 '파산하다(broke)'에 사람을 의미하는 접미사를 붙인 것으로 해석할 수도 있다.

어나서 천장에 달린 착색된 파리끈끈이 사이에서 마치 여관 간 판처럼 흔들리는 금빛 표지판을 긴 담뱃대로 가리키며, "'외상 불가?' 이발사, 외상 불가는 신용이 없다는 겁니다. 신용이 없다는 것은 신뢰가 없다는 뜻이고요." 흥분해서 그를 쳐다보며, "뭔 일이 있었기에 의심을 하고 이런 추악한 고백을 하게 된 거죠? 나 원 참!" 발을 구르며, "개에게라도 신뢰하지 않는다고 말하면 그 개를 모독하는 건데, 저런 식으로 인간이라는 잘나 빠진 종족원 모두의 수염을 잡아당기며 저렇게 겁 없이 까불다니, 어떻게 이런 모욕을! 제 생각은 그래요. 이발사님! 하지만 적어도 용감하시긴 하네요. 아가멤논의 용기를 가지고 화난 테레시테스*를 물러서게 만드시니 말이에요."

"손님 말씀은 제가 하려는 말과 골자가 같은 게 아니에요." 이발사가 가련하게 말했다. 이 손님을 어떻게 다뤄야 할지 몰라서 불안해하며, "제가 하려는 말은 그런 게 아니에요." 강조하듯 같은 말을 되풀이했다.

"하지만 이발사님, 사람 코를 잡아끌고 가다니, 아마 당신 마음속에 인간을 경멸하는 마음이 서서히 커졌던 건 아닌가 걱정되네요. 왜냐하면 인간에 대한 존경과 그 사람 코를 잡고 끌어 모욕하는 고질적 습관이 어떻게 공존할 수 있겠습니까? 아니, 당신이 쓴 표지판이 뭘 의미하는지는 분명히 알겠는데 목적이 뭔지는 아직 잘 모르겠으니 말씀 좀 해주세요. 그게 뭡니까?"

---

* 테레시테스Thersites는 추악하고 입이 험하며 호전적인 거로 유명했던 그리스 병사다. 트로이 전쟁 때 아가멤논을 욕심꾸러기라고 비난했다. 아킬레스 역시 비겁자라고 욕하다가 결국 그에게 살해되었다.

"이제 말이 좀 통하는군요." 평범한 이야기로 되돌아가자 편안해진 이발사가 말했다. "그 표지판은 아주 유용합니다. 덕분에 돈을 떼이고 고생할 일이 줄었지요. 그래요, 저걸 걸기 전에는 가끔 돈을 떼였거든요." 감사의 눈으로 표지판을 바라보았다.

"하지만 저 표지판의 목적이 뭡니까? 글자 그대로 당신에게 신뢰가 없다는 것을 나타내려고 한 건 분명 아니겠지요? 예를 들자면, 지금," 그는 넥타이를 벗어 옆으로 던지고, 셔츠는 뒤로 던진 후 왕좌처럼 생긴 이발용 좌석에 다시 앉았다. 그 모습을 본 이발사는 알코올램프 위에 올린 순동 그릇에 담긴 뜨거운 물을 기계적으로 컵에 옮겨 담았다. "예를 들어, 지금 제가 당신에게, '이발사님, 여보세요 이발사님, 미안하지만 내가 오늘 잔돈이 없어서요. 내일 줄 테니까 면도 좀 해주세요'라고 했다 칩시다. 내가 그런 부탁을 지금 해야 한다면 날 믿어줄 겁니까, 아닙니까? 신뢰하시겠어요?"

"그게 당신이니까, 손님." 거품을 저으며 이발사가 정중하게 대답했다. "**당신**이니까, 손님. 그런 질문엔 대답 안 하렵니다. 말할 필요가 없죠."

"물론, 물론, 그렇게 생각하시겠죠. 하지만 그냥 그렇게 가정해본다면, 어쨌든 저를 신뢰하시죠, 그렇죠?"

"뭐, 그래요, 그래."

"그럼 왜 저런 표지판을?"

"아, 선생, 모든 사람이 손님 같지는 않으니까요." 매끈한 대답이었다. 동시에 이 논쟁을 매끄럽게 끝내려는 듯 거품을 매

432

끄럽게 바르기 시작했다. 하지만 손님은 못 하게 막으려는 듯이 손짓을 했는데, 사실 그건 대꾸하기 위한 몸짓일 뿐이었다. 그의 말은 이랬다.

"모든 사람이 나 같지는 않지요. 그렇다면 나는 대부분의 사람들보다 낫거나 못할 거예요. 못하다는 의미로 하신 말은 아닐 거고. 이발사, 그런 뜻은 아닐 거니까. 그럴 리가 없지요. 그러면 당신은 내가 다른 사람보다 낫다고 생각하시는 겁니다. 저는 그 말을 믿을 만큼 허영기가 있지는 않지만 솔직히 말해서 아무리 노력해도 허영심에서 완전히 자유로울 수는 없을 거예요. 사실은, 솔직히 말해, 제 마음 저 밑에서 심히 갈구하고 있는 게 바로 이런 허영이에요. 너무나 무해하고 유용하고 편안하고 즐거운 마음으로 이런 말도 안 되는 걸 갈구하고 있죠."

"바로 그거예요, 손님. 진짜, 말 참 잘하시네요. 그건 그렇고 거품이 차가워지고 있어요, 손님."

"심장이 차가운 것보다는 거품이 찬 게 더 낫죠. 그럼 왜 저렇게 차가운 표지판을? 아하, 솔직히 말 안 하려는 게 당연하군. 마음속으로는 저 표지판이 옹졸하다는 생각을 하셨군요. 그런데, 이발사님, 당신 눈을 자세히 보니 (당신 눈을 보니 그 눈을 예전에 자세히 봤을 어머니가 어떤 사람인지 알겠어요) 감히 말씀드리자면(이런 생각은 안 해보셨더라도), 아무튼 저 표지판의 정신은 당신의 천성과 안 맞아요. 당장, 사업적인 안목일랑 제쳐두고, 저 표지판을 형이상학적으로, 한마디로 말해서, 이발사님, 그냥 상상만 해보세요. 제 말은 그냥 낯선 사람을 봤

다고 상상해보세요. 그가 우연히 얼굴을 다른 쪽으로 돌렸는
데, 보이는 부분이 아주 점잖아 보인다면, 자, 지금, (이발사님,
당신의 양심과 당신의 자비심으로 봐주세요) 도덕적 관점에서 당
신은 그 사람이 어떻다고 생각하겠어요? 저 표지판의 의미대
로 그 낯선 사람을 의심스러운 사람으로 간주해야 한다는 건
가요?"

"절대 그런 뜻은 아닙니다, 손님. 절대 아니에요." 인간적으
로 억울하다는 생각이 든 이발사가 소리쳤다.

"그 사람 얼굴을 보고⋯⋯"

"잠깐만요, 손님," 이발사가 말했다. "얼굴과는 상관없지요.
기억하시죠, 손님, 얼굴은 못 봤다는 것을요."

"깜박했네요. 그러면, 그 사람 **등을** 보고 아마 괜찮은 사람
인 것 같다고, 한마디로, 정직해 보인다고 단정 지을 거죠, 그
렇죠?"

"아마도 그럴 거예요, 손님."

"그럼, 자, 솔질은 천천히 하셔도 되니까, 이발사님, 그 정직
한 사람을 밤에 배의 어두운 모퉁이에서 만났다고 상상해보세
요. 거기에서 그 사람 얼굴은 여전히 안 보이는데, 그 사람이
당신에게 면도를 외상으로 해달라고 부탁하는 거예요. 그럼 어
떻게 하시겠어요?"

"그래도 외상은 안 해줄 겁니다, 손님."

"외상을 해줄 만큼 정직한 사람이 아닌가요?"

"아이고, 아이고, 그렇습니다. 손님."

"이런, 모르겠어요?"

"뭘 말이에요?" 당황한 이발사가 조금 짜증 난 듯한 어조로 물었다.

"이런, 지금 당신은 자기모순에 빠진 겁니다. 안 그래요?"

"아닙니다." 참 끈질겼다.

"이발사님," 엄숙하게, 그리고 잠시 걱정스러운 듯 말을 멈추더니 이어서, "우리 종족의 적은 위선이 인간의 가장 보편적이고 고질적인 악이라고 말합니다. 개인이든 세계든 진정한 개선을 하는 데 걸림돌이 된다는 겁니다. 이발사님, 당신이 지금 이렇게 고집을 피우는 게 그런 비방을 더 그럴싸하게 만들지 않나요?"

"아는 척은!" 참을성을 잃은 데다 참을성과 함께 점잖음도 잃은 이발사가 소리쳤다. "고집을 피워?" 그러더니 컵에 든 솔을 달그락거리며, "면도할 거요, 말 거요?"

"이발사님, 할 거예요. 물론 할 겁니다. 하지만 제발, 그렇게 언성을 높이지는 마세요. 그런 식으로 이를 악물고 살면 사는 게 너무 팍팍하잖아요."

"당신이나 다른 사람만큼 나도 이 세상 낙은 누리고 삽니다." 이발사가 소리쳤다. 상대방의 사근사근한 말투가 감정을 진정시키기는커녕 오히려 성나게 하는 모양이었다.

"불행이니 뭐니 하는 걸 탓하면서 화내는 걸 뭔 규칙이나 되는 듯이 지키며 사는 사람들을 지겹게 봐왔어요." 상대방은 깊이 생각에 잠겨서 거의 혼잣말을 하듯 말했다. "물론 차선의 선과 저급한 영광을 행복인 양 여기며, 그런 식의 불평엔 무관심한 다른 유의 사람들도 봤고요. 이봐요, 이발사." 천진난만한 표정으로 올려다보며 "누가 더 나은 사람일까요?"

"이런 유의 대화는," 여전히 화가 나 있는 이발사가 말했다. "전에도 말했지만, 내 성미와는 안 맞습니다. 곧 가게를 닫아야 해요. 면도하시겠어요?"

"그럼, 밀어버리세요. 이발사, 까짓것 하면 되잖아요?" 꽃처럼 얼굴을 위로 들어 올렸다.

면도가 시작되고, 한참을 침묵 속에서 면도를 하다가 다시 비누 거품을 내야 할 때가 되었다. 그래서 상대방에게 이야기를 꺼낼 절호의 기회가 다시 찾아왔다. 그는 그 기회를 놓치지 않았다.

"이발사님," 조심스럽고도 친절한 말투로 신중하게 말을 시작했다. "이발사님, 내 말을 조금만 참고 들어주세요. 믿어주세요, 댁의 성질을 긁으려는 건 아니니까요. 아까 얼굴을 볼 수 없었던 그 남자에 대해 상상하며 다시 곰곰이 생각해봤어요. 그랬더니 이런 느낌이 들지 않을 수가 없더군요. 즉 아까 제가 한 질문에 당신이 반대로 대답하는 걸 보면 당신도 다른 많은 선한 사람들과 같은 생각을 하는 게 보인다는 겁니다. 다시 말해서, 당신은 신뢰감을 가지고 있지만 한편으로는 안 가지고 있는 거지요. 자, 제가 묻고 싶은 것은요, 한쪽 다리는 신뢰에 놓고 다른 다리는 의심에 놓는 게 분별력 있는 사람이 취할 분별력 있는 자세라고 생각하세요? 이발사님, 둘 중 하나를 선택해야 한다는 생각은 안 드십니까? 당신이 일관성이 있다면 '나는 모든 인간을 신뢰한다'라고 하며 저 표지판을 내리든지, 아니면 '나는 모든 인간을 의심한다'라며 계속 걸든지 해야 한다는 생각이 들지 않습니까?"

비록 공손한 태도는 아니었지만, 그 사례를 이처럼 공평무사의 관점에서 보여주자 어쩔 수 없이 이발사가 주목하게 되었고, 이에 비례하여 그의 마음도 풀렸다. 게다가 그 비유가 적확했기 때문에 이발사는 이 문제를 곰곰이 생각하게 되었다. 그는 아까 하려던 일, 즉 구리 통에 물을 더 담으려고 가는 대신, 도중에 발을 멈추더니 잠시 말없이 서서 컵을 손에 들고 이렇게 말했다. "손님, 저에 대해 오해하지 마시기 바랍니다. 내가 모든 사람을 의심한다고 말하는 것도, 말할 수 있는 것도, 말하고 싶은 것도 아닙니다. 제가 **말하고** 싶은 건 낯선 사람을 믿지 말아야 한다는 것이지요. 그래서……" '외상 불가'라고 적힌 표지판을 가리켰다.

"하지만, 제발, 보세요. 이발사님." 이발사의 감정이 누그러진 것을 과신하지 않으며 상대방은 애원조로 다시 끼어들었다. "보십시오, 자. 낯선 사람을 믿지 않아야 한다고 말하는 것이 인간을 신용하지 말라는 뜻을 내포하고 있지는 않아요. 하지만 인간 집단에선 결국 모든 개인이 낯선 사람이지 않습니까? 자, 자, 이봐요 친구," 애교 있게, 당신은 인류를 신뢰할 수 없게 된 타이먼*이 아니에요. 저 표지판은 내리세요. 염세적이니까요. 타이먼이 자신의 동굴에 박혀 있는 해골의 이마 위에 목탄으로 써놓을 만한 표지판이네요. 내려요, 이발사. 오늘 밤에 내려요. 인간을 신뢰하세요. 이번 이 짧은 여행 기간에 시험 삼아 인간

---

* 3장 36쪽 주석 참조.

을 한번 믿어보세요. 자, 저는 박애주의자입니다. 그리고 당신이 1센트도 잃을 일이 없음을 보장해드리겠습니다."

이발사는 무덤덤하게 고개를 저으며 말했다. "선생님, 용서해주시기 바랍니다. 저에겐 가족이 있습니다."

43장
아주 매력적인

"그러니까 당신은 박애주의자라는 거군요, 손님." 이발사는 환해진 표정으로 덧붙였다. "그러니까 어떻게 된 건지 알겠어요. 박애주의자라는 게 참 이상한 족속이죠. 당신은 내가 두번째로 만난 박애주의자입니다. 박애주의자란 참 이상한 족속이에요. 아, 손님," 또다시 생각에 잠겨 컵에 거품을 내며, "죄송합니다만, 당신네 박애주의자들은 인간이 무엇인가라는 것보다 선이 무엇인가를 더 많이 아는 것 같아요." 그러더니 코즈모폴리턴을 철창에 갇힌 이상한 동물이라도 되듯 주의 깊게 바라보며, "그러니까 박애주의자시라는 거군요. 손님."

"박애주의자 맞아요. 그래서 인간을 사랑하죠.* 그리고 이발사님, 당신보다 내가 더 열성적으로 하는 일이 바로 인간을 믿

---

* 「아테네의 타이먼」 4장 3막에 나오는 대사 "난 염세주의자이고 인간을 미워하지요"를 패러디한 것.

는 겁니다."

이발사는 무덤덤하게 하던 일로 돌아가 면도 컵을 다시 채우고, 아까 물통 쪽으로 갔을 때 램프 위에 올려놓았던 물을 갈지 않았었던 걸 깨닫고 당장 물을 갈았다. 그리고 물이 끓기를 기다리는 동안 마치 끓는 물로 위스키 펀치를 만들려고 했던 것처럼 친근하게 굴었다. 그러면서 로맨스에 나오는 명랑한 이발사들처럼 기분 좋게 수다를 떨었다.

"손님," 손님 옆의 왕좌를 차지하고 앉아서 말했다. (그 이발사의 수호천사인 콜론의 세 왕*을 위해 만든 듯, 연단에 세 개의 왕좌가 나란히 놓여 있었던 것이다) "손님, 인간을 신뢰한다고 하셨지요. 저, 저도 이런 일만 안 했어도 손님만큼은 아니더라도, 어느 정도의 신뢰라도 가질 수 있었을 텐데 말이죠. 이 일을 하다 보면 감춰진 내면을 많이 보게 되거든요."

"무슨 말인지 알겠어요." 슬픈 표정으로 말했다. "그리고 당신과는 다른 일을 하는 사람들에게서도 그런 말을 많이 들었어요. 변호사, 국회의원, 편집장, 다른 직업은 두말할 필요도 없죠. 각각의 직업이 모두 나름대로 음울한 허영심이 있어서 자기 직업이야말로 인간의 부도덕함에 대해 확고한 신념을 가질 수밖에 없는 특성이 있다고 하더군요. 만약 이 모든 말을 믿을 수 있다면 이 모든 증언은 상호 확증을 통해 착한 사람의 마음에서 일어난 혼란을 정당화해줄 겁니다. 하지만 아니, 아니, 그렇게 하는 건 잘못된 겁니다. 다 잘못된 거죠."

---

* 아기 예수를 찾아갔던 동방박사 세 명의 자손이 콜론에서 살았다고 한다.

"맞아요, 맞아, 정말 그렇습니다." 이발사가 동의했다.

"그렇게 말씀하시니 고맙네요." 의기양양해졌다.

"넘겨짚지 마세요, 손님," 이발사가 말했다. "변호사, 국회의원, 편집장에게 문제가 있다는 데엔 동의합니다. 하지만 문제의 그 인식에 관해 각 직업에서 특별한 재능이 요구되는 한도 내에서만 그렇다는 겁니다. 왜냐하면 아시다시피 사람의 실상과 접촉하게 하는 모든 거래나 추구가 그 실상을 향해 가는 길이라는 것이 진리이기 때문입니다."

"그 말이 정확히 **무슨** 뜻인가요?"

"그러니까, 손님, 제 의견은 (그리고 지난 20년 동안, 가끔 나는 이 문제를 곰곰이 생각해보았어요) 인간에 대해 알게 된 사람은 그 후 인간에 대해 무지몽매한 상태로 있지는 않을 겁니다. 내가 그런 말을 경솔하게 한 건 아닙니다. 안 그런가요?"

"이발사님, 신탁이라도 내리듯이 말씀하시네요. 애매하게 말이에요, 이발사님, 모호해요."

"저, 손님," 어느 정도 만족스러운 듯, "이발사는 항상 신탁을 받아왔지만, 모호하다니, 그건 아닙니다."

"그럼, 이런 사업을 해서 얻은 신비한 지식이 정확히 뭔지 어떻게 설명하실 건가요? 정말이지, 전에도 잠시 느끼긴 했습니다만 직업상 어쩔 수 없이 사람의 코를 잡아당겨야 할 필요가 있다는 점에서 당신이 하는 일이 참 딱하다는 건 인정합니다. 하지만 상상력을 적절하게 조절하여 그런 부적절한 자만심에 빠지지는 말아야지요. 그런데 이발사님, 알려주세요. 어쩌다가 사람의 머리 바깥쪽을 다루는 단순한 일을 하다가 사람의 마음속을 불신하게 되었나요?"

"선생, 두말할 필요 없이, 마카사르 기름, 염색약, 화장품, 가짜 수염, 가발, 부분 가발을 계속 만지는 사람이 어떻게 사람을 보이는 그대로라고 믿을 수 있겠어요? 은밀한 장막 뒤에서 사려 깊은 이발사가 어떤 사람의 머리에 나 있는 가늘고 까칠한 머리카락을 밀고 곱슬거리는 적갈색 가발을 씌워 세상에 다시 내보낼 때 무슨 생각을 할 것 같습니까? 장막 뒤에서 부끄러워하던 그 겁쟁이는 오히려 사생활을 캐기 좋아하는 지인들이 자신을 알아봐 주기를 은근히 바랄 겁니다. 전과 같은 사람인데도 불구하고 밝은 자신감과 도전적 자부심이 부풀어 올라 신나게 기만의 가면을 쓰고 거리로 나가겠지요. 반면, 정직하지만 머리가 헙수룩하여 별 볼 일 없어 보이는 사람은 오히려 겸손하게 그 사람에게 길을 양보하지 않습니까! 아, 손님, 사람들이 진실의 용기라는 말을 합디다만, 이 일을 하다가 오히려 진실은 때때로 기가 죽는다는 것을 배웠습니다. 거짓말, 거짓말, 용감한 거짓말쟁이는, 선생님, 사자처럼 용감해집니다!"

"도덕을 왜곡하시네요. 이발사님. 그렇게 왜곡하시다니 슬프군요. 보세요, 자, 이렇게 생각해봅시다. 겸손한 사람이라고 벌거벗고 거리에 나가면 안 부끄러울까요? 그 사람을 데려와서 옷을 입히세요. 그러면 자신감이 다시 회복되지 않습니까? 어느 경우든 이렇게 했다고 해서 욕먹을 짓을 한 걸까요? 자, 그럼, 전반적 진실은 부분적으로도 걸맞게 진실한 겁니다. 대머리는 벗어졌으니 가발이라는 코트를 입혀야죠. 머리 꼭대기가 벗어진 게 드러나지 않을까 해서 마음이 불안하다면, 가발이라는 옷을 입었다는 걸 알게 됨으로써 편안해지죠. 대머리가 이런 감정을 느끼는 게 부도덕하다고 하는 대신, 실은 그렇게 하는 게 자신과 주변 사람들에게 적절한 예의를 보이는 행동이라고 봐야 하죠. 그리고 기만이라고 말하시는데, 차라리 훌륭한 저택에 훌륭한 지붕을 씌우는 것을 기만이라고 하는 게 낫겠네요. 왜냐하면 좋은 가발과 마찬가지로 그것도 지붕에 인공 덮개를 씌우는 것이고, 보통 사람들이 보기에는 옷을 입는 사람이 치장하는 거나 진배없으니까요. 지금까지 당신 생각이 어떻게 틀렸는지 말씀드렸습니다. 이발사님, 어리벙벙하시죠."

"죄송합니다만," 이발사가 말했다. "뭐라 하시는 건지 영 모르겠군요. 코트나 지붕을 자기 몸의 일부라고 속이는 사람은 없지만 대머리는 자기 머리카락도 아닌 다른 사람의 것을 자기 것인 양 속이죠."

"**자기** 머리카락이 아니라고요, 이발사님? 그 사람이 많은 돈을 주고 머리카락을 샀다면 그 머리카락이 나온 머리 주인이 돌려달라고 해도 법은 구매한 사람의 소유권을 인정해줍니다. 방금 하신 말을 믿으시는 건 아니겠죠, 이발사님. 그냥 웃자고 하신 말일 겁니다. 스스로 경멸하는 사기에 본인이 기꺼이 동참했다고 생각하시는 건 아니겠지요."

"아, 손님, 난 먹고살아야 해요."

"그런데 양심의 가책 없이 그런 일을 하실 수는 없죠, 안 그래요? 다른 직업을 찾아봐요."

"그래 봤자 뭔 소용이 있겠어요, 손님."

"그럼, 이발사님은 어떻게 보면 모든 사업이나 직업이 똑같다고 생각하시나요? 끔찍하군, 정말." 손을 들고 "이발업이라는 사업은 말로 표현하기 힘들 정도로 끔찍하군요. 그렇게 생각할 수밖에 없다니 말이에요." 감정이 담긴 눈으로 바라보며, "당신은 길을 잘못 들어서 그렇지, 사람을 불신하는 분 같지는 않아요. 자, 제가 당신 생각을 바로잡아드리죠. 인간의 천성에 대해 신뢰를 회복할 수 있게 만들어드리겠습니다. 당신이 인간성을 불신하게 된 건 결단코 이 사업 때문이에요."

"그러니까 당신 말은, 내가 저 표지판을 내리게 하는 실험을 하겠다는 거군요." 면도솔로 표지판을 다시 가리키며, "하지만 이런, 여기서 잡담하는 동안 물이 끓었네."

이 말과 함께 엄청 즐거운 일이 생긴 듯, 어쩔 수 없다는 듯이 음흉하게 어깻짓을 했다. 그건 꼼수가 성공했다고 생각할 때 하는 그런 몸짓이었다. 그는 서둘러 구리 통 쪽으로 갔고 곧 신선한 맥주가 담긴 컵처럼 하얀 거품으로 컵을 가득 채웠다.

한편, 상대방은 그가 그러거나 말거나 개의치 않고 하던 말을 계속했다. 하지만 꾀 많은 이발사가 부드럽게 붓질을 하여 그의 얼굴에 비누 거품을 바르자 이스트가 부풀듯 거품이 물결처럼 일어났다. 그런 얼굴로 말을 하는 것은 꿈도 못 꿀 일인 것은 바다에 빠져 죽어가는 성직자가 뗏목 위에 앉은 죄 많은 사람을 향해 회개하라고 타이르는 것과 마찬가지의 상황이었기 때문이다. 입을 다무는 수밖에 달리 도리가 없었다. 그 사람은 분명 그 시간을 명상이나 하며 보냈을 것이다. 면도가 끝나고 흔적이 다 지워지자 코즈모폴리턴은 자리에서 일어나 상쾌한 기분을 돋우려고 얼굴과 손을 씻었다. 그는 차차 정리한 후, 이발사에게 전과 판이한 태도로 말하기 시작했다. 그 태도를 정확히 뭐라 정의할 수는 없고, 단지 일종의 마술 같다고밖에 말할 수 없다. 좀더 좋게 표현하자면, 피해자가 진지하게 싫은 내색을 하고 정색하며 항의를 해도, 그를 설득하고 매혹할 힘을 가진 (소위 눈동자로 다른 생물체를 꼼짝 못 하게 하는) 생명체, 그런 실제로 살아 있는 생물체를 우화화한 것 같은 태도, 전반적으로 그런 태도였다. 그런 그의 태도로 이 문제는 결국 합의를 보게 되었다. 즉 아무리 논쟁과 훈계를 해도 소용이 없자 결국 이발사가 설득되어버려서, 남은 여행 기간 동안 소위 외상*을 주는 실험(둘이 그런 명칭을 붙였다)을 하겠다고 동의한 것이다. 정말, 이 일이 자영업자로서 신용을 지키기 위해서이며, 이런 일에 동의했던 건 자신에겐 유례가 없었던 것이니, 발생 가능한 손실에 대해 당신이 무조건 보증을 서야 한다고 이발사는 큰 소리로 주장했다. 하지만 전에 그가 절대 하지 않겠다고 했던 일, 즉 그가 외상을 주기로 했다는 사실은 비록 완전히 내켜 한 건 아니더라도 어쨌든 여전히 유효했다. 덧붙여, 자신의 신용거래를 보다 안전하게 유지하기 위한 마지막 방법으로 계약서를 써야겠으며, 특히 보증 부분을 문서화해야 한다고 주장했다. 상대방은 아무런 이의도 제기하지 않았다. 펜, 잉크, 종이를 받은 후 코즈모폴리턴은 어떤 공증인만큼이나 엄숙한 자세로 자리를 잡고 앉았다. 하지만 펜을 들기 전

---

* 원서의 'trust'는 '외상'이라는 의미 외에 신용, 신뢰라는 의미가 있다.

에 표지판을 흘깃 보고 말했다. "먼저 저 표지판을 내려요, 이 발사. 저기 타이먼의 표지판을 내리란 말입니다."

이것도 계약서에 넣은 후 (비록 약간 망설이기는 했지만) 계약 서가 마무리되었다. 미연의 사태에 대비해 표지판은 서랍 안에 조심스럽게 넣어졌다.

"자, 그럼, 글로 쓰는 것 말인데요," 코즈모폴리턴이 어깨를 펴며 말했다. "아," 한숨을 쉬며, "제가 법률은 잘 모릅니다. 이 발사님. 명예라는 원칙을 무시하면서, 느슨하게 대충 성사되는 그런 사업을 해본 적이 없어서요." 아무것도 적혀 있지 않은 종이를 쥐고서, "조잡한 재료로 강한 밧줄을 만든다면 참 이상 하겠죠. 비도덕적인 밧줄을 말입니다." 벌떡 일어나며, "난 글 로 쓰지 않을 거예요. 그렇게 하는 것이 상호 신용한다는 것 을 나타낼 수 있죠. 제가 당신 말을 믿고 당신도 제 말을 믿으 세요."

"하지만 당신의 기억력이 별로 안 좋을 수도 있지요. 비망록 처럼 글로 적어놓는 게 당신 입장에서는 더 좋을 텐데요."

"저런, 참 나! 그러지요. **당신** 기억력에 도움이 된다면야, 뭐, 그렇겠죠, 이발사님? 아마, 분명 기억력이 안 좋으신 모양이에 요. 아, 이발사님! 인간이란 얼마나 똑똑한지, 서로서로 타인의 미약함을 얼마나 친절하게 잘 보살피는지, 그렇죠? 우리가 친 절하고 사려 깊고, 동료의 감정에 많은 관심을 쏟는 사람이라 는 것을 증명하기에 이보다 더 나은 증거가 어디 있겠어요, 그 렇죠, 이발사님? 하지만 사업에는, 어디 보자. 이름이 뭐죠, 이 발사님?"

"윌리엄 크림이에요, 선생."

코즈모폴리턴은 잠시 골똘히 생각하더니 쓰기 시작했다. 몇 자 고쳐 쓴 후 몸을 뒤로 기울이며 다음의 글을 읽었다.

박애주의자이자 세계시민 프랭크 굿맨
그리고
미시시피 증기기관선 피델호의 이발사 윌리엄 크림 간의
계약서

이로써 갑은 현재 남은 여행 기간 을이 작업 수행 중 외상으로 인해 발생한 모든 손실을 보상하는 데 동의한다: 계약조건으로 주어진 기간 동안 을인 윌리엄 크림이 '외상 사절'이라는 표지판을 치우고, 명시된 기간 작업 수행 중 그에게 외상을 청하는 어떤 손님도 거절하지 않음은 물론 그에 대해 일절 언급이나 암시하지 말아야 한다. 그 대신 모든 적절하고 합리적인 언어, 행동, 태도, 표정으로 모든 인간, 특히 낯선 사람에게 완벽한 신뢰를 보여주어야 한다. 이를 위반할 경우 이 계약은 무효임.

당해 피델호 선상 위 당사자 윌리엄 크림의 가게에서, 18—년 4월 1일 오후 11시 45분. 성실하게 합의함.

"자, 이발사, 됐나요?"

"됐어요," 이발사가 말했다. "서명만 하면 돼요."

양쪽이 서명하자 이발사는 누가 그 법률문서를 관리해야 할 것인지를 물었다. 그러더니 두 사람이 함께 선장에게 가서 맡기자고, 이발사 본인이 제안하여 문제를 해결했다. 이렇게 하는 것이 가장 안전한 진행이라는 게 이발사의 생각이었다. 선장이야말로 양쪽과 아무 상관이 없는 제삼자이고 더욱이 지금 같은 경우에 선장이 배임행위로 얻을 수 있는 게 없기 때문이었다. 코즈모폴리턴은 깜짝 놀라며 걱정스럽게 이 이야기를 들었다.

"저, 이발사님," 코즈모폴리턴이 말했다. "그렇게 말씀하시는 건 바른 생각이 아닌 것 같습니다. 저는 선장이 인간이기 때문에 그분을 신뢰합니다. 어쨌든 선장은 우리 일과는 아무런 상관없는 사람이지요. 당신이 저를 신뢰하지 못한다 해도 저는 당신을 신뢰합니다. 자, 서류는 당신이 보관하세요." 넓은 아량으로 서류를 건넸다.

"아주 좋아요." 이발사가 말했다. "자, 이제 제가 돈 받을 일만 남았군요."

성실한 이웃 사람 간에 지갑을 열고 돈을 달라고 하거나 이와 비슷한 말을 수없이 할 땐 얼굴에 얼마간이라도 표가 나게 마련이다. 많은 경우 갑자기 얼굴을 떨구는데, (혹은 다른 경우라면 쳐다보기 민망할 정도로 온몸을 뒤틀거나 얼굴을 찌푸리기 마련이고, 어떤 경우에는 창백해지거나 극도의 실망이 나타나기도 한다) 하지만 이발사의 요구보다 더 갑작스럽고 난데없는 일이 드물 것인데도 코즈모폴리턴의 안색에서는 이런 증상의 자취를 찾아볼 수가 없었다.

"돈이라고 하셨어요, 이발사님. 뭔 상관이 있다는 말씀이

신지?"

이발사가 아까보다 떨떠름하게 "달콤한 목소리를 가진 남자가 나랑 사돈의 팔촌 정도 된다면서 외상으로 면도를 해달라고 한 경우보다야 더 상관이 있겠죠, 손님."

"거참, 그래서 그 사람에게 뭐라고 하셨어요?"

"'고맙지만, 저랑 아무런 관계가 없으시군요'라고 했어요."

"어떻게 그런 달콤한 목소리로 그렇게 달콤하지 않은 말을 할 수 있지요?"

"왜냐하면 '원수는 입으로 달콤하게 말한다'라고 시락의 아들이 「진실의 책」에서 한 말*을 기억하고 있기 때문이죠. 그래서 이런 경우에 저는 '나는 그의 장황한 말을 믿지 않는다'라는 시락의 아들이 한 충고를 따랐지요."

"이발사님, 「진실의 책」에 그런 냉소적인 말이 있다니, 그럼 그 책이 『성경』 안에 있나요?"

"예, 그리고 같은 취지의 말이 더 있습니다. 「잠언」을 읽어보세요."

"그것 참 이상하군요, 이발사. 당신이 인용한 구절을 나는 한 번도 본 적이 없으니까 말이에요. 오늘 잠자리에 들기 전에 선실 식탁에서 봤던 『성경』을 찬찬히 읽어봐야겠군. 하지만, 여기오는 사람들에게 「진실의 책」을 그런 식으로 인용하지는 마십

---

* 성서 외경 중 하나인 『시락의 아들, 예수의 지혜The Wisdom of Jesus, the Son of Sirach』. 성서 외경 중 저자가 알려진 유일한 책이다. 시락의 아들인 벤 시락은 기원전 2세기 후반에 살았던 현인이다. 『집회서』라 불리기도 한다. 『집회서』 12장 16절, 13장 11절 "그의 장황한 말을 믿지도 마라."

시오. 그건 은연중에 계약을 깨뜨리는 게 될 테니까요. 하지만 당신이 그런 모든 것에 서명해서 승인하신 걸 보고 내가 얼마나 기쁜지 당신은 모를 겁니다."

"저야 모르죠, 당신이 돈을 건다면야."

"또 돈, 돈 하시네! 왜 그러는 겁니까?"

"이런, 여기 이 서류에 의하면 어떤(certain) 손실이 발생할 시에 보장한다고 계약을 하셨고, 그리고……"

"확실한(certain)? 당신이 손실 볼 일이 그렇게 **확실한**(certain)* 겁니까?"

"이런, 그 단어를 그렇게 쓰신다고 틀린 건 아닙니다만 제 말은 그런 뜻이 아니에요. 나는 **어떤** 손실을 말한 거예요. 아시겠어요, **어떤** 손실요. 다시 말하지만 어떤 손실 말이에요. 자, 그러니까, 선생, 목적에 부합할 만한 확실한 담보물을 내 손에 쥐여주지 않는다면 당신의 말과 글이 뭘 보장해줄 수 있을까요?"

"알겠어요, 물적 담보 말이군요."

"예, 그러니까 적게 잡아서, 50달러."

"어떻게 이런 식으로 시작합니까? 이발사, 정한 기간에 사람에게 외상을 주고 인간을 신뢰한다더니 첫 단계랍시고 하는 게 계약한 당사자를 신뢰하지 못해서 이런 요구를 하는 겁니까? 어쨌든 50달러는 아무것도 아니에요. 전 기꺼이 드릴 수 있어

---

* 원문에서는 본문의 '어떤'과 '확실한'을 모두 certain으로 썼다. 'certain'은 단어의 위치에 따라서 불확실한 것을 가리킬 수도, 확실한 것을 가리킬 수도 있다.

요, 단지 안타깝게도 지금 그런 푼돈을 가지고 있지 않을 뿐이에요."

"하지만 트렁크에는 돈이 있죠?"

"물론 있죠. 하지만 글쎄, 이발사, 정말, 이랬다저랬다 하지마세요. 아니, 당장은 돈을 주지 않을 거예요. 그런 식으로 우리 계약에 담긴 정신을 당신이 깨뜨리게 내버려두지 않겠어요. 자, 푹 주무시고 내일 봅시다."

"잠깐, 선생." 콧노래를 부르고 말을 가다듬으며, "잊으신 게 있어요."

"손수건? 장갑? 아니 아무것도 잊은 건 없어요. 안녕히 계십시오."

"잠깐, 선생님…… 면도…… 말이에요."

"아, 그걸 **잊고** 있었군요. 그런데, 이런, 생각해보니 당장 요금을 내지 않아도 되네요. 당신 계약서를 보세요. 외상으로 하죠. 쯧, 손실을 대비한 보증을 요구하시다니. 주무세요, 친애하는 이발사님."

이 말을 작별인사 삼아 그는 그의 뒤를 빤히 쳐다보는 이발사를 당혹감 속에 남겨둔 채 사라졌다.

하지만 뭔가가 사라지면 그 효과도 사라진다는 게 자연철학에서도 진리지만 넋이 나갈 때도 마찬가지이다. 그러므로 이발사는 얼마 지나지 않아서 침착성과 분별력을 되찾았다. 그가 정신을 차렸다는 첫번째 증거는 아마도 그가 서랍에서 표지판을 끄집어내어 원래 있던 자리에 걸었다는 것이다. 계약서 역시 찢어버렸다. 모든 인간적 가능성을 다 열어봐도 그 서류를 작성한 사람을 다시 볼 일은 없으리라 생각되었고, 그런 감정이 들자 계약서를 마음대로 해도 될 것 같다는 느낌이 들었던 것이다. 그런 생각에 충분한 근거가 있는지 없는지는 알 수 없다. 하지만 며칠 후 그날 밤 자신이 겪은 일을 친구들에게 말해줄 때 그 훌륭한 이발사는 그 이상한 손님을 '사람을 부리는 사람(인도인을 뱀 부리는 사람이라고 부르듯이)'이라고 했고, 그의 친구들은 모두 그 사람이 **참으로 독창적인** 사람이라고 생각했다.

44장

앞 장의 '참으로 독창적인 사람'이라는
세 단어가 담화의 주제가 된다.
그리고 이 말을 놓치지 않고 들은 독자는
분명히 이 말에 어느 정도 주목할 것이다

우리 생각에는 '참으로 독창적인 사람'*이란 늙고, 독서도 많이 하고 장기간 여행하는 사람이라기보다는 젊고, 배운 것이 없고 여행을 안 다니는 사람이 사용할 만한 구절일 거라 여겨진다. 분명 독창성이란 감각은 아동기에 최고조에 달하고, 과학의 전 계통을 두루 섭렵한 사람이 아마 가장 낮을 것이다.

소설 속의 독창적인 인물에 대해 말하자면 그런 등장인물과 만난 걸 고마워하는 독자는 그와 만난 날을 기념일로 지키려고 할 정도이다. 정말, 우리는 한 작품 안에 그런 인물을 50~60명씩 만들어내는 작가에 대해 가끔 듣는다. 그게 가능하긴 하다. 하지만 어떻게 보면 그들이 햄릿이나 돈키호테 혹은 밀턴의 사탄만큼 독창적인 경우는 거의 없다. 다시 말해 엄격한 의미에

---

* 원문은 quite an original로 1장의 현상금 포스터에서 피델호에 탔을 거라 추정되는 미지의 사기꾼을 묘사하는 표현으로 쓰인 구절이다.

서 그들은 독창적인 인물이 아닌 것이다. 그들은 새롭거나, 특출하거나, 놀랍거나, 매력적이거나 아니면 이 네 가지 특질을 한꺼번에 모두 가지고 있는 인물일 뿐이다.

보다 정확하게 말하면, 그들은 특이한 인물이라고 불리는 인물들이다. 다시 말해 그들은 독창적인 인물이라기보다는 나름 특이한 천재라고 불리는 자들인 것이다. 그럼, 만약 독창적인 인물이 있다면, 그들은 어디에서 온 것일까. 아니, 소설가는 그들을 어디에서 발굴해냈나?

소설가들은 등장인물을 어디에서 발굴해오나? 분명히 대부분은 도시일 것이다. 모든 대도시는 일종의 인간시장이다. 농부가 가축품평회로 가축을 사러 가듯 소설가는 인간시장에서 필요한 등장인물들을 산다. 하지만 시장에서 신종 네발짐승을 찾기 힘들 듯이 신종 등장인물, 즉 독창적인 등장인물을 찾는 것 역시 거의 불가능하다. 그런 사정 때문에 그들의 희귀성이 더 크게 부각될 수도 있다. 즉 인물이 단지 특출하기만 하다면 그건 소위 특출한 형태를 지녔다는 의미이나, 독창적인 인물은, 진심으로 말하건대, 독창적인 천성을 가졌다는 의미를 내포하기 때문이다.

간단히 말해 소설에서 이런 유의 인물이라 간주되는 대상을 적절히 이해하면 역사 속의 새로운 법률의 제정자, 혁명가적 철학자 아니면 종교 창시자만큼 이들도 천재성을 지녔다는 걸 알게 된다.

창의적인 작품 속에서 막연하게 설명되는 독창적 인물들 중 거의 대부분에게는 지역적이거나 혹은 시대적인 무언가가 뚜렷이 나타난다. 여기에서 제시되는 원칙으로 판단해보면 그런 상황이 나타난다는 건 그가 독창적인 인물이라는 주장을 일축하게 한다.

더욱이, 우리가 소설 속의 인물들에게 독창적인 것 같다는 평을 내리려고 흔히 주장하는 게 사실은 개인적인 것 자체로 한정되어 있다. 다시 말해 그런 등장인물은 자신의 특성을 주변 상황에 발산하지 않는다. 하지만 독창적인 인물은 기본적으로 드러먼드*의 회전등 같아서 주변 온 사방을 비춘다. 자체에서 나온 빛이 주변 모든 것을 비추고 (모든 것이 빛이 난다) 모든 것이 그 빛으로 인해 작동되기 시작하며 (햄릿이 어떠했는가를 눈여겨보라), 결국 어떤 이의 마음속에서는 「창세기」에서 만물을 창조하는 방식과 유사한 나름의 방식**으로 그런 등장인물의 적절한 특성이 발현된다.

하나의 궤도 위에 하나의 행성이 있는 것과 같은 이유로 그런 독창적인 인물은 하나의 창작 작품에 한 명만 있을 수 있다. 둘이 있다면 갈등이 생겨 혼란을 일으킬 것이다. 이런 견지에서 보건대 책 한 권에 그런 인물이 한 명 이상 있다고 하면 사실은 전혀 없는 것이라고 추정할 수 있다. 하지만 좋은 소설이라면 새롭고, 독특하고, 놀랍고, 이상하고, 특이하고, 그러면서도 모든 재미있는 요소는 다 있고, 또한 쓸모도 있는 등장인

---

* 토머스 드러먼드 선장(Captain Thomas Drummond, 1797~1840)은 등대에서 쓰는 라임라이트를 발명했다.

** 「창세기」의 첫 장을 보면 "빛이 있으라"(1장 3절)라는 하나님의 말씀으로 천지가 창조되었다.

물로 가득 차 있을 것이다. 작가가 다른 일도 물론 하겠지만 그런 등장인물을 그리기 위해서 많은 것을 보고 연구해야 했을 것이다. 하지만 단 한 명의 독창적인 인물을 그리는 데는 운이 많이 따라야 했을 것이다.

소설에서 나타나는 이런 현상과 여타 현상들 사이에는 공통점이 하나 있는 것 같다. 즉 그게 작가의 상상력 안에서 태어날 수 없다는 점이다. 모든 생명이 난자에서 시작된다는 것이 동물학에서 진리이듯 문학에서도 그것이 진리다.

이발사의 친구들이 썼던 '참으로 독창적인'이란 구절이 적합하지 않음을 가능한 한 최선을 다해 설명하려고 애를 쓰다가, 뜻밖에도 지루하다 못해 연기煙氣처럼 모호한 논문을 쓰게 되었다. 이렇게 된 이상, 이 연기같이 모호한 것을 제대로 쓰려면 연기 덮개 아래, 아마도 매끈하게 정리되어 있는 이야기 속으로 들어가야 할 것이다.

45장
코즈모폴리턴이 점점 더 진지해지다

신사용 선실 한가운데서 천장에 달린 태양등이 환한 빛을 냈다. 그리고 등의 젖빛 유리의 그림자에는 투명하고도 얼룩덜룩한 무늬가 사방으로 뻗어 마치 뿔 모양의 제단과 같은 형상*이 나타났다. 제단 위에서 타오르는 불길은 머리에 휘광을 두르고 대례복을 입은 남자의 모습과 번갈아 나타났다. 이 램프 불빛은 눈처럼 희고 둥근 (중앙 테이블 아래는 평판인) 대리석 위를 눈부시게 비추다가 사면에서 서서히 옅어지며 물결쳤다. 마침내 그 빛은 돌에서 물 위로 떨어진 물방울 무늬처럼, 그렇게 방의 구석으로 갈수록 희미하게 옅어졌다.

여기저기, 장소에는 걸맞으나 별 소용은 없는 램프들이 흔들렸다. 별 쓸모없는 이 원형 램프들은 연료가 다 타버려 불이

---

* 「출애굽기」 29장 12절, 「열왕기상」 1장 50절, 「시편」 118편 27절 등에서 제단에 매인 뿔에 대한 언급이 나온다.

꺼졌거나, 아니면 불빛이 성가셔서, 혹은 눈을 감고 잠을 자기 위하여 침상 주인들이 꺼버렸다.

동이 터서 꺼도 될 때까지 그 불은 계속 켜놓으라고 선장이 명령했다며 승무원이 말리지 않았다면 그리 멀지 않은 침상에 있던 성질이 삐딱한 남자는 마지막까지 타고 있던 램프를 껐을 것이다. 같은 일을 하는 다른 많은 사람과 마찬가지로 때때로 할 말은 하는 성격이었던 승무원은 막무가내로 구는 남자 때문에 성질이 나자 선실이 어둠에 잠길 경우 어떤 슬픈 결과가 생길지를 상기시켜주었다. 낯선 사람들로 가득 차 있는 장소에서 어떤 사람이 이기적으로 불을 끄겠다고 고집을 부리는 것은, 그런 고집은 아무리 좋게 봐주려고 해도, 그런 식의 고집은 부적절하다는 것이었다. 결국 (많은 램프 중에서 마지막까지 켜져 있던) 그 램프는 침상에 누운 사람들 중 몇 명에게는 내심 축복을 받고, 다른 몇 명에게는 증오를 받으며 계속 켜져 있었다.

깨끗하고 말쑥한 한 노인이 테이블 위에 놓인 자기 책을 비춰주는 외로운 램프 아래에서 외롭게 밤을 지키고 있었다. 그는 머리가 대리석처럼 하얗고, 안색은 신앙의 주인을 마침내 만나 그를 축복하고 평화롭게 잠이 들었던 선량한 시므온*을 떠올리게 했다. 겨울철에도 싱싱해보이는 초록빛처럼 건강한 모습과 지금이 여름이라서 탔다기보다 세월이 누적되어 구릿빛으로 변한 손을 보건대, 그 노인은 부지런하고 검약한 생활

---

* 「누가복음」 2장 25~35절에서 예루살렘에 사는 의인 시므온은 예수의 부모가 아기 예수를 데리고 성전에 갔을 때, 예수를 알아보고 축복했다.

을 보낸 후 법관의 일을 떠나 화롯가에서 편안한 삶을 누리는 부유한 농부 같았다. 나이 70에 15세 소년 같은 원기를 되찾은 그런 사람들 중 한 명에게 은둔 생활은 지식보다 더 은혜로운 것이다. 또한 그런 생활은 세상을 모르는 탓에 세상의 때가 묻지 않아 결국엔 그들을 천국으로 인도해준다. 마치 시골 사람이 런던의 여관에서 하룻밤 묵을 때 관광을 하겠답시고 여관 밖으로 나가지 않는다면 안개 속에서 길을 잃거나 진창에 빠져 더러워질 일 없이 런던을 떠나게 되듯이 말이다.

발걸음도 가볍게 신부 방으로 신랑이 들어오듯, 표정으로 보아하니 아침께부터 밤까지 시간을 보낸 듯 이발소 냄새를 풍기며 코즈모폴리턴이 들어왔다. 하지만 그 노인을 보고, 또 그가 얼마나 몰두해 있는지를 보자, 소리 나지 않게 조용히 걸어와서 테이블 반대쪽에 자리를 잡고 아무 말 없이 앉아 있었다. 여전히 뭔가를 기다리는 것 같은 표정이 보였다.

"여보세요," 노인이 잠시 당황한 듯이 올려다보며, "여보세요"라고 하면서 말했다. "사람들은 여기가 커피숍이고, 그리고 지금이 전시戰時라고 생각하는 모양이오. 당신이 거기 앉아서 날 뚫어지게 보는 게 꼭 대단한 소식이 실린, 딱 한 부밖에 없는 신문을 내가 가지고 있는 듯이 그러시네요."

"그리고 그곳엔 희소식도 **실려 있죠**, 희소식 중에서도 희소식이요."

"너무 좋아서 진짜 같지 않을 정도지." 이 말은 커튼을 친 침상에서 누군가가 한 말이었다.

"잘 들어봐요!" 코즈모폴리턴이 말했다. "누가 잠꼬대를 하네요.”

“그래요,” 노인이 말했다. “그리고 당신, **당신도** 꿈꾸듯 아리송한 말씀을 하고 말이오. 선생, 소식이니 뭣이니 왜 그런 말씀을 하시오, 여기 내가 쥐고 있는 것이 신문이 아니라 성경책임을 틀림없이 보셨을 텐데?”

“알고 있어요. 그리고 영감님이 그 책을 다 읽으시고 (일각을 다투며 읽는군요) 주시면 정말 감사하겠습니다. 그 책은 배의 소유물이 분명하죠. 어떤 단체가 준 선물입니다.”

“오, 가져가시오, 가져가.”

“아니에요, 영감님, 성가시게 하려는 건 아니에요. 그냥 제가 여기서 기다리고 있다는 사실을 말하려던 것뿐이에요. 다른 의도는 없어요. 계속 읽으세요, 영감님. 안 그러시면 제가 죄송하잖습니까.”

이런 예의가 효과가 없지 않았다. 그 노인은 안경을 벗고 읽고 있던 장의 끝까지 거의 읽었다고 말하며 친절하게 『성경』을 건넸다. 코즈모폴리턴도 마찬가지로 감사해하며 친절하게 책을 받았다. 정중한 그의 표정은 몇 분 읽고 나자 심각하게, 다시 심각한 표정은 고통스러운 표정으로 변했고, 천천히 책을 놓더니 지금까지 호기심 어린 인자한 얼굴로 그를 바라보고 있던 노인을 돌아보며 말했다. “영감님, 충격적인 의문이 생겼는데, 그 의문을 좀 해결해주시겠어요?”

“의심 드는 거야 여러 가지죠, 선생.” 노인의 표정이 변하며 대답했다. “의심 드는 거야 여러 가지요, 선생. 설령 의심이 생긴다 해도 사람이 그걸 해결할 수 있는 건 아닙니다.”

"맞습니다. 하지만 보세요, 저, 제가 의심이 드는 건 이겁니다. 저는 사람에 대해 긍정적으로 생각합니다. 사람을 사랑하지요. 사람을 신뢰합니다. 그런데 20여 분 전*에 제가 무슨 말을 들으신 줄 압니까? '그가 하는 많은 말을 믿지 말라. 원수가 입으로 달콤하게 말하나니,라고 적혀 있는 걸 내가 찾게 되리라'고 합디다. 그리고 그 비슷한 의미의 글을 아주 많이 찾을 거라고도 했지요, 바로 이 책에서 말입니다. 저는 그렇게 생각할 수가 없어요. 그래서 제가 직접 찾으려고 여기에 왔는데, 뭘 읽을까요? 인용된 것뿐 아니라 관련이 있고, 이것과 취지가 같은 구절까지 읽었어요. '그가 많은 말로 너를 유혹하고 웃음을 지으며 듣기 좋은 말을 할 것이다. 그러면서 부족한 것이 무엇인가 하고 물으리라. 그는 자기 이득을 위해 너를 이용할 것이다. 그는 너를 궁핍하게 만들고도 미안해하지 않을 것이다. 속지 않도록 조심하고 주의하라. 이런 것을 들었다면 자면서도 깨어 있으라.'"**

"사기꾼을 그렇게 설명한 사람이 누구야?" 또다시 침상에서 이렇게 말했다.

"자면서도 깨어 있는 거네요, 분명히 그렇죠?" 또다시 놀라서 눈이 휘둥그레진 코즈모폴리턴이 말했다. "아까와 같은 목소리 아닌가요? 이상하게 꿈을 꾸는 사람이군요. 그 사람이 있

---

* 43장에서 코즈모폴리턴과 이발사가 대화를 나눈 건 저녁 11시 45분으로, 이제 만우절이 끝났음을 의미한다.

** 『집회서』 13장을 정리해서 붙인 내용.

는 침상이 어딘가요?"

"그 사람은 신경 쓰지 마시오." 노인이 걱정스럽게 말했다.
"하지만 방금 그 책에 정말 그런 말이 있는 걸 읽었는지, 정말
그런지 진실을 말해주시오."

"읽었어요." 태도를 바꾸며, "인간을 신뢰하는 사람인 저에
게, 박애주의자인 저에게는 역겹기 짝이 없는 내용이더군요."

"저런," 감동해서, "방금 인용한 구절이 정말 거기 있다는 말
은 아니죠? 어릴 때부터 지금까지 이 좋은 책을 죽 70년이나
읽었지만 그런 구절을 본 기억은 없는데. 한번 보자." 힘차게
일어나더니 그의 옆으로 왔다.

"거기 있어요. 그리고 거기, 거기도." 책장을 넘기며 그 문장
을 하나하나씩 가리키며, "거기. 시락 아들의「진실의 책」안에
다 적혀 있어요."

"아!" 노인의 표정이 밝아지며 소리쳤다. "아, 이제 알겠군.
보시오." 책장을 앞뒤로 넘기다가『구약성경』을, 한쪽에『신약
성경』을 다른 쪽에 평평히 놓고 두 책 사이에 손가락을 수직으
로 꽂았다. "봐요, 선생. 여기 오른쪽에 있는 모든 것이 확실한
진리이고 여기 왼쪽에 있는 모든 것도 확실한 진리예요. 하지
만 손가락 안에 내가 쥐고 있는 이것은 외경*이란 거요."

"외경요?"

---

* 『성경』의 내용과 관련이 되고 있지만 출처가 불분명하여 신약과 구약에 수
록되지 못한 글을 따로 묶은 성경을 외경 혹은 경외 성경이라고 한다. 외경을
의미하는 '아포크리파apocrypha'는 '출처가 불분명한' 혹은 '사실이 아닌 것'이라
는 의미의 단어에서 나왔다.

"그렇지요. '외경apocrypha'이라고 인쇄가 되어 있잖소." 그 글자를 가리키면서, "그 글자가 무슨 뜻인지 아시오? '보증 안됨'이라는 뜻의 단어요. 대학교 학생들이 그런 유의 것을 그렇게 부르지 않습니까? 그건 출처가 불분명한apocryphal 것이다,라고 하지요. 어떤 설교사에게 들으니, 그 단어는 신용하기에 확실치 않은 대상을 의미한다고 하더군요. 그러니까 이 외경 때문에 당신의 불신이 무無에서 조금씩 자라났다면," 다시 책을 접으며, "그런 경우는 더 생각할 필요가 없어요. 왜냐하면 출처가 불분명한 문서니까."

"「요한계시록」*에 대해선 뭐라 할 거야?" 침상에서 세번째로 나온 말이었다.

"저 사람이 지금 뭔 환상을 보는 모양이네요, 그렇죠?" 코즈모폴리턴이 이렇게 말하며 끼어든 사람 쪽을 다시 한 번 바라보았다. "그건 그렇고, 영감님," 다시 자세를 가다듬더니, "지금 외경에 대해 다시 말해주셔서 얼마나 감사한지 모르겠습니다. 잠시 그 책에 대해 완전히 잊고 있었거든요. 사실 모든『성경』이 함께 장정되어 있어서 가끔 혼동이 생기는군요. 외경은 따로 장정해야 합니다. 그리고 생각해보니 그 학식 있는 박사들이 우리를 위해 시락의 책을 거부했던 게 얼마나 잘 한 건지요. 인간에 대한 인간의 신뢰를 부수기 위해 이렇게 철저하게 계산된 글을 읽어본 적이 없어요. 이 시락의 아들이라는 사람

---

* 「요한계시록」은 신약 성경의 마지막 책을 뜻한다. 외경을 뜻하는 아포크리파 apocrypha가 '숨기다'라는 의미가 있다면 「요한계시록」의 영어 표기 '아포칼립스apocalypse'는 '드러내다'라는 의미가 있다.

은 이런 말까지 합니다. 제가 지금 그 부분을 방금 봤지요. '너의 친구들을 주의하라.'* 너에게 친구인 척하는 사람들, 위선적인 친구들, 거짓된 친구들을 말하는 게 아니에요. 보세요. 그냥 너의 친구들, 너의 진실한 친구들이랍니다. 다시 말하면 이 세상에서 가장 진실한 친구도 신뢰의 대상이 아니라는 의미지요. 로슈푸코**가 한 말과 마찬가지죠? 천성에 대한 로슈푸코의 견해는 마키아벨리의 견해처럼 시락의 아들에게서 나온 게 분명해요. 그러면서 그런 걸 지혜라고, '시락의 아들의 지혜서'라고 부르지요. 지혜라니, 참, 나! 뭔 지혜가 그렇게 추하담! 간담을 서늘하게 만드는 지혜보다는 뺨에 보조개를 짓게 만드는 우행愚行을 달라고 하겠어요. 아니야. 아니야. 그건 지혜가 아니지. 영감님 말처럼, 출처가 불분명한 말일 뿐이야. 불신을 가르치는 게 어떻게 신용할 만한 게 되겠어요?"

"그게 뭔지 말해주지." 이때 아까의 목소리가 여전히 조롱조로 크게 소리쳤다. "당신 두 사람이 그게 뭔지 몰라서 잠을 못 잘 정도라고 쳐. 그래도 똑똑한 사람들을 깨우지는 말아야지. 지혜가 뭔지 알고 싶으면 이불 속에서나 찾아."

"지혜?" 아일랜드 사투리를 쓰는 또 다른 목소리가 소리쳤다. "아! 거위 두 마리가 계속 꽥꽥거린 게 지혜에 관한 거였

---

* 『집회서』 6장 13절.

** 프랑스의 고전 작가 프랑수아 드 라 로슈푸코는 대표작인 『잠언과 성찰 *Maxims and Moral Reflections*』(1665)에서 시종일관 인간의 천성에 대한 부정적이고 염세적인 시각을 드러낸다. 이 책의 유명한 구절로는 "인간의 미덕은 악덕을 가장 교묘하게 위장한 것에 불과하다"가 있다.

어? 이봐, 얼간이들아, 잠이나 자. 지혜 좋아하다가 뜨거운 맛을 보기 전에 말이야."

"소리를 좀 낮춰야겠군요." 노인이 말했다. "우리가 이 선량한 사람들을 짜증 나게 했던 모양이오."

"지혜에 대해 말해서 짜증나게 했다니까 죄송하군요." 상대방이 말했다. "하지만 영감님 말씀대로 목소리는 낮춥시다. 다시 이야기로 돌아가서 제 입장이 한번 되어보세요, 불신의 정신으로 가득 찬 구절들을 읽어서 제 마음이 많이 불편한데 그게 그렇게 놀랄 일인가요?"

"아니요, 놀랍지 않소." 노인이 대답하며 이렇게 덧붙였다. "당신이 한 말을 들어보니 당신 생각이 저의 사고방식과 비슷하다는 생각이 드는군요. 창조물을 불신하는 것은 창조주를 불신하는 것과 비슷하다고 생각하니까 말이오. 그런데, 이봐 어린 친구, 그게 뭐야? 지금 뭘 하기엔 너무 늦은 시간 아냐? 뭣 때문에 그래?"

이 질문은 누렇게 변한 더럽고 낡은 넝마 리넨 코트를 입은 한 소년에게 던진 질문이었다. 갑판에서 온 그 아이가 맨발로 푹신한 카펫을 걸어서 다가오는 바람에 오는 소리를 듣지 못했던 것이다. 찢어져 펄럭거리는 어린 소년의 낡고 붉은 플란넬 셔츠가 노란 외투 색과 뒤섞여서 마치 아우토 다페* 종교재판의 희생자가 입은 의복에 색칠된 불꽃처럼 붉게 타올랐다. 소

---

* 스페인 종교재판 당시 아우토 다페(이단자의 속죄 의식)에서 유죄 판결을 받은 사람은 지옥의 고통을 그린 옷을 강제로 입어야 했다.

년의 얼굴에 말라버린 더께가 앉아서 윤이 났다. 신선한 석탄에 불꽃이 선명하게 일듯 검은 눈동자가 반짝였다. 그는 **마르샹***이라고 불리는 소년 행상인으로, 여행용품을 팔고 다닌다 하여 예의바른 프랑스인들이 그렇게 부르기 시작했던 것 같다. 정해진 숙소가 없어서 배 여기저기를 돌아다니다가 유리문을 통해 선실에 두 사람이 있는 걸 보게 된 것이다. 비록 늦은 시간이긴 했지만 지금이라고 돈을 못 벌겠나 싶었을 터이다.

무엇보다 그 아이는 특이한 물건 하나를 가지고 있었다. 그 것은 마호가니 문의 모형이었다. 문틀에는 경첩이 달려 있었는데, 한 곳만 제외하면 모든 부분이 제대로 갖춰져 있었다. 그 한 곳이 무엇인지는 곧 알게 될 것이었다. 소년이 뭔가를 작정한 듯 이 작은 문을 쥐고 노인 앞에 서 있자 잠시 찬찬히 보던 노인이 이렇게 말했다. "애야, 장난감 가지고 가던 길이나 계속 가렴."

"나는 절대로 저렇게 늙고 현명해지지 않도록 하소서." 때 낀 얼굴로 소년이 웃었다. 그 바람에 표범 같은 이가 드러났는데, 그게 마치 무리요의 야생 거지 소년**의 이 같았다.

"악마가 웃고 있군, 그렇지?" 침상에서 아일랜드 사투리가 들려왔다. "어렵쇼, 악마가 지혜에 대해 뭔 웃음거리라도 찾았나? 어이 악마들 잠이나 자, 이제 그만하지."

---

* 마르샹marchand은 상인을 의미하는 프랑스어이며 영어의 merchant와 같은 단어이다.

** 스페인 화가 바르톨로메 에스테반 무리요(Bartolomé Esteban Murillo, 1618~1682)는 종교화를 주로 그렸고 특히 가난한 사람들을 화폭에 많이 담았다.

"애야, 네가 저 사람 잠을 설치게 했어." 노인이 말했다. "이제 그만 웃어."

"아, 지금," 코즈모폴리턴이 말했다. "제발, 그렇게 말하지 마세요. 저 아이가 이 세상에선 가난한 사람이 바보를 보고 웃으면 혼난다고 생각하게 되면 안 되죠."

"그러니까," 노인이 소년에게 말했다. "어쨌든, 작은 소리로 말해."

"예, 그러는 게 나쁘지는 않죠." 코즈모폴리턴이 말했다. "하지만, 착한 아이야, 너 방금 저 영감님에게 뭘 말하려고 하지 않았니, 그게 뭐야?"

"오," 목소리를 낮추어, 손에 쥐고 있는 작은 문을 선선히 열었다가 닫더니, "이거 때문이에요. 지난달 신시내티 장에서 장난감 가판대를 열었을 때 아기용 딸랑이를 여러 노인에게 팔았어요."

"그럴 거야." 노인이 말했다. "나도 종종 손자들 주려고 그런 것들을 사니까 말이야."

"하지만 제가 노인이라고 한 사람들은 늙은 총각들이었어요."

노인은 아이를 잠시 쳐다보았다. 그러더니 코즈모폴리턴에게 속삭였다. "이 아이 좀 이상하지요. 모자란다고 할까, 그렇죠? 아는 게 별로 없다고 할까, 예?"

"아는 게 없어요." 소년이 말했다. "안 그랬으면, 제가 이렇게 빈털터리가 되진 않았겠죠."

"저런, 너 참 귀도 밝다!" 노인이 소리쳤다.

"귀가 잘 안 들렸으면 저를 욕하는 소리도 적게 들을 텐데 말이에요." 소년이 말했다.

"너 참 똑똑한 아인 것 같구나." 코즈모폴리턴이 말했다. "너의 지혜를 팔아서 코트나 사지 그래?"

"나, 참" 소년이 말했다. "그게 바로 내가 오늘 한 일이에요. 이 코트는 나의 지혜를 판 돈으로 산 거고요. 한데, 안 사실 거예요? 자, 여길 보세요, 내가 팔려는 것은 문이 아니에요. 이 문은 그냥 견본으로 가지고 다니는 거예요. 보세요, 자, 선생님," 그 물건을 탁자에 세우고, "이 작은 문이 아저씨 선실 문이라고 상상해보세요. 그럼," 문을 열면서 "밤새 영감님이 들어가 있습니다. 문을 닫습니다, 뒤로요. 이렇게. 자 이제 안전하죠?"

"그런 것 같구나, 애야." 노인이 말했다.

"물론 그렇지, 착한 녀석 같으니라고," 코즈모폴리턴이 말했다.

"모든 게 안전해요. 자, 지금 새벽 2시입니다. 손이 보드라운 신사가 보드랍게 다가와서 여기 문손잡이를 열려고 해요. 이렇게 보드라운 손을 가진 신사가 살금살금 들어갑니다. 그리고 이봐, 짜잔! 보드라운 현금이 어떻게 된 거지?"

"알겠어, 알겠다. 애야." 노인이 말했다. "그 훌륭한(fine) 신사는 뛰어난(fine) 도둑이었고, 너의 작은 문에는 도둑을 막을 자물쇠가 없군." 이 말을 하며, 노인은 그 물건을 아까보다 훨씬 더 찬찬히 살펴보았다.

"자, 그럼," 하얀 이를 다시 드러내며, "자, 그럼, 할아버지처럼 연세가 드신 분이라면 이런 일에 대해서 두말할 필요 없이 잘 아시지요. 하지만 지금 위대한 발명품이 나왔어요." 단순하지만, 독특하고 작은 철제 장치를 끄집어냈다. 그건 작은 문 안쪽에 붙어 빗장처럼 문을 잠그는 것이었다. "자, 이제," 그것을 쥐고 팔 길이 정도로 멀찌감치 떨어져서, 감탄의 눈길을 보내며, "자, 이제, 보드라운 손의 신사가 여기 이 문고리를 보드랍게 열고 들어가서 자기 머리가 자기 손만큼이나 보드랍다는(멍청하다는) 걸 알게 될 때까지 계속 시도해보게 내버려둡시다. 특허받은 여행객용 자물쇠를 단돈 25센트에 사세요."

"저런," 노인이 소리쳤다. "글로 보여주는 것보다 낫네. 알았어, 하나 사지. 바로 오늘 밤에 써봐야겠다."

늙은 은행가처럼 침착하게 잔돈을 주머니에 넣으며, 소년이 반대편 사람에게 말했다 "손님도 하나 사실래요?"

"미안하지만, 얘야, 나는 대장장이가 만든 그런 물건은 절대 이용하지 않아."

"대장장이에게 일거리를 몰아주는 사람들이 정작 그런 철물을 잘 안 쓰지요." 소년이 이렇게 말하며, 그 나이 또래 애는 흥미가 가지 않을 수 없는 듯, 불확실하지만 알고 있다는 의미의 눈짓을 그에게 보냈다. 하지만 아무리 봐도 노인은 물론 그가 보낸 눈짓을 받은 사람도 그 의미를 알아차리지 못한 것 같았다.

"자 그럼," 소년이 다시 노인을 향해 말했다. "오늘 그 여행자용 자물쇠를 방에 채우면 안전하겠다는 생각이 드시죠. 그렇죠?"

"그렇지."

"그러면 창문은요?"

"이런, 창문이 있었네. 애야, 내가 그것까진 생각 못 했어. 그것도 대비해야 하는데."

"창문 역시 신경 안 쓰셔도 돼요." 소년이 말했다. "정말 맹세코, 여행자용 자물쇠도 잊어버리세요. (제가 한 개를 판 것이 미안하다는 말은 아닙니다) 이 작고 기똥찬 물건 하나만 사시면 됩니다." 멜빵같이 생긴 물건을 여러 개 끄집어내더니, 그걸 노인 앞에서 흔들었다. "전대입니다. 선생님 50센트밖에 안해요."

"전대? 난 그런 건 처음 들어보는데."

"일종의 지갑이죠." 소년이 말했다. "좀 더 안전한 종류의 지갑 말이에요. 여행객들에게 아주 좋아요."

"아하, 지갑. 지갑 참 이상하게 생겼군. 지갑치곤 너무 길고 좁은 것 아냐?"

"허리에 두르면 됩니다. 안에요." 소년이 말했다. "문이 열리든 닫히든 깨어서 걸어 다니든 의자에서 잠이 들든 이 전대를 뺏어 갈 수는 없죠."

"알았어, 알았어. 전대를 훔치는 게 힘들기는 **하겠군**. 그리고 오늘 들으니 미시시피강에서는 소매치기가 밥벌이하기 힘들다던데, 그건 얼마나?"

"단돈 50센트입니다. 선생님."

"하나 사지, 여기!"

"감솨합니다. 선물도 하나 드릴게요." 전대와 함께 가슴에서 작은 종이 한 다발을 꺼내더니 노인 앞에 한 장을 내려놓았다. 노인은 그 종이를 보며 읽었다. "**위조지폐 감별법.**"*

"아주 좋은 거예요." 소년이 말했다. "75센트 이상 사는 손님들에게 이걸 주고 있어요. 그 사람들에겐 최고의 선물이죠. 손님도 전대를 사실 건가요?" 코즈모폴리턴 쪽을 바라보았다.

"미안하지만, 얘야, 나는 그런 거 필요 없어. 나는 내 돈 지키는 일에 크게 신경 쓰지 않는단다."

"허술한 미끼가 나쁘지는 않죠." 소년이 말했다. "거짓을 봐야 진실을 찾는 거니까요. 위조지폐 감별법에 별로 관심 없다, 이거지요? 그럼 동쪽에서 불어온 바람에 대해 생각하고 계셨나요?"

"얘야," 노인이 걱정스럽게 말했다. "여기 더 앉아 있으면 안 되겠다. 엉뚱한 소릴 하니 말이다. 얼른 자러 가거라."

"누구처럼 거짓말을 할(lie)** 머리가 있으면 그럴 텐데 말이에요." 소년이 말했다. "하지만 널빤지가 단단해서요."

"얘, 가, 가라고!"

"예. 애는 갑니다, 예, 예." 소년이 깡패처럼 비딱하게 말을 따라 했다. 작별인사로 그는 마치 5월에 심술이 난 수송아지가 뿔처럼 생긴 발굽으로 풀밭을 긁듯 그렇게 단단한 발로 카펫에 짜 넣은 꽃을 긁었다. 그러더니 모자로 요란스럽게 인사를 하고(소년의 모자는 나이든 누군가 쓰다 버린 비버 가죽 모자였는데

---

* 당시 미국에서 위조지폐를 감별하는 법에 관한 책이 여러 번 출간되었다.
** 영어 lie는 '눕다'란 뜻과 '거짓말하다'란 뜻이 있다.

어려운 시절을 겪은 탓인지 넝마 조각이나 다름없는 그의 다른 옷가지들과 마찬가지로 과거의 경험과는 맞으나 나이에는 맞지 않은 소유물이었다) 방향을 돌려 카피르족* 청년 같은 몸짓을 하며 자리를 떠났다.

"이상한 아이네요." 눈으로 그를 좇으며 노인이 말했다. "누가 엄만지 궁금하군요. 저 애가 이 늦은 시간을 어떻게 보냈는지 엄마가 알까요, 모를까요?"

"아마도," 상대방을 바라보며, "저 애 엄마는 모를 겁니다. 그런데 혹시 기억하시는지, 당신이 뭔가 말하고 있었는데 저 아이가 문을 열고 들어와서 끼어들었죠."

"참 그랬지요, 봅시다." 잠시 지갑에는 신경을 끄고, "자, 그게 뭐였죠? 내가 말하던 게 뭐였죠? 당신은 기억나시오?"

"다 기억나진 않아요, 영감님, 하지만, 내가 틀리지 않는다면, 대충 이런 것이었어요. 당신은 창조물을 불신하고 싶지 않았다. 왜냐하면 그건 창조주에 대한 불신을 내포하고 있으니까."

"그렇소. 그런 말이었소." 시선은 자신이 산 물건에 두면서 기계적으로 별 관심 없이 말했다.

"그럼 오늘 밤에 저 전대에 돈을 넣으실 건가요?"

"그게 최상의 방책이지 않소?" 살짝 놀라며, "조심하는 데 너무 늦은 때란 없죠. '소매치기 주의'는 배 안 어디서든 해야죠."

"예, 그리고 거기에 그렇게 써놓은 사람은 틀림없이 시락의

---

* 카피르caffre족은 남아프리카 반투Bantu어족에 속하는 부족이다.

아들이거나, 다른 음울한 냉소주의자일 거예요. 하지만 원래 용도는 그게 아니에요. 당신이 그런 것에 신경을 쓰시니, 그렇다면 제가 선생님 전대를 채우는 것을 도와드리면 어떨까요? 우리가 함께 거기에 돈을 안전하게 넣으면 될 것 같은데요."

"아, 안 돼, 안 돼, 안 돼!" 노인이 당황스러워하며 말했다. "안 돼, 안 돼, 여하한 일이 있어도 폐를 끼칠 생각은 없소." 그러더니 불안한 듯 전대를 접으며, "당신 앞에서 직접 전대를 차는 무례를 범할 수는 없지요. 하지만 마침 생각난 게 있소." 잠시 말을 멈추었다가 조끼 주머니 한 귀퉁이에서 작은 돈뭉치를 조심스럽게 끄집어냈다. "어제 세인트루이스에서 받은 지폐 두 장이 여기 있어요. 이 지폐들이야 당연히 진짜요. 하지만 시간이나 보낼 겸 여기 이 감별법으로 지폐를 비교해봐야겠소. 축복받을 착한 아이가 선물로 준 거 말이오. 사회의 은인, 저 어린 소년이요!"

탁자에 감별법을 똑바로 놓은 노인은 이어서 경찰관이 범인의 옷깃을 목덜미까지 잡고 법정에 데리고 가듯 지폐 두 장을 감별법 맞은편에 놓았다. 감별법에 따라 검사가 시작되었고, 노인은 대단히 공을 들여 지폐를 찬찬히 조심스럽게 한참 살펴보았다. 흔적을 찾고 증거를 지목하는 일에는 오른손 검지가 어느 쪽으로든 변호사처럼 탁월하다는 것이 증명되었다.

잠시 노인을 바라보던 코즈모폴리턴이 딱딱한 목소리로 말했다. "자, 무슨 말이라도 해보시지요, 배심원장님. 유죕니까 무죕니까? 무죄군요, 그렇죠?"

"모르겠어요, 모르겠소." 당황한 노인이 대답했다. "각양각색의 표시가 너무 많아서 확신이 안 서는군요. 여기, 지폐가 있소." 한 장을 만지며, "빅스버그 신탁 및 보험 은행사가 발행한 3달러 지폐처럼 보여요. 그럼, 이 감별법에는……"

"그런데 이런 경우라면 거기에 뭐라 쓰여 있든 뭔 상관이죠? 신탁 및 보험! 뭐가 더 있어야 합니까?"

"아니요. 감별법을 보니, 다른 특성이 50가지 더 있다는데 그중에 지폐가 정상이라면 지폐 종이에 약간 굴곡지게 빨간 점을 찍어놨기 때문에 여기저기가 두꺼워진다고 하고, 또 제지업자의 통에 붉은 실크 손수건용 린트천을 넣고 휘저어서 만들기 때문에(회사의 주문으로 그 종이가 만들어지지요) 비단처럼 부드러워야 한다고도 적혀 있군요."

"그럼, 그래서……"

"잠깐, 하지만 항상 이런 표시에 의존하면 안 된다고도 덧붙여져 있소. 왜냐하면 정상 지폐라도 마모가 되고 붉은 표지도 닳아서 없어지니까요. 그러니까 여기 내 지폐(얼마나 오래되었는지 보시오)가 그런 경우네요. 아니 그게 가짜 돈일 수도 있고 아닐 수도 있고(잘 모르겠소), 어쩌면 그게 아닐 수도, 이런, 이런, 다른 뭐가 있는지 생각이 안 나네."

"감별법 때문에 영감님이 뭔 고생을 하나 보십시오. 절 믿으세요. 이 지폐는 정상입니다. 그렇게 불신하면 안 되죠. 제가 항상 생각하는 게 말이죠, 요즈음 신용이 많이 떨어진 이유가 책상과 계산대마다 볼 수 있는 이런 가짜 감별법 때문이라는 건데 그게 이렇게 증명되는군요. 정상 지폐를 의심하도록 부추기다니. 그것 때문에 걱정거리만 생기니 제발 그런 건 버리십시오."

"아니오. 골치가 아프긴 하지만 계속 가지고 있겠소. 잠깐, 지금 여기 또 다른 표지가 있네요. 여기에 적혀 있기로 만약 지폐가 정상이면 한쪽 끝 삽화에 아주 작은, 거의 미세한 크기의 거위가 보인다고 합니다. 그리고 조치를 더하기 위해 확대해도 주의를 기울이지 않으면 거의 알아볼 수 없을 정도로 작게 나무 옆에 나폴레옹의 실루엣이 있다고 하오. 지금 아무리 자세히 봐도 거위가 안 보이는군요."

"거위를 볼 수 없다고? 허, 나는 보여요. 유명한 거위잖아요. 저기." (팔을 뻗어 삽화 안의 한 점을 가리켰다)

"안 보이는군. 이런, 안 보여요. 진짜 거위요?"

"완벽한 거위예요. 잘생긴 거위인데요."

"이런, 이런, 안 보이잖아."

"그러니까 감별법은 버리세요. 다시 말합니다. 그걸 봐봤자 눈만 나빠지죠. 괜히 기러기 찾기 놀이만 하게 된 거 모르시겠어요?* 지폐는 정상이에요. 감별법은 버리시죠."

"아니오. 생각한 것만큼 만족스럽지는 않지만, 다른 지폐를 한번 검사해봐야겠소."

"원하신다면 그렇게 하세요. 하지만 양심상 더는 못 도와드리겠어요. 죄송하지만, 실례했습니다."

이 말 후에 코즈모폴리턴은 노인이 애를 써가며 다시 검사

---

* 거위(기러기) 찾기 놀이(a goose chase)란 '헛수고'라는 의미도 있다. 3장에서 나무다리의 남자가 기니의 신원을 확인해줄 사람을 찾는 것을 거위 찾기에 비유했다.

를 시작할 때 그가 편히 일하게 내버려두고 다시 책을 읽기 시작했다. 결국 노인이 아무 소득 없는 일을 포기하고 쉬는 것을 본 코즈모폴리턴은 자기 앞에 놓인 책에 대한 재미있는 이야기를 진지한 어조로 몇 마디 던졌다. 얼마 후 그는 그 큰 책을 탁자 위에서 천천히 뒤집어서 그 책을 배에 선사한 협회명이 새겨진 금박 글씨의 희미한 자취를 어렵게 찾아내, 더욱 심각한 어조로 말했다. "아, 선생님, 이런 책이 공공장소에 있다는 생각을 하면 모든 사람이 기뻐하겠지만 동시에 그런 만족감을 반감시키는 것도 있네요. 이 책을 보세요. 겉은 수하물실에 있는 찌그러지고 오래된 옷가방 같아 보입니다. 그런데 그 안은 백합 봉오리의 희고 순결한 속잎 같네요."

"맞습니다, 맞소." 노인이 이제야 처음으로 주변을 돌아보며 슬픈 어조로 말했다.

"이런 걸 본 게 처음이 아니에요." 상대방이 말을 이어갔다. "배와 호텔에서 이런 공용『성경』을 계속 살펴봤지요. 모두 이 책과 비슷해요. 밖은 낡고 안은 새것인 것 말이에요. 그런 게 아무리 오래되어도 안에는 신선함, 즉 가장 좋은 진실의 징표가 있다는 적절한 예를 보여줍니다. 하지만 또한 그건 여행객의 마음속에서 이『성경』에 대한 존경심을 크게 바랄 수는 없다고 말하는 것이기도 하죠. 제가 잘못 안 것일 수도 있지만, 일반 여행객들에게 그 책에 대한 신뢰감이 더 컸다면 이러지는 않을 것 같습니다."

노인은 감별법을 보느라 몸을 굽히고 있을 때와는 판이한 표정으로 동행인의 말을 묵상하며 잠시 앉아 있었다. 그러다가 마침내 홀린 것 같은 얼굴로 말했다. "그런데 일반 여행객이야 말로 이 책을 통해 알 수 있는 신의 가호를 믿어야 할 필요가 누구보다 많은 사람이오."

"맞습니다, 맞아요." 상대방이 사려 깊게 동의했다. "그래서 사람들은 그러고 싶어 하고, 기꺼이 그러기를 바랄 거요." 노인은 불이 붙은 듯 흥분해서 말을 이었다. "왜냐하면 이 계곡에서 우리가 방황하는 동안, 스스로 어찌할 수 없을 때 도와줄 힘이 있고, 기꺼이 도와주실 능력자를 우리가 신뢰하기 때문에 어떤 급박한 비상사태에도 놀랄 일이 없고 급박한 위험을 만날 일도 없다는 것을, 의무에서가 아니라 기쁜 마음으로 믿고 있기 때문이오."

노인의 태도에는 코즈모폴리턴의 태도에 부합하는 뭔가가 있었다. 그러자 코즈모폴리턴은 노인 쪽으로 몸을 기울이며 슬프게 말했다. "그런데 이건 여행객들이 잘 꺼내지 않는 주제인데, 그래도 말씀드리자면, 저도 영감님만큼이나 보안을 걱정한답니다. 저는 이 세상을 꽤 많이 돌아다녔고 지금도 돌아다니고 있습니다. 그런데 지금 이 땅에서, 특히 이곳, 또한 이 지역에서 증기선과 열차에 대해서 좀 우려스러운 이야기를 듣긴 들었습니다. 그래도 나는 계속 말할 겁니다. 육지든 바다든 비록 가끔 잠시 잠깐 불안한 일이 생기더라도 나는 절대 불안해하지 않겠노라고 말입니다. 왜냐하면 영감님만큼이나 저도 공공안전위원회*를 신뢰하기 때문입니다. 그 위원회는 우리가 깊은

* 공공안전위원회(Committee of Public Safety)는 프랑스혁명 이후 로베스피에르

잠에 빠져 있을 때 조용히 모든 안건에 대해 회의하고 눈에 띄지 않게 순찰하며 경계하지요. 게다가 순찰 지역은 도시만큼이나 광대한 산림지역, 거리만큼이나 복잡한 강 주변까지 걸쳐져 있지 않습니까. 한마디로 저는 이런『성경』구절을 잊지 않을 겁니다. '대저 여호와는 네가 의지할 자이시니라.'* 이 말씀을 믿지 않는 여행객들에겐 틀림없이 온갖 비참한 불행이 닥칠 겁니다. 아니면 근시안적으로 헛된 방편을 써서 스스로를 지키든지요."

"그렇긴 하지만." 굽실거리며 노인이 말했다.

"이런 장이 있습니다." 상대방이 또다시『성경』을 들고 말을 이어갔다. "틀린 데가 없는 말이니 꼭 읽어드려야겠어요. 하지만 이 램프, 아르강 램프가 침침해지는군요, 저게 항상 그렇죠."

"그게 원래 그렇소. 원래 그래요." 노인이 태도를 바꾸며 말했다. "미안합니다만, 너무 시간이 늦어서요. 나는 자러, 자러 가야겠소! 어디 보자," 일어나며 아쉬운 듯 등 없는 의자와 소파, 이어서 카펫 순으로 사방을 둘러보았다. "어디 보자, 어디 보자, 내가 잊은 건 없나. 잊은 건? 기억이 좀 침침하네. 뭐였지, 내 아들이, 아주 조심성 많은 그 애가, 오늘 아침, 바로 오늘 이 아침에 출발하려고 할 때 뭐라고 했었는데. 뭔가 챙겨야 할 게 있었는데, 자러 가기 전에 챙겨야 할 것, 그게 뭘까

가 세운 최고 권력기관이다. 이름과 달리 사람들을 죽음의 공포로 몰아넣었다.
* 「잠언」3장 26절.

요? 안전에 관한 것이었는데. 아 참, 기억력이 이렇게 형편없다니!"

"한번 생각해봅시다. 구명도구인가요?"

"그래요. 내가 선실에 들어가기 전에 구명도구를 챙겼는지 절대 빼먹지 말고 살피라고 그 애가 당부했소. 배에서 제공해준다고 말입니다. 그런데 그게 어디에 있지? 하나도 안 보이네. 그건 어떻게 생겼소?"

"이와 비슷하게 생겼을 것 같습니다, 선생님." 아래에 양철 타원형 서랍이 달려 있는 갈색 의자를 들어 올리며, "예, 제가 보기에는 이게 구명도구입니다. 선생님, 아주 좋은 것이죠. 이런 물건에 대해 잘 아는 척하진 않을게요. 실은 저도 사용해본 적이 없다고 말씀드려야겠군요."

"허, 참, 나! 이런 천만뜻밖이네요! **저게** 구명도구라고요? 저건 내가 앉아 있었던 의자잖아요, 그렇죠?"

"그렇습니다. 그리고 스스로 목숨을 구하려 하지 않을 때에도 목숨을 지켜주는 분이 있다는 것을 보여주기도 하지요. 사실, 만약 배에 문제가 생겨서 가라앉게 되면 여기 있는 어떤 의자를 사용해도 물에 뜰 수 있어요. 하지만 방 안에 하나 있었으면 하시니까 이걸 가져가세요." 의자를 그에게 건네주며, "이걸 추천해드리죠. 이 양철 부분 말이에요." 손가락 관절로 두드리며, "완벽한 것 같아. 텅 빈 소리가 나잖아요."

"물론, **아주** 완벽하겠죠?" 그러더니 걱정스러운 듯 안경을 쓰고, 그 물건을 찬찬히 자세하게 살펴보았다. "땜질은 잘되었나? 단단한가?"

"물론 잘되어 있죠. 영감님, 하지만, 정말, 말씀드렸지만, 저는 이런 물건을 절대 이용하지 않습니다. 하지만 만약 배가 침몰하는 일이 생기면 날카로운 목재를 피하기 위해 영감님은 하나님이 특별한 섭리로 마련해주신 저 의자를 믿고 의지하실 수 있을 겁니다."

"그럼, 안녕히 주무시오, 잘 자요. 하나님의 섭리가 우리 모두를 지켜주십니다."

"물론 그렇죠." 그가 동정 어린 눈길로 노인을 바라보았다. 그때 노인은 손에는 전대를, 팔 안쪽으로 구명장비를 끼고 서 있었다. "확실히 신의 섭리 안에서 당신과 나는 인간으로서 동등하게 신뢰할 수 있지요. 그런데 이런, 깜깜한 이곳에 우리만 남았군요. 체! 무슨 냄새도 나네요."

"아, 지금 가야겠소." 앞에 서 있는 그 사람을 쳐다보며 노인이 고함쳤다. "내 선실로 가는 길이 어디죠?"

"눈이 좋지는 않지만 제가 안내해드리죠. 하지만 모든 사람의 폐를 생각해서 먼저 이 램프를 꺼야겠어요."

희미하게 시들어가던 불이 그다음 순간 꺼졌다. 불이 꺼지면서 뿔같이 생긴 제단에 붙어 있던 희미한 불길과 제복을 입은 남자의 이마를 감도는 희미한 광휘도 사라졌다. 그와 함께 찾아온 어둠 속으로, 코즈모폴리턴은 친절하게 노인을 이끌고 사라졌다. 이 변장놀이 뒤에 더한 무슨 일이 일어날 수도 있을 것이다.

옮긴이 해설

시대를 초월한 문제적 소설, 허먼 멜빌의 『사기꾼』

작가 허먼 멜빌의 생애와 작품

작가 허먼 멜빌(Herman Melville, 1819~1891)은 미국의 르네상스 시대를 대표하는 소설가이자 시인이다. 『모비딕—혹은 고래 *Moby-Dick; Or, The Whale*』의 작가로 널리 알려진 멜빌은 1819년 뉴욕에서 부유한 무역상의 아들로 태어났다. 하지만 유복했던 그의 어린 시절은 아버지가 무역업에 실패하고, 병으로 돌아가시자 일찌감치 끝이 났고, 그 대신 어린 형제와 모친을 부양하기 위해 형과 함께 온갖 일을 하며 여러 학교를 전전해야만 했다. 농가의 일꾼으로, 외가와 형의 가게에서는 점원으로 생활비를 벌었고, 학교에서 3년간 교편을 잡기도 했으며, 14세에는 뉴욕 스테이트 은행의 은행원으로 근무하기도 했다. 이후 선원 생활을 거쳐 전업 소설가로 살다가 경제적인 문제 때문에 다시 세관원으로 일하기도 했다.

흔히 멜빌을 법률 소설의 대가이자 미국을 대표하는 해양 소설가라고 생각하지만 의외로 그의 선원 생활은 길지 않았다. 여러 직업을 전전하던 멜빌이 배에 처음 오른 것은 1839년 리버풀로 가는 뉴욕 여객선인 세인트로렌스 상선의 선실 승무원으로 일하던 때였다. 2년 후 1841년 1월에 멜빌은 남태평양으로 떠나는 포경선 어커시넷호에 선원으로 취직했고, 이후 1844년 말 랜싱버그에 사는 가족들의 품으로 돌아오기까지 약 4년간 선원과 해군으로 하와이, 남태평양의 폴리네시아 등을 모험한 것이 그가 한 선원 생활의 전부였다. 포경선이었던 어커시넷호의 선원으로 취직한 멜빌은 18개월 후 마키저스 Marquesas제도에 배가 도착했을 때 혹독한 선원 생활을 버티지 못하고 동료 선원과 함께 배에서 도망쳐 어쩔 수 없이 1개월간 식인종인 타이피족과 함께 생활하게 되었다. 그 후 다행히도 또 다른 포경선인 루시앤호에 의해 구조되었으나 이번에는 선원들 간의 폭행사건에 연루되어 타히티섬에서 선상 반란자 혐의로 체포되었다. 또다시 다른 죄수와 도주하는 데 성공한 멜빌은 호놀룰루에서 미국 해군에 입대하여 고향으로 돌아올 수 있었다. 갓 스물을 넘긴 멜빌이 겪은 이 당시의 파란만장한 경험은 『모비딕』 『타이피―폴리네시아인들의 삶 엿보기 Typee: A Peep at Polunesian Life』 『오무―남양 모험기 Omoo: A Narrative of Adventures in the South Seas』 「베니토 세레노 Benito Cereno」의 근간이 되었다.

귀향 후 가족의 권유로 남태평양에서 겪은 모험을 그린 소설을 써야겠다는 결심을 한 멜빌은 타이피족과 함께 지냈던 체험을 바탕으로 『타이피』를 집필했고, 런던 주재 미국 공사관에 근무하던 형의 도움을 받아 1846년 런던에서 이 책을 출판했다.

그의 소설 데뷔작이라고 할 수 있었던 『타이피』는 비교적 성공을 거두었고, 다음 해에 출간된 『오무』도 큰 성공을 거두어 멜빌은 경제적인 어려움에서 어느 정도 벗어나는 것은 물론 매사추세츠주 대법관의 딸인 엘리자베스 쇼와 결혼까지 할 수 있었다. 오지에서 겪은 모험담을 별다른 상징성 없이 그린 『타이피』와 『오무』는 당시 독자들이 가지고 있던 미지의 세상에 대한 호기심을 충족시켜주었다는 점에서 대중 취향에 맞았다고 할 수 있다. 하지만 1949년에 쓴 『마디—그리고 그곳으로의 항해 *Mardi: and a Voyage Thither*』 이후 작품에서 멜빌은 『타이피』나 『오무』에서 볼 수 없었던 철학적이고 관념적인 사유, 소설 형식에 대한 다양한 실험, 난해한 상징성 속으로 빠져들었고, 이에 비례하여 대중에게서 점점 멀어지기 시작했다.

멜빌은 1850년 경제적인 어려움 때문에 시골 생활을 시작했는데 이때 피츠필드에서 산책 중에 우연히 『주홍글자 *The Scarlet Letter*』의 작가 너새니얼 호손과 마주치면서 그와의 인연이 시작되었다. 둘 사이의 우정은 1864년 호손이 사망할 때까지 이어졌으며, 그가 대중과 평단의 혹평으로 괴로워할 때 항상 그의 작품을 높이 평가하며 위로해주었던 사람도 호손이었다. 멜빌 역시 호손의 문학에서 볼 수 있는 초월적 이상주의와 인간의 본성에 자리 잡은 어둠과 악에 대한 인식에 공감했으며, 그러한 인식은 그의 여러 작품, 특히 그의 대표작인 『모비딕』에서 강하게 나타난다.

대표작 『모비딕』은 멜빌이 포경선에서의 경험을 바탕으로 고래잡이에 대한 소설을 쓰겠다는 동기에서 나온 작품이었다. 당시 멜빌은『모비딕』을 쓰기 위해 포경업과 법률 문헌, 그 밖에 방대한 자료를 수집했다고 한다. 이 작품은 1851년 런던과 뉴욕에서 출간되었다. 포경선 피쿼드호의 선장 에이해브가 모비딕이라는 흰머리 고래에게 한쪽 다리를 잃은 후 복수하겠다는 일념으로 뒤쫓다가 결국 자신과 배의 선원들이 목숨을 잃는 내용이다. 당시 낭만적인 스토리에 이해하기 쉬운 소설 구조에 익숙해 있었던 미국의 소설 독자들이 읽기에는 버거운 작품이었다. 악, 숙명, 자유의지의 문제에 관한 철학적 고찰이 전개되는 이 작품은 대중의 몰이해로 인해 책의 진가가 올바로 평가받지 못했고, 심혈을 기울여 쓴 작품이 팔리지 않자 멜빌은 정신적, 경제적으로 더욱 힘들어졌다. 하지만『모비딕』이후 멜빌은 오히려 이런 현실에 반항이라도 하듯, 보란 듯이 대중들의 취향과 배치되는 소설 작품을 연달아 내놓았다. 이듬해 출간한『피에르―혹은 모호함Pierre; or, The Ambiguities』는 근친상간이 의심되는 내용이 들어 있는 데다 난해하기까지 하여 독자들에게 더욱 철저하게 외면당했고, 이후에 나온『십자가의 섬Isle of the Cross』역시 출판되지 못하여 그의 금전적인 어려움은 더욱 커졌다.『사기꾼―그의 변장 놀이The Confidence-Man: His Masquerade』40장에 등장하는 차이나 에스터가 빚에 허덕이다 죽음에 이르는 내용 역시 빚에 허덕였던 멜빌의 개인적 경험을 토대로 했으리라 추측하는 것도 이러한 이유에서다. 그의 경제적 어려움은 1884년 부인 엘리자베스 쇼가 유산을 상속받고 자신 역시 여러 경로를 통해 받은 상속 덕분에 세관원 일을 그만둘 때까지 계속 그를 괴롭혔다.

1857년에 발표된『사기꾼』은 그의 마지막 장편소설이며 가장 난해하다는 평가를 받는 작품이기도 하다. 세인트루이스에서 뉴올리언스로 항해하는 미시시피강의 여객선 피델호에 만우절 새벽 귀머거리이자 벙어리가 승선하는 장면으로 시작하는 이 작품에 대해 문학평론가 니나 바임Nina Baym은 멜빌이 '소설과 씨름을 한다'고 표현했을 정도로 이해가 어려운 작품이었다. 이 작품에 대한 평단과 독자들의 혹평 때문에 멜빌은 이후 소설 쓰기를 그만두고 시 창작에만 전념했다. 1857년에서 1860년까지 신통치 않았던 세 번의 강연 여행을 마친 멜빌은 형 알렌과 함께 버지니아의 남북전쟁 전투현장을 방문했다. 그는 이때의 경험을 기반으로 전쟁이 끝난 후 72편의 시를 엮은 시집을 출판했으나 이 역시 독자들로부터 반응은 크게 좋지 않았다. 결국 경제적인 어려움을 견디지 못한 가족들의 압력으로 멜빌은 1866년 세관원으로 취직하게 되었는데 이후 그는 20년간이나 세관에서 일해야 했다. 이 시기에 나온 그의 대표적인 시집으로는『클라렐―성지순례 시편Clarel: A Poem and Pilgrimage in the Holy Land』이 있으며 1891년 9월 28일 심장 발작으로 사망하기 전 마지막 유작으로 소설「선원, 빌리 버드Billy Budd, Sailor」가 남았다. 유족들이 유품을 정리하는 가운데 발견된 이 작품은 1924년에야 비로소 출판되었다.

　멜빌은 캘빈주의적 신교 사상에 의지하면서도 때로는 신학의 범주를 넘어서는 근원적인 의문을 제시하여 인간의 복잡한 상황과 심리를 비유적, 상징적으로 묘사했다. 풍부한 상징성, 선과 악의 대립에 관한 탐구, 근대적 합리성을 거부하는 철학적 사고, 난해한 문장과 작품 구조 등이 멜빌 작품에서 공통으로 찾을 수 있는 특성이다.

『뉴욕 타임스』에 실린 그의 부고 기사에는 그의 이름이 허먼 Herman이 아닌 '헨리'와 '히람'이라고 기재되었다. 이 사건은 편집상의 실수라고도 볼 수 있으나, 한편으로는 생전에 그의 인지도가 어떠했는가에 대한 방증이기도 하다. 멜빌이 현재 너새니얼 호손과 함께 19세기 미국 문학을 대표하는 작가이자 인간과 인생을 비극적으로 통찰한 철학적 작가로, 그리고 시대를 뛰어넘는 문체적 실험을 한 작가로 평가된 것은 그의 사후의 일이다. 멜빌에 대한 재평가는 1920년대 들어서 이루어졌다. 문학자 레이먼드 위버Raymond Weaver가 1921년 허먼 멜빌의 전기를 출판했고, 이어서 유고작인 「빌리 버드」가 1924년에 출간되었으며 멜빌의 작품에서 나타나는 모더니즘적 요소가 새롭게 주목받기 시작했다. 그의 소설에 대한 재평가와 함께 멜빌이 말년에 발표했던 시집들 역시 20세기 후반에 새롭게 조명받았음은 물론 그의 마지막 소설인 『사기꾼』의 독특한 소설적 구조도 현대적 시각으로 새롭게 해석되었다.

『사기꾼―그의 변장 놀이』에 대하여

"저 사람을 누구라 할까?"

"캐스퍼 하우저."

"세상에나!"

"흔치 않은 상판이군."

"유타주에서 온 어설픈 예언가지."

"사기꾼!"

『사기꾼』 2장 첫머리에 나오는 이 대화는 「고린도 전서」 13장을 적은 판을 들고 사랑을 설파하던 벙어리 백인의 정체에 대해 피델호 승객들이 수군거리는 말이다. 피델호의 승객들이 이 인물의 정체를 궁금해하면서도 끝내 그의 정체를 밝히지 못하는 것처럼, 과연 이 벙어리가 현상금이 걸려 있는 전설적인 사기꾼과 동일인인지, 뒤이어 등장하는 흑인 절름발이나 그 밖의 다른 사기꾼들과 같은 사람인지에 대해서는 아무도 알 수 없다. 그냥 막연하게 이어지는 인물 간의 대화 속에서 찾을 수 있는 논리의 유사성과 독자들의 사기꾼에 대한 직간접적인 경험을 바탕으로, 아마도 만우절에 피델호에 승선한 미지의 사기꾼이 여러 번의 변장을 통하여 승객들을 반복적으로 농락하며 하루를 보냈을 거라는 추측만 할 수 있을 뿐이다.

이 작품이 출간되었던 1857년 『문학 가제트 *Literary Gazette*』지의 논평은 등장인물 간의 대화로 채워진 이 작품을 과연 소설로 볼 수 있는가에 대해 강한 의문을 표하고 있다. 지금까지도 이어지는 의문, "이 작품을 소설로 볼 것인가 말 것인가?"는 우리가 소설에서 기대하는 모든 것을 이 작품이 다 깨어버렸다는 점에서 비롯되었을 것이다. 내용의 대부분이 등장인물 간의 대화로 구성되어 있고, 등장인물들 역시 박진감이 결여된 알레고리적 인물들이며, 딱히 중심이 되는 사건도 없고, 한 명인지 여러 명인지도 확실하지 않은 (사기꾼이라 생각되는) 인간(들)이 승객들을 상대로 '인간이 서로를 믿어야 할 필요성'을 운운하며 푼돈을 우려낸다. 또한 난데없이 초월주의자들이 등장하거나, 등장인물들끼리 상황극을 하기도 하고, 내레이터가 자신의 서술방식에 대해 변명하려고 불쑥 개입하거나, 내레이터의 서술방식이 등장인물의 서술방식과 일치되지 않는다는 불평조의 논평이 나오기도 한다.

출간 당시 독자들과 평단에서 철저히 외면당하는 바람에 멜빌이 소설 쓰기를 중단한 계기가 되었다고 전해지는 이 작품은 작가의 다른 작품들과 마찬가지로 그의 사후에 새롭게 평가되었다. 하지만 지금 현재까지도 이 작품은 시대를 초월하는 현대적인 작품이라는 평가부터 소설의 구조나 인물 묘사에서 문제가 있는 작품이라는 평가에 이르기까지 극단적인 평가를 오르내리고 있기도 하다. 부연하자면, 이야기의 전개방식이 일관적이지 못하다, 작중 인물의 정신적인 성장 과정이 보이지 않는다, 필요 이상으로 난해하며, 작품의 의미가 불명확하다는 식의 부정적인 평가와 '허구적 진실'이라는 작가 자신의 실체관이 반영된 작품, 20세기 모더니즘과 라캉의 정신분석학을 엿볼 수 있는 선구적인 작품, 인간 세상 전반에 대한 풍자이자 알레고리라는 문학적 호평으로 그 평가가 양분되는 것이다. 다행이고도 확실한 것은 멜빌 생전에는 혹평 일색이었지만, 20세기 후반 이후 시대를 앞서는 선구적인 작품으로 평가하려는 움직임이 늘고 있다는 사실이다.

『사기꾼』의 영문 제목은 'The Confidence-Man: His Masquerade'이다. 사기꾼을 의미하는 'confidence-man'이란 용어는 '신용,'

'신뢰'라는 의미의 'confidence'에 '-man'을 붙여서 만들어졌다. 즉 단어의 원뜻만 본다면 confidence-man은 '신뢰할 수 있는 인간'이란 의미여야 하는데 역설적으로 '사기꾼'이라는 의미도 있다. 노튼판 『사기꾼』의 서문에 의하면 confidence-man이란 용어는 1849년 이후 쓰이기 시작했고, 자신이 신뢰할 수 있는 인물이라는 것을 믿어달라고 호소하며 피해자에게 신뢰의 징표로 시계나 다른 물건을 요구하여 받아내는 사기꾼들을 일컫는 말이었다고 한다. 이 용어의 의미처럼 본 작품에 등장하는 다수의 사기꾼 혹은 여러 사람으로 변장한 한 명의 사기꾼은 역설적으로 인간이 서로 신뢰해야 할 도덕적, 신학적 의무를 설파하면서 신뢰의 증표를 요구한다. 또한 다수의 피해자는 이 사기꾼의 논리에 말려들어 오히려 상대방을 신뢰하지 못하는 자신의 모습에 양심의 가책을 받아가며 순순히 그 증표를 내놓는 역설적인 상황이 벌어진다.

이런 상황이 우스꽝스러운 것은 분명하지만, 19세기 미국에서는 물론 21세기 지구상 어느 곳에서도 이와 같은 상황이 계속 벌어지고 앞으로도 벌어질 것이라는 점을 누구도 부인할 수는 없을 것이다. 매춘과 마찬가지로 사기꾼이 없는 사회는 역사상 없었을 것이기 때문이다. 그런 의미에서 이 작품의 독자들은 누가 누구와 동일 인물인지, 누가 사기꾼이고 누가 피해자인지를 정확하게 인식하지 못하는 일이 발생할 수는 있지만, 이들 사기꾼이 벌이는 일을 어디선가 들어본 적이 있다는 점과, 이런 일이 나에게도 일어날 수 있다는 경각심만은 분명히 들 것이다.

총 45장으로 구성된『사기꾼』은 구성상 세 부분으로 나눌
수 있다. 첫 부분은 '신용'을 뜻하는 여객선 피델호에 벙어리이
자 귀머거리가 승선하고 이어 3장에 동냥을 하는 검둥이가 등
장하여 자신의 신원을 확인해줄 수 있는 인물을 언급하여, 언
급된 이 인물들이 차례로 등장하는 부분이다. 두번째는 등장인
물들이 내레이터가 되어 다른 인물에 관한 이야기를 전하는,
이야기 속의 이야기 구조로 된 부분이다. 즉 12장의 헨리 로버
츠가 전하는 상장을 달고 있는 불운한 남자 이야기, 26장의 찰
스 아놀드 노블이 전하는 존 모어독 대령 이야기, 34장 코즈모
폴리턴이 전하는 샤르몽 이야기, 40장 에그버트가 전하는 차
이나 에스터 이야기가 그것이다. 세번째는 작가이자 내레이터
가 작품 속으로 들어와 자신의 문학론을 전개하거나 서술방식
에 관해 변명하는 부분으로 14장, 33장, 44장이 여기에 해당한
다. 19세기 작품으로서는 보기 드물게 스토리 구성이 파격적이
듯, 시간 설정 자체도 파격적이다. 즉 본 작품은 동이 틀 때 피
델호에 승객들이 승선하는 것으로 시작하여 그날이 저무는 것
으로 끝이 난다. 단 하루 만에 이 모든 사건이 한 명의 인물에
의해 연속적으로 벌어졌는데, 과연 그게 가능한가 하는 점은
19세기 독자들에게 많은 의구심이 들게 했을 것이다.

오늘날까지 비평가들은 물론 독자들에게 다양한 의구심을
불러일으키는 이 작품을 어떻게 읽고 어떻게 해석할 것인가
는 다양한 각도로 접근할 수 있겠지만, 혼란을 느낄 독자들을
위해 비평가들의 일반적인 의견을 네 가지 정도 소개하고자
한다.

490

첫번째는 이 작품이 남북전쟁 이전 미국의 정치 사회적 상황에 대한 풍자라는 견해이다. 『멜빌의 사기꾼들과 1850년대 미국 정치*Melville's Confidence Man and American Politics*』를 쓴 헬렌 트림피Helen Trimpi에 따르면 이 소설은 1850년대의 미국 정치, 경제 상황에 대한 풍자물이다. 즉 피델호에 승선한 인물들은 정치가와 재계 인사를 코믹하게 패러디한 인물들이라는 것이다. 피델호가 출발한 곳인 미시시피주는 당시 노예제를 채택한 주와 자유주의 경계 선상에 있었을 뿐만 아니라 무역의 중심지였다는 점도 이 점을 뒷받침해준다. 당시의 상황을 보자면 이 작품이 출간되기 얼마 전(1854) 입법이 된 캔자스-네브래스카 법안으로 인해 새로 이사 온 주민들에게 노예제를 택할지 말지 선택하게 했는데, 이로 인해 미국 서부도 노예제를 존속하는 주가 될 수 있는 상황이었고 노예제 문제가 전국적 문제로 부각되었다. 멜빌은 노예제를 강력하게 반대하는 입장이었고, 3장 흑인 기니의 등장 역시 이 문제와 무관하지 않다. 하지만 멜빌은 노예제의 비판에만 시선을 고정하지는 않는다. 즉 그의 작품 안에서 노예제는 물론 반노예제 지지자인 공화당원도 풍자의 대상이 되고 있다. 사기꾼이 세미놀족 인디언들과의 전쟁을 이용하여 돈을 요구하거나 블랙 래피즈 석탄 회사의 주식을 판매하는 것은 19세기 중반 미국 자본주의의 형성, 원주민 착취와 같은 사회 현상에 대한 작가의 비판적, 풍자적 해석이라고 볼 수 있다.

두번째는 이 작품이 언어와 사물의 핵심에 존재하는 근본적인 모호성에 대한 인식을 다루고 있다는 견해로, 『사기꾼』이 언어, 사물에 대한 해석 가능성 자체를 문제 삼고 있다는 시각이다. 존 카웰티John G. Cawelti는 멜빌이 이 세상을 풀 수 없는 수수께끼로 이해하고 있으며 수수께끼 그 자체인 세계를『사기꾼』을 통해 독자에게 제시하고 있다고 말한다. 45장에 걸쳐 대부분이 등장인물의 대화로 구성된『사기꾼』은 플라톤의 대화록에 비견되기도 하는데, 사물이란 실체가 거울 속에서 반영된 것이라고 생각했던 플라톤처럼, 멜빌 역시 실체란 쉽게 손에 잡히거나 정확하게 묘사할 수 있는 것이라고 생각하지 않았다. 즉 그는 한 눈으로 쉽게 파악되는 인물 묘사나 성격의 일부를 전체라고 간주하게 하는 묘사를 진실한 리얼리티라고 생각하지 않았으며 일관성을 추구하는 것 자체가 반反사실적이라고 생각했다. 이러한 멜빌의 생각은『사기꾼』에서 내레이터가 직접 등장하는 14장, 33장, 44장에서 잘 드러나고 있다.

세번째 견해는 본 작품이 기독교적 관점에서 본 인간의 근원적 악과 악마의 속성을 드러내고 있다는 것이다. 피델호에 승선한 승객들은 인간들을 대표하는 군상이며 정체가 불분명한 미지의 사기꾼은 그런 인간들을 농락하고 속이는 악마를 상징한다는 것이다. 사기꾼은 인간의 기본적인 욕망인 돈, 건강, 사랑, 선을 내세워 인간들을 유혹하고, 신뢰를 얻어내고, 다시 배신하면서 궁극적으로는 인간 간의 신뢰와 사랑을 해친다.

마지막으로 라캉의 정신분석학적 시각으로『사기꾼』을 이해하는 것으로, 최근에 나온 견해라 할 수 있다. 정진만의「허먼 멜빌의『사기꾼』에 나타나는 외양의 균열」에 의하면 멜빌은 현상의 배후에 초월적 실체가 있으리란 생각을 거부하는데 이 점은 무의식을 현상 너머 선험적으로 존재하는 것으로 생각하는 대신, 현상 혹은 외양 자체의 불일치를 통해 드러나는 것으로 이해했던 라캉의 인식과 통한다. 즉 외양의 균열, 불일치, 틈새 균열 그 자체가 무의식의 진실이며, 외양 너머의 실체를 규정해낼 수 있는 메타적 존재는 없다는 것이다. 이 점은 흑인 기니의 존재 자체를 하나의 예로 볼 수 있다. 동냥하는 흑인 기니에게 전직 세관원이 사기꾼이라고 몰아세우자 기니는 자신의 신분을 보장해줄 수 있는 사람들을 장황하게 나열한다. 하지만 이들 모두 기니가 변장한 인물일 수 있다는 설정은 기니를 보증해줄 수 있는 사람이 기니 자신뿐이라는 아이러니를 낳는다. 진실은 라캉이 설명한 무의식처럼, 초월적으로 존재하는 것이 아니라 균열된 자리와 틈새로 가득한 외양 자체에 있다는 것이다.

1945년 멜빌 협회(The Melville Society)가 발족되어 멜빌 작품에 대한 다양한 비평적 접근이 소개되고 있으며 버지니아 대학의 미국학부(American Studies)에서는 『사기꾼』의 이해를 돕기 위해 주석을 제공(http://xroads.virginia.edu/~MA96/atkins/cmnotes.html)하고 있다. 그러므로 이 사이트를 통해 멜빌에 대해 더 많은 정보를 얻을 수 있을 것이다. 본 번역문의 주석 중 상당 부분도 버지니아 대학에서 제공한 해설에서 도움을 받았다.

작가 연보

1819   8월 1일 뉴욕에서 프랑스 물품 수입 상인인 앨런 멜빌Allan
Melville과 미국 독립혁명의 영웅 피터 갠스보트 장군의 딸
마리아 갠스보트Maria Gansevoort 사이에서 8남매 중 셋째로
탄생.

1829   뉴욕의 컬럼비아 칼리지 입학.

1830   아버지의 모피 사업이 실패하여 가족과 함께 올버니로 이
사. 허먼 멜빌은 올버니 아카데미에 입학하여 1831년까지
수학.

1832   아버지 앨런 멜빌이 암으로 사망. 올버니의 뉴욕 스테이트
은행에서 약 1년간 사무원으로 일함.

1835   은행 일을 그만둔 후 형의 모피가게 점원으로 일하면서 동
시에 올버니 클래시컬 학교에서 수학.

1836   9월 올버니 아카데미로 다시 돌아가 다음 해 3월까지 수
학. 라틴어와 토론 등 놓친 학업을 따라잡으려 노력했으
며, 셰익스피어의「맥베스Macbeth」를 읽음.

1837   가족과 함께 뉴욕주 랜싱버그로 이사. 피츠버그 근처의 사
익스 지구 학교Sikes District School에서 교사가 됨.

1838   『올버니 마이크로스코프Albany Microscope』 3월호에 그 지역

토론 클럽에 대한 풍자 글을 기고함. 집안의 가세가 더욱 기울어 학교를 랜싱버그 아카데미로 옮겨서 측량과 공학을 공부함.

1839 『민주 언론과 랜싱버그 광고인Democratic Press and Lansingburgh Advertiser』에 L.A.V.라는 가명으로 「책상에서 쓴 미완의 글 Fragments from a Writing Desk」 기고. 리버풀로 가는 세인트로렌스 상선의 승무원으로 승선하여 5개월 후인 10월에 뉴욕으로 다시 돌아옴. 뉴욕 그린부시에 있는 그린부시 앤 쇼댁 아카데미에서 교사로 일함.

1840 그린부시에서 임금을 받지 못해 사임한 후 브룬스윅과 뉴욕 등에서 잠시 교사로 일함. 여름에 일리노이주 걸리나를 방문하여 가을에 뉴욕으로 돌아옴. 뉴욕에서 일자리를 구하려 했으나 실패.

1841 1월 3일 매사추세츠주의 뉴베드로드에서 남태평양해로 향하는 포경선 어커시넷Acushnet호에 승선하여 선원 생활을 시작함.

1842 어커시넷호에서 18개월을 보내다가 마키저스제도의 누쿠히바에서 리처드 토비아스 그린Richard Tobias Greene과 함께 배에서 탈출한 후 타이피 계곡에서 1개월간 원주민들과 함께 생활함. 그 후 오스트리아의 포경선 루시앤Lucy Ann호를 타고 항해하다가 타이티에 도착한 후, 승조원 폭행 사건에 말려들어 반란 혐의로 영국 영사관에 체포되었으나 존 트로이와 함께 도주. 11월에 포경선 찰스 앤 헨리Charles and Henry호에 승선하여 항해하다가 다음 해에 하와이에

도착.

1843 5월 하와이섬 라하이나에 하선했으며, 호놀룰루에서 점원
      으로 일함. 미 해군에 입대하여 구축함인 유나이티드 스테
      이츠United States호에 승선.

1844 10월 보스턴 도착. 해군에서 제대하여 가족들이 있는 랜싱
      버그로 돌아감.

1845 마키저스제도 타이피섬의 원주민에 관한 책을 집필하여
      뉴욕의 하퍼 앤 브라더스사에 보냈으나 출판을 거부당함.

1846 런던 주재 미국 공사관에서 근무하던 형의 도움을 받아 영
      국의 박물학자인 존 머리Sir. John Murray에게 『타이피―폴리
      네시아인들의 삶 엿보기 Typee: A Peep at Polynesian Life』의 원고
      를 보냈고, 머리의 유명한 여행기인 『식민지와 본국의 책
      장Colonial and Home Library』에 "마키저스제도 원주민들 사이에
      서 넉 달간 거주한 이야기Narrative of a Four Months' Residence
      among the Natives of a Valley of the Marquesas Islands"라는 제목으
      로 수록됨. 이 글은 3월에 다시 『타이피』라는 제목으로 바
      뀌어 뉴욕에서 출간됨.

1847 3월 런던에서 『오무―남양 모험기 Omoo: A Narrative of Adventures
      in the South Seas』를 출간하고 이어 5월 런던에서도 출간. 8월
      매사추세츠주 대법원장인 레뮤얼 쇼Lemuel Shaw의 딸 엘리
      자베스 쇼Elizabeth Shaw와 결혼. 뉴잉글랜드 북부와 캐나다
      에서 신혼생활을 한 후 장인의 도움을 받아 맨해튼에 집을
      장만하여 뉴욕에 정착. 뉴욕에서 친구 에버트 A. 듀이친크
      Evert A. Duychinck가 편집장으로 있는 『문학계Literary World』와

『양키 두들 *Yankee Doodle*』 잡지에 풍자물 기고.

1849   2월 16일에 첫아들 말콤Malcolm 탄생. 존 머리에게 보낸
        『마디 *Mardi : and a Voyage Thither*』가 출판을 거부당한 후 3월 리
        처드 벤틀리 출판사와 4월 뉴욕의 하퍼 출판사를 통해 런
        던과 뉴욕에서 출간함. 8월 자신의 아버지와 어린 시절이
        투영된 작품인 『레드번―그의 첫 항해 *Redburn : His First Voyage*』
        를 런던에서 출판하고 11월 뉴욕에서 출판. 10월 런던과
        유럽 대륙으로 배를 타고 여행을 떠나 다음 해 1월 31일에
        귀국.

1850   『흰 재킷―혹은 군함을 타고 본 세계 *White-Jacket; or, The World
        in a Man-of-War*』가 1월과 3월에 런던과 뉴욕에서 출판됨. 포
        경선에 대한 경험을 바탕으로 집필 시작. 8월 5일 피츠필
        드로 여행을 감. 산책 중이던 너새니얼 호손을 만나 친교
        가 시작되었고 이때의 일을 "호손과 이끼Hawthorne and His
        Mosses"라는 제목으로 『문학계』에 기고. 9월 장인에게 돈을
        빌려서 피츠필드 근교의 농장을 구입하여 가족과 그곳으
        로 이주.

1851   버크셔주(지금의 잉글랜드주)에서 호손과 친교를 유지하
        며 7월에 『모비딕 *Moby-Dick*』 완성. 10월 런던에서 『그 고래
        The Whale』라는 제목으로 발간하고, 이어 11월 뉴욕에서 『모
        비딕―혹은 고래 *Moby-Dick; or, The Whale*』으로 제목을 바꾸어
        출간. 10월 둘째 아들 스탠윅스Stanwix 탄생.

1852   8월 뉴욕의 하퍼 출판사를 통해 『피에르, 혹은 모호함 *Pierre;
        or, The Ambiguities*』 출간. 11월 런던에서 『피에르』 출간. 12월

콩코드에 머물고 있는 호손 방문.

1853   5월 첫딸 엘리자베스Elizabeth 탄생. 멜빌이 영사로 임명될
       수 있도록 멜빌의 가족이 힘을 썼지만 실패.

1855   3월 둘째 딸 프랜시스Francis 탄생. 1854년부터 『퍼트남Putnam』
       월간 잡지를 통해 연속 발간되어오던, 미국 독립 전쟁을
       다룬 역사 소설인 『이즈리얼 포터─오십 년의 망명 생활
       Israel Potter: His Fifty Years of Exile』가 단행본으로 출간됨.

1856   3월 『피아자 이야기The Piazza Tales』가 뉴욕에서 출간. 『피아
       자 이야기』에는 「필경사 바틀비Bartleby the Scrivener」(1853)와
       「베니토 세레노Benito Cereno」(1855)가 실려 있었음. 리버풀
       에서 호손을 만남. 10월 장인의 재정적인 도움을 받고 정
       신 요양을 위해 그리스와 이탈리아 성지여행을 하고 다
       음 해 3월 뉴욕으로 돌아옴. 『사기꾼─그의 변장 놀이The
       Confidence-Man: His Masquerade』 원고 완성.

1857   『사기꾼─그의 변장 놀이』를 3월 뉴욕, 4월 런던에서 출판.
       1857에서 1860년까지 세 번의 강연 여행을 떠남.
       강연 주제는 '로마의 조각상' '남태평양' '여행'이었음.

1860   2월 마지막 강연 여행을 떠남. 시집을 출판하려고 애썼으
       나 실패. 5월 선원인 형제 토마스의 도움을 받아 쾌속선인
       미티어호에 승선하여 뉴욕에서 희망봉을 돌아 파나마를
       경유하는 여행을 떠났고 11월에 귀향.

1861   영사직을 구하기 위하여 워싱턴으로 갔으나 이번에도 실
       패함. 에이브러햄 링컨 대통령과 만나서 악수함. 장인인
       레뮤얼 쇼 사망.

1863 10월 피츠필드를 떠나 뉴욕으로 이주.

1864 남북전쟁 중 형인 앨런과 함께 육군 대령인 친척 헨리 갠스보트가 있는 버지니아 전선을 방문. 너새니얼 호손 사망.

1866 남북전쟁에 관한 시를 하퍼사를 통해 발표. 뉴욕항의 세관원으로 임명됨.

1867 남편과의 결혼생활이 행복하지 않았던 아내 엘리자베스가 법적인 별거를 하려고 애를 썼으나 실패함. 아들 말콤 멜빌이 총기 사고로 사망.

1872 어머니 마리아 갠스보트가 82세로 사망.

1876 삼촌 피터 갠스보트의 재정 지원을 받아 시집 『클라렐 Clarel: A Poem and Pilgrimage in the Holy Land』 출판.

1885 세관 검사원 사직.

1886 둘째 아들 스탠윅스가 샌프란시스코에서 오랜 투병 생활 끝에 사망.

1888 여동생인 프랜시스 프리실라의 사망 후 유산으로 물려받은 3천 달러로 『존 마와 다른 선원들 John Marr and Other Sailors: With some Sea-Pieces』을 자비로 출판.

1891 『티몰레온 Timoleon and Other Adventures in Minor Verse』을 자비로 출판. 「선원, 빌리 버드 Billy Budd, Sailor」를 재집필하던 중 9월 28일 심장 발작으로 사망.

세계문학과 한국문학 간에 혈맥이 뚫려,
세계-한국문학의 공진화가 개시되기를

    21세기 한국에서 '세계문학'을 읽는다는 것은 무엇을 뜻하는
가? 자국문학 따로 있고 그 울타리 바깥에 세계문학이 따로 있
다는 말인가? 이제 한국문학은 주변문학이 아니며 개별문학만
도 아니다. 김윤식·김현의 『한국문학사』(1973)가 두 개의 서문
을 통해서 "한국문학은 주변문학을 벗어나야 한다"와 "한국문
학은 개별문학이다"라는 두 개의 명제를 내세웠을 때, 한국문
학은 아직 주변문학이었다. 한데 그 이후에도 여전히 한국문학
은 주변문학이었다. 왜냐하면 "한국문학은 이식문학이다"라는
옛 평론가의 망령이 여전히 우리의 의식을 장악하고 있었기 때
문이다. 그렇게 생각하고 그렇게 읽고, 써온 것이었다. 그리고
얼마간 그런 생각에 진실이 포함되어 있는 것도 사실이었다.
그러나 천천히, 그것도 아주 천천히, 경제성장이나 한류보다는
훨씬 느리게, 한국문학은 자신의 '자주성'을 세계에 알리며 그
존재를 세계지도의 표면 위에 부조시키고 있었다. 그런 와중에
반대 방향에서 전혀 다른 기운이 일어나 막 세계의 대양에 돛
을 띄운 한국문학에 위협적인 격랑을 밀어붙이고 있었다. 20세

기 말부터 본격화된 '세계화'의 바람은 이제 경제적 재화뿐만
이 아니라 어떤 나라의 문화물도 국가 단위로만 존재할 수 없
게 하였던 것이니, 한국문학 역시 세계문학의 한 단위라는 위
상을 요구받게 되었던 것이다.

　그러니 21세기 한국에서 세계문학을 읽는다는 것은 진정 무
엇을 뜻하는가? 무엇보다도 세계문학이라는 개념을 돌이켜 볼
때가 되었다. 그동안 세계문학은 '보편문학'의 지위를 누려왔
다. 즉 세계문학은 따라야 할 모범이고 존중해야 할 권위이며
자국문학이 복종해야 할 상급 문학이었다. 그리고 보편문학으
로서의 세계문학의 반열에 올라간 작품들은 18세기 이래 강대
국의 지위를 누려온 국가의 범위 안에서 설정되기가 일쑤였다.
이렇게 해서 세계 각국의 저마다의 문학은 몇몇 소수의 힘 있
는 문학들의 영향 속에서 후자들을 추종하는 자세로 모가지를
드리워왔던 것이다. 이제 세계문학에게 본래의 이름을 돌려줄
때가 되었다. 즉 세계문학은 보편문학이 아니라 세계인 모두가
향유할 수 있도록 전 세계 방방곡곡에서 씌어져서 지구적 규모
의 연락망을 통해 배달되는 지구상의 모든 문학이라고 재정의
할 때가 되었다. 이러한 재정의에는 오로지 질적 의미의 삭제
와 수량적 중성화만 있는 게 아니다. 모든 현상학적 환원에는
그 안에 진정한 가치를 향해 나아가고자 하는 지향성이 움직이
고 있다. 20세기 막바지에 불어닥친 세계화 토네이도가 애초에
는 신자유주의적 탐욕 속에서 소수의 대국 기업에 의해 주도되
었으나 격심한 우여곡절을 겪으며 국가 간 위계질서를 무너뜨
리는 평등한 교류로서의 대안-세계화의 청사진을 세계인의 마

음속에 심게 하였듯이, 오늘날 모든 자국문학이 세계문학의 단위로 재편되는 추세가 보편문학의 성채도 덩달아 허물게 되어, 지구상의 모든 문학들이 공평의 체 위에서 토닥거리는 게 마땅하다는 인식이 일상화까지는 아니더라도 최소한 정당화되고 잠재적으로 전망되는 여건을 만들어내게 되었던 것이다.

또한 종래 세계문학의 보편문학적 지위는 공간적 한계만을 야기했던 게 아니다. 그 보편문학이 말 그대로 보편성을 확보했다기보다는 실상 협소한 문학적 기준에 근거한 한정된 작품 집합에 머무르기 일쑤였다. 게다가, 문학의 진정한 교류가 마음의 감동에서 움트는 것일진대, 언어의 상이성은 그런 꿈을 자주 흐려왔으니, 조급한 마음은 그런 어둠 사이에 상업성과 말초적 자극성이라는 아편을 주입하여 교류를 인공적으로 촉진시키곤 하였다. 이제 우리는 그런 편법과 왜곡을 막기 위해서, 활짝 개방된 문학적 관점을 도입하여, 지금까지 외면당하거나 이런저런 이유로 파묻혀 있던 숨은 걸작들을 발굴하여 널리 알리고 저마다의 문학을 저마다의 방식으로 감상할 수 있는 음미의 물관을 제공해야 할 것이다. 실로 그런 취지에서 보자면 우리는 한국에 미만한 수많은 세계문학전집 시리즈들이 과거의 세계문학장을 너무나 큰 어둠으로 가려오고 있었다는 것을 절감한다.

이와 같은 인식하에 '대산세계문학총서'의 방향은 다음으로 모인다. 첫째, '대산세계문학총서'의 기준은 작품의 고전적 가치이다. 그러나 설명이 필요하다. 이 고전은 지금까지 고전으로 인정된 것들에 갇히지 않는다. 우리가 생각하는 고전성은 추상적으로는 '높은 문학성'을 가리킬 터이지만, 이 문학성이란 이미 확정된 규칙들에 근거한 문학성(그런 문학성은 실상 존재하지 않거니와)이 아니라, 오로지 저만의 고유한 구조를 통해 조직되는데 희한하게도 독자들의 저마다의 수용 기관과 연결되는 소통로의 접속 단자가 풍요롭고, 그 전류가 진해서, 세계의 가장 많은 인구의 감성을 열고 지성을 드높일 잠재적 역능이 알차게 채워진 작품의 성질을 가리킨다. 이러한 기준은 결국 작품의 문학성이 작품이나 작가에 의해 혹은 독자에 의해 일방적으로 결정되는 것이 아니라, 세 주체의 협력에 의해 형성되며 동시에 그 형성을 통해서 작품을 개방하고 작가의 다음 운동을 북돋거나 작가를 재인식시키며, 독자의 감수성을 일깨워 그의 내부에 읽기로부터 쓰기로의 순환이 유장하도록 자극하는 운동을 낳는다는 점을 환기시키고 또한 그런 작품에 대한 분별을 요구한다.

이 첫번째 기준으로부터 두 가지 기준이 덧붙여 결정된다.

둘째, '대산세계문학총서'는 발굴하고 발견한다. 모르거나 잊힌 것을 발굴하여 문학의 두께를 두텁게 하고, 당대의 유행을 따라가기보다는 또한 단순히 미래를 예측하기보다는 차라리 인류의 미래를 공진화적으로 개방할 수 있는 작품을 발견하여 문학의 영역을 확장할 것을 목표로 한다. 이는 또한 공동선의 실현과 심미안의 집단적 수준의 진화에 맞추어 작품을 선별한다는 것을 뜻한다.

셋째, '대산세계문학총서'가 지구상의 그리고 고금의 모든 문학작품들에게 열려 있다면, 그리고 이 열림이 지금까지의 기술

그대로 그 고유성을 제대로 활성화시키는 방식으로 진행되는 것이라면, 이는 궁극적으로 '가장 지역적인 문학이 가장 세계적인 문학'이라는 이상적 호환성을 추구한다는 것을 가리킨다. 이는 또한 '대산세계문학총서'의 피드백에도 그대로 적용될 것이다. 즉 '대산세계문학총서'의 개개 작품들은 한국의 독자들에게 가장 고유한 방식으로 향유될 터이고, 그럴 때에 그 작품의 세계성이 가장 활발하게 현상되고 작용할 것이다.

이러한 기준들을 열린 자세와 꼼꼼한 태도로 섬세히 원용함으로써 우리는 '대산세계문학총서'가 그 발굴과 발견을 통해 세계문학의 영역을 두텁고 넓게 하는 과정 그 자체로서 한국 독자들의 문학적 안목과 감수성을 신장시키는 데 기여할 것을 기대하며, 재차 그러한 과정이 한국문학의 체내에 수혈되어 한국문학의 도약이 곧바로 세계문학의 진화로 이어지게끔 하기를 희망한다. 이는 우리가 '대산세계문학총서'를 21세기의 한국사회에서 수행하는 근본적인 소이이다. 독자들의 뜨거운 호응을 바라마지않는다.

'대산세계문학총서' 기획위원회

대산세계문학총서